HELLO
BEAUTIFUL

HELLO BEAUTIFUL

허진 옮김

앤 나폴리타노
장편소설

HELLO
BEAUTIFUL

헬로 뷰티풀

복복서가

줄리와 위트를 위하여

일러두기

1. 주석은 모두 옮긴이주다.
2. 본문 중 고딕체는 원서에서 이탤릭체로 표기한 부분이다.

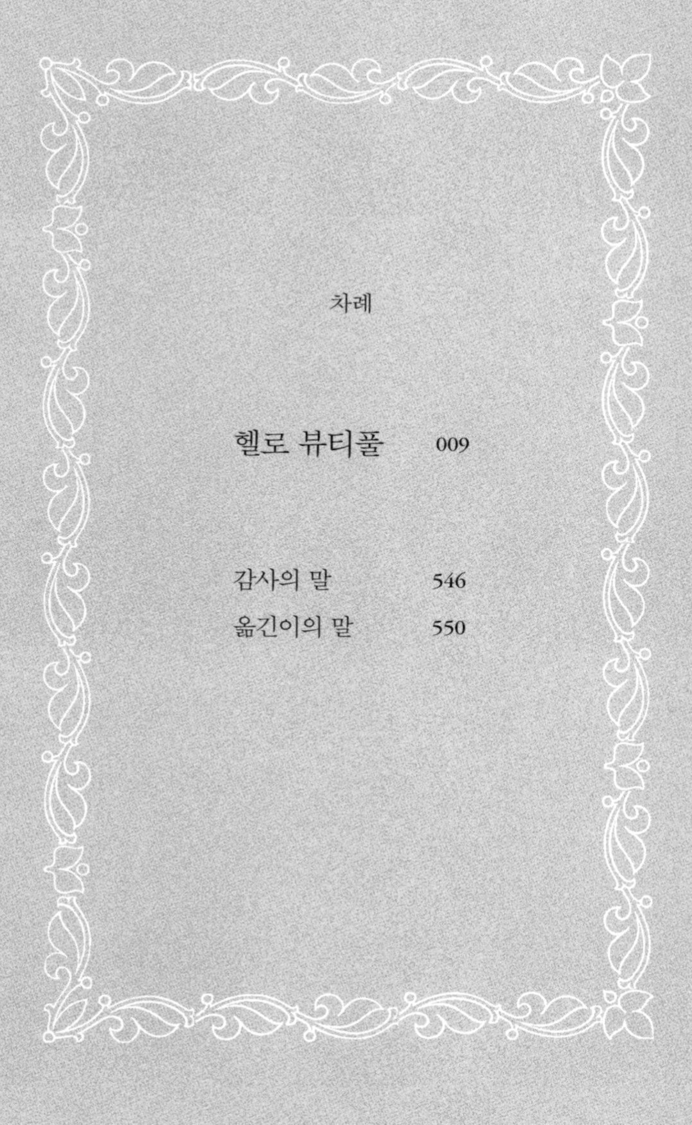

차례

누가 태어난 것을 행운이라 생각해보았을까?

나는 그 사람에게 죽는 것 역시 행운이라고 얼른 알려준다, 나는 안다.

나는 죽어가는 사람들과 죽음을 지나치고, 새로 씻긴 아기들과 탄생을 지나친다, 그리고 내 모자와 신발 사이에 갇히지 않고,

여러 겹의 목적들을 살핀다, 똑같은 둘은 없다, 전부 다 좋다,

대지는 훌륭하며 별은 아름답고, 그에 속한 것은 무엇이나 좋다.

—월트 휘트먼, 「나 자신의 노래 7」

윌리엄
1960년 2월—1978년 12월

윌리엄 워터스는 태어나서 엿새 동안은 외동이 아니었다. 세 살 많은 빨강 머리 누나 캐럴라인이 있었다. 캐럴라인이 찍힌 무성 홈비디오에서 아버지도 웃고 있는 듯했는데, 윌리엄은 한 번도 보지 못한 모습이었다. 어떤 비디오에서는 아버지의 얼굴이 숨김없이 열려 있었다. 끌어올린 원피스로 얼굴을 가린 채 깔깔 웃으며 뱅뱅 도는 빨강 머리 꼬마 때문임이 분명했다. 캐럴라인은 갓 태어난 윌리엄이 어머니와 아직 병원에 있을 때 열이 나고 기침을 시작했다. 산모와 아기가 집으로 돌아왔을 때 캐럴라인은 좀 나은 것 같았지만 기침은 여전히 심했고 어느 날 아침 부모님이 딸을 데리러 아이방으로 갔을 때 요람에서 죽어 있었다.

부모님은 윌리엄이 자라는 동안 캐럴라인 얘기를 한 번도 꺼내지 않왔다. 캐럴라인의 사진 하나가 거실 소파 옆 작은 탁자에 있었고 윌리엄은 원래 자기한테 누나가 있었음을 확인하려고 가끔 사진을 보러 갔다. 윌리엄 가족은 보스턴 교외 지역 뉴턴의 반대편으로 이사를 갔다. 남색 지붕 주택이었고, 그 집에서 윌리엄은 외동이었다. 아버지는 시내에서 회계사로 일했는데 근무시간이 길었다. 딸이 죽자 그의 얼굴은 두 번 다시 열리지 않았다. 어머니는 거실에서 담배를 피우고 버번을 마셨는데, 가끔은 혼자였고 가끔은 이웃 여자와 함께였다. 어머니에게는 식사를 준비할 때 입는 주름장식 앞치마가 잔뜩 있었는데, 앞치마가 더러워지거나 얼룩질 때마다 무척 동요했다.

"요리할 때 앞치마를 하지 말아봐요." 한번은 윌리엄이 말했다. 어머니는 앞치마에 묻은 거뭇한 그레이비 얼룩 때문에 얼굴이 빨개져서 눈물을 터뜨리기 직전이었다. "그 대신 벨트에 마른행주를 끼우면 되잖아요, 코닛 아주머니처럼."

어머니는 윌리엄이 그리스어라도 하는 것처럼 보았다. 윌리엄이 말했다. "옆집에 사는 코닛 아주머니 말이에요. 마른행주를 끼우잖아요."

윌리엄은 다섯 살 때부터 거의 매일 오후 농구공을 들고 근처 공원으로 걸어갔다. 야구나 풋볼과 달리 농구는 혼자서도 할 수 있었기 때문이다. 공원에 방치된 야외 농구코트는 보통 골대가 비어 있었기에 윌리엄은 셀틱스 팀 선수 흉내를 내며 몇 시간이고 슛을 던졌다. 윌리엄은 빌 러셀이 제일 좋았지만 러셀이 되려면 막거나 방어할 사람이 필요했다. 샘 존스가 최고의 슈터였기 때문에 윌리엄은 보통 존스가 되었다. 윌리엄은 코트 주변을 둘러싼 나무가 환호하는 팬이라고 상상하며 가드인 존스의 완벽한 슛 자세를 따라 하려 애썼다.

윌리엄이 열 살 때, 어느 날 농구코트에 갔더니 또래쯤 되는 남자애 대여섯 명이 두 개의 농구 골대 사이에서 서로를, 그리고 공을 쫓고 있었다. 윌리엄이 돌아서는데 남자애 하나가 불렀다. “야, 같이 할래?” 그러더니 윌리엄의 대답을 기다리지도 않고 말했다. “넌 파란 팀 해.” 윌리엄은 금방 경기에 빠져들었고 가슴속에서 심장이 쿵쾅거렸다. 어떤 아이가 공을 패스해주자 윌리엄은 곧장 다시 패스했다. 슛을 던졌다가 실패해서 못한다는 소리를 들을까봐 두려웠다. 몇 분 뒤에 누가 집에 가야 한다고 해서 경기는 갑자기 끝났고 남자애들은 사방으로 흩어졌다. 윌리엄이 집으로 걸어가는데 가슴속에서 심장이 여전히 쿵쾅거렸다. 그뒤 윌리엄이 공을 들고 코트로 가면 가끔 남자애들이 있었다. 아이들이 오는 시간은 특별히 정해져 있지 않았지만 그애들은 윌리엄도 친구인 것처럼 늘 같이 경기를 하자고 불러주었다. 그때마다 윌리엄은 깜짝 놀랐다. 그동안은 아이든 어른이든 윌리엄이 보이지 않는다는 듯 항상 시선이 그를 통과했다. 부모님은 윌리엄을 거의 쳐다보지도 않았다. 윌리엄은 이 모든 것을 받아들였고 그럴 만하다고 생각했다. 어차피 윌리엄은 재미없고 잊어버리기 쉬운 아이였으니까. 윌리엄의 가장 큰 특징은 창백함이었다. 머리카락은 모래색, 눈은 옅은 파란색, 그리고 영국계와 아일랜드계 후손답게 피부가 아주 희었다. 윌리엄은 자기 내면이 겉모습만큼이나 재미없고 묵묵하다는 사실을 알았다. 윌리엄은 학교에서 입도 뻥긋하지 않았고 아무도 윌리엄과 놀지 않았다. 하지만 농구코트에서 만난 아이들은 윌리엄이 처음으로 어딘가에 소속될 기회를 주었고, 아무 말 하지 않아도 신경쓰지 않았다.

5학년 때 윌리엄이 다니는 초등학교 체육 선생님이 말했다. "너 방과후에 농구하는 거 봤는데. 아버지는 키가 얼마나 크시니?"

윌리엄이 선생님을 멍하니 보았다. "잘 모르겠어요. 평범한 정도?"

"좋아, 그러면 포인트가드를 하면 되겠다. 공 다루는 연습을 해야 해. 빌 브래들리 알지? 그 어설픈 닉스 선수 말이야. 브래들리는 어렸을 때 아래쪽이, 그러니까 자기 발이 안 보이도록 안경 밑에 마분지를 붙였대. 그 안경을 쓰고 드리블을 하면서 길거리를 돌아다녔지. 미친 사람 같아 보였겠지만, 그래서 공을 진짜 잘 다뤄. 공이 어떻게 튈지 완벽하게 느끼고 눈으로 보지 않아도 공을 찾아내는 거야."

그날 오후 윌리엄은 온몸에 전율을 느끼며 집으로 달려갔다. 어른이 그를 똑바로 바라본 것—윌리엄을, 윌리엄이 뭘 하는지를 알아본 것—은 처음이었고, 그 관심 때문에 고민에 빠졌다. 윌리엄은 재채기를 연달아하며 책상 서랍을 뒤져 저 안쪽에서 장난감 안경을 찾아냈다. 그런 다음 화장실에 두 번이나 다녀온 끝에 안경 아래쪽에 직사각형 마분지를 조심스럽게 붙였다.

윌리엄은 아프거나 이상한 기분이 들 때마다 죽는 게 아닐까 걱정했다. 적어도 한 달에 한 번은 학교에서 돌아와 이불 속으로 기어들어가서 불치병에 걸린 것이 틀림없다고 생각했다. 워터스 집안에서는 아픈 것이 금지였기 때문에 부모님에게 말하지는 않았다. 특히 기침은 끔찍한 배신이나 마찬가지였다. 윌리엄은 감기에 걸리면 방문을 닫고 벽장에 들어가 학교 갈 때 입는 버튼다운셔츠로 얼굴을 가리고서야 기침을 했다. 윌리엄이 안경을 끼고 공을 튀기며 밖에서 뛰어다닐 때면 익숙한 걱정이 어깨와 뒷머리를 간지럽혔다. 하지만 윌리엄은 이제 아플 시간도, 걱정할 시간도 없었다. 이제야 그가 어떤 사람인지 마지막 퍼즐이 맞춰진 것 같았다. 코트에서 남자애들이 윌리엄을 알아보았고, 체육 선생님도 알아보았다. 윌리엄은 자신이 누구인지 몰랐을지언정 세상이 가르쳐주었다. 윌리엄은 농구선수였다.

체육 선생님은 윌리엄이 기량을 발전시킬 또다른 방법을 알려주었다. "방어할 때는 어깨랑 엉덩이로 상대방을 밀어내. 그런 건 심판도 파울로 안 쳐. 전속력으로 달려. 첫발을 빨리 내디뎌서 상대방이 드리블하는 공을 빼앗고." 윌리엄은 공원에서 농구를 제일 잘하는 아이에게 공을 주려고 패스도 연습했다. 그는 계속 코트에 서고 싶었고, 다른 아이들이 더 잘하게 만들어주면 자신에게 가치가 생긴다는 사실을 알았다. 윌리엄은 슈터가 끼어들 공간을 만들어주려면 어디로 달려가야 하는지 터득했다. 그는 슈터가 원하는 슛을 쏠 수 있도록 다른 선수들을 막아주었다. 아이들은 멋진 플레이를 하고 나면 윌리엄의 등을 툭 쳤고, 항상 윌리엄과 같은 편이 되고 싶어했다. 이렇게 다른 아이들에게 받아들여지자 윌리엄이 품고 있던 두려움도 어느 정도 가라앉았다. 농구코트에서는 윌리엄도 무엇을 해야 할지 알았다.

고등학교에 입학할 때쯤에는 대표팀에서 선발로 뽑힐 만큼 잘하는 선수가 되었다. 키가 173센티미터 정도였고 포인트가드를 맡았다. 안경을 쓰고 연습한 보람이 있었다. 윌리엄은 팀에서 드리블을 월등하게 잘했고 중거리 점프슛도 괜찮았다. 리바운드도 열심히 해서 팀이 공격권을 되찾는 데 일조했다. 여러 기술 중에서도 패스를 제일 잘해서 팀원들은 윌리엄이 출전하면 경기가 더 매끄럽게 흘러간다는 것을 알았다. 윌리엄은 대표팀의 유일한 신입생이었고, 그래서 상급생 팀원들은 누군가의 집 지하실에서 부모님의 묵인하에 맥주를 마실 때 그를 한 번도 부르지 않았다. 2학년 여름이 지나면서 윌리엄이 13센티미터나 크자 팀원들을 포함해 모두가 깜짝 놀랐다. 한번 크기 시작하자 윌리엄의 몸은 성장을 멈추지 못하는 것 같았고, 고등학교를 졸업할 때에는 2미터가 되었다. 식사량이 성장을 따라가지 못해서 충격적일 만큼 야위었다. 윌리엄이 아침마다 부엌에 들어가면 어머니는 겁에 질린 표정을 지었고, 지나갈 때마다 간식을 주었다. 어머니는 아들을 먹이는 것이 자기 일이기 때문에 윌리엄이 마르면 자기가 나쁜 사람으로 비친다고 생각하는 듯했다. 부모님은 가끔 농구 경기를 보러 왔지만 아주 가끔뿐이었고, 코트에 아는 사람이 아무도 없다는 듯이 관중석에 얌전히 앉아 있었다.

부모님이 오지 않은 어느 경기에서 윌리엄이 리바운드를 하다가 공중에서 밀쳐졌다. 착지할 때 몸이 뒤틀리는 바람에 오른쪽 무릎을 바닥에 부딪치며 위험하게 떨어졌다. 관절이 충격을, 윌리엄의 무게를 전부 흡수했다. 무릎에서 무슨 소리가 들리더니 안개가 내려앉았다. 크게 고함치거나 작게 중얼대거나 두 가지밖에 못하는 듯한 코치가 윌리엄의 귓가에 소리쳤다. "괜찮아, 워터스?" 보통 윌리엄의 대답은 코치가 고함을 치든 중얼거리든 묻는 말을 그대로 따라 하는 것이었다. 딱부러지게 답할 만큼 확신이 든 적이 한 번도 없었기 때문이다. 윌리엄은 목청을 가다듬었다. 그를 둘러싼 안개와 내면의 안개가 너무 짙었고 무릎에서 퍼져나가는 통증이 안개에 섞여 있었다. 윌리엄이 말했다. "아니요."

슬개골 골절이었고, 이는 2학년 시즌 마지막 칠 주를 놓친다는 뜻이었다. 윌리엄은 석고붕대를 해서 다리를 못 움직였고, 두 달 동안 목발을 짚고 다녔다. 다섯 살 이후 처음으로 농구를 할 수 없었다. 윌리엄은 자기 방 책상 의자에 앉아서 종이를 동그랗게 뭉쳐 저멀리 벽 쪽 쓰레기통에 던져넣었다. 부상과 함께 내려앉은 안개가 그대로 남아 피부가 축축하고 차가웠다. 의사는 말끔하게 나아서 3학년 시즌에는 뛸 수 있을 것이라고 말했지만, 그래도 윌리엄은 일 분 일 초마다 조금씩 공포에 사로잡혔다. 시간의 흐름도 이상해졌다. 이 석고붕대에, 이 의자에, 이 집에 영원히 갇힐 것만 같은 기분이었다. 윌리엄은 안 되겠다고, 이 부서진 몸 속에 가만히 앉아 있을 수만은 없다고 생각했다. 누나를, 캐럴라인이 어떻게 죽었는지를 생각했다. 윌리엄은 캐럴라인의 죽음에 대해 생각했지만 이해할 수 없었고, 시곗바늘이 째깍째깍 움직이는 동안 자기도 죽어 없어지면 좋겠다고 생각했다. 그는 농구코트 바깥에서는 아무 쓸모도 없었다. 아무도 윌리엄을 그리워하지 않을 것이다. 그가 사라지면 애초에 존재하지도 않았던 것 같으리라. 아무도 캐럴라인에 대해 말하지 않았듯이 아무도 윌리엄에 대해 말하지 않을 것이다. 마침내 다리가 석고붕대에서 해방되고 윌리엄이 다시 뛰어다니며 슛을 쏠 수 있게 되자, 그제야 안개와 사라지는 것에 대한 생각이 물러갔다.

괜찮은 성적과 농구선수로서의 가능성 덕분에 윌리엄은 디비전 I 농구 프로그램이 있는 몇몇 대학에서 장학금을 제안받았다. 장학금을 받아서 다행이었다. 부모님은 윌리엄의 대학 학비를 내주겠다고 말한 적이 없었고, 또 장학생이 된다는 것은 농구를 계속할 수 있다는 뜻이었기 때문이다. 윌리엄은 보스턴을 떠나고 싶었는데—보스턴 중심지에서 145킬로미터 이상 벗어나본 적이 없었다—습하고 더운 남부는 윌리엄을 초조하게 만들었기 때문에 시카고 노스웨스턴 대학에 진학하기로 했다. 1978년 8월 말, 윌리엄은 기차역에서 어머니에게 작별의 입맞춤을 하고 아버지와 악수했다. 아버지의 손을 꽉 잡으면서 부모님을 두 번 다시 못 볼지도 모른다고, 두 사람에게는 아이가 하나밖에 없었는데 그게 자신은 아니었다고 생각했다.

대학에 들어가서 시간표를 짤 때 윌리엄은 역사 수업에 끌렸다. 그는 세상이 작동하는 방식을 드문드문밖에 모른다는 생각이 들었고, 역사에 답이 있을 것 같았다. 역사는 여러 사건을 들여다보고 패턴을 찾는 학문이었다. 만약에 이 일이 일어나면 그다음에는 저 일이 일어난다. 완전히 무작위적인 사건은 하나도 없었고, 따라서 오스트리아 황태자 저격 사건을 세계대전과 연결할 수 있었다. 대학 생활은 너무 새로워서 예측이 불가능했다. 윌리엄은 북적이는 기숙사 복도를 지나갈 때면 하이파이브를 하자며 손을 내미는 흥분한 학생들 사이에서 균형감을 찾으려 애썼다. 그는 하루를 몇 시간씩 나눠서 도서관에서 공부하고, 농구코트에서 연습하고, 수업에 들어갔다. 각각의 장소에서 무엇을 해야 하는지 알았다. 윌리엄은 강의실 의자에 깊숙이 앉아 공책을 폈고, 교수가 말을 시작하면 마음이 놓이면서 몸이 가라앉았다.

윌리엄은 수업에서 다른 학생을 알아보는 경우가 거의 없었지만, 유럽사 세미나를 들을 때 줄리아 파다바노가 눈에 띄었다. 그녀는 분노로 얼굴이 환하게 빛나는 듯했고, 질문을 퍼부어서 교수—둥글게 뭉친 커다란 손수건을 한 손에 든 나이 많은 영국인—를 미치게 만들었기 때문이다. 줄리아는 환한 얼굴을 감싸는 길고 곱슬곱슬한 머리카락을 커튼처럼 흔들며 이런 질문을 했다. 교수님, 저는 이 모든 상황에서 클레먼타인이 어떤 역할을 했는지 알고 싶어요. 그녀가 처칠의 주요 고문이었던 것은 사실 아닌가요? 아니면, 전쟁 당시의 암호 체계에 대해 설명해주시겠어요? 어떤 식이었는지 구체적으로 말이에요. 실제 예를 보고 싶어요.

윌리엄은 수업 시간에 절대로 입을 열지 않았고 면담 시간도 활용하지 않았다. 그가 생각하는 학생의 역할은 입을 닫고 지식을 최대한 흡수하는 것이었다. 윌리엄은 곱슬머리 여학생에 대해 교수와 의견이 같았다. 즉, 자주 끼어들어서 질문하는 것이 무례하다고 생각했다. 비록 윌리엄에게도 흥미로운 질문인 경우가 많았지만 말이다. 진지한 수업이라는 직물은 학생들이 귀를 기울이고 교수가 말로 이루어진 카펫을 신중하게 펼쳐 지혜를 전달하면서 만들어지는 것이었다. 그런데 이 여학생은 그 직물의 존재조차 모르는 것처럼 구멍을 냈다.

어느 날 오후, 수업이 끝난 뒤 그 여학생이 옆으로 다가와 말을 걸어서 윌리엄은 깜짝 놀랐다. "안녕. 내 이름은 줄리아야."

"윌리엄이야. 안녕." 그는 목청을 가다듬어야 했다. 아마 그날 처음 한 말이었을 것이다. 여학생이 크고 진지한 눈으로 윌리엄을 보았다. 그녀의 머리카락이 햇빛을 받아 군데군데 벌꿀색으로 반짝였다. 그녀는 안과 밖이 모두 빛났다.

"넌 왜 그렇게 커?"

사람들이 윌리엄의 키를 언급하는 것은 드문 일이 아니었다. 그가 어딘가에 들어가면 대부분의 사람들은 무슨 말을 해야 한다고 느꼈고, 그때마다 윌리엄은 자기 키가 놀랄 정도로 크다는 사실을 깨달았다. 위쪽 공기는 어때?라는 말을 일주일에 몇 번은 들었다.

하지만 줄리아는 의심스럽다는 듯 이렇게 물었고, 그 표정 때문에 윌리엄은 웃었다. 그가 캠퍼스 안뜰을 가로지르다가 멈춰 서자 줄리아도 멈췄다. 윌리엄은 웃는 일이 드물었기에 마치 자다가 산소가 부족해서 깬 것처럼 손바닥이 간질거렸다. 전반적으로 기분좋게 간지럼을 탈 때의 느낌이었다. 나중에 윌리엄은 이 순간을 돌아보며 바로 이때 줄리아에게 반했음을 알았다. 또는, 더 정확하게 말하자면, 그의 몸이 그녀에게 반했다. 캠퍼스 한가운데에서 바로 그 여자애의 관심이 그의 몸 구석구석으로부터 웃음을 끌어냈다. 머뭇거리는 마음 때문에 지치고 지루한 윌리엄의 몸이 신경과 근육에 불꽃을 일으켜 그에게 중요한 일이 일어나고 있다고 경고했다.

"왜 웃어?" 줄리아가 말했다.

그가 겨우겨우 웃음을 진정시켰다. "미안, 기분 나쁘게 생각하지 마." 그가 말했다.

줄리아가 다급히 고개를 끄덕였다. "기분 안 나빠."

"내가 왜 이렇게 큰지 나도 몰라." 하지만 윌리엄은 자기 의지로 여기까지 컸다고 남몰래 생각했다. 훌륭한 농구선수가 되려면 적어도 190센티미터는 되어야 했고, 윌리엄은 키에 무척 신경을 써서 유전을 극복했다. "나 우리 학교 농구부야."

"그러면 적어도 큰 키를 잘 활용하는 셈이네." 줄리아가 말했다. "다음에 경기 보러 가야겠다. 난 원래 스포츠에 별로 관심 없고 학교에서는 수업만 들어." 그녀가 잠시 말을 멈추더니 당황한 듯 재빨리 덧붙였다. "돈을 아끼려고 집에서 통학하거든."

줄리아는 윌리엄에게 전화번호를 불러주며 역사 공책에 적으라고 했고, 다음날 밤에 전화하겠다는 약속을 받아낸 다음 물러갔다. 윌리엄이 그녀에게 반했는지 아닌지는 별로 상관없었다. 캠퍼스 한가운데에서 이 여자애는 두 사람이 사귀어야 한다고 결론을 내린 것 같았다. 나중에 줄리아는 몇 주 동안 수업 시간에 윌리엄을 지켜봤다고, 진지하게 집중하는 모습이 좋았다고 말했다. "다른 남자애들처럼 실없지도 않고 말이야." 그녀가 말했다.

윌리엄이 줄리아를 만난 후에도 그의 시간과 생각을 대부분 차지한 것은 농구였다. 그는 고등학교 팀에서 최고의 선수였지만 노스웨스턴에서는 최약체에 속한다는 사실을 깨닫고 망연자실했다. 이 팀에서는 윌리엄이 특출날 정도로 큰 편도 아니었고, 다른 선수들보다 힘이 약했다. 대부분은 몇 년 동안 웨이트리프팅을 했는데 윌리엄은 그런 운동을 해야 하는 줄도 몰랐기 때문에 허둥거렸다. 그는 연습할 때 쉽게 밀쳐지고 넘어졌다. 그래서 연습 전에 체력단련실에 가기 시작했고 연습이 끝난 뒤에도 농구코트에 남아 여러 각도에서 슛을 쏘는 연습을 했다. 윌리엄은 늘 배가 고파서 재킷 주머니에 여분의 샌드위치를 가지고 다녔다. 그는 경기가 잘 굴러가도록 궂은일을 하는 '글루 가이'가 자기 역할임을 깨달았다. 재능이 뛰어나지는 않았지만 패스와 슛, 방어 실력이 괜찮았기 때문에 쓸모가 있었다. 가장 소중한 기량은 코트에서 실수를 거의 하지 않는다는 것이었다. "농구 아이큐는 높은데 점프가 별로야." 코치들이 윌리엄에게 들리는지 모르고 이야기를 나눌 때 어느 코치가 그에 대해 이렇게 말했다.

장학금을 받으려면 교내 근로도 해야 했으므로 윌리엄은 체육관에서 하는 일을 골랐다. 여러 가지 일이 있었지만 농구를 하려면 그게 편했다. 그는 정해진 시간에 거대한 체육관 건물 지하 2층 세탁실로 찾아가서 아프로Afro 머리에 안경을 쓴 빼빼 마른 여자 앞에 섰다. 그녀가 고개를 저으며 말했다. "잘못 왔네. 여기로 가라고 했어? 백인 남학생은 세탁실에 배정되지 않는데. 넌 도서관이나 학생 레크리에이션센터로 가야지. 얼른 가."

윌리엄은 길고 좁게 뻗은 세탁실을 보았다. 한쪽 벽에 세탁기 서른 대가 일렬로 늘어서 있고 맞은편에는 건조기 서른 대가 있었다. 확실히 백인은 한 명도 보이지 않았다.

"그게 무슨 상관이죠?" 윌리엄이 말했다. "저는 이 일을 하고 싶어요. 부탁드려요."

그녀가 다시 고개를 젓자 콧대에 걸쳐진 안경이 흔들렸다. 하지만 그녀가 무슨 말을 하기도 전에 누군가의 손이 윌리엄의 등을 탁 치더니 낮은 목소리가 그의 이름을 불렀다. 윌리엄이 돌아서자 농구부 신입생이 서 있었다. 켄트라는 힘센 파워포워드였다. 그의 농구 기술은 윌리엄의 기술과 거의 정반대였다. 즉, 멋지게 덩크슛을 넣고 리바운드를 하고 경기 내내 전속력으로 달리는 뛰어난 운동선수였지만 경기의 흐름을 잘 읽지 못하고 공격권을 계속 빼앗기고 수비 위치를 엉뚱하게 잡았다. 코치는 코트를 뛰어다니는 켄트를 보면서 그의 신체적 잠재력과 빠르고 괴상한 경기력의 불균형 때문에 어질어질한지 자기 머리를 부여잡았다.

"어이, 안녕." 켄트가 말했다. "너도 여기서 일해? 괜찮으면 제가 얘한테 요령을 가르쳐줄게요." 켄트가 험악한 여자를 보며 매력적인 미소를 지었다.

그녀의 태도가 누그러졌다. "그래, 그럼 그렇게 해. 난 얘가 있든 말든 신경 안 쓸 테니까 네가 데려가."

그때부터 윌리엄과 켄트는 세탁실 근무시간을 맞춰 나란히 서서 일했다. 두 사람은 모든 스포츠팀의 수건과 유니폼을 수백 장씩 빨았다. 풋볼 유니폼이 최악이었는데, 냄새도 심하고 짙게 물든 잔디 얼룩 때문에 특수 표백제로 문질러야 했다. 윌리엄과 켄트는 세탁 과정의 각 단계마다 적당한 리듬을 만들고 타이밍과 효율에 초점을 맞추었고, 그러자 세탁실 일이 농구 연습의 확장처럼 느껴졌다. 두 사람은 근무시간을 활용해 경기를 분석하고 어떻게 하면 팀의 경기력이 더 좋아질지 궁리했다.

어느 날 오후, 두 사람이 산더미 같은 수건을 갤 때 윌리엄이 설명했다. "이런 식으로 하는 거야. 처음에는 가드끼리 패스하다가 포워드가 엔드라인 스크린에서 빠져나오면 가드가 빅맨*을 위해 스크린을 걸어줘." 윌리엄이 말을 잠시 멈추고 켄트가 알아들었는지 확인했다. "빅맨이 공을 받으면 스몰포워드는 코너로 가고 파워포워드가 스크린에서 빠져나오는 대신 가드가 약한 쪽에서 스크린을 걸어주는 거지."

"슛 던질 기회를 만드는 거구나."

"맞아, 빅맨이 포워드한테 패스하면 또 계속 움직이면서 스크린을 걸어주는 거야."

"너무 뻔한 전략이잖아! 코치는 같은 걸 계속하라고 하지만……"

"그래도 제대로만 하면 수비 선수가 알면서도 못 막아, 특히 만약에

* 키가 큰 센터나 파워포워드.

우리가—"

"학생들." 옆 건조기 앞에 서 있던 남자가 말했다. "말이 전혀 안 되는 거 알아? 그러니까, 나도 농구를 보는데 무슨 소린지 하나도 모르겠네."

켄트와 윌리엄이 그를 보며 씩 웃었다. 근무시간이 끝나면 둘이서 10도쯤 더 시원한 체육관으로 올라가 슛 연습을 했다.

켄트는 디트로이트 출신으로, 온갖 NBA 선수와 팀에 대해 단호한 의견을 가지고 있었고, 라커룸에서 종이비행기처럼 날아다니는 실없는 농담에 웃느라 말을 하다가 자주 멈췄다. 연습 때는 코치가 켄트에게 튀는 플레이 좀 하지 말라고 계속 소리를 질렀고, 그러면 켄트는 사과했지만 어쩔 수 없다는 듯 오 분만 지나면 똑같은 행동을 했다. "기본에 충실하라고!" 코치가 몇 번이고 천둥처럼 고함을 질렀다.

켄트는 매직 존슨과 혈연관계라고 주장했다. 매직 존슨은 미시간 주립대학 4학년이었는데 다들 NBA 드래프트 1순위 확정이라고 생각했다. 켄트는 친구를 정말 쉽게 사귀었기 때문에—모두가 그를 좋아했다—윌리엄은 켄트가 왜 자신과 시간을 보내는 걸까 의아했다. 자신이 워낙 말이 없어서 켄트가 두 사람의 우정을 주도하며 기뻐하는 것처럼 보인다는 것만은 알았다. 거의 켄트 혼자서 이야기했다. 윌리엄은 자기한테서 사적인 이야기를 끌어내려고 켄트가 개인적인 이야기를 한다는 사실을 알아차렸다. 켄트의 할머니가 백혈병에 걸려서 가족 모두가 놀랐다는 이야기—할머니는 영원히 안 죽을 거라고 큰소리를 쳤고 워낙 힘이 넘쳤기 때문에 다들 믿었다는 것 같았다—를 들은 후에야 윌리엄은 지금까지 부모님과 딱 한 번 편지를 주고받았으며 크리스마스 휴가 때 집에 돌아가지 않을 생각이라고 말했다.

둘이서 야간 연습을 한참 하고 나서 경련이 날 만큼 근육이 지친 상태로 조용한 캠퍼스 안뜰을 천천히 가로지를 때 켄트가 말했다. "가끔 코치가 나를 시합에서 빼거나 호통을 쳐도 내 아름다운 경기를 이해하지 못할 뿐이라고, 난 괜찮다고 머릿속으로 되새겨. 난 의대에 갈 거야. 코치가 내 미래를 막을 순 없어."

윌리엄은 깜짝 놀랐다. "의사가 되려고?"

"백 퍼센트. 학비를 어떻게 충당할지 아직 모르겠지만 그래도 갈 거야. 넌 졸업하고 뭐할 거야?"

윌리엄은 차가운 손가락을 의식했다. 11월 초였기 때문에 숨을 들이마시자 폐에서 얼음처럼 차가운 공기가 느껴졌다. 윌리엄은 졸업 이후를 한 번도 생각해보지 않았다. 일부러 미래에서 시선을 돌렸다. 윌리엄은 농구를 할 거라고 말하고 싶었지만 직업으로 삼을 만큼 잘하지는 못했다. 켄트가 미래의 계획을 묻는다는 사실 자체가 윌리엄의 실력이 그렇게 뛰어나지 않다는 증거였다.

"모르겠어." 윌리엄이 말했다.

"그럼 지금부터 생각해보자." 켄트가 말했다. "넌 재능이 있어. 우린 시간이 있고."

나한테 재능이 있다고? 윌리엄은 생각했다. 농구코트 밖에서는 아무 재능도 없는 것 같았다.

12월 초 금요일 저녁에 줄리아가 농구 경기를 보러 왔다. 윌리엄은 관중석에 앉은 그녀를 보고 시야가 흐릿해지는 바람에 공을 상대팀에게 패스했다. "어이." 켄트가 빠르게 달려 윌리엄을 지나치면서 소리를 질렀다. "방금 그건 도대체 뭐냐?" 윌리엄은 수비할 때 공을 두 번 빼앗아서 경기의 흐름을 자기네 팀 쪽으로 돌렸다. 공격할 때에는 2점 라인 끝에서 수비수가 붙지 않은 코너의 슈터에게 공을 튀겨서 패스했다. 하프타임 직전에 켄트가 환성을 질렀다. "알겠다! 여자가 왔구나! 어디 있어?"

경기가 끝난 후—그들이 이겼고 윌리엄은 시즌 초 최고의 경기력을 보여주었다—윌리엄은 줄리아를 만나러 관중석으로 올라갔다. 가까이 다가가서 보니 줄리아는 비슷하게 생긴 여자애 세 명과 같이 앉아 있었다. 네 사람 모두 활기찬 곱슬머리가 어깨까지 내려왔다. "내 동생들이야." 줄리아가 말했다. "널 스카우트하려고 같이 왔어. 이거 농구 용어 맞지?"

윌리엄이 고개를 끄덕였고—네 여자가 빤히 쳐다보자—갑자기 짧은 농구복 바지와 얇은 민소매 저지셔츠가 신경쓰였다.

"우리 모두 재미있게 봤어요." 줄리아보다 어려 보이는 여자애들 중 하나가 말했다. "진짜 힘들어 보이긴 했지만요. 아마 난 지금까지 오빠처럼 땀흘려본 적이 한 번도 없을 거예요. 내 이름은 세실리아고, 얘는 저랑 쌍둥이인 에멀라인이에요. 우린 열네 살이에요."

에멀라인과 세실리아가 그를 향해 미소 짓자 윌리엄도 미소를 지었다. 줄리아와 그 옆에 선 여동생은 보석을 평가하는 감정사처럼 그를 찬찬히 살펴보았다. 윌리엄은 둘 중 한 명이 가방에서 루페*를 꺼내 눈앞에 갖다대도 놀라지 않았을 것이다. 줄리아가 말했다. "너 진짜 엄청

* 보석상이나 시계포 등에서 사용하는 소형 돋보기.

나더라…… 코트 위에서 말이야."

윌리엄이 얼굴을 붉혔고 줄리아의 광대뼈 부근도 분홍색으로 물들었다. 자신을 향한 이 아름다운 여성의 욕망이 보였고, 이 행운을 믿을 수가 없었다. 지금까지 윌리엄을 원하는 사람은 아무도 없었다. 그는 여동생들 앞에서, 경기장의 모든 관중 앞에서 줄리아를 끌어안고 싶었지만 그렇게 대담한 행동은 천성에 맞지 않았다. 윌리엄은 땀에 흠뻑 젖었고, 줄리아가 다시 말하고 있었다.

"얘는 내 동생 실비야. 내가 첫째지만 실비랑 열 달 차이밖에 안 나."

"만나서 반가워요." 실비가 말했다. 머리색이 줄리아보다 조금 더 짙고 몸집은 더 작고 몸매의 굴곡도 더 적었다. 실비는 윌리엄을 계속 관찰했고, 줄리아는 깃털을 활짝 편 공작처럼 얼굴을 빛냈다. 윌리엄은 줄리아 앞에 서 있었는데, 그녀의 큰 가슴을 팽팽하게 감싸고 있던 셔츠 단추가 하나 풀렸다. 그가 분홍색 브래지어를 슬쩍 보았을 때 줄리아가 알아차리고 매무새를 가다듬었다.

"형제자매가 몇 명이에요?" 에멀라인인지 세실리아인지가 물었다. 일란성쌍둥이는 아니었지만 윌리엄이 보기에는 무척 비슷했다. 올리브 같은 얼굴도, 옅은 갈색 머리카락도 똑같았다.

"형제자매? 없어." 윌리엄은 이렇게 말했지만 물론 부모님 집 거실에 놓인 빨강 머리 꼬마의 사진을 떠올렸다.

줄리아는 윌리엄이 외동이라는 사실을 알고 있었지만—첫 통화 때 제일 먼저 물어본 질문이었다—나머지 세 명은 우습게도 충격을 받은 표정이었다.

"너무 안됐다." 에멀라인인지 세실리아인지가 말했다.

"윌리엄한테 우리집에 저녁 먹으러 오라고 해야겠다." 실비가 말하자 다른 아이들이 고개를 끄덕였다. "외로워 보여."

이렇게 해서 윌리엄은 대학 입학 사 개월 만에 첫 여자친구와 새로운 가족을 갖게 되었다.

줄리아
1978년 12월—1981년 7월

줄리아는 나무울타리로 둘러싸인 가로 5미터 세로 5.5미터쯤 되는 직사각형 뒤뜰에서 어머니가 이번 계절 마지막 감자를 캐는 모습을 지켜보았다. 딱 윌리엄이 도착할 시간이었다. 그는 시간 맞춰 올 테고 동생 중 누군가가 맞이할 것이다. 윌리엄은 아마도 외우는 시가 있는지 묻는 아버지, 그리고 한시도 쉬지 않고 움직이거나 말하는 에멀라인과 세실리아 때문에 당황할 것이다. 실비는 도서관에서 일하는 중이므로 적어도 윌리엄은 그 호기심 가득한 눈빛은 피할 수 있다. 윌리엄은 동생들과 아버지와 몇 분만 보내면 그들을 어느 정도 알게 될 것이고—줄리아는 자기 가족이 얼마나 사랑스러운지 윌리엄에게 알려주고 싶었다—덤으로 줄리아가 들어가면 더욱 반색할 것이다. 파다바노가에서 줄리아는 멋지게 등장하기로 유명했는데, 그저 다른 가족들과 달리

타이밍을 계산할 뿐이었다. 어렸을 때 줄리아는 부엌이나 거실로 들어갈 때면 짜잔이라고 말하면서 한 바퀴 빙글 돌았다.

에이틴스 플레이스에 자리잡은 똑같이 생긴 땅딸막한 벽돌집들 사이에 비좁게 끼어앉은 그들의 집을 윌리엄은 어떻게 생각할까? 파다바노가는 이민자로 가득한 노동계급 거주지역 필슨에 살았다. 다채로운 벽화가 건물 벽을 장식했고, 동네 슈퍼마켓에 가면 스페인어와 폴란드어가 영어만큼이나 자주 들렸다. 줄리아는 윌리엄이 이 동네와 자기 가족이 사는 집을 초라하다고 생각하지 않을까 걱정됐다. 비닐을 씌운 꽃무늬 소파. 벽에 걸린 나무십자가. 식탁 옆에 줄지어 걸린 액자 속의 성녀들. 어머니는 힘들 때마다 가족으로부터 자신을 구해달라고 간청하듯 성녀들의 얼굴에 시선을 고정한 채 큰 소리로 이름을 불렀다. 아델라이드, 로마의 성녀 아그네스, 시에나의 성녀 카타리나, 아시시의 성녀 클라라, 아일랜드의 성녀 브리지다, 마리아 막달레나, 필로메나, 아빌라의 데레사, 마리아 고레티. 파다바노가의 네 자매 모두 묵주기도보다 이 성녀들의 이름을 더 잘 외웠다. 아버지가 시를 암송하거나 어머니가 성녀들의 이름을 되뇌는 일 없이 저녁식사 시간이 끝나는 경우는 거의 없었다.

줄리아가 몸을 떨었다. 그녀는 외투를 입지 않았다. 기온이 4.5도였는데 시카고에서는 영하로 떨어지지 않으면 대체로 춥다고 인정하지 않았다. "개가 좋아요." 줄리아가 어머니의 등에 대고 말했다.

"술꾼이니?"

"아뇨. 농구선수예요. 그리고 장학생이고. 역사를 전공할 거예요."

"너만큼 똑똑해?"

줄리아는 생각해보았다. 윌리엄은 확실히 똑똑했다. 머리가 잘 돌아갔다. 그가 던지는 질문을 들어보면 줄리아를 이해하고 싶은 것 같았다. 하지만 그는 자신의 지성을 강한 의견으로 표출하지 않았다. 질문은 곧잘 했지만 대답할 때는 망설였다. 그는 줄리아가 원하는 대로 만들 수 있는 사람이었다. 줄리아는 윌리엄과 파다바노가에서 겨우 몇 블록 떨어진 로자노 도서관에 가서 같이 공부한 적이 몇 번 있었다. 실비가 로자노 도서관에서 일하고 동네 사람들 모두 도서관을 만남의 장소로 이용했지만, 거기서 공부하면 윌리엄은 밤늦게 한 시간이나 걸려서 기숙사로 돌아가야 했다. 주말에 뭘 할지 계획을 세울 때면 윌리엄은 항상 이렇게 말했다. "아무거나 네가 하고 싶은 거 하자. 네가 아이디어가 많잖아."

줄리아는 최근 윌리엄의 농구 경기를 보러 가기 전까지는 뛰어난 신체 능력에 대해 생각해본 적이 없었다. 그녀는 윌리엄이 자기 팀과 경기하는 모습을 보면서 너무 재미있어서 깜짝 놀랐다. 코트에서 윌리엄은 더욱 강한 모습을 드러냈다. 팀원들에게 큰 소리로 명령했고, 크고 강한 몸으로 상대편이 골대에 접근하지 못하게 막았다. 줄리아는 스포츠에 관심이 없었고 규칙도 몰랐지만, 잘생긴 남자친구가 그토록 순수한 운동능력을 뽐내며 정신을 집중한 채 달리고 뛰어오르고 빙글 돌자 어느새 좋았어라고 생각하고 있었다.

"진지한 사람이에요." 줄리아가 말했다. "걘 인생을 진지하게 받아들여요, 나처럼."

로즈가 일어섰다. 모르는 사람이라면 그녀의 모습을 보고 웃었겠지만 줄리아는 어머니의 복장에 익숙했다. 로즈는 텃밭을 돌볼 때 수선한 포수 유니폼을 입고 남색 솜브레로*를 썼다. 다 길에서 주운 것이었다. 이 동네에는 이탈리아계만 살았지만 이웃 동네에는 멕시코계 가족이 많이 살았고, 로즈는 신코 데 마요 축제**가 끝난 다음 어느 집 쓰레기통에서 솜브레로를 주워 왔다. 포수 장비는 옆옆집에 사는 프랭크 체초네가 마약에 빠져 고등학교 야구팀을 그만두었을 때 얻었다. 로즈는 커다란 정강이보호대를 차고 가슴보호대에는 커다란 주머니를 달아 텃밭에서 쓸 도구를 넣었다. 뭔가 경기를 할 준비가 된 사람 같았지만 어떤 경기인지는 알 수 없었다.

"너보다 똑똑하진 않은가보구나." 로즈가 솜브레로를 벗고 손으로 머리를 빗어넘겼다. 딸들과 마찬가지로 곱슬머리였지만 군데군데 흰 머리가 있었다. 로즈는 겉보기만큼 나이가 많지는 않았지만 몇 년 전부터 생일 축하를 거부했다. 시간의 흐름에 맞선 개인적인 전쟁 선포였다. 줄리아의 어머니는 텃밭 이랑으로 시선을 돌렸다. 이제 수확할 것은 감자와 양파밖에 남지 않았다. 요즘 로즈는 대체로 텃밭 겨울 채비를 하고 있었다. 채소를 키우지 않는 땅은 채소 사이의 좁은 고랑과 흰색 마리아상이 서 있는 곳뿐이었는데, 마리아상은 제일 뒤쪽 울타리 왼편 구석에 자리했다. 로즈가 한숨을 쉬었다. "그것도 괜찮겠지. 나도 네 아빠보다 백만 배는 똑똑하니까."

줄리아는 '똑똑하다'는 말이 애매한 표현임을 알았지만—부모님 둘 다 대학에 가지도 않았고, 애초에 똑똑함을 어떻게 잰단 말인가?—어

---

* 주로 라틴아메리카 국가에서 많이 쓰는 챙 넓은 밀짚모자.

** 1862년 푸에블라에서 멕시코가 프랑스군을 무찌르고 거둔 승리를 축하하는 멕시코의 국경일.

머니의 말이 옳았다. 줄리아는 단정하고 예쁜 로즈가 신혼 초에 이 텃밭에서 미소를 지으며 찰리와 함께 찍은 사진을 본 적이 있었다. 하지만 어머니는 결국 우스꽝스러운 텃밭 전용 복장을 장착하듯이 결혼생활에 대한 실망을 받아들이고 장착했다. 남편의 재정적 안정과 성공을 위해 기울인 노력도 수포로 돌아갔다. 이제 집안은 찰리의 공간이고 로즈의 피난처는 텃밭이었다.

하늘이 어둑해지고 공기가 점점 차가워졌다. 얼음이 얼 정도로 추워지면 동네가 조용해지겠지만 오늘밤에는 마지막 말을 쏟아내는 듯이 시끌벅적했다. 멀리서 아이들이 큰 소리로 웃었고, 체초네 노부인이 텃밭에서 노래했다. 오토바이 한 대가 기침을 세 번 하더니 겨우 시동이 걸렸다. "이제 안으로 들어가야겠다." 로즈가 말했다. "엄마 꼴이 이래서 부끄럽니?"

"아니요." 줄리아가 말했다. 윌리엄은 줄리아만 볼 것이다. 그녀는 윌리엄이 꿈에 그리던 항구를 바라보는 배처럼 희망찬 표정으로 자신을 보는 것이 좋았다. 윌리엄은 좋은 집에서, 전문직을 가진 아버지 밑에서, 커다란 잔디밭과 자기 방이 있는 집에서 자랐다. 그는 성공과 안정이 어떤 모습인지 확실히 알았고, 그가 줄리아에게서 그런 가능성을 보았다는 사실에 줄리아는 무한한 기쁨을 느꼈다.

로즈는 견고한 삶을 꾸리려 했지만 그녀가 벽돌을 쌓을 때마다 찰리가 치우거나 발로 차버렸다. 줄리아는 윌리엄과 처음 이야기를 나눴을 때 대화가 끝나기도 전에 이 남자라고 결정했다. 윌리엄은 그녀가 찾는 것을 전부 가지고 있었고, 줄리아는 어머니에게 말했듯이 그가 정말 좋았다. 윌리엄을 보면 미소가 절로 나왔고, 그의 커다란 손에 자신의 작은 손이 꼭 맞는 것이 정말 좋았다. 두 사람은 뛰어난 팀이었다. 윌리엄은 줄리아가 원하는 삶을 살아봤으므로 둘이 함께 미래를 만들어나갈 때 그녀의 끝없는 에너지가 향할 방향을 잡아줄 것이다. 줄리아는 윌리엄과 결혼하고 집을 사서 자리를 잡은 다음 가족도 도울 생각이었다. 줄리아의 탄탄한 기반이 넓어져서 온 가족의 기반이 될 것이다.

거실로 들어간 줄리아는 남자친구의 얼굴을 보고 마음이 놓여 소리내서 웃을 뻔했다. 삐걱거리는 소파 위 아버지가 옆자리에 앉은 윌리엄의 어깨에 손을 얹고 있었다. 세실리아는 낡은 빨간색 안락의자에 누워 있고 에멜라인은 현관문 옆에 걸린 거울을 보며 머리를 매만졌다.

세실리아가 진지한 목소리로 말했다. "코가 정말 멋져요, 윌리엄."

"아." 윌리엄이 깜짝 놀라며 말했다. "고마워?"

줄리아가 빙그레 웃었다. "세실리아는 신경쓰지 마. 그림 그리는 애라 저런 식으로 말하는 거야." 세실리아는 고등학교 미술실에 특별 출입을 허락받았고, 시야에 들어오는 모든 것을 그림 소재로 여겼다. 지난번에 줄리아가 세실리아의 집중한 표정을 보고 궁금해져서 무슨 생각을 하느냐고 묻자 "보라색"이라는 대답이 돌아왔다.

"코가 정말 멋진 건 맞아요." 에멜라인은 얼굴을 붉히는 윌리엄을 보고 기분좋게 해주고 싶어서 예의바르게 말했다. 그녀는 어디에서든 분위기를 읽어냈고 항상 모두가 편안하고 만족스럽기를 바랐다.

"휘트먼을 전혀 모른다는구나." 찰리가 줄리아에게 말했다. "상상이 가니? 윌리엄은 시간에 딱 맞춰 왔어. 그래서 윌리엄이 지루하지 않게 내가 시를 좀 읊어줬지."

"휘트먼은 아빠나 알지 아무도 몰라요." 세실리아가 말했다.

줄리아의 입장에서 윌리엄이 월트 휘트먼의 시를 전혀 모른다는 사실은 남자친구가 아버지와 다르다는 또다른 증거였다. 줄리아는 찰리의 목소리를 듣고 술을 마시긴 했지만 아직 취하지는 않았음을 알았다. 그는 얼음이 녹고 있는, 반쯤 채워진 술잔을 손에 들고 있었다.

"읽고 싶으면 도서관에 『풀잎』을 예약해줄게요." 실비가 윌리엄에게 말했다. "읽을 만해요."

줄리아는 동생이 있는지도 몰랐는데 실비가 부엌 문간에 서 있었다. 도서관 근무를 마치고 돌아온 것이 분명했고, 새빨개진 입술은 남자애 중 하나랑 서가에서 키스했다는 뜻이었다. 고등학교 3학년인 실비는 커뮤니티칼리지 학비를 모으려고 시간이 날 때마다 도서관에서 일했다. 그녀는 장학금을 받겠다는 의지가 줄리아만큼 굳건하지 않았으므로 언니와 달리 장학생이 되지는 못할 것이다. 좋아하는 과목은 잘했지만 그렇지 않은 과목은 C나 D를 받았다. 줄리아는 잔디깎이처럼 결연하게 움직이며 고등학교 내내 다음 단계를 바라보면서 닥치는 대로 풀을 벴다.

"고마워요." 윌리엄이 말했다. "시는 별로 안 읽어봤어요."

줄리아는 윌리엄이 여동생의 입술을 알아차리지 못했다고, 혹시 알아차렸다 해도 무슨 뜻인지 모른다고 확신했다. 실비는 줄리아와 가장 가까운 동생이자 그녀를 좌절시키는, 할말을 잃게 만드는 유일한 사람이기도 했다. 실비는 소설을 수백 권이나 읽었고—지금까지 실비의 유일한 관심사이자 취미였다—인생 목표도 소설에서 뽑아냈다. 바로 세기의 위대한 사랑을 하는 것이었다. 어린애 같은 꿈이지만 실비는 아직도 그 꿈을 부여잡고 있었다. 실비는 매일 그 남자—영혼의 단짝—를 찾고 있었다. 그래서 그 남자를 만났을 때에 대비해 도서관에서 남자애들과 키스 연습을 했다.

"그런 식으로 연습하는 건 옳지 않아." 밤에 두 사람이 캄캄한 방에 나란히 누워 있을 때 줄리아가 실비에게 말했다. "어차피 네가 찾는 사랑은 만들어낸 거잖아. 『폭풍의 언덕』이나 『제인 에어』나 『안나 카레니나』 같은 책에 나오는 사랑은 자기 자신까지 지워버리는 강력한 힘이야. 전부 비극이잖아, 실비. 생각해봐. 다 절망이나 죽음으로 끝나는 소설이야."

실비가 한숨을 쉬었다. "비극은 핵심이 아니야. 우리가 지금도 그런 책을 읽는 건 너무나 거대하고 진실한 로맨스라서 눈을 뗄 수 없기 때문이야. 나를 지우는 게 아니야. 난 일종의 확장이라고 생각해. 내가 운이 좋아서 그런 사랑을 알게 된다면……" 실비는 그것이 얼마나 큰 의미일지 말로 표현할 수가 없어서 입을 다물었다.

줄리아가 여동생의 새빨간 입술을 보며 고개를 저었다. 그런 꿈은 엉뚱한 결과를 맞을 수밖에 없다. 실비는 생각이 너무 많고 자기 머릿속에서만 살았다. 결국 실비는 헤프다는 소리나 듣다가 자신을 바라보는 눈빛에서 히스클리프가 떠오른다는 이유로 잘생겼지만 별 볼 일 없는 남자랑 결혼할 것이다.

에멀라인은 자기 담임이 마리화나를 피워서 근신중이라는 이야기를 하고 있었다. "너무 솔직하셔." 에멀라인이 말했다. "어쩌다 걸렸는지 우리한테 전부 다 얘기해줬어. 학생들한테 그런 얘기를 해서 곤란해지시는 건 아닐까 걱정이야. 선생님은 해도 되는 말과 안 되는 말이 있다는 어른의 규칙을 모르는 것 같아. 난 항상 선생님한테 조용히 하시라고 말하고 싶었어."

"마리화나를 피우지 말라는 말도 해야지." 세실리아가 말했다.

"이제 식사할까?" 로즈가 깨끗하게 씻고 그나마 괜찮은 홈드레스 차림으로 방에서 나왔다. "만나서 정말 반가워, 윌리엄. 레드와인 좋아해요?"

윌리엄이 낮은 소파에서 기다란 몸을 펴며 일어섰다. 그가 고개를 끄덕였다. "안녕하세요."

"세상에나." 로즈가 고개를 뒤로 젖혀 그를 올려다보았다. 그녀는 152센티미터가 될까 말까 했다. "거인이란 말을 깜빡했나보구나, 줄리아?"

"하지만 정말 대단하지, 안 그래?" 찰리가 말했다. "뾰족한 우리 줄리아를 둥글둥글하게 만들었잖아, 난 그게 가능한 일인 줄도 몰랐는데. 미소 짓는 것 좀 봐."

"아빠." 줄리아가 말했다.

"포지션이 뭐지?" 찰리가 윌리엄에게 물었다.

"스몰포워드입니다."

"하! 자네가 스몰포워드라면 빅포워드는 만나고 싶지 않군."

"저렇게 큰 키를 진화적으로 어떻게 설명할 수 있을까 궁금해." 실비가 말했다. "적이 오는지 담장 너머를 확인할 사람이 필요했나?"

윌리엄을 포함해 그 자리의 모두가 웃었고, 줄리아는 그가 웃다가 살짝 눈물짓는 것 같다고 생각했다. 그녀가 윌리엄에게 가서 속삭였다. "우리가 너한테 너무 버겁니?"

윌리엄이 줄리아의 손을 꼭 쥐었다. 그렇기도 하고 아니기도 하다는 뜻 같았다.

저녁식사는 맛있지 않았다. 로즈는 아름다운 채소를 길렀지만 요리를 싫어했고, 따라서 온 가족이 순서를 정해서 겨우겨우 저녁을 차렸다. 어차피 가족이 먹으려고 키우는 채소가 아니어서 쌍둥이가 주말마다 가까운 부자 동네의 농산물직판장에 가서 팔았다. 오늘은 에멀라인이 식사 당번이었고, 이는 일인분씩 포장된 냉동 인스턴트식품을 먹어야 한다는 뜻이었다. 손님이 제일 먼저 골라야 했다. 윌리엄은 칠면조를 골랐는데 작게 나뉜 칸에 매시트포테이토, 완두콩, 크랜베리 소스도 담겨 있었다. 그다음으로 가족들이 아무거나 골라서 먹기 시작했다. 에멀라인은 캔에 든 필즈버리 크레센트 롤도 오븐에 구웠다. 롤은 반응이 조금 더 좋아서 십 분 만에 사라졌다.

"어렸을 때 어머니가 같은 브랜드로 식사를 차려주셨어요." 윌리엄이 말했다. "다시 먹게 돼서 좋네요. 고맙습니다."

"우리집 대접에 기함하지 않아서 다행이네." 로즈가 말했다. "어렸을 때 성당은 다녔어요?"

"보스턴에서 계속 가톨릭 학교를 다녔습니다."

"아버지랑 같은 일을 할 생각인가?" 찰리가 물었다.

줄리아는 이 질문에 깜짝 놀랐고, 동생들도 놀란 것 같았다. 찰리는 일 이야기를 절대 꺼내지 않았고 누구에게도 직업에 대해 묻지 않았다. 그는 제지공장에 다녔지만 자기 일을 싫어했다. 찰리가 해고당하지 않는 유일한 이유는—로즈의 말에 따르면—회사 사장이 어린 시절 친구였기 때문이다. 찰리는 직업이 그 사람을 만들지는 않는다고 딸들에게 자주 말했다.

"그럼 뭐가 아빠를 만들어요?" 몇 년 전 아빠의 말을 듣고 에멀라인이 물었다. 어린애답게 아주 귀여운 질문이었다. 다들 네 자매 중에서 에멀라인이 가장 다정하고 진지하다고 생각했다. "네 미소." 찰리가 말했다. "밤하늘. 체초네 부인 집 앞에 꽃을 피우는 층층나무."

줄리아는 그 말을 들으며 생각했다. 말도 안 되는 소리야. 매주 공과금을 내려고 모르는 사람 옷을 세탁하는 엄마한테는 아무 소용 없는 말이지.

어쩌면 찰리는 일반적인 아버지가 딸의 남자친구에게 물을 법한 질문을 하려고 애쓰는지도 몰랐다. 그는 이 말을 하자마자 잔을 비우고 와인병으로 손을 뻗었다.

"아빠가 겁먹은 것 같았어." 그날 밤 실비가 어둠 속에서 줄리아에게 말했다. "엄마가 기함이라고 말하는 거 들었어? 절대 그런 식으로 말 안 하는데. 두 분 다 윌리엄 때문에 우아한 척하신 거야."

"아닙니다." 윌리엄이 말했다. "아버지는 회계사세요. 저는—" 윌리엄이 머뭇거리자 줄리아는 생각했다. 대답할 말이 없어서 어려운 거야. 윌리엄에게는 답이 없어. 그러자 기쁨의 전율이 척추를 타고 흘렀다. 줄리아는 답이 전문이었다. 말문이 트이고부터 줄곧 동생들에게 이래라 저래라 하며 문제를 지적하고 해결책을 제시했다. 동생들은 가끔 귀찮다고 생각하면서도 가족 중에 '문제 해결 전문가'가 있는 것이 상당한 자산임을 인정했다. 동생들은 한 명씩 줄리아를 찾아와서 줄리아, 문제가 생겼어라고 쭈뼛쭈뼛 말했다. 짓궂은 남자애가 있다거나 선생님이 엄격하다거나 빌린 목걸이를 잃어버렸다는 고민이었다. 줄리아는 동생들의 부탁에 전율을 느끼며 양손을 문질렀고, 해결책을 찾아냈다.

윌리엄이 말했다. "농구선수로 잘 안 풀리면 아마……" 그가 말을 멈추더니 찰리가 조금 전에 그랬던 것처럼 어쩔 줄 모르는 표정을 지었다. 시간이 멈추고 문장을 끝낼 말이 기적적으로 나타나기만을 바라는 것 같았다.

줄리아가 말했다. "아마 교수가 될 거예요."

"오오." 에멀라인이 괜찮은 생각이라는 듯 말했다. "두 블록 떨어진 동네에 잘생긴 교수님이 사시는데, 항상 여자들이 쫓아다녀요. 멋진 재킷을 입고 다니세요."

"무슨 교수인데?" 실비가 말했다.

"몰라." 에멀라인이 말했다. "상관없잖아, 안 그래?"

"당연히 상관있지."

"교수라." 찰리는 줄리아가 우주비행사나 미국 대통령이라고 대답한 것처럼 말했다. 로즈는 딸들에게 대학에 가야 한다고 늘 말했지만 고등학교만 나왔고, 찰리는 줄리아가 태어나자 대학을 그만두었다. "대단하구나."

윌리엄이 고마움과 무언가가 뒤섞인 표정으로 줄리아를 보았고, 나머지 가족들은 계속 이런저런 이야기를 했다.

그날 밤에 둘이서 동네를 산책할 때 윌리엄이 말했다. "내가 교수가 될 거라니 무슨 말이야?"

줄리아는 빵이 달아올랐다. "도와주려고 그런 거야. 그리고 켄트한테 들었는데, 농구 역사에 대한 책을 쓰고 있다며?" 그녀가 말했다.

윌리엄이 줄리아의 손을 놓았지만 의식하지 못하는 것 같았다. "켄트가 그래? 책 아니야. 지금은 메모에 가까워. 책이 되려나 모르겠네.

뭐가 될지 모르겠어."

"대단하다." 줄리아가 말했다. "난 남는 시간에 책을 쓰는 대학생은 한 번도 못 봤어. 아주 야심만만하잖아. 내가 보기에는 미래의 교수님 같은데."

윌리엄이 어깨를 으쓱했지만 줄리아는 그가 곰곰이 생각중임을 알 수 있었다.

키가 큰 윌리엄은 그녀의 머리 위로 그림자를 드리웠다. 남자지만 아직 어렸다. 오늘밤 필슨은 남색 하늘 아래 소리를 죽인 듯 고요했다. 두 사람은 작은 골목길에 있었다. 오른쪽으로 몇 블록 건너편에 일요일이면 온 가족이 함께 미사를 보러 가는 세인트프로코피어스 성당 첨탑이 솟아 있었다. 줄리아는 도서관의 환한 불빛을 받으며 과학소설 서가에 기대 키스를 하는 실비를 생각했다. 줄리아가 손을 뻗어 윌리엄의 외투 앞섶을 잡았다. 이리 내려와.

그는 이 신호를 알았기에 고개를 숙였다. 그의 입술이 그녀의 입술—부드럽고 따뜻했다—과 만났고 길거리 한복판에서, 한창 무르익는 로맨스 속에서, 줄리아의 동네 한가운데에서 두 입술이 단단히 눌렸다. 줄리아는 윌리엄과의 키스가 좋았다. 윌리엄을 만나기 전에 남자애 두어 명과 키스해봤지만, 그애들에게 키스란 단거리경주의 시작을 알리는 총소리 같은 것이었다. 아마도 결승선은 섹스겠지만, 거기까지 갈 수 있다고 생각하는 남자애는 없었다. 그저 줄리아가 경기를 취소하기 전에 최대한 멀리 가려고 했다. 뺨에 하는 입맞춤은 입술에 닿는 키스로 바뀌었다가 금방 프렌치 키스가 되었고, 곧 크기라도 재는 것처럼 손이 가슴으로 올라왔다. 줄리아는 누구에게도 그 이상을 허락하지 않았지만 애써 피하는 것 자체가 스트레스였으므로 그녀에게 키스란 축축하고 무모한 경험일 뿐이었다. 하지만 윌리엄은 달랐다. 그의 키스는 느릿하고 경주가 아니었기에 줄리아도 긴장을 풀 수 있었다. 안전한 기분이 들자 몸의 다른 부분에도 불이 켜졌고, 그녀는 푹신한 몸을 그에게 딱 붙였다. 윌리엄을 만난 줄리아는 처음으로 그 이상을 원했다. 그를 원했다.

마침내 두 사람이 떨어지자 줄리아가 윌리엄의 가슴에 대고 속삭였다. "난 여길 떠날 거야."

"어딜? 너희 부모님 집?"

"응, 이 동네. 대학을 졸업하고 나서. 그러니까"—이제 줄리아가 망설일 차례였다—"진짜 인생이 시작될 때 말이야. 여기서는 아무것도 시작할 수 없어. 너도 우리 가족 봤잖아. 사람들은 이 동네를 못 벗어나." 줄리아는 로즈가 가꾸는 텃밭의 흙을 떠올렸다. 기름지고 자갈이 많고 만지면 손에 달라붙는 흙. 줄리아가 흙을 닦아내듯이 윌리엄의 재킷에 손을 문질렀다. "시카고에 더 좋은 동네도 많아. 여기랑은 다른 세상이야. 혹시 보스턴으로 돌아가고 싶어?"

"난 여기가 좋아." 윌리엄이 말했다. "너희 가족도 좋고."

줄리아는 그의 대답을 기다리면서 어느새 숨을 참고 있었다. 윌리엄을 자신의 미래로 정했지만 그도 같은 생각인지 확신이 들지 않았다. 그러리라고 짐작만 할 뿐이었다. "나도 우리 가족이 좋아." 줄리아가 말했다. "그저 우리 가족처럼 되고 싶지는 않을 뿐이야."

집으로 돌아온 줄리아가 실비와 같이 쓰는 작은 방에 들어가자 잠옷으로 갈아입은 동생들이 다 같이 기다리고 있었다. 세 사람이 줄리아를 보며 의기양양한 미소를 지었다.

"왜?" 미소로 대답할 수 없었던 줄리아가 속삭였다.

"사랑에 빠졌구나!" 에멀라인이 속삭였고, 동생들이 줄리아를 침대로 끌어당겼다. 네 자매 중 처음으로 사랑에 빠진 것을, 처음으로 남자에게 마음을 준 것을 축하하는 자리였다. 쌍둥이와 실비가 줄리아와 함께 싱글 침대에 쓰러졌다. 이렇게 넷이서 다 같이 침대에 쓰러진 적이 수도 없이 많았다. 몸이 자라면서 점점 힘들어졌지만 네 사람은 팔다리를 어떻게 움직여야 하는지 알았다.

줄리아는 부모님이 깰까봐 한 손으로 입을 가리고 웃었다. 동생들에게 안긴 채 눈물이 고이는 바람에 깜짝 놀랐다. "그런 것 같아." 그녀가 말했다.

"우린 찬성이야." 실비가 말했다. "윌리엄은 언니를 정말 근사하다는 듯이 바라봐. 물론 언니가 근사한 건 사실이지만."

"난 눈빛이 마음에 들어." 세실리아가 말했다. "특이한 파란색이야. 언젠가 그려보고 싶어."

"네가 찾는 그런 사랑은 아니야, 실비." 줄리아가 분명히 하고 싶어서 말했다. "분별 있는 사랑이지."

"당연하지." 실비가 줄리아의 뺨에 입을 맞추었다. "언니는 분별 있는 사람이니까. 정말 진심으로 축하해."

3학년 때 윌리엄이 청혼했다. 계획대로, 줄리아의 계획대로였다. 두 사람은 대학을 졸업하자마자 결혼할 예정이었다. 줄리아는 흥미진진한 조직심리학 수업을 듣고 나서 전공을 인문학에서 경제학으로 바꾸었다. 그녀는 시스템을, 모든 사업체가 복잡한 부분과 동기와 활동의 집합체임을 배웠다. 한 부분이 망가지거나 어긋나면 회사 전체가 무너질 수 있었다. 담당 교수는 기업을 대상으로 업무의 흐름을 더욱 '효율적'이고 '효과적'으로 만드는 방법을 조언하는 비즈니스 컨설턴트였다. 줄리아는 3학년을 마치고 4학년으로 올라가기 전 여름방학 동안 쿠퍼 교수 밑에서 일하며 모눈종이에 메모를 적고 사업 운영 차트를 그렸다. 가족들은 남색 펌프스 구두와 치마 정장을 놀렸지만 줄리아는 에어컨이 시원하게 나오는 사무실건물에 걸어들어가는 것이 정말 좋았고, 다들 자기 일과 자기 자신을 진지하게 여기는 것처럼 옷을 입고 다니는 것도 좋았고, 여자화장실에 갈 때 구름 같은 담배 연기를 뚫고 지나가는 것도 좋았다. 남자들은 줄리아가 생각하는 남자다운 모습이었다. 그녀는 윌리엄에게 생일 선물로 빳빳한 흰색 버튼다운셔츠를 사주었다. 크리스마스에는 코듀로이 블레이저를 사줄 생각이었다. 윌리엄은 역사 교수가 되라는 줄리아의 제안을 따르기로 했다. 줄리아는 자신이 세운 계획이 얼마나 깔끔하게 맞아떨어지는지 음미했다. 이번 여름에 약혼하고, 다음해 여름에 졸업과 동시에 결혼한 다음 윌리엄이 박사과정을 시작하는 것이다. 줄리아는 지금 이 순간을 사는 것이, 자기 삶이 저멀리가 아니라 바로 눈앞에 있는 것이 정말 좋았다. 그녀는 어린 시절 내내 빨리 자라서 이 자리에 오려고, 성공한 어른이 되려고 기다렸다.

윌리엄은 노스웨스턴 대학의 마지막 여름방학을 농구 훈련 캠프에서 보냈고, 줄리아는 종종 일과를 마치고 체육관에서 그를 만나 같이 저녁식사를 했다. 줄리아는 캠퍼스 안뜰에서 가끔 켄트와 마주쳤다.

켄트는 여름방학 동안 대학 보건실에서 아르바이트를 했기 때문에 연습을 일찍 마쳤다. 줄리아는 켄트가 좋았지만 옆에 있으면 늘 조금 불편했다. 두 사람은 타이밍이 약간 안 맞아서 동시에 말을 시작할 때가 많았다. 셋이 있을 때 윌리엄이 무슨 말을 하면 두 사람이 동시에 대답해서 말이 겹쳤다. 줄리아는 켄트를 존중했고—어쨌거나 그는 의대에 진학할 계획이었다—그가 윌리엄에게 좋은 영향을 끼친다고 생각했다. 줄리아가 불편한 이유는 켄트가 자신을 마음에 들어하기를 바라기 때문이기도 했다. 줄리아는 켄트가 자신을 좋아하는지 확신이 들지 않았다. 켄트와 함께 있을 때면 머릿속으로 어떤 대화를 나눠야 할지 이것저것 떠올리면서 안전한 화제를 찾았다.

"안녕하십니까, 장군님." 그날 저녁 켄트가 그녀를 보고 말했다. "기업계에서 열정을 불태우고 있다던데."

"그렇게 부르지 마." 줄리아는 이렇게 말했지만 미소를 지었다. 켄트의 말을 모욕으로 받아들이는 것은 말도 안 되는 일이었다. 그의 말투와 재빨리 떠올리는 미소가 그런 가능성을 용인하지 않았다. "농구는 어때?"

"즐거워." 켄트가 말했다. 이렇게 대답하는 태도를 보니 세실리아가 줄리아의 질문에 신이 나서 보라색이라고 대답했던 게 떠올랐다.

"윌리엄은 오늘 몸 상태가 좋은 것 같더라." 켄트가 말했다. "재미있는 여름방학을 보내고 있나봐. 보기 좋더라고."

줄리아의 귀에는 질책으로 들렸는데 왜 그녀를 질책하는지 알 수 없었다. 줄리아가 윌리엄이 즐기는 것을 바라지 않는다고 생각하는 걸까?

켄트가 인사를 하고 간 다음 줄리아는 벤치에 앉아서 기다렸다. 그녀는 윌리엄의 친구 때문에 허둥거렸다는 사실이 짜증나서 고개를 저었다. 그런 다음 가방에서 콤팩트를 꺼내 립스틱을 발랐고, 잘생긴 약혼자가 크고 호리호리한 청년들과 함께 체육관에서 나오는 모습을 보고 자리에서 일어났다. 얼마 전 1학년 때 생물 수업을 같이 들은 여학생과 길에서 우연히 마주쳤는데 그녀가 말했다. 그 눈이 예쁘고 키가 큰 남학생이랑 약혼했다는 소식 들었어. 걔 정말 귀엽더라. 줄리아는 윌리엄의 손을 꼭 잡고 카페로 저녁을 먹으러 갔다.

윌리엄은 천 칼로리쯤 먹고 혈색을 되찾기 전에는 움직임도 느리고 제대로 된 대화도 나눌 수 없었다. 반대로 줄리아는 흥분해서 어쩔 줄 몰랐고, 그날 하루를 어떻게 보냈는지 빠짐없이 이야기하느라 입술을 멈출 수 없었다.

"쿠퍼 교수님이 그러시는데, 내가 타고난 해결사래." 그녀가 말했다.

"맞아." 윌리엄이 구운 감자를 격자 모양으로 자른 다음 한 조각을 먹었다.

"글은 좀 썼어? 궁금하다." 줄리아는 책이라고 부르면 안 된다는 사실을 파악했다. "그걸로 졸업논문을 쓰면 되겠다."

"엉망이야." 윌리엄이 말했다. "요즘은 시간도 별로 없었고, 어떻게 초점을 맞춰야 할지도 모르겠어."

"나도 읽어보고 싶은데."

윌리엄이 고개를 저었다.

줄리아는 켄트는 읽었어?라고 묻고 싶었다. 하지만 그렇다는 대답을 듣고 싶지 않았다. 줄리아는 흥미도 있고 얼마나 괜찮은지도 궁금해서 그 책이 읽고 싶었다. 윌리엄의 경력에 도움이 될지 알고 싶어서 말이다.

"4학년부터는 선발에 들어갈 거야." 그가 말했다. "코치님이 나보고 실력이 한 단계 껑충 뛰었다고 하셨어."

"선발?"

"모든 경기를 시작부터 뛰는 거야. 주전선수 다섯 명 안에 들어가는 거지. NBA 스카우터가 내 경기를 볼 거야."

"재미있겠다." 줄리아가 말했다. "응원할게."

윌리엄이 미소를 지었다. "고마워."

"너희 부모님한테 약혼했다고 말씀드렸어?"

윌리엄이 고개를 지었다. "아직. 해야지, 나도 알아. 하지만"—그가 망설였다—"아마 관심 없으실 거야."

줄리아는 미소를 지었지만 너무 경직된 미소라는 것을 본인도 알았다. 윌리엄은 벌써 몇 주째 자기 부모님에게 알리는 것을 미루고 있었다. 줄리아는 가난한 집안의 이탈리아계 여자에게 청혼했다고 부모님에게 말하기 창피해서라고 생각했다. 윌리엄의 가정환경에 대해 들었기 때문에 그의 아버지가 좋은 직업을 가지고 있고 어머니는 일할 필요가 없다는 것을 알았다. 두 사람은 아마 외아들에게 어느 정도 기대를 가지고 있겠지만 윌리엄은 자꾸 아니라고만 했고, 줄리아는 걱정을 솔직히 털어놓지 않았다. 줄리아가 어색한 미소만큼이나 어색한 목소리로 말했다. "바보같이 굴지 마. 네 부모님이잖아."

"있잖아." 윌리엄이 말했다. "결혼식에 부모님을 초대하지 않는 게 이상한 건 알지만, 우리 부모님은 초대할 필요 없을 것 같아." 그가 줄리아의 얼굴을 보며 말했다. "그냥 솔직하게 말하는 거야. 이상하다는 건 알아."

"오늘밤에 부모님께 전화드려." 줄리아가 말했다. "나도 같이 통화할게. 내가 좀 매력적이잖아. 두 분은 날 좋아하실 거야."

윌리엄은 잠시 말이 없었고, 아래로 처진 눈꺼풀은 그의 마음이 어딘가 멀리 가 있음을 알려주었다. 그가 고개를 들더니 스스로 풀어야 하는 문제를 보듯 줄리아를 바라보았다.

"나 사랑하잖아." 줄리아가 말했다.

"맞아." 그가 말했다. 이 말에 마음속의 무언가가 정리된 것 같았다. "좋아, 전화하자."

한 시간 뒤, 두 사람은 기숙사 복도에 있는 구식 전화 부스의 등받이 없는 딱딱한 나무의자에 같이 앉아서 보스턴으로 전화를 걸었다. 어머니가 전화를 받자 윌리엄이 "여보세요"라고 말했다. 수화기 너머의 여성은 정중했지만 윌리엄의 목소리를 듣고 깜짝 놀란 듯했다. 그런 다음 줄리아가 수화기를 받아 통화했는데—메가폰에 대고 말하는 것처럼 목소리가 지나치게 크게 들렸다—윌리엄의 어머니 목소리는 희미했다. 그녀는 오븐에 뭘 넣어두었다며 두 사람의 결혼 소식은 반갑지만 그만 끊어야겠다고 말했다.

통화는 십 분도 안 돼서 끝났다.

줄리아가 수화기를 내려놓았다. 전화선 너머 아득한 여자에게 닿으려고 애썼더니 숨이 차서 공기를 들이마셨다.

드디어 입이 떨어지자 줄리아가 말했다. "네 말이 맞았어. 오고 싶지 않으신가봐."

"미안해." 윌리엄이 말했다. "실망한 거 알아. 너는 모두가 참석하는 결혼식을 기대했잖아."

줄리아가 좁은 의자에서 윌리엄에게 딱 달라붙었다. 부스는 따뜻했다. 그녀의 내면에서 열이 오르고 실망이 피어나고 이 남자에 대한 연민이 커졌다. 이 남자는 줄리아의 부모처럼 그의 뺨에 입맞춰주는 부모를 가질 자격이 있었다. 윌리엄과 줄리아는 결혼할 때까지 섹스하지 않기로 했지만 어길 뻔한 적도 한두 번 있었다. 수화기 너머의 쌀쌀한 여자가 윌리엄을 줄리아에게 넘겨주었고, 그 사실이 결혼 서약만큼이나 중대하게 느껴졌다. 줄리아가 윌리엄을 보살펴야 했다, 온 몸과 마음을 다해 그를 사랑해야 했다. 지금 당장 그렇게 해야 했다. 줄리아는 얼굴이 빨개졌고, 좁은 의자에 둘이 앉아 있다보니 치마가 옆으로 돌아갔다. 뭐든 괜찮아지려면 줄리아가 윌리엄과 더 가까워져야만 했다.

줄리아가 말했다. "네 방에 아무도 없어?"

윌리엄의 룸메이트는 여름방학 동안 기숙사를 비웠다. 윌리엄은 왜 묻느냐는 듯한 표정으로 고개를 끄덕였다.

줄리아가 그의 손을 잡고 복도를 지나 기숙사 방으로 들어가더니 두 사람의 등뒤로 문을 잠갔다.

실비
1981년 8월—1982년 6월

로자노 도서관은 필슨 중심지 삼거리가 내려다보이는 곳에 있었다. 실비는 이 도시의 모든 빛과 날씨를 보여주는 통창과 널찍한 도서관을 구석구석까지 사랑했다. 도서관이 누구나 환영하는 것도, 아무리 애매하고 우스꽝스러운 질문을 해도 사서들이 성심성의껏 대답하는 것도 좋았다. 실비는 열세 살부터 도서관에서 일했다. 도서 정리부터 시작해서 스무 살이 된 지금은 보조 사서라는 직함을 얻었다.

실비가 『파라슈트』를 서가에 꽂고 있는데 턱이 갈라진 또래 친구 어니가 미소를 지으며 다가왔다. 두 사람은 고등학교를 같이 다녔고, 이제 전기기술학교를 다니는 어니는 가끔 오전 수업을 마치고 도서관에 들렀다. 실비는 보는 사람이 없는지 확인한 다음 그의 품에 안겼다. 두 사람은 약 구십 초 동안 키스했다. 어니는 그녀의 허리에 손을 얹은 채 통로에서 천천히 두 바퀴를 돌았고, 실비가 어깨를 톡톡 치자 돌아갔다.

실비는 위대한 사랑을 만날 때에 대비해 연습 삼아 남자애들과 키스하는 거라고 줄리아에게 말했고, 그 말은 사실이었다. 하지만 재미로도 했다. 실비는 자신의 남자를, 자기만의 길버트 블라이드를 찾아 교실을 샅샅이 살피면서 어린 시절 내내 기다렸다. 아직 인생의 남자를 찾지 못했지만 남자 품에 안기는 전율을 즐겼다. 실비는 천성적으로 수줍음이 많고 책을 좋아했다. 어니가 눈을 들여다보면 그녀는 얼굴을 붉혔다. "키스 실력이 점점 좋아지고 있어." 밤에 실비와 줄리아가 각자의 침대에 나란히 누워 대화를 나누다가 키스 얘기가 나오자 실비가 말했다. "확실히 배우면 느는 기술인가봐."

줄리아가 고개를 저었다. "네가 남자애들이랑 키스한다고 소문났어. 만약에 엄마 귀에 들어가면……" 문장을 끝맺을 필요도 없었다. 두 사람 모두 로즈가 불같이 화낼 것을 알았다. 실비가 일생의 사랑을 만나기 전에 연습하는 중이라고 설명하면 로즈는 무척 당황할 테고 아마 실비를 방에 가둘 것이다. 로즈는 딸들 앞에서 사랑이라는 말을 절대 입에 담지 않았다. 딸들은 엄마가 쏟아붓는 열렬한 관심 때문에 자기들을 사랑하는구나 생각했다. 또한 역시 말로 표현하지는 않지만 로즈가 찰리를 사랑하는 것도 알았다. 로즈가 결혼생활에 실망한 것은 그를 사랑하기 때문이었다. 그래서 로즈에게는 딸들이 교육을 받으며 강하게 자라서 사랑처럼 모호하고 못 믿을 것에 휘둘리지 않고 자기 두 발로 서는 것이 너무나도 중요했다.

줄리아 역시 사랑이라는 개념을 거들떠보지도 않았었지만 지금은 윌리엄 워터스와 사랑에 빠졌다. 실비는 자기가 누구보다 잘 아는 사람이 로맨스에 굴복하는 모습을 무척 흥미진진하게 지켜봤다. 줄리아는 매일 웃는 얼굴로 다녔고, 평소라면 화냈을 일—찰리가 술을 두 잔 세 잔째 따르거나, 세실리아가 저녁식사 시간에 늦게 와서 말없이 today 앉거나, 에멀라인이 이제 나이도 많은데 자기보다 어린 동네 아이들과 밖에서 놀 때—에도 흔들리지 않았다. 줄리아는 사랑 때문에 더 행복하고 밝아졌지만 실비와 달리 사랑을 삶의 이유가 아니라 잘 쌓아올린 삶의 일부라고 생각했다.

줄리아는 일직선으로 이어지는 단계를 믿었다. 교육은 좋은 결혼으로, 좋은 결혼은 적당한 수의 아이들과 재정적 안정으로, 그리고 부동산으로 이어졌다. 줄리아는 실비가 도서관에서 하는 행동이 끔찍하다고 여겼는데, 일레인 관장—누구나 그렇게 불러야 했다—과 고작 책꽂이 두 줄 떨어진 곳에서 여러 남자가 얼굴에 키스를 퍼붓고 스웨터 위로 가슴을 감싸쥐도록 허락하는 것은 떳떳하지 못한 방종이기 때문이었다. "그냥 평범한 사람처럼 한 번에 한 명이랑 데이트를 해." 줄리아가 실비를 설득했다. 그녀는 동생이 도리에 맞게 행동하기를 바랐다.

"난 데이트에 관심 없어." 실비가 말했다. "데이트란 옷을 멋지게 차려입고 결혼과 아이들 생각밖에 없는 예쁜 여자인 척하는 거잖아. 하지만 난 그럴 생각이 전혀 없단 말이야. 내가 아닌 다른 사람인 척하는 건 너무 슬퍼. 아—" 실비가 어둑한 불빛 속에서 언니를 보려고 팔꿈치를 괴고 몸을 일으켰다. "오늘 책을 정리하면서 어떤 은유를 생각했어. 지금의 나를 집이라고 상상해봐. 내가 위대한 사랑을 찾으면 온 세상이 되는 거야. 우리 사랑이 나 혼자서는 볼 수 없는 더 많은 세상을 나한테 보여줄 거야."

"넌 정말 엉뚱해." 줄리아는 이렇게 말했지만 미소를 지었다. 자신의 러브 스토리를 만들어가면서 마음이 말랑말랑해지기도 했고, 실비의 꿈이 엉터리없다고 생각했지만 동생이 행복하기를 바랐기 때문이다.

실비도 완전히 비현실적이지는 않았다. 영문학 학위를 딸 생각이었는데, 그러면 그토록 사랑하는 소설 속 수수께끼와 아름다움과 대칭성을 어느 정도 이해하고 아이들을 가르치거나 출판사에 취직할 자격도 생길 것이다. 실비는 로즈가 조금 더 안락하게 지낼 수 있도록 여윳돈을 줄 생각이었다. 실비는 어머니와 사이가 썩 좋지 않았다. 두 사람은 종일 사소한 일로 다투었다. 실비는 로즈가 물잔이나 접시를 쓰고 나서 온 집에 아무렇게나 내버려두는 것이 싫었는데, 쌍둥이도 똑같이 했지만 아직 어리니까 봐주었다. 로즈는 실비가 텃밭에 신경을 안 쓴다고 불평했고 그것은 사실이었다. 네 딸 중에서 유독 실비는 집안일만 하겠다고 고집을 부렸다. 실비는 빨랫줄에 빨래를 널 때만 밖으로 나갔다. 로즈는 실비가 책 읽는 모습을 발견하면 못마땅한 표정을 지으면서 크게 한숨을 쉬었다. 실비는 참 이상하다고 생각했다. 네 자매 모두 대학에 가라고 말한 사람은 엄마인데 왜 실비가 책 읽는 것을 못마땅하게 여길까? 실비는 어머니와 줄리아가 종종 부엌 식탁에 말없이 평화롭게 앉아 있는 모습을 보았다. 하지만 실비가 어머니와 함께 있을 때면 정전기가 찌릿거리는 것 같았다.

로즈는 에멀라인과 세실리아의 머리카락을 매만져주고 아직 어린애 취급을 하며 이런저런 일을 시켰고, 쌍둥이는 시키는 대로 했다. 에멀라인과 세실리아가 잡초 뽑기를 거의 전담했고 로즈를 도와 빨래를 갰다. 쌍둥이는 항상 서로만 있으면 되는 듯했고, 부모님과 언니들이 쏟아붓는 애정에 놀라며 즐거워했다. 특히 에멀라인은 세실리아와 이야기를 나누다가 다른 가족이 끼어들면 이 집에 다른 사람이 살고 있음을 잊었던 것처럼 깜짝 놀랐다. 쌍둥이는 자기들만 아는 언어를 만들어서 초등학교를 졸업할 때까지 썼고, 아직도 단둘이 있을 때면 그 단어를 몇 개 썼다.

실비는 책을 들고 눈을 감은 채 어니의 키스를 다시 떠올렸다. 실비를 쉽다고, 또는 헤프다고 말하는 사람들은 생각이 게으른 자들이었다. 실비는 어니나 마일스, 또 눈썹이 짙은 양복 차림 남자와 키스 이상은 한 적이 없었다. 남자들도 실비에게 키스하는 것이 좋은 듯했고, 구십 초라는 시간 제한 덕분에 더 심각한 일로 이어질 리도 없어서 실비에게 딱 맞았다. 실비가 들어갈 수 있는 문이 정식 남자친구를 사귀는 것과 헤픈 여자가 되는 것 두 가지였다면, 그녀는 세번째 문을 찾아서 열었다. 실비는 앞으로 제3의 문을 더 많이 찾을 수 있으리라는 생각에 흥분했다. 실비의 영혼의 단짝은 자격을 갖췄을 것이다. 남자친구나 남편 이상의 존재가 되리라. 그는 깨끗한 유리판 너머를 보듯이 실비를 들여다볼 것이고, 그녀의 어떤 면도 바꾸려 하지 않을 것이다. 실비는 매일 아버지를 바꾸려고 애쓰는 어머니를 보았고, 줄리아는 윌리엄에게 애정을 기울이며 이상적인 미래의 남편으로 조금씩 만들어갔다. 실비는 다른 사랑을 할 생각이었다. 사랑하는 상대가 어떤 사람이든 기뻐하고 그의 특별한 면을 궁금해하면서 눈도 깜짝 않고 솔직한 사랑에 빠져들 것이다.

내 마음은 열려 있어. 실비는 이 말을 떠올렸다가 어디서 들은 표현일까 생각했다. 시구절이었나? 집에서 아빠가 암송하는 것을 들었나? 실비도 아빠처럼 휘트먼을 좋아했다. 찰리가 휘트먼의 시를 암송할 때면 실비는 턱수염을 기른 시인이 증기기관차 뒤쪽 발코니에 서 있는 모습을 상상했다. 시인은 그 시구에, 세상의 아름다움에 눈물을 글썽거렸다.

실비가 카트를 끌고 서가에서 나가보니 줄리아와 윌리엄이 즐겨 앉는 자리에 앉아 있었다. 도서관 정면에서 보면 기둥에 살짝 가려지기 때문에 두 사람은 약간의 은밀함을 누릴 수 있었지만, 실비는 두 사람이 손잡는 모습밖에 보지 못했다. 지금 줄리아와 윌리엄은 서로를 향해 몸을 숙인 채 눈을 마주보고 있었다. 실비는 하나에 집중하는 언니의 성격을 잘 알았다. 줄리아는 윌리엄 워터스에게 푹 빠져 있었다. 윌리엄은 줄리아의 남편, 언니의 미래를 받치는 기둥이 될 것이다. 줄리아는 의지가 강했고, 그 가공할 만한 추진력이 그녀와 윌리엄을 앞으로 밀었다. "언니가 윌리엄을 왜 그렇게 좋아하는지 알아." 세실리아가 큰언니를 놀리며 이렇게 말한 적이 있었다. "언니가 시키는 대로 다 하니까."

실비는 물론 그를 언니만큼 잘 알지 못했지만, 윌리엄이 아무리 침착하고 차분한 척해도 그의 내면에 도사린 어떤 두려움이 느껴졌다. 윌리엄은 줄리아를 구명보트처럼 꽉 잡고 있었는데, 실비는 그 이유가 궁금했다. 실비는 가십을 즐기는 성격이 아니었지만 이야기의 전체적인 흐름을 이해하는 것은 좋아했고, 사랑하는 언니가 가족에게 소개한 2미터짜리 남자라는 형태의 이야기는 더욱 궁금했다.

실비가 카트를 밀며 두 사람이 앉아 있는 자리로 다가가자 둘이서 웃으며 인사했다.

"둘 다 공부 너무 열심히 한다." 실비가 활짝 펼쳐진 채 책상을 뒤덮은 책들을 탐내듯 바라보았다. 찰리의 월급이 또 깎여서 실비는 커뮤니티칼리지를 그만두었다. 요즘은 도서관 근무를 최대한 늘려서 재등록할 돈을 모으고 있었다.

"난 너희 언니만큼 똑똑하지 않아." 윌리엄이 말했다. "열심히 공부해야 해, 안 그러면 성적이 떨어져서 농구도 못하게 되거든."

"너도 곧 학교로 돌아갈 수 있을 거야." 줄리아가 실비에게 말했다.

실비는 뺨이 달아오르는 것을 느끼며 어깨를 으쓱했다. 그녀는 미래의 형부 앞에서 자신의 금전 문제를 이야기하고 싶지 않았다. "결혼식 계획은 어떻게 돼가고 있어?" 그녀가 물었다. "당신 가족들을 만나면 정말 반가울 거예요, 윌리엄."

그의 얼굴에 이상한 표정이 스쳐서 실비는 무슨 말실수라도 했나 생각했다.

"사실은 말이야." 줄리아가 얼른 말했다. "윌리엄의 부모님은 결혼식에 안 오실 거야. 오고 싶지 않으시대."

실비는 고개를 갸웃하며 이 말을 이해하려 애썼다. 사람들이 하고 싶어하지 않는 일은 보통 운동이나 샐러드 먹기, 아침에 일찍 일어나기 같은 것이다. 친부모가 결혼식에 참석하고 싶어하지 않는다는 말은 뭔가 잘못된 것처럼 들렸다. "이해가 안 가." 실비가 말했다.

윌리엄은 지친 표정이었다. 그의 내면에서 무언가가 연파란색 눈에 걸맞게 희미해졌다. "너나 줄리아는 이해 못할 거야." 그가 말했다. "너희 가족은 서로 사랑하니까. 우리 부모님은 나를 사랑하지 않으셔."

윌리엄은 자신의 말에 깜짝 놀란 표정이었고, 실비도 깜짝 놀랐다. 그녀가 두 사람 옆의 빈자리에 앉았다. 줄리아가 윌리엄의 손에 자기 손을 얹고 더없이 단호한 목소리로 말했다. "두 분이 없어도 우리 결혼식은 아주 근사할 거야."

"당연하지!" 실비가 말했다. "괜한 걸 물어봐서 미안해요…… 몰랐어요."

"나쁜 분들은 아니셔." 윌리엄이 말했다. "너희 엄마 아빠 같은 부모님을 둔 너희가 운이 좋은 거야."

"맞아." 실비가 말했다. 널찍한 창을 통해 햇살이 도서관으로 쏟아져 들어왔다. 세 사람 모두 잠깐 넋을 잃고 햇살의 반짝임을 바라보았고—눈을 깜빡이면서 눈가에 손차양을 만들었다—잠시 후 구름이 움직였는지 해가 조금 더 내려왔는지 주변 공간이 평소와 같은 색으로 돌아왔다.

일레인 관장이 어디선가 큰 소리로 혀를 차자 실비가 벌떡 일어섰다.

"서가에 남자 숨겨놨어?" 줄리아가 말했다.

"지금은 없어." 실비가 말했다. "나랑 책 수천 권뿐이야."

한 달 뒤에 실비는 언니 덕분에 학교로 돌아갔다. 어느 날 오후, 줄리아가 로자노 도서관에 자리잡고 앉아서 단골 이용자들을 주의깊게 바라보았다. 점심시간에 찾아와서 실비에게 신문 별자리 운세를 읽어주는 나이 많은 남자가 있었는데, 알고 보니 근처 은행 직원이었다. 줄리아가 그에게 곧장 다가가서 실비의 상황을 설명하자 그는 기꺼이 돕겠다고 했다. 바로 그날 오후에 그 남자가 실비에게 소액 학자금대출을 내주었다. "당신 같은 사람이 재능을 숨기고 살면 안 되죠." 그가 실비에게 서류를 건네며 말했다.

실비는 잘 울지 않았지만 그와 언니의 마음씨가 고마워서 눈물이 고였다. 일레인 관장이 분홍색으로 물든 실비의 얼굴과 줄줄 흐르는 눈물을 보고 혀를 쯧쯧 차며 말했다. "수업을 들으려면 근무 일정을 조정해야겠네."

"네, 그렇게 해주세요, 관장님."

자매들이 케이크를 굽고 세실리아는 축하해, 실비!라고 적힌 배너를 만들었다. 하지만 찰리가 속상할까봐 실비와 줄리아의 방에 배너를 걸었다. 찰리는 실비가 공부를 중단했다는 사실을—자기 잘못이었기 때문에—모른 척했고, 그러므로 재등록해야 한다는 사실도 모른 척하고 싶었을 것이다. 네 자매는 방바닥에 앉아 케이크를 먹으며 이야기를 나누었다.

"언니를 위한 케이크이기도 해." 실비가 줄리아를 향해 고갯짓을 했다. "언니가 아니었으면 난 학교로 돌아가지 못했을 거야."

줄리아가 케이크를 한입 삼키고 말했다. "네가 이 방법을 생각했어야지. 도서관에 드나드는 사람들 전부 널 정말 좋아해. 도움이 필요한 걸 알았으면 벌써 도와줬을 거야."

문밖에서, 거실 쪽에서 무슨 목소리가 들려서 네 자매는 입을 다물고 귀를 기울였다. 로즈의 목소리가 높아졌다는 것은 심기가 불편하다는 뜻이었고, 찰리가 대답하자 로즈의 목소리가 다시 낮아졌다. 얼핏 부부싸움 같던 소리가 대화로 잦아들자 자매들은 안심했다.

"이제부터 너희가 어떻게 될지 말해줄게." 줄리아가 말을 꺼냈다.

"아, 좋아." 세실리아가 말했고, 에멀라인은 기대에 차서 포크를 내려놓았다. 이제 막 열일곱 살이 된 쌍둥이는 고등학교 3학년이었고 실비는 스무 살, 줄리아는 스물한 살이었다. 어린 시절부터 시작한 이 놀이를 하기에는 너무 나이가 많아졌지만 포기할 수 없었다. 줄리아가 놀이를 주도하면서 동생들의 미래에 대해 말해주었다. 줄리아는 있지도 않은 점성술사의 구슬을 집어들고 스노볼처럼 흔드는 척한 다음 네 자매에게 각자 다른 답을 찾아주었다. 초등학생 때 동물을 좋아하던 시기에는 줄리아가 수의사, 실비는 조수가 된다고 했다. 줄리아는 차마 주사를 못 놓을 것 같아서 그 일을 맡아줄 조수가 필요했다. 에멀라인과 세실리아는 사육사가 되기로 했다. 그 이후 수많은 직업과 남편을 거쳤다. 미래를 보는 만화경이었다.

"실비는 기차를 타고 가다가 발타자르라는 키가 크고 눈이 검은 남자를 만나서 일생일대의 사랑을 시작해. 또 굉장한 소설을 써서 서른 살도 되기 전에 퓰리처상을 받아."

실비가 아이싱을 입안 가득 문 채 고맙다는 뜻으로 언니의 허벅지를 맨발로 밀었다.

"나는 내년 여름에 윌리엄이랑 결혼해서 완벽한 아이를 둘 낳아. 우리는 포리스트글렌에 제대로 된 마당이 있는 우아한 단독주택에서 살고, 너희 셋이 매주 일요일에 우리집으로 저녁식사를 하러 와. 나는 우리 애들이 다니는 학교에서 교육위원회 회장을 맡고 완벽한 교수 아내가 될 거야."

"윌리엄이 농구선수가 되면?" 에멀라인이 말했다. "정말 하고 싶은 건 농구 아니야?"

줄리아가 얼굴로 내려온 곱슬머리를 넘겼다. "운동선수는 직업이 아니야. 농구는 학교 다닐 때나 하는 거지."

"그럼 언니가 다 알아서 하는 거네." 세실리아는 줄리아가 계속 이야기하기를 바라며 말했다.

"응. 그리고 에미 너는 스코틀랜드 의사랑 결혼해서 쌍둥이를 세 쌍 낳아. 황무지 옆에 있는 농장에 살면서."

네 자매의 미래에는 늘 황무지가 등장했다. 넷 모두 그 신비로운 풍경이라는 개념에 매료되었는데, 네 자매가 사랑하는 영국 소설에 빠짐없이 등장하는 곳이었다.

"오오." 에멀라인이 좋아하며 침대에 쓰러졌다. 에멀라인의 가장 큰 바람은 엄마가 되는 것이었고, 평생 엄마 노릇을 연습해왔다. 아장아장 걸어다닐 때부터 작은 가방에 간식과 일회용 반창고를 넣어 다니면서 언니들이 배고프거나 아플 때 보살펴주었다. 동네 꼬마 아이들은 새끼 오리처럼 졸졸 따라다니면서 에멀라인이 주는 관심을 듬뿍 받았다. 그래서 에멀라인은 필슨의 이쪽 동네에서 사람들이 제일 많이 찾는 베이비시터가 되었고, 매트리스 밑에 상당한 액수의 지폐 뭉치를 숨겨두었다.

"아들 셋, 딸 셋이야." 에멀라인이 묻기도 전에 줄리아가 말했고, 에멀라인은 만족스럽게 고개를 끄덕였다.

"내 차례다!" 세실리아가 말했다.

"넌 미술학교에 들어가서 유명한 화가가 돼. 그리고 에멀라인이랑 오래 떨어져 있진 못하니까—"

"그랬다간 둘 다 죽을 거야." 에멀라인이 말했다.

"—그러니까 넌 아파트가 파리에 하나, 에멀라인이 사는 스코틀랜드 농장 근처에 하나 있어. 비를 좋아하니까 딱이지."

"맞아." 세실리아가 말했다. "나는 반 고흐가 밤하늘을 그렸던 것처럼 비를 그리고 싶어."

에멀라인이 고개를 끄덕였다. "우리집에 네 그림을 잔뜩 걸어둘게."

실비는 케이크를 한입 더 넣었다가 억지로 삼켜야 했다. 갑자기 맛이 썼다. 실비는 불퉁한 말을, 지금 얘기한 거 하나도 이뤄지지 않을 거야 같은 말을 할 뻔했다. 하지만 겨우 참았다. 이제 실비는 이 놀이가 재미있지 않았고, 줄리아도 신나는 척 꾸며낸다는 것을 알 수 있었다. 실비는 소설을 쓰고 싶다는 꿈을 스스로에게도 절대 인정하지 않았다. 하지만 언니가 실비의 속마음을 캐내 모두 앞에서 말하자—좋은 의도라는 것은 실비도 알았지만—이상하게도 뭔가를 잃은 것처럼 고통스러웠다. 실비의 꿈은 밖으로 나와서 비바람에 노출되었고, 실비의 손에 닿지 않았다.

줄리아의 결혼식 날, 로즈가 새벽에 네 딸을 깨웠다.

"무슨 일이에요, 엄마?" 에멀라인이 로즈의 흥분한 표정을 보고 말했다.

네 자매는 눈을 비비고 하품을 하며 일어나 최악의 소식을 기다리며 겁에 질려 침묵했다. 윌리엄이 죽었거나, 도망갔거나, 성당이 불탔거나, 찰리가 너무 취해서 결혼식에 참석할 수 없다거나, 그런 소식을.

어쩌면 텃밭에 돌발적인 홍수나 치명적인 개미떼의 습격 같은 끔찍한 일이 벌어졌을지도 몰랐다.

"할일이. 너무. 많아." 로즈가 이 말을 해야 하다니 숨이 찬다는 듯 말했다. "일어나!"

줄리아는 벌써 일어나서 머리를 매만지고 있었다. 줄리아가 어머니를 따라 부엌으로 들어가면서 자기가 할일을 소리 내서 읊었다. "윌리엄이 앉을 의자가 있는지 확인해야 해요, 나이 많으신 분들이 앉을 의자랑은 별개로. 무릎 때문에 오래 못 서 있어요. 실비가 루이스 씨한테서 꽃을 받아올 거고. 쿠키는요?"

"오븐에 넣을 준비 다 됐어."

양옆의 네 이웃집이 로즈에게 부엌을 빌려주기로 해서 피로연에 필요한 쿠키 오백 개 중 각자 할당받은 양을 구울 준비를 마쳤다. 열시에 에멀라인이 집집마다 돌아다니며 지금이에요!라고 소리치기로 했다. 그러면 쿠키가 동시에 오븐으로 들어간다.

결혼식은 열두시에 세인트프로코피어스 성당에서 거행되고 성당 옆 마당에서 와인과 쿠키를 차린 피로연이 열린다. 두 거리 떨어진 곳에 사는 이탈리아인 재봉사가 줄리아의 드레스를 만들었다. 로즈는 웨딩드레스를 받는 대신 재봉사의 드레스와 직물을 몇 달 동안 무료로 세탁해주었다. 로즈의 물물교환 솜씨는 세계 최고였다. 로즈는 동네 정육점 주인이 어린 시절 그리스에서 먹어본 맛을 잊지 못한다는 이유만으로 텃밭 왼쪽 뒤편에다가 무슨 호박을 심었다. 그리고 매년 정육점 주인에게 호박을 다 주고 가족이 먹을 닭이나 소고기 정육을 받았다. 로즈는 와인만 빼고 결혼식에 필요한 물건을 전부 장만했다. 찰리가 걸어갈 수 있는 거리에 있는 술집 네 군데의 주인들과 술친구였으므로, 로즈는 그가 그렇게 술을 팔아주었으니 큰딸 결혼식에 한 사람당 최소 와인 한 상자씩은 내놓을 수 있지 않냐고 했다.

"실비, 넌 결혼해서 아빠를 떠나지 않을 거지?" 낡은 흰색 티셔츠를 입은 찰리가 거실 안락의자에 앉아서 말했다. 커피가 든 머그잔을 양손으로 잡고 있었다.

"아, 아빠." 실비가 거실을 가로질러와서 찰리의 정수리에 입을 맞췄다. "무슨 일이 있어도 아빠를 안 떠날 거예요."

"에미는? 시시는?"

"말도 안 되는 소리 하지 마세요, 아빠." 쌍둥이 중 하나가 자기 방에서 외쳤다. "우리 둘 다 당연히 결혼해야죠. 언젠가는."

찰리가 의자에 기대앉았다. 실비의 눈에 비친 아빠는 그 어느 때보다 나이들어 보였다. 찰리가 이제 막 태양이 떠오르기 시작한 창 쪽으로 시선을 돌리고 고개를 끄덕였다. "너희 모두 당연히 돛을 올리고 엄마랑 나만 여기 남겨둔 채 떠나겠지. 시간만큼이나 오래된 이야기야."

아침식사가 끝난 뒤 실비는 여섯 블록 떨어진 꽃집까지 걸어갔다. 땅딸막한 에콰도르인 루이스 씨가 카운터 뒤에서 코웃음을 치더니 꽃은 시간 맞춰 성당으로 배달할 거라고 말했다. 그는 실비가 확인하러 왔다는 사실 자체가 모욕적이라고 생각했다. "이런 날에는 따로 해야 할 일이 있을 텐데. 머리도 하고 립스틱도 바르고 말이야. 예뻐 보이게 뭐라도 꾸며야지."

실비가 얼굴을 찌푸렸다. 그렇게 이상해 보였을까? 실비는 신부 들러리였으므로 결혼식이 진행되는 동안 성당 맨 앞에서 언니 옆을 지켜야 했다. 실비는 줄리아를 위해서 예뻐 보이고 싶었지만, 그러려면 마법처럼 머리 모양이 괜찮은 날이어야 했다. 남들 앞에 나설 만큼 단정하게 매만지려고 아무리 애써도 머리카락이 말을 듣지 않았다. 오늘 아침에는 거울을 보지 않았지만 루이스 씨가 이렇게 말하는 것을 보니 운좋은 날은 아니었나보다. 실비는 루이스 씨에게 고맙다고 인사한 다음 가게를 나섰다. 가게 문에서 몇 걸음이나 떨어져야 장미꽃 향기가 나지 않는지 세어보았다. 열세 걸음이었다.

실비는 이제 막 문을 연 도서관 앞을 지나치면서 창문 너머 데스크 뒤에 앉아 있는 여자들에게 손을 흔들었다. 저 안으로 도망쳐서 근무하고 싶은 충동이 불쑥 일었다. 시원한 도서관 서가에서 오늘 하루를 보내는 것이다. 결혼식, 햇빛, 억지 미소, 그 모든 것이 피곤했다. 이상한 모순인 건 알지만 실비는 사랑에는 흥미가 있어도 결혼식은 불편했다. 결혼식은 너무 화려하고 너무 공개적이었다. 두 사람의 깊은 사랑은 말로 표현할 수 없는 둘만의 노력이므로 연인이 근사하게 차려입고 사람들 앞에 나서는 결혼식은 사랑의 본성과 정반대 같았다. 아무도 사랑을 볼 수 없다. 어쨌거나 실비는 그렇게 믿었다. 사랑은 내면의 상태였다. 연인끼리의 그 내밀한 순간을 지켜보는 것이 실비는 왠지 신성모독에 가까운 잘못 같았다.

실비는 줄리아와 윌리엄의 결혼이 기쁘긴 했지만 결혼식을 보고 기뻐하는 소녀인 척 연기를 해야 했다. 동네 모든 아주머니들이 실비에게 입맞춤을 할 것이다. 다음은 네 차례구나라는 말을 계속 들을 테고, 그러면 실비도 울적해질 것이다. 진정한 사랑이 아직 나타나지 않았기 때문이다. 실비는 거의 항상 로자노 도서관을 지키고 있는데 그 남자가 그곳에 나타날 가능성이 얼마나 될까? 만약 그를 영영 찾지 못하면?

실비는 도서관 바로 뒤 연석에 앉아 있던 세실리아에게 발이 걸려 넘어질 뻔했다. "여기서 뭐해?" 깜짝 놀란 실비가 물었다. 로즈가 짠 일정표에 연석에 앉아 허공을 바라보는 시간도 있었나?

"아." 세실리아가 말했다. "에멀라인을 기다리고 있어. 약국에 갔거든."

실비가 콘크리트 연석에, 동생 옆에 앉았다. 연석에 멍하니 앉아 있는 시간이 일정표에 있다면 실비도 끼고 싶었다. 미친 듯한 에너지가 넘치는 집에 다시 들어가기 전에 조용한 시간을 보내면 도움이 될 것이다.

"나 오늘 베스야." 세실리아가 말했다.

실비가 고개를 끄덕였다. 파다바노 자매들이 오래전부터 쓰던 표현이었다. 줄리아가 『작은 아씨들』을 처음 읽고서 동생들에게 소설에 나오는 네 자매의 이야기를 해주자 네 사람은 각자 자신이 마치가의 네 자매 중 누구인지 이야기하기 시작했다. 줄리아와 실비는 둘 다 자신이 활달한 조라고 생각했는데, 실비가 보기에 두 사람 다 맞았다. 그래서 줄리아와 실비는 조를 나눠 가졌다. 줄리아에게는 조 마치의 상상력과 열정이 있었고, 실비에게는 조의 독립심과 문학적 소양이 있었다. 에멀라인과 세실리아는 둘이서 메그였다가 에이미였다가 했다. 그리고 누구든 아프거나 쓸쓸할 때는 자신이 베스라고 말했다. 네 자매는 번갈아가면서 우리 중에서 누군가가 먼저 죽겠지라는 말을 꺼냈고, 그 생각에 몸서리를 쳤다.

"무슨 일인데? 몸이 안 좋아?"

"비밀이 있어." 세실리아가 말했다. "줄리아한테는 말하지 마. 신혼 여행에서 돌아오면 내가 말할 거야. 아마도."

실비는 기다렸다. 동네 사람들이 우르르 지나갔다. 시끄러운 십대 아이들이 서로 밀면서 걸어갔다. 한 아이가 농구공을 튕기며 길을 건너려고 기다렸다. 하시드파* 남자들이 줄지어서 모퉁이를 돌았다. 세계 곳곳에 조상을 가진 다양한 사람들이 사방으로 흩어졌다. 토요일이었고, 아름다운 6월 아침이었으므로 다들 평소보다 조금 더 행복하고 조금 더 자유로워 보였다.

"나 임신했어."

목에 숨이 턱 걸려 실비는 기침을 하면서 생각했다. 하지만 나는 섹스도 아직 안 해봤는데. "아니야, 그럴 리가 없어." 실비가 말했다. "넌 겨우 열일곱 살이잖아. 잘못 안 거야."

세실리아가 어깨를 으쓱했다. 세실리아와 에멀라인은 얼마 전에 고등학교를 졸업했지만 줄리아의 대학 졸업과 결혼식에 가려져 조용히 지나갔다. 오늘 아침에 찰리는 더 나이들어 보였고, 지금 세실리아도 마찬가지였다. "내가 늘 좋아했던 우리 반 남자애야. 로리 제노베세 집에서 열린 파티에 갔다가 술을 너무 많이 마셨어. 걘 내가 임신한 거 몰라. 어떻게 해야 할지 잘 모르겠어."

실비의 두번째 반응은 분노였다. 실비는 너무나도 조심했다. 남자애들과 키스만 하면서 위험이 없는 짧은 즐거움만 누렸다. 줄리아는 초

* 율법을 엄격하게 지키는 유대교의 한 분파.

등학교 때부터 군인처럼 정확하게 자기 인생을 계획하고 실행했다. 두 사람 모두 깜짝 놀랄 일이 생길 공간을 남겨두지 않았다. 이제 보니 실비는 두 사람이 모범을 보이면 에멀라인과 세실리아도 안전하다고, 동생들이 줄리아와 자신의 바로 뒤를 좇아서 어른이 되리라고 믿었던 듯했다. 두 동생도 신중하게 행동하리라고 말이다. 하지만 실비가 게을렀다. 실비는 제3의 문을 알고 있었다. 실비와 줄리아는 같은 문을 통과했지만 에멀라인과 세실리아는 다른 출구를 찾을 가능성이 당연히 있었다. 세실리아는 사랑스러웠다. 작고 몸매가 아름다웠다. 동생은 잘 웃고 수많은 친구에게 생일 선물로 초상화를 그려주었다. 남자애들이 몰려들었지만 언니들은 세실리아에게 그들을 물리칠 방법도 이유도 말해주지 않았다. 찰리가 오늘 아침에 말했듯이, 그것은 시간만큼이나 오래된 이야기였다.

실비는 연석에 달라붙은 기분이었다. 그 자리에서 일어났을 때에도, 동생들과 함께 집으로 걸어갈 때에도, 로즈가 부산스럽게 움직이며 실비에게 분홍색 들러리 드레스를 입히고 헝클어진 머리카락을 어떻게든 손보려 할 때에도 바로 그 연석에 앉아서 빠르게 지나가는 삶을 지켜보는 기분이었다. 도서관은 등뒤에 있고, 세실리아는 걸어다니는 시한폭탄이고, 줄리아는 너무 행복해서 불꽃을 튀기고, 윌리엄은 새로운 가족이 되려는 참이고, 로즈와 찰리는 다음 세대가 이미 오고 있다는 사실을 몰랐다. 태양이 머리 위로 높이 뜨고 실비는 얼굴에 미소를 장착한 채 제단에 섰지만, 그녀의 마음은 여전히 그 연석에 앉아 모두를 제자리로 되돌리기에는 이미 너무 늦은 걸까 생각하고 있었다.

윌리엄

1982년 3월—1982년 6월

선수들이 몸을 움직이는 각도부터 자신이 공중에 뛰어오르는 동작까지 왠지 너무나 익숙해서 윌리엄은 블로킹하려고 점프하면서 생각했다. 조심해. 드레드록* 머리 모양에 고글을 낀 거대한 센터가 윌리엄의 가슴을 쿵 칠 때에도 여전히 그 말이 머릿속을 맴돌았다. 윌리엄은 예전보다 힘이 세졌으므로 공중에서 상대방을 밀었는데 그 힘 때문에 뒤로 밀렸다. 다른 선수와 부딪치면서 옆으로 넘어졌다. 바닥에 떨어지면서 윌리엄은 오른쪽 무릎을 강하게 부딪쳤다.

켄트가 윌리엄을 향해 몸을 숙이고 부축하려고 손을 내밀며 말했다. "괜찮아?"

---

* 머리카락을 밧줄처럼 꼬는 헤어스타일.

윌리엄은 친구의 목소리가 거의 들리지 않았다. 무릎이 웅웅거렸다. 이상하게도 무릎 안쪽이 의식됐다. 살금살금 다가온 파도에 무너지는 모래성 같은 느낌이었다. 윌리엄이 자기 관절을 빤히 보았고, 심판이 휘슬을 불자 사람들이 들것을 가지고 코트로 들어왔다. 윌리엄은 이 장면을 알아보았고, 지금부터 뒤따를 안개와 통증도 알았다.

윌리엄은 무릎 재건 수술을 두 차례 받아야 했다. 전문의나 주치의가 병실에 들어올 때마다 윌리엄은 이해하고 싶어서 열심히 귀를 기울였다. 그가 집중할 수 있는 주제는 무릎밖에 없었다. 다른 모든 정보는 불가능할 정도로 멀리에서 오는 것 같았다. 그는 단어를, 단편적인 말들을 알아들었지만 의미는 알지 못했다.

다행히도 병실을 혼자 썼다. 보통은 1차 수술과 2차 수술 사이에 이 주 동안 퇴원해서 집으로 돌아갔다. 하지만 윌리엄은 다친 다리를 움직이지 않고 높이 올려두어야 했는데, 기숙사 방에 가려면 층계참을 세 개나 올라가야 했으므로 병원에서 그를 받아주었다. 간호사는 언제든 다른 환자가 들어올 수 있다고 말했으나 아무도 오지 않았다. 켄트가 시간이 날 때 찾아왔지만 학교 공부와 농구, 세탁실 근무 때문에 여유가 별로 없었다. 줄리아는 하루에 최소 한 번은 찾아왔고 두 번 오는 날도 있었다. 그녀는 멋진 등장으로 윌리엄을 웃기려 애썼다. 발레리나처럼 한 바퀴 빙 돌면서 들어오기도 하고, 턱을 들고 엄격한 간호사인 척 성큼성큼 걸어들어오기도 했다. 한번은 머리에 책을 아슬아슬하게 쌓아올리고 들어왔지만 병실을 반쯤 가로질렀을 때 책이 무너졌다. 윌리엄은 줄리아의 다양한 등장을 즐겼지만 사실 그런 것은 필요하지 않았다. 줄리아가 있는 것만으로도 행복했다.

줄리아는 윌리엄이 공부를 따라잡을 수 있도록 교과서를 가져다주었다. 기말시험이 두 달도 남지 않았고, 그다음은 졸업식이었다. "우리는 1982년 6월을 인생 최고의 달로 기억하게 될 거야." 줄리아가 말했다. "졸업식과 결혼식이 있잖아." 그녀는 기쁜 듯한 말투로 두 행사를 언급하면서 인생의 굳건한 이정표를 음미했다. 윌리엄은 약혼녀가 그런 식으로 말하는 것이 좋았다. 그는 줄리아가 인생을 능숙하게 달려야 하는 고속도로망처럼 보는 것에 감탄했고, 그녀가 운전하는 차를 탄 것에 감사했다.

하지만 줄리아가 가면 윌리엄은 몇 시간씩 혼자일 때가 많았다. 그는 교과서를 못 본 체하고 구석에 놓인 텔레비전 채널을 이리저리 돌렸다. 무음으로 시카고 불스의 경기를 보았다. 켄트가 마지막으로 왔을 때 우편물을 가져다주었는데, 윌리엄은 어느 봉투에 적힌 아버지의 가늘고 구불구불한 글씨체를 알아보았다. 편지를 손에 들자 식은땀이 피부를 덮었다. 윌리엄은 부모님에 대한 희망에 무감각해졌다고 생각했지만 편지가 오자 원치 않는 감정이 치솟았다. 베개 밑에 봉투를 넣고 창밖으로 새를 쫓듯이 마음속에서 희망을 내몰았다. 그는 부모님이 본인들 인생에 그를 원하지 않았음을 늘 받아들였다. 결혼식 때문에 줄리아와 함께 어머니에게 전화를 걸었을 때에도 결과를 이미 알고 있었기에 더없이 침착했다. 그날 밤에는 줄리아가 느낄 실망만이 걱정이었다. 그러나 부모님도 그 통화 이후 모든 것을 생각해볼 시간이 있었을 것이고, 이제 수고스럽게도 그에게 편지까지 썼다. 윌리엄의 입원 사실을 알 리는 없었다. 어디서 듣겠는가? 학교측에서 치료비를 내주었고, 의사가 부모님께 알리겠다고 했지만 윌리엄은 그럴 필요 없다고 했다. 윌리엄은 어머니와 아버지가 지난날이 후회돼서 편지를 썼을 가능성도 있다고 생각했다. 이제 윌리엄이 다 커서 결혼을 앞두자 아들이 사는 모습을 얼마나 많이 놓쳤는지 깨달았을지도 모른다. 어쩌면 어른이 된 윌리엄의 삶에 일부가 되고 싶은지도 모른다. 윌리엄은 부모님이 긴 편지를 썼기를, 너무나 오랜 무관심에 대한 사과도 들어 있기를 바랐다. 이 바람 때문에 다시 식은땀이 났다. 어쩌면 윌리엄에게 용서를 구하고 결혼식에 참석할 기회를 달라는 내용일지도 몰랐다.

윌리엄은 텔레비전을 끄고 봉투를 열었다. 편지가 없다는 것을 바로 알 수 있었다. 수표 한 장뿐이었다. 메모란에 이렇게 적혀 있었다. 결혼/졸업 축하. 만 달러짜리 수표였다. 윌리엄은 여러 개의 0을 빤히 보면서 생각했다. 이제 정말 끝났어. 그는 수표를 보자마자 자신이 현금으로 바꾸지 않을 것임을 알았다. 윌리엄은 두 사람의 돈을 건드리지 않을 것이다. 가슴속에서 심장박동이 속삭임만큼이나 느려졌고, 윌리엄은 울지 않으려고 애쓰다가 호흡이 이상해졌다. 그는 너무 속상해서 깜짝 놀랐다. 마음속에서 무언가가 부서진 것 같았다.

1차 수술이 끝나고 2차 수술을 받기 전에 농구팀과 코치가 병문안을 왔다. 동료들—대부분 들어올 때 고개를 숙여야 했다—은 팀 운동복을 입고 있었다. 팀원들이 병상 주변에 모여들자 윌리엄의 안에서 모든 것이 가라앉았다. 그의 내면이, 그의 자아가 연필 끝처럼 좁아진 기분이었다. 모든 색과 선이 사라졌다.

다들 기운 내라는 듯 조심스러운 미소를 지었다.

"넌 괜찮아." 제일 가까이 서 있던 켄트가 말하면서 윌리엄에게 확신을 박아넣으려는 것처럼 어깨를 두 번 탁탁 쳤다. 넌 괜찮아.

아닌 거 같은데. 윌리엄은 생각했다.

코치가 목을 가다듬고 말했다. "윌리엄, 그때 다친 게 오히려 다행이야. 토너먼트까지 진출해서 경기도 뛰어봤잖아. 중요한 시즌인데 팀에 아주 큰 도움이 됐어. 곧 결혼한다고?"

"네."

"좋은 소식이군. 그게 진짜 중요한 거지. 자, 모든 게 더 좋아질 거야."

진심이 아니잖아요. 윌리엄이 속으로 생각했다. 이제 난 농구를 못하잖아요. 다 끝난 거 알잖아요.

포인트가드 거스가 모든 선수의 사인이 담긴 위문 카드를 건네고 몇 명이 병원 음식에 대해 농담을 한 다음 고맙게도 다들 물러갔다.

하지만 물리치료사—턱수염을 기른 어래시라는 남자—가 남아서 병상으로 다가왔다. 그가 얼굴을 찌푸리며 말했다. "그 무릎, 역사가 어떻게 돼?"

윌리엄은 이 질문에 대해 곰곰이 생각하며 고개를 끄덕였다. 역사가 있긴 했다. 마음속에서 연필 끝이 뭉뚝해졌고, 그는 공기를 그러모아 숨을 쉴 수 있었다. "고등학교 3학년 때 슬개골이 부러졌어요. 사실은 이번이랑 비슷한 플레이를 하다가요."

"그럴 것 같았어. 예전 약점 때문에 슬개골이 박살났군."

어래시가 엑스레이사진을 손에 들고 내려다보았다. 사진 속 슬개골은 위아래의 뼈보다 더 칙칙하고 엉망진창이었다. 하얀 마디에 금이 여러 개 가 있었다. "모자이크 같아."

"경력이 끝장났죠." 윌리엄이 말했다.

"그것도 그렇고. 음, 네가 농구를 정말 좋아한다는 거 알아." 어래시가 말했다. "그리고 네 무릎이 약한 것도 알았지. 알겠지만, 농구계에 남을 수도 있어. 코치나 트레이너를 해도 되고 다른 역할도 있어. 선수를 지원하는 직원들을 살펴보면서 어떤 일이 끌리는지 생각해봐. 농구는 아주 커다란 기계라서 부품이 아주 많아."

윌리엄이 몸을 숙였다. "무릎이 약한 걸 알았다니, 무슨 뜻이에요?"

어래시는 팔이 강인해 보이는 옹골찬 남자였다. "한 번인가 두 번 무릎을 보호하려고 하던데. 회전해서 점프할 때 반대쪽 다리를 쓰는 것도 봤고. 어린 나이에 부상을 당하면 그렇게 되지. 무릎은 단독으로 움직이지 않아. 그러니까 골반이랑 발목까지 다른 방식에 익숙해지면서 전체적인 균형이 무너져. 여러 관절이 상호작용을 하는데, 너한테 약한 다리의 힘을 완전히 회복해야 한다고 아무도 말을 안 해준 거야. 지난번에 아마 석고붕대를 떼자마자 아무것도 바꾸지 않고 그대로 코트에 복귀했겠지, 안 그래?"

윌리엄이 고개를 끄덕였다.

"그랬을 것 같았어."

어래시가 가고 몇 분 뒤 줄리아가 왔다. 그녀가 윌리엄의 표정을 살폈다, 왠지 화가 나 보였다. "무슨 일 있었어?"

"무릎 때문에 죽겠어."

"불쌍한 윌리엄. 다른 걸 생각해봐. 결혼식이라든가. 기대되는 근사한 일이 있잖아, 안 그래?"

"코치님도 그렇게 말씀하셨어."

줄리아의 얼굴이 환해졌다. "정말 친절하시다!"

줄리아가 계획이 잔뜩 적힌 종이를 끼운 클립보드를 건넸다. 하객 목록, 각종 꽃 사진을 테이프로 붙인 꽃장식 배치, 분 단위로 쪼갠 일정. 시간 순서대로 정리한 해야 할 일과 각 항목을 마쳐야 할 날짜. 누가 무엇을 책임지는지 정리한 스프레드시트. 거의 모든 칸에 줄리아나 로즈의 이름이 적혀 있었다.

윌리엄이 종이를 넘겨 보았다. 결혼식은 구 주 뒤였다. 결혼식은 무릎과 마찬가지로 윌리엄이 이해할 수 있는 확실한 사건이었다. 결혼식은 참석해야 하고 무릎은 조심해야 했다.

줄리아가 윌리엄의 머리를 매만졌다. 기분좋은 손길이었다.

그녀가 무슨 말을 하고 있었기 때문에 윌리엄은 집중하려 애썼다. "네 과제를 가지러 역사학과에 갔을 때 수업조교 자리가 있는지 물어봤어. 가을 학기에 빈자리가 아직 있대. 내가 이력서 대신 내줄까?"

윌리엄은 9월부터 노스웨스턴 대학원에서 역사학을 전공할 예정이었다. 대학원에 합격하자 깜짝 놀라면서도 마음이 놓였다. 윌리엄은 자신이 그저 그런 학생이라고 생각했지만 사실 사 년 동안 켄트와 줄리아와 같이 공부하면서 바뀌었다. 그의 친구와 여자친구는 열심히 노력하는 모습을 보여주고 효율적으로 공부하는 방법을 가르쳐주었다. 이렇게 배운 기술에 평점이 낮으면 농구팀에서 퇴출된다는 떨칠 수 없는 두려움이 합쳐져 윌리엄은 성적 우수자 명단에 올랐다.

박사과정에 지원하려면 집중 연구할 역사적 시기를 정해야 했는데, 윌리엄은 무엇을 골라야 할지 몰라 고민중이었다. 그는 역사학이 폭넓기 때문에, 여러 사건과 인물이 광범위하게 연결되기 때문에 좋았다.

레오 톨스토이가 마하트마 간디에게, 간디가 마틴 루서 킹 주니어에게 영향을 주었던 것처럼 말이다. 윌리엄은 어떻게 하면 특정 세기나 대륙, 전쟁을 자신 있게 고를 수 있는지 몰랐다. 윌리엄이 그래서 곤혹스럽다고 이야기하자 켄트가 고개를 저으며 말했다. "넌 이미 특정 분야에 집중하고 있잖아, 바보야. 농구 역사에 대한 책을 쓰는 중이잖아." 이 말을 듣고 윌리엄이 깜짝 놀라서—그런 생각은 떠오르지도 않았다—말했다. "농구를 연구할 순 없어. 진지한 학술 주제로 보이지 않을 거야." 그러나 윌리엄은 1890년부터 1969년 사이의 미국사 연구를 지원했다. 적어도 개인적인 관심사와 공적인 학업을 양립시키는 것이 가능한 시기였다.

긴 박사과정을 밟으면서 줄리아와 둘이서 먹고살려면 수업조교 일이 필요했다. 그는 약혼녀에게, 그리고 그녀가 세운 계획에 집중하는 표정을 지었지만 마음속 어딘가에서 결혼식, 무릎이라는 속삭임이 반복되었다.

"정말?" 윌리엄이 말했다. "하지만 이력서가 제출해도 될 만큼 정리됐는지 잘 모르겠어."

"내가 손봐줄게. 나 그런 거 잘해. 여름방학 때 쿠퍼 교수님 밑에서 일하며 이력서를 정말 많이 읽었거든, 알지? 너 퇴원하면 머리카락 좀 잘라야겠다." 줄리아가 그의 팔을 쓰다듬었다. 그러다 동작을 잠시 멈추더니 낮은 목소리로 말했다. "네 옆에 누울 수 있으면 좋겠다."

윌리엄은 그녀의 굴곡진 몸이 자신에게 딱 달라붙는 모습을 상상했다. 시트를 당겨서 두 사람의 머리 위로 덮으면 어떻게 될까 상상했다.

"내 손에 키스할래?" 그가 말했다.

줄리아가 몸을 숙여 양손으로 그의 손을 잡았다. 그러고는 손등에, 엄지와 검지 사이 부드러운 살에 입을 맞췄다. 그런 다음 손을 뒤집어서 손바닥에 키스했다. 부드럽게, 계속해서. 결혼식. 무릎.

결혼식을 며칠 앞두고 로즈와 줄리아가 파다바노가의 식당에서 리허설 회의를 주관했다. 찰리는 없었지만 아무도 그의 부재를 언급하지 않았고, 윌리엄은 일부러 찰리가 없는 시간에 회의를 잡은 걸까 생각했다. 실비는 어머니와 가장 멀리 떨어진 구석에 앉아서 무릎에 책을 올려놓고 읽으며 자기 이름이 불릴 때에만 회의에 집중했다. 에멀라인은 결정된 사항을 적기로 했기 때문에 필기첩과 연필을 들고 앉아 있었다. 세실리아는 지루한 표정인지 졸린 표정으로 쌍둥이의 팔에 기댔다.

윌리엄은 쌍둥이를 구분하기까지 시간이 조금 걸렸지만 이제는 쉽게 알아보았다. 세실리아는 항상 손과 옷에 물감이 묻어 있고 기분이 좋다가도 순식간에 짜증을 냈다. 그녀는 사람들에게 엄격한 표정을 지어 보이기를 좋아했는데, 윌리엄은 그 모습을 보면 줄리아가 떠올랐다. 에멀라인은 쌍둥이 동생보다 조용하고 반응이 느렸다. 네 자매 중에서 제일 조용했지만 이 작은 집에서 울리는 전화는 대개 베이비시터를 부탁하려고 에멀라인을 찾는 전화였다. 윌리엄은 줄리아가 지휘봉을 들고 성큼성큼 걸어다닌다면 실비는 책을, 세실리아는 붓을 휘두른다고 생각한 적이 있었다. 하지만 에멀라인의 손은 다른 사람을 돕거나 동네 아이를 안아서 달래기 위해 늘 비어 있었다. 윌리엄이 부상을 당한 후 에멀라인은 그를 볼 때마다 짐을 들어주거나 문을 열어주려고 했다.

줄리아와 로즈가 차례로 일정과 할당된 일을 읊는 동안 윌리엄은 귀를 기울였다. 찰리가 결혼식 날 아침에 노스웨스턴 대학으로 데리러 갈 거라는 로즈에게 윌리엄이 말했다. "그럴 필요 없어요. 제가 성당까지 알아서 갈 수 있어요."

"넌 다쳤잖아." 로즈가 말했다. 슬개골이 박살난 게 윌리엄의 잘못이라는 듯한 말투였다. "결혼식 예복 차림에 목발까지 짚고 성당에 어떻게 오려고, 시내버스라도 탈 거니? 찰리가 이웃집 차를 빌려서 데리러 갈 거야. 그렇게 해."

에멀라인이 씩 웃었다. "엄마는 윌리엄이 성당에 시간 맞춰 오기를 바라는 거예요."

"그러면 아빠한테 기사를 시키면 안 되지." 세실리아가 말했다.

로즈가 고개를 젓자 희끗희끗한 머리카락이 휘날렸다. "너희는 조용히 해. 윌리엄이랑 찰리가 서로 도와서 시간 맞춰 올 거야."

"아!" 에멀라인이 손바닥으로 식탁을 치며 말했다. "그럴듯해. 아빠한테는 책임감 있는 일을 맡기고 윌리엄한테는 아빠를 맡기는 거구나. 엄마는 정말 사악한 천재라니까." 에멀라인이 하이파이브를 하려고 어머니를 향해 손을 번쩍 들었지만 로즈가 무시했다.

그녀가 말했다. "신랑 들러리한테 지시 사항은 알려줬니?"

"몇시까지 어디로 와야 하는지 켄트도 알아요."

"술에 취해서 올까?"

윌리엄이 깜짝 놀라 그녀를 보았다. "아니요?"

"신경쓰지 마." 줄리아가 말했다. "엄마는 모든 남자가 술을 많이 마실 거라고 늘 생각하셔."

"그렇지 않다고 증명될 때까지만이야." 로즈가 말했다. "세실리아, 가족회의중인데 왜 식탁에 엎드려 있니? 똑바로 앉아."

"다 끝난 것 같은데요." 실비가 말했다. "이 결혼식은 세밀하게 조정한 시계처럼 진행될 거예요. 난 곧 일하러 가야 해요, 아시죠?"

로즈가 윌리엄을 보며 말했다. "결혼식이 끝나고 나면 엄마라고 불러라. 파다바노 부인은 금지야."

그녀는 윌리엄을 노려보면서 말했지만 그는 로즈가 눈빛으로 전하는 또다른 메시지를 느낄 수 있었다. 로즈는 부모님이 결혼식에 참석하지 않아서 윌리엄이 안쓰러웠고, 부모님이 그를 사랑하지 않아서 안쓰러웠다. 로즈가 그들을 대신해 윌리엄을 사랑해줄 것이다.

줄리아가 식탁 밑으로 다치지 않은 윌리엄의 무릎을 꽉 쥐었다.

윌리엄은 목소리를 찾기까지 잠깐 시간이 필요했다. "감사합니다." 그가 말했다.

"바보 같은 소리." 로즈는 이미 시선을 돌려 다시 목록을 보고 있었다.

그래도 윌리엄은 고맙다고 한번 더 말하고 줄리아의 손에 자기 손을 얹었다.

나중에 윌리엄이 생각해보니 로즈는 그에게 이 말을 하려고 가족회의를 소집한 것 같았다. 사실 로즈는 계획을 확인할 필요가 없었다. 사령관은 로즈였고, 결혼식 날 그녀가 병사들을 직접 지휘할 터였다. 그녀는 다른 사람에게 위임하지 않았다. 직접 명령을 내렸다. 로즈는 그저 증인들 앞에서 윌리엄에게 선언하고 싶었던 것이다.

졸업식은 결혼식 일주일 전이었다. 역시 크고 작은 축하 모임이 있었기 때문에 윌리엄은 하루가 근사한 옷을 입거나 벗는 것으로 시작하고 마무리되는 느낌이 들었다. 결혼식 전날 윌리엄과 켄트는 부리토를 먹으러 가서 맥주를 여러 잔 마시며 앞날을 위해 축배를 들었다. 의대에 진학한 켄트는 월요일에 밀워키로 떠날 예정이었다. "두 시간도 안 걸려." 그가 말했다. "내가 보고 싶겠지만 서로 왔다갔다하면 돼. 옛 추억을 떠올리면서 빨래도 같이 하자."

윌리엄이 지하 세탁실에 처음 내려갔을 때 쫓아내려 했던 세탁실의 대장 세리카가 졸업식에 참석해서 윌리엄과 켄트가 호명되자 열심히 환호성을 질렀다. 세리카는 공식적인 입장을 절대 바꾸지 않고 윌리엄을 믿지 않는다고, 켄트는 마음에 든다고 늘 말했지만 3학년 때부터는 겉으로만 그런 척하는 것이 확실해졌다. 윌리엄은 세리카의 애정을 최고의 칭찬으로 받아들였다. 윌리엄이 결혼식에 초대하자 세리카는 단박에 거절했다. "백인이 너무 많은 자리에는 안 가는 쪽이야."

"넌 대단한 의사가 될 거야." 윌리엄이 말했다.

켄트가 그를 슬쩍 보았다. "넌 교수가 되고 싶어?"

"내가 얘기했나? 어래시가 그러는데, 부상당하기 전부터 내 오른쪽 무릎이 약점이라는 걸 알아봤대. 병문안 왔을 때 말해줬어."

"말도 안 돼. 흥미로운데? 그래도 놀랍진 않다. 그 사람은 재능이 있어. 저번에 버틀러한테 발목이 뻣뻣하게 움직인다고 말했는데, 며칠 뒤에 버틀러가 연습 시합을 하다가 발목이 부러졌잖아. 기억나?"

"내가 진작 알았으면 무릎을 강화해서 골절을 피할 수 있었을 텐데."

"그러지 마."

"뭘 그러지 마?"

켄트가 고개를 저었다. "그런 식으로 말하지 마. 우린 졸업했어. 무릎 재활 잘하고 동네 농구를 열심히 해도 괜찮지만, 이젠 다 큰 성인이 될 시간이야." 그가 맥주병을 들었다. "너와 장군님을 위해서, 그리고 죽어라 공부할 나를 위해서 건배하자."

찰리는 제시간에 도착했고, 윌리엄은 도롯가에서 기다리고 있었다. 그날 아침 옷을 입느라 시간이 한참 걸렸다. 윌리엄은 지나치게 흥분해서 근사한 정장이 땀에 젖을까봐 차가운 물로 두 번이나 샤워를 했다. 정장을 입고 난 다음에는 금속 보조기 주변에 바지가 뭉치지 않도록 판판하게 펴느라 무릎 보조기를 착용했다 떼기를 수도 없이 반복했다.

윌리엄은 찰리가 빌려온 파란 세단 뒷좌석에 목발을 넣고 조수석을 뒤로 밀어 다리 뻗을 공간을 최대한 확보한 다음 몸을 숙여 차에 올랐다.

"중요한 날이야." 찰리도 정장 차림이었다. 운전석에 앉은 그는 유난히 작고 불편해 보였다. "보통은 장례식 갈 때만 입는 옷이지." 찰리가 차들 사이로 들어가며 말했다.

윌리엄은 창밖으로 건물과 집들을 보았다. 영화 속의 한 장면을 연기하는 기분이었다. 결혼식 직전에 곧 장인이 될 사람과 함께하는 청년. 윌리엄은 자기 배역을 최대한 잘해내고 싶었다.

"자네는 줄리아한테 잘할 거야." 찰리가 정해진 사실처럼 말했다.

"네. 그럴 겁니다."

찰리가 모퉁이를 매끄럽게 돌더니 사이드미러를 확인하고 차선을 바꾸었다. 그런 다음 앞에 커다란 트럭이 나타나자 속도를 줄여서 차간거리를 확보했다. 찰리가 운전을 잘해서 윌리엄은 깜짝 놀랐다. 줄리아의 아버지는 딸들과 아내가 생각하는 것처럼 항상 딴 데 정신이 팔려 있고 약간 무능한 사람 같았다. 그래서 그의 유능한 모습이 흥미로웠고, 윌리엄은 찰리의 평소 행동이 어디까지 연기일까 처음으로 궁금해졌다.

"로즈랑 내가 사랑에 빠져서 도망쳤다는 거 알고 있나? 결혼식도 안 올렸어. 그래서 이 결혼식에 그렇게 심혈을 기울이는 거겠지. 줄리아랑 로즈를 위한 결혼식이야."

윌리엄이 고개를 저었다. "몰랐습니다."

"로즈가 줄리아를 가졌는데, 양가 어머니들 사이가 별로 안 좋았어. 이 나라에 오기 전부터 사이가 나빴지. 그래서 우리는 차를 타고 라스베이거스로 갔어."

윌리엄은 라스베이거스 스트립에 서 있는 로즈와 찰리를 상상하며 미소를 지었다. 줄리아는 부모님이 결혼하기도 전에 자신이 생긴 것을 알았을까?

찰리가 윌리엄의 생각을 읽은 것처럼 말했다. "줄리아도 알아. 우리 집안의 전설이지. 아이들한테 숨기지 않았어. 하지만 로즈는 라스베이거스를 싫어했어. 매년 라스베이거스에 가는 모든 사람한테 실망이라고 말했지. 라스베이거스에서 깜짝 놀란 가슴을 아직도 극복하지 못했어."

농담이라고 한 말이었지만 찰리의 전체적인 분위기가 너무 침울해서 농담으로 와닿지 않았다. 윌리엄은 찰리가 안쓰러웠다. 그는 곧 장녀를 결혼시킬 참이었고, 드물게도 전혀 취하지 않은 상태였다. 찰리는 술이 들어가면 더 가벼워졌다.

"난 로즈가 원하는 것을 주지 못했어, 우리 딸들만 빼고 말이야." 찰리가 말했다. "가능하면 항상 줄리아가 원하는 걸 주려고 노력하게. 줄리아는 자기 엄마처럼 강하고 고집이 세. 자네 인생의 뼈대가 되어줄 거야. 로즈는 여러 가지로 나를 지탱해주지, 난 운좋은 남자야. 자네도 운좋은 남자고."

윌리엄은 정말 그렇다고 느꼈다. 그는 운이 좋았다. 줄리아는 이미 그에게 너무나 많은 것을 주었다. 줄리아가 윌리엄에게 바라는 것은 그녀를 사랑하고 그녀가 세운 계획을 열심히 따르는 것밖에 없는 듯했다. 윌리엄에게는 둘 다 쉬웠고, 그것으로 충분하기만을 바랐다. 겉으로 보면 찰리와 로즈의 결혼생활은 안쪽의 부품이 돌아가긴 하지만 서로 연결은 잘되지 않는 시계처럼 복잡해 보였다.

찰리가 몸을 숙이고 넓은 앞유리창을 내다보았다. "성당에 다 왔군. 주차 자리가 있는지 좀 봐줘."

그후 여섯 시간 동안 윌리엄은 제단 앞에 서 있을 때만 빼고 줄곧 제자리를 못 찾는 기분이었다. 줄리아와 로즈, 찰리가 계속 그를 불렀다. 윌리엄은 그들이 시키는 대로 먼 친척과 이야기를 나누고, 네 자매의 초등학교 1학년 때 선생님과 포옹하고, 불스 팬과 농구 이야기를 하고, 보스턴에 딱 한 번 다녀온 친척 아저씨와 보스턴 이야기를 나누었다. 자세를 어떻게 해도 무릎이 아팠다. 줄리아는 윌리엄이 서 있다고 화를 내더니 그를 데리고 잔디밭을 가로질러가서 꽃장식을 해준 남자와 악수를 시켰다. 어떤 상황에서도 불편해하지 않는 놀라운 능력을 가진 켄트가 시장 선거에 출마한 후보처럼 이 사람 저 사람과 악수를 나누며 잔디밭을 돌아다녔다. 윌리엄이 보니 젊고 예쁜 여자들이 계속 켄트를 따라다녔다. 실비, 에멀라인, 세실리아는 분홍색 별자리처럼 윌리엄과 줄리아 주변을 맴돌았다. "너무 많이 웃어야 해서 힘들어요." 실비가 그를 지나치며 말했다. 해거름이 되자 세실리아가 굽 높은 구두를 벗어서 윌리엄에게 주고 잔디밭으로 걸어갔다. 찰리는 머리카락이 비죽 선 채로 한 손에 술잔을 들고 다니면서 윌리엄과 스칠 때마다 등을 탁 쳤다.

하지만 줄리아의 광채 때문에 그 모든 것이 흐릿해졌다. 줄리아가 걸을 때마다 흰 드레스를 뒤덮은 작고 하얀 비즈가 바스락거렸다. 천이 모래시계 같은 몸매를 감쌌고 머리는 높이 올려 핀으로 고정했다. 눈이 반짝거렸다. 줄리아 혼자만 남들은 접근할 수 없는 전원에 연결된 것 같았다. 윌리엄은 줄리아가 팔짱을 끼거나 그의 뺨에 키스할 때마다 새삼 고마웠다. "내 아내." 그가 속삭였다.

리무진이 도착하자 로즈가 두 사람을 데리러 왔다. "너희는 그만 갈 시간이야. 두 사람은 즐거운 시간 보내고, 나는 사흘 동안 자야겠다."

줄리아가 어머니를 끌어안더니 한참 동안 그렇게 서 있었다. 로즈가 딸에게서 몸을 떼며 말했다. "윌리엄?"

윌리엄은 이 모든 광경을 눈에 담았다. 석조 성당, 알딸딸하게 취해서 미소 짓는 사람들, 술을 마셔서 긴 다리를 건들거리는, 다른 사람들보다 훨씬 큰 농구팀 동료들. 머리 위 나뭇가지들을 연결하는 흰색 장식 리본. 피로연장 가장자리에서 잡다한 일을 하며 나이 지긋한 하객들에게 작별의 입맞춤을 하는 새로 생긴 처제들.

"전부 다 고마워요, 엄마." 윌리엄이 말했다. 엄마라는 말이 나올 때 목이 아팠다. 거의 써본 적 없는 단어였다. 친어머니는 윌리엄이 아예 부르지 않는 것을 더 좋아하는 듯해서 그렇게 했다. 이 단어는 윌리엄의 마음속에서 녹이 슨 채 오랫동안 잠들어 있었다.

로즈가 만족스럽게 고개를 끄덕이고 몸을 돌려 두 사람에게 길을 터 주었다. 두 사람을 기다리는 자동차와 결혼식, 무릎 후에 일어날 모든 일과 두 사람의 남은 평생을 향해 이어지는 길이었다.

줄리아
1982년 6월—1982년 10월

줄리아는 이상하게도 신혼여행 준비가 안 되어 있었다. 신혼여행지는 미시간 호숫가 리조트였다. 줄리아는 결혼식 계획에 시간과 에너지를 너무 많이 쓰느라 윌리엄과의 신혼여행에 대해서는 별로 생각하지 않았다. 가끔 상상할 때에는 둘이 일광욕 의자에 나란히 누워 손을 잡고 있는 모습을 그려보았다. 하지만 실제로는 호숫가 호텔에서 지낸 닷새 내내 바람이 세차게 불어서 수변에 모래가 잔뜩 날렸고, 윌리엄은 목발 때문에 울퉁불퉁한 땅을 걸어다니기 힘들었다. 사실 어디든 걷기 힘들었다. 30미터쯤 가면 이마를 찡그리고 얼굴이 창백해졌다. 윌리엄의 걸음이 너무 느려서 줄리아는 느릿느릿 걷느라 힘들었다. 그래서 앞서 걷다가 다시 돌아오곤 했다. 두 사람 모두 졸업식과 결혼식으로 지쳤기 때문에 줄리아가 뭔가—시내를 돌아다니고, 점심을 먹으러 나가고, 골동품으로 유명한 지역이니 골동품을 구경하고—를 해야 한다는 생각을 버린 다음부터는 방에서 거의 나가지 않고 남은 하루 반나절을 즐길 수 있었다.

시카고로 돌아온 그들은 노스웨스턴 캠퍼스의 신혼부부용 새 아파트에 바로 입주했다. 윌리엄이 가을 학기부터 학교에 다닐 예정이었으므로 입주 자격이 있었다. 또 윌리엄은 여름방학 동안 입학처에서 단기 근무를 하며 파일 분류 시스템 재편을 거들었다. 줄리아는 아파트를 보자마자 마음에 들었다. 침실 하나에 거실 하나였고, 거실에서 안뜰이 내려다보였다. 햇살이 쏟아져 들어왔다. 줄리아는 평생 에이틴스 플레이스의 자그마한 집에서 부모님과 동생들과 함께 살았다. 새로 들어간 아파트는 더할 나위 없이 평화로웠고, 줄리아와 윌리엄 둘밖에 없었다. 두 사람만의 부엌과 욕실, 같이 식사를 하는 작고 둥글고 노란 식탁이 있었다.

윌리엄이 외과 검진을 받을 때 줄리아가 따라갔다. 의사가 슬개골 주변의 울퉁불퉁한 상처를 살펴보더니 아주 잘 낫고 있다고 딱 잘라 말했다. "이제 목발을 뗄 때가 됐습니다. 자주 걸어야 해요. 근육을 움직이지 않으면 강해지지 않습니다. 농구선수니까 매일 드리블을 하면서 긴 산책을 하세요."

"농구선수였었죠." 윌리엄이 말했다.

"드리블하면서 걸으면 주의도 분산되고 균형을 되찾기 좋아요." 의사가 말했다. "아무튼 아내분께서 신경써주고 계시니까요."

"저도 신경쓰고 있습니다." 윌리엄은 기분이 상한 것 같았다.

의사가 줄리아를 보았다. "남편이 많이 걷게 하세요. 앉아서만 지내면 무릎이 계속 말썽일 겁니다. 남편분이 제 말을 무시하게 두지 마세요."

다음주 월요일에 윌리엄은 노스웨스턴 대학 입학처로 출근하고 줄리아는 장을 보러 갔다. 장을 보는 것도 좋았다. 로즈는 바나나 냄새를 싫어해서 절대 집에 들이지 않았지만 이제 줄리아는 바나나를 살 수 있었다. 또 에멀라인이 땅콩 알레르기라서 집에서는 땅콩버터를 한 번도 못 샀는데 이제 바구니에 땅콩버터를 한 병 넣었다. 그리고 윌리엄의 점심을 싸주려고 콜드컷 햄과 빵, 고급스러운 머스터드도 샀다. 줄리아는 식료품점 통로를 이리저리 돌아다니다가 필요한 것보다 더 많이 사버렸다. 아파트로 돌아오니 동생들이 문 앞에 서 있었다. 세 사람을 보자 가슴이 뛰었다.

"보고 싶었어!" 줄리아가 말했다. "그런데 너희 여기서 뭐해? 오늘 밤에 우리가 저녁식사하러 가기로 했잖아."

"언니 집 구경하고 싶어서." 실비가 말했다.

줄리아는 얼굴을 찌푸리려 했지만 미소가 떠나질 않았다. 동생들의 관심을 받으니 행복했다. 그녀는 얼굴이 환히 빛났고, 세 동생이 자기들 때문에 좋아하는 언니를 보고 기뻐한다는 것을 알았다. "다음주에 오라고 했잖아. 사진도 걸고 정리 좀 하고 싶었는데. 처음 들어가자마자 정말 멋져 보이게 말이야."

"신혼여행은 낭만적이었어?" 에멀라인이 약간 어지러운지 벽에 기댔다.

"우리 언니 집 보러 온 거 아니야." 세실리아가 말했다. "어쨌든 들어가자."

줄리아가 장바구니를 동생들에게 맡기고 열쇠로 문을 열었다.

동생들이 비슷비슷한 기쁨의 한숨을 내쉬었다.

"정말 예쁘다!" 실비가 말했다.

아침 햇살이 들어오는 집은 정말 멋졌다. 세 손님은 자기 공간을 갖는 것이 얼마나 소중한 일인지 잘 알았다. 파다바노가 자매들처럼 작고 북적거리는 집에서 자라면 어른이 되었을 때의 꿈이 대부분 덜 북적거리는 곳에 사는 것이다. 같이 쓸 필요가 없는 자기만의 공간.

줄리아가 집을 간단히 구경시켜준 다음 넷이 다 같이 거실 소파와 안락의자에 앉았다. 세실리아가 옆구리에 뭔가를 끼우고 있어서 줄리아가 물었다. "그건 뭐야?"

"아." 세실리아가 그것을 꺼냈다. "엄마한테 받은 내 주홍글씨. 적어도 일주일은 가지고 다니래. 그러겠다고 했어." 식당 벽에 걸려 있던 성녀 액자 중 하나였다. 줄리아는 액자가 벽에 나란히 걸려 있어야만 누군지 알았다.

"아시시의 성녀 클라라야." 세실리아가 말했다.

실비와 에멀라인이 자기 발과 다리를 꼼꼼히 관찰하려는 것처럼 시선을 내렸다. 어머니는 각 성녀와 관련된 교훈을 딸들에게 가르쳤지만 벽에서 액자를 떼거나 참회의 뜻으로 가지고 다니라고 한 적은 없었다.

줄리아는 이 성녀가 누구인지 이제야 떠올랐다. 성녀 클라라는 열다섯 살 때 결혼을 거부하고 집을 나가서 긴 머리를 삭발하고 하느님께 일생을 바쳤다. '가난한 자매들의 수도회'를 만들었고, 성녀 클라라의 어머니와 자매도 수녀원에 들어가 함께 살았다. 성녀 클라라는 역사상 수도원 회칙을 만든 최초의 여성이었고, 가난한 자매들의 수도회는 그

회칙에 따라 살았다. 줄리아가 막냇동생을 찬찬히 뜯어보았다. 세실리아는 에멀라인보다 삼 분 늦게 태어났기 때문에 가족들이 가끔 '베이비'라고 불렀다. 찰리는 세실리아에게 프랭크 시나트라의 노래를 불러주었다. 네 그렇습니다, 나의 베이비입니다. 아니 그렇지 않습니다, '아마도'가 아닙니다.

"무슨 일이야?" 줄리아는 손이 차가워지면서 겁이 났다.

"나 임신했어. 오 개월 정도 됐어." 세실리아가 차분하게 말했다. "엄마는 내가 아주 가난하게 살 거래. 하지만 난 아기를 지킬 거야. 애 아빠한테는 말하지 않으려고, 왜냐하면—" 세실리아가 잠시 말을 멈췄다. "왜냐하면 걔가 알아서 좋을 게 없으니까."

줄리아가 말도 안 된다고 고개를 저었다. 그럴 리가 없었다. "네가 임신을 했다고?"

"응."

"열일곱 살에 애를 낳겠다고."

"아기가 태어날 땐 열여덟 살이야."

줄리아의 마음속에서 무언가가 딱딱해지는 느낌이 들었다. 동생들을 유심히 보니 다들 이미 아는 것이 분명했다. 이미 소식을 듣고 받아들일 방법을 찾았다. 에멀라인은 쌍둥이 자매에게 무조건 충실했고, 게다가 아기를 정말 좋아했다. 실비는 세실리아에게 실망했지만—줄리아는 동생의 눈빛을 알아보았다—인생을 소설처럼 생각했으므로 네 자매의 이야기에서 여동생이 주인공으로 나서서 감동했을 것이다.

줄리아가 말했다. "첫아이는 내가 낳을 거였는데."

실비와 에멀라인이 깜짝 놀라서 발을 내려다보던 시선을 들었다.

"미안해." 줄리아가 말했다. "하지만 말도 안 돼. 아기는 당연히 입양 보내야지. 왜 실수 때문에 인생을 망치려고 하니?"

세실리아가 일어서서 허리를 곧게 펴자 처음으로 임신한 티가 났다. 얼마나 오랫동안 옷도 신경써서 입고 몸을 움츠리고 다녔을까? 세실리아는 라벤더색 버튼다운셔츠 차림이었는데 단단하게 솟은 배가 천을 밀었다. "언니들은 우리가 어린애라고 생각하지." 세실리아가 말했다. "엄마는 모두가 항상 망하기 직전이라고 생각하고. 난 둘 다 아니야. 대학에 가고 싶었던 적도 없어. 나 혼자 공부해서 해낼 거야, 아기랑 같이. 이건 내 인생이고, 내 선택이야. 누구의 짐도 되지 않을 거야." 157센티미터인 세실리아가 어깨를 쫙 펴고 마지막 문장을 으르렁거리듯 말했다.

에멀라인이 말했다. "체초네 부인이 세실리아한테 프랭크의 방을 써도 된다고, 아기 보는 것도 도와준다고 하셨어. 대신 우리가 저녁식사를 준비하고 자잘한 일을 하기로 했어. 물론 난 가을부터 대학에 다니지만 일도 할 거야. 그리고 베이비시터를 하며 모은 돈이 조금 있으니까 필요한 물건도 살 수 있어."

줄리아가 동생들을 빤히 보았다. "옆옆집으로 이사를 한다고?"

"집에서 지낼 순 없어." 세실리아가 말했다. "엄마가 확실히 말했어. 나 때문에 밀려난 느낌이 들었다면 미안해. 언니가 뭐든 처음이 되는 걸 얼마나 좋아하는지 나도 알아."

세실리아는 무척 다정하게 말했고, 줄리아는 손이 차가워지고 눈앞의 진실에—이 엉망진창인 상황에—화가 났지만 고개를 끄덕이며 받아들였다. 자리에서 일어나 동생을 안으려고 했지만 차가운 몸이 움직이지 않았다.

실비가 목을 가다듬고 줄리아를 보았다. "엄마가 언니한테 오늘 저녁 먹으러 오지 말라고 전하래. 애도 기간이 끝나면 부르시겠대."

"이제 그만 갈래." 세실리아가 말했다. "하지만 소변을 먼저 봐야겠어. 화장실 좀 써도 돼?"

세실리아가 자리를 비우자 줄리아와 실비, 에멀라인이 서로를 보았다. 실비는 걱정스러운 표정이고 에멀라인은 슬픈 듯 눈썹 사이에 주름이 잡혔다.

"아빠는?" 줄리아가 물었다.

"아무 말씀도 안 하셔. 엄마는 아무 말도 안 하겠다면서 계속 말하고. 아빠는 평소보다 늦게 오셔." 평소보다 더 취해서 온다는 뜻이었다.

"두 분 다 갑자기 늙으신 것 같아." 에멀라인이 말했다. "둘 다 세실리아가 나가는 걸 원하지 않지만, 엄마가 세실리아한테 아기를 낳고 대학에 안 갈 거면 집을 나가라고 하셨어."

왜? 줄리아는 세실리아가 거실로 돌아오고 동생들이 아파트에서 나갈 때까지 계속 생각했다. 왜 모든 걸 망치니? 우리한테 왜 이러니? 줄리아는 무엇이든 똑바로 하려고 정말 노력했고, 해냈다. 몸에 열이 올라서 창문을 열었다. 줄리아는 라벤더색 셔츠를 입은 세실리아가 이 아름답고 완벽한 아파트 한가운데 서 있던 기억을 물끄러미 바라보았다. 동생들이 다른 곳에서 이야기해주었더라면 좋았을 텐데 싶었다. 어디든 다른 곳에서. 그러다가 밖으로 나가 안뜰을 빙 둘러싼 길을 걸었다. 반대편에 벤치가 있어서 다시 움직여야 할 때까지 거기에 앉아 있었다.

그날 저녁 윌리엄이 집에 돌아오자 줄리아가 말했다. "우리 아기를 가져야 할 것 같아."

윌리엄이 한 걸음 내디디려고 목발을 내밀다가 그대로 멈췄다. 말뚝으로 지탱해둔 나무 같았다. 윌리엄은 집에서만, 다리가 피곤하고 뻐근할 때만 목발을 짚었다. "지금?" 그가 침을 꿀꺽 삼키는 소리가 들렸다. "내 생각에는…… 우선 자리를 잡아야 할 것 같은데. 줄리아, 나 아직 대학원을 시작하지도 않았어."

"가을부터 수업조교로 일하잖아. 넌 정말 대단해."

줄리아는 머릿속으로 계획을 세우고 있었다. 이 엉망진창인 상황의 해답, 모든 것을 바로잡고 가족을 제자리로 돌려놓을 방법. 줄리아는 얼마 안 되는 윌리엄의 월급을 최대한 모아 세실리아나 체초네 부인에게 줘서 동생이 필요한 물건도 사고 잘 지내도록 해줄 생각이었다. 세실리아가 그날 오후에 보여준 독립심은 모래밭에 꽂은 깃발 같았다. 그것은 임신한 어린 여자애의 선언이자 희망이었다. 세실리아는 원래 그런 애가 아니었다. 겉으로는 강한 척하지만 사실은 그렇지 않았고, 해일 같은 슬픔에 휩싸여 자꾸 평가하는 로즈와 같은 블록에 살다보면 바위에 부딪히는 느낌이 들 터였다. 그러니 돈이 많을수록 도움이 되리라. 그리고 줄리아가 최대한 빨리 임신하는 것이다. 이제 막 결혼했으므로 아기를 가지면 축하받을 수밖에 없다. 줄리아의 임신은 반드시 받아들여진다. 줄리아는 세실리아와 나란히 부푼 배를 내밀 것이다. 로즈와 찰리는 두 손주를 같이 받아들이리라. 둘은 한 세트일 테니까. 그러면 모두 다시 하나가 되고 사랑이 넘쳐흐를 것이다. 두 아기가 담요에 나란히 앉아서 햇살을 듬뿍 쬐는 모습이 떠올랐다. 둘 중 하나는 줄리아의 아이지만 어느 쪽인지는 알 수 없었다.

"출근 첫날이 어땠냐고 묻지도 않았잖아." 윌리엄이 말했다. "무슨 일 있었어?" 그가 말을 멈추고 내밀었던 목발을 다시 거뒀다. 이제 윌리엄은 똑바로 선 나무였다. "당신 좀…… 격앙된 것 같은데?"

윌리엄이 목소리를 높이며 묻자 줄리아가 미소를 지었다. 윌리엄은 질문으로 가득했고, 줄리아는 그래서 그를 사랑했다. 그녀는 대답으로 가득했으니까. 줄리아가 그에게 다가가서 몸을 붙였다. 그리고 손을 들어 자신이 윌리엄에게 생일 선물로 사준 흰 셔츠의 맨 윗단추를 풀었다. 그런 다음 그 아래 단추. 줄리아가 셔츠 아래 부드러운 흰색 티셔츠를 손가락으로 쓸었다. "배고파?" 그녀가 속삭임보다 크지 않은 목소리로 물었다.

윌리엄이 고개를 저었다.

줄리아가 셔츠를 끌어당기자 그가 몸을 낮추었다. 그러면 다 잘될 거야. 그녀가 이렇게 딴생각을 하고 있을 때 윌리엄의 입술이 그녀의 입술을 덮었고, 줄리아는 비틀비틀 천천히 뒷걸음쳐서 그를 소파로 이끌었다.

다음날 줄리아는 노스웨스턴에서 버스를 타고 필슨으로 갔다. 가고 싶지 않았지만 그 소식을 듣고 어머니를 찾아가지 않을 수는 없었다. 이유를 정확히 말로 표현할 수는 없었지만 직접 찾아가는 것으로 엄마를 존중하고 있음을 보여주어야 했다.

로즈는 텃밭에서 허브 위로 몸을 숙인 채 땀을 흘리고 있었다. 땅에서 열기가 아지랑이처럼 피어올랐다. 시카고의 여름은 지독했다. 허브를 돌보려면 힘이 정말 많이 들고 세세한 부분까지 살펴야 했다. 줄리아도 해봐서 알았다. 로즈는 누구든 허브를 돌볼 때는 돋보기와 족집게를 쓰라고 했다. 작은 벌레를 찾아내서 잡아야 하고, 또 가냘프게 생겼지만 허브를 타고 올라 숨을 조이는 잡초를 일찌감치 뽑아야 했다.

"여기 없다." 로즈가 말했다. "걔를 보러 온 거라면 말이다."

"엄마 보러 왔어요."

로즈가 이 말을 듣고 놀랐는지 어린 바랭이를 잡아당기다가 딱 멈추었다. 어머니가 허벅지에 손을 얹자 이제야 얼굴이 보였다. 로즈는 교통사고를 당한 것처럼 녹초가 된 표정이었다. 익숙한 조각이 모두 있었지만 뭔가 잘못되고 부서졌다.

"선을 그어야만 했어." 로즈가 말했다.

줄리아는 어머니의 괴로운 얼굴을 보기가 힘들어 뜨겁고 낮은 하늘을 올려다보았다. 딱 맞는 말을 찾아서, 어머니의 기분을 풀어줄 말을 찾아서 머릿속을 뒤졌다. 줄리아가 적당한 말을 찾기 전에 로즈가 먼저 말했다. "내가 너희한테 요구한 건 하나밖에 없어."

"대학에 가라는 거죠."

로즈가 줄리아를 노려보았다. "아니. 나처럼 다 망치지 말라고 했잖아. 그게 지나친 요구였니?"

줄리아는 어머니가 구체적으로 그렇게 말한 기억이 없었지만 고개를 저었다. 로즈는 너희는 꼭 대학에 가라는 말을 하고 또 했다. 사실 결혼하기 전에 임신하지 말라는 말은 하지 않았다. 그것은 암묵적인 기대였지만 이제 보니 제일 중요했다.

"너희가 나보다는 많이 이룰 줄 알았지." 로즈가 말했다. "너희는 나보다 낫기를 바랐다." 목소리가 발밑에 깔린 자갈투성이 흙처럼 거칠었다. "내 인생의 목표가 그거였어."

"아, 엄마." 줄리아가 깜짝 놀라 말했다. 어제 그 소식을 듣고 흥분해서 세실리아가 어머니의 과거를 그대로 따르고 있다는 생각은 하지 못했다. 로즈는 열아홉 살 때 결혼도 하기 전에 줄리아를 가졌고, 그후 그녀의 어머니는 로즈와 말을 하지 않았다. 네 자매는 할머니를 한 번도 만난 적이 없었다. 찰리는 아쉬울 것 없다고, 너희 할머니는 쌀쌀하고 모진 사람이라고 항상 말했다. 그러나 로즈는 자기 어머니 이야기가 나오면 항상 고개를 돌렸다. 절대 한마디도 하지 않았다. 이제는 로즈가 딸과 손주에게 등을 돌리는 어머니가 되었다. 로즈는 도끼로 가족이라는 나무에서 가지 하나를 잘라내는 중이었고, 이는 아픔을 주는 동시에 겪고 있다는 뜻이었다.

"난 실패했다." 로즈가 말했다.

"아니, 아니에요. 엄마는 정말 좋은 어머니였어요."

"난 실패했어." 이번에는 에멀라인처럼 부드러운 목소리였다. 줄리아는 어머니에게서 이런 목소리를 들어본 적이 없었고, 이런 목소리를 낼 수 있다고 믿지도 않았을 것이다. 줄리아는 어머니 안에 네 딸의 목소리가 전부 살고 있을까 생각했다. 에멀라인의 진지함, 줄리아의 또렷한 지시, 세상을 이루는 색색의 팔레트에 대한 세실리아의 흥분, 실비의 낭만적인 갈망. 어쩌면 로즈가 걸걸한 말투로, 뒤틀린 분노와 실망으로 딸들의 목소리를 감추고 있을 뿐 전부 거기에, 엄마 안에 묻혀 있을지도 몰랐다.

"날 봐요." 줄리아가 말했다. "난 결혼도 했고 대학 학위도 땄잖아요. 엄마가 결혼 전에 날 가진 건 아무 의미도 없었어요. 아무 의미도 부여할 필요 없어요." 줄리아는 부모님이 결혼하기 전에 자신이 생겼다고 해서 신경쓰인 적이 없었다. 한 번도 괴롭지 않았다. 이 동네에서는 드문 일도 아니었고, 줄리아는 늘 자신이 이 가족을 만들었다는 자부심을 느꼈다. 줄리아가 없었으면 찰리와 로즈는 결혼하지 않았을지도 모른다. 실비도, 쌍둥이도, 이 집도 존재하지 않았을 것이다. 줄리아가 촉매였다.

"찰리는 나랑 결혼이라도 했지." 로즈가 말했다. "네 동생은 애아빠가 존재하지도 않고 중요하지도 않은 척하잖아. 애아빠가 누군지 이름도 말해주지 않으니까 내가 걔 부모를 찾아가서 상황을 바로잡을 수도 없어. 넌 누군지 아니?" 어머니의 눈이 갑자기 희망으로 빛났다.

"아니, 몰라요."

"참, 어처구니가 없어서." 로즈가 땅을 보며 말했다.

줄리아는 실수에 다른 사람을 끌어들여봤자 실수가 더 커지는 것 말고 무슨 수가 생긴다는 건지 이해할 수 없었지만 이 생각은 마음속에만 담아두었다. "세실리아한테는 우리가 있잖아요." 그녀가 말했다. "우리 가족이 있잖아요. 우리가 아기한테 필요한 걸 전부 줄 수 있어요."

로즈의 얼굴이 어두워졌다. "아기는 괜찮겠지. 하지만 세실리아의 인생은 끝났어."

널 가졌을 때 내 인생은 끝났어라고 말한 것과 마찬가지였다. 하지만 어머니는 지금 모든 것을 잘못 보고 있었기에 줄리아는 기분이 나쁘지 않았다. 로즈는 우울했고, 그래서 어둠밖에 보이지 않았다. 로즈가 텃밭을 살펴보았다. 어머니는 텃밭에서 뭐가 문제인지만 보았다. 질경질경 씹는 벌레, 구멍 뚫린 이파리, 썩을지도 모르는 부분, 연약한 줄기.

로즈가 무미건조한 목소리로 말했다. "윌리엄은 어떠니?"

"잘 지내요. 이제 목발도 거의 안 써요."

로즈가 고개를 끄덕였지만 줄리아는 어머니가 듣지 않았음을, 자기 말이 들리지 않았음을 알았다. 로즈는 실패했고, 그래서 폐허였다. 뒤뜰 구석 울타리에 기대선 성모마리아처럼 금이 간 조각상이었다. 줄리아는 이렇게 말하고 싶었다. 걱정 마세요, 엄마. 내가 아기를 가질 거예요. 내가 우리 가족이라는 나무에서 가지가 떨어져나가지 않게 만들 거예요. 그러나 줄리아는 이 말을 할 수가 없었다. 그녀의 계획은 그저 계획일 뿐이었다. 아직은 어머니의 상심에 대한 답이 아니었다. 줄리아는 세실리아의 아기에 대해 생각했다. 그녀가 이 상황을 바로잡지 않으면 그 아이는 줄리아처럼 분노와 멸시가 휩쓸고 간 자리에서 태어날 것이다. 엄마와 딸이 갈라진 채로. 줄리아는 세실리아의 아기에게 처음으로 온정을, 혈육의 정을 느꼈다.

줄리아는 텃밭에서 삽을 들고 어머니를 돕기라도 한 것처럼 녹초가 돼서 떠났다. 그녀는 버스를 타고 집으로 가면서 자기 삶의 요점이 뭘까 생각했다. 줄리아는 지금까지 그런 관점에서 생각해본 적이 없었다. 아버지는 어렸을 때부터 줄리아를 로켓이라고 불렀고—네가 날아가는 모습을 빨리 보고 싶구나라고 말하곤 했다—줄리아는 문제를 해결하는 사람이었다. 그런데 지금 눈앞에 커다란 문제가 있었다. 지금까지 중에서 가장 컸다. 온 가족이 얽혀 있는 털실 뭉치였고, 이는 곧 줄리아가 사랑하는 모든 이가 걸려 있다는 뜻이었다. 동생들, 부모님, 윌리엄, 아직 태어나지 않은 아기들. 실패할지도 모른다는 두려움이 밀려들었지만 억눌렀다. 줄리아는 마음먹은 일에 실패한 적이 단 한 번도 없었고, 이번에도 다르지 않을 것이다. 다를 리가 없었다.

세실리아는 10월 말에, 줄리아가 임신한 지 거의 사 개월이 되었을 때 진통을 시작했다. 체초네 부인이 세실리아를 병원으로 데려갔고 언니들이 달려왔다. 분만실에는 보호자 한 명밖에 못 들어갔는데, 가운을 입고 마스크를 쓴 간호사가 대기실로 오더니 어린 산모가 줄리아라는 여자를 찾는다고 했다.

줄리아는 떨리는 마음으로 병원 가운을 단단히 여며 입고 간호사에게 받은 샤워캡에 머리카락을 열심히 밀어넣었다. 분만실로 들어가보니 세실리아가 울고 있었다. "엄마가 보고 싶어." 세실리아가 말했다. "엄마가 너무 보고 싶은데 언니를 보면 엄마가 생각나."

"우리 베이비." 줄리아는 세실리아의 붉게 상기된 얼굴에 붙은 머리카락을 쓸어넘겨주었다. 딸들이 아프거나 슬플 때면 로즈가 그렇게 해주곤 했었다.

"엄마가 너무 보고 싶어." 세실리아가 거친 눈빛으로 언니를 보았다. "언니는 못 믿을 거야. 난 매일 집에 가고 싶은 마음이랑 싸웠어. 우리 아기가 엄마를 보고 싶었나봐. 엄마랑 떨어져 있는 걸 내 몸이 싫어해."

"지금이라도 엄마를 불러줄까?" 줄리아가 말했다. "오실 거야." 확신은 없었지만 세실리아는 이 말이 사실이기를 바랄 것이다. 세실리아가 저렇게 고통스러워하니 줄리아는 현실을 바꾸기 위해 최선을 다할 것이다.

세실리아가 시트 밑에서 몸을 비틀며 비명을 질렀다. 줄리아의 손을 너무 꽉 쥐는 바람에 줄리아는 숨을 헉 들이마셨다. 어쩜 이렇게 힘이 세지? 그뒤 이십 분 동안 줄리아는 파도처럼 밀려드는 세실리아의 진통을 겪었고, 새로운 인간을 만들고 만나는 일의 어마어마한 무게에 압도당했다. 그녀는 세실리아의 이마에 난 땀을 천으로 닦아주고 손을 쥐어짜도 가만히 내버려두었다. 여기에 등을 돌리다니, 엄마가 잘못했다는 확신이 들었다. 자기 딸에게, 첫 손주의 탄생에 등을 돌리다니. 줄리아는 절대 그렇게 완고하게 굴지 않겠다고 스스로에게 약속했다.

"대변이 나올 것 같아." 세실리아가 큰 소리로 속삭였다.

"아기를 밀어낼 시간이라는 뜻이에요." 지루한 표정으로 구석에 서 있던 간호사가 말했다. 줄리아는 간호사가 거기 있는지도 몰랐다. "의사 선생님을 모셔올게요."

아기는 쪼글쪼글한 분홍색 얼굴로 소리를 지르며 나왔다. 어찌나 사납던지 줄리아와 세실리아 모두 마음이 놓여서 울음을 터뜨렸다.

"나왔어." 아기를 품에 눕혀주자 세실리아가 말했다.

아기가 주먹으로 엄마의 피부를 두드렸다. 줄리아는 아기가 가쁘게 숨을 들이마시고 내쉬는 모습을 지켜보았다. 이 새로운 존재는 작디작은 몸 전체를 산다는 행위에 집중하는 것 같았다.

줄리아가 말했다. "얘 좀 봐." 아는 사람 모두 이 병실에 모여서 같이 보면 좋겠다고 생각했다. 사실 이 광경이 너무나 놀라워서 이 방에 수천 명이—모든 인류가—북적북적 몰려들면 좋겠다고 생각했다.

"이저벨라 로즈 파다바노." 세실리아가 말했다. "우린 널 이지라고 부를 거야. 세상에 태어난 걸 축하해."

"엄마는 애를 거부하지 못할 거야." 줄리아가 경이로움에 가득차 아기를 빤히 보았다. 완벽한 눈, 완벽하고 작은 코, 완벽한 분홍색 입술. "앨 거부할 수는 없어."

그날 밤늦게 줄리아와 동생들이 병원을 나선 후 찰리가 찾아왔다. 체초네 부인이 알려준 것이 분명했다.

세실리아의 병실 문 앞에 모습을 드러냈을 때 찰리는 지난 다섯 달에 대해서, 로즈의 분노에 대해서, 또는 쫓겨난 딸을 찾아서 겨우 스물네 걸음 떨어진 체초네 부인의 집에 가지 않은 일에 대해서 말하지 않았다. 찰리는 그저 세실리아와 아기를 오랫동안 바라보았다. 그런 다음 마음속에 해가 떠오른 것처럼 너무나 따스하게 미소를 지었다. "안녕, 예쁜아." 그가 말했다. 세실리아는 이 말을 듣고 용서받았음을 알았고 자신도 아버지를 용서했다.

찰리가 세실리아의 뺨에 입맞춘 다음 아기를 품에 안고 침대 옆 의자에 앉았다. 이지가 진지하게 빛나는 짙은 갈색 눈으로 할아버지를 올려다보았다. 찰리가 이지를 내려다보며 말했다. "아직은 말을 거의 못 들었겠지. 그러면 마법으로 시작해볼까?"

"네, 그래주세요." 세실리아가 말했다.

찰리가 품에 안은 아기의 작은 귀에 대고 속삭였다. "내게 속한 모든 원자는 너에게 속한 것이나 다름없으므로." 그가 아기의 부드러운 뺨에 여러 번 입을 맞췄다. 나중에 세실리아는 찰리가 취한 것 같지는 않았고 손녀에게 모든 사랑을 주었다고 언니들에게 말했다. 그런 다음 찰리는 자리에서 일어나 세실리아에게 이지를 조심스럽게 넘겨주었다. 그리고 딸에게 다시 입맞춤을 했다. "고맙다, 아가." 그가 말했다.

찰리는 병원 복도를 반쯤 지났을 때 바닥에 쓰러졌다. 모퉁이 너머 간호사가 그 소리를 듣고 인간의 육체가 굴복하는 소리임을 알아차렸다. 간호사가 일 분도 안 돼서 찰리를 발견했지만 심장이 이미 멈추었다. 병원의 어떤 기계도, 어떤 전문가도 그를 되살리지 못했다.

실비
1982년 10월—1983년 3월

추도식이 세 번 열리는 내내 장례식장 밖에 사람들이 줄지어 섰다. 안에서 실비는 로즈, 줄리아, 에멀라인과 나란히 서서 모르는 사람이 아버지가 얼마나 훌륭한 분이었는지 이야기할 때마다 정말 감사합니다라고 말했다. 어떤 여자는 통근 시간이 같아서 몇 년 동안 매일 루미스의 버스정류장에서 찰리 옆에 서 있었다고, 평생 그녀에게 찰리만큼 친절한 사람은 없었다고 말했다. 줄리아의 결혼식 때도 추도식과 장례식 때도 꽃을 담당해준 루이스 씨는 필슨에 처음 이사 와서 꽃집 임대료를 협상할 때 찰리의 도움을 받았다고 말했다. "찰리가 없었으면 우리 가게는 존재하지도 않았을 겁니다." 루이스 씨가 파다바노가의 여자들에게 말했다. "나도 나 자신을 믿지 않았는데 그날 처음 만난 찰리는 왠지 몰라도 날 믿었어요."

찰리는 어린 어머니들을 습관처럼 도운 것 같았다. 돈이 없을 때 찰리가 이유식을 사주었다는 여자가 여러 명이었다. 두번째 추도식 때 일레인 관장이 실비에게 다가와서 엄숙한 목소리로 아버지는 훌륭한 신사였다고, 자신에게 의미 있는 호의를 베풀어준 적이 있다고 말했다. 실비는 아버지가—자기 부모님보다 열다섯 살 많은—일레인 관장을 만나거나 심지어 같은 공간에 있었던 적이 있는지조차 몰랐다. 찰리의 술친구가 분명한 남자 몇 명이 썩 좋지 않은 상태로 장례식장에 찾아와서 로즈의 친구들에게 눈총을 받았다. 제지회사 동료들이 검은 타이와 흰 셔츠를 유니폼처럼 입고 도착했다. "돌아가셨다니 그럴 리가 없어요." 나이가 제일 어린 동료가 말했다.

실비도 동감이었다. 그럴 리가 없었다.

많은 추도객이 이따금 울음을 터뜨렸는데, 찰리 때문이기도 하지만 자신의 아픔 때문인 듯도 했다. 너무 빨리 잃은 사랑, 유산流産, 돈이 늘 부족하다는 머리 아픈 걱정. 울어도 되는 곳이었으므로 사람들은 이 기회를 이용했다. 추도객들은 분명한 경로를 따라갔다. 우선 제일 멀리 떨어진 벽에 나란히 줄을 서서 기다리다가, 뚜껑 열린 관 앞에서 걸음을 멈추었다가, 왼쪽으로 가서 파다바노가의 여자들에게 조의를 표했다. 그런 다음 밖으로 나가거나 중앙에 마련된 좌석으로 갔다. 파다바노가의 여자들은 사람들 앞에 나서서 추도의 말을 하지 않았지만, 추도식마다 각기 다른 시절에 찰리를 만난 각기 다른 남자가 자리에서 일어나 목멘 소리로 죽은 이에 대해 말했다.

실비는 관에 다가가지 않았다. 장례식장에 처음 도착했을 때 아버지를 흘깃 보았을 뿐이다. 죽은 찰리는 잠잠하고 창백하고 여기 없는 것 같았고, 실비는 텅 빈 아빠의 육체를 자세히 보고 싶지 않았다. 그녀는 자기 자리가 자물쇠 잠긴 교도소 독방이라도 되는 것처럼 뿌리박힌 듯 서 있었다. 실비는 고맙다는 말이나 대충 적절한 말을 중얼거리는 자기 목소리를 들었다. 그리고 모르는 사람이 감싸쥐는 자기 손을 보았다. 나이 지긋한 여성이 입맞춤을 하려고 하면 뺨을 내밀었다. 윌리엄이 임신한 아내를 위해서 의자를 가지고 왔지만 밤새 의자를 권해도 계속 거절하던 로즈가 거기에 앉았다.

체초네 부인이 슬쩍 들어왔다가 나갔지만 파다바노가의 여자들에게는 다가오지 않았다. 체초네 부인은 세실리아를 집에 들인 후 로즈를 피해 다녔다. 하지만 망자에게 조의를 표하지 않으면 지옥에 갈까봐 걱정된 것이 분명했다. 누가 누구와 사이가 나쁘다든가 하는 복잡한 이유로 실비가 몇 번 보지도 못한 친척과 사촌이 왔다가 눈물을 흘리거나 화를 내며 떠났다. "저 여자야." 추도식 때마다 로즈가 적어도 한 번은 씩씩거리며 딸들에게 이렇게 말했지만, 대체로 실비는 어머니가 누구를 말하는지도 몰랐다. 찰리와 로즈의 친척들은 기저에 깔린 원한에 따라 관계를 이루고 거리를 두었다. 파다바노가 자매들은 가족이라고 하면 늘 같은 지붕 밑에 사는 여섯 명만 떠올렸다. 친척 아주머니, 아저씨, 조부모, 사촌은 항상 적 또는 잠재적인 적이었다. 실비는 사람들이 물때에 맞춰서 들어왔다 빠지는 바닷물처럼 장례식장에 들어와서 짐짓 슬픈 척한 다음 빠져나가는 모습을 지켜보았다. 하지만 대체로는 이 자리에 없는 사람을, 세실리아와 아기를 의식하고 있었다.

세실리아와 이지는 그날 오후에 퇴원했다. 원래 줄리아가 주도하여 세운 계획은 세실리아가 퇴원하자마자 로즈를 찾아가는 것이었고, 엄마와 막내딸 사이에서 아기가 화해의 선물 역할을 할 예정이었다. 그러나 찰리가 죽으면서 계획이 수포로 돌아갔다. 실비가 병원에서 온 전화를 받았지만 세실리아가 너무 심하게 울어서 처음에는 누구인지 몰랐다. 로즈는 그 소식을 듣고 벼락을 맞은 것처럼 몸이 경직되었다가 풀리더니 거실 바닥에 쓰러졌다. 실비가 그 옆에 무릎을 꿇었다. 에멀라인—아빠가 죽었어라는 끔찍한 문장이 아직도 귓가에 울렸다—이 세실리아의 곁을 지키려고 병원으로 다시 달려갔다. 줄리아는 아직 몰랐다. 그녀는 노스웨스턴으로 향하는 버스에 평화롭게 앉아 있었다.

로즈가 묘하게 낯선 목소리로 맨 처음 한 말은 "걔가 마지막으로 본 거야? 걔랑 같이 있었다고?"였다.

처음에 실비는 무슨 말인지 몰랐다. "세실리아요?"

"걔." 로즈가 이상한 목소리로 말했다.

"복도에서 돌아가셨어요." 실비가 말했다. 세실리아와 새로 태어난 아름다운 아기의 기회가 사라졌음을 바로 그때 알았다. 찰리의 죽음과 로즈가 그 죽음에서 본 배신이 재회 가능성을 전부 망쳤다. 실비는 바닥에 그대로 앉아 있었지만 몸을 뒤로 뺐다. 로즈를 달래고 그녀에게 조금 더 상냥해지라고 말하는 사람은 항상 찰리였다. 그도 분명 아기가 해결책이 되리라 생각했을 것이다. 실비는 아버지에게 아기에 대해 말할 걸 그랬다고 생각했다. 자매들의 계획에 아버지를 끼워주었어야 했다. 그랬다면 찰리가 세실리아를 만나러 병원에 가지 않았을지도 모른다. 어쩌면 이런 일이 일어나지 않았을지도 모른다.

하지만 실비는 어머니에게 이렇게 말했다. "세실리아랑은 관계없어요. 심장이 멈춘 거예요."

"나랑 있었으면 안 그랬어." 로즈가 말했다. "내가 보고 있었으면 그런 일은 없었을 거야."

두 사람 뒤에 찰리가 제일 좋아하는 안락의자가 있었다. 그가 시를 읊고, 술을 마시고, 딸들에게 정말 사랑한다고 말했던 자리. 실비는 아버지의 월급이 줄어도, 아버지가 술을 너무 많이 마셔도 전혀 신경쓰지 않았다. 아빠는 실비의 사람이었고, 두 사람은 항상 책을 주고받았다. 실비는 어렸을 때 찰리가 뒤뜰에 절대 나가지 않는다는 사실을 알아차렸고, 그래서 자기도 절대 나가지 않았다. 아빠를 따르고 아빠가 하는 대로 따라 하겠다는 어린 시절의 충동이 실비와 로즈 사이에 울타리를 만들었다.

찰리가 세상을 떠나고 닷새 후에 장례식이 열렸다. 사람이 너무 많이 와서 그 큰 세인트프로코피어스 성당에 다 들어가지도 못했다. 로즈는 검정 원피스를 입고 머리에 검은 레이스핀을 꽂았다. 그녀는 실비와 줄리아를 양옆에 거느리고 앞줄에 앉았다. 윌리엄은 결혼식 때 입은 검은 양복 차림으로 줄리아 옆에 앉았다. 실비 옆에 앉은 에멀라인이 몸을 틀어 쌍둥이 동생이 들어오는지 살폈다. 세실리아가 장례식에 빠질 리 없었다. 실비가 여동생과 눈을 맞추고 눈빛으로 물었다. 보여? 에멀라인이 고개를 저었다.

실비는 두꺼운 원피스와 팬티스타킹 때문에 땀을 흘리며 약 한 달 전 아버지와 마지막으로 단둘이었던 때를 떠올렸다. 어느 날 저녁식사를 마친 뒤 로즈가 식표품점에 무거운 짐을 맡겨놓았으니 가져오라며 두 사람을 보냈다. 장은 아까 로즈가 보았고 두 사람의 일은 짐을 가져오는 것뿐이었다. 아직 물건이 다 준비되지 않아서 디피에트로 부인이 찰리에게 맥주를 작은 잔으로 한 잔 주었고, 두 사람은 가게 뒷계단에서 기다렸다. 두 사람의 발치에 작고 삐죽삐죽한 텃밭이 있어서 찰리가 유심히 살펴보았다. "네 엄마 텃밭이랑은 비교도 안 되네." 그가 말했다.

"어떻게 아세요?" 실비는 목에 바람이 통하도록 머리카락을 모아서 들췄다. 해가 지고 있었지만 드물게 더운 9월 날이었다. "뒤뜰에 절대 안 나가시잖아요."

그가 살짝 미소를 지었다. "로즈는 대단한 사람이니까."

아버지가 지쳐 보여서 잠을 잘 못 주무시나 생각했던 기억이 났다. 아마 그때 이미 심장이 안 좋았을 것이다. 그날 맥주를 한 손에 들고 가게 뒷계단에 앉아 있을 때 심장이 이미 망가지고 있었던 것이다. 어쩌면 찰리도 그것을 느꼈는지 이런 말을 했다. "실비, 고등학교 때 수업 많이 빠진 거 다 알고 있었다."

실비가 깜짝 놀라 아버지를 보았다. "아셨어요?"

"부치가 오랜 친구였거든. 그래서 최대한 모르는 척하면서 가벼운 벌만 주라고 했지."

부치 맥과이어는 실비가 다니던 고등학교의 교장선생님이었다. 실비가 일 년 넘게 수학과 화학 수업에 제대로 들어가지 않고 자꾸 빠지자 교장선생님이 벌로 학교 뒷담 페인트를 다시 칠하라고 했다. 손에 붓을 쥐는 일이라면 무엇이든 좋아하는 세실리아가 도와주었다. 에멀라인은 간식을 가져다주었다. 실비는 부모님 두 분 다 무단결석에 대해서도 벌에 대해서도 모른다고 생각했다. "왜요?" 실비가 물었다. 그때는 왜 그러셨고, 지금은 왜 말씀하시는 거예요?라는 뜻이었다.

"수업 빠지고 그 시간에 뭘 했니?"

"책을 읽었어요." 실비가 손을 흔들었다. "수업은 시간 낭비였어요. 난 흥미가 안 생기는 건 배울 가망이 없었거든요." 실비는 학교 근처 공원에서 책을 읽었고, 친구같이 느껴지는 나이 많은 오크나무 구멍에 소설책을 넣어놓았다. 언니와 동생들에게는 말하지 않았다. 줄리아는 화를 내면서 교실로 돌아가라고 할 테고, 실비도 쌍둥이가 그런 행동이 괜찮다고 생각하기를 바라지는 않았기 때문이다. 실비는 자신이 줄리아와 다른 길을 선택했음을 그때 처음으로 인식했던 것 같다. 실비는 나무에—생각과 고민을 털어놓던 나무에—소설책을 숨겨두고 읽었고, 줄리아는 학업을 가로막는 장애물을 전부 뛰어넘었다.

찰리가 고개를 끄덕였다. "넌 아직 어려서 모르겠지만 인생은 정말 짧아. 중요한 것을 위해 중요하지 않은 것을 멀리하는 널 말리고 싶지 않았다. 넌 나랑 비슷해, 실비. 둘 다 학교나 직장이 우릴 채워주리라 기대하지 않지. 우린 그보다 더 중요한 무언가를 찾아서 창밖을 내다보거나 우리 안을 들여다봐." 찰리가 실비를 찬찬히 바라보았다. "네가 그냥 보조 사서도, 그냥 대학생도 아닌 거 알지? 넌 실비 파다바노야." 그는 실비가 유명한 탐험가나 전사라도 되는 양 유쾌하게 실비의 이름을 말했다. "넌 더 많은 것이 가능하다는 사실을 알기 때문에 시간에 맞춰 지루한 수업에 들어가거나 말도 안 되는 규칙을 지키는 것이 얼마나 무의미한지 늘 알 거야. 대부분의 사람들은 그 차이를 몰라. 그래서 주변에서 시키는 대로 하지. 물론 그렇게 사는 게 짜증도 나고 지루하기도 하지만 인간의 삶은 원래 그런 거라고 생각해. 하지만 너랑 나는 다행히도 꼭 그렇지는 않다는 걸 알지."

찰리의 말이 너무 옳았기 때문에 실비는 척추를 타고 흐르는 전율을 느꼈다.

찰리가 그녀를 보고 씩 웃었다. "내가 일장연설을 했구나, 응? 그렇지 뭐. 우리의 테두리가 세상과 우리를 갈라놓는 것은 아니야." 찰리가 빈잔을 내려놓고 테두리가 무엇인지 보여주듯 손으로 팔을 문질렀다. "하늘도, 네 엄마의 텃밭에 굴러다니는 돌멩이도, 기차역에서 자는 노인도 우리의 일부야. 우린 전부 연결되어 있고, 그 사실을 깨달으면 삶이 얼마나 아름다운지 알게 돼. 엄마랑 네 언니와 동생들은 그걸 모르지. 아무튼 아직은 몰라. 자신이 자기 몸안에 갇혀 있다고, 인생의 전기적 사실이 곧 자기라고 생각하지."

실비는 존재하는지도 몰랐던 자기 자신의 일부를 아버지가 보여준 기분이 들었다. 그녀는—지금은 장례식이 거행되는 성당 신자석에서, 그리고 나중에는 인생을 살아가면서—그날 저녁을 돌아볼 때마다 아버지가 그런 말을 해주었다는 사실에서, 그리고 자신이 아버지가 제일 좋아하는 시를 인용해 아버지를 즐겁게 해주었다는 사실에서 크나큰 기쁨을 느꼈다. "우리는 우리의 모자와 신발 사이에 갇혀 있지 않다." 그때 디피에트로 부인이 짐을 들고 나왔고, 아버지와 딸은 집으로 걸어갔다. 두 사람의 팔이 부딪치고, 둘 사이에서 분자가 춤추고, 저녁 하늘에 작은 전구 같은 별이 켜졌다.

신부님은 찰리가 대단한 일을 했던 것처럼, 가정을 꾸려나갔던 것처럼 애써 이야기하는 중이었다. 로즈가 모든 결정을 내렸음을 빤히 알면서 말이다. 신부님과 추도식에 참석한 모든 사람이 찰리를 전기적 사실에 따라 정의하겠지만 사실 아버지는 그보다 훨씬 큰 존재였기 때문에 실비는 마음이 아팠다. 찰리는 거대하고 아름다웠고, 제지공장에서 보낸 시간이 아니라 어린 어머니들에게 선물한 이유식에 존재했다. 친절한 행동, 딸들에 대한 사랑, 그리고 그날 저녁 식료품점 뒤에서 실비와 함께 보낸 이십 분이 바로 찰리였다.

그날 나눈 대화 덕분에 실비는 자신을 새로운 방식으로 이해하게 되었다. 실비가 제3의 문을 찾으려 한 것은 아버지를 닮았기 때문이었다. 줄리아는 최우수 학생, 여자친구, 아내 같은 꼬리표를 수집하려 했지만 실비는 꼬리표와 거리가 먼 곳을 향해서만 나아갔다. 실비는 무슨 말을 하든, 어떤 행동을 하든, 어떤 믿음을 갖든 자신에게 진실하고 싶었다. 도서관에서 구십 초 동안 남자와 키스하는 행동을 가리키는 꼬리표는 없었다. 그래서 실비는 행복하고 줄리아는 불편했다. 실비는 공원에서 책을 읽으려고 지루한 수업을 계속 빼먹었다. 어니에게 정식으로 데이트 신청을 받았는데 거절했다고 말하자 언니와 동생들은 하나같이 한숨을 쉬었지만, 실비는 진정한 사랑이 아닌 그 무엇에도 안주하지 않을 작정이었다. 그녀는 아버지처럼 자신의 전부를 알아봐줄 남자를 필요하다면 영원히라도 기다릴 생각이었다. 실비가 신자석에서 몸을 꼼지락거렸다. 머릿속에 생각이 쌓였다. 마음이 급하고, 덥고, 흘리지 않은 눈물 때문에 갑갑했다. 실비는 이제 아버지가 가버렸음을 몸으로, 뼈로, 세포로 실감했다. 아버지는 사라졌고, 이제 아무도 실비를 진정으로 알지 못했다. 줄리아, 에멀라인, 세실리아가 아는 실비는 서로 조금씩 달랐다. 상냥한 에멀라인에게는 똑같이 상냥하게 대했고, 줄리아에게는 서로가 서로에게 도전하는 것을 즐겼기 때문에 자주 장난을 쳤다. 화가인 세실리아는 실비가 아는 그 누구와도 다르게 말하고 생각했기 때문에 세실리아와 있을 때는 모든 것을 궁금해했다.

실비가 고개 숙인 주변 사람들을, 땀흘리며 우는 자매들과 바위처럼 무표정한 어머니를 둘러보니 다들 괴로워하고 있었다. 찰리는 모두를 있는 그대로의 모습으로 보고 그들 자체로 사랑했다. 그는 로즈를 포함해서 자기 집 여자들이 눈에 보이면 항상 똑같이 반가워하며 안녕 예쁜아!라고 외쳤다. 이렇게 인사를 받으면 다시 나갔다가 들어오고 싶을 정도로 좋았다. 찰리는 줄리아의 야망에 기뻐하며 로켓이라는 별명을 붙여주었다. 또 토요일 아침이면 세실리아를 미술관에 데려갔다. 찰리는 에멀라인과 동네 아이들에 대해 이야기를 나누었는데, 딸이 어떤 아이의 관심사와 그 아이가 대단한 이유를 구체적으로 설명하면서 환히 빛내는 얼굴을 보는 것이 좋아서였다. 실비와 자매들은 아버지의 시선을 통해서 스스로를 깨달았다. 이제 그 시선이 사라지자 가족을 단단하게 묶고 있던 끈이 느슨해졌다. 아무 노력도 필요하지 않았던 일에 이제 노력이 필요할 것이다. 모두의 집이었던 곳이 이제 로즈만의 집이 되었다. 에멀라인은 세실리아를 도와 아기를 같이 보기 위해서 이미 체초네 부인의 집으로 옮겨 세실리아의 방 바닥에서 잤다. 줄리아는 결혼했다. 그 순간 실비는 자신도 나와야 한다는 사실을 깨달았다.

장례식이 끝난 뒤 실비는 로즈와 함께 집으로 걸어갔다. 집을 나가겠다고 말하고 싶었지만 그날 당장 할 생각은 없었다. 두 사람 모두에게 너무 갑작스럽지 않을 만한 때를 정할 수 있을지도 몰랐다. 아마 한 달 정도? 그러나 로즈는 집으로 가는 동안 실비를 보지도, 말을 걸지도 않았다. 집에 도착하자 곧장 자기 방으로 들어가서 텃밭용 복장으로 갈아입었다. 로즈가 고개를 돌린 채 실비를 지나쳐 밖으로 나가려고 했다.

"좀 도와드릴까요, 엄마?" 실비가 말했다. "저녁은 뭐 드실래요?"

로즈가 걸음을 멈추었다. "네 언니랑 동생들 전부 날 떠났어." 목소리가 가늘었다. "다 떠났지."

실비가 말했다. "난 여기 있어요." 하지만 어머니는 들었다는 티를 내지 않았고, 실비는 자기가 여기 없을지도 모른다고 생각했다. 확신이 흔들리고 동시에 자신에 대한 감각도 흔들렸다. 실비는 검은 원피스에 팬티스타킹을 신은 채로 흐릿해지는 느낌이었다. 찰리의 시선을 받을 때 실비는 완전했다. 그런데 이제 어머니 앞에서는 구멍이 뻥뻥 뚫린 채 사라지고 있었다.

"너도 언니나 동생들한테 가서 지내." 로즈가 말했다. "혼자 있고 싶구나." 그녀가 뒷문을 열고 걸어나갔다. 실비는 잠시 빈집에 가만히 서서 폐가 조이는 것 같아 숨을 쉬려고 애썼다. 둘째 딸은 로즈에게 충분하지 않았고, 앞으로도 절대 충분하지 않을 것이다. 호흡이 정상으로 돌아오자 실비는 방으로 가서 짐을 쌌다.

그날 밤 실비는 윌리엄과 줄리아의 집 소파에서 잤다. 잡화점 종이가방에 옷을 넣어 갔다. 실비는 자기 물건이 너무 적어서 깜짝 놀랐다. 그녀와 줄리아가 평생 같이 썼던 방은 너무 작아서 싱글 침대 두 개와 서랍장이 공간을 다 차지했다. 실비는 도서관에 다녔기 때문에 책을 한 권도 사지 않았다. 눈에 보이는 곳에 종이가방을 깔끔하게 일렬로 세워놓고서 잠옷을 입고 거친 담요를 덮고 소파에 누워 있으니 슬픔의 그물망에 갇힌 기분이었다. 아버지는 죽었고, 어머니는 그녀를 거부했다. 내 영혼의 단짝이 날 구할 거야. 실비는 생각했다. 그가 날 알아볼 테고, 난 더 단단해진 기분이 들 거야. 그러자 새로운 슬픔이 밀려왔다. 실비가 그 남자를 만나도 그는 찰리를 알 기회가 없을 테니까. 실비는 거의 밤새 천장을 뚫어지게 보았다. 마음속 깊이 눈물이 느껴졌지만 밖으로 나올 길을 찾지 못했다. 실비는 아직도 울지 않았다.

다음날 아침, 실비는 도서관의 커다란 게시판에 쪽지를 붙였다. 하우스시터나 펫시터가 필요한가요? 휴가 기간 동안 화분에 물을 줄 사람이 필요한가요? 침대 하나만 제공해주면 잡다한 일을 해드립니다. 안내데스크에서 보조 사서 실비를 찾아주세요.

하지만 아무도 실비를 찾지 않았다. 실비의 남자들도 마찬가지였다. 잠시라도 키스나 포옹을 받으면 정말 좋을 텐데. 그중 두 명이, 어니와 마일스가 추도식에 참석했지만 실비의 시선을 피했다. 실비는 남자들에게 아버지 이야기를 하지 않았지만 누가 도서관 게시판에 사망 소식과 장례미사 일정을 붙였다. 실비와 마주치는 사람마다 그녀에게 걸쳐진 죽음이 느껴지는지 멀찍이 거리를 두었다. 끔찍한 악취가 나나 싶어서 한 번인가 두 번 옷 냄새도 맡아보았다. 실비는 카트를 밀며 서가를 돌아다녔다. 근무시간이 아닐 때는 도서관에서 공부했고, 밤이면 줄리아와 윌리엄의 집 소파에서 잤다.

"한동안 여기서 지낸다고 엄마한테 말씀드렸어?" 줄리아가 물었다.

실비는 고개를 저었다. "엄마는 내가 옆에 없어서 안심하고 계셔."

"하지만 너무 외로우시잖아." 줄리아가 말했다. "혼자 지내신 적이 한 번도 없는데."

"언니가 오늘 오후에 다녀왔잖아."

줄리아가 손을 들어 머리가 헝클어지지 않았는지 확인했다. "엄마는 매일 텃밭에만 계시는 것 같아. 내가 갔지만 거의 한마디도 안 하셨어. 애도하시는 중인 건 알지만……"

실비가 확신하며 말했다. "엄마는 내가 곁에 있길 바라지 않아."

다음날 오후, 실비가 도서관에 있을 때 어머니가 널찍한 창 밖으로 지나갔다. 로즈는 아직 검은 옷을 입었지만 머리에 레이스핀은 꽂지 않았다. 어머니는 꼿꼿한 자세로 천천히 걸었다. 딸이 도서관에 있을 확률이 항상 높았지만 들여다보지도 않았다. 실비도 달려나가서 엄마를 부르지 않았다. 그저 데스크 앞에 얼어붙은 듯 선 채로 로즈가 창문 앞을 지나쳐 더이상 보이지 않을 때까지 지켜보았다.

줄리아는 한밤중에 실비와 함께 소파에 눕는 버릇이 생겼다. 줄리아의 몸매가 달라졌기 때문에—모르는 사람이 보면 임신한 티가 나지 않았지만 치수가 큰 브래지어를 새로 사야 했다—실비는 소파 끄트머리에 모로 누워야 했다. 그녀는 떨어지지 않으려고 줄리아를 끌어안았다. 두 사람 주변에서 밤이 고동쳤고, 실비는 언니와 몸을 딱 붙이고 누워 있는 것에 감사했다. 11월 말이었다. 아버지가 돌아가시고 몇 주가 흐릿하게 흘러갔다.

"이제 우리 어떻게 하지?" 줄리아가 속삭였다.

눈을 감으면 두 사람이 어린 시절에 쓰던 방의 싱글 침대에 누워 있는 척할 수 있었다. 어쨌거나 두 사람은 기억하는 한 항상 어둠 속에서 이야기를 주고받았다. 실비가 말했다. "언니는 아기를 낳겠지. 난 곧 월급이 오를 거고 집을 구할 거야."

실비는 전공을 영문학에서 도서관학으로 바꾸었다. 일레인 관장은 새로운 사서가 필요했고, 실비가 자격만 갖추면 고용할 것이다. 실비는 매일 광고에서 원룸아파트를 찾으면서 새로 취직하면 작은 원룸아파트에 들어갈 수 있는지 확인했다.

줄리아가 말했다. "베스가 된 기분이야."

실비가 언니를 더욱 가까이 끌어안았다. 어렸을 때부터 지금까지 그 말을 한 사람은 실비와 에멀라인, 세실리아밖에 없었다. 이전에 줄리아는 베스 같다고 말한 적이 한 번도 없었다. 감기나 독감에 걸려서 아프면 얼른 힘을 내서 나으려고 오렌지주스를 마시고 아연 정제를 빨아먹고 샐러드를 먹었다. 병이나 실망은 극복 대상일 뿐이었다. 줄리아는 농담으로도 굴복한다는 말을 하지 않았다.

그러나 찰리의 죽음 이후 줄리아는 겁먹은 눈빛이었다. 실비는 언니를 너무나 잘 알았으므로 줄리아가 아버지를 애도하고 있을 뿐 아니라 아버지가 죽었다는 사실 자체에 동요하고 있음을 눈치챘다. 줄리아의 계획에 아버지의 죽음은 없었고, 그 충격이 줄리아의 세계관 자체를 위협했다. 아버지의 부재는 고칠 수 있는 일이 아니었다.

"우리가 방법을 찾아낼 거야." 실비가 말했다. "언니가 새로운 계획을 생각해낼 거야. 언닌 항상 계획을 세우잖아. 아마 임신하면 계획을 세우는 게 힘들어지나봐. 스스로에게 시간을 좀 줘."

"뭐든지 고치려고 드는 내가 잘못된 걸까?" 줄리아가 실비의 손을 자기 배에 얹었다. 지난 며칠 사이에 아기의 움직임이 뚜렷해졌다.

실비가 조용히 숨을 죽였다. 뱃속의 아기가 움직이는 느낌은 너무나 섬세해서 가만있지 않으면 포착할 수 없었다. 실비는 줄리아의 작은 배가 북 같다고, 하지만 진동은 북 안에서부터 시작된다고 생각했다. 실비가 무언가를 느끼고 전율했다. 거품, 아니 작은 손을 흔드는 것 같았다. "아니." 실비가 말했다. "언니는 틀리지 않았어."

둘 중 한 사람이 거의 잠들면 침묵의 순간이 찾아왔다. 딱 한 번 두 사람 다 깊이 잠들었다. 아침에 윌리엄이 거실로 나와보니 줄리아와 실비가 서로의 품에 안겨 자고 있었다. 보통 두 사람은 자다 깨다 했다. 실비가 언니를 꼭 끌어안는 것은 밤이면 붕 뜬 기분이 들기 때문이기도 했다. 하늘과 담요와 옷가지가 담긴 종이가방이 실비를 삼켰다. 어둠 속에 찰리는 없고 로즈가 화를 내며 실비를 노려보았다. 실비는 로즈의 분노를 이해하지 못했지만 죄책감 때문에 몸이 굳었다. 실비는 이지가 새로운 발달단계에 들어설 때마다 세실리아가 우는 것을 알았다. 어린 딸이 자랄 아늑한 세상을, 그리고 부모님을 모두 잃었기 때문이었다. 세실리아와 손녀의 옆옆집에서 잔인하리만큼 조용히 지내는 로즈는 완고한 슬픔 속으로 깊이 더 깊이 가라앉았다. 줄리아가 마지막으로 만나러 갔을 때 로즈는 그녀를 그냥 돌려보냈다.

실비가 거의 잠들었을 때 언니가 말했다. "장례식이 끝난 뒤에 윌리엄이 남은 학기 동안 수업조교 일을 쉬겠다고 했대. 아버지가 돌아가셔서 내 곁을 지켜야 한다고 학과사무실에 말했나봐."

"정말 다정하다."

"하지만 우린 돈이 필요해. 난 그 수입에 기대고 있었는데, 지도교수한테 말하기 전에 나한테 묻지도 않았어. 어쨌든 윌리엄이 학생들을 계속 가르치면 좋겠어. 이렇게 그만두면 첫인상이 너무 안 좋잖아. 교수들은 윌리엄이 게으르거나 무르다고 생각할 거야." 줄리아는 무르다는 말이 자기가 생각할 수 있는 가장 끔찍한 비난인 것처럼 말했다.

실비는 곰곰이 생각해보았다. 윌리엄은 아파트에서 절뚝절뚝 걸어다니며 실비에게 여기서 지내도 괜찮다는 뜻으로 미소를 지었지만 물론 괜찮지 않을 것이다. 실비는 윌리엄을 비판할 입장이 아닌 것 같았다. "그래서 윌리엄한테 그렇게 말했어?" 실비가 물었다.

"이미 늦어서 어떻게 할 수도 없어. 부탁 하나만 들어줄래?"

대답이 필요 없었기 때문에 실비는 잠자코 기다렸다.

"윌리엄이 쓴 책 좀 읽어줄래? 아직 다 쓴 건 아니래. 내가 계속 졸라서 결국 읽게 해줬는데, 어떻게 이해해야 할지 모르겠어. 전혀." 줄리아가 눈을 크게 뜨고 실비를 보았다. "무슨 말을 해야 할지 몰라서 대화를 계속 피하고 있어. 넌 책을 많이 읽잖아, 그러니까 윌리엄이 뭘 쓰려는 건지 보면 알겠지. 이 책이 윌리엄에게 도움이 될까? 대학원을 졸업하고 그걸로 일자리를 구할 수 있을까?"

줄리아가 이렇게 질문을 많이 하다니 드문 일이었다. 우린 전부 올올이 흩어졌어. 실비는 생각했다. 이 상태가 얼마나 더 계속될까?

"당연하지. 내일 도서관에서 읽어볼게. 아니, 열두시가 넘었으면 오늘 말이야."

줄리아가 실비의 뺨에 입을 맞추었다. "정말 고마워. 당연한 말이지만 윌리엄한테는 읽었다고 말하면 안 돼."

실비는 어둠 속에서 손목시계를 확인하려 애썼다. 거품같이 피어오르는 공포가 몸을 꿰뚫었다. 몇시일까? 새벽이 거의 다 됐을까? 잠을 못 자면 낮에도 밤처럼 감정적인 기분이 들고 상실의 아픔이 생생했다.

실비는 근무를 시작하기 전에 도서관 책상에 앉아 원고를 읽기 시작해서 점심시간에 샌드위치를 먹으면서도 읽고 학교에 가는 버스에서도 원고를 꺼냈다. 줄리아가 준 원고는 정말로 어수선했다. 타자로 친 종이 이백 장이 고무밴드로 묶여서 종이가방에 들어 있었다. 실비가 받은 첫인상은 정말 아직 완성되지 않은 원고라는 것이었다. 몇몇 챕터는 문단 중간에서 끝났다. 나중에 답을 찾을 생각인지 문장 중간에 물음표도 있었다. 각주에는 제안과 아이디어, 이 소재를 어떤 방향으로 전개할 수 있을지 스스로에게 묻는 질문이 담겨 있었다.

겉으로 보기에는 농구 역사에 대한 책이었다. 매사추세츠에서 제임스 네이스미스 박사가 추운 겨울 동안 경기가 없는 육상선수들의 체력 관리를 위해서—복숭아 바구니를 골대 삼아—농구를 만든 1891년부터 시작했다. 윌리엄의 변덕에 따라 방향이 이리저리 바뀌었지만 그래도 대략 연대순이었다. 1898년 최초의 농구 리그, 네이스미스 박사가 만든 열세 가지 규칙, 1950년까지 공식 경기에 참가하는 모든 선수와 코치가 백인이었다는 사실을 다루었다. 그런 다음 1970년대에 벌어진 미국농구협회American Basketball Association와 전미농구협회National Basketball Association의 다툼을 한참 설명하다가 뚝 끊겼다. 두 리그는 닥터 제이와 스펜서 헤이우드 같은 스타 선수를 두고 싸웠다. 농구 역사 중간중간에 특정 경기에 대한 이야기가 나왔다. 빌 러셀이 거인 윌트 체임벌린과 맞붙었던 필라델피아 경기. 오스카 로버트슨이 45득점, 23리바운드, 10어시스트를 기록한 1959년 대학 경기. 원고는 1976년 보스턴 셀틱스와 피닉스 선스의 결승전 5차전을 설명하다가 끝났다. 연장전을 세 번이나 했던, 농구 역사상 가장 긴 경기였다. 윌리엄의 글은 탄탄했지만—깔끔하고 반박의 여지가 없었다—실비는 이야기의 주요 흐름에 별로 관심이 없었다. 그녀는 각주와 여기저기 적어둔 질문에 매료되었다. 각주는 윌리엄이 자기 자신과 나누는 대화 같았다. 그는 이렇게 썼다.

나는 빌 월턴의 부상에 왜 이렇게 관심이 많을까?

단지 오늘날의 농구에 도달하는 것이 목적일까? 그것으로 충분할까?

우리 아버지를 비롯한 보스턴 남자들은 러셀을 왜 그렇게 미워했을까? 그의 집이 어떻게 되었는지는 감히 쓰지도 못하겠다.

이 선수들이 부모님의 키가 대부분 작은데도 이렇게까지 크게 자란 것에 과학적인 이유가 있을까?

이 책은 일관된 줄거리가 없다.

이 책은 형편없다, 나는 형편없다.

또 윌리엄은 여러 번 이렇게 썼다. 난 뭘 하고 있지? 내가 왜 이러고 있지? 난 누구지?

끝내지 못한 이야기의 마지막 부분 각주에 이런 문장도 적혀 있었다. 그녀가 아니라 나였어야 했다.

실비는 각주를 다시 읽었다. 각주는 농구 역사가 아니라 다른 이야기에 대한 힌트 같았다. 그녀가 아니라 나였어야 했다는 무슨 의미였을까? 농구에 대한 말일 리는 없지 않나? 그녀란 줄리아를 말하는 걸까?

윌리엄의 질문에 담긴 고뇌 때문에 실비는 몸이 떨렸다. 발밑에서 버스가 동감이라는 듯 덜컹거렸다. 찰리가 실비에게 말했었다. "우린 그보다 더 중요한 무언가를 찾아서 창밖을 내다보거나 우리 안을 들여다봐." 각주에서 윌리엄은 자기 안을 들여다보고 있었지만 걱정과 불확실함만이 비쳤다. 난 누구지? 윌리엄은 거울 속에 비친 사람을 알아보지 못하는 것 같았다. 어쩌면 아무도 안 보이는지 몰랐다. 실비는 마지막으로 로즈 앞에 섰을 때 사라지는 느낌이 들었던 것을 떠올렸다. 아버지가 죽은 후 실비는 매 순간 그때와 비슷한 느낌이었다. 실비는 자신을 온전하게 지켜준 것이, 그녀가 실비일 수 있도록 지켜준 것이 아버지의 관심이었으면 어떻게 하나 걱정됐기 때문에 지금 윌리엄에게 크나큰 연민을 느꼈다. 실비는 이런 느낌이 든 지 한 달밖에 안 되었는데도 끔찍했다. 이 원고의 분량, 그리고 한 장 한 장에 담긴 노력은 윌리엄이 그런 느낌을 가진 지 아주 오래되었음을 보여주었다.

실비는 야간 수업이 끝나고 줄리아의 아파트로 돌아가는 버스 안에서 원고를 다 읽었다. 원고를 종이가방에 넣고 창밖을 보자 유리에 비친 자기 모습이 보였다. 그녀의 얼굴에 윌리엄의 얼굴 윤곽이 겹쳤다. 실비는 형부가 늘 좋았다. 그의 주변에 있으면 마음이 편했고, 줄리아가 느낌표를 남발하며 말할 때 실비와 윌리엄은 가끔 같이 미소를 지었다. 모두의 기분을 알아차리는 에멀라인은 윌리엄이 섬세하다고 늘 말했다. 그러나 윌리엄은 처음 만난 순간부터 줄리아의 사람이었기 때문에 실비는 그를 언니가 선택한 남자로만 생각했다. 이제 처음으로 실비는 줄리아가 실수한 것이 아닐까 생각했다. 이 원고를 쓴 사람은 우유부단함, 자기회의, 슬픔처럼 언니가 전혀 좋아하지 않는 특징으로 가득했다. 줄리아는 늘 타석에 서는 인기 야구선수처럼 야구방망이로 불안을 날렸다. 유일하게 말이 되는 설명은 줄리아가 자기 남편 안에 이런 감정이 살고 있음을 몰랐다는 것이었다. 적어도 이 원고를 읽을 때까지는 말이다.

실비는 예리해진 감각을 느끼며 버스 좌석에 앉아 있었다. 세포가 이제 막 깨어난 것처럼 간질거렸다. 그녀는 무릎에 놓인 원고의 무게를, 흐린 창유리를, 줄리아가 저질렀을지도 모르는 실수를, 몇 주 동안 다른 집 소파에서 자느라 잠을 설쳐 쌓인 피로를, 아버지의 죽음을 느꼈다. 마음속에서도 무언가가 움직이는 것을 느꼈지만, 그것이 뭔지 알아내기도 전에 눈물이 터져나왔다. 소리를 내지 않으려고, 반쯤 찬 버스에서 이목을 끌지 않으려고 애썼지만 짭짤한 눈물이 그녀의 뺨을 핥고 코트 앞깃을 적셨다.

실비가 집으로 돌아왔을 때는 이미 늦은 시각이었기 때문에 언니와 윌리엄은 이미 잠자리에 들었다. 그녀는 이를 닦고 머리 위로 잠옷을 뒤집어써서 입고 소파에 쓰러졌다. 윌리엄의 질문이 실비의 피부를 콕콕 찌르는 것 같았다. 그 질문들이 어둠 속에서 다시 나타나 그녀에게 스며들며 대답을 요구했다.

난 뭘 하고 있지? 언니 집 소파에 누워 있어.

내가 왜 이러고 있지? 내 집이었던 아버지가 돌아가셨으니까.

난 누구지? 실비 파다바노. 즐거운 듯 실비의 이름을 부르는 찰리의 목소리가 들려서 웃음이 났다.

마지막 질문, 그리고 그 대답 때문에 실비는 어머니가 왜 언니랑 동생들에게는 안 그러면서 자신에게는 늘 얼굴을 찌푸렸는지 처음으로 깨달았다. 로즈는 남편에게서 짜증난다고 생각했던 부분을 실비에게서도 보았던 것이다. "윽, 휘트먼." 찰리가 시를 읊으면 로즈는 역겹다는 듯 이렇게 말하곤 했다. 월트 휘트먼이라서가 아니라 찰리가 그의 마음속에 살고 있는 시 때문에 성공하지 못했다고 생각해서였다. 찰리의 월급이 적은 이유, 난로가 고장났는데도 짜증을 내기는커녕 보름달을 보자며 로즈를 데리고 나갔던 이유, 사람들이 자신을 어떻게 생각하는지 신경쓰지 않았지만 그의 장례식에 수백 명이 찾아온 이유. 실비에게도 찰리와 같은 재료가 섞여 있었고, 그래서 로즈는 딸을 볼 때 실비를 보지 않았다. 결혼생활의 실패를, 그리고 찰리를 그녀가 원하는 사람으로 바꾸지 못한 자신의 실패를 보았다. 실비는 줄리아를 생각했다. 언니에게는 로즈와 같은 면이 너무나 많았다. 줄리아 역시 윌리엄의 내면에서 우물쭈물하는 문장들을 흘깃 보기만 해도 그를 경멸할 것이다.

실비는 눈을 감고 형부의 광활한 불안함 속으로 들어갔다. 그것은 실비와 자매들이 빅토리아시대 소설을 읽을 때 무척 좋아했던, 안개가 자욱하고 울퉁불퉁한 황무지를 닮았다. 거친 지형에 서서 안개가 자욱한 공기를 허파 가득 들이마시자 집에 온 것처럼 편안했다. 찰리의 죽음 이후 실비는 자신이 자꾸 테두리 너머로 흘러넘쳐서 어설프게 주워담으려고 애쓰는 기분이었다. 자매들과 어머니는 규칙적인 일과와 열망이 있었으므로 안전했다. 실비의 경우에는 비통함과 상심이 바로 그녀였다. 윌리엄 역시 안전하지 않았고, 그의 질문이 실비의 곁을 지켜주었다. 실비와 윌리엄 모두 자기 몸안에서 살려고 애쓰는 중이었는데, 다른 사람들 대부분이 듣기에는 말도 안 되는 목표였다.

줄리아가 거실로 나오자 실비가 몸을 웅크리고 언니를 평소보다 더 세게 끌어안았다.

"괜찮아?" 줄리아가 속삭였다.

실비는 고개를 젓고 언니의 목에 얼굴을 묻었다. 언니의 뱃속에서 아기가 파닥거리는 것이 느껴졌고, 그 파닥거림이 자신의 납작한 배로 전해졌다. 실비는 이 포옹이 필요했다. 게다가 줄리아가 질문을 하고 자신이 최선을 다해 대답하는 시간을 최대한 늦추고 싶었다.

"원고는 괜찮아?"

"그렇기도 하고 아니기도 해."

"교수가 되는 데 도움이 될까?"

"아니."

"무슨 뜻이야…… 그러면 그 원고는 뭐야?"

"모르겠어. 그런 건 처음 읽어봐."

줄리아가 임신 팔 개월, 이지가 생후 사 개월이던 어느 토요일에 로즈가 가족회의를 소집했다.

"세실리아도 가족회의에 불러요?" 어머니를 보러 간 줄리아가 텃밭에서 물었다. ("엄마의 복장이 더 심해졌어." 그날 밤 줄리아가 실비에게 말했다. "야구 장비 밑에 아빠 파자마를 입으셨더라고.")

"당연히 아니지." 로즈가 말했다. "너랑 윌리엄, 실비, 에멀라인."

명단에 오른 사람들은 정해진 날 네시까지 로즈의 집으로 갔다. 세 자매 모두 현관 계단에서 잠시 멈춰 체초네 부인의 집을 보았다. 누구도 세실리아에게 가족회의가 있다고 말하지 않았지만—그녀만 제외됐다고 차마 말할 수가 없었다—세실리아는 물론 알고 있었다. 실비는 세실리아에게 도서관 시간제 일자리를 구해주었는데, 두 사람의 근무시간이 자주 겹쳤다. 에멀라인은 세실리아의 방에 놓인 간이침대에서 잤고, 줄리아는 세실리아와 아기가 어떻게 지내는지 확인하려고 하루에 한 번 세실리아를 찾아갔다. 세 사람 모두 그랬듯이 세실리아는 언니들이 하는 말을, 그리고 하지 않은 말을 전부 들었다. 가족회의에 대해 말하지 않는 것이 너무 티가 났고, 같이 공유하는 일정표에서 그 시간이 지워진 것처럼 빠져 있었으므로 아마 가족회의는 세실리아가 확신할 수 있는 유일한 일정이었을 것이다.

네 사람이 집에 들어가니 로즈는 이미 식탁 앞 자기 자리에 앉아 있었다. 빰이 더 홀쭉해 보였고 낡은 홈드레스 차림이었다.

"이 집을 팔아야겠다." 다들 모여 앉자 로즈가 말했다. "이제 이 집에 살 여력이 없어." 그녀가 손을 아무렇게나 흔들면서 벽과 방을, 그들을 둘러싼 역사를 가리켰다. "이렇게 큰 집은 필요도 없고."

실비가 의자에 기대앉았다. 그녀는 이 집을 팔 수 있다는 생각을 한 번도 해본 적이 없었다. 신혼 때 찰리가 좋은 조건으로—확실히 말한 적은 없었지만—아마도 술을 마시며 한 내기로 이 집을 손에 넣었다. 시카고에서 인종 갈등으로 백인이 대거 떠나던 시기였다. 로즈가 봤을 때는 이 집을 산 것이 찰리의 인생에서 가장 큰 업적이었을 것이다.

언니와 동생도 실비만큼이나 놀란 표정이었다. 줄리아는 얼굴이 하얗게 질리고 에멀라인은 평소보다 눈을 더 많이 깜빡였는데, 깜짝 놀라거나 겁에 질렸을 때의 버릇이었다.

"대출이 하나도 없는 줄 알았는데요." 줄리아가 말했다. "대출 한푼 없다고 아빠가 늘 자랑했잖아요."

로즈가 얼굴을 찌푸렸다. "십 년 전에 어쩔 수 없이 대출을 냈어, 너희를 먹이고 입혀야 했으니까."

이 말이 묵직하게 가라앉았다. 벽에 걸린 성녀들이 그들을 내려다보았다. 아시시의 성녀 클라라의 자리가 비어 있었다. 모두 알고 있듯이 이제 그 액자는 두 집 건너 세실리아의 침대 밑에 살고 있었다.

"엄마는 텃밭을 떠날 수 없잖아요." 에멀라인이 말했다. 줄리아와 윌리엄, 실비가 안도하며 고개를 끄덕였다. 그 말은 진실이었다. 로즈에게 텃밭이 없으면 어떻게 될까? 그녀는 항상 텃밭에서 살았다. 로즈의 뿌리가 허브와 양상추, 가지 뿌리 옆에 박혀 있는 것 같았다.

"일이 너무 많아." 로즈가 말했다. "난 이제 끝이야. 이 집도 끝났어. 너희 모두 나갔잖아."

로즈는 실비를 보지도 않고 이렇게 말했지만 어머니가 던진 다트가 실비의 가슴에 파고들었다. 혼자 있고 싶다고 했잖아요. 실비는 속으로 생각했다. 난 엄마가 시키는 대로 했을 뿐이에요.

"플로리다로 갈 거야." 로즈가 말했다. "해안가 콘도로 말이야. 이 동네에 살던 여자 몇 명이 거기 살고 있는데, 내가 이사 갈 수 있게 준비해줬어. 이 집만 처분하면 문제없을 거다."

"플로리다요?" 다들 식탁에 둘러앉은 이후 윌리엄이 처음으로 한 말이었다. "그러실 순 없어요."

로즈가 그에게 시선을 고정했다.

"딸들에게는 어머니가 필요해요." 윌리엄이 숨을 들이마셨다. "엄마. 우린 엄마가 필요해요."

"출산이 멀지 않았어요." 줄리아가 말했다. "기다려주세요, 제발."

집안의 공기가 이상했다. 태풍이 불기 직전처럼 묵직했지만 금방이라도 움직일 것 같았다. 파다바노가의 딸들이 의자에 앉은 채 몸을 뒤척였다. 다들 옆옆집에서 세실리아가 딸을 구명구처럼 끌어안고 들리지 않는 소리를 들으려고 애쓰는 것을 느낄 수 있었다.

"너희 모두에게 직접 알리고 싶었다." 로즈가 말했다.

엄마 어디 계세요? 실비는 생각했다. 벌써 플로리다에 계세요? 흘깃 보았던 관 속의 찰리가, 창백하고 거기 없는 것 같았던 모습이 떠올랐다. 하지만 지금이 더 나빴다. 어머니는 눈앞에 앉아 있고 몸속에 피가 흘렀지만 여기 없었다. 이미 떠났다. 혹시 장례식 날부터였을까? 아니면 사망 소식을 들은 직후 실비가 어머니의 곁에, 바닥에 앉아 있을 때? 아니면 이미 몇 년 동안 어디든 다른 곳으로 가고 싶었는데 이제야 벗어날 기회를 잡은 걸까?

에멀라인이 말했다. "우리 모두 아빠가 그리워요. 우린 함께해야 해요. 내가 이지 사진을 가져왔어요, 엄마. 이지는 정말 너무 예뻐요."

에멀라인이 식탁 밑에서 사진을 꺼냈지만 로즈는 그 말을 듣자마자 벌떡 일어섰다. 그리고 자리를 벗어나며 말했다. "가는 길에 텃밭에서 뭐든지 뽑아 가라."

파다바노가의 네 자매 중 세 명이 갑자기 모든 것을 빼앗긴 사람처럼 식탁만 부여잡은 채 남겨졌다.

윌리엄
1982년 11월—1983년 3월

윌리엄은 매일 정해진 일과를 지켰다. 아침식사를 한 다음 줄리아를 위해 장을 보거나 그 밖에 필요한 집안일을 했다. 윌리엄은 아내를 기쁘게 하려고, 자신이 계산 착오로 잃고 만 자리를 되찾으려고 애쓰는 중이었다. 그는 찰리가 죽은 뒤 남은 학기 동안 수업조교 일을 쉬겠다고 요청한 것을 줄리아가 좋아할 줄 알았다. 과에서는 이해해주었다. 어차피 그의 자리를 채울 대학원생은 얼마든지 있었다. 그러나 윌리엄이 이야기하자 줄리아가 당황한 표정을 지었으므로—그녀는 깜짝 소식을 좋아하지 않았다—실수였음을 깨달았다. 줄리아는 그의 사랑과 관심만이 아니라 더 많은 것에 의존했다. 모아둔 축의금으로 남은 학기 동안 생활할 수 있었지만 줄리아는 윌리엄이 돈을 벌길 바랐다. 아내는 그의 서랍에 숨겨둔 수표에 대해서도 몰랐다. 윌리엄은 절대로 그 수표를 쓸 생각이 없었지만, 만약 긴급한 상황이 생기면 그 돈이 있었다. 줄리아는 윌리엄이 집에 머물며 곁을 지켜줄 필요가 없었다. 실비가 두 사람의 집으로 들어왔고, 줄리아는 아버지 때문에 슬퍼지면 주로 실비에게 의지했다. 물론 윌리엄이 보기에도 그게 맞는 것 같았다. 하지만 그는 매번 계산을 틀려서 의기소침해졌다.

윌리엄이 아침식사 후 설거지를 끝내고 자기가 할일이 있냐고 묻자 줄리아가 고개를 젓고는 윌리엄을 배웅하며 문을 잡아주었다. 고맙게도 그녀는 밖으로 나가는 윌리엄의 뺨에 입맞춤을 함으로써 잠깐 실망한 것뿐이라고 알려주었다. 그는 저녁 수업을 준비하러 노스웨스턴 도서관으로 걸어갔다. 윌리엄은 좋아하는 개인 열람석으로 가는 길에 보통 줄리아와 처음 만난 수업의 담당 교수였던 나이 많은 사학과 교수를 지나쳤다. 노교수는 그를 알아보지 못하는 듯했지만 윌리엄은 사사로이 생각하지 않았다. 은퇴 전 마지막 해가 아닐까 싶었다. 노교수는 말할 때 자꾸 눈물을 흘리고 콧물도 나왔다. 윌리엄은 저 교수님이 아직도 자신이 가르치는 과목에 신경을 쓸까 궁금했다. 1939년 독소불가침조약이나 베를린 점령에 대해 새로운 생각이 있을까? 아니면 연극 대사처럼 그냥 읊을 뿐일까?

점심시간이 되면 윌리엄은 공부를 잠시 접고 체육관으로 걸어갔다. 그는 농구장 관람석에서 도시락을 먹었다. 가끔 체육 수업이 있어서 다양한 체형과 체력을 가진 학생들이 강사가 유도하는 대로 준비운동을 했다. 가끔 농구팀 슈터 몇 명이 추가 연습을 하러 왔다. 윌리엄은 1학년을 제외한 모든 선수를 알았고, 샌드위치를 다 먹고 나서 코너에서 슛을 몇 개 쏴보라는 선수들의 권유에 한두 번 그렇게 한 적도 있었다.

지금 무릎으로는 회전을 하거나 한 지점에서 다른 지점으로 뛰는 것이 무리임을 알았기 때문에 가만히 서서 긴 슛을 던졌고, 옛 동료들이 즐거워하며 고함을 쳤다. 공이 네트를 휙 통과하면 호흡이 정상으로 돌아왔고, 윌리엄은 아직 인정받는 삶을 사는 척할 수 있었다.

농구공을 잡으면 장인이 쓰러져서 돌아가셨고, 처제가 자기 집 소파에서 잠을 자고, 자신이 아내를 볼 때마다 깜짝 놀란다는 사실을 잊을 수 있었다. 줄리아는 임신한 티가 뚜렷하게 나지는 않았지만 이제 그가 결혼했던 여자 같지도 않았다. 엉덩이가 무척 커지고 뺨이 자주 붉어졌다. 줄리아는 아름답고 화사하고 생명으로 들썩거렸다. 하지만 그녀는 수태에서 출산까지 정해진 길을 가는 중이었고, 윌리엄은 어떤 지도에서도 그 길을 찾을 수 없었다. 당신은 어디에 있어? 윌리엄은 그녀에게 묻고 싶었다. 당신이 어디로 가는지 알고 있어? 맞는 길이라고 확신해?

윌리엄은 스스로에게도 진실을, 아기를 갖는 것은 생각해본 적도 없음을 인정하기 부끄러웠다. 그는 줄리아와 사랑에 빠졌으므로—매일 밤 그녀 곁에서 잠들고 매일 아침 함께 깨어나는 것에 감사하는 마음이 넓은 바다와도 같았고 아직도 그 속에서 헤엄치고 있었다—결혼은 완벽하게 말이 되는 결과였다. 그러나 새로운 인간을 만들고 키우는 것은 전혀 다른 문제였다. 윌리엄은 행복하고 흥분해야 한다는 사실을 알았으므로 줄리아에게 아기를 가져서 행복하고 흥분된다고 말했다. 하지만 아버지가 된 자신을 상상할 수 없었다. 자신이 아이와 함께하는 모습을 그려보려고 하면 이미지가 흐릿해졌다. 어쩌면 줄리아가 계획을 말했을 때 주저하는 마음을 드러냈어야 했을지도 모른다. 하지만 아내가 아기를 갖자고 제안했고, 그다음부터 한 달 동안 윌리엄이 집에 돌아가면 늘 그녀가 알몸으로 기다리고 있었다. 윌리엄은 옷을 벗고 있는 아내를 상대로 부모가 되는 것의 장단점을 미주알고주알 이야기할 수 없었고 그러고 싶지도 않았다.

이제 그는 임신한 아내, 그리고 미안해하며 아파트에 드나드는 처제와 함께 살았다. 소파는 실비의 침대가 되었기 때문에 윌리엄은 이제 소파에 앉지 않았다. 그는 식사를 하면서 교과서를 읽고 노트 필기를 보면서 미국 역사에서 특정 연도에 맞물려 돌아가던 모든 움직임을 외우려고 애썼다. 윌리엄이 한밤중에 잠에서 깨면 줄리아의 자리가 비어 있었고, 밖으로 나가보면 그녀가 동생의 품에서 자고 있었다. 윌리엄은 두 사람을 보면서 묘한 외로움을 느꼈다. 줄리아와 실비는 서로에게 속한 것 같았다. 윌리엄은 침실로 다시 들어가면서 어쩌면 침입자는 실비가 아니라 자신일지도 모르겠다고 생각했다.

윌리엄은 체육관에서 점심을 먹고 도서관으로 돌아와 1893년 공황에 대해서 읽었다. 윌리엄의 지도교수는 항상 나비넥타이를 하고 다니는 원기 왕성한 사람으로 한시도 가만히 앉아 있질 못했다. 아마도 무슨 일에나 흥분하기 때문일 터였다. 대학원 첫 달에 처음 만난 자리에서 교수가 윌리엄에게 그가 선택한 미국사 시기의 어떤 점을 정말정말 사랑하는지 물었다. 이 질문을 받고 윌리엄은 몸속의 모든—피, 허파, 심장—움직임이 느려지다가 거의 멈추는 것을 느꼈다. 굴욕적이었다. 윌리엄은 대학원 공부를 사랑까지 해야 한다고는 한 번도 생각하지 않았다. 결국 그는 1890년부터 1969년까지 미국이 겪은 크나큰 변화들—도금시대, 양차 세계대전, 민권운동—에 대해 뭐라 중얼거렸지만 이미 늦었다. 교수의 눈에 혼란이 떠올랐다. 그는 이렇게 생각하는 듯했다. 정말 이상하네, 이 청년한테서는 역사에 대한 열정이 전혀 느껴지지 않아.

거의 매일 윌리엄은 점심식사를 마친 후에도 마음먹었던 것보다 오래 체육관에 앉아 있었다. 저녁 수업 예습을 해야 했지만 도서관으로 돌아가는 것을 자꾸 미뤘다. 그러던 어느 날 오후, 어래시가 코트를 가로지르다가 그를 보고 다가와서 옆자리에 앉았다.

"무릎은 어때?" 어래시가 물었다.

"괜찮아요." 누가 무릎에 대해 물으면 윌리엄은 보통 이렇게 대답했다. 무릎이 제대로 움직이고 한곳에서 다른 곳까지 걸어갈 수 있었으므로 올바른 대답이라고 생각했다. 항상 아팠지만—밤에 통증이 가장 심했다—그 사실을 인정하면 남자답지 않은 것 같았다. 게다가 누가 신경이나 쓸까? 윌리엄은 이제 통증 없는 무릎이 필요하지 않았다. 어차피 교수는 앉아서 수업을 했다. 이제 그는 몸이 어떻든 크게 상관없었다.

어래시가 그를 찬찬히 살폈다. "우리 학교 대학원에 들어갔다며. 축하해."

윌리엄은 깜짝 놀랐다. "어떻게 알았어요?"

어래시가 미소를 지었다. "우린 농구부원들이 어떻게 지내는지 계속 확인하거든. 내가 담당했던 부상을 계속 추적해, 너도 내 명단에 있어. 우린 모든 선수를 주시하려고 노력해. 그렇게 무정한 사람들은 아니니까. 계속 지켜보지 않으면 선수들이 뭔가 이루었을 때 멋진 축하카드를 보낼 수가 없잖아."

윌리엄은 이 말을 곰곰이 생각해보았다. 그는 타인의 친절을 누릴 준비가 되어 있지 않았고, 이 말을 듣자 찰리가 생각났다. 윌리엄은 장인의 장례식 전에는 다른 장례식에 가본 적이 없었다. 추도식에서 사람들은 찰리가 필슨 주민과 직장 동료에게 얼마나 인자했는지 이야기했다. 술 취한 남자 세 명이 나와서 찰리의 도움을 받아 화가 난 집주인을 달랠 수 있었다고 열심히 이야기한 뒤에 윌리엄은 자리에서 일어나 그곳에 모인 사람들에게 장인이 운전을 대단히 잘했지만 자기 능력을 숨기고 있었다고, 어쩌면 로즈와 딸들이 그 능력을 모르는 척했을지도 모른다고 말하고 싶은 충동을 느꼈다. 그는 이렇게 묻고 싶었다. 찰리가 우리에게 숨겨야 한다고 생각한 것이 그 외에도 얼마나 많을까요? 하지만 그러는 대신 시시각각 굳어가는 로즈와 아내의 아름다운 얼굴에 새겨지는 공포와 슬픔을 지켜보았다.

관이 땅속에 묻힌 다음 줄리아가 윌리엄을 데리고 세실리아와 아기를 보러 갔다. 아무 경고도 없이 아기가 윌리엄의 품에 떠안겨졌다. 그는 아기를 안아본 적이 없었지만 아내와 이지의 엄마는 그가 어떻게 해야 할지 알 것이라고 믿는지 아무렇지도 않게 윌리엄에게서 시선을 돌렸다. 아기가 그를 올려다보더니 얼굴을 움직움직했다. 눈물을 흘릴까 말까 고민하는 중이었다. 아기는 믿을 수 없을 만큼 작고 담요에 꽁꽁 싸여서 팔다리가 보이지 않았다. 아주 따뜻한 것 같았다. 열이 나는 건가? 담요가 과연 필요할까? 윌리엄은 혹시나 아기를 떨어뜨리더라도 낮게 떨어지도록 의자에 앉았다가 다시 바닥으로 내려갔다. 줄리아와 세실리아가 그를 보며 웃었지만 눈빛에 애정이 담겨 있었다. 그의 행동이 아무 문제도 없다고 말하는 것처럼 두 사람도 바닥에 앉았다.

"마무리가 좋아!" 어래시가 농구코트를 보며 말했다. "저기 저 신입생 있지, 파워포워드? 켄트를 대신해서 아주 잘하고 있어. 출발이 좋아."

"저를 대신하는 선수는 누구예요?"

어래시가 농구코트를 훑어보았다. "리바운드를 잘하는 선수가 있어. 그런데 의욕만 앞서지. 너 같은 지능형 플레이어는 아니야." 어래시가 자기 평가에 스스로 동의하는 것처럼 고개를 끄덕였다. "『경기의 틈새』 읽어봤어?"

"뭐요?"

"너처럼 똑똑한 선수들에 대한 책이야. 그런 선수들이 어떻게 경기를 하고 어떻게 생각하는지에 관한 책. 똑똑한 선수는 마음속으로 장면을 돌려보고 공간을 어떻게 이용하는지 이해하지. 위대한 선수는 항상 체스를 두듯이 경기를 해. 너도 꼭 읽어봐."

윌리엄은 어래시의 말을 이해하려고 애썼다. 나중에 혼자 있을 때 이 대화를 다시 곱씹으리란 사실을 바로 알았다. 그가 기다려왔던 말과 문장 같았다. 지금의 윌리엄은 시시각각 사소한 실패와 실망스러운 일만 저지르는 느낌이었다. 그는 여전히 자기 포지션을 잘 이해하는 농구선수로 팀에 속해 있으면 좋겠다고 생각했다. 기억이 반짝 떠올랐다. 윌리엄은 열 살 때 공원 농구코트에 서서 조금 전 자신을 경기에 끼워주었던 아이들이 저녁을 먹으러 집으로 달려가는 모습을 지켜보고 있었다. 돌아와. 어린 윌리엄은 생각했다.

어래시가 그의 어깨를 툭 쳤다. "약속이 있어서 가봐야겠군. 여기서 또 볼 수 있을까?"

"저는 거의 매일 와요." 윌리엄이 말했고, 멀어지는 어래시를 보면서 가슴속에 피어오르는 감정—갈망이었을까?—때문에 혼란스러웠다.

그해 12월, 윌리엄과 줄리아는 실비가 없을 때마다 같은 논쟁을 반복했다.

"배가 더 나오기 전에 이사를 가야 해." 줄리아가 말했다. 아이가 태어날 예정이었으므로 그녀와 윌리엄은 이제 침실 두 개짜리 아파트에 들어갈 자격이 생겼다. "깔끔하게 준비를 갖추고 싶어." 줄리아가 말했다. "최소한 요람이랑 기저귀갈이대는 마련해야 해. 당신은 다음달부터 다시 학생들을 가르치니까 그나마 시간 여유가 있는 지금 이사해야 해." 그녀가 잠시 말을 멈추었다. "왜 자꾸 날 그런 눈으로 봐?"

윌리엄은 중립적인 표정을 지으려고 애썼다. "어떤 눈 말이야?"

"내 말이 충격적이라는 눈빛이잖아. 4월에 아이가 태어나는 건 알고 있지?"

"당연하지. 내 말은 그냥, 여기서 잘 지내고 있지 않냐는 거야. 당신도 이 집이 너무 좋다고 늘 말했잖아. 이번 학년도가 끝날 때까지만 여기서 지내자. 여름에 이사하면 되잖아."

줄리아는 짜증이 치밀어서 눈을 크게 뜨고 그를 보았다. "실비도 같이 지내는데 집이 너무 좁아. 지금 이사하면 실비가 아기방에서 잘 수 있잖아. 당신이 왜 반대하는지 이해가 안 가."

윌리엄은 뭐라 말해야 할지, 이사를 최대한 미루고 싶을 뿐이라는 사실을 어떻게 설명해야 할지 몰랐다. 아내는 그의 마음속에 든 그 무엇도 이해하지 못할 것이다. 윌리엄은 멍하니 생각했다. 이사를 안 가면 아기가 태어나지 않을 거야, 방이 없으니까. 더 넓은 아파트도 이 근처였으므로 대단한 변화는 아닐 테지만 찰리가 죽고 줄리아는 점점 배가 나오고 실비가 이 집 소파에서 자는 지금, 윌리엄은 모든 것이 불확실하게 느껴졌다. 그는 지금 쓰는 방의 자기 침대에서 일어나 토스트 두 장에 딸기잼을 발라서 먹고 도서관으로 걸어가야만 했다. 좋아하는 개인 열람석에 앉아 정확히 자신이 좋아하는 방식으로 책을 펼쳐두어야 했다. 또 공부를 잠시 접고 체육관에서—가끔 어래시와 함께—점심을 먹어야 했고, 눈앞의 코트에서 농구공을 들고 달리던 느낌이 어땠는지 기억해야만 했다. 윌리엄은 매일 수업을 듣고 나서 하루가 끝날 즈음 겨우 몇 년 전 사랑에 빠진 여자가 있는 집으로 돌아왔다. 이 정확한 일과의 리듬이 윌리엄의 토대였고 그것이 조금이라도 바뀐다고 생각하면 아내를 멍하니 바라보게 되었다. 아내가 이성적이고 자신은 그렇지 않음을 알면서도 말이다.

일주일에 며칠은 어래시가 수프와 작은 갈색 롤빵—그의 점심은 늘 똑같았다—을 가지고 관람석으로 와서 윌리엄 옆자리에 앉았다. 어래시는 동료를 대하듯 윌리엄에게 말했고, 윌리엄은 그의 친절이 고마웠다.

"패터슨이 걱정이야." 슛을 던질 기회를 기다리며 코트에서 뛰어다니는 2학년 슈팅가드를 고갯짓으로 가리키면서 어래시가 말했다.

"스트로크가 좋네요." 윌리엄이 말했다. "그렇지 않아요?"

"슛을 쏠 때 기술이 좋지, 맞아. 하지만 착지하는 걸 한번 봐."

윌리엄은 호리호리한 선수가 콘 세 개 사이로 드리블을 한 다음 슛을 쏘는 모습을 지켜보았다. "문제는 없어 보이는데요."

"시야에 포착된 움직임의 속도를 늦춰봐. 쟤가 슛을 쏘는 모습을 슬로모션으로 세 번만 더 봐."

윌리엄은 어래시가 무슨 말을 하는지 전혀 몰랐지만 그때부터 이십 분 동안 주의깊게 지켜보았다. 그는 패터슨의 움직임을 각 부분으로 해체하려고 애썼다. 달릴 때 몸의 각도, 축을 중심으로 돌 때 무릎의 회전, 골대를 향해 뛰어오를 때의 거리낌 없는 몸짓. 네번째로 보자 패터슨이 슛을 할 때 상체가 뒤틀려서 착지할 때 균형이 무너지는 것이 보였다. 윌리엄이 어래시에게 애써 설명하자 그가 고개를 끄덕였다.

"맞아. 발목 강화 훈련을 해야 할 것 같아, 발목 인대가 약한가 싶거든. 네 부상을 겪으면서 내 일을 다시 생각하게 됐어. 선수들의 부상 이력에 대해 알고 싶어. 정보가 있으면 몸을 만들 때 도움이 될 거야. 하지만 부상 이력을 직접적으로 물어보면 거짓말을 할까봐 걱정이야." 어래시가 얼굴을 찌푸렸다.

"자기한테 뭔가 문제가 있다는 인상을 주고 싶지 않겠죠. 부상이 있다고 인식돼서 경기 뛰는 시간이 줄어드는 건 바라지 않을 거예요."

"바로 그거야." 어래시가 말했다. "빌어먹을 얼간이들."

윌리엄이 고개를 끄덕이며 아픈 무릎에 손을 올렸다. "저는 이번 학기에—어쨌든 다음달에는—학생들을 안 가르쳐요." 그가 말했다. "시간이 좀 남는데, 가끔 일하는 걸 봐도 될까요? 따라다녀도 괜찮을까요?"

어래시가 자리에 앉은 채 몸을 돌려 윌리엄을 보았다. 윌리엄은 이 사람에 대해 아는 바가 거의 없다는 생각이 들었다. 그는 십 년 넘게 노스웨스턴 대학 농구팀의 물리치료사로 일했지만, 아내가 있었나? 아이는? 캠퍼스에 살았나? 어디 출신이었지? 역사 공부에서 중요한 것은 범위, 즉 중요한 사건을 둘러싼 지형을 이해하는 것이었다. 무엇도, 그 누구도 진공상태에 존재하지 않았다. 찰리가 집에서 안락의자에 앉아 있는 모습은 그를 둘러싼 지형의 한 조각일 뿐이었다. 추도식을 통해 버스정류장에서 만난 여자, 같이 술을 마시던 친구들, 시를 좋아하는 사람들, 힘든 직장에서 만난 좋은 사람들이 드러났다. 가증스러운 친척들, 깜짝 놀란 딸들.

“야간대학원이 아니라 일반대학원 아니었나?”

“다 할 수 있어요.” 윌리엄이 말했다.

어래시가 다시 농구코트를 보았다.

“방해 안 되게 할게요.” 윌리엄은 부끄러웠다. 자기 목소리가 절박하게 들려서이기도 했지만 스스로 절박하다는 사실을 깨달았기 때문이기도 했다. 체육관에서 선수들을 보고 있으니 그의 마음속에서 무언가가 열렸다. 윌리엄은 여기에 더 있고 싶었다. 괜찮아질 수 있다는 희망이라도 가지려면 여기에서 시간을 보내야 했다.

“좋아.” 어래시가 말했다. “도움을 받을 수 있겠군.”

윌리엄은 줄리아에게 책을 건네자마자 후회했다. 찰리가 죽지 않았다면 줄리아가 아무리 부탁해도 굴복하지 않았겠지만 이미 불행한 아내를 더 불행하게 만드는 것은 견딜 수가 없었다. 게다가 이번 학년도가 끝날 때까지 지금 아파트에서 지내겠다고 마지못해 동의한 줄리아에게 보답으로 뭔가를 줘야 할 것 같았다. 윌리엄이 말했다. "아직 읽을 수 있는 상태가 아니야. 어떻게 읽어야 할지 모를 거야. 그냥 초안이야, 아주 어수선한 초안."

"알아. 읽게 해줘서 정말 기뻐. 고마워."

다음날 아침에 윌리엄은 아내가 노란 식탁 앞에 앉아 원고를 읽는 모습을 보았지만 그뒤로는 그런 모습을 한 번도 보지 못했다. 며칠 뒤에 보니 종이가방에 담긴 원고가 소파에 놓여 있었다. 그는 공공연하게 나와 있는 원고를 보고 움찔했다. 엉망진창인 자기 머릿속을, 어쩌면 자기 영혼을 아내에게 건넨 기분이었다. 윌리엄은 약 오 년 동안 원고를 썼지만 거의 쓰다 말다 했다. 사실 그것을 책이라고 생각하지도 않았다, 줄리아가 그렇게 부를 뿐이었다. 윌리엄에게 그것은 가끔 그를 위협하는 내면의 침묵을 떨치려고 전념하는 일이었다. 농구는 시끌벅적했고—빠르게 진행되는 경기에서 남자 열 명이 계속 점프하고, 슛을 던지고, 막고, 공을 빼앗았다—그런 농구에 대한 글을 쓰면 내면의 정적이 가려졌다. 그는 체육관에서든 종이 위에서든 쿵쿵거리는 농구공 소리에 귀를 기울이면서 그것이 자기 심장박동이라고 상상할 수 있었다.

윌리엄은 힘든 연습을 끝내고 기숙사로 돌아가서 종이 위에 유명한 경기를 재현하곤 했다. 위대한 선수들 특유의 몸짓—오스카 로버트슨의 헤드페이크나 카림 압둘자바의 멋진 스카이훅슛—에 대해 쓸 때면 그의 몸에서 그 동작의 여파가 느껴졌다. 그럴 때에만 마음속 깊은 곳의 정적이 깨지고 안도감이 약간 들었다. 그러나 윌리엄이 글을 쓰는 방식 때문에 이야기가 복잡하게 얽혔고, 책은 오로지 그의 변덕스러운 열정을 따라 진행되었다. 그러므로 아내는 이해하지 못할 것이다. 윌리엄은 원고를 손에서 놓자 자신의 일부를 잃어버린 기분이 들었다. 며칠이 지났지만 줄리아는 책에 대해 아무 말도 하지 않았고, 그와 눈을 마주치지 않으려 무척 애쓰는 것 같았다. 부상당할 때 피어올랐던 안개가 산 주변을 맴도는 구름처럼 다시 주변 시야에 침범했다. 책은 형편없었다, 그는 형편없었다.

그러다가 결국 어느 날 밤 잠자리에 들 때 줄리아가 그에게 원고를 건네며 말했다. "좋다!"

윌리엄은 줄리아가 억지로 꾸미는 환한 미소를 보지 않으려고 눈을 감았다. "그런 말 안 해도 돼. 사실이 아니잖아. 그냥 나를 위해 쓴 거야. 대학원을 졸업하고 직장을 구할 때 도움이 될 만한 게 아니라서 미안해."

"책이 아니라도 일은 구할 수 있어." 줄리아가 말했다. "우리 둘이서 같이 구하면 돼."

안개가 가장자리에서부터 스며들었고, 윌리엄은 아내에게 미안했다. 줄리아는 윌리엄이 실제 모습보다 더 나은 사람이라고 생각하는 척해야만 했다. 나쁜 말馬을 골랐을까봐 걱정하지 않는 척해야 했다. 줄리아의 긴장된 미소를 본 것이 처음은 아니었지만 윌리엄은 자신이 그녀를 이런 입장에 처하게 만들었다는 사실이 싫었다. 검은 안개가 그에게 스며들었다.

줄리아가 말했다. "각주가 아주 흥미로웠어. 정말 특이하더라."

"물 한잔 마시고 올게." 윌리엄이 말하고 침대에서 내려갔다. 그는 거실로 얼른 나가다가 소파에 누워 있는 실비를 보고 뒷걸음쳤다. 심장이 쿵쾅거렸다. 실비가 있다는 사실을 깜빡 잊었다, 전부 다 깜빡 잊었다.

"미안해요." 실비가 말했다. 윌리엄은 실비까지 놀라게 해버렸다.

"내 잘못이야." 그가 말했다. "너무 급하게 나왔어."

"괜찮아요?" 실비가 물었다.

실비의 목소리에 윌리엄을 멈칫하게 만드는 무언가가, 다 안다는 듯한 느낌이 있었다. 그는 아내와 실비가 소파에 나란히 누워서 자는 모습을 떠올렸다. 두 자매는 서로에게 조심스럽고 다정했다. 윌리엄은 두 사람의 그런 모습에 항상 감탄했다. 줄리아가 가족을 대하는 태도가 정말 좋았다. 자매들 사이가 너무 좋았기 때문에 사실 그의 아내는 절대 단독으로 움직이지 않았다. 파다바노가의 네 자매는 인생을 공유하면서 서로의 강점을 칭찬하거나 활용하고 서로의 약점을 보완해주었다. 줄리아는 설계자이자 리더였고, 실비는 독서가이자 신중한 목소리였으며, 에멀라인은 돌보는 사람, 세실리아는 미술가였다.

윌리엄의 아내는 딱히 독서가라고 할 수 없었다. 윌리엄은 이제야 깨달았다. 당연히 줄리아는 실비에게 그의 책을 읽어달라고 부탁했을 것이다. 배신행위가 아니라 그 일에 제일 잘 맞는 또다른 자신에게 일을 맡긴 것이다. 줄리아의 사랑과 야망에 실비의 비판적인 독서 능력을 더했을 뿐이다.

마음속에서 깨달음이 떠오르는 동안 윌리엄은 거실 가장자리의 어둑한 불빛 아래 가만히 서 있었다. 등뒤에서 불안해하는 줄리아가 느껴졌다. 윌리엄은 아내뿐 아니라 그녀의 가족과도 결혼했다는 사실을 항상 알고 있었다. 두 사람의 관계가 시작될 때 줄리아가 세 여동생을 농구 경기에 데려와서 자신이 세트의 한 부분임을 분명히 밝혔고, 윌리엄은 그것을 받아들였다. 법적으로는 줄리아가 성을 바꾸었지만 어느 모로 보나 윌리엄이 파다바노가에 들어간 것이었다. 이 집에서 가장 밀접한 결합은 서로의 품에서 잠드는 두 자매의 결합이었다.

이제 실비는 잠옷을 입고 머리를 풀고 잘 준비를 하는 사람이 아니라 이 집에 찾아온 손님처럼 소파에 똑바로 앉아 있었다. 그녀는 아내가 그의 등을 바라볼 때와 똑같이 걱정어린 표정으로 윌리엄을 보았다.

윌리엄은 두 여자 모두에게서 멀어져 부엌으로 갔다. 혼자만의 시간이 필요했다. 힘겹게 숨을 다시 가다듬어야 했다. 그는 냉장고에 몸을 기대고 허벅지에 손을 얹었다. 코트에서 뛰는 것처럼, 압도적으로 뒤처지는 경기를 한 시간째 뛰고 있는 것처럼 숨을 헐떡거렸다. 시간이 얼마나 남았든 이길 가능성은 전혀 없었다.

1월에 새 학기가 시작되자 윌리엄은 수업을 들으면서 강의도 다시 시작했다. 줄리아는 그가 월급을 받아와서 안심한 것 같았다. 첫 월급을 탔을 때는 살짝 소란을 떨기도 했다. 윌리엄은 그녀가 행복해서 기뻤지만 이제 하루가 너무 길고 빠듯했기 때문에 하루를 끝마치고 다음 날을 시작하려면 에너지를 관리해야 했다. 역사학과에서는 대학원생이 자기 전공이 아닌 다른 분야를 가르치는 것이 더 유익하다고 생각했기 때문에 윌리엄은 수업조교로서 '고대 이집트 역사'라는 학부 강의를 맡았다. 각 수업마다 준비해야 할 양이 어마어마하게 많아서 밤에 잠을 잘 자도 항상 피곤했다. 윌리엄은 대학원 수업에 들어가기 전에 머리를 한번 세차게 흔드는 버릇이 생겼다. 그러면 마음속에서 모터가 켜져 교수가 말하는 동안 고개를 끄덕이고 미소를 짓고 필기를 할 수 있었다. 수업조교로 학생들 앞에 설 때는 더욱 강력한 모터가 필요했다. 심장박동이 빨라졌고, 시간이 불안이라는 날개를 달고 열린 창 밖으로 날아가는 것 같았다. 윌리엄은 끊임없이 손목시계를 보면서 진도가 너무 빠른 것은 아닌지 확인해야 했다. 박자를 잘못 맞추는 기분이었다. 더 나은 교수라면 윌리엄에게는 없는 마음속의 시계에 맞춰서 수업을 시간에 딱 맞게 끝낼 것이다.

윌리엄은 밤늦게 집으로 돌아와서 줄리아에게 최선을 다했고, 그녀도 자신에게 최선을 다하고 있음을 알았다. 하지만 줄리아가 원고를 읽고 나서 그에 대한 평가가 영구적으로 깎였다는 것도 알았다. 두 사람의 관계가 시작됐을 때부터 지금까지 그녀는 윌리엄의 '책'을 무척 중요하게 생각했다. 처음에 줄리아는 그것이 윌리엄의 성숙함과 야망의 증거라고 생각했기 때문에 가슴이 설렜다. 세월이 흐르면서 윌리엄에게 계획도 목표도 없는 것 같아 걱정될 때마다 그 책을 생각하며 우려를 덮었다. 그녀는 이 책이 윌리엄을 고른 자기 선택이 옳았다고 증명해주리라 기대했다. 하지만 책을 읽고 그렇지 않다는 사실을 깨달았다. 윌리엄은 이렇게 될까봐 두려웠다. 절벽에서 떨어지는 느낌이었지만 어떤 자세로 착지해야 할지 몰랐다. 윌리엄은 줄리아에게 떠나고 싶으면 떠나도 된다고, 다 이해한다고 말해야 할까 매일 고민했다. 하지만 줄리아는 아이를 가졌고—이제 확실히 티가 났다—그래서 갇혀버렸다. 두 사람 모두 갇혔다. 윌리엄은 날이 갈수록 그녀가 결혼한 남자와 거리가 멀어졌고, 두 사람이 꾸린 가정은 계속 커지기만 했다.

줄리아가 오후에 진료를 받고 온 이야기를 하며 윌리엄에게 팽팽

한 배에 손을 대보겠냐고 했다. 윌리엄은 그녀가 가리킨 곳에 손을 얹었지만 틀린 표정을 지었다. 두려움이 얼핏 드러난 것이 분명했다. 줄리아가 한숨을 쉬고 돌아서서 이제 그만 자야겠다고 말했다. 윌리엄은 밤에 집으로 돌아왔을 때 줄리아가 굳이 애쓰지 않으면 마음이 놓였다. 줄리아는 여동생과 소파에 나란히 앉아 손만 흔들 뿐 일어나서 그의 저녁을 차려주거나 그날 하루를 어떻게 보냈냐고 묻지 않았다.

"당신은 아기가 생긴 게 설레지 않는구나." 언젠가 줄리아가 사실을 진술하듯 그에게 말했다.

윌리엄은 설레는 것이 무엇인지 생각하느라 잠시 시간이 걸렸고, 마침내 이렇게 말했다. "설레는데." 하지만 그럴싸하게 들리지 않았다. "미안해."

"제발 사과 좀 그만해. 윌리엄, 가끔은 실비랑 내가 아기를 가졌고 당신은 그냥 이 집에 같이 사는 사람 같아."

줄리아가 눈빛으로 추궁했다. 그녀는 대답을 원했다. 그가 저항하기를, 모욕감을 느끼기를 원했다. 그러나 윌리엄은 또다시 미안하다는 표정밖에 내놓지 못했다.

어느 늦은 밤, 윌리엄이 수업을 마치고 집으로 걸어가는데 어둠 속에서 벤치에 앉아 있는 여자가 보였다. 그는 그 여자에게 눈길이 가는 이유를 몰라서 잠시 그쪽을 보며 눈을 깜빡거리다가 그녀가 실비임을 알아차렸다. 가슴속에서 심장이 빠르게 덜컹거렸다. 처제가 자신을 보기 전에 길을 건너거나 모퉁이를 돌 수도 있었겠지만 이제는 너무 늦었다. 실비도 그를 알아보았다.

윌리엄은 몇 주 동안 그녀를 피해 다녔다. 실비와 같은 공간에 있을 때마다 내 우스꽝스러운 각주를 읽었지라고 생각했다. 그러면 바닥이 뚫려서 그 속으로 떨어지면 좋겠다 싶었다. 실비는 그것을 읽고 틀림없이 몸서리를 쳤을 것이다. 윌리엄은 줄리아에게 원고를 돌려받은 후 종이가방에서 한 번도 꺼내지 않았다. 이렇게 오랫동안 원고를 쓰지 않은 것은 처음이었다.

"아파트 열쇠를 도서관에 두고 왔어요." 실비가 벤치에 앉은 채 말했다.

윌리엄은 실비의 지친 표정을 알아차리고 그녀 역시 야간 수업을 듣는다는 것을 기억해냈다. 손목시계를 보니 열시가 거의 다 되었다. "어떻게 할 생각이었어?"

실비가 어깨를 으쓱했다. "생각중이었어요. 전화하기에는 너무 늦어서. 줄리아는 잠이 필요한데 형부가 집에 있을지 없을지 잘 몰라서요. 아마 여기 조금 더 앉아 있다가—그렇게 춥지는 않으니까요—버스를 타고 체초네 부인 집에 가서 잤겠죠."

윌리엄이 그녀 옆으로 가서 벤치 끄트머리에 앉았다. "음, 문제가 해결됐네. 나한테 열쇠가 있으니까."

실비가 미소를 지었다. "그리고 별을 감상하고 있었어요."

"별?" 처음에 윌리엄은 그녀가 무슨 소리를 하는지 몰랐지만 곧 고개를 젖혔다. 거기에 별이 있었다.

"별 안 좋아해요?"

이상한 대화군. 윌리엄이 생각했다. 하지만 그는 정해진 일과에서 빠져나왔고, 그늘진 어둠 속에서 실비와 함께 앉아 있으니 집에 있을 때보다 덜 초조했다. "아닐걸?" 그가 말했다. "그러니까 내 말은, 싫어하지는 않아."

두 사람은 잠시 말없이 고개를 젖히고 밤하늘을 바라보았다.

"아빠가 늘 보고 싶어요." 실비가 말했다. "곧 쉬워지겠지, 그런 생각만 계속해요."

윌리엄이 고개를 돌려보니 실비의 뺨에 눈물이 흐르고 있었다. 그는 속눈썹에 갇힌 눈물을 보고 숨을 멈추었다. 슬픔이 실비의 몸선을 덧그리면서 팔과 다리와 둥근 얼굴에 겹쳐지는 것이 보였다. 윌리엄은 깜짝 놀랐다. 다른 사람의 감정이 이렇게 확실히 보인 적은 한 번도 없었다.

실비는 찰리의 죽음에 마음을 다쳤다. 줄리아도 좌절했다. 딸들은 찰리 파다바노가 자신들의 일부인 것처럼 그가 꼭 필요하다고 느꼈다. 윌리엄도 장인이 그리웠다. 찰리가 농구에 대해 설명해달라고 했던 때가 떠올랐다. 윌리엄은 어느새 종이에 농구코트를 그리면서 한 팀의 다섯 선수가 어떻게 움직이는지 설명하고 있었고, 찰리는 옆에서 집중하며 고개를 끄덕였었다.

윌리엄이 말했다. "그런 상실은…… 정말 힘들겠네."

"난 몰랐어요"—실비가 잠시 말을 멈췄다—"상실이 전부가 될 줄은, 모든 순간의 일부가 될 줄은 말이에요. 누군가를 잃는 것이 너무나 많은 것을 같이 잃는다는 뜻인 줄은 몰랐어요."

윌리엄은 이 말을 곰곰이 생각해보았다. "전부 연결된 것처럼 말이지."

옆에서 실비가 작은 소리를 냈는데, '맞아요'도 아니고 '아니요'도 아니었다. 그는 벤치 나무등받이에 기댄 채 뒤척였다. 몸의 느낌이 이상했다, 피가 평소보다 더 빨리 도는 것 같았다. 그는 길 건너 저멀리에서 보도를 순찰중인 경찰관을 지켜보았다.

실비가 말했다. "피곤해 보이네요."

고개를 돌린 윌리엄은 실비와 눈이 정면으로 마주쳤다. 실비가 그의 내면을, 그의 진실을 보고 있다는 이상한 느낌이 들었다. 이런 일이 가능할 줄은 몰랐다. 줄리아는 윌리엄을 볼 때 자신이 원하는 남자를 보려고 애썼다. 그녀는 진짜 윌리엄을 볼 수 없거나 보고 싶어하지 않았다.

윌리엄은 다시 찰리를 생각했다. 장인은 그를 아는 것에 관심이 있는 듯했다. 그런 다음 부모님을 잠시 생각했다. 어머니나 아버지가 그를 똑바로 바라본 적이 있을까? 없을 것 같았다. 그는 자신이 아기였을 때 어머니가 고개를 돌린 채 그를 안았을 것이라고 생각했다. 그래서 아버지가 된 자신을 상상하기 힘들었을지도 몰랐다. 그의 부모는 항상 그가 있는 방에서 나가고 싶어했으니까.

윌리엄은 힘겹게 숨을 쉬었다. 왜 이런 생각을 했을까? 실비의 관심 때문에 윌리엄은 스스로를 깨달은 것 같았다. 그리고 머리 위에서 별이 너무나 밝게 빛났다. 공격적일 만큼 밝았다.

"최근에 많이 피곤했어." 자신이 말하는 소리가 들렸다.

"나도요."

"아버지와 집을 잃었으니까." 윌리엄은 그런 생각을 한 적이 없었지만 사실임을 알았다. 마치 두 사람 사이의 허공에 답이 쌓여 있는 것 같았다.

"네." 실비의 목소리가 흔들렸다.

그러자 윌리엄의 마음속에서 무언가가 흔들렸고, 그는—아주 잠시—자신이 울음을 터뜨릴까봐 겁이 났다. 하지만 아내의 여동생 앞에서 울 수는 없었다. 두 사람 사이에 이미 너무나 많은 것이 지나갔다. 윌리엄이 벤치에서 일어나 무뚝뚝하게 말했다. "안으로 들어가자."

며칠 뒤, 실비가 집을 구해서 나가게 되었다고 줄리아가 심란한 듯 말했다. 윌리엄은 가슴을 날카롭게 찔리는 느낌이 들었고, 이것도 내 잘못이야라고 생각했다. 벤치에서 그에게 무슨 일인가가 일어났다. 그 때 이후로 매일 일과를 힘차게 헤쳐나가는 것이 훨씬 힘들어졌다. 그는 처제 앞에서 하마터면 울음을 터뜨릴 뻔했는데, 사실 한 번도 울어본 적이 없었다. 어쨌든 어렸을 때 이후로는 울지 않았고, 어렸을 때에도 눈물을 흘린 기억은 거의 없었다. 실비는 윌리엄이 풀어지는 순간을 보고 불쾌해진 것이 틀림없었다. 분명 난처한 각주에다가 벤치에서의 그 순간까지 더해지니 너무해서—뭐가 너무한지는 윌리엄도 몰랐다—감내할 수 없었을 것이다.

한 달 뒤에 로즈가 플로리다로 이사한다고 선언했고, 그다음날 저녁에 네 자매가 윌리엄과 줄리아의 아파트에 모였다. 윌리엄은 도움이 되고 싶었지만 방법을 몰랐다. 그는 안락의자에 앉아서 거실을 서성이는 네 자매를 바라보았다. 네 사람 모두 미간에 똑같은 주름이 잡히고 가만있지를 못했다. 네 사람이 이지를 번갈아 안았는데 아기는 자꾸 발길질을 하고 몸부림을 쳤다.

"요즘 한창 기어다닐 때거든." 세실리아가 미안해하며 말했다.

"물론 그렇겠지." 줄리아는 공기가 부족한 것처럼 숨가쁘게 말했다. 출산이 얼마 남지 않아서 숨쉬는 것을 힘들어했다. "이지는 똑똑하잖아."

줄리아는 농담한 것이 아니었고 전부 그 말에 동의했기에 아무도 웃지 않았다.

"우리 어떻게 하지?" 에멀라인이 말했다. "엄마가 떠나고 싶다면 우리가 말릴 수는 없어."

"플로리다가 마음에 안 들지도 몰라. 돌아오실지도 몰라." 실비가 말했다.

윌리엄은 실비가 들어올 때 아주 잠깐 눈을 맞추었다. 두 사람은 서로 고개를 끄덕였는데, 마치 이런 뜻 같았다. 난 그날 밤 당신을 봤고 당신은 나를 봤지만 우린 괜찮아요. 실비가 이 집을 나간 후 윌리엄은 그녀와 단둘이 남는 상황을 피하려고 주의했다. 그는 마침내 하루하루를 버틸 힘을 어느 정도 되찾았고, 그것을 잃고 싶지 않았다. 또 그때 윌리엄은 실비의 감정을 그녀의 온몸에 그려진 것처럼 똑똑히 보았는데, 옷을 입지 않은 모습을 본 것처럼 너무나 친밀하게 여겨졌다. 윌리엄은 그날 밤 벤치에서 그와 처제 사이에 무슨 일이 일어났는지 이해하지 못했지만 위험한 느낌이 들었다. 그의 삶을 종이처럼 자를 수 있는 빛나는 단검 같았다.

윌리엄이 거실의 다른 자매들을 자세히 살펴보았다. 다들 플로리다에 가본 적도, 비행기를 타본 적도 없었다. 로즈는 이미 티켓을 샀다. 윌리엄은 그날 아침에 지역신문 부동산란에서 매물로 나온 로즈의 집을 보았다. 그가 생각하는 가치보다 훨씬 비싼 값에 나와 있었다.

"지금 가신다니 믿을 수가 없어." 줄리아가 말했다. "아기가 태어나는 걸 못 보실 텐데."

실비가 이지를 줄리아에게 넘겨주었다. 줄리아가 아기의 뺨에 입을 맞추더니 목에 얼굴을 묻었다.

나머지 세 자매가 곤란한 표정으로 언니를 보았다. 줄리아가 리더인데 아무 계획도 없었다. 윌리엄은 줄리아가 이 상황을 바로잡기를 기대하는 그들에게 짜증이 났다. 아내는 잠도 잘 못 자고 항상 허리가 아팠다. "아기가 나를 밀어내는 느낌이야." 그날 아침식사를 할 때 줄리아가 윌리엄에게 말했다. 그녀는 하루하루 시시각각 불편하고 부어 보였다.

"나이드신 분들은 은퇴하고 나서 남쪽으로 가시는 경우가 많아." 윌리엄이 말했다. 여기서는 남자의 낮은 목소리가 이상하게 들렸다. "아주 흔한 일이야. 꼭 나쁜 소식이라고 할 수는 없어…… 예상을 못했을 뿐이지."

순간적으로 침묵이 흘렀다. 아무도 그와 눈을 마주치지 않았다. 윌리엄은 자기 가족이 너무 일찍 시들었기 때문에 이런 주제에 대해서는 신뢰를 얻지 못하는 걸까 생각했다. 아니면 찰리가 그랬던 것처럼 안락의자에 앉아 있어서일까?

윌리엄은 아픈 무릎을 내려다보았다.

"뭐 먹고 싶은 사람?" 줄리아가 말했다. "파스타 있어. 아니면 달걀 줄까?"

"힘든 한 해였어." 에멀라인은 스스로 쓰지도 않았고 완전히 믿지도 않는 연설을 하는 사람 같았다. "하지만 우리끼리도 괜찮아. 우리가 서로를 보살필 거야. 난 수업을 야간으로 조정하면 정규직으로 일할 수 있고, 어린이집에서 월급도 올랐어. 세실리아랑 나도 곧 집을 구할 수 있어."

"난 어린이집 벽화를 그리는 중이야." 세실리아가 말했다. "그게 잘 되면 다른 어린이집이랑 아마 학교 벽화도 그릴 수 있을 거야."

"두 사람은"—에멀라인이 줄리아와 윌리엄을 가리켰다—"아주 잘 지내고 있잖아. 실비 언니도 곧 정식 사서가 될 거야, 시카고 최고의 사서지."

"우린 그래도 운이 좋아." 실비가 쌍둥이의 가설을 검증하듯 시험 삼아 말했다.

"우린 이겨낼 거야." 줄리아가 말했다.

윌리엄이 파스타 삶을 물을 끓이려고, 그리고 네 자매가 그의 눈앞에서 올올이 풀렸던 서로를 다시 단단하게 엮는 모습에 감동받았다는 사실을 숨기려고 부엌으로 갔다. 싱크대 앞에 선 그는 무릎이 부들거리고 심장이 고동쳤고, 외로웠다. 그는 파스타를 삶고 냉장고에서 줄리아가 주초에 만들어둔 마리나라 소스를 꺼내 넣은 다음 그릇을 식탁으로 가져갔다. 에멀라인이 벌떡 일어나 접시와 필요한 도구를 가져왔다.

"고마워." 줄리아가 말했고, 윌리엄은 그녀의 눈에서 고마움을 읽었다.

"난 잠깐 산책 갔다 올게." 그가 말했다. "조금 걸릴 거야."

네 자매가 그를 응시했고, 아기가 갑자기 기분좋게 소리쳤다. 그러자 그를 보고 있던 네 자매가 얼굴에 미소를 떠올리며 이지를 향해 고개를 돌렸다. 윌리엄은 환하게 불이 밝혀진 아파트를 나와 자줏빛 황혼 속에서 혼자가 되자 안도하며 눈을 감았다. 그는 원고를 잠시 떠올렸지만 그것은 그의 뒤에, 저 안에 있었다. 모두 가고 줄리아만 남을 때까지는 집에 돌아가고 싶지 않았다.

윌리엄이 손목시계를 보았다. 체육관에 가면 사람들이 픽업 게임을 하고 있을지도, 어쩌면 농구팀이 야간 연습중일지도 몰랐다. 그는 밤공기를 마시며 캠퍼스를 성큼성큼 가로질렀다. 윌리엄은 관람석에서 평소와 같은 자리에 앉아 젊은 선수들의 걸음걸이와 도약, 착지를 꼼꼼히 살피며 부상 가능성을 찾았다. 그가 농구코트에서 찾아내는 약점은 전부 고칠 수 있는 것이었다.

줄리아
1983년 4월—1983년 7월

줄리아와 로즈는 공항으로 가는 내내 말이 없었다. 윌리엄은 줄리아가 차를 빌려 운전하는 것을 탐탁잖게 여겼다. 출산이 임박했기 때문에 좌석을 아무리 뒤로 밀어도 배가 운전대에 닿았다. 그가 오히려 공항까지 태워다주겠다고 했지만 줄리아는 어머니와 단둘이어야만 했다. 로즈가 줄리아에게 무슨 말인가 할 생각이라면—깜빡 잊고 말 못한 떠나는 진짜 이유든, 결정에 대한 후회든—윌리엄 앞에서는 하지 않을 것이다. 그러나 차를 주차하고 짐을 부치고 게이트로 걸어가는 내내 로즈는 무표정한 얼굴이었다.

줄리아가 말했다. "우리 아들이 태어나면 사진 보낼게요."

로즈가 고개를 끄덕였다. "아들이라고 너무 확신하지는 마."

"다들 배 모양을 보면 아들이래요."

줄리아와 로즈가 갑자기 멈춰 섰다. 세실리아가 이지를 옆구리에 안고 게이트 옆에 서 있었다. 작업할 때 복장인 청바지와 물감이 튄 긴소매 셔츠 차림이었다. 머리카락은 찰리의 노란 반다나를 이용해 뒤로 넘겼다. 세실리아도 어머니처럼 무표정한 얼굴이었다.

세실리아가 말했다. "첫 손주도 안 만나고 가시게 두진 않을 거예요."

로즈의 눈빛이 어두워졌다. 그녀는 창백하고 굳은 듯 보였다. 줄리아는 로즈가 병원 바닥에 쓰러진 남편을 생각하고 있음을 알았다.

"내 첫 손주는 여기 있어." 로즈가 줄리아의 배를 가리켰다.

"아니에요." 세실리아와 줄리아가 동시에 말했다.

로즈가 한 걸음 물러섰다.

아침잠을 설친 이지가 손등으로 눈을 비비며 모두를 향해 얼굴을 찌푸렸다.

"플로리다는 더워요." 줄리아가 서로 이해할 수 있고 화해 가능성이 있는 방향으로 대화를 이끌려고 애쓰며 말했다. 하지만 이 말이 나오자마자 아무 의미도 없는 말임을 깨달았다. "더운 거 싫어하시잖아요, 엄마."

"이렇게 완고하게 구실 필요 없잖아요." 세실리아가 말했다.

줄리아는 몸서리가 쳐졌다. 공항에서 어머니와 중요한 대화를 하리란 사실은 알았지만—뼛속 깊이 느껴졌다—세실리아도 끼게 될 줄은 몰랐다. 줄리아는 여동생이 또다시 자기보다 앞서자 살짝 질투가 났다. 세실리아는 조금 있으면 열아홉 살이었고, 엄마가 되면서 예전보다 더 강해지고 더 확신에 찬 듯했다. 동생은 예쁘고 자기에게 맞는 옷을 입고 있었다. 줄리아는 몸이 바다만큼 불어난 느낌이었고, 머릿속에서 생각이 물고기처럼 헤엄을 쳤다.

"나까지 죽일 작정이니?" 로즈가 세실리아에게 말했다. "평생 처음으로 좀 쉬려고 비행기를 타기 직전에?"

아, 안 돼. 줄리아가 생각했다.

"내가 아빠의 죽음이랑 관련이 있다고 정말로, 진짜로 믿는 건 아니겠죠." 세실리아가 누군가의 잘못이라면 엄마의 잘못이죠라는 표정으로 로즈를 보았다.

주변에 사람들이 많았지만—과자를 먹고, 커피를 마시고, 필요한 물건을 빠뜨리지 않았는지 기내용 가방을 확인했다—줄리아는 터미널에 낯선 사람이 열 명 있는지 백 명 있는지도 알 수 없었다. 그 사람들이 엄마와 동생이 서로의 심장을 칼로 찌르는 모습을 보고 그 소리를 들었을까?

"엄마가 외할머니한테 의절당한 뒤에 할머니를 두 번 다시 만나지도 않고 말도 안 했다고 아빠한테 들었어요." 세실리아가 고개를 젓자 이지도 고개를 저었다. "엄마한테 작별인사를 하고 제가 늘 사랑했다고, 이지한테는 엄마의 좋은 이야기만 해줄 거라고 말하고 싶었어요. 왠지 아세요? 엄마를 위해서가 아니에요. 날 위해서 그렇게 할 거예요. 난 엄마처럼 모질게 굴면서 화내기 싫어요. 엄마를 그리워하고 싶어요, 사랑하니까."

"그런 식으로 말하면 안 되지." 로즈가 말했다. "어디 앉고 싶구나." 그러더니 대합실 의자에 가서 앉았다. 줄리아의 몸을 타고 흐르는 떨림이 어머니의 얼굴로 옮겨가는 듯했지만 로즈는 탑승 안내 방송이 나올 때까지 아무 말도 하지 않았다.

"탑승할 때 필요한 건 다 있어요?" 줄리아가 말한 다음 난 왜 멍청한 말만 하지?라고 생각했다. 그녀는 어머니와 동생과 함께 이 순간 안에 존재하고 싶었지만 그럴 수가 없었다. 줄리아는 총싸움판 한가운데에서 통통 튀어다니는 싸구려 공이었다.

로즈가 세실리아에게로 관심을 돌렸다. "내가 무슨 대화를 할지는 내가 정해, 아가씨. 네가 아니라. 호언장담해서 좋을 거 없어." 로즈가 자기 말에 동의하듯 고개를 끄덕이더니 탑승 게이트로 천천히 걸어가서 승무원에게 표를 보여주고 시야에서 사라졌다.

이지가 작게 소리를 내면서 엄마 품에서 들썩거렸다.

두 자매가 마주보았다. "오늘 아침에 일어났을 때는 내가 여기 올 줄 몰랐어." 세실리아가 말했다. "근데 어느새 열차를 타러 가고 있더라고."

공항은 어수선했다. 머리 위에서 들리는 안내 방송, 가방을 탁 내려놓는 소리, 웅얼거리는 대화 소리. 줄리아가 말했다. "네가 시내까지 운전 좀 해줄래? 아기가 나오나봐."

"지금?" 세실리아가 눈을 크게 뜨고 언니의 뺨에 입을 맞췄다. 이지가 엄마 품에서 몸을 내밀어 똑같이 했다. 굳건한 입맞춤 한 번, 나비처럼 가벼운 입맞춤 한 번.

"그래, 당연히 나와야지." 세실리아가 말했다. "가자."

"넌 정말 용감했어." 줄리아가 세실리아를 따라가며 말했다. 자기 목소리가 너무 희미하게 들렸다. 이 말을 마지막으로 한참 동안 소리 내서 말할 일이 없을 터였다. 줄리아의 몸안에서 그녀를 끌어당기는 어마어마한 힘이 느껴졌다.

카시트가 없었으므로 줄리아는 뒷좌석에 반쯤 앉고 반쯤 누운 자세로 자리를 잡은 다음 이지를 양손으로 붙잡았다.

"버텨." 세실리아가 말했다. "병원에 도착할 때까지 조금만 버텨. 난 아빠가 우리한테 운전을 가르쳐주실 때 너무 바보 같다고 생각했었어. 우린 도시에 살고 차도 없었으니까. 아빠는 배울 가치가 있는 삶의 기술이라고, 언젠가 우리 넷이 은행을 털 때 내가 차를 몰면 된다고 하셨지."

줄리아는 동생이 통증에서 주의를 돌리게 하려고 주절거린다는 걸 알았지만 정확히 말하자면 통증이 아니었다. 숨막히는 강렬함에 가까웠다. 몇 분마다 눈에 보이지 않는 코끼리가 그녀를 깔고 앉는 느낌이었고—그 무게 때문에 짜부라질 것 같았다—그러다가 코끼리가 다시 일어서면 자신으로 돌아온 기분이었다. 줄리아는 옆자리에서 잠든 이지를 놓지 않는 것에 집중했다. 잠든 이지가 너무나 완벽하고 아름다워서 줄리아는 울기 시작했다. 어떤 아기도 이렇게 귀여울 순 없을 거야. 그녀는 생각했다. 그렇다면 내 아기는 이렇게 귀엽지 않을 거란 뜻이잖아.

"강이 보여." 앞좌석에서 세실리아가 말했다. "오 분만 가면 돼. 난 이지랑 언니의 아기가 같이 있는 그림을 그릴 거야. 언니랑 나랑 한 장씩 나눠 갖자."

코끼리가 일어섰을 때 줄리아는 생각했다. 엄마는 지금 하늘에 있어. 심지어 같은 땅에 있지도 않아. 말 그대로 닿지 않는 곳에 있어.

세실리아가 마치 줄리아의 생각을 읽은 것처럼 말했다. "언니 손해가 아니라 엄마 손해야. 엄마는 다 놓치겠지만 언니는 하나도 안 놓칠 거야. 나도 안 놓쳐. 병원에 도착하면 윌리엄이랑 언니들한테 전화할 게. 우리 모두가 곁에 있을 거야."

드디어 병원에 도착했고, 세실리아가 이지의 점프슈트를 꽉 붙잡은 줄리아의 손가락을 떼어냈고, 줄리아가 사람들—이해할 수 없는 말을 하는 얼굴 없는 낯선 사람들—의 도움을 받으며 휠체어에 탔다. 줄리아는 이 사람들이 공항에서 본 그 사람들인가 생각했다. 세실리아의 목소리가 들렸지만 말이 또렷한 형태로 구분되지 않았다. 줄리아는 계속 뒤척이면서 앉은 채로 몸을 꼬았고, 이제 더는 일어서지 않는 코끼리를 피하려고 애썼다.

나중에 듣기로는 첫 출산치고 분만이 놀랄 만큼 빨랐다고, 너무 늦게 도착해서 무통주사도 맞지 못했다고 했다. 세실리아가 노스웨스턴 대학 역사학과에 전화했지만 윌리엄이 어디 있는지 아무도 몰라서 당장 찾지는 못했다. 그는 삼십 분 뒤에야 체육관에서 발견되었고, 무릎이 아픈데도 노스웨스턴 캠퍼스의 택시정류장까지 달려갔다. 실비는 도서관에서 자리를 박차고 나왔다. 에멀라인은 네 자매가 자란 집에 혼자 앉아 있었다. 파다바노 가족이 그 집을 소유하는 마지막 날을 마지막 일 분까지 그 안에서 보내고 싶었던 것이다. 하지만 쌍둥이 동생의 전화를 받자마자 현관문으로 달려나갔다.

모든 일이 너무나 빨리 진행되는데 윌리엄이 아직 도착하지 않아서 줄리아가 그랬던 것처럼 세실리아가 분만실에 들어갔다. 줄리아는 말을 듣고 이해하는 능력이 제일 먼저 사라졌다. 곧 그녀는 전치사나 형용사가 없는 문장으로 생각하고 있었다. 아니, 이제 안 돼, 그만, 아기가 나와. 줄리아의 마음속에서 벽이 무너지고 그녀가 짐승에 불과하다는 사실이 드러난 기분이었다. 아무리 분만실이라 해도 줄리아에게는 깜짝 놀랄 일이었다. 그녀의 몸이 스스로를 쥐어짜자 줄리아는 으르렁거리고 울고 소리를 질렀다. 소리가 그녀의 안팎에서 동시에 나오는 것 같았고, 줄리아는 부끄럽지 않았다. 힘을 느꼈다. 사람들이 그녀를 눕힌 딱딱한 침대에서 땀에 젖은 채 몸을 일으킨 그녀는 암사자가 된 기분이었다. 사람들이 "힘주세요"라고 말하자 줄리아를 구성하는 모든 요소가 보조를 맞춰서 아기를 그녀의 몸 밖으로 안내했다.

"딸이야!" 세실리아가 외쳤다.

코끼리가 사라지고 쥐어짜는 느낌도 멈추자 줄리아는 본인으로 돌아왔다. 어쨌든, 거의 돌아왔다. 줄리아는 자신이 아주 확실한 포유동물이며 힘을 폭발시키면 세상을 뒤흔들고 인간을 만들어낼 수 있음을 깨달았다. 줄리아는 어머니였다. 그녀의 내면에서 어머니라는 정체성이 전율했고, 마른 강바닥에 쏟아지는 물줄기처럼 반가웠다. 너무나 원시적이고 진실한 느낌이었다. 줄리아는 스스로도 미처 몰랐지만 그동안 줄곧 어머니였고, 아이를 기다리고 있었을 뿐이라는 확신이 들었다. 이런 기분은 정말 처음이었다. 줄리아의 두뇌는 번득이는 엔진이었고, 자신의 역량이 어마어마하게 느껴졌다. 그녀는 명쾌함 그 자체였다.

줄리아는 아기를 겨우 몇 초 안고 있었던 것 같은데 간호사가 아기를 씻기고 담요로 감싸야 한다며 신생아실로 급히 데려갔다. 세실리아가 이 소식을 알리러 분만실을 나갔다. 줄리아는 믿을 수가 없어서, 그리고 기뻐서 고개를 저었다. 생각이 이렇게! 빨리 달라지다니 믿을 수 없었지만, 어쩌면 이 모든 진실이 줄곧 그녀 안에 존재했는데 아기를 낳은 지금에야 깨달았을 뿐인지도 몰랐다. 모든 것이 너무나 명쾌하게 보였다. 줄리아는 평생 다른 사람들—부모님, 동생들, 윌리엄—을 고치려고 애썼지만 무의미한 노력이었다. 이제야 깨달았다. 줄리아는 아버지를 되살리거나, 어머니를 시카고에 붙잡아두거나, 세실리아를 금욕주의자로 만들거나, 윌리엄을 야심 차게 만들 수 없었다. 그녀는 지금을 위해서, 정말 중요한 것을 위해서, 어머니가 되기 위해서 그동안 기술을 미세하게 가다듬었던 것이다. 줄리아는 귀여운 딸을 보호하고 찬양하면서 다른 사람들은 전부 자기 멋대로 하게 놔둘 생각이었다. 딸이 있으므로 줄리아는 온전했다. 그녀는 감탄하며 깨달았다. 나는 날 사랑해. 지금까지는 이 말이 사실이 아니었다.

윌리엄이 초조한 미소를 띠며 들어왔다. 줄리아는 몇 주 동안이나 남편 때문에 좌절했지만 새로 찾은 따스함 속에서 그에게 애정을 느꼈다. 줄리아 자체가 바로 사랑이었다. 줄리아는 윌리엄을 향해 얼굴을 빛내며 생각했다. 난 당신이 필요하지 않았어. 알고 있었어? 난 남편이 필요하다고 생각했지만 사실은 누구도 필요하지 않았어. 나 혼자서 다 할 수 있었어. 윌리엄이 기다란 몸을 굽혀 그녀를 안자 줄리아가 그의 목에 팔을 감았다. 그녀는 자기가 낳은 딸을 윌리엄이 본다고 생각하니 너무 흥분된다고 말했다.

거실 창으로 햇살이 쏟아져 들어오는 노스웨스턴 아파트로 돌아온 줄리아와 아기 앨리스는 안락의자에 자리를 잡았다. 병원에서 간호사가 줄리아에게 젖 먹이는 법을 가르쳐주었고, 앨리스는 잘 적응했다. 그래서 두 사람은 그 자리에 앉아 젖을 먹고 그저 쉬면서 하루하루를 보냈다. 모유를 먹이면 줄리아와 앨리스 둘 다 졸음이 쏟아졌다. 줄리아는 잠에서 깨어 자신이 대낮에 앉은 채로 잠들었음을 깨달을 때마다 깜짝 놀랐다. 시간이 울렁이는 물침대처럼 움직였다. 시와 분이 밀려왔다가 더 무거워진 줄리아의 무게 아래에 자리를 잡았다. 줄리아는 요일을 전혀 몰라서 윌리엄이 출근한다고 말할 때마다 깜짝 놀랄 정도였다. 남편은 출근하지 않는 날이면 음식과 물을 가져다주고 설거지와 빨래를 하고 초인종이 울릴 때마다 동생들을 맞이했다. 줄리아는 아기를 안고 있으면 멍한 행복감 같은 것에 취한 기분이었다.

줄리아가 새로 발견한 힘은 놀라운 비밀 같았다. 그녀는 이따금 그 힘을 떠올리며 혼자 미소를 지었지만 강해지기 위해서 이 휴식, 이 회복을 스스로에게 허락했다. 가끔 아기가 낮잠을 잘 때 줄리아는 그 옆에 누워 미래에 대한 공상을 펼쳤다. 그녀는 정말로 독립할 것이다. 아기가 조금만 더 크면 쿠퍼 교수에게 연락해 일자리를 부탁할 생각이었다. 줄리아는 번득이는 두뇌를 이용할 것이고, 윌리엄이 대학원을 다니는 동안 돈을 벌 것이다. 그녀가 같이 일하면 이제 경제적으로 곤란해질 일은 거의 없을 것이다. 새로운 삶이 너무나 명쾌하게 보였다. 에멀라인이 어린이집에서 일하니까 줄리아는 앨리스를 사랑 넘치는 이모에게 맡기고 출근하면 된다. 수입이 두 배가 되면 줄리아와 윌리엄은 조만간 집을 살 수 있을 것이다. 앨리스를 사립학교에 보낼 수도 있다. 줄리아가 평생 가졌던 그 어떤 꿈보다 덜 복잡하고 덜 곤란한 꿈이었다. 남편이 아니라 자기 능력에 달린 일인데, 지금까지 봤을 때 그녀의 능력은 무한했기 때문이다.

하지만 아기가 자석처럼 줄리아의 관심을 시시각각 끌어당겼다. 줄리아는 앨리스가 아들일 줄 알았지만 성별과 관계없이 이지와 비슷하리라 생각했다. 갓 태어난 이지는 눈이 검고 진지했다. 그러나 앨리스는 바다처럼 파란 눈과 친근한 표정을 가지고 있었다. 앨리스는 주변 환경에 관심이 많고 왠지 낙천적인 듯했다. 실비가 로즈에게 보내려고 안락의자에 앉아 있는 줄리아와 앨리스를 찰리의 낡은 카메라로 찍었다. 엄마에게 보낼 사진이라 줄리아는 미소를 짓기가, 상실과 분노가 아닌 다른 감정을 표현하기가 어려울 줄 알았다. 하지만 놀랍게도 그녀는 얼굴을 빛내며 웃었다. 어머니가 떠났다는 아픔은 거의 사라졌다. 남은 것은 아주 희미한 멍자국뿐이었다. 앨리스가 태어나면서 줄리아가 가족 안에서 차지하는 자리가 뒤바뀌었기 때문이 분명했다. 이제 줄리아가 어머니, 앨리스가 딸이었다. 줄리아는 로즈가 이제 주연에서 조연으로 역할이 바뀔 것 같아서 그 운명을 피하기 위해 떠난 게 아닐까 생각했다.

줄리아는 한밤중에 안락의자에 앉아서 자신도 모르게 어머니가 아니라 아버지에게 소리 내서 혼잣말을 했다. 그런 순간에 그리운 사람은 아버지였다. 어둠 속에서, 찰리가 소파에 앉아 앨리스가 작은 손을 흔들거나 입술을 꽉 다물 때마다 기쁨으로 눈을 빛내는 모습을 떠올리기란 어렵지 않았다. "아빠, 앨리스는 정말 완벽해요, 그렇죠? 아빠가 정말 예뻐하셨을 거예요. 중간 이름이 파다바노예요. 앨리스 파다바노 워터스."

에멀라인은 거의 매일 어린이집 근무가 끝나고 야간 수업을 들으러 커뮤니티칼리지에 가기 전에 잠깐 들렀다. 에멀라인은 한 학기에 수업을 한두 개밖에 못 듣기 때문에 유아교육 학위를 향해 아주 먼 길을 가고 있다고 농담했다. 하지만 갓 태어난 아기에게 마음을 빼앗겨서 찾아오지 않을 수가 없었다. "앨리스를 꼭 끌어안아야겠어." 에멀라인이 아기의 빰에 대고 말했다. "그런 다음 밤에는 집에 가서 이지를 봐야지. 난 너어무 운이 좋아."

줄리아가 행복해하는 동생을 보며 미소를 지었다. "같이 아기를 만들 사람을 찾아줘야겠네." 그녀가 말했다. "넌 정말 멋진 엄마가 될 거야."

"알아. 그냥 그 지점으로 뛰어넘으면 좋겠어." 에멀라인은 수줍음이 많아서 주변에 남자들이 있으면 초조해졌다. 사람들과 어울리는 자리에 가면 자매들 뒤에 서 있었었고, 어렸을 때에도 파티에 가면 자매들 뒤에 숨었다. 에멀라인은 새로운 사람에게 자신을 소개해야 할 때마다 "나는 집에 있는 게 제일 좋아요"라고 말했다. 이지가 태어난 후 집에만 있는 성향이 더욱 심해졌다. 에멀라인은 앨리스를 보러 올 때만 빼면 이지의 곁을 떠나려 하지 않았다.

앨리스가 태어나고 삼 주 후, 에멀라인이 줄리아와 앨리스랑 셋만 있을 때 말했다. "윌리엄은 음, 아기를 별로 안아주지 않는 것 같아. 무서운 걸까?"

잠든 앨리스가 단단하고 기분좋은 무게로 품에 안겨 있어서 줄리아는 작게 말했다. "맞아. 나도 눈치채고 있었어." 윌리엄은 줄리아가 직접적으로 시킬 때에만—예를 들어 그녀가 화장실에 가거나 샤워를 할 때에만—아기를 안았고, 항상 곧장 요람이나 기저귀갈이대로 가서 앨리스를 내려놓았다. 그는 절대 앨리스를 끌어안거나 고개를 숙여 부드러운 빰에 입맞추지 않았다.

"무서운 건지는 모르겠어." 줄리아가 말했다. "윌리엄이 무엇을 느끼는지 모르겠어, 말을 안 하니까."

"어쩌면 윌리엄의 부모님이…… 평범하지 않아서 그런 거 아닐까." 에멀라인이 말했다. "앨리스를 어떻게 대해야 하는지 모르는 게 아닐까?"

줄리아는 미처 떠올리지 못했던 이유였지만 그래도 고개를 저었다. "그건 아닐 거야. 윌리엄은 항상 괜찮다고, 전부 다 괜찮다고 해." 그녀가 아기를 깨우지 않으려고 조심하면서 의자에 앉은 채 자세를 바꿨다. 여동생과 괴로움을 나눌 기회가 생겨서 어느새 마음이 놓였다. "난 윌리엄이 설거지와 빨래를 해주니까 정말 착하다고만 생각했어. 엄밀히 말해서 착하긴 하지. 하지만 윌리엄이 설거지와 빨래를 하는 건 앨리스와 거리를 두고 싶어서야. 에미, 윌리엄은 앨리스를 보지도 않아."

"음, 시간이 필요할지도 몰라. 남자는 우리랑 달리 아기를 자연스럽게 대하지 못하잖아. 그래도 조금 있으면 괜찮아질 거야. 어떻게 안 그러겠어? 앨리스가 이렇게 귀여운데." 에멀라인이 말하더니 아기의 뺨에 쪽쪽 입을 맞추었다.

윌리엄이 유일하게 수업도 일도 없는 일요일이면 그의 존재 때문에 줄리아와 아기의 평소 일상이 깨졌다. 줄리아는 아무 핑계나 둘러대며 남편에게 심부름을 시키고 한참 동안 낮잠을 잤지만 고개를 들 때마다 윌리엄이 앞에 서서 멍청한 질문을 하는 느낌이었다. 무슨 셔츠를 입어야 할까? 이삿날 몇시에 올 건지 이삿짐센터에 연락해야 할까? 관리인에게 엘리베이터 버튼에 대해서 물어볼까? 이 포도를 먹어도 괜찮을까?

결국 줄리아가 말했다. "내가 세상 모든 질문에 대답해줄 순 없어!

난 아기 때문에 너무 바빠. 애를 둘이나 돌볼 시간은 없다고."

윌리엄이 상처받은 표정으로 사과했다. 줄리아는 그것도 짜증이 났다. 그녀는 의자에 앉은 채 아기를 안고 몸을 뒤척이며 지금이 월요일 아침이면 좋겠다고 생각했다. 줄리아는 윌리엄의 사소한 질문들 밑에 숨어 있는, 두 사람의 결혼생활에 대한 진정한 질문을 감지할 수 있었다. 바로 줄리아가 묻고 싶은 질문이었다. 당신 정말 이 삶을 원해? 나를, 그리고 앨리스를? 여기서 우리랑 같이 살고 싶어?

그뒤로 윌리엄의 질문이 줄었지만 그것은 곧 말수가 줄었다는 뜻이었다. 줄리아는 이것도 짜증이 났고, 윌리엄이 아기를 피해서 점점 슬퍼졌다. 이제 두 사람의 결혼생활을 구성하는 주요 등식—윌리엄의 질문 더하기 줄리아의 대답은 계획—이 깨지자 둘이 같이 있는 것이 어색했다. "내가 뭘 잘못하고 있어?" 어느 날 밤에 불을 끈 다음 윌리엄이 그녀에게 물었다. "오, 윌리엄. 당신은 잘하고 있어." 줄리아가 어둠에 대고 말하고는 잠들었다.

줄리아는 세실리아가 왔을 때 아기를 낳으면서 무엇을 깨달았는지, 자기가 이제 얼마나 달라졌는지 설명하려 애썼다. "너도 짐승이 된 기분이었니?" 줄리아가 말했다.

세실리아는 이 말을 잠시 생각해보았다. "음, 언니처럼 소리를 지르거나 야성을 드러냈던 것 같진 않아." 그녀가 줄리아를 보며 빙긋 웃었다. "하지만 무슨 뜻인지 알 것 같아. 누가 이지를 해치려고 하면 그 사람 얼굴을 찢어버릴 거야."

"넌 이지를 갖고 나서 더 강해졌어."

"그래?" 세실리아가 의아한 목소리로 말했다. 그녀의 무릎에 이지가 앉아 있었다. 이제 이지는 기우뚱거리지만 몇 초 동안 혼자 설 수 있었고, 앨리스를 아주 열심히 쓰다듬기를 좋아해서 세실리아가 그 옆에 붙어 있었다.

"대학원에 가라고 윌리엄을 설득한 사람은 나야." 줄리아가 말했다. "하지만 내가 갔어야 해. 조직심리학 박사를 따거나 경영대학원에 갈 수 있었을 텐데. 난 사업을 하면 잘할 거야, 안 그래?"

세실리아가 이지의 부드러운 뺨에 입을 맞추었다. "지금 언니 몸속에서 아주 강력한 호르몬이 나오는 것 같아. 나오는 동안 즐겨."

그날 밤 줄리아가 어둠 속에서 말했다. "보고 싶어요, 아빠. 엄마가 된 나를 아빠가 봤으면 좋았을 텐데. 날 보면 미소를 지으셨을 거예요."

7월에 줄리아와 윌리엄은 생후 십일 주 된 앨리스와 함께 더 큰 아파트로 이사했다. 새집은 방이 두 개에 부엌도 새것이었지만 거실 창밖으로 하늘과 평화로운 안뜰이 아니라 다른 건물이 보였다. 이제 앨리스가 밤에 덜 깼기 때문에 줄리아는 요람을 옆에 두고 침대에서 잤다. 줄리아는 앨리스가 태어나기 전에 이사하고 싶었지만 지금 이사해서 다행이라고 생각했다. 그녀는 여기에서 새로운 삶을 시작할 것이다. 윌리엄에게 말하지 않았지만 앨리스가 생후 육 개월이 되면 일을 시작하기로 마음먹었다. 줄리아는 벽장을 보며 조만간 정장을 사서 절반을 채워야겠다고 생각했다. 또 아파트를 구석구석 돌아다니며 생각했다. 내가 돈을 벌면 소파를 사서 저기에 놓고 앨리스가 기어다닐 수 있게 부드러운 러그도 살 거야.

윌리엄은 도서관에서 공부하거나 대학원 수업을 듣거나 여름 학기 강의를 하느라 집을 오래 비웠다. 여름 계절수업도 듣고 강의도 하므로 학위를 빨리 딸 수 있겠지만 집에 돌아오면 지친 표정에 눈빛은 흐리멍덩했다. 아기가 조금 더 크자 동생들이 예전만큼 자주 오지 않았다. 세실리아와 에멀라인은 둘만의 집—이지가 놀 작은 뒤뜰이 있는 지하—을 구했고 실비는 로자노 도서관 근처 작은 건물 꼭대기 층의 원룸을 세냈다. 동생들은 바빴고, 이제 줄리아는 동생들이 관심을 쏟는 주요 대상이 아니었다.

줄리아는 일주일에 한 번 로즈에게 전화를 걸었다. 거리만큼이나 먼 통화였다. 가끔 잡음이 생겼고, 로즈는 바다가 아주 약간 보이는 콘도 발코니에 앉아 있었기 때문에 그쪽에서도 소음이 전해졌다. 바람, 가끔 울리는 자동차 경적, 어쩌면 바다.

"여긴 공기가 달라." 로즈가 말했다. "더 상쾌해. 짭짤하고."

"앨리스가 곧 뒤집기를 할 것 같아요." 줄리아가 말했다. "저번에 보낸 사진 받았어요? 공원에서 찍은 거?"

"그래." 로즈가 말했다. "건강해 보이더라. 내가 친구들이랑 돌아가며 저녁을 준비한다고 말했나?"

줄리아는 무릎에 누워 있는 앨리스를 내려다보았다. 아기는 자기 발을 잡고 관찰중이었다. 정말 놀라워. 앨리스는 이런 생각을 하는 것 같았다. 너무 잘 만들었잖아. 줄리아가 미소를 지었다.

줄리아는 어머니가 이젠 날 놔줘라고 말하는 것을 들었다.

"뭐라고요?" 줄리아가 말했다.

"엔칠라다를 처음 만들어봤어. 나쁘지 않더라."

줄리아는 머리를 비우려고 고개를 흔들었다. "엄마, 날 낳고 달라진 기분이 들었어요? 어머니가 되고 나서?"

"그게 무슨 질문이니! 줄리아, 난 그때가 기억도 안 나. 네가 앨리스 나이쯤 됐을 때 난 실비를 가지고 있었잖니? 너무 바빠서 내가 어떤 기분인지 생각할 겨를도 없었어."

줄리아가 고개를 끄덕였다. 그런 일은 그녀에게만 일어난 것 같았다. "이제 끊어야겠어요, 엄마. 장거리전화라 너무 비싸요."

줄리아는 전화를 끊은 다음 앨리스를 재우려고 눕혔다. 아기는 항상 순순히 잘 잤다. 요람에 내려놓을 때마다 눈앞의 임무에 집중하는 것 같았다. 눈을 감고 입가에 살짝 미소를 띤 채 잠들려고 최선을 다했다.

줄리아는 커튼을 치고 침대에 누웠다. 그녀는 앨리스가 태어난 뒤 아빠가 계속 보고 싶었던 이유를 깨달았다. 그녀가 이제 세상을 어떻게 보게 되었는지 아버지에게 설명하고 싶었다. 그것을 이해할 사람은 아버지밖에 없었기 때문이다. 찰리는 줄리아 자신보다도 먼저 그녀의 힘을—그 힘이 어디까지인지를—알아보았다. 줄리아가 윌리엄과 결혼하겠다고 했을 때 찰리는 아주 잠깐 실망한 표정을 지었다. 줄리아는 찰리가 윌리엄을 좋아한다는 사실을 알았기 때문에 당시에는 그 반응을 이해하지 못했다. 그러나 찰리는 그즈음부터 줄리아를 로켓이라고 부르지 않았고, 줄리아는 아버지의 기대가 컸음을 이제야 깨달았다. 그는 줄리아의 가능성을 보았기에 그녀가 결혼해서 가정을 꾸리는 모습이 아니라 높이 솟아오르는 모습을 지켜보고 싶었던 것이다. "난 둘 다 할 수 있어요, 아빠." 아기가 가볍게 코 고는 소리로 아늑해진 방에 대고 줄리아가 말했다. "둘 다 해낼 방법을 찾을 거예요."

실비
1983년 2월—1983년 8월

실비가 줄리아와 윌리엄의 집에서 나온 뒤 자기 집을 구할 때까지 삼 개월의 공백이 있었다. 실비는 그 집을 나오면서 줄리아에게 지낼 곳이 있다고 말했다. 하지만 그 말은 사실이 아니었다. 준비된 곳이 전혀 없었다. 그저 그녀가 열쇠를 깜빡하는 바람에 벤치에 앉아서 윌리엄과 이야기를 나눈 그날 밤에 이제 다른 곳에서 살 때가 되었음을 깨달았을 뿐이다. 그날 실비는 아버지가 죽은 뒤 두번째로 울었다. 첫번째는 윌리엄의 원고를 읽고 나서였다.

실비는 찰리가 보고 싶다고 말하면서 놀랐고, 별에 대해 말하면서 놀랐고, 눈물이 터져나와서 놀랐고, 그녀의 슬픔에 대한 대답처럼 옆에 앉은 윌리엄의 슬픔까지 느껴져서 놀랐다. 실수로 스위치를 눌러서 결국 그 자리에서 실비가 형부의 진정한 상태를 보고 그도 그녀의 진정한 상태를 보게 된 것 같았다. 윌리엄이 그녀가 품고 있는 상실을 알아보고 그것을 소리 내서 말했다. 지금까지 살면서 다른 누구도 실비가 안고 있는 고통의 소용돌이를 알아본 적 없었다. 아버지가 돌아가신 이후 누구도 그녀를 이해하지 못했다. 누군가 자신을 알아보자 오랫동안 숨을 참은 끝에 공기를 크게 몇 모금 들이마신 것 같았다.

같은 날 밤, 언니와 윌리엄이 복도 건너편 침실에서 자는 동안 실비는 소파에 누워 계속 이 집에서 지내는 것은 너무 위험하다고 결론을 내렸다. 윌리엄과 함께 있으면 연약해진 기분, 자기 본연의 모습을 드러낼 위험에 처한 기분이 들었다. 그의 잘못이나 그녀의 잘못 같지는 않았다. 찰리를 잃은 슬픔에 윌리엄의 각주를 읽은 것, 벤치에서 너무 지쳐 경계를 세우지 못한 몇 분이 합쳐져서 이제 실비는 형부가 근처에 있으면 평범한 사람처럼 행동하지 못하게 되었다. 게다가 윌리엄이 이제 그만 들어가자고 말했을 때 그의 팔을 붙잡고 안 된다고 말할 뻔했다. 실비는 벤치에서 보낸 몇 분 동안 윌리엄이 자신을 본 기분이었고, 그곳에 그와 함께 남고 싶었다. 실비는 언니의 남편과 단둘이 더 많은 시간을 보내고 싶어하는 건 부적절하다는 사실을 알았다. 그것도 모를 만큼 어리석지는 않았다.

실비는 줄리아의 집에서 나온 뒤 동료들의 집 바닥이나 소파에서 잤고, 에멀라인의 싱글 침대에서 같이 잔 적도 여러 번이었다. 일레인 관장이 휴가를 가면서 도서관을 맡기자 그동안은 밤마다 도서관 구내식당에서 잤다. 침대로 충분히 쓸 만한 푹신하고 노란 소파가 있었다. 실비는 화장실 개수대에서 씻은 다음 도서관 문을 열었다. 그녀는 종종 잠잘 때 필요한 물건을 넣은 짐가방을 챙겨들고 저녁 수업을 받으러 갔다. 전날 밤과 다른 곳에서 자야 할 테니까. 그해 봄, 호수에서 불어오는 바람은 잔인했고 실비는 한 걸음 한 걸음 싸우며 나아가야 했다.

여러 곳을 전전하느라 실비는 자주 놀라고 집중을 잘 못했다. 집이 없으니 여기저기 아무렇게나 다니는 기분이었다. 실비는 지금까지 늘 가족과 함께 살았기 때문에 아침에 부모님이나 줄리아의 소리를 들으며 잠에서 깨는 것이 그녀가 자신답다고 느끼는 데에 얼마나 큰 역할을 하는지 깨닫지 못했다. 가족은 실비가 자신을 보는 거울이었다. 동료의 집 소파에서 잠이 깨어 거기가 어디인지 몰라 잠시 어리둥절할 때면 자신이 누구인지도 잘 몰랐다. 윌리엄의 질문이 자꾸 떠올랐다. 난 뭘 하고 있지? 내가 왜 이러고 있지? 난 누구지?

실비는 연속성을 느낄 방법을 만들어내서 자신을 다잡아야 했다. 그래서 어디에 묵든 아침에 일어나자마자 욕실로 가서 거울 속 자신을 찬찬히 살폈다. 지금까지는 그런 적이 없었다. 실비는 특별히 허영심이 강하거나 자기 외모에 관심이 많지 않았지만, 이제 거울 앞에 선 여자에게 그녀가 매일 대체로 같은 사람이라고 상기시켜줘야 했다. 실비는 절대 말을 듣지 않는 머리카락을 보고—자고 일어나서 머리가 어떤 각도로 뻗쳤든 얼마나 붕 떴든 받아들였다—갈색 눈의 녹색 반점을 눈여겨보았다. 그녀는 "좋은 아침이야, 실비"라고 말한 다음 이를 닦았다.

실비는 아버지가 가지고 있던 『풀잎』을 다시 읽기 시작했다. 찰리가 줄을 친 부분과 여백에 남긴 메모—멋지군!—가 셀 수도 없이 많았다. 이 시집을 처음부터 끝까지 읽은 지 몇 년이 지났는데, 이번에 다시 읽어보니 죽음이 너무 많이 등장해서 깜짝 놀랐다. 휘트먼은 「나 자신의 노래」에서 풀잎을 다양하게 정의하지만 실비가 가장 좋아하는 것은 무덤의 깎지 않은 아름다운 머리카락이었다. 실비는 아버지의 무덤을 찾아갔을 때 이 구절을 생각했다. 시인에 따르면 죽음은 삶과 얽혀 있으므로 끝이 아니다. 실비와 자매들이 이 땅을 걸어다니는 것은 그들이 땅에 묻은 남자 때문이다. 실비는 이런 생각을 하고 휘트먼의 시를 읽는 것이 버스에서 옆자리에 앉은 여성과 나누는 예의바른 잡담보다, 늘 지갑에 돈이 별로 없다는 사실보다 더 중요했다.

실비가 한창 이렇게 지내고 있을 때 로즈가 플로리다로 떠났다. 실비는 작별인사로 어머니의 뺨에 입맞춤을 하고 몇 시간 뒤에 갓 태어난 앨리스를 만나러 급히 병원으로 달려가는 것이 타당하게 느껴졌다. 그녀의 마음속에서 일어나는 대변동과 어울렸다. 아버지는 죽었고 이제 어머니도, 가족이 함께 살던 집도 없어졌다. 실비는 어마어마한 지진의 여파를 담은 사진을 본 적이 있는데, 그 이미지가 줄곧 마음속에 남았다. 길게 반으로 갈라져 지구의 중심을 드러낸 도로, 그 위에 집과 학교와 차를 만들고 안전한 척하다니 인간은 얼마나 어리석은지. 실비는 짐가방과 책을 들고 그 틈새를 뛰어넘으며 하루하루를 보내는 기분이었다. 로즈가 떠나던 날 아침에 실비는 욕실 거울 앞에 서서 말했다. "잘 가요, 엄마. 좋은 아침이야, 실비."

실비가 도서관학 학위에 필요한 필수 학점을 다 채우기 몇 주 전에 일레인 관장이 정식으로 그녀를 승진시키고 월급을 인상해줬다. 이제 보증금을 충분히 모았기 때문에 같은 날 실비는 도서관 바로 근처에 작은 원룸을 빌렸다. 부동산중개업자가 열쇠를 손에 쥐여주자 실비가 말했다. "너무 감상적으로 굴어서 죄송해요."

수십 년 동안 필슨에서 일한 부동산중개업자가 어깨를 으쓱했다. "생각보다 많이들 울어요. 자기 집이 생기는 건 대단한 일이죠."

가구가 없었으므로 이사는 간단했다. 줄리아와 쌍둥이는 로즈가 떠나기 전에 어린 시절 살던 집에서 물건을 몇 가지 챙겼지만 실비는 집이 없었으므로 아무것도 챙기지 않았다. 그녀는 바닥에 놓을 매트리스를 사고, 동네 아이에게 2달러를 주고 도움을 받아서 저 위쪽 거리에서 발견한 식탁을 들였다. 쓰레기를 내놓는 날 로즈가 밤마다 사람들이 버리는 보물을 찾아서 동네를 돌아다녔으므로 실비는 필요한 것을 어디서 찾아야 하는지 알았다. 책꽂이, 접시 한 상자, 냄비, 프라이팬, 새것과 다름없는 예쁜 자수 쿠션과 커튼. 실비는 이렇게 상태가 좋은 물건을 왜 버릴까 생각했다.

몇 달 동안 남의 집에서 최대한 숨죽이고 지냈던 실비는 이제 매트리스에 대자로 뻗어서 잤다. 바람이 통하도록 창문을 열어두었다. 실비는 자매들과 조카들을 초대하고 주워온 프라이팬으로 달걀 요리를 했다. 그녀는 아파트와 거리의 소음—놀이터에서 아이들이 웃는 소리, 시내버스가 끼익 하며 멈추는 소리, 아래층에서 식료잡화점을 운영하는 남자가 가게 계단에서 커피를 끝도 없이 마시며 스페인어로 떠들어대는 소리—에 귀를 기울였다. 실비는 다시 소설을 읽기 시작해 새로운 허구의 세계에 들어가는 아찔한 즐거움을 만끽했다. 이제 두 발을 단단히 딛고서 소설을 즐길 수 있어 다행이었다.

실비는 자매들의 목소리가 듣고 싶을 때마다 자기 집 전화기로 전화를 걸었다. 하지만 줄리아에게는 윌리엄이 확실히 근무중일 때만 전화를 걸려고 주의했다. 그와 통화하는 위험을 감수할 수는 없었다. 실비는 아직도 밤에 침대에 누우면 두 사람이 벤치에 앉아서 보낸 그 삼십 분을 생각했다. 그녀는 그때 나눈 짧은 대화를 외웠고 마음속으로 그 장면을 되짚어보았다. 별일 아니었다고 스스로에게 말했다. 그저 실비가 엉망진창이었고, 찰리가 죽은 이후 줄곧 그랬으며, 그래서 그녀가 원하는 것이나 곱씹는 것이 말이 되지 않았을 뿐이다. 하지만 전화기를 통해 윌리엄과 잡담을 나누는 것은 상상도 할 수 없었다. 예의바른 말이 목에 걸려서 나오지 않을 것이다. 실비는 묻고 싶었다. 윌리엄 워터스로 사는 건 어때요? 그날 밤 그 벤치에서 당신은 무엇을 겪었어요?

실비는 자신과 형부가 이렇게 이상한 곤경에 처한 것은 줄리아의 잘못이라고 남몰래 생각했다. 언니는 윌리엄의 각주를 알았다, 원고에 그의 개인적인 생각과 의문이 들어 있음을 알았다. 그런데도 실비에게 읽어달라고 했다. 실비가 윌리엄의 원고를 읽지 않았다면 이런 일은 전혀 벌어지지 않았을 것이다. 실비는 윌리엄과 함께 벤치에 앉아 있다가 눈물을 흘린 다음날, 언니에게 처음으로 거짓말을 했다. 새집을 구했지만 전화가 없다고, 아니, 너무 작고 지저분해서 오면 안 된다고 말했다. 삼 개월 동안 실비는 줄리아가 거짓말을 알아차리리란 사실을 알면서도 언니에게 "난 괜찮아"라고 계속 말했다. 실비가 거짓말을 할 때마다 그 거짓말이 두 사람을 조금씩 무너뜨렸다.

실비의 졸업식은 6월의 어느 화요일 아침에 갑갑한 커뮤니티칼리지 강당에서 열렸다. 실비는 언니와 동생들에게 지루하고 더울 테니 오지 말라고 했다. 실망스러운 결말이기도 하지. 집으로 걸어가는 길에 마분지로 만든 각모를 쓰레기통에 버리며 실비는 생각했다. 이제 그녀는 대학을 졸업했다. 어머니가 늘 바라던 일이었지만 이제는 신경쓰지도 않았다. 실비는 대학을 정식으로 졸업했다고 로즈에게 알리지도 않았다. 엄마가 그 소식을 듣고 한숨 쉬는 소리를 듣고 싶지 않았다. 로즈는 딸들이 어릴 때 그어놓은 결승선에 대한 믿음을, 어쩌면 흥미까지도 잃었고, 실비는 그 사실을 잘 알았다.

실비가 원룸으로 이사하고 삼 개월이 지난 8월 어느 날 오후에 어니가 도서관으로, 실비가 청소년문학을 책꽂이에 정리하고 있던 서가로 들어왔다.

실비가 그를 빤히 보았다. 찰리의 추도식 이후 처음 보는 것이었다. 그뒤로 도서관에서 만나던 남자들을 한 사람도 보지 못했다. 실비는 지금까지 내내 도서관 서가를 혼자 걸어다녔다. 그녀가 겨우 말했다. "와, 고양이가 누굴 끌고 왔는지 좀 봐."

"계속 네 생각을 했어." 어니가 말했다. "바빴어. 얼마 전에 졸업했거든. 나 이제 정식 전기기술자야."

"축하해. 나도 졸업했어."

두 사람은 마주보며 미소를 지었고, 실비는 그의 곱슬곱슬한 머리카락과 움푹 팬 턱을 자세히 보았다. 두 사람은 초등학교 때부터 알았다. 실비는 어니가 빼빼 마른 소년에서 건장한 청년으로 자라는 모습을 지켜보았다. 그녀가 마음속 생각을 정리했다. 옛날 옛적에는 이 남자애를 안고 싶었지만 지금은 확신이 들지 않았다. 실비는 예전의 소녀가 아니었다. 그때 그 소녀에게는 아버지와 어머니, 미래에 대한 꿈이 있었다. 하지만 이제 실비는 혼자만의 집을 꾸리려 애쓰는 도서관 사서였다. 그녀의 환상은 아버지가 죽었을 때 보류되었고, 제3의 문은 닫혀서 봉인되었으며, 그녀가 생각하는 유일한 남자는 언니와 결혼한 남자였다.

실비가 고개를 저어 생각을 떨치며 말했다. "나한테 키스할 거야, 말 거야?"

어니의 미소가 깊어지자 두 사람이 한 발짝 다가섰고, 서로의 몸이 닿았다. 그녀의 손이 그의 목뒤에 얹히고 그의 팔이 그녀의 허리를 감았다. 실비는 자기 몸이 소리 없이 안도의 신음을 내는 것을 느꼈다. 예전에 그랬듯 기분좋은 느낌이었다. 정말 다행이다. 그녀는 뒷주머니에 자기 집 열쇠가 들어 있는 지금, 그녀가 주의를 돌려야 하는 지금 어니가 나타났다는 우연의 일치가 신기했다. 어쩌면 실비에게 다시 시작할 기회가 주어진 것일지도 몰랐다. 어쩌면 지금의 실비는 자매들이 원했던 것처럼 어니와 데이트를 할지도 몰랐다.

두 사람이 몸을 떼고 도서관 이용자나 일레인 관장이 있는지 흘깃거릴 때 실비가 말했다. "내가 혼자 사는 아파트 구한 거 알았어?"

어니가 고개를 저었다. "전혀 몰랐어. 대단하다."

실비에게 집이 생기다니, 정말 대단했다. 두 사람의 학교 동창 대부분이 아직 부모님과 같이 살거나 줄리아처럼 아버지의 집에서 신혼집으로 바로 옮겨갔다. 실비는 자신이 특이하다는 것을 알았다. 물론 아빠도 없는 아기를 키우면서 에멀라인과 함께 아파트를 구해서 사는 세실리아는 더욱 특이했다. 줄리아만이 전통적인 노선을 걷고 있었다. 실비는 주머니에 들어 있는 열쇠를 의식하고 어니를 보면서 희망을 느꼈다. 그녀는 자기 방식대로 다시 자신의 삶을 살고 있었다.

실비가 말했다. "구경할래? 내 집."

어니가 고개를 살짝 기울이고 말했다. "물론이지."

두 사람은 약속을 잡았고, 어니가 도서관에서 나가자 실비는 뒤쪽 구석 빈 책상으로 걸어가 전화기를 들었다. 윌리엄이 집에 있을 시간이었기에 여동생들의 집으로 전화를 걸었다.

에멀라인이 전화를 받았다. "파다바노 자매의 집입니다."

실비가 웃었다. "전화를 왜 그렇게 받아?"

"이유는 모르지만 이지가 좋아하거든. 도서관이야?"

"어니가 돌아왔다고 누군가에게 말하고 싶었어. 오늘. 서가로 날 찾아왔어."

"아, 잘됐다!" 찰리가 죽고 나서 실비의 남자들이 증발했다는 것을 자매 모두 알았다. 자매들은 이유가 뭘까 여러 번 이야기했었다. "그동안 왜 안 왔는지 얘기해?"

"에미, 오늘밤에 어니를 집으로 초대했어."

잠시 침묵이 흐르더니 에멀라인이 말했다. "와아아아우."

동생이 웃음 짓는 소리와 전화기 근처에서 이지가 종알거리는 소리가 들렸다.

"이제 경험 없는 사람은 나뿐이겠네." 에멀라인이 말했다. "나중에 전화해서 전부 다 말해줘."

"어니한테 괜찮은 친구 있으면 너한테 소개해달라고 할까?"

"세상에, 아니." 에멀라인이 활기차게 말했다. "수업도 들어야 하고 일도 해야 하고 너무 바빠. 하지만 진짜 신난다, 실비! 다리털 잊지 말고 밀어. 모르는 사람의 눈으로 언니의 몸을 봐."

"어니는 모르는 사람 아니야. 평생 알고 지냈는걸."

"무슨 말인지 알잖아."

실비가 청바지와 운동화를 내려다보았다. 그러고는 그날 아침에 무슨 속옷을 입었는지 떠올리려 애썼다.

에멀라인이 말했다. "어니가 온다고 줄리아한테 말했지?" 실비가 바로 대답하지 않자 에멀라인이 말했다. "줄리아한테 전화해, 실비. 말 안 하면 상처받을 거야."

실비가 한숨을 쉬었다. 자매들을 엮는 복잡한 수학에 따르면 에멀라인의 말이 옳았다. 네 자매였지만 그 안에서 두 쌍으로 나뉘었다. 실비와 줄리아가 한 쌍, 에멀라인과 세실리아가 한 쌍이었다.

"이제 언니 집이 생겼잖아." 에멀라인이 말했다. 이런 뜻이었다. 언니가 집이 없어서 나랑 잘 때는 줄리아랑 어색해도 변명의 여지가 있었지만 이제 자리를 잡았으니까 더 잘해야 해.

"제기랄, 에멀라인." 실비가 말했다. 에멀라인은 실비가 욕하는 것을 싫어했고 실비도 그 사실을 알았다. "꼭 그렇게 맞는 말만 해야겠니?"

"나만 유일하게 사생활이 없어서 모두를 지켜볼 시간이 있거든."

"이제 일하러 가야 해." 실비가 말하고 전화를 끊었다. 그녀는 도서관이 잠시 한가해질 때마다 줄리아에게 전화하라고 스스로에게 말했지만 계속 전화를 걸지 않았고, 그러다보니 어느덧 문 닫을 시간이 되었다.

어니는 여덟시 정각에 왔다. 실비는 그가 정각이 될 때까지 주변을 어슬렁거린 것이 아닐까 생각했다. 어니는 평소 제복처럼 입는 흰 티셔츠와 공구를 넣는 주머니가 달린 검정색 바지 차림이 아니었다. 버튼다운셔츠를 입고 머리를 빗어넘겼다. 그리고 레드와인을 한 병 들고 있었다.

"와인 좋아해?" 어니가 물었다.

실비는 고개를 끄덕였지만 과연 마실 수 있을까 싶었다. 너무 긴장해서 침을 삼키기가 힘들었다. 그녀는 작은 아파트를 둘러보며 어니의 눈을 통해 자기 집을 보려고 애썼다. 전등 불빛 아래에서 낡고 처량해 보일까?

어니가 그녀의 뺨을 어루만지며 말했다. "네가 원하면 그냥 가도 돼. 꼭 할 필요는 없어, 뭐든 간에."

"아니, 할 거야." 그녀가 말했다. 준비됐든 안 됐든 이것은 그녀의 새로운 삶, 실비의 삶이었다. "키스해줘. 그러면 기분이 나아질 거야."

키스를 하자 정말 기분이 나아졌다. 어쨌거나 두 사람은 몇 년이나 키스를 해왔다. 실비와 어니는 와인을 따지 않았다. 둘은 구십 초 만에 떨어질 필요도, 도서관 이용자나 일레인 관장을 생각할 필요도 없었다. 실비가 어니의 머리카락 사이로 손가락을 집어넣었다. 그가 그녀의 셔츠 단추를 풀고 브래지어를 살며시 치운 다음 가슴에 입을 맞추자 실비는 너무 좋아서 죽을 수도 있겠다고 생각했다.

어니가 몸을 일으켜 그녀의 표정을 확인하고 말했다. "마음에 들어?"

실비가 말했다. "오, 그래."

두 사람은 키스를 더 했고, 그런 다음 서로의 옷을 벗겼다. 실비는 자신의 몸이 이렇게 많은 것을 느낄 수 있다니 믿을 수 없었다. 그게 무엇이든 이렇게 기분좋을 수 있다니 믿기 힘들었다. 눈을 감은 그녀는 따뜻한 색을, 빨간색과 주황색을 보았다. 두 사람은 말을 했지만 실비는 자기가 무슨 말을 하는지 거의 신경도 쓰지 않았다. 그녀의 몸이 그의 몸에 반응했고, 그녀의 입술이 그의 입술에 반응했다.

하지만 다 끝난 다음 두 사람이 끌어안고 누워 있을 때 당혹감이 실비의 목뒤를 간지럽혔다. 그녀는 왠지 너무 크게 들리는 목소리로 어느새 이렇게 말하고 있었다. "네가 알아야 할 것이 있는데, 난 남자친구를 구하는 게 아니야."

"알았어." 어니가 수염뿌리를 그녀의 어깨에 문질렀다. "그럼 뭘 구하는데?"

실비는 벤치에 앉은 윌리엄을 떠올렸다가 눈을 꼭 감으며 그 광경을 떨쳤다. "잘 모르겠어."

"그럼 우린 그냥 즐기면 되겠네." 어니가 말하며 실비의 몸을 굴렸다.

그래도 되나? 실비는 생각했다. 확실히 즐겁긴 했다. 그녀는 남자의 가슴에 이렇게 가까이 닿은 적이 없었다. 자기 가슴과 너무나 달랐다. 털이 많았다. 그녀가 어니의 배 한가운데 물줄기 같은 털을 손가락으로 쓸었다. 어니는 그녀의 배 한가운데를 손가락으로 쓸었다. 가슴 사이에 넣을 때는 손가락을 옴질거려야 했다.

거기 키스해줘. 실비가 생각했고, 어떻게 알았는지 어니가 그렇게 했다.

"평범한 걸 기대하지 말았어야 했나봐." 마침내 어니가 말했다. "키스해달라고 세이렌처럼 유혹하는 여자애한테는 말이야."

그가 어루만지던 손길을 잠시 멈추자 실비는 다시 만지라고 소리를 지를 뻔했다. 그녀의 몸이 그의 몸을 향해 휘었다. "내가 널 세이렌처럼 유혹했어?"

어니가 적극적인 실비의 몸짓에 미소를 짓더니 그녀의 가슴 옆에 뺨을 대고 눌렀다. "몇 년 전에 도서관에 갔지." 어니가 그녀의 살갗에 대고 말했다. "브루스터 선생님이 내주신 숙제를 하려고 말이야. 네가 서가에서 걸어나오더니 나한테 어떤 표정을 지었어. 나를 그런 표정으로 본 사람은 처음이었어. 나도 같이 쳐다봤지. 그런 다음 의자를 확 밀치고 널 따라갔어."

"그리고 우린 키스했지." 실비는 이 이야기가 좋았다. 어니가 그녀의 몸에 하는 행위가 좋았고 예전의 자신도 좋았다.

"그랬지. 내 인생이 아무리 끔찍해도 도서관에 가면 너한테 키스할 수 있었지." 어니가 말하고 몸을 살짝 물려 실비를 보았다. "한번은 도서관에 갔다가 네가 다른 남자랑 키스하는 걸 봤지만."

실비가 얼굴을 붉혔다. "난 너를 못 봤는데."

어니가 강인한 몸을 다시 내렸다. 실비가 그의 위팔을 붙잡았다. "화가 났어." 그가 말했다. "처음에는. 하지만 나한테 화낼 권리는 없잖아, 안 그래? 우리가 데이트하는 사이도 아니었으니까. 하지만 네가 집에 초대했을 때 그 남자가 생각났어. 궁금하더라—지금도 궁금해—그 남자가 여기 먼저 왔었는지."

"네가 처음이야." 실비는 갑자기 슬퍼졌고, 목소리도 슬프게 들렸다. 인간이란 원래 알몸이 되면 목소리 톤을 조절할 수 없게 되는 걸까? 목소리까지 벌거벗은 것처럼? 실비는 최대한 침착하게 말했다. "다른 사람은 없었어."

하지만 어니가 다음날 아침 일찍 출근해야 해서 집에 가야 한다고 말하자 마음이 놓였다. "내일 밤에도 만날까?" 그가 물었고, 실비는 승낙인지 거절인지 자신도 알 수 없는 소리를 냈다.

어니가 나갈 때 실비는 어색하게 손을 흔들었다. 그녀는 침대에 혼자 누워서 양손으로 얼굴을 덮었다. 온갖 감정이 동시에 느껴졌다. 당황스럽고, 섹스가 너무 좋아서 기쁘고, 어니 때문에 불편했다. 그는 둘이서 그냥 즐기면 된다고 말했고, 실비는 어느새 머릿속으로 즐긴다라는 말을 되풀이하고 있었다. 그녀는 좋아하지만 사랑하지 않는 누군가와 섹스하는 것이 도덕적으로 잘못됐다고 생각하지 않았지만 마음 깊이 새로운 외로움이 찾아왔다. 실비가 무슨 짓을 했는지 로즈가 알면 당장 세인트프로코피어스 성당으로 끌고 가서 무릎을 꿇릴 것이다. 그러나 로즈는 이제 플로리다 해변에 살았고, 그것 역시 벌처럼 느껴졌다. 실비는 이불 속에서 몸을 동그랗게 말고 억지로 잠을 청했다.

다음날 아침 일찍 매트리스 옆 전화기가 울리자 실비는 몸을 굴려 전화를 받았다. 실눈을 뜨고 창문을 통해 하늘을 보니 빛이 어스레하고 분홍빛 구름이 드문드문 떠 있었다. 새벽이었다.

"너무 일찍 전화한 게 아니면 좋겠다." 줄리아가 말했다. "앨리스가 깼는데, 너도 원래 일찍 일어나잖아."

실비가 하품을 했다. "괜찮아?"

"그런 것 같아." 줄리아가 잠시 말을 멈추었다. "그런데 이상한 일이 생겼어."

실비는 언니의 말투 때문에 똑바로 일어나 앉다가 자신이 아직 알몸임을 깨달았다. 지금까지 알몸으로 잔 적은 한 번도 없었다. 실비는 생각했다. 조금 이따 내 차례가 되면 나한테 일어난 이상한 일에 대해 언니한테 말해야지. 그녀가 말했다. "무슨 일인데?"

"어제 윌리엄한테 물어볼 게 있어서 역사학과에 전화를 했어. 뭘 물어보려고 했는지는 기억이 안 나. 그런데 내가 윌리엄의 부인이라고 했더니 학과 조교가 윌리엄이 일주일 넘게 출근을 안 했다고, 강의에 세 번이나 안 들어갔다고 그러는 거야. 교수가 근신 처분을 내려야겠다고 말씀하시는 걸 들었대. 내가 안쓰러워서 말해줬나봐."

실비가 이불을 더욱 바짝 끌어당겼다. 언니의 말에 소름이 돋았다.

"전화를 끊었을 때는 화가 났어. 그 여자가 틀림없이 잘못 안 거라고 생각했거든. 뭔가 착각했다고, 누군가의 아내한테 그렇게 말도 안 되는 소리를 하다니 무책임하다고 생각했어."

"내 생각에도 착각 같아." 실비가 말했다.

"맞아." 줄리아가 골똘히 생각에 잠겨 말했다. "하지만 그 여자 말이 맞았어. 난 내가 생각했던 것만큼 윌리엄을 알지 못했어."

실비는 언니가 과거형으로 말하고 있음을 어렴풋이 인식했다. 윌리엄이 쓴 책의 각주가 떠올랐다. 이 책은 형편없다, 나는 형편없다. 실비는 몸을 숙이고 줄리아의 말이 무슨 뜻인지 이해하려고 애썼다.

"어젯밤에 윌리엄한테 하루를 어떻게 보냈냐고 물었더니 무슨 강의를 했는지, 어떤 학생이 뭐라고 말했는지, 그리고 교수 식당에서 누구랑 점심을 먹었는지 이야기했어. 내가 역사학과 사무실에 전화해서 조교랑 통화했다고 말했지. 조교한테 들은 대로 말했더니 얼굴이 아주 창백해졌어." 줄리아가 잠시 망설였다. "그러고는 날 떠났어."

"무슨 말이야, 언니를 떠났다니?"

"쪽지랑 수표를 주고 나갔어."

무언가 끔찍하게 잘못되었다는 깨달음이 파도처럼 실비를 덮쳤다. "옷 입고 최대한 빨리 갈게." 그녀가 말했다. "같이 대책을 생각해보자, 줄리아. 걱정하지 마."

"대책 같은 거 필요 없어." 언니의 목소리는 차분했다. "윌리엄은 적어도 일주일 동안 거짓말을 했어. 이제 나랑 결혼생활을 계속하기 싫은 거야."

윌리엄
1983년 8월

윌리엄이 처음 강의에 빠진 것은 실수였다. 늦은 여름이었고, 타는 듯이 더웠다. 그는 어래시에게 부탁받은 학생 인터뷰의 첫 회차를 이제 막 끝내고 노스웨스턴 체육관에 조금 더 남아서 연습을 지켜보았다. 집에 아기도 있는데다가 공부와 강의 때문에 너무 바빠 체육관에서 보낼 시간이 없다는 사실을 잘 알았지만 어쩔 수 없는 기분이었다. 하계 훈련 캠프였고, 이제 윌리엄은 선수들의 반밖에 몰랐다. 3학년과 4학년 선수들은 함께 뛴 적이 있었지만 신입생과 2학년생은 대부분 몰랐다.

훈련 캠프가 시작됐을 때 어래시가 윌리엄에게 신입 선수들을 대상으로 부상 이력에 대한 인터뷰를 해달라고 부탁했다. "네가 적임자야." 그가 말했다. "어린 선수들은 중요한 스태프와 그렇지 않은 스태프를 아직 잘 모르거든. 내가 출전을 결정할 수 있는 줄 알고 사실대로 말을 안 해."

"그 학생들의 입을 여는 게 제 일이군요." 윌리엄이 말했다.

"네 얘기를 해봐, 그러면 아이들도 입을 열 거야."

그래서 윌리엄은 어느새 명단에 오른 모든 선수의 인적 사항이 적힌 클립보드를 들고 체육관 뒤쪽 작은 사무실에 앉아 있었다. 학생들이 한 명씩 그를 만나러 들어왔다. 윌리엄은 자기 무릎 이야기를 계속 되풀이했다. 고등학교 때 어쩌다가 첫 부상을 당했는지, 마지막 시즌 때 네트 밑 공중에서 무슨 일이 일어났는지 자세히 설명했다.

그가 이야기를 끝내면 선수들은 대부분 항상 이렇게 말했다. "지금은 무릎이 좀 어때요?"

처음 몇 번은 "괜찮아"라고 말했다.

하지만 계속 반복하다보니 이런 생각이 들었다. 그건 사실이 아니야. 내가 이 갑갑한 사무실에 앉아 있는 건 사실을 이야기해서 아이들도 사실을 말하게 하려는 거잖아. 그다음부터 윌리엄은 다양하게 설명했다. 무릎은 아직 아프지만 내가 재활을 제대로 하지 않았어. 부러진 곳이 아직도 느껴져. 이 대목에서 선수들은 부상이 전염될 수도 있다는 듯 하나같이 몸을 뒤로 물렸다.

하지만 사실을 말하는 것이 통했다. 아이들—윌리엄의 눈에 신입생은 무척 어려 보였다—은 성장기에 자기 몸에 어떤 일이 일어났는지 그에게 말했다. 겨우 한두 명만 상처 하나 없고 아무 손상도 입지 않았다. 어쨌거나 본인의 말에 따르면 그랬다. 아뇨, 부상당한 적 없어요. 사고도 없었고요. 운이 좋았나봐요. 다른 아이들은 모두 사연이 있었다. 두 명은 음주운전자의 차에 치였는데, 한 명은 어깨가 부러지고 한 명은 추간판헤르니아가 생겼다. 오클라호마의 유명 고등학교 농구팀 출신인 주근깨 소년은 재발성 종골골단염이 있었다. 농구 경기를 많이 하고 너무 크게 너무 빨리 자라면서 생기는 끔찍한 발꿈치 통증이었다. 풋볼도 했던 아이들은 뇌진탕 이력이 있었다. 자신을 "처음부터 에이스"였다고 소개한 건방진 신입생은 햄스트링이 찢어졌다. 196센티미터에 다부지고 이마가 불룩한 아이는 윌리엄에게 어깨가 자주 탈골되지만 코치나 트레이너에게 말하지 않았다고, 어깨 맞추는 법을 알기 때문이라고 했다. 로스앤젤레스 출신 선수는 말했다. "칼에 찔린 것도 들어가요? 몇 년 전에 등을 칼로 찔렸거든요."

"그것도 들어가, 그래." 윌리엄이 충격을 숨기려 애쓰며 말했다. "당연히 들어가지."

마지막 날 오후에 인터뷰가 전부 끝나자 윌리엄은 더운 사무실에서 비틀거리며 나왔다. 선수들이 이야기한 모든 부상의 여파를 느꼈다. 코트를 달리는 젊은 선수들은 대학생으로 보이지 않았다. 불가사의한 기량 때문에 초인으로 보였다. 아이솔레이션 득점 선수는 육중한 빅맨들을 위해 스크린을 걸었고, 빅맨들은 자기 차례가 되면 페인트존에서 플레이하며 수비가 없는 선수에게 패스했다. 이 정도 수준의 시합을 하면 기분이 정말 좋았기 때문에 연습 시합은 기쁨의 함성과 함께 끝났다. 윌리엄은 인터뷰를 하기 전에는 이 재능 넘치는 젊은 선수들이 속으로 어떤 고통을 겪는지 짐작도 못했다. 실비의 슬픔을 보았던 기억이 떠올랐다. 또 무릎이 박살났을 때, 아버지가 보낸 봉투를 열었을 때 등 자신의 고뇌도 떠올랐다. 이제 윌리엄의 눈에는 코트를 가로지르는 각 선수를 쫓는 먹구름 같은 고통이 보였다. 지금 당장은 선수들이 그 먹구름을 앞지르고 있었다. 윌리엄도 한때는 앞질렀었다.

"신체적으로 겪은 나쁜 일을 다 말하더군요." 윌리엄이 어래시에게 말했다. "코트 밖에서 일어난 일도요."

어래시가 고개를 끄덕였다. "잘됐군."

"잘됐다고요?"

"누군가에게는 털어놔야 해. 우린 서로 어떻게 다쳤는지 거의 묻지 않잖아. 내가 바라던 것보다 더 잘해줬어, 윌리엄. 아주 잘했어."

윌리엄은 깜짝 놀랐다. 어래시는 칭찬을 거의 하지 않았다. 하지만 그 말을 받아들이면서 그는 아이들이 다른 사람에게는 그 정도로 이야기하지 않았으리란 사실을, 아니 아예 입도 뻥긋하지 않았으리란 사실을 알았다. 정확한 이유는 윌리엄도 몰랐다. 그의 무릎 부상도 이유 중 하나였지만 전부는 아니었다.

윌리엄은 체육관에서 나와 햇볕이 강하게 내리쬐는 캠퍼스를 걸어가면서 낯선 사람들을 보고 혹시 그들이 다쳤었는지가 아니라 어떻게 다쳤고 얼마나 잘 회복했을지 생각했다. 열심히 집중하면 침묵 속에서 그들의 사연이 배가 지나간 항적처럼 눈에 보이는 듯했다. 학대하는 아버지, 냉담한 남자친구, 잘못된 선택, 빚, 절대 이루지 못할까봐 걱정하는 이런저런 성공의 꿈. 윌리엄이 대학 도서관 근처에 다다랐을 때 벤치에 앉아 있는 역사학과 노교수가 보였다. 왠지 기운 없어 보이는 자세였기에 윌리엄이 다가갔다.

"괜찮으세요, 교수님? 도와드릴까요?"

노인이 고개를 들어 그를 보았고, 그 순간 윌리엄은 안락의자에 앉아서 자신을 보던 찰리가 떠올랐다. "그 키 큰 친구군."

"네, 교수님. 윌리엄 워터스입니다. 여긴 너무 덥네요."

"그렇다네, 윌리엄 워터스. 그렇고말고."

윌리엄이 노교수에게 그늘을 드리우려고 그 앞에 섰다. "도움이 필요하세요?"

"아, 글쎄, 우리 모두 그렇지 않나? 옆에 앉지 그러나, 윌리엄 워터스. 누구든 햇볕을 좀 쬐서 나쁠 건 없지."

윌리엄이 노교수 옆에 앉았다. 그는 비틀거리며 걸어가는 학생들—여름 학기라 평소의 절반 정도였다—을 바라보았다. 노교수의 불규칙한 숨소리가 들렸다. 교수에게서 레몬 냄새, 어쩌면 레모네이드 냄새가 났다. 윌리엄은 잠시 눈을 감았다. 아기는 밤에 몇 번씩 깨서 젖을 먹었는데, 줄리아와 앨리스는 그런 다음 곧장 잠들었지만 윌리엄은 잠들지 못할 때가 많았다. 그는 줄리아가 이제 공기가 더 많이 필요하다는 듯이 예전보다 더 깊이 숨쉬는 소리에 귀를 기울이곤 했다. 앨리스가 숨을 쉬는지 확인하는 방법은 요람 위로 몸을 숙이고 입가에 귀를 가져다대는 것밖에 없었다. 앨리스는 숨을 들이쉬고 내쉴 때 소리가 거의 나지 않아서 윌리엄은 밤새 몇 번이나 자리에서 일어나 귀를 기울이며 아기가 숨을 쉬는지 확인했다.

윌리엄이 다시 눈을 뜨자 하늘은 옅은 보라색이고 교수는 가고 없었다. 해거름이었다. 사위가 어두워져서 시선이 닿는 나무들이 실루엣만 보였다. 윌리엄은 눈을 몇 번 깜빡이며 눈앞의 광경을 이해하려 애썼다. 몸이 뻣뻣했다. 무릎이 욱신거렸다. 그는 손목시계를 확인하다가 갑자기 숨을 들이마시는 바람에 기침을 했다. 과학혁명 강의가 사십오 분 전에 끝났다. 그가 수업조교였다. 다른 책임자는 없었다. 어느 모로 보나 그가 교수였다. 윌리엄은 해결책을 찾아서 주변을 둘러보았다. 너무도 기이한 곤경에 처했으니 마찬가지로 기이한 해결법이 필요했다. 어쩌면 윌리엄이 벤치에 앉았을 때로 시간을 되돌릴 수 있는 마법의 나무라든지.

윌리엄이 지금까지 학교를 다니는 내내 수업에 들어오지 않은 교사는 딱 한 명밖에 없었는데, 알고 보니 극심한 폭풍우 때문에 문도 못 열고 전화도 걸 수 없는 채로 집에 갇혔었다. 그 경우를 제외하면 모든 교사가 일찍, 또는 시간에 딱 맞춰 교실에 들어왔다. 몸이 아프거나 집안에 급한 일이 생기면 미리 공지해서 대체 교사를 불렀다. 교수가 알 수 없는 이유로 대학 수업에 들어오지 않는 것은 상상도 할 수 없는 일이었다. 윌리엄은 학생들이 처음에는 지루해하다가 나중에는 혼란스러워하는 모습을 그려보았다. 학생들은 건물을 나가면서 역사학과 조교에게 윌리엄이 강의에 들어오지 않았다고 말했을 것이다.

윌리엄은 벤치에 미동도 없이 앉아 있었다. 타는 듯한 낮의 열기는 가셨다. 햇살이 가셨다. 그는 선수들의 찢어진 인대와 뇌진탕과 아픈 뒤꿈치와 탈구된 관절을 생각했다. 움직일 수 없을 것만 같았다. 그는 끔찍한 실수를, 지울 수 없는 실수를 저질렀다. 윌리엄은 어둠이 그를 감쌌을 때, 손을 얼굴 바로 앞에 가져다대야 손가락이 보일 때가 되어서야 집으로 돌아갔다. 줄리아가 평범하게 맞이해서 윌리엄은 마음이 놓였다. 역사학과에서 집으로 전화해 그를 찾지 않았다는 뜻이었다. 무슨 일이 있었는지 줄리아에게 말해야 할지도 모른다는 생각이 들었다. 줄리아는 문제를 아주 잘 풀었으니 어쩌면 그녀에게는 쉬울지도 몰랐다. 줄리아가 아침에 일어나자마자 역사학과에 전화해서 사과하라고, 그러면 다 괜찮아질 거라고 말하는 소리가 들리는 것 같았다. 하지만 윌리엄이 봤을 때 아내는 이제 그의 질문에 대답하는 데 관심이 없었다. 그가 체육관에 간 이유도 이해하지 못할 것이다. 줄리아는 윌리엄이 농구팀 일을 돕는 것도 전혀 몰랐다. 대낮에 벤치에서 잠들었다고 말하기도 부끄러웠다. 도대체 어떤 사람이 그런 짓을 할까? 그는 노교수가 옆에서 잠든 자신을 보면서 무슨 생각을 했을까 궁금했다.

"괜찮아?" 잠자리에 들 시간이 되자 줄리아가 물었다.

"응." 윌리엄이 말했다. "물론이지."

그날 밤 윌리엄은 평소보다 자주 깼다. 앨리스가 울음을 터뜨렸고, 그의 가슴속에서 심장이 두방망이질했다. 어떻게 해야 하지? 그는 이 생각을 너무 많이 했기 때문에 어둠 속에서 무슨 문제를 피해 멀리 헤엄치고 있었는지 잊었다. 윌리엄은 이러한 질문과 뱃속에 이는 공포를 끌어안고 있었다. 다음날 아침 일찍 잠에서 깬 윌리엄은 현관문을 열고 매트에 놓인 일간지 두 부—지방지 한 부와 전국지 한 부—를 집어 들었다. 새로운 날이야. 그가 생각했다. 윌리엄은 줄리아에게 강의에 빠졌다고 이야기하기로 마음먹었다. 그는 지쳤고, 달리 뭘 어떻게 해야 할지 몰랐다. 윌리엄은 자신이 그녀를 실망시키기 전, 아기가 태어나기 전 아내를 상상했다. 그때의 줄리아는 그의 허리를 끌어안고 분명한 지시를 내렸을 것이다. 머리가 아파왔다. 윌리엄은 어쩌면 자기가 부르면 예전의 줄리아가 그에게 달리 희망이 없음을 느끼고 과거의 그림자에서 나올지도 모른다고 생각했다.

그가 몸을 숙여 〈에번스턴〉을 들고 1면을 훑어보았다. 부엌으로 들어가려던 찰나 1면 왼쪽 밑에 노교수의 작은 사진이 보였다. 사진 밑에 적힌 설명에 따르면 그는 어젯밤 자택에서 저녁식사 즈음에 중증 뇌졸중 발작을 일으켜 사망했다. 일찍이 역사 분야의 저명한 상을 수상했고, 제2차세계대전을 다룬 베스트셀러로 유명했다. 죽었다고? 윌리엄은 생각했다. 그의 마음속 깊이 죽었다라는 단어가 닻처럼 묵직하게 떨어졌다.

이 소식에, 그리고 그 단어의 무게에 윌리엄의 마음속 침묵이 커지더니 마침내 그를 완전히 채웠다. 그는 지금까지 일관성을 위해, 자기 삶을 이해하기 위해 한동안 싸워야 했지만 더이상은 싸울 수가 없었다. 그는 신문을 손에 쥔 채 이 사실을 깨달았다.

윌리엄은 집을 나서면서 신문을 챙겼다. 닷새 동안 도시락과 교과서와 신문을 가지고 평소와 같은 시간에 아파트를 나섰다. 그는 도서관을 못 본 체하고 체육관만 들락거렸다. 멀리 그림자 속에서 훈련 캠프를 잠시 지켜보았다. 누구의 눈에도 띄지 않으려고 조심했다. 그는 노교수와 함께 앉아 있던 벤치와 안뜰을 피해 멀리 둘러갔다. 낯선 사람들을 지나치면서 그들의 고통을 목록으로 만들었다. 윌리엄은 역사학과 건물을 멀리 피해 다녔지만 자신의 실종을 기록하려는 것처럼 두번째, 세번째로 강의에 빠진 시간을 확인했다. 지도교수와의 면담도 가지 않고, 약속 시간에 그를 기다리면서 교수의 눈 속에 깊어지는 혼란을 상상했다. 나비넥타이를 맨 교수는 역사를 너무나 사랑했기 때문에 윌리엄의 책임감 없는 모습에 당황할 수밖에 없었으리라.

윌리엄은 이제 역사—날짜, 정치가, 미래가 달린 중대한 순간—가 전혀 와닿지 않음을 마음 한구석으로 알았다. 학생들이 가득찬 강의실 앞에 서서 한 시간 동안 장광설을 늘어놓는 일은 생각도 할 수 없었다. 가판대에서 샌드위치를 살 때는 목소리가 너무 작아서 상대방이 알아들을 때까지 세 번이나 말해야 했다. 윌리엄은 눈을 감고 선수들의 부상에 대한 메모를 떠올렸다. 대충 그린 팔꿈치와 무릎. 어려 보이는 신입생이 칼에 찔렸다고 말했을 때 윌리엄은 너무 놀란 나머지 칼을 그렸다.

그는 저녁마다 평소와 같은 시간에 집으로 돌아갔다. 줄리아는 약간 이상하다는 듯 그를 보았지만 아무것도 묻지 않았다. 윌리엄은 그녀가 지난 며칠 동안 그가 무슨 일을 겪었는지 듣고 싶어하지 않으리란 사실을 뼛속 깊이 알았다. 그는 두 사람이 결혼했을 때 줄리아가 만들려고 했던 남편이 전혀 아니었다. 그래서 줄리아에게 사과하고 싶은 마음이 불쑥 들었지만, 그래봤자 귀찮게 만들 뿐이었다. 그는 냉동 완두콩 봉지를 무릎에 대고 눌렀다. 종일 걸어다녀서 관절이 아팠다. 역사학과에서 아내에게 아직 전화하지 않아 살짝 마음이 놓였다. 윌리엄은 결혼생활이 얼마 남지 않았음을 알았다. 이런 식으로 계속 지낼 수도, 결혼생활을 지속할 수도 없었다. 줄리아가 뺨을 내밀면 그는 입을 맞추었다. 옆에 누운 줄리아의 묵직한 무게감을 기억에 새기려고 애썼다. 윌리엄은 남편인 척했지만 그 자신은 별로 남아 있지 않았고, 시간이 바닥나고 있었다. 그리고 곧 그렇게 되었다. 이레째 되던 날 밤에 윌리엄은 포크로 닭가슴살을 찍은 채로 그날 하루를 어떻게 보냈는지 새빨간 거짓말을 하고 나서 줄리아가 사실을 알고 있음을 깨달았다. 어쨌거나 사실의 일부를 말이다.

"이해가 안 가." 아내가 그를 빤히 보았다. "왜 강의에 들어가지 않는 거야? 어디 갔었어?"

윌리엄은 모두를, 자기 아내를, 지도교수를, 학생들을 실망시켰다. 그는 역사가 원인과 결과를 가르쳐주기 때문에 끌렸던 예전의 자신을 떠올렸다. 어떤 사람이 이것을 하면 저 일이 일어난다. 하지만 윌리엄의 마음속에서 인과관계의 지렛대가 오작동을 일으켰다. 그는 결함이 있는 기계였다.

"당신을 위해 내가 더 나은 사람이었으면 좋았을 텐데." 그가 말했다.

"난 말 그대로 이해가 안 간다고." 줄리아가 말했다. 그녀의 혼란에 분노가 섞여들었다. 줄리아는 깜짝 놀라는 것을 싫어했다, 발밑이 뒤집히는 것을 싫어했다.

"알아." 윌리엄은 설명할 수 없었다. 자신을 변호할 수 없었다. 윌리엄은 가짜, 거짓말쟁이, 사기꾼이었다. 그가 의자를 뒤로 밀고 일어나더니 침실로 들어가 벽장 선반에서 숄더백을 꺼냈다. 원고를 넣을까 생각했지만 넣지 않았다. 추울지도 몰라라고 생각하며 스웨터를 집어들었다. 그런 다음 서랍장을 열고 안쪽 깊숙이에서 오래된 지갑을 꺼냈다. 그는 지갑에서 수표를 꺼내 빈칸에 줄리아 워터스 앞이라고 적었다. 그리고 줄리아가 침대맡에 두는 메모장에서 종이를 한 장 찢어 몇 문장 적었다. 그는 자신이 뭐라고 쓰는지 생각하지 않으려고, 다 쓴 다음에는 다시 읽지 않으려고 조심했다.

윌리엄이 거실로 나가서 아내에게 수표를 건넸다.

"이게 뭐야?" 그녀가 남편의 얼굴에 시선을 고정한 채 물었다. "도대체 무슨 일이야?" 윌리엄이 대답하지 않자 줄리아는 수표를 내려다보았다. "만 달러. 당신 아버지가 주셨네? 당신 아버지가 당신한테 주신 거야?"

"현금으로 찾도록 해." 윌리엄이 말했다. "당신 돈이야." 그런 다음 접은 종이를 그녀에게 주고 아파트를 나섰다. 그는 나중에야 요람에 누워 있는 앨리스를 보지 않았음을, 아파트에서 나오기 전에 아기 생각을 미처 못했음을 깨달았다. 줄리아가 그를 불렀지만 윌리엄은 꾸준한 속도로 계단을 계속 내려갔다.

그날 밤 시간이 이상하게 흘렀다. 윌리엄은 걷기 시작했고, 결국 정신을 차려보니 미시간 호숫가였다. 호수는 항상 존재했지만—캠퍼스 건물 창밖 나무 사이로 보였다—윌리엄이 굳이 그곳에 간 적은 한 번도 없었다. 호수를 보면 보스턴이, 그의 고향 도시와 나란히 펼쳐진 파도가 일렁이는 바다가 떠올랐다. 끝이 보이지 않는 이 거대한 물이 호수라니 거짓말처럼 느껴졌다. 이 잔잔하고 끝이 없어 보이는 수역은 삼십 분이면 한 바퀴 돌 수 있는 호수가 아니라 다른 칭호를 가질 자격이 있었다.

하지만 오늘밤은 호숫가 길이 윌리엄에게 맞았다. 직선으로 걸을 수 있고, 못 걸을 정도로 피곤해지면 앉을 벤치가 있었다. 그는 검은 호수에 시선을 둘 수 있었다. 윌리엄은 몇 번인가 가벼운 여름 바람을 맞으며 앉은 채로 잠들었다. 술에 취하거나 집이 없는 사람들이 벤치에 누워 있고, 나무 몇 그루 밑에 웅크린 검은 형체들이 보였다. 밤의 세계에서 그는 걷다가 앉기를 반복했다. 태양이 다시 하늘로 떠오르기 전 마지막 벤치에 앉아 있을 때 윌리엄은 호수에 얼마나 걸어들어가야 물이 자신을 완전히 감쌀까 생각했다.

날이 밝자 빛이 연료인 것처럼 윌리엄의 뇌가 다시 작동했다. 그러나 엔진 자체가 고물이었다. 그는 뭘 해야 할지 몰랐다. 윌리엄은 집이라고 부르던 아파트로 절대 돌아가지 않을 것이다. 줄리아와 앨리스는 최고의 남편과 아버지를 가질 자격이 있고 윌리엄이 없는 편이 나았다. 노스웨스턴 대학에도 갈 수 없었다. 그는 지금까지 내내 대학원생인 척했고, 학교 사람들도 분명 알아차렸을 것이다. 윌리엄은 애초에 대학원에 합격해서는 안 됐다. 학교측은 수업조교 자리를 이미 다른 사람에게 제안했을 것이다. 강사인 척하던 경력과 줄리아와 함께한 삶이 노교수와 함께 끝난 것 역시 의미 있게 느껴졌다. 윌리엄은 노교수의 수업에서, 교수의 피부가 반투명해지고 눈이 촉촉해지기 전에 줄리아를 만났다. 진정한 스승은 죽었고, 그 죽음은 해변에 부딪히는 파도처럼 어떻게든 살아보려던 윌리엄의 시시한 노력을 전부 쓸어가버렸다. 대학 체육관에 주의를 집중하기는 더 힘들었다. 어래시와 네트 안으로 들어가는 공을 생각하면 뜨거운 스토브에 손을 올리는 느낌이었다. 정확히 말해서 고통스럽지는 않지만 격렬했고, 윌리엄과 그의 생각을 쫓아냈다.

그는 아이들이 빈 종이에서 형체를 오려내듯이 자기 삶에서 자신을 오려낸 느낌이었다. 구름 없는 하늘에서 태양이 이글거렸고, 윌리엄은 시카고의 낯선 지역을 헤맸다. 그의 뇌 한구석에서 똑같은 질문이 계속 떠올랐다. 시원한 호숫물이 그의 피부 위로 차오르면 어떤 느낌일까? 윌리엄은 강과 운하를 건너고, 소란스러운 공장지대를 지나고, 모두가 가난하고 여름 더위에도 밖에 나와 있어 예전의 그라면 무서워했을 동네를 가로질렀다. 하지만 그날 누구도 그에게 말을 걸지 않았다.

그의 키에 관한 말도 하지 않았다. 윌리엄은 사라지고 있거나 상대하기에 너무 위험해 보였다, 너무 달라 보였다. 나중에 그는 생각했다. 죽음에 그렇게 가까이 있는 사람에게 다가가고 싶은 사람은 아무도 없지.

그는 캄캄한 밤의 한가운데에서 문 앞에 서 있는 찰리를 보았다. 장인이 그와 눈을 맞추더니 더없이 따뜻한 미소를 지었다. 윌리엄은 찰리에게서도 고통을 볼 수 있었다. 대학 농구선수들에게서 봤던 것처럼, 벤치에 앉아 있을 때 실비에게서 봤던 것처럼. 혹사당한 간, 불만족스러운 직장, 부서진 심장. 윌리엄은 그 모든 것을 보고 말했다. "당신을 봐서 기쁩니다." 정말 그랬기 때문이다. 하지만 윌리엄의 입에서 이 말이 나왔을 때 찰리는 이미 사라지고 없었다. 그는 장인이 서 있던 텅 빈 공간을 물끄러미 보다가 계속 걸어갔다.

줄리아
1983년 8월

윌리엄은 저녁 여덟시 직전에 아파트를 나갔다. 저녁식사 때 쓴 접시가 아직 식탁에 놓여 있었다. 줄리아는 윌리엄이 건네준 수표를 보았다. 시아버지의 서명을 꼼꼼히 살폈다. 그의 서명을 보는 것은 처음이었다. 최대한 서둘러 썼는지 종이가 긁힌 것처럼 보였다. 만 달러라니, 이 글씨에 맡기기에는 턱도 없는 액수 같았다. 그녀의 시아버지는 십육 개월 전에 남편에게 수표를 보낸 것이 분명했지만 윌리엄은 한 번도 말하지 않았다.

줄리아는 이 사실을 이해하기 힘들었다. 지난가을에 그녀가 임신하고 윌리엄이 수업조교 일을 쉬는 동안 줄리아가 이 여윳돈의 존재를 알았다면 금전적 상황에 대한 불안이 말끔히 해소되었을 것이다. 그걸 몰라서 아버지의 죽음에 더해 세실리아에게 얼마나 줄 수 있고 식품비로 얼마나 쓸 수 있는지에 대한 걱정이 마음속에서 꼬여 줄리아는 늘 머리가 아팠다.

줄리아는 설거지를 하고 부엌 조리대를 닦았다. 그런 다음 세수를 하고 잠옷을 입었다. 앨리스는 평화로운 얼굴로 요람에서 자고 있었다. 줄리아는 몇 분 동안 앨리스의 완벽한 얼굴—작은 코, 분홍빛 뺨, 긴 속눈썹—을 지켜본 다음 소파에 앉았다. 그녀는 평범한 저녁처럼 평소와 같은 저녁 일과를 마쳤다. 그러고는 처음으로 윌리엄이 접어서 준 종이를 생각했다. 윌리엄이 걸어나갈 때 그녀는 종이를 접힌 채로 커피테이블에 내려놓았다. 그녀는 가슴이 따끔거리는 감각을, 종이를 펼치기가 겁난다는 사실을 의식했다. 바보같이 굴지 마. 그녀는 생각하며 자신 있는 척 무릎에 종이를 대고 판판하게 폈다. 윌리엄의 필체는 자기 아버지와 달랐다. 그의 글씨는 둥글고 읽기 쉬웠다. 줄리아에게는 자기 글씨만큼이나 익숙했다.

난 당신과 앨리스에게 부족해. 내가 여기 남으면 당신 인생을 망칠 거야. 당신은 자유로워질 자격이 있어, 줄리아. 우리의 결혼생활은 끝났어. 전부 미안해.

줄리아는 책을 다 읽자마자 다시 처음부터 읽을 때처럼 이 문장들을 끊임없이 읽고 또 읽었다. 잠시 후 그만두고 소파에 누웠다. 실비가 옆에 누워서 안아주면 좋겠다고 생각했다. 아직 이야기할 준비가 되지 않았지만 혼자라서 위험한 느낌이었다. 그녀는 자리에서 일어나 현관문 자물쇠를 다시 확인했다. 그런 다음 부엌 싱크대 밑 낡은 공구상자를 뒤져 이사 와서 사진을 걸 때 썼던 녹슨 망치를 꺼냈다. 줄리아는 방어해야 할 때를 대비해 망치를 커피테이블 위 편지와 수표 옆에 두고 다시 누웠다. 이제 자야 한다고 스스로에게 말했지만 눈을 감을 수가 없었다. 작은 소리만 들려도 윌리엄이 열쇠로 문을 여는 소리가 아닐까 싶어 벌떡 일어났다. 윌리엄이 열시 넘도록 안 들어온 때가 있었나? 없었다. 이제 열두시였다. 열두시가 넘으면 철문이 닫혔다. 캠퍼스 건물이 폐쇄됐다. 앨리스가 잠에서 깨자 줄리아는 젖을 먹여 다시 재웠다. 새벽 세시에도 그녀는 소파에 앉아 있었다. 줄리아가 생각했다. 정말 이런 일이 일어난 거야?

줄리아는 앨리스를 낳으면서 생긴 명쾌함을 잃지 않았다. 주의를 집중하면 무엇이든 볼 수 있었다. 하지만 그녀는 앨리스가 태어난 후 윌리엄에게 되도록 관심을 기울이지 않았다. 그녀가 시선을 계속 피한 것은 남편 역시 알아차렸음을 깨달았기 때문이다. 두 사람은 맞지 않았다. 아니, 줄리아가 자기 주변 세계와 사람들을 고치는 데 몰두할 때에는 두 사람이 잘 맞았다. 그녀는 윌리엄의 등을 떠밀어 강의를 맡게 하고, 대학원에 들어가게 하고, 심지어 자신과 결혼하도록 만들었다. 그러나 앨리스가 태어나자 줄리아는 더이상 그를 떠밀지 않았다. 그녀가 떠밀지 않자 결혼생활의 무언가가 터덜거리다가 멈추었다. 줄리아는 아내 역할을 계속하고 윌리엄은 남편 역할을 계속했지만 이제 그런 척만 하고 있었다.

"하지만 난 당신을 떠나지 않을 거야." 그녀가 빈방에 대고 말했다. "맹세했으니까."

윌리엄의 생각은 다르다는 사실에 가슴이 아팠다. 그래도 그가 떠나다니 용감하다고 생각했다. 윌리엄은 항상 결정을 잘 내리지 못했으니, 이것은 그의 평생 가장 과감한 행동이 분명했다. 줄리아는 앨리스가 태어난 후 새로 생긴 독립심을 감추었다고 생각했지만 윌리엄은 그녀를 꿰뚫어보았다. 줄리아에게 자신이 필요 없음을 알았다. 줄리아가 그의 등에서 손을 뗐으며, 자신이 더는 그녀가 선택한 방향으로 움직이고 있지 않음을 알아차렸다.

해가 뜨자 줄리아는 실비에게 전화한 다음 샤워를 하고 외모를 약간 손봤다. 그녀는 거울 속의 여자를 단정하게 꾸밈으로써 새로운 삶의 무대를 마련할 것이다. 줄리아는 항상 원하는 배역을 위해 옷을 차려입어야 한다고 믿었다. 헝클어진 피해자처럼 보이고 싶지 않았다. 줄리아는 어린 시절에 짜잔! 하고 외친 뒤 빙글 돌면서 등장했던 기억이 났다. 그녀는 거울 앞에서 충분한 시간을 들여 립스틱을 바르고 아이라인도 살짝 그렸다. 머리카락은 꼬아서 깔끔하게 위로 올렸다. 옷을 다 입은 그녀는 쿠퍼 교수의 자동응답기에 전문가 같은 메시지를 남겼다. 이제 일할 수 있다고, 그의 회사에 분명 큰 가치를 더해줄 수 있으리라고 설명했다. 난 할 수 있어. 전화를 끊으며 그녀가 생각했다. 난 뭐든 할 수 있어.

하지만 자신감은 고무 밴드처럼 의심으로 되튀었다. 내가 무엇을 할 수 있는지 제대로 파악하고 있나? 줄리아는 윌리엄이 실망스럽거나 짜증날 때도 그를 떠나지 않으리란 사실을 알았다. 그녀는 좋을 때나 나쁠 때나 함께하기로 했다. 하지만 두 사람의 결혼생활이 끝난다면 그가 아니라 그녀의 결정이리란 사실 또한 알았다. 윌리엄에게는 그녀가 필요하고 줄리아에게는 그가 필요하지 않았다. 어떻게 그녀가 남겨진 사람이 될 수 있겠는가?

줄리아는 이마를 문지르면서 억지로 생각의 방향을 돌렸다. 학창 시절에 논술 문제를 풀 때처럼 등을 떠미는 그녀가 없으면 윌리엄이 어떤 사람이 될까 생각해내려 애썼다. 어쩌면 고등학교 농구 코치가 될지도 몰라. 줄리아는 생각했고, 그녀에게 거짓말을 하고 가족을 버리고 떠난 남자를 이렇게 성숙하고 관대하게 대하는 자신이 만족스러웠다. 줄리아가 고등학교 농구 코치와는 절대 결혼하지 않았으리라는 것 역시 사실이었다. 그런 남자들은 그녀가 자란 곳과 비슷한 필슨의 작은 집에 살았다. 평일에도 운동복을 입고 집세도 겨우 벌까 말까 했다.

줄리아는 대학교수와 결혼하고 싶었다. 그녀는 윌리엄에 대해서 남몰래 열망을 품고 있었다. 말년에 대학 총장이 되거나 공직에 출마하는 것이었다. 하지만 그의 책을 읽은 뒤 이러한 열망은 사라졌다. 그때 줄리아는 그의 마음속 깊이에서 뭔가 잘못되었음을 깨달았고—아니 도대체 어떤 남자가 나는 형편없다라는 문장을 종이에 쓴단 말인가?—그것은 그가 결코 성공하지 못하리라는 뜻이었다. 그래도 대학교수는 아직 가능해 보였고 심지어 필연적인 것 같았다. 줄리아가 봄에 윌리엄의 강의에 들어갔었는데, 수업이 끝난 뒤 그는 그녀가 강의실 뒤쪽에 앉아 체셔 고양이처럼 빙그레 웃고 있어서 집중하기 힘들었다고 말했다. 그러나 윌리엄은 참 대단했다. 사소한 농담으로 주제를 꺼내고, 강의식 수업인데도 전쟁의 윤리에 대한 흥미로운 논의를 끌어냈다. 그는 처음으로 농구코트가 아닌 곳에서도 자기 키를 활용하는 것 같았다. 커다란 키 덕분에 그의 존재가 두드러져 보였다. 그는 눈에 띌 수밖에 없었으므로 강의실 앞에 혼자 서 있는 것이 그럴듯했다. 나를 봐.

그의 몸이 이렇게 말했고 학생들은 그 말에 따랐다.

줄리아는 강의실 앞에 서 있는 그 남자와는 결혼생활을 유지했을 것이다. 그러나 방금 걸어나간 남자, 만 달러와 또 뭘 숨겨두었을지 알 수 없는 남자는 모르는 사람이었다. 그녀는 오랫동안 윌리엄이 어떤 사람인지 몰랐고, 알고 싶지도 않았다. 남편이 종일 나갔다가 돌아왔을 때 줄리아는 어디에 갔었냐고—또는 당신은 누구냐고—묻지 않았다.

줄리아는 실비를 만나야 했다. 동생과 나누지 않으면 인생의 그 무엇도 진짜 같지 않았다. 그러나 실비는 건물에 불이라도 난 것처럼 창백한 얼굴로 당황한 채 나타났다. 줄리아는 문을 연 순간부터 동생의 강렬한 반응 때문에 불안했다. 줄리아의 문제를 도우러 온 것이 아니라 자기 문제를 안고 나타난 것 같았다.

실비가 커피테이블에 놓인 증거를 찬찬히 살폈다. 다섯 문장과 수표. 그녀가 말했다. "윌리엄이 떠나기 전에 강의에 왜 빠졌는지 설명했어? 그 외에 또 뭐라고 했어?"

"아무 말도 안 했어."

"아무 말도?"

"쪽지에 있어, 실비. 앨리스가 태어난 다음부터 우린 사이가 별로 좋지 않았어. 사실은 임신한 이후부터." 막다른 골목이 계속 나오는 것처럼 줄리아와 윌리엄이 서로 맞지 않는 이유가 연달아 드러났다. 줄리아는 막다른 골목을 빨리 걸어간 다음 다시 돌아나와 다른 골목에 들어가보았다. "우린 이제 시간이 맞지 않게 된 시계랑 같아." 그녀가 말했다. "윌리엄은 야심이 없어. 늘 뭘 해야 할지 몰라서 작은 일이든 큰 일이든 항상 내가 지시해주기를 바라. 나는 걸음이 빠르고 윌리엄은 느려. 난 남편이 필요한 줄 알았어. 우리가 어렸을 때부터 항상 듣던 말이니까, 안 그래? 아니면 들은 게 아니라 본 건지도. 혼자가 나을지도 모른다는 생각은 떠오르지도 않았어. 내가 윌리엄을 업고 가고 있었어, 실비."

실비는 몸을 앞으로 숙이면 이해가 더 잘된다는 듯이 허리를 약간 구부리고 들었다.

줄리아는 동생이 앞에 있으니 혼자일 때보다 덜 명확한 느낌이 들었다. 밤새 잠을 못 잔 탓인지 눈이 무겁고 손이 살짝 떨렸다. 실비가 보지 못하도록 손을 무릎에 얹었다. 줄리아가 말했다. "앨리스랑 나는 괜찮을 거야. 난 남편이 필요 없어." 그녀가 아주 잠깐 망설였다. "윌리엄이 떠나는 게 맞았어."

"그 사람은 괜찮을까?"

줄리아는 무슨 말인지 몰라서 눈을 깜빡였다. "윌리엄이 괜찮을 거 같냐고?"

"응." 실비가 커피테이블에 놓인 종이와 망치를 보았다. "윌리엄이 이런 행동을 하다니—강의에 빠지고, 이런 쪽지를 쓰고—뭔가 크게 잘못된 것 같아."

줄리아도 쪽지로 시선을 돌려 실비와 같은 것을 보았다. "결혼생활이 끝나서 기분좋을 사람은 없을 것 같은데." 그녀가 말했다. "왜 윌리엄을 걱정해?" 목소리가 살짝 떨렸다. "날 걱정해야지."

"당연히 언니를 걱정하지!" 실비가 말했다. "정말 너무 가슴 아파. 하지만, 줄리아." 실비가 망설였다. "그냥, 지금이 응급 상황이라면 우리가 뭔가를 해야 한다는 거야."

"남편이 날 떠났어." 줄리아가 말했다. "그게 응급 상황인지는 잘 모르겠네." 둘은 같은 소파에 앉아 있었지만 줄리아는 실비가 멀게만 느껴졌다. 이상한 생각이 떠올랐다. 줄리아에게 거짓말을 하고, 수표를 주고, 그러고서 떠난 남자를 실비는 아는 게 아닐까? 그의 아내인 자신은 몰랐던 윌리엄의 모습을 실비는 본 걸까? 그녀는 고개를 저었다. 말이 안 됐다. 피곤해서 머리가 잘 돌아가지 않았다.

"하지만 무슨 일이 있었는지 우리밖에 모르잖아." 실비가 말했다. "켄트한테 전화해서 알려야 하는 거 아닐까."

줄리아는 잠시 생각해보았다. "윌리엄이 켄트랑 같이 있을지도 몰라. 네가 그러고 싶다면, 알았어. 전화기 옆 전화번호부에 켄트 번호가 있어."

실비가 입을 꽉 다문 채 고개를 끄덕였다. "언니가 전화할래?"

"아니." 줄리아가 말했다. "네 생각이잖아."

실비가 자리에서 일어나 안락의자로 다가갔다. 의자 옆 작은 탁자에 전화기와 전화번호부가 있었다. 그녀는 전화기를 빤히 보면서 번호를 눌렀다.

줄리아는 동생이 불편해한다는 것을 알 수 있었다. 그래, 마음이 불편해야지. 넌 여기 앉아서 날 안아줘야 하잖아. 왜 윌리엄을 걱정해? 그녀가 생각했다.

"여보세요, 켄트? 윌리엄의 처제 실비예요. 문제가 좀 생겨서 알려드리려고요." 그녀가 잠시 뜸을 들이다가 다시 말했다. "어젯밤에 윌리엄이 사라졌어요. 줄리아한테 쪽지를 주고 나갔어요." 실비가 목을 가다듬었다. "결혼생활을 그만둔다면서요. 직장도 빠졌어요…… 아뇨, 아무한테도 연락 안 했어요. 어디로 가는지도 말하지 않았고요. 혹시 연락 없었어요?" 잠시 침묵이 흘렀다. "네, 물론이죠. 고마워요." 실비가 수화기를 내려놓았다.

"차를 몰고 여기로 오겠대." 실비가 줄리아에게 말했다. "걱정하더라."

뜨거운 분노가 줄리아를 꿰뚫었다. "이 집에는 못 들어와." 그녀가 말했다. "밖에서 켄트를 만나 이야기하고 싶으면 그렇게 해. 방금 날 버리고 떠난 남자를 걱정하지 않아서 미안하다, 실비. 너도 걱정하지 말아야지. 세상에!" 그녀가 자리에서 일어섰다. "난 낮잠을 좀 자야겠다. 밤새 못 잤어."

실비는 무슨 말을 할 듯한 표정이었지만 마음을 바꾸었는지 고개만 끄덕였다.

줄리아는 방으로 들어갔다. 침대에 누워 요람 속의 앨리스를 보았다. 윌리엄이 자기를 떠났다는 사실을 켄트가 알게 된 것이 싫었다. 그는 줄리아가 피해자라고 생각할 것이다. 사실은 그렇지 않은데 말이다. 켄트는 줄리아가 근사한 옷을 차려입었다는 것도 모르리라. 머리를 하고 립스틱을 바르고 쿠퍼 교수에게 전화했다는 것도. 그는 줄리아가 충분히 좋은 아내가 아니었다고 생각할지도 몰랐다. 그녀는 이런 생각을 하다가 잠들었다.

줄리아가 잠에서 깨자 블라인드 틈으로 노란빛이 들어왔다. 늦은 오후라는 뜻이었다. 몇 시간이나 잔 것이다. 앨리스는 잠에서 깨어 요람 안에서 자기 발을 가지고 노는 중이었다. 줄리아가 앨리스를 안아올려 부드러운 뺨에 입을 맞췄다. "넌 말 그대로 세계 최고의 아기야." 그녀가 말했다.

방문을 여니 아파트가 조용했다. "실비?"

대답이 없어서 줄리아는 아기를 안고 거실로 나갔다. 커피테이블에 쪽지가 보여서 집어들었다.

J—켄트가 수색대를 꾸렸어. 스파게티 통에 들어 있던 열쇠 가지고 나가니까 나중에 내가 알아서 들어올게. 곧 돌아올게, 약속해.

수색대라고? 그 단어가 쓸데없이 극적으로 느껴졌다. 줄리아는 잠이 덜 깨서 멍하고 짜증이 나 고개를 저었다. 실비는 왜 켄트랑 같이 갔을까? 줄리아는 동생이 무슨 생각을 하는지 이해가 안 갔는데, 이런 적은 처음이었다. 실비가 고등학생 때 수업을 빼먹거나 도서관에서 남자애들과 키스할 때도 줄리아는 동의하지는 않았지만 실비의 논리를 이해했다. 하지만 오늘 아침 줄리아가 실비에게 남편이 떠났다고 말하자 동생도 떠났다.

"너 왜 그러는 거니?" 줄리아가 정적을 향해 말했다.

줄리아는 앨리스에게 젖을 먹인 다음 거실 바닥 한가운데 펼쳐둔 담요에 내려놓았다. 배가 고파서 부엌으로 갔다. 냉장고에 들어 있던 것들—참치샐러드, 양상추, 토마토—로 샌드위치를 만들어 접시에 올려놓았다. 어제부터 아무것도 먹지 않았으므로 샌드위치를 모조리 먹어치우고 마지막에는 손가락까지 빨았다. 그러고 나서도 배가 고파 사과 하나를 씨방만 남기고 다 먹었다. 그런 다음 냉장고에 들어 있던 윌리엄의 맥주를 한 병 마셨다. 드디어 만족한 줄리아는 앨리스의 기저귀를 갈고 『안녕 달님』을 읽어주었다. "착하기도 하지." 줄리아가 아기를 어르며 말했다. 앨리스가 줄리아를 올려다보았다. 아기의 표정은 온순하고 낙천적이었다. 사 개월이 된 앨리스는 엄마에게 태양처럼 애정을 쏟기 시작했다. 줄리아가 방으로 들어가면 앨리스는 신이 나서 온몸을 떨었다. 앨리스가 손을 뻗어 엄마의 턱을 토닥거렸다. 젖을 먹을 때 마음을 가라앉히려고 하는 행동이었다.

여섯시에 누군가 문을 두드렸다. 줄리아가 열쇠구멍으로 밖을 내다본 다음 문을 열고 세실리아와 에멀라인과 유아차에 탄 이지를 맞이했다. 세실리아와 에멀라인은 줄리아의 눈치를 보면서 안으로 들어오기를 주저했다. "가여워서 어떻게 해." 에멀라인이 말했다. "너무 속상하겠다."

"이상한 날이었어." 줄리아가 말했다.

"실비한테 전화가 왔는데 자세한 말은 안 했어." 세실리아가 말했다. "무척 서두르더라고. 엄청 걱정하는 것 같았어, 내가 보기엔 말이 안 될 정도로 말이야. 윌리엄은 분명 괜찮을 거야. 에미랑 난 언니가 더 걱정이야."

줄리아의 눈에 눈물이 차올랐다. "고마워." 그녀가 말했다.

"두 사람 사이가 그렇게 안 좋은지 몰랐어. 윌리엄이 앨리스를 대하는 태도 때문이야?" 이 소식에 에멀라인의 생체시계가 예전으로 되돌아간 것 같았다. 눈을 크게 뜬 에멀라인은 아이 같았다. "어떻게 윌리엄이 언니를 떠날 수 있지?"

세실리아는 줄리아가 건네준 윌리엄의 쪽지를 찬찬히 들여다보았다. "하나도 이해가 안 가. 윌리엄이 언니를 떠나고, 실비랑 켄트는 윌리엄이 실종이라도 된 것처럼 찾아다니고. 하나도 말이 안 돼."

"그러니까." 줄리아가 말했다. "생각도 못했어, 전부 다. 하지만……" 그녀가 고개를 저었다. "난 해낼 수 있어. 아직 젊잖아, 안 그래? 엄마 덕분에 대학 학위도 땄고, 지금이 1950년대도 아니고 1980년대잖아. 앨리스랑 난 새로 시작할 거야."

"바아." 유아차에서 십 개월짜리 아기가 말하며 이모에게 손을 흔들었다. 줄리아가 몸을 숙여 이지의 코에 코를 누르자 아기가 재미있어 하며 기쁜 듯 웃었다. 방 저편에서는 앨리스가 사촌을 보고 신이 나서 담요를 발로 찼다.

쌍둥이가 와서 줄리아는 기분이 나아졌다. 실비 때문에 남편이 떠난 것 말고도 다른 문제가 있다는 느낌이 들었고, 그래서 혼란스러웠다. 하지만 줄리아는 자기 발로 서 있었다. 그녀는 윌리엄이 결혼생활을 끝냈음을 밤이 시작될 때 알았고, 거의 스물네 시간이 지난 후에야 이해했다. 두 사람 다 끝났다. 줄리아는 혼자서도 괜찮으리라고 믿었지만 스스로를 납득시키기 위해 가능한 미래의 가능한 어느 날을 상상하려고 애썼다. 줄리아가 멋진 정장을 입고서 까맣고 현대적인 책상 뒤에 앉아 있는 미래. 머리는 아주 능숙하게 올렸다. 그녀의 능력이 완연히 드러났다. 괜찮은 정도가 아닐 거야. 이렇게 생각하자 얼굴이 환해졌다. 난 엄청날 거야.

세실리아와 에멀라인은 걱정스러운 표정이었다. 둘 다 지금은 줄리아의 낙천주의를 믿지 않았기에 곧 닥칠 붕괴의 경고신호일지도 모른다고 생각했다. 줄리아는 거실 한가운데 깔린 아기 담요로 관심을 돌렸다. 세실리아가 자기 딸을 앨리스 옆에 내려놓자 이지가 동생에게 장난감을 건네주었다. 줄리아는 햇살이 듬뿍 내리쬐는 담요 위에 두 아기를 나란히 눕히려고 임신했던 예전의 자신을 기억했다. 두 아기는 모든 어른을 끌어당기는 자석이 될 예정이었지만 실제로는 정반대였다. 두 아기가 태어나자 어른들은 뿔뿔이 흩어졌다. 줄리아가 태어나면서 무언가를 촉발시켰듯이 이지도 무언가를 촉발시켰다. 하지만 이지는 모두를 어떤 궤도로 내던진 것일까? 찰리는 죽었고, 로즈는 떠났고, 이제 윌리엄도 떠났다. 줄리아는 물론 아기를 탓하지 않았다. 짙은 갈색 머리와 짙은 갈색 눈의 아기를 물끄러미 바라보면 애정이 샘솟았다.

"엄마한테 전화했어?" 세실리아가 물었다.

줄리아는 오른손에 밝은 노랑 페인트를 묻힌 동생을 보면서 깨달았다. 세실리아는 로즈에게 버림받았으므로 항상 로즈를 제일 먼저 떠올릴 것이다. "아직." 줄리아가 말했다. "걱정밖에 더 하시겠어? 그래도 실비가 여기 있으면 좋겠다. 걘 너무 이상하게 굴고 있어."

"우리가 도울 건 없어?" 에멀라인은 창가에 서 있었다. 어렸을 때 학교가 끝난 뒤 창밖을 내다보며 언니들을 찾았던 것처럼 실비를, 또는 윌리엄을 찾고 있었다. "저녁 만들어줄까? 우리가 여기서 자고 갈까?"

줄리아는 고개를 저었다. 로즈가 상심했을 때 줄리아가 텃밭으로 찾아갔던 것처럼 에멀라인과 세실리아가 자신을 찾아온 것은 고마웠다. 그동안은 자신을 추스르려면 항상 동생들을 곁으로 끌어당겨야 했지만, 이제 동생들은 줄리아와 함께 다음 단계로 나아갈 수 없었다. 이제 강해진다는 것은 딸을 품에 안고 혼자 선다는 의미였다. 옳은 것 같긴 했지만 외로운 자리였다. 줄리아는 어른이고 엄마였다.

"엄마가 여기 있었으면 우리를 전부 세인트프로코피어스 성당으로 끌고 가서 기도드리라고 했을 거야."

진짜 그랬을 것 같았다. 네 자매는 하느님이 아니라 로즈를 위해 성당에 가서 묵주기도를 드렸다. 성당은 엄마와 너무나 긴밀하게 얽혀 있었기 때문에 다 같이 에이틴스 플레이스에 살 때에는 그 사실을 알지 못했다. 가톨릭교회는 신자들에게 계속 죄책감을 심어줌으로써 성공했고, 따라서 일요일마다 신자석이 가득찼다. 하지만 어머니가 이사 간 후 파다바노 자매 중 누구도 성당에 발을 들이지 않았다. 어렸을 때 자매들이 정말로 믿은 것은 소설 속 인물들과 자기들만의 놀이와 서로뿐이었다.

줄리아가 중학생 때 어떤 여자애가 파다바노 자매들을 보고 마녀 집회라고 했다. 줄리아는 집회가 뭔지 몰라서 사전을 찾아봐야 했다. 정의를 읽어보니 재미있어서 오히려 그 아이의 말이 맞기를 바랐다. 파다바노 자매는 그해 핼러윈 때 마녀로 분장했고, 찰리는 즐거워하며 『맥베스』의 구절을 읊었다. 소녀 시절의 전성기를 즐기던 줄리아는 검고 뾰족한 모자를 쓰고서 자기들이 적어도 어느 정도는 진짜 마녀 집회라고 생각했다. 줄리아와 실비, 세실리아, 에멀라인은 공동의 힘을, 맹렬함을 공유하고 있었다.

"집에 가." 줄리아가 말했다. "난 괜찮아. 애들도 이제 자야지."

쌍둥이는 떠나기 전에 줄리아의 뺨에 차례로 입을 맞추었다. 두 사람은 줄리아를 잠깐 끌어안은 다음 문을 나섰다.

줄리아는 소파로 돌아갔다. 이상한 날이었고, 기분이 이상했다. 윌리엄의 퇴장은 갑작스러웠지만 태풍이 몰려올 때 치는 번개 같았다.

예상하지 못했지만 당연했다. 전기가 밝게 번쩍하는 순간 줄리아는 남편과 아버지의 닮은 점을 처음으로 또렷하게 보았다. 줄리아는 찰리와 전혀 다른 남자와 결혼하고 싶었다. 윌리엄이 아빠와 정반대라고 생각했기 때문에 그를 선택했다. 진지하고, 성숙하고, 술도 안 마시고, 주의깊었다. 찰리는 몽상가였다. 로즈는 그가 구름 속을 걷고 있다고 말하곤 했다. 찰리는 또 직장에서 종종 강등당하고 로즈에게 생활비로 줘야 할 돈을 동네 술집에서 썼다.

윌리엄은 구름 속을 걷지는 않았지만 찰리와 마찬가지로 야심이 없고 믿음직하지 않았다. 찰리는 사랑을 주는 아버지였지만 남편으로서는 짐이었다. 그는 로즈에게 쓸 만한 것을 아무것도 주지 않았다. 어쩌면 찰리는 윌리엄에게서 자신과 비슷한 면을 알아봤을지도 몰랐다. 줄리아가 결혼하겠다고 말했을 때 아버지의 얼굴에 스친 실망의 빛이 떠올랐다. 아버지는 너무 많은 것을 알고 있었다. 줄리아는 아버지가 살아 있을 때 별로 인정하지 않았지만, 이 정도는 알았다. 지금 아버지가 여기 있으면 줄리아에게 눈을 찡긋하고 우리 로켓이 뭘 할 수 있는지 보자꾸나라고 말했으리라.

실비
1983년 8월

실비는 켄트와 농구선수들과 함께 시내를 돌아다녔지만 평범한 길이의 다리와 평범한 사람의 체력으로 그들의 속도를 늦추었다. 다들 키가 185센티미터를 넘고 대부분 최소 195센티미터였다. 그들은 실비보다 앞서서 성큼성큼 걸었고, 척 봐도 위협적인 한패였기 때문에 길이 저절로 트였다. 실비는 길 가던 사람들이 걸음을 멈추고 그들을 바라보는 모습을 여러 번 보았다. 그들의 키뿐만 아니라 걸음걸이에서 느껴지는 목적의식이 사람들의 눈길을 사로잡았다. 그들은 대학생 때처럼 팀으로 움직였다. 발걸음이 딱딱 맞고 서로가 서로에게 지시를 내렸다. 켄트를 주장이라고 부르는 사람이 많아서 처음에는 재미있었다. 켄트가 주장이 아닌 지 이 년이 넘었고 그들은 더이상 한 팀이 아니었기 때문이다. 하지만 그들은 윌리엄도 팀원이라고 불렀다. 실비는 한 팀이 된다는 것이 그녀가 지금까지 이해했던 것과는 다른 일종의 서약인가 하는 생각이 들었다. 실비도 자매들도 스포츠를 한 적이 없었기 때문에—그 동네 여자애들에게 그런 선택지는 없었다—알 방법이 없었다. 그녀는 이 남자들 사이의 말이 필요 없는 이해에 감탄했다. 켄트가 결정을 내리면 나머지는 가장 효율적인 방법으로 그의 명령을 따랐다. 길을 건널 때면 한 명이 기다리는 차들을 향해 인사하듯이 긴 팔을 흔들고 나머지는 그들만이 유지할 수 있는 속도로 계속 움직였다.

실비는 이들과 헤어져서 모퉁이를 돌아 줄리아에게 돌아가야겠다고 계속 생각했다. 애초에 켄트와 함께 올 생각이 아니었다. 실비는 아파트 건물 앞에서 그와 이야기를 나누었고, 햇살이 두 사람에게 강하게 내리쬈다. 그녀는 윌리엄이 사라졌다는 소식을 상한 사과 한 바구니처럼 넘겨주고 물러날 생각이었다. 하지만 그럴 수가 없었다. 실비는 켄트를 따라가서 그와 윌리엄의 친구들을 만났다. 자신이 돕지 않으면 윌리엄을 찾을 수 없다는 강한 느낌이 들었기 때문이다. 물론 말도 안 되는 생각이었지만 실비는 줄리아의 전화를 받은 순간부터 겁이 났다. 이 상황에 대해 그녀의 머리가 모르는 무언가를 몸은 아는 것 같았다.

실비는 그날 밤 벤치에서 윌리엄의 감정을 느꼈던 일을, 그가 얼마나 지쳐 있었는지를 기억했다. 그의 안에 빛이 얼마나 없었는지 기억했다. 그녀는 윌리엄의 원고에 적혀 있던 의문들을 떠올렸다. 실비는 그에게 아버지가 얼마나 그리운지 말했다가 나중에야 그의 부모님이 그에게 전혀 관여하고 싶어하지 않았다는 사실을 기억해냈다. 그녀는 켄트가 스스로 결정을 내렸으면 싶어서 쪽지와 수표를 보여주었다. 어쩌면 실비가 틀렸을지도 몰랐다. 켄트가 줄리아처럼 이 상황이 명쾌하다고—한 남자가 아내를 떠난 것이라고—생각한다면 실비는 어쩔 수 없이 마음을 가라앉혔을 것이다. 줄리아가 누운 침대로 올라가서 언니가 낮잠에서 깰 때까지 누워 있었을 것이다. 줄리아에게 마음을 달래줄 저녁식사를 만들어주고 언니가 다시 일어설 때까지 곁에 있었을 것이다. 몇 주, 필요하면 몇 달이라도 말이다. 남편 없이 그 아파트에서 사는 고통이 사라질 때까지.

"윌리엄은 결혼생활을 끝내고 싶었을지도 몰라요." 켄트가 건네받은 것을 자세히 살피더니 말했다. "그랬다면 확실히 나한테는 말 안 했을 거예요. 하지만 쪽지의 말투가 거슬려요. 그리고 윌리엄이라면 절대 강의에 빠지지 않을 겁니다. 뭔가 잘못된 거예요. 찾아야 해요."

실비는 자기가 윌리엄을 걱정해서 줄리아가 혼란스러워한다는 것을 알았다. 언니를 그 아파트에 혼자 남겨둬서는 안 된다는 것도 알았다. 하지만 켄트의 말을 듣자 실비의 두려움이 너무 요란해져서 그것을 잠재울 뭔가를 해야 했다, 그렇지 않으면 누구에게도 도움이 되지 않을 것이다. 실비는 켄트와 함께 가기 전에 아파트로 돌아가 쪽지와 수표를 돌려놓고 에멀라인과 세실리아에게 전화를 걸었다. 쌍둥이에게 줄리아의 곁을 지키라고 부탁한 다음 두 사람이 뭐라 묻기도 전에 끊었다.

실비는 켄트를 결혼식 때 딱 한 번 보았다. 그때 무척 쾌활하고 매력적이었기 때문에 결혼식에 참석한 여자들이 꿈속의 남자라고 말했었다. 지금의 그는 피곤하고 스트레스가 쌓인 듯했고, 낭비할 시간이 없는 사람 같았다. 실비는 뒤처지지 않으려 애쓰면서 이제 어두워진 시카고의 거리를 종종거리며 달렸다. 앞서가던 청년들이 뒤를 돌아보더니 실비를 위해 속도를 늦추었다. 그들은 노스웨스턴의 드넓은 캠퍼스를 샅샅이 뒤지고, 경비원에게 역사학과 건물이 어디인지 물어보고, 체육관을 확인했다. 키가 제일 큰 남자가 노스웨스턴 학생과 교수가 자주 가는 술집과 식당에 일일이 고개를 들이밀고 윌리엄을 찾아 훑어보는 동안 나머지는 보도에서 기다렸다. 그들은 대학 근처 지역을 누비며 거리를 차례차례 휩쓸었다. 한참, 적어도 몇 시간은 걸렸지만 실비는 손목시계가 없었으므로 확실히 알 수는 없었다. 이제 그들은 어래시라는 남자를 데리러 갔는데, 모두 아는 사람 같았다.

실비는 켄트가 점점 더 긴장하는 모습을 지켜보았다. 그는 팀원들과 농담을 하지 않았지만 나머지는 음울한 상황이긴 해도 서로 만나서 반가웠기에 가끔 웃음을 터뜨렸다. 선수 대부분은 윌리엄이 실패한 결혼 생활 때문에 울적해져 어딘가에서 술에 취해 있을 것이라고 생각했다. 실비는 진탕 마시고 있을 거야라는 말을 여러 번 들었다. 윌리엄은 술을 거의 마시지 않았으니 그럴 것 같지 않았지만 실비는 그 말이 맞기를 바랐다. 켄트는 실종된 친구와 함께 기나긴 삶을 단 하룻밤에 압축해서 살고 있는 것처럼 시간이 지날수록 점점 늙는 것 같았다. 켄트가 가끔 대화를 나누는 사람은 거스라는 선수밖에 없었는데, 그는 에너지가 끝이 없는 듯했다. 거스는 일행보다 앞서 뛰어갔다가 돌아와서 켄트의 귀에 뭐라고 속삭였다.

워싱턴이라는 선수가 실비에게 말했다. "피곤해 보여요. 괜찮아요?"

실비가 그림자 속에서 그를 올려다보았다. 그녀는 남자들을 쫓아다니느라 눈물이 날 지경이었다. 편하다고 생각했던 스니커즈를 신고 있었지만 발뒤꿈치에 물집이 잡혔다. 실비는 윌리엄이 걱정됐다. 언니가 걱정됐다. 그리고 막연하지만 자신이 걱정됐다. 실비는 또 형부를 도우려고 열심인 선수들에게 감동했고, 그 모습을 눈앞에서 보며 자신도 열심이라는 사실을 깨달았다. 그녀는 어떤 결말이 나오든 이 수색을 끝까지 지켜봐야 했다.

"난 괜찮아요." 실비가 말했고, 이제 몸의 불편함에 신경쓰지 않았다. 그저 최대한 빨리 앞으로 나아갔다. 그녀는 선수들을 쫓아가면서 자신의 물리적인 삶이 그들과 얼마나 다른지 알아차렸다. 선수들은 강하고 난공불락이었다. 실비는 평소 어두워진 후에는 조용한 거리를 피해 다니고 어떤 남자가 공격적이거나 의심스러운 행동을 할 것 같으면 길을 건넜다. 길거리에서 남자들이 부르는 소리를 무시하고 고개를 푹 숙인 채 모퉁이가 나오자마자 길을 꺾었다. 심지어 도서관에서도 언제 어깨를 늘어뜨리고 엉덩이를 최대한 움직이지 않으면서 걸어야 하는지, 언제 가슴 위로 팔짱을 껴야 하는지 알았다. 실비는, 그리고 모든 여자는 먹잇감이었다. 하지만 이 남자들과 함께 있으니 평소와 같은 신체적 안전에 대한 걱정을 내려놓을 수 있었다. 그들이 가까이 있다는 것은 낯선 사람들이 그녀를 내버려둔다는 뜻이었다.

그들이 헤매는 블록은 전부 퍼즐 같았고, 실비는 윌리엄이라는 빠진 조각을 찾으려고 두리번거렸다. 노스웨스턴 캠퍼스에서 가장 외진 곳에 도착했을 때 어래시를 만났다. 눈썹이 짙고 강렬한 눈빛을 가진 평범한 체격의 남자였다. 그는 대학을 전부 돌아다니며 수소문했지만 며칠 동안 아무도 윌리엄을 보지 못했다고 했다. "어래시는 우리 물리치료사예요." 워싱턴이 설명하자 실비가 고개를 끄덕였다. 그녀는 이제 워싱턴이 현재형으로 말하는 것을 이상하게 생각하지 않았다. 이 남자들은 마음속으로는 여전히 같은 농구팀이었고, 물리치료사뿐 아니라 코치도 한두 명 있었다. 실비의 팀은 자매들이었는데 지금은 함께가 아니었다. 줄리아는 지금쯤 잠에서 깼을 것이고 실비에게 화가 났을 것이다. 실비는 자신의 일부가 실제로 그 아파트에, 소파 위 언니 옆자리에 있는 기분이었다.

어래시 뒤에 청년들이 잔뜩 서 있었는데, 알고 보니 현재 노스웨스턴 농구팀 4학년생들이었다. 역시 윌리엄과 같은 팀 동료이고 켄트가 그들의 주장이었기에 여기에 나왔다. 실비는 눈이 따끔거려서 손을 들어 얼굴을 만져보고서야 자신이 울고 있음을 깨달았다. 그녀는 아무도 못 봐서 다행이라고 생각하며 그림자 속으로 더욱 깊숙이 들어갔다.

"흩어져야겠어." 켄트가 말했다. "윌리엄이 사라진 지 스물네 시간이 지났어. 수색 범위를 넓혀야 해." 그는 팀을 둘로 나눠서 어래시와 어린 선수들을 한쪽으로 보내고 실비를 포함한 나머지는 켄트와 함께 도심으로 더 깊이 들어가기로 했다.

이제 스무 명 넘는 전현직 농구선수들이 시카고를 뛰어다니며 농구코트로 유명한 공원을 살펴보고 벤치에서 자는 사람들의 신원을 확인했다. 그러다가 해가 뜨기 시작했다. 주황색 구체가 건물 사이 공간을 채웠다. 실비는 일출을 마지막으로 본 것이 언제였는지 기억해내려 애썼다. 오늘이 무슨 요일이고 도서관에 몇시까지 가야 하는지 기억해내려 애썼다. 손목시계를 차고 있는 워싱턴에게 몇시냐고 물었지만 너무 피곤해서 그가 말한 숫자가 이해되지 않았다. 실비는 출근하지 않을 것이다, 그것만큼은 알았다. 또 일레인 관장이 좋아하지 않으리란 사실도 알았다. 일레인 관장이 좋아하는 주제가 몇 가지 있는데 그중 하나는 책임감이었다.

켄트가 걸음을 늦춰 실비와 나란히 걸었다. 그는 에너지를 아끼려는 듯이 작게 말해서 실비는 그 말을 듣기 위해 몸을 가까이 기울여야 했다. "윌리엄은 전에도 우울해한 적이 있어요. 그런 면이 있죠. 줄리아가 자기한테 화났다고 생각했을 때, 그리고 코치가 그를 출전시키지 않았을 때 일주일 동안 식사도 안 하고 말도 안 했어요. 금방 돌아오긴 했지만 그런 모습은 아마 나한테만 보여줬을 거예요."

실비는 안도감과 비슷한 무언가 때문에 얼굴 전체가 욱신거렸다. 자신이 미친 것이 아니라니 다행이었다. 실비는 켄트에게 윌리엄의 원고에 달린 각주에 대해 말할 뻔했지만 그 대신 이렇게 말했다. "우리 밤샜네요." 너무 멍청한 말이라서 실비는 눈을 비볐다. 어니가 그녀의 허리에 양손을 올렸던 기억이 났다. 그리고 자기 세상의 축이 곧 흔들릴 것이라는 두려움이나 그에 대한 인식도 없이 어니 옆에 알몸으로 누워 있을 때 어떤 느낌이었는지 기억했다. 다른 삶의 기억 같았다. 어니가 자기 때문에 실망했을지도 모르겠다는 생각이 문득 들었다. 조금 있으면 일레인 관장이 실망할 것처럼 말이다. 어니는 아마 어젯밤 실비의 집 앞에서 기다리며 그녀가 오지 않아서 혼란스러웠을 것이다. 난 내가 있어야 할 곳 어디에도 없어. 그녀는 생각했다. 그리고 지금 내가 어디 있는지 전혀 모르겠어.

그들은 미드타운에 있는 도서관 세 곳을 연달아 찾아가서 개인 열람석을 확인했다. 오전 나절에 실비와 워싱턴, 거스, 켄트가 델리에 들어가서 모두에게 탄산음료를 사주었다. 가게 조명 아래에서 보니 일행의 얼굴이 무척 피로해 보였다. 실비는 자기 몰골이 어떨지 상상이 가서 비치는 표면을 조심스럽게 피했다. 몇 시간 전부터 술집이니 취하느니 하는 말이 나오지 않았다. 이제는 윌리엄을 찾아도 끔찍하고 찾지 못해도 끔찍하리라는 느낌이 들었다.

그들은 델리에서 나와 보도에 잠시 서 있었고, 손에 쥔 탄산음료엔 물방울이 맺혔다. 다른 선수들은 반 블록 떨어진 곳에서 기다리고 있었다. 실비는 이들이 잠시 멈추었음을 알아차렸다. 켄트가 이제 어디로 가야 할지 모르는 것이 아닐까 싶었다. 공기가 새삼 묵직해졌다. 태양이 높이 뜨면서 짙은 열기를 가져왔다. 옆에서 요란한 소음이 다가왔다—사이렌의 절규였다. 실비가 소리 나는 쪽으로 고개를 돌렸지만 사이렌 소리가 곧 나뉘었다, 아니 두 배가 되었다. 차들이 옆으로 비켜 길을 터주자 구급차가 쏜살같이 그들을 지나쳤고, 경찰차 두 대가 찢어질 듯한 사이렌을 울리며 모퉁이를 돌아 구급차를 따라갔다. 그 소리에 공기가 쿵쾅거렸다. 켄트와 실비, 워싱턴, 거스가 두려운 표정으로 마주보았다. 실비는 모두 같은 생각을 하고 있음을 알았다. 윌리엄?

"거스." 켄트가 말했다. "달려!"

실비가 무슨 일인지 알아차리기도 전에 거스가 블록 저편으로 사라졌다. 믿을 수 없을 만큼 빨랐다. 나중에 실비는 그가 포인트가드였으며 코트의 4분의 3을 딱 삼 초 만에 달렸다는 얘길 들었다. 거스는 구급차와 경찰차를 따라 달렸고 나머지도 그를 따라 달렸다. 탄산음료 캔이 보도에 떨어져 팽이처럼 빙글빙글 돌았다. 켄트도 빠르고 다른 선수들도 빨랐다. 그들은 길 가는 사람들이 알아서 피하도록 손을 들고 달렸다. 거스를 시야에서 놓치지 않으려면 빨리 달려야 했다. 선수

중에서 워싱턴이 가장 느린 것 같았다. 그는 맨 뒤에서 팀원들을 쫓아갔다. 키가 213센티미터인 워싱턴은 숲에서 뿌리가 뽑힌 나무처럼 달렸다. 실비는 워싱턴을 쫓아가지 못했지만 저 앞에서 행인 사이를 누비는 그의 기다란 등이 보였고, 그래서 일행을 놓치지 않을 수 있었다.

갑자기 호수가 나타났고, 실비는 빛나는 수면 때문에 눈을 가늘게 떴다. 그녀는 숨을 헐떡였고 귓가에서 심장이 고동쳤다. 호수는 수평선까지 이어진 반짝이는 접시 같았다. 찰리는 일요일 오후에 가끔 어린 딸들을 호수로 데려갔다. 그가 호숫가에서 모르는 사람들과 맥주를 마시며 잡담을 나누는 동안 네 자매는 모래성을 짓고 물속에서 재주넘기를 몇 바퀴나 돌 수 있는지 시험했다. 실비는 아버지 생각에 갑작스러운 슬픔을 느꼈고, 그러다 슬픔이 조금 더 커졌다. 그녀는 가족 중에서 윌리엄을 제외한 유일한 남자를 잃었다. 윌리엄까지 잃으면 어떻게 될까? 그녀는 형부가 어떤 느낌일지 자신도 느껴보려고 애썼지만—그렇게 하기 위해 자기 한계를 넘었지만—아무 느낌도 없었다.

실비는 이제 호숫가 길을 달리고 있었다. 구급차와 경찰차가 저 앞에서 멈췄지만 경광등은 계속 번쩍였다. 실비는 현기증이 나고 구역질도 살짝 났다. 시야에 회색 점이 몇 개 보였는데 그것이 풍경의 일부가 아님을 알았다. 실비는 힘껏 달렸지만 수색대의 맨 끝에서도 뒤처졌다. 제발 윌리엄이 아니기를. 그녀가 발걸음에 맞춰 생각했다. 제발 윌리엄이 아니기를. 마침내 구급차 앞에 도착한 실비는 걸음을 멈추었다. 피로와 초조함 때문에 몸을 떨며 길 끝에 섰다. 날씨가 더워서 눈앞의 수변엔 이미 가족과 일광욕하는 사람들이 반쯤 들어차 있었다. 모래밭에서 놀던 아이들이 멈추고 수영복을 입은 남자들과 여자들이 수건 위에

서서 호수에서 무슨 일이 벌어지는지 보려고 눈 위에 손차양을 만들었다. 호수에서 무슨 일이 벌어지고 있을까? 실비는 생각했다. 켄트와 선수들이 수변으로 달려내려갔다. 구급대원과 경찰 몇 명이 물가에 서 있었다. 실비가 그들의 시선이 향하는 쪽으로 고개를 돌리자 배가 아주 느린 속도로 다가오고 있었다. 구급대원 한 명과 농구선수 몇 명이 호수 안으로 걸어들어갔다. 나머지 구급대원 두 명은 들것을 들고 물가에서 기다렸다. 배는 실비가 갑판에 누워 있는 남자를 볼 수 있을 정도로 가까워졌다. 잘 안 보여서 윌리엄인지 아닌지 확인할 수 없었다. 켄트와 거스는 허리 높이까지 물속에 들어가 있었다. 두 사람이 구급대원과 함께 두 팔을 머리 위로 들더니 남자를 옮겼다. 남자의 얼굴이 옆으로 돌아갔다. 그였다.

"윌리엄." 실비가 그를 부르듯이, 지금의 그는 속삭이는 소리밖에 못 듣는다는 듯이 속삭였다.

윌리엄은 눈을 감고 친구들의 품에서 몸을 늘어뜨리고 있었다. 버튼다운셔츠와 바지 차림이었는데 셔츠가 바지 밖으로 비어져나왔다. 신발은 없었다. 한 팔이 늘어져 수면에 닿고 다른 팔은 가슴에 올려져 있었다. 다른 친구들이 켄트와 거스에게 합류했다. 더 많은 손이 윌리엄을 받치고 호수 밖으로 옮겼다. 켄트가 비틀거리자 워싱턴이 즉시 그 옆으로 가서 켄트의 어깨를 팔로 감쌌다. 그들은 윌리엄을 들것에 내려놓았다, 조심스러운 움직임이었다.

실비 근처에 서 있던 십대 소년이 누구에게랄 것도 없이 말했다. "저 사람 죽은 것 같아."

"실비." 켄트가 소리쳤고, 그러자 실비는 정신을 차렸다. 그녀가 그들을 향해 달려갔다. 달리 뭘 해야 할지, 어떻게 도와야 할지 몰라서 그들이 호숫가를 지나 길로 그를 옮기는 동안 윌리엄의 차가운 손을 잡고 있었다. 구급차에 도착하자 한 구급대원이 말했다. "한 명만 같이 타실 수 있어요." 그가 실비를 보았다. "부인이신가요?"

실비가 구급대원을 물끄러미 보았다. 그녀는 윌리엄의 손을 놓지 못할 것 같았다. 손가락이 너무 차가워서 그녀의 피부가 그의 피부에 얼어붙은 것 같았다. 실비가 아내라면 구급차에 같이 탈 수 있을 터였다. 그래서 실비는 켄트도, 다른 누구도 보지 않고 그렇다며 고개를 끄덕인 다음 구급차 뒤쪽에 올라탔다.

구급차가 움직인 다음에야 실비는 윌리엄이—약하게—숨을 쉬고 있음을 깨닫고 마음이 놓여서 토할 뻔했다. 그녀는 구급차 벽과 윌리엄이 묶여 있는 간이침대 사이에 자리를 잡았다. 구급대원이 윌리엄 위로 몸을 숙이더니 눈꺼풀을 들어올렸다. 윌리엄의 목 옆쪽을 손가락으로 눌렀다. 담요를 덮어주었다. 윌리엄은 얼굴이 부어 보이고 피부가 회색이었다. 한쪽 광대뼈에 멍이 들어 있었다. 그는 미동도 하지 않았다. 전혀 움직임이 없어. 실비가 생각했다.

그들이 도착한 병원은 줄리아와 세실리아가 아이를 낳은 곳이자 찰리가 죽은 곳이었다. 시간이 계속 느려지더니 다시 빨라졌다. 수술복을 입은 의료진이 구급차에서 윌리엄을 내렸다. 켄트가 와 있었다. 택시를 타고 온 것이었다. 그가 구급대원에게 혈압에 대해 뭐라 말했고, 실비는 그가 의대생이라는 사실을 기억해냈다. "줄리아한테 전화해야겠어요." 실비가 말하고 병원으로 들어갔지만 그녀의 말을 들은 사람이 있긴 한지 확신할 수 없었다.

신호가 가는 동안—응급실 대기실 바로 앞 전화 부스 안이었다—실비는 눈을 깜빡이며 얼굴을 만져보았다. 땀이 말라서인지 머리카락이 뻣뻣했다. 부스의 작은 의자에 앉아 있으니 기분이 한결 나았다. 온몸이 아프고 따끔거렸다. 지난 몇 시간 동안의 시련으로 평소에는 있는지도 몰랐던 근육이 당황해서 화를 내고 있었다.

"여보세요?" 줄리아가 말했다.

"나야." 말하기가 힘들었다. 실비는 무슨 일이 있었는지 말로 설명하고 싶지 않았다. 언니에게 말하면 진짜가 될 것이다. 정말로 일어난 일이 될 것이고, 그러면 그 결과가 뒤따를 수밖에 없다. 어떤 결과가 될지 실비는 전혀 알 수 없었다. 너무 피곤했고, 상상력이 현실에 치였다.

"어디 갔었니?" 줄리아가 말했다. "지금 어디야?"

"병원이야. 언니가 와야 할 것 같아. 우리가 윌리엄을 찾았어." 실비는 주저했다. "미시간 호수에서. 자살 시도를 했어."

잠시 침묵이 흐르고 줄리아가 말했다. "아니, 그럴 리 없어. 날씨가 더워서 수영하러 간 걸 거야. 윌리엄은 수영을 잘 못하거든. 어렸을 때 배운 적이 없어서."

"의식이 없어, 줄리아……"

"아니, 아니, 그랬을 리 없어." 하지만 이제 줄리아의 목소리에서 망설임이 느껴졌다.

"윌리엄이 강의에 빠졌을 때도 역사학과에서 잘못 안 거라고 생각했잖아. 줄리아, 진짜야. 이게 현실이야."

수화기 너머에서 줄리아는 말이 없었다. 실비는 온몸으로 끔찍함을 느꼈다. 언니를 생각해도, 윌리엄을 생각해도 끔찍했다. "제발." 실비가 말했다. "택시 타고 와. 에멀라인한테도 전화할게. 여기 와서 앨리스를 봐줄 거야."

"윌리엄은 날 떠났어." 줄리아가 느릿한 목소리로 말했다. "아주 확실히 말했어. 내가 가길 바라지 않을 거야."

실비는 부스에 끼워진 불투명한 플라스틱판을 멍하니 보았다. 대기실이 보였는데 나이 많은 남자가 양손에 머리를 파묻고 앉아 있었다. 그의 옆에는 선글라스를 낀 여자가 가슴 위로 팔짱을 끼고 서 있었다. 실비가 만약 저 사람들이 어디 있는지 몰랐더라도 나쁜 소식을 기다린다는 건 알았을 것이다.

실비가 말했다. "안 오겠다고?"

"켄트가 있잖아. 켄트가 잘 돌봐줄 거야." 줄리아가 목을 가다듬고 말했다. "네가 필요해, 실비. 제발 돌아와."

실비가 말을 하려고 입을 열었다. 그녀는 턱과 온몸의 관절이 온통 녹슨 경첩처럼 느껴졌다. "우선 여기 일부터 정리할게." 그녀는 수화기를 내려놓고 어떤 남자가 전화를 써야 한다고 유리를 두드릴 때까지 부스에 가만히 서 있었다.

대기실에서 켄트를 금방 찾을 수 있었다. 그와 친구들이 제일 안쪽 자리를 차지하고 있었다. 딱 호수에 들어갔다 나온 농구팀처럼 보였다. 사람들은 그들과 최대한 먼 자리를 골라 앉은 것 같았다.

"의사가 우리한테는 말을 안 해요." 켄트가 말했다. "안내데스크로 가서 줄리아가 올 때까지 당신이 윌리엄 옆에 앉아 있어도 되는지 물어봐요. 윌리엄이 혼자가 아니었으면 좋겠어요."

"안 온대요."

켄트가 그녀를 노려보았다. "아예 안 온다고요?"

"지금은 안 온대요. 모르겠어요."

켄트가 잠시 눈을 감더니 말했다. "좋아요. 구급차 기사는 당신이 부인인 줄 알았으니까, 데스크 직원한테도 그렇게 말해요, 그러면 들여보내줄 거예요. 의사랑 상담할 때 윌리엄의 몸만 진찰하지 말고 정신과 진료도 해달라고 꼭 말하고요."

실비는 생각했다. 켄트한테 넌 가야 한다고 말해. 언니한테 네가 필요하다고 말해. 그녀가 말했다. "당신 의대생이잖아요. 당신이 가면 안 돼요?"

켄트가 고개를 저었다. "가족만 들어갈 수 있는데, 난 가족인 척할 수가 없잖아요."

실비는 눈물이 차올랐지만 이것이 무슨 감정인지 짐작도 할 수 없었다, 모든 감정이 합쳐진 것 같았다. 그녀가 켄트에게 고개를 끄덕이고 데스크로 걸어갔다.

실비가 말했다. "윌리엄 워터스의 부인인데요." 그러자 간호사가 그녀를 데리고 문으로 들어가서 복도를 두 개 지났다. 열린 병실 문 너머로 온갖 응급 상태의 남자와 여자, 아이들이 보였다. 우는 사람, 피를 흘리는 사람, 의식이 없는 사람. 실비는 점점 몸이 안 좋아지는 느낌이었다. 피부가 옷에 쓸리고 걸을 때마다 발뒤꿈치의 물집이 따끔거렸다.

간호사가 걸음을 멈추고 어떤 문을 가리켰다. 실비는 혼자서 들어갔다. 윌리엄이 침대에 누워 있었다. 눈을 감은 채였고, 담요로 발을 감쌌지만 침대가 너무 짧아 발이 비어져나왔다. 눈앞에 누워 있는 윌리엄은 피부가 이상했다. 너무 창백하고, 왠지 늘어난 것 같았다. 팽창했다가 다시 평소 크기로 줄어든 것 같았다. 젖은 옷은 간호사들이 가져가서 환자복 차림이었고, 팔에 정맥주사가 연결되어 있었다. 실비는 육 개월 전 벤치에 같이 앉았던 그날 밤 이후 처음으로 윌리엄과 단둘이었다.

"죽은 줄 알았어요." 실비가 속삭였다.

병실에 창문이 하나 있는데 초록 잎이 무성한 나무가 내다보였다. 분만실은 한 층 위, 커다란 병원 건물의 반대쪽에 있었다. 그곳이 실비가 갔던 곳, 조카들이 태어난 곳, 아빠가 죽은 곳이었다. 침대 옆에 딱딱한 의자가 하나 있어서 실비는 거기에 앉았다.

실비는 따끔거리는 눈을 감았다. 내면에서 피어오르는 느낌—보슬비같이 후두둑거리는—을 인식했고, 그것이 안도감임을 서서히 깨달았다. 실비는 마음이 놓였다. 윌리엄이 눈앞에 살아 있어서 마음이 놓였다. 그리고 이 의자에 앉은 사람, 이 방에 있는 사람이 자신이어서 마음이 놓였다. 줄리아에게 전화했을 때 그녀는 그래야만 하는 것—아픈 남자의 아내가 그의 침대 곁에 있어야만 한다—에 초점을 맞추었지만 윌리엄은 실비가 곁에 있는 것이 나았다. 실비는 그를 이 병실로 오게 만든 점들을 연결할 수 있었다. 이런 일이 일어날 수도 있음을 어째선지 알고 있었다. 눈을 감은 실비는 윌리엄이 호수로 걸어들어가는 모습을, 숟가락에 담긴 물이 되었는데 숟가락에서 떨어질 수밖에 없는 기분을 상상할 수 있었다. 그를 붙잡는 중력이 사라졌고, 그래서 그는 거대한 물에 녹아들려고 한 것이다. 실비는 윌리엄이 자는 동안 그에게 자신의 힘을 나눠주려고 마음을 느슨하게 풀고 그의 침대 옆에 앉아 있었다.

윌리엄
1983년 8월—1983년 11월

그는 거의 밤새 도시를 걸어다니다가 호숫가로 돌아왔다. 아직 어둠이 깔려 있었다. 물속으로 걸어들어갈 때에는 아무도 없었고 공기조차 미동도 하지 않았다. 그의 뒤에서는 새의 노랫소리도, 자동차 소리도, 인간의 목소리도 들려오지 않았다. 세상이 멈춘 것 같았다. 한참 걸어 들어가고 나서야 물이 머리 위로 차올랐다. 그는 무거운 물건을 가져올 생각을 미처 못했다. 몇 시간 전부터 아무 생각도 하지 않았다. 물, 어둠, 정적에 대한 갈망밖에 없었다. 그는 가라앉고 싶었지만 거대한 몸이 자꾸 떠오르려고 했다. 물속에 들어가 시간이 한참 지난 후에도 정신을 잃을 것 같으면 그의 발이 옆으로 발버둥을 쳤고, 그는 하늘을 보고 누워서 배처럼 둥둥 뜬 채 태양을 올려다보았다. 윌리엄은 이제 이름과 역사를 가진 사람이 아니었다. 그 순간에 그는 액체 속에서 위

아래로 흔들리는 코르크였고, 손에서 느껴지는 부드럽고 취한 듯한 느낌, 얼굴에 타는 듯 내리쬐는 태양, 눈과 귓속으로 들어오는 물밖에 인식하지 못했다. 깜빡 잠이 들었는지 의식을 잃었을 때 요란한 소리가 나더니 여러 목소리가 들리고 여러 개의 손이 그를 끌어당겼다. 윌리엄은 눈을 뜨고 무슨 일이 벌어지는지 볼 수가 없었다. 귀를 기울였지만—잠시 후 그의 이름을 부르는 켄트의 목소리가 들렸다—그저 귀를 막을 수 없었기 때문이었다. 병원에서 보송보송한 상태로 깨어나 침대 옆 의자에 앉은 실비를 보았을 때 제일 먼저 떠오른 생각은 실패했다는 것이었다. 실패했다는 것은 지금까지의 인생 역정—실수들—을 무거운 배낭처럼 어깨에 짊어지고 계속 걸어가야 한다는 의미였다. 그 사실에 힘이 빠졌지만 너무 지쳐서 거부할 수가 없었다.

윌리엄은 처음 정신을 차렸을 때와 다른 병원에 있었다. 그는 거의 일주일 동안 검사를 받은 뒤 시카고 시내의 병원 정신과에 입원했다. 호수는 세 블록 떨어져 있어서 보이지 않았다. 하지만 떨어져 있음에도 불구하고 윌리엄은 그 거대한 물을 의식했다. 그는 여전히 호숫가 멀리 물속에서 푹 젖은 채 가라앉지 못하는 기분으로 잠에 들었다 깨기를 반복했다.

새로운 병원에서 처음 며칠 동안은 그가 잠들거나 깰 때마다 실비나 켄트가 병실에 있었다. 그는 두 사람을 보았지만 아직 힘이 없어서 말을 할 수 없었다. 켄트가 말을 걸었다. 나을 거라고, 의료진이 아주 훌륭하다고, 학교로 돌아가야 하지만 며칠 내로 다시 오겠다고 했다. 실비는 거의 아무 말도 없이 병실 안의 유일한 의자에 앉아 책을 읽었다.

윌리엄은 점차 정신을 차릴수록 실비의 존재가 복잡하게 느껴졌다. 실비는 켄트를 제외하면 그가 하려고 했던 짓에 크게 충격받지 않은 유일한 사람 같았다. 그녀는 그날 밤 벤치에서, 그리고 원고 각주에서 윌리엄의 마음속 황량함을 보았다. 물론 아내도 각주를 읽었지만 줄리아의 첫 반응은 윌리엄이 그런 생각을 품고 있다는 사실에 대한 경악이었다. 줄리아에게 그것은 윌리엄이 자신의 짝이 아니라는 의미였지 뭔가 잘못되었다는 뜻은 아니었다.

윌리엄은 실비가 곁에 있어서 기뻤지만 그녀의 존재가 왠지 옳게 느껴지지 않았다. 파다바노가 사람들은 분명 그와 관련되고 싶지 않을 것이다. 실비가 병실에 있을 때마다 그는 문이 활짝 열리고 줄리아가 걸어들어오기를 반쯤 기대했다. 이 가능성의 무게 때문에 뒤척이면서 최대한 잠에 빠지려고 애썼다. "잠은 아주 좋은 약이에요." 그의 정신과 주치의를 맡은 템비아 박사가 그에게 말했다. "당신은 오랫동안 아주 열심히 살았어요, 윌리엄. 자신에게 휴식을 줘요."

어느 날 오후에 윌리엄이 불안한 낮잠에서 깼을 때 실비가 말했다. "뭐 하나 물어봐도 돼요?"

윌리엄은 그녀의 목소리에서 고뇌를 감지했다. 그가 목을 가다듬고 말했다. "응." 그런 다음 실비가 무슨 질문을 하든 대답해야 했으므로 체념했다. 그는 더이상 거짓말을 할 수 없었다. 어떠한 무게도 견딜 수 없는 연약한 도자기처럼 더이상 거짓말을 견딜 수 없었다.

"줄리아가 오면 좋겠어요? 우린 어떻게 해야 할지 모르겠어요."

질문이 너무 무거워 그의 몸에서 공기가 빠져나갔다. 하지만 윌리엄은 대답을 알았다. 아파트를 나오기 전에 쪽지에도 썼다. 그는 이것이 꼭 필요한 후기이며 설명임을 이해했다. "아니." 그가 말했다. 숨가쁜 목소리였다. "줄리아랑 앨리스는 나한테서 떨어져야 해. 영원히."

윌리엄은 실비를 보지 않았기 때문에 그녀가 이 말을 어떻게 받아들였는지 몰랐다. 끔찍한 말인 것은 알았지만 그 어느 때보다도 진심이었다. "앨리스를 포기하겠다고 전해줘." 그가 말하고 벽을 향해 고개를 돌렸다. 윌리엄은 실비가 갈 때까지 고개를 돌린 채 눈을 감고 있었다.

그의 말은 너무나 잔인하고 실비의 언니와 조카에 대한 너무나 확실한 거부였기에 윌리엄은 실비가 두 번 다시 오지 않으리라 생각했다. 그날 밤은 길었다. 윌리엄은 호수에 들어갔던 때를 떠올렸다. 자기 인생에 무엇이 남았는지 생각해보려고 애썼다. 켄트, 팀원들. 뎀비아 박사가 처방해준 약. 그가 가진 건 그것이 전부였지만 뭐라도 있어서 다행이었다. 그의 예전 삶은 호수 밑바닥에 가라앉았다. 그는 방금 막 마지막 조각을, 실비를 밀어냈고 그 상실에 가슴이 아팠다. 윌리엄은 그날 밤 벤치에 실비와 함께 앉아 있을 때 묘한 평화로움을 느꼈고—척하는 것을 제쳐두고 그냥 존재할 수 있는 기분이었다—그녀가 병실로 걸어들어올 때마다 마음이 놓였다. 하지만 자신이 아내와 자식을 버린 괴물임을 드러냈고, 여기에는 결과가 따를 수밖에 없었다.

복도를 순찰하는 간호사가 언제든 윌리엄을 볼 수 있도록 병실 문을 항상, 심지어 밤에도 열어두어야 했다. 정신과는 화장실에도 잠금장치가 없었다. 항상 빗장을 건 두꺼운 철문이 정신과를 지켰다. 면회를 오면 가방 검사를 받았고, 주요 출입문은 면회객이 들어올 때 잠깐 열렸다가 다시 잠겼다.

템비아 박사는 매일 오후 삼십 분 동안 윌리엄과 상담을 했다. 머리카락이 짧고 희끗희끗했지만 얼굴은 젊어 보였다. 윌리엄은 그녀의 나이가 많은지 적은지 몰랐다. 희끗희끗한 머리는 보기보다 나이가 많을지도 모른다는 뜻이었지만 일찍 셌을 수도 있었다. 치료를 시작한 지 일주일이 됐을 때 그녀가 말했다. "드디어 당신 부모님과 통화했어요. 당신 아버지 사무실로 전화를 걸었죠."

윌리엄의 마음 깊이 묻혀 있던 현이 진동했다. 부모님까지 끌어들여야 할 정도로 일을 키우지 않았다면 좋았을 걸 싶었다. 의사가 윌리엄의 인생사를 받아 적을 때 그는 어머니와 아버지의 이름을 말했다. "도울 수 없다고 하셨겠죠." 윌리엄이 말했다.

"당신은 성인이니까 혼자 알아서 할 거라고 말씀하셨어요. 사실 제 말이 끝나기도 전에 전화를 끊었죠. 윌리엄, 정상적인 부모의 반응이 아니란 걸 당신이 알았으면 좋겠어요. 냉혹하고 부당한 일이에요. 당신은 부모에게 더 나은 대접을 받아야 하고, 받았어야 해요. 당신은 망가진 두 사람 사이에서 태어났고, 그것이 당신이 지금 여기 있는 이유이기도 해요."

"아버지를 얼간이라고 생각하시는군요."

그녀가 미소를 지었다. "음, 제가 쓰는 전문용어에는 없는 말이네요. 당신 아버지도 우울증을 앓고 있을지 모른다고만 해둘게요."

윌리엄은 부모님의 얼굴이 잘 생각나지 않았다. 기차역에서 손을 흔드는 두 사람이 떠올랐지만 형체가 흐릿했다. 아버지가 우울증이라는 말에도 윌리엄은 전혀 마음이 쓰이지 않았다. 그에게 큰 관심을 보이는—낚싯바늘 같은 눈빛으로 그를 유심히 보는—이 의사와의 상담은 피곤했다. 윌리엄을 찾아오는 다른 의사 두 명은 주의가 산만했다. 윌리엄에게 그다지 집중하지 않았다. 그는 그런 방식이 더 편했다.

"아버지와 어머니는 제 인생에 없었습니다." 그가 말했다. "아무튼 한참 전부터 그랬어요."

의사가 고개를 갸웃했고, 윌리엄은 그녀가 이 말의 진실성을 가늠하고 있음을 알았다. 누군가를 생각하지 않는다고 해서 그 사람이 자기 안에 없다는 뜻은 아니라는 생각이 처음 들었다.

어느 날 아침, 윌리엄은 식은땀을 흘리고 구역질을 하며 잠에서 깼다. 약 때문이었다. 항우울제와 항불안제의 가장 효과적인 조합을 찾기 위한 시행착오의 과정이었다. 그는 힘든 날이 되리란 사실을 알았고, 하루를 서둘러 시작할 필요가 없었기 때문에 몇 분 더 눈을 감고 있었다. 눈을 뜨자 침대 옆에 앉은 실비가 보였다. 윌리엄이 그녀를 보며 눈을 깜빡였다. 실비는 자세 검사라도 받는 것처럼 아주 꼿꼿하게 앉아 있었다.

"다시 올 줄 몰랐어." 실비가 정말로 다시 왔는지 환영인지 확신하지 못한 채 그가 말했다.

그녀가 고개를 끄덕였다. "질문이 또 있어요." 그녀가 말했다. "줄리아도 앨리스도 원하지 않는다고 했죠. 내가 찾아와도 괜찮을까요? 아니면 나도 가면 좋겠어요?"

간다고? 윌리엄은 생각했다. 그는 뎀비아 박사와 부모님에 대해 나눈 대화 때문에 꿈을 꿨다. 꿈속에서 윌리엄은 어머니와 아버지로부터 멀리 헤엄쳤고 두 사람도 그에게서 멀리 헤엄쳤다. 그리고 윌리엄은 아내와 딸에게 떠나라고 말했다. 너무나 많은 이들이 서로를 떠났다. 폐소공포증이 생길 만큼 갑갑한 꿈이었고, 다들 어항 안에서 헤엄치고 있음을 곧 깨달으리라는 예감이 들었다. 그들은 서로에게서 벗어나려고 애썼지만 실패할 수밖에 없었다.

윌리엄이 의자에 앉은 젊은 여인을 보았다. 그는 그녀가 환영이 아니라 실제임을 알았다. 자신이 그녀가 여기 있기를 바란다는 사실을 알았다. 그 이유는 몰랐지만 지금 그런 건 중요하지 않았다. 윌리엄은 무언가를 원하는 것이 어떤 느낌인지 다시 배우려 애쓰고 있었다.

"가지 마." 약과 잠에 취해 불분명하고 지친 목소리였다. "언니한테 상처를 줘서 미안해."

실비가 말했다. "스스로한테도 상처를 입혔잖아요."

그가 고개를 저으며 그 말을 부인했다. "줄리아는 괜찮아?"

실비가 더욱 꼿꼿하게 앉았다. 동시에 두 곳에 존재하려고 애쓰는 것처럼 쭉 뻗은 모습이었다. "줄리아는 화가 났어요." 그녀가 말했다. "당연하죠. 하지만 괜찮을 거예요. 내가 여기 오는 건 몰라요. 그냥, 내 생각에는"—그녀가 주저했다—"찾아오는 사람이 있어야 할 것 같아서요. 그 정도는 누릴 자격이 있어요. 켄트가 오는 건 알지만 너무 바빠서 자주 못 오잖아요. 당신 곁에 누군가 있어야 마땅해요."

윌리엄은 이 말을 듣자 가슴을 세게 떠밀린 것 같았다. 곁에 누군가 있어야 마땅하다고? 그는 이 말이 맞다고 생각하지 않았지만 실비는 진심이라고 믿었다.

"고마워." 그가 말했다.

실비가 고개를 끄덕였고, 그런 다음 두 사람 모두 몇 분 동안 말이 없었다. 정적은 백색소음을 내는 기계에서 흘러나오는 소리처럼 시끄러웠다. 윌리엄은 또 무슨 말을 해야 할까 생각했다. 실비도 불안해 보였다. 대본이 끝나고 이제 둘 중 한 명이 대사를 꾸며내거나 무대에서 내려가야 할 듯한 기분이었다. 윌리엄은 자고 싶다고 간절하게 생각했다. 이 순간을 피해 무의식 속으로 사라질 수 있을지도 몰랐다.

실비가 몸을 앞으로 기울이고 말했다. "혹시 빌 월턴에 대해 이야기해줄 수 있어요?"

"빌 월턴. 농구선수 말이야?"

그녀가 고개를 끄덕였다.

윌리엄은 깜짝 놀랐지만 답을 알기에 말해줄 수 있었다. "공격을 선도하는 빅맨이야. 포틀랜드에서 뛰었는데 시즌 MVP이자 결승전 MVP였지. 하지만 부상에 시달렸어. 손목이 두 번 골절됐지. 발목도 삐고. 손가락이랑 발가락이 탈구됐어."

"세상에." 실비는 이야깃거리를 찾아서 마음이 놓였는지 더 밝아 보였다.

"발뼈가 부러져서 통증을 줄이기 위해 석고붕대를 해야 했어. 진통제 주사를 맞아가며 경기를 계속 뛰는 바람에 발은 더 엉망이 됐지." 윌리엄은 이렇게 말을 많이 하다니 믿을 수가 없었지만 이미 시작했으므로 실비가 제대로 이해할 수 있게 충분한 정보를 주어야 했다. "월턴은 대단한 선수야. 패스도 아주 잘하고, 확실히 최고의 센터지. 월턴은 농구를 사랑하지만 몸은 엉망진창이야. 무릎은…… 손댈 수 없는 지경이고, 발 부상이 끊이지 않아. 올해에는 클리퍼스에서 벤치만 지켰어."

실비가 말했다. “그 몸으로 MVP를 받은 것도 그렇지만 경기를 뛸 수 있었다는 게 놀랍네요.”

“맞아.” 윌리엄이 말했다. “놀랍지.” 하지만 말을 많이 한 탓에 너무 지쳐서 잠들었다. 눈을 뜨자 실비는 가고 없었다.

템비아 박사가 그에게 숙제를 내겠다고 했다. “가까운 사람들에게 숨겼던 비밀을, 당신 인생의 모든 부분을 적으세요.”

윌리엄은 의사가 준 평범한 공책을 내려다보았다. 그는 고개를 끄덕이고 공책을 옆으로 치워놓았다. 윌리엄이 기억하는 한 그는 불편한 것은 무엇이든 멀리 밀어내려고, 가까이 오지 못하게 하려고 애썼다. 하지만 너무나 많은 것을 밀어내서 이제 아무것도 남지 않았다. 그가 건강해지려면 아내, 어린 시절, 겉으로는 멋져 보였던 삶을 유지하지 못한 실패에 대해 생각해야만 했다. 하지만 그는 아직 준비되지 않았다. 때가 다가오고 있으며 이제 숨을 수 없다는 사실을 아는 것만으로도 충분했다. 윌리엄은 이제 잠들어도 물에 대한 꿈을 꾸지 않았고, 깨어 있을 때는 정신과 복도를 걸었다.

켄트는 면회를 오면 병실 구석 의자에 앉았다. 길쭉한 다리가 병실 한가운데까지 닿았다. 그는 졸려 보이고 가끔 눈을 감기도 했다. “죄책감 느끼지 마.” 그가 말했다. “너도 나한테 똑같이 해줬을 거잖아.”

“나는 아르바이트를 두 개나 하면서 의대에 다니진 않지. 이제 그만 와. 어제는 몇 시간이나 잤어? 게다가 밀워키까지 또 운전해서 가야 하잖아.”

“일주일에 한 번밖에 안 오잖아. 오늘 근무는 친구가 대신 해준대.

넌 나 못 쫓아내."

윌리엄을 향한 켄트의 애정은 너무 뚜렷하고 너무 단순했다. 그것은 태양처럼 윌리엄을 내리쬐었다. 누구도 윌리엄에게 이렇게 조건 없는 사랑을 준 적이 없었고, 지금 윌리엄은 평생에 그 어느 때보다 그런 애정을 받을 자격이 없었으므로 그 사랑 때문에 타는 듯한 느낌이었다. 그는 몸을 움직여 마음을 가라앉히려고 병실을 서성거렸다.

"넌 내가 아직도 위험하다고 생각하는 것 같아. 하지만 아니야. 다시는 그러지 않을 거야." 윌리엄이 말했다. "약속할게."

켄트가 눈을 내리뜬 채 그를 찬찬히 살폈다. "알겠지만 내가 원하는 건 그 이상이야. 네가 나았으면 좋겠어. 네 삶을 사랑하면 좋겠어."

윌리엄이 웃었다, 짧고 건조한 소리였다. 언제 마지막으로 웃었더라?

"재밌으라고 한 말 아닌데." 켄트가 말했다.

윌리엄은 혼난 기분이었다. "미안해." 그가 말했다. "재밌으라고 한 말인 줄 알았어." 그는 잠시 생각했다. "넌 네 인생을 사랑해?"

"제길, 당연하지." 켄트가 힘차게 말했다.

윌리엄은 친구를 보았다. 켄트는 아직도 몸무게가 선수 때와 같고 젊음과 건강으로 반짝이는 듯했다. 둘 다 스물세 살이었지만 윌리엄은 적어도 마흔 살은 된 기분—아주 늙은 기분—이었다. 그가 망가진 무릎에 손을 얹었다.

"내가 너한테 삶의 낙을 줄게." 켄트가 말했다. "난 마이클 조던을 눈여겨보고 있어. 알지, 작년에 크게 떴던 노스캐롤라이나 선수 말이야. 걔가 괜찮아 보여. 드래프트가 시작되면 불스가 데려갈지도 몰라."

윌리엄이 고개를 끄덕였다. 그는 실비와 빌 월턴에 대해 나눈 대화를 떠올렸다. 윌리엄은 마이클 조던에 대해 생각하는 것이 훨씬 더 힘들었다. 켄트는 조던이 농구의 미래라며 흥분했지만 윌리엄은 자기 앞의 하루하루 한 주 한 주도 생각할 수 없었다.

"있잖아." 켄트가 윌리엄을 유심히 보았다. "너 결혼생활 끝난 거 확실해? 네가 원하면 내가 줄리아랑 얘기해볼게. 화해를 하거나 아무튼 필요한 게 있으면 도울게."

"확실해, 끝났어."

"좋아." 켄트가 처음으로 의자에 똑바로 앉았다. "올해에는 나랑 같이 TV로 불스 경기를 보자. 네가 밀워키로 오거나 내가 너한테 올게."

나한테 온다. 윌리엄이 생각했다. 어디로? 난 어디 있을까?

윌리엄은 8월에 입원했고, 이제 9월 말이 되었다. 창밖의 나뭇잎이 색을 점차 잃으면서 여름의 짙은 녹색이 빠졌다. 윌리엄은 색이 바래는 이 사소한 순간이, 새로운 계절이 오기 전에 한숨을 쉬는 이 광경이 고마웠다.

뎀비아 박사가 말했다. "숙제는 했어요?"

그녀가 공책에 대해 물어본 지 한참 지났다. 윌리엄은 이 말이 재촉임을 알았다. 그가 고개를 저었다. "아직요."

실비가 병실 문 앞에 나타나자 윌리엄은 자신이 반가워한다는 사실을 인식했다. 전체적으로 그는 점차 더 많은 것을 인식하고 있었다. 마음속의 흐리멍덩한 감정 덩어리에 질감이 조금 생겼다. 실비는 얼마 전에 에멀라인이 윌리엄을 위해 뜬 양말과 세실리아가 보낸 미술책을 가져왔다. 쌍둥이는 병원에 찾아오지 않았지만 역시 윌리엄을 걱정하고 있는 게 틀림없었다. 파다바노가의 네 자매 중 세 명은 줄리아와 가까운 사람이 세 명이나 윌리엄을 걱정하면 그가 자기 삶에 낸 구멍에 종이를 발라줄 수 있다는 듯이 각자 다른 방식으로 그를 계속 보살폈다. 그들의 관심은 윌리엄에게 당신은 혼자가 아니에요라고 말했고, 그는 그 친절에 감동했다.

줄리아는 실비가 윌리엄에게 찾아오는 것을 싫어할 것이다. 그의 아내는 그가 남긴 쪽지를—그리고 실비를 통해 전달한 부가 사항을—결혼의 끝으로 여겼을 것이고, 사실이 그랬다. 실비가 일시적으로나마 윌리엄과의 관계를 이어가기로 마음먹었다는 사실은 기껏해야 감상적인 행동이고 여차하면 배신이 될 수도 있었다. 윌리엄은 알았다, 파다바노가의 자매들은 지금까지 평생 하나로 움직였다. 그는 실비와 줄리아가 자기 집 소파에서 서로의 품에 안겨 자는 모습을 보았다. 실비가 그를 위해 그 선을 넘었다니, 믿기 힘들었다.

실비가 구석 의자에 가방을 내려놓고 말했다. "카림 압둘자바에 대해 알고 싶어요. 왜 선수 경력을 시작할 때 이름을 바꾼 거죠?"

윌리엄이 미소를 지었다. 그는 아직도 헤어진 아내를 생각하는 중이었다, 줄리아는 백만 년이 지나도 이런 질문을 하지 않았을 것이다. 그녀는 농구에 흥미가 없었고 윌리엄을 가장 좋아하는 스포츠와 떼어놓으려고, 관심을 갖지 못하게 하려고 항상 애썼다. 윌리엄이 취업 제의를 받으면, 또는 박사학위를 받으면 어떤 사람이 될지만 생각했다. 그는 자신을 조건부로 인정하는 아내를 탓하지 않았다. 그를 아예 인정하지 않았던 부모 아래에서 자랐으니까.

"윌리엄?" 실비가 고개를 갸웃하며 말했다. "괜찮아요? 어디 멀리 있는 사람 같아요."

"나 여기 있어." 그가 말했다.

이제 많은 것을 인식하게 된 윌리엄은 실비한테 언니에게로 영영 돌아가라고 말해야 한다는 사실을 알았다. 실비가 오지 않아도 자신은 괜찮다고 말해야 했다. 복도를 순찰하며 병실을 일일이 들여다보는 간호사가 방금 막 지나갔고, 사 분 뒤에 다시 올 터였다. 윌리엄은 이제 자기 몸속에 더욱 굳건히 자리잡은 기분이었다. 토요일에는 켄트도 올 것이다. 윌리엄은 당신은 가야 해라고 생각했다. 하지만 그 말을 입 밖에 낼 수가 없었다.

실비는 의자에 앉아 있고 윌리엄은 병실을 한쪽 끝에서 반대쪽 끝까지 서성였다. 그가 입원한 지 두 달이 넘었다. 핼러윈이 얼마 남지 않아서 간호사들이 휴게실 벽에 호박등 포스터를 붙여놓았다. 창문을 열 수는 없었지만, 그래도 이제 재킷이나 조끼를 입고 보도를 지나는 행인들이 보였다.

"빌 러셀은 우승반지를 총 몇 개 받았어요?" 윌리엄이 병실 끝에서 끝까지 서성이는 모습을 몇 분 동안 지켜보던 실비가 말했다.

"십이 년 동안 열한 개." 윌리엄이 말하고 걸음을 멈췄다. 온기—켄트가 아주 솔직한 표정으로 그를 물끄러미 볼 때 느껴지는 그 불편함—가 그의 마음속에 피어올랐다. 실비 역시 그에게 애정을 쏟아부었고, 윌리엄은 힘들지만 그것을 받아들이려 애썼다. 지난번에 왔을 때 켄트는 윌리엄이 한 번 웃었을 뿐인데도 무척 기뻐하며 그의 등을 툭 쳤다. 뎀비아 박사는 윌리엄에게 이렇게 말했다. "불편함은 그냥 느낌일 뿐이에요, 윌리엄. 느껴지는 대로 느껴도 괜찮아요."

윌리엄이 말했다. "날 편하게 해주려고 농구 이야기를 꺼내는 거 알아, 실비. 정말 친절하네."

실비가 이 말에 깜짝 놀라 눈을 치켜떴다.

"내 책을 읽은 것도 알아." 윌리엄은 잠시 멈춰서 생각하지도 않고 침대 옆 테이블에 놓인 빈 공책으로 손을 뻗었다. "의사 선생님이 숙제를 내주셨어. 나 좀 도와줄래? 면회 와줘서 고마워. 이 말을 먼저 했어야 하는데."

"돕고 싶어요." 실비가 조심스러운 목소리로 말했다.

"내 말을 받아 적어줄래? 목록으로 말이야. 나는…… 음, 줄리아한테 말하지 않은 비밀을 적어야 해."

실비가 공책으로 손을 뻗었다. 윌리엄과 마찬가지로 실비도 어렸을 때 성당에 다니면서 고해성사를 했다. 어두운 고해성사실에 들어가서 무릎을 꿇는다. 그녀와 신부님을 가로막는 칸막이에 대고 죄를 고백한다. 윌리엄은 고해성사를 떠올리자 수단을 입은 낯선 사람에게 할말을 찾으려고 일상을 죄와 죄가 아닌 것으로 나누어야 했던 모든 아이들이 안쓰러워졌다.

"첫째는 네가 내 책을 읽은 걸 나도 안다는 거야." 그가 말했다. "줄리아한테는 안다고 말하지 않았어." 그의 원고는 아직도 아파트 벽장 꼭대기 선반에 있었다. 아내가 버리지 않았다면 말이다.

실비가 고개를 숙인 채 공책에 적었다.

윌리엄은 좀 차분해지려고 침대에 걸터앉았다. "나는 교수가 되고 싶지 않았어." 그는 무슨 반응이 없는지 잠깐 살핀 다음 말을 이었다. "매일 노스웨스턴 체육관에서 점심을 먹는다는 말도, 어래시를 도와 농구선수들과 상담한다는 말도 줄리아에게 하지 않았어. 줄리아는 내가 체육관에서 시간을 얼마나 보내는지 몰랐어. 그리고 내 원고를 읽어서 내가 얼마나 비참했는지도 줄리아에게 말하지 않았지. 그건 책이라기보다 일기에, 나를 위한 글에 가깝다고 말하지 않았어." 그의 고개가 더 내려갔다. "난 아이를 갖고 싶지 않았어." 윌리엄은 눈을 감고 마음속 가장 깊은 곳으로 가라앉았다. "나에게 누나가 있었다고 말하지 않았어."

놀라서 숨을 들이마시는 소리가 들렸다. "누나가 있었어요?" 실비가 너무나 신성한 말이라는 듯, 너무나 중요해서 크게 말하면 안 된다는 듯 속삭였다.

"내가 태어난 직후에 죽었어. 독감으로. 폐렴이었을지도 모르고. 그래서 우리 부모님이 망가졌어. 아마 나를 보면 누나가 생각났을 거야."

"오, 윌리엄."

그와 실비는 똑같이 망연자실한 침묵 속에 앉아 있었다. 다른 모든 상실에 앞선, 생각도 할 수 없는—윌리엄은 절대 그것을 떠올리지 않았다—상실 속에 앉아 있었다. 그는 아무에게도 누나 이야기를 한 적이 없었는데, 이 고백에서 무언가가 피어났다. 윌리엄이 눈을 감자 어린 여자애가 그의 옆에 앉았다. 그는 그 아이의 이야기를 함으로써 아이에게 실체를 주었다. 부모님은 견딜 수 없어서 그 아이를 한 번도 언급하지 않은 것이 분명했다. 여자애를 기억하는 사람이 세 명뿐인데 그중 아무도 소리 내서 말하지 않으면 그 아이는 역사에서 지워진다.

윌리엄이 이 병원에서 지내는 것은 자신의 몸안에, 자신의 역사 안에 살려고 노력하기 위해서였다. 누나는 그 역사의 일부였지만 그녀 자체로 한 사람이기도 했다.

"이름이 뭐였어요?"

"캐럴라인." 윌리엄은 누나의 이름을 한 번도 소리 내 말한 적이 없었다.

윌리엄은 왠지 그 아이가 이토록 큰 관심을 받아 얼굴을 빛내는 듯한 기분이 들었다. 또 창밖의 밝은 빨간색과 노란색 나뭇잎도, 맞은편에 앉은 여자의 고조된 감정도 느껴졌다. 그는 지금처럼 세세하게 인식해본 적이 없었다, 한순간에 이렇게 많은 것을 느끼는 경험은 처음이었다. 윌리엄은 감정이 그를 향해 던지는 뾰족한 창을 늘 피하고 불편한 느낌은 얼른 없앴다. 사는 것이 이렇게 강렬한 경험이라면 다른 사람들은 어떻게 그것을 견딜 수 있는지 믿기 힘들었다.

"아무한테도 이야기할 수 없었어." 윌리엄이 말했다. "이유는 모르겠지만 당신에게는 말해야 했어."

실비가 그를 보았고, 윌리엄은 둘 다 그 벤치에서 별 아래 앉아 있었던 그 밤을 떠올리고 있음을 알았다. 실비가 말했다. "하나 물어봐도 돼요?"

그가 고개를 끄덕였다.

"당신이 쓴 원고에, 각주에 그녀가 아니라 나였어야 했다라고 적혀 있었어요. 그녀가 당신 누나였어요?"

윌리엄이 실비를 물끄러미 바라보았다. "그런 말을 썼던 기억이 안 나." 어떻게 자기 안에 숨어 있는 비밀에 아직까지도 놀랄 수 있을까?

하지만 사실이었다. 윌리엄은 부모님이 차라리 그가 죽는 편이 나았다고 생각했으리라는 사실을 늘 알고 있었다. "아마 누나 얘기였을 거야, 맞아."

윌리엄은 실비의 숨김없는 얼굴을 보고 그가 무슨 이야기를 해도 멋대로 판단하지 않으리란 사실을 깨달았다. 그가 자기 안에 숨겨진 끔찍한 것을 다 털어놓았는데도 실비는 여전히 펜을 잡고 더 많은 이야기를 기꺼이 쓸 태세였다.

"그게 전부인 것 같아." 그가 말했다. "에멀라인과 세실리아한테도 다 이야기하는 게 좋겠어. 이제 이걸 비밀로 해선 안 돼." 윌리엄이 잠시 말을 멈추고 숨을 돌렸다. "목록에 더할 게 더는 없는 것 같아. 난 줄리아에게 좋은 남편이 아니었어. 줄리아는 훨씬 더 많은 것을 누릴 자격이 있어."

실비의 모습이 어른거려 윌리엄은 자신이 울고 있음을 깨달았다.

실비가 병실을 나서다가—둘이서 마라톤을 뛴 것처럼 그녀도 윌리엄만큼이나 지쳐 보였다—문 앞에서 멈췄다. "교수가 되고 싶지 않았다고 했잖아요. 그럼 프로 농구선수가 되고 싶었어요?"

"응, 하지만 그 정도로 잘하지는 않았어. 부상을 입기 전에도."

"정말 실망했겠어요." 실비가 말하자 그가 고개를 끄덕였다.

윌리엄은 한 가지를 더 말해야만 뎀비아 박사가 퇴원을 허락하리란 사실을 알았다. 그녀가 계속 "며칠만 더 보죠"라고 해서 윌리엄은 자신이 전부 말하지 않았음을 알았다. 그는 왜 전부 다 말해야 하는지 이해하지 못했지만 병이 나으려면 지켜야 하는 규칙이 있었고, 그는 규칙을 따라야 했다. 의사는 투약량에 만족했고, 윌리엄은 시내를 질주하다가 갑자기 멈추기를 반복하는 자동차의 흙받기에 매달려 있는 듯한 느낌이 더는 들지 않았다. 식은땀 때문에 손이 축축해지지도 않았고, 밤이면 잠을 잤으며, 차분해질 때도 있었다. 그는 차분함과 고립의 차이를 배우는 중이었고, 후자보다는 전자에 가까운 하루하루를 만들어가려고 노력했다.

어래시가 면회를 와서는 윌리엄을 보며 엄한 표정을 지었다. "우리가 선수들의 근황을 계속 확인한다고 말했던 거 기억해?"

윌리엄이 고개를 끄덕였다.

"우리가 근황을 알아본 선수들이 전부 잘 지내는 건 아니야. 그래서 가능한 한 도우려고 해. 문제가 생긴 사람이 네가 처음일 것 같아? 코치진이 네 문제로 회의를 했다."

"세상에." 윌리엄이 말했다, 충격적이었다.

"지난여름에 네가 선수들을 인터뷰해줘서 우리 프로그램에 큰 도움이 됐어. 물론 코치직을 보장하는 건 아니야. 당연히 여기 입원한 건"—어래시가 얼굴을 찌푸렸다—"극복해야 할 장애물이지. 하지만 대학에는 항상 기숙사 사감이 필요하고 담당 의사 말로는 네가 그 일을 할 수 있다고 하니, 우리가 기숙사 방을 하나 줄 거야. 그러면 생활비는 충당할 수 있겠지. 그다음부터 어떻게 될지는 두고 보자고."

윌리엄은 아무 말도 할 수 없었다. 그는 퇴원하면 어디에서 지낼지 걱정하고 있었다. 통장은 거의 텅 비었고 아무 가능성도 없었다. 윌리엄이 생각할 수 있는 유일한 선택지는 밀워키로 가서 켄트의 집 바닥에서 자는 것이었지만, 켄트에게 의대생 여자친구가 생겼기 때문에 그것도 문제였다. 그녀는 당연히 남자친구의 우울증 걸린 옛 팀 동료가 자기 집 공간을 차지하는 것을 썩 반기지 않을 것이다.

"날 동정하는군요." 마침내 윌리엄이 말했고, 입에서 그 말이 쓰게 느껴졌다.

어래시가 세차게 고개를 저었다. "넌 우울한 거지 미친 게 아니야. 이런 세상에 살면서 우울한 게 정신 나갔다는 뜻도 아니고. 행복한 것보다 제정신이겠지. 난 무슨 일이 생겨도 씩 웃는 낙천적인 애들은 절대 안 믿어. 내가 보기엔 그런 놈들이야말로 나사가 빠진 거야. 게다가 너한테 일을 주겠다는 것도 아니야. 방을 주겠다는 거지."

몇 주나 병원 생활을 한 끝에 윌리엄은 새로운 문구를 되뇌게 되었다. 거짓말도 비밀도 안 돼. 그는 이제 거짓말과 비밀을 다 알아보았다. 어래시의 말을 가만히 생각해보니 거짓말이 아니었다. 코치들은 정말로 선수들의 근황을 확인했고, 윌리엄은 확실히 팀에 도움을 주었다. 신입 선수들의 부상당한 사연에 귀를 기울이며 보낸 시간은 의미가 있었다. 윌리엄에게도, 어쩌면 그 선수들에게도, 그리고 모든 선수가 부상 없이 건강을 유지하도록 해줘야 하는 어래시에게도 말이다. 그 갑갑한 사무실에서 보낸 시간들은—그의 머릿속에 들어 있던 많은 것이 물에 손상되거나 닳아 없어졌지만—그대로 남아 있었고, 윌리엄은 아무 거리낌 없이 그 시간들을 다시 떠올릴 수 있었다. 그는 조금 더 생각해본 다음 그 시간이 후회나 환멸이라는 감정을 일으키지 않는 유일한 기억일지도 모른다는 사실을 깨달았다. 윌리엄은 팀에 도움을 주었다.

"고맙습니다." 윌리엄이 말했다.

그날 윌리엄은 복도를 걷다가 이제 살갗에 호숫물이 느껴지지 않는다는 사실을 깨달았다. 차가운 액체가 그의 척추를 간지럽히지도 않았다. 이제 잠잘 방이 생겼고, 그래서 윌리엄은 난생처음으로 다음 단계가 있음을 믿게 되었다.

그날 오후에 뎀비아 박사가 "앨리스에 대해 한마디도 안 하는군요"라고 말했을 때 윌리엄은 놀라지 않았다.

서 있던 그가 고개를 돌려 창밖을 내다보았다. 그는 이 이야기를 해야 했다. 퇴원하려면 꼭 해야만 하는 이야기였다. 다시 시작하려면 스스로가 알아야 했다. 이것이 마지막 비밀이었고, 그는 더이상 숨길 수 없었다.

윌리엄이 말했다. "난 앨리스가 태어나기 전부터 우울해지기 시작했어요. 모든 것이 더 깜깜해졌죠. 앨리스 때문은 아니었어요. 하지만 이제 아무것도 이해할 수 없다고 생각했을 때 앨리스가 태어났고, 난 하루하루를 살아내기 위해 머릿속의 불을 계속 꺼야만 했어요. 그러니까—" 그가 적당한 표현을 찾느라 말을 멈췄다.

"네?" 의사가 말했다.

"앨리스는 등불이에요. 태어난 순간부터 밝게 빛나는 등불이었죠. 그애는 말하자면 반짝거려요. 앨리스를 보면 눈이 아프고 건드리기가 무서웠어요."

"앨리스의 빛이 무서웠나요?"

"아니요. 내가 그애의 빛을 꺼버릴까봐 무서웠어요. 내 어둠이 그애의 빛을 삼켜버릴까봐."

"그래서 앨리스와 거리를 두어야겠다고 생각했군요, 그애를 지키려고.”

“난 그애한테 다가가면 안 돼요, 맞아요.”

줄리아
1983년 8월—1983년 10월

그 뜨거운 8월 아침에 전화벨이 울린 것은 윌리엄이 사라진 지 하루 반이 지났을 때였다. 줄리아는 앨리스를 무릎에 앉힌 채 소파에 앉아서 아기의 배를 간지럽히고 있었다. 앨리스가 목을 꾸륵거리며 웃었다. 줄리아는 그보다 더 기분좋은 소리를 들어본 적이 없었다. 그 소리를 들을 때마다 줄리아도 웃음이 나왔다. 줄리아는 앨리스를 안고 바닥에 깔린 환한 색상의 담요로 가서 내려놓았다. 그런 다음 안락의자 옆에 놓인 전화 수화기를 들었고, 모든 것이 변했다.

실비의 이야기를 듣는 동안 줄리아의 마음속에서 무언가가 얼어붙었다. 윌리엄이 자살을 시도했다는 소식은 너무 엄청나서 받아들일 수가 없었다. 전화를 끊고 나서 손이 너무 차가워 한겨울처럼 양손에 입김을 호호 불었다. 줄리아는 앨리스가 안아달라고 하지도 않았는데 아기를 품에 안고 이 방 저 방을 돌아다녔다. 아파트에 있는 네 개의 창문을 차례차례 내다보았다. 줄리아는 무언가를 찾는 것처럼 보였지만 바깥의 날씨가 어떤지, 또는 몇시인지 대답할 수 없었을 것이다.

세실리아와 에멀라인이 아파트로 찾아왔지만 줄리아는 혼자 생각할 시간이 필요하다고 말했다. 두 사람은 심각한 표정으로 고개를 끄덕였다. 다들 윌리엄이 그들을, 모든 것을 두고 떠나려 했다는 사실에 충격을 받았다. 세 사람은 그의 선택 때문에 연약해진 기분이 들었다. 그들은 자연사 말고는 생각해본 적이 없었는데 윌리엄이 다른 출구를 가리켰다. 무슨 일이 일어날 뻔했는지 생각하자 세상이 더 무섭게 느껴졌다.

세 여자는 아파트 문 앞에 몇 분이나 서 있었다.

"어떻게 그런 짓을 할 수가 있지?" 세실리아의 목소리가 날카로웠다.

에멀라인이 동생의 팔을 문질렀다. "윌리엄한테 화낼 일은 아닌 것 같아."

"그래도." 세실리아가 말했다. "어떻게 이 모든 걸 포기할 수 있는지 말 그대로 이해가 안 가. 앨리스를 버리려 했다고? 온 우주를 통틀어서 제일 큰 잘못이야."

줄리아는 수화기 너머로 실비의 말을 들었을 때처럼 쌍둥이의 대화를 들었다. 이제 그녀에게는 모든 것이 새로웠다. 지금까지 줄리아가 이해하던 세상이 지워진 것 같았다. 그녀는 말이라는 것을 처음 듣는 사람처럼 문장 하나하나를 곱씹었다.

줄리아가 말했다. "윌리엄이 그렇게 불행했는데 어떻게 내가 몰랐을 수 있지?" 야심도 없고 믿음직하지도 않은 남편의 모습은 알고 보니 바다처럼 드넓은 어둠의 작은 징후일 뿐이었다. 줄리아는 공포에 질려서 차갑게 식었다. 자기 자신 때문에 겁이 났고—그렇게 아무것도 몰랐다니—윌리엄의 어둠이 무서웠다. 줄리아는 매일 밤 살고 싶어하지 않는 남자 옆에 누워서 잠을 잔 것이다. 지금 최근의 일을 돌아보아도 그 기억은 그림자로 덮여 있었다. 줄리아의 경험은 거짓이었다.

"윌리엄이 아프대." 에멀라인은 가슴 아픈 표정이었다. "실비가 그러는데 병원에서 오래 지내야 할 거래."

"그래도." 세실리아가 말했다. "누구도 포기하면 안 돼. 그건 너무 이기적이야. 큰 잘못이야."

줄리아는 어느새 고개를 끄덕이며 동의하고 있었다.

쌍둥이가 돌아간 후 줄리아는 자신이 분노했음을 인식했다. 감기가 옮듯이 세실리아에게서 감정이 옮은 것 같았다. 줄리아는 다시 창가를 서성였고, 가슴속에서 의문이 고동쳤다.

미시간 호수에 빠져 죽으려 하다니, 어떻게 그런 부끄러운 짓을 할 수 있지?

나랑 사는 게 견딜 수 없을 만큼 끔찍해서 날 떠난 것으로도 모자라 자살까지 해야 했던 거야?

왜 어떤 기분인지 나한테 말을 안 했지?

줄리아는 주변 사람들의 문제를 대신 해결하는 건 그만두겠다고 말했었지만 아직 그럴 능력이 있고 윌리엄을 도울 수 있었다. 적어도 윌리엄이 그렇게 극적이고 절망적이고 굴욕적인 짓을 저지르지 않도록 말릴 수는 있었다.

그날 밤 실비가 찾아오자 줄리아는 집안으로 들였지만 이번에도 현관문 앞에만 서 있었다. 누가 와서 오래 머무는 것을 견딜 수 없었다. 줄리아의 집에는 딸과 그녀, 단둘뿐이어야 했다.

실비가 사과했다. "내가 왜 켄트랑 같이 갔는지 모르겠어." 그녀가 말했다. "너무 미안해. 언니 곁에 있었어야 했는데."

실비가 줄리아를 끌어안자 줄리아도 그렇게 했다. 두 자매는 오랫동안 꼭 끌어안고서 지지대가 필요한 건물처럼 서로에게 몸을 기댔다.

"나 어떻게 하지? 내가 뭔가를 해야 하는 걸까?" 줄리아가 동생의 머리카락에 대고 말했다.

실비가 병원에서 자신에게 전화를 걸었을 때 윌리엄이 신경쇠약 때문에 쪽지와 수표에 대해 잊었을지도 모른다고 말했었다. 정말일까? 최악의 경우 나는 이제 알아볼 수도 없는 남자의 아내로 남아야 할까?

"모르겠어." 실비가 말했다. "하지만 내가 알아볼게."

다음날 아침, 줄리아는 아파트를 대청소하기로 마음먹었다. 몸을 움직여야 했다. 그녀는 커피테이블을 한쪽 구석으로 밀고 거실에 깔린 러그를 둘둘 말았다. 그런 다음 아기띠로 앨리스를 업고 건물 지하실의 대형 세탁기까지 러그를 끌고 가서 낑낑거리며 넣었다. 러그가 깨끗해지자 줄리아는 복도 벽장에서 작은 사다리를 꺼내 거실 창에 걸린 커튼을 떼어냈다. 더 작은 예전 아파트에서 썼던 것으로, 줄리아가 신혼 초에 어른스러워 보여서 고른 도톰한 짜임의 심홍색 직물이었다. 난 바보였어. 그녀가 생각했다. 나이 어린 바보. 줄리아는 앨리스를 업은 채 커튼을 지하실로 가져가서 한참 불리도록 세탁기를 설정했다.

줄리아는 잠을 설쳤다. 쉬려고 하면 걱정이 됐다. 그녀가 어렸을 때 헤엄치며 놀던 호수에서 윌리엄이 빠져 죽으려고 했다니, 이제 무슨 일이든 가능할 것 같았다. 그녀는 만약에 ……라면이라는 시나리오를 생각했다. 만약에 윌리엄이 입원했기 때문에 그가 준 쪽지가 무효로 돌아간다면 줄리아는 결국 병원에 찾아가야 할 것이고 이혼하지 못할 것이다. 만약에 윌리엄과 이혼한다면—이 시나리오가 더 마음에 들었다—그는 여전히 앨리스의 아버지일 것이다. 여전히 아이의 삶에서 어떤 역할을 하려고 할 것이다. 줄리아는 윌리엄을 호수에 빠지게 만든 것이 무엇이든 그것으로부터 앨리스를 보호할 방법을 찾아야 했다. 윌리엄이 앨리스와 함께 시간을 보내면 우울증이 전염될지도 몰랐다. 줄리아는 앨리스가 목숨을 버려도 되는 것이라 생각하는 사람과 시간을 보내면 행복해질 리 없다는 생각이 계속 들었다. 삶은 기회였다, 하나씩 차례차례 열어봐야 하는 서랍장이었다. 그런데 윌리엄은 서랍장 자체를 창밖으로 던져버리려 했다.

새벽 세시에 줄리아는 사다리를 놓고 부엌 찬장 꼭대기 선반을 비웠다. 결혼 선물, 평소에 쓰기에는 실용적이지 않은 물건으로 꽉 차 있었다. 말도 안 되게 무거운 크리스털 그릇. 아이가 있는 집에서 사용하기에는 너무 깨지기 쉬운 도자기 찻잔 세트. 옛날 방식으로 식후주를 마실 때 쓰는 미니어처 와인잔. 브랜디인지 셰리인지 기억나지 않았다. 줄리아는 싱크대에 물을 가득 채우고 세제를 푼 다음 태양이 하늘로 떠오르고 앨리스가 잠에서 깰 때까지 깨지기 쉬운 그릇들을 조심스럽게 씻었다.

줄리아는 그녀의 아파트에, 결혼생활이라는 이상한 연옥에, 자기 피부 안에 갇힌 기분이었다. 그녀는 윌리엄이 전화를 걸어서 돌아와달라고, 지금 당장 그녀가 필요하다고 말하기를 기다리고 있었다. 또는 실비가 똑같은 대답을 가지고 돌아오기를. 줄리아는 자신이 윌리엄의 아내여야 하는지 아닌지 분명한 답을 기다리고 있었다. 윌리엄이 자살을 시도하고 일주일이 조금 넘어서 실비가 다시 찾아왔을 때 동생이 어찌나 피곤해 보이던지 다섯 살은 더 먹은 것 같았다. 머리카락은 뒤로 높이 묶고 눈 밑의 피부는 멍든 것처럼 까맸다.

"앉아." 줄리아가 걱정스레 말했다. "너 금방이라도 기절할 것 같아."

실비가 고개를 저었다. "윌리엄이 언니한테 면회 오지 말라고 전해 달래."

안도감이 온몸에 스며들어서 줄리아는 안락의자에 털썩 앉았다.

"그리고 또 뭐라고 했냐면"—뉴스를 알리는 특파원처럼 감정 없는 목소리였다—"앨리스를 포기하겠대."

"포기한다고?" 줄리아는 말이 안 되는 표현이라 잘못 들었나보다고 생각했다. "그게 무슨 뜻이야?"

"앨리스의 부모가 되지 않겠다는 뜻인 것 같아. 언니가 유일한 부모야."

줄리아가 천천히 고개를 돌려 아기 담요에 누워 있는 앨리스를 보았다. 앨리스는 분홍색 점프슈트를 입고 자전거를 거꾸로 타는 것처럼 맨발로 허공을 차고 있었다. 애를 쓰느라 동그란 뺨이 발개졌다. 줄리아는 입속에 그 말을 머금었다. 포기한다.

"진심인 것 같았어." 실비가 말했다. "그리고 '영원히'라는 말도 했어."

줄리아가 또다른 말을 입에 머금었다. 영원히. 그녀는 아, 하느님 감사합니다라고 생각했지만 사실 아버지가 돌아가신 후 기도를 드리지 않았다. 그래도 안도감이 너무나 커서 다시 한번 생각했다. 하느님 감사합니다.

실비가 몸을 지탱하려는 듯 손으로 벽을 짚었다. 줄리아만큼이나 못잔 얼굴이었다.

"아기방 소파에 좀 누워." 줄리아는 이제 동생이 자기 집에 들어오는 것이 아무렇지도 않았다. 이제는 앨리스와 숨을 필요가 없었다. 줄리아는 윌리엄이 떠난 후 자유로운 기분이었는데 그가 자살을 시도하자 갇힌 기분이 들었고, 이제 다시 자유로워졌다. 자유는 호사스러운 침대에 털썩 누울 때와 같은 느낌이었다. 퇴폐적이고 감미로웠다. "제발 조금이라도 쉬어." 줄리아가 자신이 아닌 다른 사람을 걱정할 기회가 생긴 것에 감사하며 말했다. "너 지금 귀신 같아."

실비가 살짝 미소를 지어 보였다. "난 괜찮아. 도서관에 출근해야 해. 그냥 언니한테 먼저 말해주고 싶었어."

"말해줘서 고마워."

"언니를 위해 모든 걸 명쾌하게 만들어주고 싶었어." 실비가 말했다. "너무 복잡하고 아무것도 해결되지 않은 상태였잖아. 언니는 그런 거 싫어하니까. 윌리엄이 정말로 결혼생활을 끝내길 원하는지 알고 싶었어."

줄리아가 눈앞의 동생을 찬찬히 보았다. 실비가 결혼생활을, 임박한 윌리엄과의 끝을 해결한 것 같았다. 실비는 윌리엄의 우울증이라는 중력장에 갇혀 전혀 빠져나오지 못하는 사람처럼 지금 줄리아 앞에서 고통스러워하고 있었다. 줄리아가 보기에는 실비가 그녀를 대신해서, 언니에게 명쾌함을 선물하려고 애쓰면서 괴로워하는 것 같았다. 줄리아는 고마웠다. 그래서 실비를 사랑했다. 하지만 동생이 영영 변하기 전에 그 괴로움을 멈춰주고 싶었다. 영원히 슬퍼하며 지치기 전에. "내가 널 도와줘야겠다." 그녀가 말했다. "네가 좋아하는 달걀 요리를 해줄게, 먹고 가." 줄리아가 실비의 손을 잡고 부엌으로 걸어들어갔다.

뺨에 혈색이 약간 돌아온 실비가 도서관으로 출근한 다음 줄리아는 앨리스를 유아차에 태우고 두 가지 볼일을 보러 나갔다. 줄리아는 걸어가면서 어느새 미소를 띠었고, 얼굴이 이상하게 팽팽해진 기분이 들었다. 이렇게 진심으로 미소를 지은 것이 너무 오랜만이기 때문이었다. 줄리아는 윌리엄이 그녀와 전혀 관련되기를 원하지 않는다는 사실에 안도해 마음이 풀어졌다. 그녀가 그를 망가뜨린 것도 아니었고, 그를 고쳐줄 필요도 없었다. 그리고 가장 중요한 것은 윌리엄이 두 사람의 딸과 관련되기를 원하지 않는다는 사실이었다. 줄리아로서는 상상도 할 수 없는 일이었지만—아기가 잠깐만 안 보여도 견딜 수 없었다—이로써 가장 큰 걱정이 사라졌다. 윌리엄이 앨리스를 포기하기로 한 것이다.

줄리아는 최대한 빨리 변호사를 만나 윌리엄이 마음을 바꾸기 전에 그가 한 말을 전부 문서화해 공증받기로 마음먹었다. 그녀는 은행으로 걸어가서 윌리엄이 준 수표를 예치했다. 그런 다음 자기 삶을 주도하기 위해 아파트에 놓을 자동응답기를 샀다. 두 번 다시 수화기 너머에서 어떤 끔찍한 소식이 기다리는지 알지 못한 채 전화를 받고 싶지 않았다.

줄리아는 며칠 동안 아파트의 물건을 상자에 넣어 포장했다. 이 아파트는 다른 미래, 이제는 일어나지 않을 미래를 위한 곳이었으니 그녀는 이사를 가야 했다. 줄리아는 여기서 행복한 가정을 꿈꾸었다. 성공한 교수, 커리어우먼, 완벽한 딸. 하지만 그 미래는 줄리아도 모르는 사이 파멸했다. 줄리아는 벽장을 비우면서 자신의 멍청함이 부끄러워졌다. 그녀와 앨리스가 다시 시작하려면 새집이 꼭 필요했다.

10월 초의 어느 날 아침, 줄리아가 스웨트셔츠를 머리에 뒤집어쓰며 입고 있는데 전화벨이 울렸다. 밤새 날이 추워졌다. 기온이 떨어지자 줄리아는 무턱대고 기뻤다. 곧 새로운 계절이 시작된다는 뜻이었고, 또한 그녀가 재난과도 같은 과거와 멀어져 미래를 향해 작게나마 한발 나아간다는 뜻이었기 때문이다. 자동응답기가 딸깍 켜지자 상대방이 전화를 끊었다. 하지만 전화벨이 즉시 다시 울리고 삐 소리가 난 후 로즈의 목소리가 말했다. "줄리아 셀레스트 파다바노, 당장 수화기 드는 게 좋을 거다. 어떻게 감히 엄마한테 자동응답기에—"

줄리아는 거실을 가로질러 뛰어가다가 상자에 발이 걸려 넘어졌지만 다시 일어나서 상자 두 개 사이에 갇힌 의자를 넘어갔다. 앨리스가 지정석인 담요 위에서 엄마를 지켜보았다. 처음에는 눈이 커지더니 곧 엄마가 자기를 위해 장난을 치는 줄 알았는지 깔깔 웃었다.

줄리아가 숨을 헐떡이며 수화기를 들었다. "네, 엄마. 저 여기 있어요!"

"줄리아니?" 기술이 자기 딸의 목소리를 흉내내는 게 아닌가 의심하는 듯한 말투였다.

"나예요."

어머니가 고개를 끄덕이고 좁은 발코니에 놓인 의자에 다시 앉는 소리가 들리는 것만 같았다. "정말 줄리아 맞니? 내 딸은 자기 남편이 호수에 걸어들어가면 나한테 전화할 줄 알았는데 말이다."

줄리아는 동생들에게 무슨 일이 있었는지 로즈한테 말하지 말아달라고 부탁했고 동생들도 그러겠다고 했다. 윌리엄이 떠난 뒤 줄리아는 어머니에게 딱 한 번 전화를 걸었지만, 통화를 짧게 끝내려고 플로리다에서 어떻게 지내는지 질문을 퍼부었다. 줄리아는 혼돈이 가라앉을 때까지, 이 일을 어떻게 짜맞출지 파악할 때까지, 어머니의 반응을 받아들일 힘이 생길 때까지 시간을 벌고 싶었다. 하지만 이렇게 극적인 이야기를 오래 쉬쉬할 수는 없었고, 줄리아가 두려워하던 소문이 필슨에서 불붙어 플로리다까지 번진 것이 분명했다. "음, 물론 속상해서 그랬죠, 엄마. 게다가 바쁘기도 하고—"

"안 바빴잖아. 나한테 거짓말하지 마세요, 아가씨. 에멀라인이 그레이스 체초네한테 안 하는 이야기가 없는데, 그레이스 말로는 네가 아파트에서 거의 나가지도 않고 병원에는 얼씬도 안 했다더라. 그 대신 실비한테"—로즈는 산타클로스라고 말할 때처럼 믿을 수 없다는 말투로 실비의 이름을 언급했다—"의사를 상대하도록 맡겼다며. 내 귀를 의심했지 뭐니."

"실비한테 맡긴 게 아니에요. 엄마는 모르—"

로즈가 말을 잘랐다. "네가 병원에 안 간다고 했다며. 그러면 실비가 어쩌겠니, 죽을 뻔한 애를 병원에 혼자 둬? 윌리엄은 고아야, 너도 알잖아. 걘 다른 가족이 없어."

줄리아가 바닥의 담요에 누워 있는 앨리스를 흘깃 보았다. 졸려 보여서 다행이었다. 아이가 엄마의 아드레날린 체계와 연결되어 있지 않다는 뜻이었다. 만약 그랬다면 앨리스는 지금 울고 있을 것이다. 줄리아는 울고 싶었다.

"윌리엄이 날 떠났어요, 엄마. 입원하기 전에 말이에요. 우린 이혼하기로 했어요. 정말 힘들었어요."

"그 흉측하디흉측한 단어는 입에 올리지도 마라. 윌리엄이 너한테 쪽지를 남겼다면서." 로즈는 아무것도 아니라는 듯이 쪽지라고 말했다. "네 남편은 아파서 입원한 거야, 줄리아. 윌리엄이랑 이야기는 해봤니?"

"아니요." 줄리아가 말했다. "오지 말래요. 그리고 엄마, 안 믿으시겠지만 이제 앨리스도 자기 딸이 아니래요. 앨리스에 대한 권리를 포기한대요."

줄리아는 엄마가 이 말에 진저리를 칠 줄 알았지만 로즈는 한숨만 쉬었다. 줄리아의 동생들이 내쉰 것과 똑같은 한숨이었다. 그 흐릿한 소리와 엄마와 동생들 때문에 줄리아는 이마를 문질렀다. 줄리아의 머리와 가슴속에서 어머니와 동생들은 모두 하나로 엮여 있었지만, 줄리아가 그 굴레에 걸려 넘어지게 만들 수 있는 사람은 로즈밖에 없었다.

"윌리엄은 상태가 안 좋아." 로즈가 말했다. "제정신에 자기 아이를 두고 그렇게 말할 사람이 어디 있겠니. 신성모독이야."

줄리아는 엄마도 자식을 포기했잖아요, 세실리아를 포기했잖아요라고 말하고 싶었다. 하지만 엄마에게 상처 주고 싶지 않았고, 로즈는 분명 세실리아는 다 컸으니 전혀 다르다고 말할 것이었다. 줄리아가 머릿속으로 말싸움을 상상해본 결과 결국 줄리아나 엄마 둘 다 얻을 게 없었다. 그녀가 한숨을 쉬고 말했다. "윌리엄은 진심이었어요."

"윌리엄은 마음이 상했고, 너도 마음이 상했어. 내 말 좀 들어봐라. 네 남편은 좋은 남자야. 술도 안 마시지, 놀러 다니지도 않잖아. 대학원은 잘 안 됐지만 직장은 구할 수 있을 거야. 세상에, 넌 애도 있잖니. 잘 생각해야지. 이혼녀가 되는 건 끔찍한 일이야. 남자는 결혼생활이 끝나도 살아날 수 있지만 여자는 안 그래. 네 인생을 정말로 갖다 버리고 싶어? 이제 겨우 스물세 살인데."

줄리아가 고개를 저었다. "요즘은 엄마 때보다 많이들 이혼해요. 별일 아니에요."

로즈가 전화기에 대고 한숨을 쉬었다. "별일 아니라니! 성당에서는 별일이야, 그건 확실하지. 우리 집안이 온 동네 이야깃거리가 됐어." 그녀가 말했다. "다들 남의 불행을 너무 좋아하니까. 콜 신부님이 너한테 세례도 주시고 혼인성사도 해주셨잖아. 네가 이런 일을 겪는 걸 아시면 얼마나 가슴이 아프시겠니. 캘러핸 부인이 남편한테 버림받고 나서 자기를 원하는 사람이 없으니까 머리도 안 빗고 다녔던 거 기억 안 나?"

"난 절대 그렇게 되지 않을 거예요." 기분이 상한 줄리아가 말했다.

"윌리엄은 힘든 시기를 겪고 있어, 우리 모두 그렇지. 미시간 호수에 빠져 죽으려고 할 만큼 요란하게는 아니지만, 우리 모두 언젠가는 벽에 세게 부딪히게 돼 있어. 아내의 역할은 남편한테 그런 일이 생겼을 때 곁을 지키는 거야. 이십 년 뒤에 돌아보면 결혼생활의 아주 작은 티끌로 보일 거다. 버텨서 다행이라고 생각할 거야."

줄리아는 자신을 둘러싼 상자를 살펴보았다. 그녀는 세실리아가 임신했다고 선언한 뒤 텃밭에서 보았던 로즈의 상처받은 표정을 생각했다. 로즈는 그때 벽에 부딪혔다. 물론 윌리엄도 벽에 부딪혔다. 하지만 줄리아는 아니었다. 그녀는 건강하고 온전하고 능력이 출중했다. 줄리아는 엄마가 결혼생활을 고집스레 유지하는 모습을 지켜보았다. 그것은 그녀의 길이 아니었다. 줄리아는 아버지의 로켓이었다. 그녀와 앨리스는 단둘이서 더 잘 지낼 것이다. "이사할 거예요." 줄리아가 말했다. "취업 때문에 쿠퍼 교수의 연락을 기다리고 있어요. 이 아파트에서 나가야 해요. 윌리엄은 이제 노스웨스턴 대학원생이 아니니까요."

"바로 나가야 한다고? 그런 일이 있었는데 한 달의 여유도 안 준다니?"

"네, 안 준대요." 사실이 아니었다. 적어도 줄리아가 알기로는 사실이 아니었다. 언제까지 이사를 나가야 하는지 그녀도 몰랐다. 읽어야 할 우편물이 잔뜩 있었는데, 그중에 노스웨스턴 대학에서 온 우편물도 있었을지 모르지만 이미 뜯지도 않고 줄리아라고 적힌 상자에 넣어버렸다. 거의 모든 상자에 줄리아 또는 앨리스라고 적혀 있었다. 남편 물건은 옷, 농구공 몇 개, 종이가방에 그대로 들어 있는 원고가 전부인 것 같았다.

"말도 안 돼." 로즈가 말했고, 줄리아는 로즈가 자기 말을 안 믿는다는 사실을 알 수 있었다. "필슨에 아파트 구하는 걸 도와줄까? 부동산이라면 여기서 친하게 지내는 친구들의 연줄이 안 닿는 데가 없어. 그 일부터 처리하자. 전화 몇 통만 돌리면 돼. 일단 이사부터 하고 머리가 맑아진 다음에 윌리엄과의 관계를 다시 생각하렴."

"그렇게 멀리 계시면서 이사를 어떻게 도와줘요." 줄리아가 말했다. "그래도 고마워요."

"바보같이 굴지 마. 엉뚱한 짓을 하면서 내 핑계는 대지 마라, 줄리아. 난 널 그렇게 안 키웠어. 우리 손녀는 어떻게 지내니?"

줄리아가 고개를 돌렸다가 미소를 지었다. 앨리스가 담요에서 잠들어 있었다. 잔뜩 쌓인 상자들 틈에서, 청바지와 낡은 스웨트셔츠 차림의 엄마 앞에서, 전화기 너머에서 할머니가 줄리아의 영혼에 대고 소리를 질러대는데도 말이다.

"앤 완벽해요." 줄리아가 말했다. "계속 완벽하게 지내도록 내가 지켜줄 거예요."

쿠퍼 교수는 프로젝트 준비가 끝나기를 기다리고 있다고, 준비되면 어떤 자리가 비는지 알게 될 거라고 말했다. 어느 날 오후, 교수가 전화를 걸어서 응답기에 짧은 메시지를 남겼다. 그는 명석하므로 줄리아가 전화를 아예 안 받는다는 사실을 알아차렸을 것이다. 늘 그가 메시지를 남기자마자 줄리아가 바로 전화를 걸었다. 하지만 쿠퍼 교수가 무슨 일이 있나 의심해도 그녀는 신경쓰지 않았다. 의심 정도는 괜찮았다. 줄리아도 쿠퍼 교수의 사생활에 대해 전혀 몰랐다. 그녀는 두 사람이 순전히 사무적인 관계라서 좋았다.

그녀가 다시 전화를 걸자 쿠퍼 교수가 말했다. "줄리아, 미안하지만 당장은 일을 맡길 수 없게 됐어. 솔직히 말하자면 내년 5월은 돼야 일을 줄 수 있겠는데. 미안하군, 이런 소식을 듣고 싶진 않았을 텐데."

"하지만 지금은"—줄리아가 날짜를 찾아 머릿속을 뒤졌다—"10월

12일인데요."

"알아. 음, 뉴욕에서 육 개월짜리 대형 프로젝트를 맡아서 그 일을 마칠 때까지 여길 떠나게 됐거든. 여기 일은 늦봄에나 시작할 텐데, 그때 같이 일해주면 좋겠군."

줄리아는 이 정보를 처리하려고 애썼다. 겨울과 봄 내내 도대체 뭘 해야 하나? 그녀는 베이비시터처럼 십대 때 했던 일을 빼면 쿠퍼 교수 외에 다른 사람 밑에서 일해본 적이 없었다. 그리고 쿠퍼 교수는 앨리스를 좋은 어린이집에 맡길 수 있을 만한 급여를 주었다. 줄리아는 일을 시작하면 앨리스를 에멀라인이 근무하는 어린이집에 보내서 이모의 애정어린 보살핌을 받고 거의 늘 어린이집에 있는 이지와 함께 놀게 할 생각이었다.

줄리아는 쿠퍼 교수의 수업을 들은 것이 정말 행운이라고 생각했다. 그녀는 조직심리학이 어떤 과목인지도 모르고 순전히 호기심에 수강신청을 했다. 쿠퍼 교수는 내성적인 남자였다. 줄리아가 학교에 다닐 때 교수를 찾아가 여름방학 동안 도와드려도 되느냐고 묻자 그는 당황한 것 같았다. 줄리아는 심부름도 하고, 커피도 타고, 그가 원하는 것은 뭐든 하겠다고 말했다. 그녀는 물론 그런 일도 했지만, 교수는 의뢰인을 만날 때 그녀와 동행하면 의뢰인이 좋아한다는 사실을 깨달았다. 줄리아는 똑똑한데다 날카로운 아이디어를 냈다. "초심자의 시선이 궁금하군." 쿠퍼 교수는 이렇게 말하며 해결하려고 고심중인 복잡한 업무 흐름상의 문제를 이야기했다. 가끔 그녀는 교수에게 도움이 될 만큼 이해하지 못해도 새로운 방향을 제시할 아이디어나 제안을 내놓았다.

"저도 같이 갈게요." 줄리아가 자기도 모르게 말했다. "대형 프로젝트를 도와드릴 수 있어요."

"뉴욕으로 같이 가겠다고?" 교수는 깜짝 놀란 것 같았다.

줄리아 역시 자기 제안에 깜짝 놀랐다.

"미안하지만"—쿠퍼 교수가 주저하며 말했다—"남편과 아기가 있지 않았나?"

"아기도 데려갈 거예요." 줄리아가 말했다. "뉴욕에도 좋은 어린이집이 있겠죠. 겨우 육 개월인데요, 뭐."

줄리아의 머릿속에 계획이 떠올랐다. 그렇게 하면 그녀가 안고 있는 문제 중에서 여러 가지를 해결하거나 적어도 미룰 수 있었다. 가구와 물건을 전부 맡기고 뉴욕에 다녀와서 새 아파트를 찾으면 된다. 윌리엄과 멀리 떨어진 채로 이혼과 양육권 포기 절차를 밟으면 일을 더욱 사무적으로 처리할 수 있다. 윌리엄이 마음을 바꿀 경우 줄리아가 시카고에 살고 있으면 그녀를 직접 만나서 따질 수 있었다. 하지만 줄리아가 뉴욕에 살면 윌리엄은 전화나 편지를 통할 수밖에 없다. 반년이 지나면 자욱한 먼지도 극적인 드라마도 잠잠해지리라. 뉴욕에서 돌아오면 필슨에, 동생들 근처에 살 수 있을 것이다. 그때가 되면 길거리에서 마주친 로즈의 친구들이 줄리아를 쫓아다니며 왜 결혼생활이 끝났냐고, 뭘 잘못했냐고 캐물을 가능성도 적어진다. 지금 줄리아의 가족은 뜨거운 석탄 위에 서 있지만 육 개월 후에는 지형이 크게 달라질 것이다.

"흥미로운 제안이군." 쿠퍼 교수가 말했다. "만약 그렇게 되면 물론 비행기 티켓값은 지급하겠지만 나머지는 전부…… 난 뉴욕 사람을 고용하려고 했지."

"이사 비용은 제가 부담할게요." 줄리아가 말했다. "그 정도는 할 수 있어요." 그녀는 전 뉴욕에 가본 적이 없거든요, 정말 신날 거예요라고 말할 뻔했지만, 그러면 일을 진지하게 생각하지 않는 것처럼 들리거나 현지에서 고용한 사람보다 도움이 안 돼 보일 수 있었다. 현지 직원은 식사를 어디에서 해야 할지도, 지하철이 어떻게 다니는지도 분명히 알 테니까.

"나는 전화로 결정을 내리지 말자는 주의라서." 쿠퍼 교수가 말했다.

"당연하죠." 줄리아가 말했다. 쿠퍼 교수는 이런 식의 규칙이 많았는데, 대부분 건전한 의사결정과 효율성을 위해서였다. 그는 유행에 뒤처지지 않으면서도 이미 가진 옷을 낭비하지 않으려고 정장을 일 년에 딱 한 벌만 샀다. 또 몸매를 유지하기 위해 큰 그릇에 담긴 샐러드를 일주일에 여섯 번 먹었다. 샐러드를 언제 먹는지, 그 외에 또 무엇을 먹는지는 중요하지 않았다. 큰 그릇에 담긴 샐러드를 여섯 번 먹는 것이 규칙이었다.

"하지만 줄리아, 알아서 이사한다면 제안을 받아들이도록 하지. 지금까지 자네만큼 뛰어난 조수는 없었으니까. 자세한 내용은 곧 알려줄게."

전화를 끊자 간질간질한 에너지가 솟구쳐서 줄리아는 상자들 한가운데에서 미친듯이 춤을 췄다. 이렇게 말도 안 되는 결정을 내렸으니 겁이 나야 마땅했지만 겁나지 않았다. 흥분됐다. 로즈에게 이야기할 생각을 하니 웃음이 나왔다. 이 소식으로 엄마를 깜짝 놀래면 재미있을 것이다. 로즈는 도망쳤고, 거기에는 결과가 뒤따랐다. 그중 하나는 줄리아에게도 잠시나마 도망칠 명백한 권리가 생긴 것이었다. 사실 줄리아는—한창 춤을 추다가—뉴욕에서 아파트를 구할 때 어머니의 도움을 받을 수 있을지도 모른다는 생각이 불쑥 들었다. 로즈는 마이애미에서 사귄 친구들이 부동산에 관해서라면 연줄이 안 닿는 데가 없다고 했다. 그중에 분명 뉴욕시의 아파트를 소개해줄 친구도 한 명은 있을 것이다. 어쩌면 노부인 중 한 명이 뉴욕에 빈집이 있어서 줄리아와 앨리스가 몸만 들어가면 될지도 몰랐다.

줄리아는 윌리엄의 상자에서 지도책을 꺼냈다. 옷이 아닌 물건은 몇 개 안 됐는데 그중 하나였다. 줄리아는 뉴욕주를 찾은 다음 뉴욕시 상세 페이지를 펼쳤다. 그리고 손가락으로 맨해튼섬을 따라 그려보았다. 줄리아는 도시에서 자랐다. 대도시가 서로 달라봤자 얼마나 다를까? 그녀가 상자 더미를, 잠든 아기를 둘러보았다. 줄리아는 다음 단계를 찾아냈고, 어머니도 동생들도 그녀를 막을 수 없었다.

줄리아는 쿠퍼 교수가 자세한 내용을 알려줄 때까지, 그리고 이 주 뒤 뉴욕으로 가는 비행기 티켓을 구할 때까지 동생들에게 이 소식을 알리지 않았다. 매일 동생들이 최소 한두 명씩 와서 같이 저녁을 먹었지만 줄리아는 얼굴을 보면서 알리고 싶지 않았다. 동생들이 줄리아 앞에서 화를 낼까봐, 그러면 자신이 용기를 잃고 마음을 바꿀까봐 두려웠다. 어쨌든 네 자매는 그렇게 멀리 떨어져 지낸 적이 없었다. 서로 이십 분 이상 떨어진 곳에 산 적도 없고 적어도 일주일에 한 번은 만났으며 매일 볼 때가 많았다. 줄리아는 전화로 한 동생에게 말한 다음 그

동생이 나머지에게 알리는 것이 최선이라고 결론을 내렸다. 동생들이 그녀에게 온갖 감정을 쏟아내기 전에 비행기에 오를 수 있으면 좋겠다고 생각했다.

어느 동생에게 이야기할까 고민하다보니 실비가 제일 먼저 떠올랐지만, 복잡한 선택처럼 느껴졌다. 실비는 쌍둥이만큼 자주 줄리아를 찾아왔지만 이 집에서는 더 조용했다. 실비와 줄리아는 예전보다 더 자주 포옹했고, 저녁식사를 한 다음에는 소파에 나란히 앉아 한 사람이 다른 사람의 어깨에 머리를 얹고서 텔레비전을 보았다. 가끔 손을 뻗어 서로의 손가락을 꽉 쥐어 잡았다. 두 사람의 몸은 마치 자석처럼 서로를 끌어당겼다. 파다바노가의 장녀와 차녀가 둘 다 말하기를 망설이는 동안 몸끼리 의사소통을 하는 것 같았다. 줄리아는 윌리엄이 집을 나간 뒤 스물네 시간 동안 실비가 자기 언니보다 윌리엄을 더 걱정한 이유를 절대 묻지 않았다. 수색대 이야기를 해달라고도 하지 않았다. 줄리아는 윌리엄이 그녀와 앨리스와 관련되고 싶지 않다고 말한 뒤 실비도 병원에 발길을 끊었으리라 여겼지만, 윌리엄의 담당 의사가 한 말을 들은 이후 과연 그럴까라는 생각이 들었다.

뎀비아 박사가 십 분만 시간을 내달라며 자동응답기에 메시지를 남겼다. 그녀가 윌리엄의 '붕괴'라고 칭하는 것에 대한 통찰을 줄리아가 제공해주길 바랐다. 그러나 줄리아는 그가 우울한지 몰랐다. 이런 일이 일어나리라 예상하지 못했다. 모든 것에 충격을 받았다. 의사가 정보를 물었을 때 줄리아는 그의 어린 시절에 대해 별로 아는 것이 없음을 깨달았다. 윌리엄은 어린 시절 이야기를 하지 않았다.

줄리아가 말했다. "우리의 결혼생활은 그 일이 아니었어도 끝났을 거예요."

잠시 침묵이 흐르더니 의사가 말했다. "결혼생활에 이미 문제가 있었다 해도 이번 일로 무척 속상하셨겠어요."

줄리아는 잠시 아무 말도 할 수 없었다. 목에 무슨 덩어리가 걸린 것 같고 울음이 터져나올 것 같았다. 그녀는 의사가 남편에 대해 모른다고 책망할 줄 알았다. 비록 오지 말라는 말을 듣긴 했어도 병원에 한 번도 가지 않았다고 비난할 줄 알았다. 줄리아는 친절을 예상하지 못했다. 의사는 그녀를 올바로 진단했다. 이런 일이 벌어져 줄리아는 정말로 속상했다. 그녀는 아이들이 가지고 노는 블록으로 만든 탑처럼 무너졌고, 자신을 추스를 기회가 생겼을 때에도 심장의 일부를 영영 잃어버린 기분이었다.

"도움을 못 드려서 죄송해요." 목소리가 떨리지 않겠다 싶을 때 드디어 줄리아가 말했다.

"시간 내줘서 고마워요, 실비."

줄리아가 눈을 깜빡거렸다. "실비요?"

"아, 미안해요. 말이 헛나왔어요. 줄리아. 전화해줘서 정말 감사해요."

줄리아는 전화를 끊은 다음 왜 의사의 머릿속에 실비의 이름이 있었을까 생각했다. 뎀비아 박사가 최근에 실비를 만났나? 통화할 때 동생이 의사 앞에 서 있었나? 의사의 말실수에 아무 의미도 없을지 몰랐지만 이제 줄리아는 의문을 갖게 되었고, 그 의문 때문에 실비가 멀게만 느껴졌다. 줄리아는 에멀라인에게 전화를 걸어서 뉴욕으로 이사 간다고 말하기로 했다. 에멀라인은 목소리가 상냥하고 거의 항상 아기를 안고 있어서 절대 소리치지 않았다. 세실리아는 나쁜 소식이다 싶으면 놀라서 화를 내기 십상이었다. 그래서 10월 마지막 주 수요일에 줄리아는 어린이집에 있는 에멀라인에게 전화를 걸었다.

"하루 중에서 제일 바쁜 시간이야." 에멀라인이 말했다. "아기들이 점점 이성을 잃고 있어. 내가 이따 집에 가서 전화하면 안 될까?"

"쿠퍼 교수랑 일하게 됐다고 말하고 싶어서."

"아, 축하해! 잘됐다."

"첫 육 개월은 뉴욕에서 일할 거야, 그런 다음 여기로 돌아와서 일할 거고."

침묵이 흘렀고, 에멀라인이 수화기를 떼고 이렇게 말하는 소리가 들렸다. "조시, 잠깐 나 좀 대신해줄래? 부엌에서 전화를 받아야겠어." 잠시 정적이 흘렀다. 에멀라인이 부엌으로 가서 다시 전화를 받을 때까지 조시가 수화기를 들고 기다리는 것 같았다. "고마워, 조시." 에멀라인이 말했고, 다른 전화기를 딸깍 내려놓는 소리가 났다.

"뉴욕이라고?" 에멀라인이 말했다.

"겨우 육 개월이야. 진짜 좋은 기회야, 난 이 일을 꼭 해야 해."

"그럴 순 없어." 에멀라인이 말했다. 세실리아처럼 날카로운 목소리였다. 세실리아가 스테이크나이프라면 에멀라인은 버터나이프였다. "지금 떠날 순 없어. 이렇게 많은 일이 벌어지고 있는데. 실수하는 거야, 줄리아. 도망치면 안 돼."

"잠깐이야. 그리고 도망치는 거 아니야." 하지만 줄리아는 괴로웠다. 에멀라인의 말은 결혼생활로부터 도망친다는 뜻이었는데, 줄리아가 아는 한 그것은 가능하지도 않았다. 윌리엄은 아주 분명하게 말했다. 그들의 결혼생활은 끝났다. 도망칠 대상이 없었다.

"언니한테는 우리가 필요해." 에멀라인이 말했다. "언니는 깨닫지 못할지도 모르지만, 진짜 필요해. 지금 우리는 서로가 필요해."

"네가 뉴욕에 놀러오면 되잖아, 에미. 재밌겠지?"

"실망이야." 에멀라인이 말했고, 줄리아는 자기 계산이 틀렸음을 깨달았다. 에멀라인에게 전화하는 것이 아니었다. 에멀라인은 네 자매의 양심이었다. 세실리아에게 전화했어야 했다, 그러면 두 사람은 서로에게 소리를 지를 수 있었으리라. 실비에게 전화해서 이 소식이 동생의 침묵에 튕겨나오는 소리를 들을 수도 있었으리라. 하지만 에멀라인은 옳고 그름의 입장에서 생각했다. 그녀는 말싸움에서 이기려고 하지 않았다. 세실리아와 실비는 이기려고 했을지도 모른다. 줄리아는 그런 말다툼이라면 오히려 밀리지 않았을 것이다.

"앨리스 운다." 줄리아가 말했다. "사랑해. 이제 그만 끊어야겠어."

전화를 끊으면서 줄리아는 대화를 마무리하는 데에도 실패했음을 알았다. 에멀라인에게 우는 아기는 일상이었다. 아마 지금도 에멀라인의 눈앞에서 아기 대여섯 명이 잠투정하며 울고 있을 것이다. 줄리아는 동생이 일로 돌아가서 아기를 허리에 걸치듯 안아들고, 고무젖꼭지를 물려주고, 단지 그것이 옳은 일이기에 자신과 아무 관계도 없는 아기에게 사랑을 속삭이는 모습을 그릴 수 있었다.

실비
1983년 8월—1983년 11월

윌리엄이 입원하고 열흘 동안 의사와 간호사 모두 실비가 윌리엄의 아내라고 생각했다. 어쨌거나 윌리엄이 자살을 시도한 날 실비가 그렇게 말했다. 그녀는 두 번 다시 그렇게 말하지 않았지만 실비도 켄트도 오류를 바로잡지 않았다. 실비는 배우자로서 윌리엄의 치료에 대한 정보를 입수했다. 의사와 간호사는 그녀를 존중하면서 윌리엄의 차트를 보여주었고, 실비는 의료진에게 들은 말을 전부 켄트에게 알렸다.

하지만 윌리엄이 두번째 병원으로 옮기고 며칠이 지나자 실비는 뎀비아 박사에게 사실대로 말했다. 이 병원에 입원한 목적은 윌리엄이 진단받은 심각한 우울증을 치료하는 것이었고, 실비는 뎀비아 박사가 윌리엄에게 "가차없이 솔직해져야 해요"라고 말하는 것을 듣자마자 죄책감에 빠졌다. 세인트프로코피어스 성당에서 고해성사를 하다가 거짓말을 들킨 기분이었다. 실비는 의사를 따라 복도로 나가서 어쩌다가 이런 상황에 처했는지 설명하려고 애썼다. 뎀비아 박사가 여자라서 다행이었다. 실비는 이야기하면서 이 짧은 회색 머리의 진지한 의사가 언니나 동생들 중 하나라고 생각하려 애썼다.

"윌리엄이 자살 시도 직전에 제 언니 줄리아에게 두 사람의 결혼은 이제 끝났다고 말했어요. 그래서 그 일이 벌어졌을 때 언니는 병원에 오려 하지 않았고, 윌리엄의 부모님은…… 뭐가 문제인지 저도 모르지만 그분들은 윌리엄과 아무 관계가 없어요. 보면 아시겠지만 켄트가 윌리엄의 형제인 척할 수도 없었고, 윌리엄이 의식을 찾지 못하는 동안 그를 대변할 사람이 필요했어요. 구급차 기사가 저를 윌리엄의 아내로 착각했고, 제가 그 생각을 바로잡아주지 않았어요. 그래서 이렇게 된 거예요." 실비가 어깨를 으쓱했다. 입 밖으로 나오는 말의 내용 때문에 약간 어지러웠다.

뎀비아 박사가 눈을 치켜떴다. "옳은 일을 하신 것 같네요." 그녀가 말했다. "면회자 명단에 환자와의 관계를 처제로 바꿔놓을게요. 알려줘서 고마워요."

실비의 자매들이 이 이야기를 들었다면 깜짝 놀랐을 것이다. 실비도 놀랐다. 자기 자신이 낯선 사람 같았다. 윌리엄의 친구들과 거리를 뛰어다녔던 그 밤과 낮 때문에 실비는 변했다. 그 시간은 실비의 인생에서 그 어느 때와도 달랐다. 그 힘든 노력, 일행, 두려움, 불면. 절대 잊히지 않을 것이다. 그 경험이 실비에게 흔적을 남긴 기분이었다. 문신을 새긴 것처럼.

실비는 자신이 윌리엄을 계속 찾아가는 것은 두 가지 이유 때문이라고 스스로에게 말했다. 첫째, 윌리엄은 몸이 좋지 않아서 자기 치료를 결정할 수 없다. 그러므로 누군가 옆에서 의사에게 대신 말해주는 것이 도움이 된다. 켄트는 의대로 돌아가야 했으므로 그럴 수 없었다. 둘째, 줄리아가 병원에 가야 하는지, 아직도 아내 노릇을 해야 하는지 알아봐달라고 부탁했다. "내가 뭔가를 해야 하는 걸까?" 실비가 찾아갔을 때 줄리아가 물었다. 실비는 언니를 버려두고 윌리엄을 찾으러 가면서 줄리아를 이미 한번 실망시켰고, 다시 실망시키고 싶지 않았다. 실비는 윌리엄이 말을 할 수 있을 만큼 정신을 차릴 때까지 윌리엄의 침대맡에서 기다렸다.

윌리엄은 호수에 오래 빠져 있었기 때문에 시력과 전해질 수치, 갑상선에 일시적인 문제가 생겼다. 그는 잘 깨어 있지 못했고, 실비는 그가 자는 동안 좋아하는 시집을 읽었다. 집중력이 오래가지 못해서 시가 잘 맞기도 했지만 아버지가 가까이 느껴지기 때문에 시를 선택한 것도 있었다. 실비가 잠든 환자 곁에 앉아 있을 때면 거의 항상 찰리가 그녀의 마음속에 있었다. 아버지는 그녀를 이해했고, 윌리엄이 망가진 것도 분명 알아봤을 것이다. 찰리가 살아 있다면 그 역시 이 병실을 지켰을 것이다. 둘째 딸과 마찬가지로 침대에 누워 있는 남자의 마음속 여정을 따라갈 수 있었을 것이다. 실비는 온 마음으로 이 사실을 알았다.

어느 날 오후, 윌리엄이 눈을 깜빡이며 잠에서 깨어 일어나 앉자 실비는 책을 내려놓았다. 초조함이 온몸으로 느껴졌고, 때가 됐음을 깨달았다. 저멀리 자기 아파트에 있는 줄리아의 초조함이 느껴지는 듯했다. 윌리엄이 쪽지에 쓴 말은 진심이었을까? 정말로 줄리아를 아내로 원하지 않을까? 윌리엄이—감정이 없고 분명한 목소리로—그렇다고,

줄리아가 면회 오기를 바라지 않는다고, 앨리스도 원하지 않는다고, 실비나 줄리아나 쌍둥이가 가능하다고 생각했던 것보다 더욱 완전하게 두 사람 모두를 포기한다고 말했을 때 실비는 외면하는 그의 얼굴을, 침대에 누워 있는 그의 길쭉한 몸을, 창밖의 하얀 하늘을 보았다. 그녀의 몸이 움츠러들더니 소리 없는 흐느낌을 내뱉는 느낌이 들었다.

실비에게도 그 대답이 필요했던 것이다. 실비는 양손에 무언가가 들려 있는데 주머니가 없는 바지를 입은 것처럼 어떻게 해야 할지 모르겠다는 느낌과 물음표들로 가득했다. 실비도 이 병실에서 무언가를 겪고 있었다. 언니가 그리웠지만 줄리아가 병원에 나타나면 윌리엄의 침대 옆에 실비의 자리는 없어질 터였다. 줄리아가 남편과 재결합하면 실비에게 맞는 자리는 어디에도 없으리라. 두 사람의 아파트와 이 병실 어디에도 실비의 공간은 없을 것이다. 실비는 윌리엄과 같이 입원한 느낌이었고, 시간이 더 필요했다. 그녀는 아프지 않았지만 멀쩡하지도 않았다.

실비는 그 이후 면회를 가지 않을 생각이었다. 그녀는 두 가지 목표를 전부 달성했다. 윌리엄은 의사와 대화할 수 있을 만큼 몸이 좋아졌고, 줄리아는 바라던 소식을 들었다. 하지만 실비는 병원에 가지 않을 수가 없었다. 매일 아침 오늘은 병원에 가지 않겠다고 스스로에게 말했지만 어느새 병원행 버스에 올라탔다. 실비는 자력에 끌리듯이 도서관과 병원, 언니의 아파트로 끌렸다. 그녀는 책에 도장을 찍고 연체통지서를 보내고 윌리엄의 침대맡에 앉아 있고 자매들과 함께 포장해온 음식을 먹었다.

내가 뭘 하는 거지? 그녀는 계속 자문했지만 그럴듯한 대답은 한 번도 떠오르지 않았다. 병원에서 실비는 죽고 싶어했던 사람 옆에 몇 시간이고 앉아 있었다. 그는 확실히 온전하게 살아 있는 것 같지 않았다. 가끔 실비를 볼 때면 눈빛이 멍했고, 자기 이름조차 애를 써야 기억해낼 수 있었다. 그녀는 무릎에 책을 펴놓은 채 말없이 앉아서 침대에 누워 있는 남자가 삶이라는 천에 자신을 다시 꿰어 붙이기만을 바랐다. 뎀비아 박사는 실비에게 우울증이 얼마나 끈질긴지 이야기해주고 적절한 투약 조합과 투여량을 파악하는 기술과 과학에 대해 설명했다. "남은 평생 약을 먹어야 할 거예요." 뎀비아 박사가 말했다. "약을 먹지 않으면 우울증을 관리할 수 없을 거예요. 지금까지 버틴 게 대단해요."

윌리엄의 정신이 또렷해지자 실비는 그에게 안전한 화제를 찾으려고 고심했다. 잡담을 할 수는 없었다. 그에게 날씨나 끔찍한 병원식에 대해 이야기하는 것은 견딜 수가 없었다. 윌리엄과 시시한 잡담을 한다는 생각만 해도 입이 말라서 아무 말도 나오지 않았다. 한번은 너무 절박해서 농구와 관련된 질문을 했다. 이 방법이 통해서 딱딱하거나 어색하지 않은 대화를 나눌 수 있었다. 실비는 특정 선수나 그의 원고에서 읽었던 농구사를 떠올리며 질문했다. 윌리엄이 대답할 때 얼굴에 떠오른 안도의 표정 때문에 실비도 밀려오는 안도감을 느꼈다. 그런 순간이면 그의 눈에 불이 켜졌고, 그러면 실비는 가스레인지의 점화 불꽃이 떠올랐다. 그녀는 도서관에서 농구 백과사전을 뒤져 물어볼 만한 질문을 적었다. 실비는 점화 불꽃을 다시 켜고 싶었다. 질문을 충분히 많이 하면 그 불이 영원히 켜질까 궁금했다.

어느 날 밤 실비, 세실리아, 에멀라인이 줄리아의 집에서 저녁식사를 하고 밖으로 나왔다. 줄리아는 윌리엄이 자신과 앨리스를 원하지 않는다는 말을 들은 이후 더 홀가분해 보였다. 웃고, 동생들을 놀리고, 먹고 있는 음식을 평가하고, 앨리스와 이지에 대해 이야기했다. 실비는 언니를 보면서 그 홀가분함이 부러웠다. 실비는 눈처럼 내린 비밀에 파묻힌 것처럼 자기 안에 갇힌 기분이었다. 저녁을 먹으면서 무슨 말을 하려고 입을 열 때마다 무엇을 말해도 되고 무엇을 말하면 안 되는지 흐릿하고 혼란스러웠다.

세실리아가 자기와 데이트를 하고 싶어하는 조각가에게 차를 빌린 터라 세 자매는 작은 초록색 세단에 올랐다. 에멀라인은 뒷좌석 카시트에서 꾸벅꾸벅 조는 이지 옆에 앉았다.

"과속은 안 돼." 에멀라인이 경고했다. 세실리아는 운전을 했다 하면 빨리 달렸다.

"버펄로윙은 별로였어." 세실리아가 말했다. "게다가 날개가 그렇게 작은 닭이 어디 있지? 의심스러워."

"곯아떨어졌다." 이지가 잠들자 에멀라인이 말했다. 이지는 무의식 속에서 어려운 문제—현대 경제에서 재정적자를 최적화할 방법이 무엇인지, 또는 자유의지가 결정론과 양립 가능한지—를 고민하는 것처럼 심각한 표정이었다.

실비는 근육이 긴장으로 굳어서 안전벨트를 힘들게 채웠다. 차가 모퉁이를 돌아 속력을 내자 실비는 뭔가 말해야 함을, 안 그러면 눈 속에 완전히 파묻혀서 아무 말도 못하게 될 것임을 알았다. 그녀가 헛기침을 하고 말을 쏟아냈다. "두 사람한테 할말이 있어. 나 아직도 윌리엄의 병원에 찾아가. 가끔. 면회를 몇 번 갔어. 줄리아한테는 말하고 싶지 않지만 너희한테까지 숨기지는 못하겠어."

세실리아가 운전석에서 실비를 보았다. 실비는 동생이 그녀의 말을 가늠해보고 있음을 알 수 있었다.

"아, 다행이다." 에멀라인이 확실히 마음이 놓인 것처럼 말했다.

실비가 고개를 돌려 뒤를 보았다.

"윌리엄이 정말 걱정됐거든." 에멀라인이 말했다. "가족이 없잖아. 우리가 줄리아 편을 들어야 하는 것도 알고, 물론 난 줄리아 편이지만"—에멀라인의 눈이 커졌다—"윌리엄이 나쁜 놈은 아니잖아. 그런 행동을 할 정도였다니 정말 고통스러웠을 거야. 정말 끔찍한 상황이야. 견딜 수가 없어. 언니가 면회를 가서 다행이야."

"아, 에미." 실비의 어깨에서 힘이 빠졌다. 그동안 이 비밀을 안고 지내느라 얼마나 스트레스를 받았는지 실감났다. "나도 그래."

세실리아가 운전대 위로 몸을 숙였다. "왜?" 자신을 보는 언니와 동생의 눈빛을 느끼고 그녀가 말했다.

"나한테 화났어?" 실비가 말했다.

"우리한테 말해준 건 고마워." 세실리아가 말했다. "그래도 난 면회 안 갈래."

실비는 세실리아가 자살을 시도한 윌리엄에게 화가 났음을 알았다. "윌리엄이 부탁만 했으면 우리 중에서 누구라도 도왔을 거야." 그 일이 있고 나서 며칠 동안 세실리아는 여러 번 이렇게 말했다. 실비가 보기에 세실리아는 자기가 좋아하는 사람이 남몰래 스스로를 해치려 했다는 생각을 견딜 수 없는 것 같았다. 세실리아는 솔직하고 무뚝뚝했다. 행복하지 않으면 행복하지 않다고 말해야 한다고 생각했다. 도움이 필요하면 요청해야 한다고 말이다. 세실리아는 윌리엄이 호수에 걸어들어가기로 선택한 것만큼이나 그가 침묵한 것에도 마음이 상했다.

"너도 면회를 가야 한다는 건 아니야." 실비가 말했다. "줄리아는 내가 면회 가는 걸 싫어할 거야. 우리 모두가 줄리아에게 숨겨야 할 비밀을 만들면 안 돼."

세실리아는 실비의 말을 듣지 않는 것 같았다. 그녀가 말했다. "에미는 윌리엄이 얼마나 힘들었겠냐고 계속 말했거든. 내가 보기엔 말이 안 되지만, 에미는 내가 이해해야 한대."

에멀라인이 뒷자리에서 고개를 끄덕였다.

실비가 말했다. "너희가 나한테 화나지 않아서 다행이야. 그건 견딜 수가 없거든."

"그런 건 애초에 불가능해." 세실리아가 말했고, 실비는 진심임을 알았기에 미소를 지었다. 세실리아에게는 양보할 수 없는 원칙이 있었지만 가족이 힘든 시기를 보내는 지금은 언니들을 지지하기 위해 필요하다면 어떤 방향으로든 굽힐 터였다.

세실리아가 실비를 집 앞에 내려주었다. 어니가 아파트 문 앞에서 기다리고 있었다. 그녀는 어니와 잔 날 이후로 그를 보지 못했고, 아주 가끔만 그를 생각했지만 어니가 지금 찾아온 게 이상한 일은 아니었다. 실비는 사실을—몇 명에게 적어도 사실의 일부를—이야기하기 시작했고, 이것은 예전의 자신을 더는 피할 수 없다는 뜻이었다.

난 이제 어떤 사람이 되고 싶은 걸까? 실비는 생각했다. 나에게 선택권이 있나?

"오랜만이네." 어니가 말했고, 실비도 그렇다고 했다. 두 사람의 관계가 어떻게 될지 둘 다 분명 초조했다. 어니는 건물 현관문이 부서졌다고, 관리인에게 알리라고 말했다. 실비는 부서진 지 좀 됐다고 대답했다. 어니는 청바지와 볼링셔츠 차림이었는데 그녀는—점수를 더하듯이—그가 귀엽다고 생각했다. 실비가 웃었고, 어니도 같이 웃었다. 어니가 그녀를 끌어안고 목에 키스하자 실비는 가만히 있었다.

그러다 뒤로 물러나서 양팔을 내렸다. 몸속에서 웅웅거리는 감각이, 경고신호 같은 것이 느껴졌다. 실비는 어니에게 두 사람이 마지막으로 만난 뒤 무슨 일이 있었는지 이야기했고, 어니도 라디오에서 호수 구조 사건에 대해 들었다고 했다. "그게 너희 형부였다니 믿을 수가 없네."

"응." 실비가 말했다. "요즘 형부랑 언니를 돕느라 바빠, 그래서 시간이 정말 안 나." 그녀가 잠시 말을 멈췄다. 난 널 원하지 않아. 실비는 생각했다. 내가 널 원하면 좋겠어. 눈앞에 서 있는 잘생긴 남자랑 자고 싶어 하는 평범한 여자면 좋겠어.

"아…… 그렇구나." 그가 이해한다는 표정으로 말했다. 두 사람은 여전히 복도에 서 있었다.

"그럼 도서관에서 볼까?"

"좋아." 어니가 말하고 돌아갔다.

실비는 벽에 몸을 기댔다. 그녀는 원하지 않는 바를 확실히 말했기 때문에 혼자가 되었다. 이제 실비는 예전과 같은 사람이 아니었지만, 그녀가 되어가고 있는 사람도 아직은 아니었다. 실비는 아버지가 이런 힘들고 외로운 때를 대비시켜줘서 고마웠다. 아버지 덕분에 적어도 잠시 동안은 과거의 자신과 미래의 자신 바깥에 존재할 수 있음을 알았다. 아프더라도 말이다. 하지만 아버지가 이런 삶의—이런 솔직함의—잔인한 아름다움을 술로 달랜 이유를, 그리고 자신이 세상에서 사람들과 시간을 보낼 때보다 도서관에서 책과 함께 시간을 보낼 때 항상 더 편안했던 이유를 이제 이해했다.

실비는 아직도 복도에 서 있었다. 아늑한 자기 집으로 들어가고 싶었다. 복도의 닳고 닳은 벽과 형광등이 그녀의 마음속 절망의 상처를 더 깊게 만들었지만 불편함이 필요하다는 느낌이 들었다. 스스로에게 물어야 할 말이—따끔따끔한 가시로 뒤덮인 질문이—있었다.

넌 뭘 원하니?

예전의 실비라면 대답이 두려워서 이런 질문을 하지 않았겠지만, 이제 그녀는 진실하고 강렬하게 자신이 되고 싶고 가장 진실하고 강렬하게 세상을 경험하고 싶었다. 그녀는 오랫동안 자신을 여러 구획으로 나누어왔다. 아버지가 세상을 떠난 이후에는 더욱 확실히 그랬다. 줄리아와 함께일 때는 다른 사람이었고, 쌍둥이와 함께일 때는 조금 더 솔직한 사람이었다. 실비는 자기 생각과 감정을 통제하고 자신과 싸우면서 자신이 가야 한다고 생각하는 길로 스스로를 끌고 가려고 애썼다. 함께일 때 온전한 자신이 된 기분이 드는 사람은 딱 한 명, 윌리엄밖에 없었다. 실비는 그와 함께일 때면 온전한 자신이었고 심지어 그 이상이 될 여유마저 느꼈다. 윌리엄은 어떤 판단이나 기대도 없이 그녀를 보았고, 실비는 그 여유 안에서 자신의 가능성을, 씩씩함과 명석함과 다정함과 즐거움의 가능성을 느꼈다. 이 모든 돛이 그녀라는 배의 갑판에 있었다. 그녀의 것이었지만 실비는 처음 보았다. 윌리엄의 병실에서 수많은 시간을 보내기 전에는 그것을 인식하지도 못했다. 아버지의 사랑은 무엇이든 하렴, 무엇이든 되렴이라고 말했다. 실비는 윌리엄 곁에 있으면 자신이 그 거대하고 아름다운 돛을 올리고 항해할 수 있음을 알았다.

그와 함께하고 싶어. 실비는 생각했고, 이 소망이 너무 엄청나서 숨을 골라야 했다. 비가 온다는 사실을 부정하려고 우산을 움켜쥐고 있었던 기분이었다. 이제 그 우산은 사라졌고 폭우 속에 서 있었다. 실비는 놀라움, 수치심, 그리고 슬픔에 사로잡혔다. 윌리엄과는 당연히 함께할 수 없었기 때문이다. 그가 퇴원하면 이제 그럴 수 없었다, 의미 있는 방식으로는 함께할 수 없었다.

어느 날 오후에 뎀비아 박사가 병원 복도에서 실비를 불러세웠다. "뭔가 맞춰보려고 애쓰는 중인데, 당신이 도와줄 수 있을 것 같아요. 윌리엄이 그러는데 당신이 농구 이야기를 한다면서요."

실비가 고개를 끄덕였다. 의사가 자신에게 도움을 청해서 기뻤다. "윌리엄이 농구 이야기를 좋아해요. 그는…… 농구 이야기를 할 때 더 행복해요."

"네." 의사가 말했다. "그에게 농구가 왜 그렇게 중요하다고 생각해요?"

"음, 어렸을 때부터 했거든요. 대학 농구팀 소속이었고요." 실비가 가만히 생각해보았다. "켄트한테 물어보셨어요?"

"켄트는 농구가 윌리엄의 첫번째 언어라고 하더군요. 어렸을 때 말보다 드리블을 더 많이 했다고요."

"첫번째 언어." 실비가 따라 말했다. 말이 되었다. 실비는 어쩌다보니 윌리엄에게 그의 첫번째 언어로 말을 걸었다. 어쩌면 그가 유창하게 말하는 유일한 언어일지도 몰랐다. 그래서 점화 불꽃이 켜진 것이다.

"그런 이유도 있다고 생각해요." 의사가 지나가는 환자에게 고개를 끄덕였지만 시선은 실비를 떠나지 않았다.

"부모님께 사랑받지 못했다는 말을 한 적이 있어요." 실비가 말했다. "어렸을 때 부모님이 거의 말을 걸지 않았던 것 같아요." 이 말을 입 밖으로 소리 내서 들으니 조금 더 충격적이었다. 로즈와 찰리는 자매들이 어렸을 때 쉴새없이 말을 걸었다. 실비는 애정도 웃음도 없는 집에서 자라면 어떨지 상상해보려 애썼다. 차갑고 소리가 울리는 공간이 떠올랐다. 그녀는 마음을 차분하게 해주는 반복적인 소리를 내려고 농구공을 드리블하는 작은 남자아이를 보았다. 그러자 좋은 소설을 읽었을 때 이야기가 갑자기 마음속으로 들어와 새롭게 이해하게 되는 순간과 똑같은 감각이 느껴졌다.

실비가 말했다. "농구는 윌리엄의 삶에서 처음으로 그에게 사랑을 돌려준 대상이에요. 아주 오랫동안 유일하게 그를 사랑해주었죠."

"맞아요." 뎀비아 박사가 눈을 빛내며 말했다. 과학자인 그녀에게 방금 실비가 유용한 방정식의 일부를 건네주었다. "그거예요. 그렇군요."

윌리엄이 실비에게 자기 비밀을 적어달라고 했던 날, 실비는 병실을 나서면서 손이 떨리는 것을 알아챘다. 그 병실에서 일어난 일은 실비가 성당에서 느낄 수 있어야 한다고 항상 생각했던 느낌을 주었다. 하늘이 열리는 듯했고, 두 사람 사이를 지나간 것이 신성하게 느껴졌다.

실비는 보통 병원 바로 앞에서 버스를 탔지만 그날 오후에는 도서관까지 걸어갔다. 바람을 직접 맞고 싶었다. 몸을 너무 움직이고 싶어서 갑자기 달리기도 했고, 찰나이지만 두 발이 동시에 땅에서 떨어지는 순간이 좋았다. 그날 밤 줄리아의 아파트에서 실비는 에멀라인과 세실리아에게 이야기 좀 하자고 속삭였다. 두 사람은 줄리아 없이 이야기하자는 뜻임을 알아들었다. 다 같이 카레와 사모사를 먹고 나서 밖으로 나와 세 자매는 조각가의 차에 탔고, 세실리아가 몇 블록 지나서 차를 세웠다. 체초네 부인이 이지를 돌보고 있었다. 차에는 세 자매밖에 없었다. 실비와 세실리아가 몸을 돌려 뒷자리에 앉은 에멀라인과 마주 보았다.

"무슨 일이야?" 에멀라인이 말했다. "윌리엄은 괜찮아?"

실비는 윌리엄에게서 들은 이야기를 전부 했다. 빠뜨린 것은 실비가 아닌 누구에게도 비밀을 털어놓지 못했을 것이라는 말밖에 없었다. 그 문장은 실비의 마음을 따뜻하게 했고, 그녀만의 것이었다.

"아, 세상에." 실비가 이야기를 끝마치자 에멀라인이 말했다. 그러고는 잠시 말이 없었다. "윌리엄 정말 용감하다."

"누나가 있었다니 믿을 수가 없네." 세실리아가 말했다.

세 자매 모두 놀라서 서로를 바라보았다. 숨겨진 누나, 죽은 누나라니 중대한 일이었다. 실비가 말했다. "의사 선생님이, 내가 진짜 좋아하는 선생님인데, 윌리엄한테 회복하려면 이런 일들을 자기 안에 담아만 두면 안 된다고 하셨대. 선생님이 윌리엄에게 주문을 가르쳐줬어. 거짓말도 비밀도 안 된다."

"할말이 있어." 막힌 수도가 뚫린 것처럼 에멀라인의 입에서 이 말이 불쑥 튀어나왔다. "내가 윌리엄을 이렇게까지 안쓰럽게 여기는 건 나도 가끔 우울해서야. 지난 몇 년 동안 그랬어. 나도 그런 생각까지 했었어."

차창은 닫혀 있었다. 돌풍이 부는 10월 밤이었다. 바람이 머리 위 나뭇가지를 뒤흔들자 나무가 박수치는 듯한 소리가 났다. "아니, 넌 아니야." 세실리아의 목소리가 날카로웠다. "그런 말 하지 마. 사실이 아니잖아."

"아무 짓도 안 했을 거야." 에멀라인이 말했다. "약속해."

"왜 우리한테 숨겼어?" 실비가 말했다. "왜 슬프다고 말 안 했어?"

에멀라인이 차창을 향해 고개를 돌렸다. "말하기가 두려웠어. 하지만 윌리엄의 주치의 말이 맞아. 우린 비밀이 있어선 안 돼."

세실리아가 쌍둥이 언니의 옆얼굴을 찬찬히 살폈다. 두 사람 사이에 비밀이 있다는 말에 깜짝 놀란 것이 분명했다. "에미, 우리한테는 무슨 이야기든 해도 돼."

"나 좋아하는 사람 있어. 엄청 좋아해."

실비와 세실리아가 가슴에 손을 올렸다. 로즈가 엄청난 소식을 들었을 때 하는 행동이었다. 줄리아도 그랬다.

에멀라인은 이제 눈을 감고 있었다. 정말로 맞을까봐 두려운 것처럼 여전히 고개를 돌린 채였다. "그런데 남자가 아니야. 조시야. 어린이집에서 같이 일하는 여자."

"조시?" 세실리아가 말했다.

"착각이라고 굳게 믿었어, 그런 감정은 그냥 내가 조시를 정말 좋아한다는 뜻일 뿐이라고. 진짜 좋아하니까. 우리는 손발이 정말 잘 맞고,

조시는 나를 웃게 만들어. 아기들은 조시를 잘 따르고. 하지만 조시 근처에 가면 심장이 더 빨리 뛰고 조시한테 정말 키스하고 싶어."

실비는 깜짝 놀라서 몸이 뻣뻣해졌다. 할말을 찾으려 애썼다.

"알아." 에멀라인이 슬프게 말했다.

실비는 개인적으로 아는 레즈비언이 없었다. 야구모자를 쓰고서 자전거를 타고 다니는 여자가 있었는데, 어떤 여자랑 산다는 소문이 돌았지만 도서관에 한 번도 오지 않아 가까이에서 본 적은 없었다. 실비는 레즈비언이라면 약간 건장하고 남자 같을 줄 알았는데, 에멀라인은 정반대였다. 자매 중에서 제일 다정하고 상냥했다.

"아, 에미." 세실리아가 말했다. "확실해?"

에멀라인의 눈에 눈물이 차올랐다. 실비가 뒷자리로 손을 뻗어 동생의 무릎을 어루만졌다. "우린 널 사랑해." 그녀가 말했다. "이건 그냥…… 생각지도 못했거든, 그뿐이야."

"조시가 그런 식으로 나를 좋아하는지 어떤지도 전혀 몰라." 에멀라인이 말했다. "아마 아니겠지."

"엄마가 충격받을 거야." 세실리아가 말했다. 그건 분명한 사실이었다. 로즈는 뼛속까지 가톨릭신자로 지금까지 딸들 앞에서 동성애자를 비난하거나 모욕하는 말도 여러 번 했다. 최근에 대부분 게이가 걸린다는 끔찍한 질병이 새로 밝혀지자 로즈는 역겨워하면서도 흥미롭게 여겼다.

"알아. 엄마가 멀리 이사 가서 다행이라고 생각한 건 처음이야."

에멀라인의 눈에 떠오른 안도감에 나머지 두 자매가 웃었다.

"언니들이랑 세실리아한테 말하면 날 싫어할 줄 알았어. 하지만 윌리엄이 언니한테 끔찍한 이야기를 했는데도 나는 윌리엄이 불쌍하기만 해." 에멀라인이 망설였다. "그런데 난 아기를 갖지 못하겠지." 그녀가 속삭였다. "엄마가 되지 못하겠지."

실비와 세실리아가 얼른 시선을 주고받으며 방금 알게 된 사실에 대한 놀라움을, 마지막 말을 들은 슬픔을 나누었다. 윌리엄은 아버지가 되고 싶지 않았고, 에멀라인은 가장 원하는 것을 할 수 없었다, 엄마가 될 수 없었다. "입양은 할 수 있지 않을까?" 실비가 말했다. 그녀는 마음속에서 작은 균열을 다시 한번 느꼈다. 삶의 또다른 파편이 드러나면서 자매들은 한때 스스로와 서로에 대해 가졌던 꿈으로부터 더욱 멀어졌다.

에멀라인이 고개를 저었다. "윌리엄은 어떤 기분일까 궁금해. 난 말하니까 기분이 나아졌어." 얼굴이 밝아진 에멀라인이 허리를 펴고 앉았다. "이제 두 사람도 아무한테도 말하지 않은 진실을 이야기해줘." 그녀가 말했다. "두 사람 차례야. 윌리엄을 위해서."

그러자 실비는 어렸을 때 하던 미래 예언 놀이가 생각났다. 지금 막 줄리아를 만나고 나왔지만 언니가 그리웠다, 옆구리를 찔린 기분이었다. 동생들도 그 놀이를 생각하는 것이 분명했고, 에멀라인의 미간에 주름이 잡혔다. 그런 이야기를 하자는 말을 이렇게 해서 후회한다는 뜻이었다. 세 사람은 줄리아가 육 개월 동안 떠나기로 했음을 얼마 전에야 알았다. 셋 다 줄리아가 떠나는 것은 실수라고 생각했다. "타이밍이 이상해." 세실리아가 말했다. "도망치는 거야." 에멀라인이 말했다. 하지만 실비는 줄리아가 도망치는 것이 아니라 무언가를 향해 달려가는 것이 아닐까 생각했다. 새로운 삶을 향해서. 줄리아는 자신을 재구성하고 싶었는데 어렸을 때부터 자신을 아는 사람들이 있으면 그렇게 하기가 힘들었다. 하지만 실비는 자신이 줄리아에게 비밀을 만들었다는 것을 언니가 알고 있을까봐, 그 비밀 때문에 틈이 생겨서 줄리아가 떠나는 걸까봐 걱정됐다. 실비와 줄리아가 계속 친밀했다면, 그리고 솔직했다면 언니는 떠나는 것을 고려하지도 않았을 것이다. 실비는 마음속 깊이 줄리아가 곧 떠나는 것이 자기 잘못이라고 믿었다.

"내가 먼저 할게." 세실리아가 말했다. "섹스하고 싶어. 한 번밖에 못해봤단 말이야."

에멀라인은 알고 있었겠지만 실비는 깜짝 놀랐다. 그녀는 세실리아가 미술 프로젝트 전이나 후에 작업용 타프에서 여러 연인과 잤으리라 생각했다. 세실리아가 다른 자매들보다 성인이라는 옷을 더 쉽게 입는다고 여겼다. 세실리아의 몸짓에는 실비가 갖지 못한 자신감이 있었고, 다른 사람의 기대에 아랑곳하지 않는 듯 보였다. 세실리아와 이지가 함께일 때면 둘 다 엄청나게 많이 웃었다. 둘이 서로를 즐겁게 해주는 것이 눈에 보였다. 실비는 동생이 남자를 신중하게 골라 육체적 즐거움을 누렸을 것이라고 생각했었다.

"내가 아주 신나게 사는 것처럼 보이게 행동한 건 알아." 세실리아가 실비의 표정에 대답하듯 말했다. "정말 잘 지내지만 아주 신나게 살진 않아. 이 차 주인은 나랑 기꺼이 섹스하려 하겠지만 나이가 너무 많고 저속해. 난 생활비도 벌어야 하고, 또래 남자는 너무 미숙해서 견딜 수가 없어."

"실비는?" 에멀라인이 말했다.

"아." 실비가 말했다. 이 한마디 말이 작은 신음처럼 나왔다. 이제

차 안이 따뜻해져서 창문이 부옇게 흐려졌다. 실비는 비밀이 되어버렸다. 설명하기는커녕 스스로도 알아볼 수 없을 만큼 변했다. 항상 윌리엄을 생각한다고, 병실에서 나오자마자 그가 보고 싶다고 말할까? 그가 병원 침대에서 자고 있을 때 그의 곁에 누우면 아내로 착각하고 안아줄지도 모른다는 생각을 가끔 한다고? 그 대신 실비는 이렇게 말했다. "나 뭔가를 쓰고 있어."

동생들의 얼굴이 기쁨으로 환해졌다. 두 사람이 그럴 줄 알았어라고 생각하는 것을 알 수 있었다.

"아니야." 실비가 말했다. "너희가 생각하는 그런 거 아니야. 책이 아니야. 잠이 잘 안 와서 밤에 집에 가면 우리 어린 시절에 대해 써. 그냥 어떤 장면들이야. 어젯밤에는 무슨 생일 파티에서 어떤 남자애가 줄리아한테 숨 참기 대결을 하자고 해서 언니가 숨을 너무 오래 참다가 기절했던 이야기를 썼어."

"우리 둘의 아홉 살 생일이었어." 세실리아가 말했다. "케이크가 끔찍했지."

"크림이 샛노란색이었잖아." 에멀라인이 말했다. "실비! 진짜 멋지다. 언니가 뭔가를 쓴다니 정말 기뻐."

"별거 아니야." 실비는 눈빛으로 이 말을 강조했다. 동생들이 분명히 알아야 했다. "잘 쓰는 게 중요하지도 않아." 물론 실비는 윌리엄의 책에서 힌트를 얻어 이 아이디어를, 그 가능성을 떠올렸다. 그리고 휘트먼에게서도 힌트를 얻었다. 실비는 만약 자신이 글을 쓴다면 완벽해야 한다고 늘 생각했었다. 세상에 내놓을 준비가 된, 아름답게 세공한 소설. 하지만 윌리엄은 실비에게 자신을 위해, 또 자신한테 글을 쓸 수 있음을 보여주었다. 그리고 휘트먼은 평생에 걸쳐 자기 시를 다시 쓰고, 확장하고, 삭제하고, 재구성했다. 그는 아름다운 책 한 권을 만들어낸 것이 아니라 나이가 들어 모든 것을 사랑하고 다시 돌아보게 되면서 아름답고 뛰어난 책을 만들고자 여러 차례 시도했다.

실비는 지금의 자기 안에 사는 것이 힘들었다. 윌리엄이 구조된 이후 살갗이 불편할 정도로 꽉 조이는 느낌이었다. 그녀는 자신이 제3의 문을 만들어보려고 어린 시절에 대해 쓰고 있음을 알았다. 지금 여기에서 빠져나갈 길을 찾으려면 커다란 망치로 벽을 부숴야 했다. 실비는 잠이 들면 사람들이 윌리엄의 시체를 호수에서 건져 나오는 모습을 보며 호숫가에서 괴로워하는 꿈을 꾸었다. 줄리아가 시카고를 떠나서, 그리고 자신이 마음속에 품고 있는 고통과 갈망을 전혀 몰라서 실비는 온몸을 관통하는 아픔을 느꼈다. 매일 밤 실비는 필슨이 내려다보이는 창가의 작은 책상 앞에 앉아 가족이 완전했던 때를 떠올리며 그때를 다시 만들어내려고 애썼다. 찰리가 살아 있고, 로즈는 텃밭을 돌보고, 쌍둥이는 자기들 방에서 깔깔거리고, 줄리아는 집안을 돌아다니며 계획을 선물처럼 나누어주던 때를. 실비가 종이에 기록하는 모든 순간은 절대 잃어버릴 수 없었다.

실비는 솔직해지고 싶은 갈망 때문에 지쳤지만 솔직하고 싶다는 생각이 자석처럼 그녀를 끌어당겼다. 그녀는 에멀라인이 자기와 세실리아에게 진실을 말한 뒤부터 에멀라인을 더욱 온전하게 볼 수 있어서 좋았다. 실비는 조시를 만나고 싶어서 어느 날 오후 어린이집에 들렀다. 동생의 마음을 사로잡은 고동색 머리카락의 젊은 여자에게 미소를 지어주고 싶었다. 에멀라인은 아기들에게 둘러싸이고 조시도 곁에 있는 직장에서 상기된 얼굴로 행복의 불꽃을 튀기고 있었다. 아직 조시에게 자기감정을 고백하지 않았고 원하는 답이 돌아올지 알 수도 없는데 여유로운 에멀라인을 보자 실비는 마음이 들떴다.

실비는 윌리엄의 치료가 진실을 바탕으로 한다는 사실에 감사했다. 뎀비아 박사가 윌리엄에게 가차없이 솔직해져야 한다고 말했던 것이 떠올랐다. 문제는 이렇게 인식이 날카로워진 실비가 윌리엄의 행동에서 역력한 거짓을 알아보았다는 것이었고, 그래서 실비는 괴로웠다. 자신과 아무 상관도 없는 일이었기 때문에, 그리고 윌리엄을 보살피는 사람은 그녀가 아니라 뎀비아 박사였기 때문에 실비는 입을 다물었다. 실비가 본 것을 의사도 당연히 알아보고 고쳐주지 않을까? 하지만 아무 변화도 없어 보였고, 실비는 윌리엄이 삐걱거리는 토대에 새 삶을 쌓아올리고 있다는 느낌이 들었다.

어느 날 오후에 윌리엄이 말했다. "기분이 안 좋아 보이네. 무슨 문제라도 있어?"

"기분 안 좋지 않아요." 실비가 말했지만 자신이 얼굴을 찌푸리고 있음을 느낄 수 있었다.

"그렇다면야 뭐." 그가 말했다.

"음." 실비가 말했다. "마음에 걸리는 게 하나 있어요. 윌리엄, 물론 당신은 하고 싶은 대로 해도 돼요. 당신의 선택을 내가 마음대로 판단하는 건 아니에요. 정말로." 그녀가 망설였다. "뎀비아 선생님이 가르쳐준 당신의 주문을 나는 알아요. 그런데 당신이 뭔가 중요한 것에 대해서 스스로에게 거짓말을 하는 것 같아요."

윌리엄이 실비를 보았다. 그녀의 두려움을 본 게 분명했다. 그는 실비가 뭔가 말했다가 그의 회복을 수포로 만들지도 모른다고 걱정하는 것을 알아챘다. "걱정하지 마." 윌리엄이 말했다. "난 괜찮아. 그냥 말해."

"앨리스 얘기예요."

윌리엄이 움찔했지만 거의 알아볼 수 없을 정도였다. 두 사람 중 어느 한쪽이 앨리스의 이야기를 꺼낸 것은 처음이었다.

실비가 말했다. "당신은 상처를 줄까봐 두려워서 앨리스를 포기했죠, 하지만 틀렸어요. 당신은 앨리스에게 상처 주지 않을 거예요. 난 알아요."

윌리엄은 잠시 말이 없었다. "뎀비아 선생님도 양육권을 포기하다니 말도 안 된다고 생각해." 그는 모든 시간을 살면서 모든 고통을 본 사람처럼 지친 표정이었다. "하지만 내 생각은 달라. 위험을 무릅쓸 순 없어. 앨리스는 줄리아랑 둘이 사는 게 나아."

실비는 어깨의 긴장이 풀리는 것을 느꼈다. 윌리엄이 이 문제로 뎀비아 박사와 이야기한 것이다. 그는 이 문제를 생각해보았고, 신중한 결정을 내렸다. 실비는 여전히 그가 틀렸다고 생각했지만 그녀가 결정할 문제는 아니었고, 윌리엄의 입장은 과거 때문에 더 복잡할지도 모른다는 생각이 들었다. 그의 죽은 누나—죽은 여자아이—에 대해 알게 된 지금은 윌리엄이 딸을 크게 걱정하는 것도 이해가 갔다. 어쩌면 윌리엄의 마음속에서 두 아이가 같은 공간을 차지하고 있을지도 모르고, 그에게 올바른 행동은 정말로 물러나는 것일지도 몰랐다. 실비는 이러한 가능성을, 그리고 그의 마음속에 복잡하게 뒤얽힌 슬픔과 우울을 알아볼 수 있었다. 그의 선택을 완전히 이해할 수는 없지만 받아들일 수는 있었다.

윌리엄이 몸을 숙이고 말했다. "줄리아가 앨리스를 잘 돌보지 못할 거라고 걱정하는 무슨 이유라도 있어?"

실비는 생각해볼 필요도 없었다. "아니요."

윌리엄이 고개를 끄덕였다. "위험 요소는 나야." 그가 말했다. "그래서 내가 나를 치운 거야."

줄리아는 단체로 작별인사를 하고 싶지 않다고, 너무 힘들 것 같다고 했다. 그녀가 실비에게 뉴욕행 비행기를 타기 전에 아침 일찍 와달라고 했다. 실비는 거실에 쌓인 상자들 사이의 작은 공간에서 언니와 앨리스를 발견했다.

"나 진짜 못하겠어." 줄리아가 실비를 보지도 않고 말했다. "작별인사 못하겠어."

"나도 그래." 실비는 바닥에 깔린 작은 담요에 앉아 있는 앨리스를 보았다. 줄리아가 숱이 적은 금발에 분홍색 리본핀을 꽂아주어서 앨리스는 무척이나 기분좋아 보였다. 실비는 숨이 막혀왔다. 윌리엄이 입원한 이후 줄곧 줄리아가 그리웠는데, 이제 언니가 떠나게 되었다. 복합적인 상실 같았다. 엄마와 이모를 보며 얼굴을 빛내는 이 아름다운 아기도 가버릴 것이다. 실비는 앨리스를 너무나 사랑했고, 아기의 인생에서 육 개월은 너무나 긴 시간이었다. 다음번에 실비가 앨리스를 만날 때는 한 살이 되었을 것이다. 걸음마도 할 것이다. 자기를 숭배하는 세 이모는 잊었을 것이다.

"바아." 앨리스가 기분좋게 말했고, 실비는 몸을 숙여 아기의 뺨에 입을 맞췄다.

줄리아는 청바지와 낡은 티셔츠 차림이었다. 카페인을 너무 많이 섭취한 것처럼 안절부절못하는 듯 보였다. "내가 시카고를 떠날 줄은 몰랐어. 하지만 아빠가 돌아가실 줄도 몰랐지. 엄마가 멀리 이사 갈 줄도 몰랐고." 줄리아가 잠시 멈추었다가 다시 말했다. "네가 매일 병원으로 내 남편을 찾아갈 줄도 몰랐고."

실비는 깜짝 놀랐다. 이 말이 주먹처럼 복부를 강타했다. 아기에게 다가가려고 무릎을 꿇고 있던 그녀가 다시 일어섰다. "매일은 아니야." 실비가 겨우 말했다.

줄리아는 고개를 끄덕였다. "사실은 네가 면회 가는지 아닌지 확실히 몰랐어."

실비가 처음으로 언니를 똑바로 보았다. 지난 몇 달 사이 두 사람 사이에 생긴 거리를 느낄 수 있었다. "날 속일 필요는 없었어." 실비가 말했다. "그냥 물어보지 그랬어."

"네가 사실대로 말할지 확신이 없었어."

실비는 이 말을 생각해보았다. "윌리엄에게는 아무도 없잖아." 그녀가 말했다. "안쓰러웠어."

줄리아가 상자들 사이의 작은 공간에서 나가더니 폴더를 하나 들고 돌아왔다. "이혼 서류랑 양육권 서류야." 그녀가 말했다. "다음에 가면 이걸 윌리엄한테 전해줘."

실비는 절망했다. 언니가 두 자매를 연결하던 실을 자르는 것이 느껴졌다. 실비의 잘못이었을까? 아니면 그러지 않고는 차마 떠날 수가 없어서 잔인하게 구는 걸까? "사랑해." 실비가 말했다.

줄리아가 얼굴로 흘러내린 머리카락을 치웠다. 동시에 짜증난다는 듯이, 이 감정은 중요하지 않다는 듯이 고개를 저었다. 하지만 줄리아는 "나도 사랑해"라고 말했다.

윌리엄이 퇴원하는 추운 11월 어느 날, 실비는 아침 일찍 병원으로 갔다. 켄트와 어래시도 오기로 했다. 뎀비아 박사가 아마 얼굴을 비출 것이다. 실비는 뎀비아 박사가 윌리엄을 한 사람으로서 좋아한다는 것을, 그와 함께한 시간을 그리워하리라는 것을 알 수 있었다. 에멀라인도 우울한 적이 있었다는 고백을 듣고 윌리엄에 대한 적대감이 사라진 세실리아는 그가 들어갈 노스웨스턴 기숙사로 와서 벽에 색깔 페인트를 칠하는 것이 좋을지 봐주기로 했다. 실비는 정신과가 있는 층에서 엘리베이터를 내렸을 때 자기도 모르게 줄리아를 찾아 두리번거렸다. 언니는 갔다, 1300킬로미터 떨어진 곳으로 가버렸다. 그래도 실비는 병원에 오면 줄리아가 있으리라고, 자기 삶에 남편을 다시 받아들일 준비를 한 채 결연하게 턱에 힘을 주고 있으리라고 반쯤 믿었다.

실비가 병실로 들어가자 윌리엄이 창가에 서 있었다. 쌀 짐도 거의 없었다. 처음 입원했을 때 윌리엄은 줄리아에게 자기 물건을 가져다 달라고 부탁하고 싶지 않았다. 옷이 필요한데도 그는 완고하게 고집을 부렸고, 키가 너무 커서 병원의 분실물 중에는 맞는 것이 없었다. 이 소식을 들은 농구부 친구들이 옷을 가져다주었다. 윌리엄은 카키색 바지, 낡은 스니커즈, 노스웨스턴 스웨트셔츠 차림이었다. 그는 이혼 서류와 양육권 서류에 서명했고, 실비가 서류를 변호사에게 부쳤다. 줄리아는 시카고를 떠나면서 윌리엄의 물건을 임대창고에 맡겼다. 퇴원하는 날, 윌리엄은 이제 유부남도 아버지도 아니었다.

"중요한 날이네요." 실비가 말했다.

"실비." 윌리엄이 말했다. 그는 자기 손을 내려다보았다. "나에게 해준 모든 것에 대해 어떻게 감사 인사를 해야 할지 모르겠어."

"그럴 필요 없어요."

"내가 너무 이기적이었어. 그만 오라고 했어야 하는데, 당신이 여기 있는 게 좋았어. 이제 퇴원하면 내 걱정은 할 필요 없다는 걸 꼭 알아주면 좋겠어. 꼭 알아줘. 난 약도 있고"—그가 흔적처럼 희미한 미소를 지었다—"주문도 있잖아. 난 어래시를 도우려고 해." 그가 잠시 뜸을 들였다. "다들 나한테 정말 친절했어. 그 친절을 허비하지 않을 거야."

그의 말이 이상하게 느껴졌다. 윌리엄이 이 말들로 그녀 마음속에 있는 것을 겨냥하는 것 같았다. 머리로 생각하면 그가 좋은 말을, 그녀가 동의하는 말을 하고 있음을 알았다. 윌리엄은 더 건강해졌다. 그는 실비에게 가도 된다고 말했지만 그녀는 그러고 싶지 않았다, 그럴 수 없을 것 같았다. 고통처럼 날카로운 깨달음이었다. 이것이 그녀의 진짜 비밀, 누구도 알 수 없는 비밀이었다. 실비는 눈이 따가웠다, 울음이 터져나올까봐 걱정됐다. "그날 내가 밤새도록 켄트와 다른 사람들이랑 같이 찾아다닌 거 알았어요?" 그녀가 말했다.

윌리엄은 조명 때문에 눈이 아프다는 듯이 눈을 가늘게 떴다. "응." 그가 말했다. "켄트한테 들었어."

내가 왜 이런 생각을 할까? 왜 이런 말을 하고 있을까? 실비가 말했다.

"사람들이 호수에서 데리고 나올 때 난 당신이 죽은 줄 알았어요." 그녀는 지금 그 모습이 떠오르는 것을 막을 수가 없었다. 축 늘어진 윌리엄의 몸을 떠멘 키 크고 지친 청년들. "난 뭘 해야 할지 몰랐어요. 당신을 옮기는 건 도울 수 없었지만 뭔가 도움이 되고 싶었어요. 그래서 켄트와 거스가 당신을 구급차로 옮길 때 당신 손을 잡고 있었어요. 구급차 안에서도요."

윌리엄은 잠시 침묵하다가 말했다. "그건 몰랐어. 그날은 거의 기억이 안 나. 실비, 그런 일을 겪었다니 정말 미안해. 정말 무서웠겠다."

실비는 밤에 침대에 누우면 켄트가 그녀의 이름을 부르는 소리와 모래밭을 달려가는 자신이 계속해서 떠올랐다. 윌리엄이 죽었다고 생각했을 때 가슴속에서 느껴졌던 슬픔과 고통의 파편을 기억했다. 손을 뻗어 윌리엄의 얼음처럼 차가운 손을 잡았던 때를 기억했다. 실비는 윌리엄이 살아 있지 않다 해도 혼자가 아니길 바랐었다. 하지만 그 순간 실비는 그 어느 때보다도 혼자인 느낌이었다.

실비는 어느새 이렇게 말하고 있었다. "다시 손을 잡아도 될까요, 잠시만?"

윌리엄이 병실을 가로질러 그녀 앞에 섰다. 손바닥을 위로 향한 채 손을 내밀었다. 그의 피부는 부드럽고 따뜻했다, 그날과 너무나 달랐다. 실비에게 온갖 감정이 밀려왔다. 그녀 안에서 라디오 다이얼이 돌아가면서 소리가 커졌다. 사랑해요. 그녀는 생각했고, 이 말은—이제 도저히 부인할 수 없었다—외로움과 지극한 기쁨을 모두 안겨주었다. 윌리엄이 그녀의 한 사람이었다. 실비의 심장이었다. 그가 그녀 안의 모든 분자를 바꾸어놓았다. 실비는 사랑이 해일처럼 강렬하게 다가오리라는 것을 알고 있었다. 어렸을 때부터 이 순간을 꿈꾸었고, 그 꿈이 실제로 이루어졌다. 하지만 그 사랑이 불가능할 줄은, 막다른 골목일 줄은, 말할 수 없는 것일 줄은 몰랐다. 그는 언니와 결혼했던 사람이기 때문이었다.

실비는 생각했다. 나 정말 큰일났네. 그러자 웃음이 나왔다.

"괜찮아?" 윌리엄이 물었다.

실비는 그를 걱정시키고 싶지 않아 이렇게 답했다. "괜찮아요."

그녀와 윌리엄은 몇 초 더 손을 잡고 있다가 복도에서 무슨 소리가 들리자 떨어졌다.

켄트가 들어왔다. 플레이오프 경기에서 승리를 축하할 준비가 된 선수처럼 신이 나서 온몸을 들썩거렸다. "드디어 퇴원이야!" 그가 말하며 윌리엄을 꽉 끌어안았다. 보통 한 번에 한 명만 면회가 허락되지만 윌리엄은 오늘 퇴원이었기 때문에 예외로 봐주었다.

어래시가 들어와서 켄트의 얼굴을 흘깃 보고 말했다. "넌 항상 빌어먹을 얼간이일 거야." 하지만 그 역시 빙그레 웃고 있었다.

윌리엄이 무슨 말을 하려고 입을 열었다가 닫았다. 그가 고개를 살짝 저었다. 켄트는 윌리엄이 고맙다고, 심지어 사랑한다고 말하고 싶지만 울음을 터뜨리지 않고는 말할 수 없음을 알아차리고 친구의 등을 툭 쳤고, 병실의 네 사람은 서로를 보며 그저 미소만 지었다.

실비는 한 시간 뒤 세 남자와 함께 병원을 나섰다. 윌리엄이 잡았던 손이 간질거렸다. 11월의 하늘은 흐렸는데, 일기예보에 따르면 그날 밤에 첫눈이 온다고 했다. 그들은 나뭇잎이 없는 나무 차양 밑을 지나 켄트의 차로 갔고, 실비는 전날 밤 작은 책상에 앉아서 쓴 추억을 생각했다. 가족사를 특정한 순서에 따라 쓰지는 않았지만 기억이 파도처럼 서로 겹치는 것 같기는 했다. 어젯밤에는 에멀라인이 체초네 부인이 키우던 깽깽거리는 못된 개에게 쫓겨 나무 위로 올라간 날이 떠올랐다. 여덟 살 난 에멀라인은 개를 쫓아버린 뒤에도 나무에서 내려오지 않으려 했다. 줄리아와 실비, 세실리아가 나무 밑에 한 시간 동안 서서 과자를 주고 머리를 땋아주겠다고—에멀라인은 사람들이 자기 머리를 가지고 노는 것을 아주 좋아했다—약속하며 꼬드겼지만 소용없었다. 난 너 없이는 못 살아. 어느 순간 세실리아가 경고하듯 말했다. 바보같이 굴지 마. 우리 모두 서로가 없으면 못 살아. 줄리아가 말했다. 로즈는 놀라서 당장 땅으로 내려오라고 소리쳤다. 고맙지만 됐어요. 에멀라인이 나뭇가지를 붙잡고 말했다. 경치가 아주 좋아요. 내려갈 수가 없어요. 동네 아이들도 이 소동이 어떻게 끝날지 보고 싶어서 나무 밑으로 모여들었다. 실비는 너무 오랫동안 나무 위를 올려다보느라 목이 아팠던 기억이 났다. 세실리아가 울음을 터뜨렸고, 그러자 에멀라인도 울기 시작했지만 이제 나무에 뿌리를 내린 것처럼 내려갈 수가 없었다. 해가 지고 어둠이 깔리기 시작하자 언니들은 에멀라인이 영영 돌아오지 못할 것만 같았다. 퇴근하고 집으로 돌아온 찰리가 흰색 반소매 셔츠와 타이 차림인 채로 나무 밑에 모인 사람들 사이에 끼어들었다. 그는 말을 하지 않았다. 그저 사랑을 보내는 트랙터빔*처럼 딸을 올려다보았다. 에멀라인 역시 한마디도 하지 않았지만 나무에서 내려와 그의

* 영화 〈스타워즈〉 등에서 원거리의 물체를 끌어당기는 강력한 광선을 말함.

품에 안겼다.

실비는 윌리엄이 퇴원하고 나면 자신의 삶이 어떻게 될지 생각하지 않으려고 회피했다. 그동안은 조용히 그의 병실에 슬쩍 찾아갔다. 그곳이 실비가 속한 곳이었다. 처음에는 윌리엄이 퇴원하면 실비도 예전의 자신으로 돌아가길 바랐다. 하지만 이제 실비는 나뭇가지에, 꼬마 에멀라인 옆에 앉아 있는 기분이었고, 내려가고 싶지 않았다. 예전의 삶이 바로 저 아래 땅이었다. 쾌활한 표정을 짓는, 턱이 움푹 팬 어니가 보였다. 원룸아파트에서 도서관으로 혼자 출근하는 길. 특이한 도서관 이용자들과 날씨나 주말 계획에 대해 잡담하는 동료들. 하지만 찰리가 없었으므로 이제 그 트랙터빔 같은 눈빛도 없었다. 그리고 줄리아도 없었다. 실비는 윌리엄을 덜 만날 테고, 어쩌면 아예 못 만날지도 몰랐다. 이제 위기는 끝났으므로 실비가 그와 함께 시간을 보내는 것은 위험했다. 실비가 그에게 손을 내밀지도 몰랐다, 자기감정을 침묵시키지 못할지도 몰랐다. 실비는 에멀라인의 작은 몸에 더 가까이 다가가 웅크리고 나뭇가지를 꽉 잡았다. 헤어지면 죽는다고 생각했던 자매들이 헤어져버린 저 가슴 아프고 외로운 땅으로 절대 돌아갈 수 없었다.

윌리엄
1983년 11월—1983년 12월

윌리엄은 병원에서 나온 다음부터 그가 생각할 때 술을 끊은 알코올중독자가 살 법한 방식으로 살았다. 조심스럽게, 하루하루 차근차근. 그는 자기 몸에 새로 입주한 기분이었고, 조금이라도 방심하면 건물 자체가 무너질 수 있음을 알았다. 아침마다 그는 싱글 침대에서 나와 매일 먹어야 하는 알약 여덟 개 중에 네 개를 삼키고 팔굽혀펴기를 최대한 많이—처음에는 다섯 개였다—한 다음 몇 년 전에 외과의사가 시켰지만 무시했던 무릎 운동을 했다. 스트레칭을 하면 움직이라는 요청에 무릎이 큰 소리로 불평하듯 어찌나 삐걱거리는지 재미있을 정도였다. 하지만 윌리엄은 멈추지 않고 하루도 빠뜨리지 않았다. 그는 안정과 건강을 위해 신중하게 행동해야 했다. "내가 놀러가면 같이 달리자." 언젠가 통화할 때 켄트가 말했다. "건강 잘 챙겨야 해."

윌리엄은 빈방을 향해 고개를 끄덕였다. 다행히도 기숙사 특별실에 소파와 침대가 갖춰져 있었다. 이 방의 벽은 그동안 회전문처럼 바뀌는 미심쩍은 성인들을 지켜보았을 것이다. 미니어처 세트 같은 방에 딱 어울릴 정도로 간소하게 사는 성인 남자들, 한밤중에 비상사태가 생기면 기꺼이 해결하고 불이 나면 학생들을 건물 밖으로 안내할 사람들. "또 이혼남이군, 허." 나이 많은 경비원이 윌리엄에게 열쇠를 주면서, 이 방을 거치는 남자들이 어쩌다 여기 오게 되었는지 기록이라도 하는 사람처럼 말했다. 윌리엄은 사실은 정신병원에서 왔어요라는 말로 그를 놀랠 수도 있었지만 그러지 않았다. 윌리엄이 어디에서 왔는지 아는 사람이 적을수록 좋았다.

윌리엄은 켄트에게 말했다. "달리기는 할게, 하지만 호수 쪽으로는 안 가." 아마 켄트에게 그런 말을 할 필요는 없었겠지만, 켄트는 당연히 수변에서 멀리 떨어진 쪽으로 방향을 잡을 테지만, 윌리엄은 자신이 원하지 않는 것을 알 때는 분명히 말하고 싶었다. 입원하기 전에는 늘 하고 싶지 않은 일을 했고, 자신이 선호하는 것을 너무나 능숙하게 틀어막았기 때문에 스스로도 거의 인식하지 못했다. 호숫가를 따라 달리고 싶지 않다는 사실을 인식하고 그 사실을 말하는 것이 발전처럼 느껴졌다.

세실리아가 기숙사 특별실 벽에 걸어두라며 앨리스의 그림을 가져왔을 때에도 이 방법을 시도해보았다. 세실리아는 그의 작은 거처—침실과 한쪽 벽에 부엌이 딸린 작은 거실—를 보더니 그럭저럭 괜찮다고 말했다. "그래도 책꽂이는 제공해주네요." 그녀가 말했다. "하지만 페인트를 칠하면 좋을 것 같아요. 실비가 도서관 책을 잔뜩 갖다줬나봐요." 사실이었다. 그의 책꽂이에 꽂힌 책은 전부 비닐로 싸여 있고 책등에 로자노 도서관 인장이 찍혀 있었다. 어느 날 오후, 실비가 소설, 비소설, 시집을 똑같은 분량으로 가지고 왔다. 비소설은 전부 농구 관련 서적—선수 자서전, 농구 역사—이었다.

"조심해, 이즈." 세실리아가 말했다. 십삼 개월 된 아기가 헝클어진 곱슬머리 아래 작은 얼굴에 집중한 표정을 지은 채 천천히 돌아다니고 있었다. 아기는 이 공간을, 벽과 가구를 감정하는 것 같았다. 이지가 침대 밑을 들여다보더니 화장실로 가서 욕조를 살펴보았다. 윌리엄이 병원에 입원했을 때 이지는 아직 모두가 안고 다니는 아기였다. 그는 자기 물건을 살피는 작고 독립적인 인간이 너무 놀라워서 자꾸 바라보았다.

"대출 기간이 끝나면 실비가 도서관에 가져가서 다른 책으로 바꿔 온대." 윌리엄이 말했다. "그러니까, 난 그럴 필요 없다고 말했는데……" 그가 어깨를 으쓱했다. 윌리엄은 지금 여기에 실비가 아닌 세실리아가 있어서 마음이 놓인다는 사실을 예리하게 인식했다. 그는 세실리아와 함께 있는 것이 편했다. 세실리아는 평소와 똑같이 윌리엄을 대했고, 그녀에 대한 윌리엄의 감정도 똑같았다. 실비는 그렇지 않았다. 윌리엄은 문틈으로 실비를 엿본 것만 같았는데, 이제 그 문이 활짝 열려버렸다. 윌리엄 자신도 어리둥절할 정도로 실비가 그의 관심을 온통 차지했고, 그는 실비와 같이 있을 때면 팔에 소름이 돋았다. 실비는 며칠에 한 번씩 기숙사로 찾아왔는데 윌리엄은 전기충격이라도 받은 것처럼 그녀의 존재에 깜짝깜짝 놀랐다.

이성적으로 생각하면 실비가 윌리엄의 인생에서 가장 격동적인 시기에 곁에 있었기 때문이라고 이 변화를 설명할 수 있었다. 그녀는 윌리엄의 병실 침대맡을 지켰고, 정신과 주치의와 이야기도 나누었다. 실비는 그의 비밀을 들었다. 윌리엄은 병원에서 의식을 찾았을 때 옆에 실비가 있어서 혼란스러웠지만 그녀 역시 혼란스러워 보였고, 어쨌거나 두 사람 다 흔들거리는 곳에서 다시 시작했다. 실비는 윌리엄이 호숫물에 퉁퉁 불었을 때에도 아무것도 묻지 않고 그를 받아들였다. 그래서 윌리엄은 놀랐고, 아직도 놀라웠다. 그의 인생에서 아마도 켄트를 제외하면 그를 있는 그대로 받아들여준 사람은 아무도 없었는데, 실비는 윌리엄이 너무나 망가져서 사람이라고 할 수도 없을 때조차 그를 받아들였다.

"부엌이 조금 칙칙하네요." 세실리아가 싱크대와 미니 냉장고, 핫플레이트를 보고 얼굴을 찌푸리며 말했다. "이걸 어떻게 할 수 있으려나 모르겠네."

"세실리아?" 그가 말했다.

그녀가 윌리엄을 보았다. 세 자매 중에서 세실리아를 볼 때 줄리아가 가장 많이 떠올랐다. 세실리아는 언니처럼 맹렬한 집중력을 가지고 있었다. 하지만 줄리아보다 호기심이 많고 무언가를 철저히 파악하는 데에 관심이 있었다. 윌리엄은 세실리아가 언니들에게 "난 사람들이 날 어떻게 생각하는지 하나도 신경 안 써"라고 말하는 것을 들은 적이 있었다. 그는 이 말을 듣고 깜짝 놀랐다. 세실리아의 말을 믿기 때문이기도 하고 그는 그럴 수 있다는 생각조차 못했기 때문이기도 했다.

"앨리스를 그려준 건 고맙지만 벽에 걸고 싶지 않아. 나는"—그가 망설였다—"난 그러고 싶지 않아."

세실리아는 기분이 상한 것 같지 않았다. 그녀가 지금 침실 문손잡이를 살펴보는 이지처럼 윌리엄의 얼굴을 살펴보았다. "앨리스를 보는 게 많이 고통스러워요?"

"난 이제 앨리스의 아빠가 아니야."

세실리아가 눈을 반짝였다. 윌리엄이 그녀와 대화를 나누고 있었고, 그래서 기분이 좋았다. "그래도 당신은 앨리스의 아빠예요." 세실리아가 말했다. "우울증 때문에 앨리스를 포기한 거잖아요. 그리고 줄리아를 위해서. 그게 앨리스를 사랑하지 않는다는 뜻은 아니잖아요. 앨리스를 볼 자격이 없다는 뜻도 아니고."

윌리엄은 불행한 부모 밑에서 자랐고, 어린 시절 기억 때문에 불행했다. 윌리엄은 아버지가 아이의 인생에 존재하면서도, 그리고 폭력을 휘두르지 않으면서도 아이를 망가뜨릴 수 있음을 알았다. 소리 없이 계곡을 떠내려가는 빙하 같은 부모님의 슬픔이 그를 형성했다. 앨리스의 세상에 줄리아의 빛만 가득하고 그의 어둠은 하나도 없는 편이 앨리스에게 더 나을 것이다. 윌리엄이 말했다. "그러고 싶지 않아."

세실리아가 그를 평가하듯 바라보았다. "이제야 당신을 알게 되다니 흥미롭네요." 그녀가 말했다. "이렇게 오랫동안 같이 지냈는데 말이에요. 용감한 결정을 내렸군요. 옳은지는 잘 모르겠지만 용감한 건 맞아요. 줄리아가 내릴 법한 결정이에요."

세실리아의 말이 옳았기 때문에 윌리엄은 미소를 지을 뻔했다. 그의 전 부인은 거창한 계획과 인생을 바꾸는 변화를 조율하는 사람이었다. 줄리아가 떠나고 윌리엄이 그녀와 비슷한 결정을 내리다니 아이러니했다. 윌리엄은 세실리아에게 줄리아의 초상을 벽에 거는 건 괜찮다고, 그건 거슬리지 않는다고 말할 뻔했다. 그들의 결혼생활은 끝났다. 윌리엄은 기차역에서 부모님에게 작별인사를 했고, 자기 집 거실에서 아내에게 작별인사를 했다. 그는 줄리아가 시카고를 떠난 것이 고마웠다. 그는 예전의 삶과 이별했고, 그녀 역시 마찬가지였다. 하지만 윌리엄은 앨리스에 대한 생각에서 등을 돌렸기에 자연스럽게 세실리아의 그림에서도 등을 돌렸다.

"다른 걸 그려줄게요." 세실리아가 말했다. "크리스마스에 실비 집에서 모이는 거 알죠? 언니한테 듣기로는 혼자 있겠다느니 뭐 그랬다던데, 그건 받아들일 수 없어요. 안 그래도 가족이 너무 많이 줄었는데." 그녀가 벽에 기대놓았던 앨리스의 그림을 집어들고 가방을 팔에 걸었다. "가자, 콩알." 그녀가 말했다. 열린 벽장에서 이지가 나오더니 두 사람에게 다가왔다. 내 스니커즈를 세고 있었니? 윌리엄은 생각했다. 그가 한 걸음 물러나 길을 비켜주었지만 이지는 그를 향해, 그의 다리를 향해 곧장 걸어왔다. 머리가 딱 윌리엄의 다친 무릎 높이였고, 이지는 그의 장딴지를 꽉 끌어안았다.

"잘했어, 이즈." 세실리아가 말했고, 이지가 그를 놓아주더니 엄마의 손을 잡았다. 두 사람이 떠난 뒤 윌리엄은 정상적인 호흡을 되찾을 때까지 방 한가운데 가만히 서 있었다. 그는 다른 사람과 몸이 닿는 것을 힘들어했는데, 이지가 다가올 줄은 미처 예상하지 못했다.

윌리엄은 체육관 관람석에 앉아서 연습을 지켜보았다. 그는 정식 직원이 아니었지만 당분간 그냥 돕기로 했다. 올해 팀은 선수진이 아주 좋아서 꽤 강했다. NBA는 매직 존슨과 래리 버드의 라이벌 관계에 매료되었고, 대학 선수들은 그들의 노룩패스를 따라 했다. 연습은 시끌벅적했다. 한 선수가 화려한 동작을 시도해서 성공하면 기쁨에 찬 함성과 독설이 난무했다.

어래시가 윌리엄에게 그가 여름방학 때 했던 인터뷰 녹취록이 포함된 자료 바인더를 주었다. 윌리엄은 어래시가 부탁해서 미니 녹음기로 인터뷰를 녹음했었다. 팀에서 점프를 제일 잘하는 선수가 칼에 찔린 적이 있다고 말했던 그 청년이었는데, 윌리엄은 그가 경기를 뛰면서 걱정스러운 표정을 짓는 것을 알아차렸다. 이마가 넓은 청년이 가끔 어깨를 두드려서 윌리엄은 최근에 어깨가 탈구된 것은 아닐까, 혹시 통증이 있나 생각했다. 뇌진탕에 걸렸던 선수들은 가끔 다른 선수와의 접촉을 피했는데, 윌리엄은 뇌가 두개골에 또다시 세게 부딪힐까봐 겁먹은 것이 아닐까 생각했다. 윌리엄은 선수들이, 그리고 그들의 역사가 코트를 누비는 모습을 지켜보았다. 그는 밤에 침대에 누워 자료를 다시 읽었다. 준비가 잘되어 있을수록 도움이 될 가능성이 높았다. 마음속에서 소용돌이치는 정보가 느껴졌다. 윌리엄은—걱정을 바탕으로 한 믿음이긴 했지만—다른 누구도 할 수 없는 방식으로 이 팀에 보탬이 될 수 있다고 믿었다. 사소하고 거의 알아차릴 수도 없는 것일지 몰라도 중요한 무언가가 있었다. 윌리엄은 그것이 무엇인지 알아내기만 하면 되었다.

윌리엄은 선수들의 인터뷰 녹취록을 다시 읽으면서—눈이 너무 피로해서 단어 하나하나에 묵직하게 시선이 내려앉았다—자신이 가지고 있던 의문을 활자로 드러냈던 그 원고를 떠올렸다. 원고는 노스웨스턴 아파트에서 가져온 다른 물건들과 함께 벽장에 넣어둔 아직 열지 않은 상자에 들어 있었다. 윌리엄과 켄트는 퇴원 직후에 작은 임대창고를 비웠다. 상자 겉에 줄리아의 글씨로 윌리엄의 물건이라고 적혀 있었다. 그는 아직 원고를 볼 준비가, 농구에 대해 더 쓰고 싶은지 생각할 준비가 되지 않았다. 각주에 적었던 의문을 떠올리려 했지만 살얼음판 위에 서 있는 듯한 자기의심과 불안밖에 기억나지 않았다. 인터뷰 녹취록에 적힌 그의 질문에서도 걱정스러운 어조를 읽을 수 있었다. 녹취록에서 그는 아이들 발밑의 얼음판 상태를 걱정하는 것 같았다. 윌리엄은 물었다. 전에 다친 적 있니? 고등학교 때나 여름방학 때? 얼마나 심하게 다쳤는데? 널 도와줄 사람이 있었니?

그는 크리스마스 날 실비의 아파트로 찾아갔지만, 단지 그가 가지 않으면 자매 중 한 명 또는 전부가 데리러 올 것 같아서였다. 세 사람이 눈을 맞으며 노스웨스턴행 버스를 기다리느라 크리스마스를 망치게 할 수는 없었다. 그는 켄트와 크리스마스를 보내려 했지만 켄트는 여자친구의 가족을 처음 만나러 디모인에 갔다. 윌리엄은 세 자매가 계속 가족이 되어주려고 노력하는 것을 알았고 그 친절에 마음 깊이 감사했지만, 이제 그들과 같이 시간을 보내면 안 된다는 사실도 알았다.

윌리엄은 새로운 삶이 어떤 모습이어야 하는지 확실히 알았다. 그는 수도사처럼 외로운 사람이 될 것이다. 그것이 누구에게도 상처를 주지 않는 가장 안전한 방법이었다. 그에게는 농구팀과 함께하는 시간도 있고, 켄트와의 우정도 있고, 머리 위에 지붕도 있었다. 새로운 삶은 대부분 농구코트 한쪽 구석에서 이루어질 것이다. 거기서 윌리엄은 젊은 선수들이 자신과 비슷한 부상을 당하지 않도록 도울 수 있을 것이다. 괜찮은 삶, 목적과 우정이 가득한 삶이 되리라. 윌리엄은 가족이나 처제들이 필요 없었고, 실비가 그에게 어떤 존재가 되었든 그 존재가 필요 없었다. 그는 버스를 타고 필슨으로 가면서 오늘이 파다바노 자매들과 보내는 마지막 날이라고 스스로에게 약속했다. 세 사람은 그가 없는 편이 나았다.

윌리엄은 이지에게 줄 장난감 소방차와 노스웨스턴 캠퍼스 선물가게에서 급히 산 똑같은 여성용 스웨터 세 벌을 들고 도착했다. 실비의 아파트는 작았는데, 크리스마스트리가 한쪽 구석을 차지하고 있어 더욱 작게 느껴졌다. 그래서 윌리엄은 열린 창가 근처 벽에 기댔다. 차가운 공기가 등에 닿아서 기분이 좋았다. 이지는 빙빙 돌면서 걸어다녔는데, 너무 들뜨는 바람에 낮잠을 못 자서 가끔 비틀거렸다. 실비는 찰리가 제일 좋아하는 크리스마스 요리였던 칠면조 샌드위치를 내놓았다. 세 자매는 함께여서 행복한 것 같았지만 닫힌 현관문을 번갈아 흘끔거렸다. 이 자리에 없는 가족이 마법처럼 나타나기를 바라는 것 같았다. 줄리아와 앨리스, 로즈, 심지어 그들의 아버지까지. 파다바노가는 이렇게 제각각 명절을 보낸 적이 한 번도 없었고, 여기 남은 세 자매는 여전히 유령에게 사로잡혀 있었다.

윌리엄은 묻지 않았지만 자신이 세 자매와 함께 크리스마스를 보낸다는 사실을 줄리아는 모르리라 생각했다. 그는 세 사람이 큰언니에게 거짓말을 해야 할 또다른 이유를 만든 것에 대해 사과하고 싶었지만, 그러면 모두가 불편해질 터였다. 오지 말았어야 했다. 상실과 유령은 그의 그림자였고, 그의 어둠이 이 작은 아파트에 퍼지고 있었다.

"괜찮아요?" 에멀라인이 말하면서 다가와 옆에 섰다. 그녀는 윌리엄이 선물한 흰색과 자주색 줄무늬 스웨터를 입고 있었다. 세실리아와 실비도 마찬가지였다. 세 사람은 무슨 겨울스포츠팀의 선수 같았다.

그가 고개를 끄덕이고 와인을 마셨다. "곧 돌아갈 거야. 오늘은 버스가 일찍 끊겨서."

에멀라인이 눈을 크게 뜨고 윌리엄을 보더니 그의 팔에 손을 얹었다. 윌리엄은 그녀가 취했음을 알아챘다. 에멀라인이 말했다. "나 레즈비언인 거 알아요? 세실리아랑 실비가 말했어요? 스스로 그렇게 부른 지는 얼마 안 됐어요."

윌리엄은 몰랐었다. 그는 잠시 생각한 다음 자신과 상관없는 문제라고 결론을 내렸다. "행복해 보이네." 윌리엄이 말했다. 진짜 그랬기 때문이다. 에멀라인은 숨김없는 표정이었는데, 그는 지금까지 이런 에멀라인을 본 적이 없음을 깨달았다. 그녀는 농구코트에서 윌리엄을 처음 만났던 열네 살 때부터 항상 뭔가 망설이는 모습이었다. 에멀라인은 늘 모두를 지켜보면서 도움이 되려 했지만 아직 자기의 삶은 차례가 오지 않았다는 듯이 한 발 비켜서 있었다. 윌리엄은 그런 망설임이 에멀라인의 일부라고—성격의 일부라고—생각했지만 이제는 사라지고 없었다. 에멀라인은 그의 앞에서 온전히 살아 있었다.

그녀가 윌리엄의 귓가로 몸을 숙이고 말했다. "나 사랑에 빠졌어요."

윌리엄의 머릿속에서 무슨 일인가가 일어났다. 그는 이 말에 뺨을 붉혔고, 너무나 강렬한 갈망이 치솟아서 순간적으로 울음이 터질 것만 같았다. 그 말—나 사랑에 빠졌어요—은 화살 같은 아픔을 과거로 보냈다. 윌리엄은 줄리아를 마음 깊이 진실하게 사랑할 수 없었음을, 그녀도 그를 사랑할 수 없었음을 알았다. 이제 새롭고 안전한 삶을 살게 된 그는 땅에 매여 있었고, 사랑은 바다였다. 윌리엄은 더이상의 위험이나 상실 대신 안정을 택했다. 그는 에멀라인에게 무뚝뚝한 미소를 지어 보인 다음 소파에 있던 외투를 집어들고 잘 있으라고, 즐거운 크리스마스 보내라고, 고맙다고 인사하면서 아파트의 유일한 출입문으로 걸어가서 밖으로 나갔다. 그는 도시의 어둑한 불빛이 내리비추는 버스 정류장에 서서 눈을 맞으며 크나큰 안도감을 느꼈다. 여기가 윌리엄이 속한 곳이었다. 어둑한 곳에서 혼자여야 했다.

윌리엄이 기숙사로 돌아오고 겨우 삼십 분쯤 지났을 때—기숙사는 외국 학생 몇 명과 명절에도 집에 돌아가지 않을 만큼 열심히 하는 선수들을 빼면 거의 텅 비었다—누가 문을 두드렸다. 외로운 학생이나 윌리엄이 술을 한잔 권해주기 바라는 나이 많은 경비원임이 분명했기에 그는 한숨을 쉬었다. 그는 천천히, 마지못해 문을 열었다.

실비가 겨울 외투의 어깨 부분을 눈으로 적신 채 복도에 서 있었다. 그녀는 안으로 들어오면서 외투를 벗었다. 여전히 줄무늬 스웨터를 입고 있었다.

윌리엄은 영문을 몰라서 그녀를 보며 눈을 깜빡였다. "여기서 뭐해? 버스 타고 온 거야?"

실비가 그를 지나쳐 작은 거실 한가운데로 갔다. "당신이 왜 이러는지 내가 모를 것 같아요?"

"뭐라고?"

"멀어지려고, 사라지려고 하잖아요. 나한테서, 우리한테서. 꼭"—그녀가 입술을 살짝 깨물었다—"줄리아가 떠났으니 당신도 떠나려는 것 같아요."

구석에서 벽시계가 요란하게 째깍거렸다. 시계 역시 원래부터 있었는데, 아마도 이 방에 사는 사람들에게 시간이 흐르고 있음을 상기시키려고 놔둔 것 같았다. 윌리엄은 목뒤에 땀이 났다. 그는 줄리아와 처음 사귈 때 파다바노가 사람들에게 인정받으려고 열심히 노력했다. 그 집 부엌 싱크대의 녹슨 파이프를 고치려고 배관에 대한 책도 읽었다. 또 로즈의 텃밭에서 몇 시간씩 잡초도 뽑았다. 찰리가 대화 도중에 인용하는 시를 이해하려고 도서관에서 시집도 빌렸다. 이제 윌리엄은 그런 노력에 대해서, 그 노력이 효과를 발휘해서 죄책감을 느꼈다. 그는 아내와 헤어졌지만 왠지 여전히 파다바노가의 일원이었다. 일주일 전에는 세실리아가 욕실 물이 넘친다고 전화해서 윌리엄이 공구를 들고 찾아갔다. 여전히 시카고에 살고 있는 파다바노가의 세 자매는 현재 상황을, 윌리엄은 줄리아가 두고 갈 수밖에 없었던 가족과 어울릴 자격이 없다는 진실을 일부러 모르는 척하는 것 같았다.

제발 가줘. 윌리엄은 생각했다. 윌리엄의 몸과 머리가 그를 자신의 감정을 인식하지 못하는 곳으로, 모든 것이 둔해지는 어둡고 가라앉은 곳으로 끌어당기려 했다. 하지만 이제 그럴 수가 없었다.

"당신은 여기 있으면 안 돼." 윌리엄이 말했다. "외부인 출입 시간 이후 여자 손님을 들이려면 따라야 할 규칙이 있어."

"아, 제발 좀." 실비가 말했다.

윌리엄은 침묵으로 그녀의 말에 동의했다. 이 핑계는 너무 약했다. 그 역시 약했다. 사실 윌리엄은 실비와 함께 있으면 깨어 있는 느낌, 불편한 느낌이었고 여러 가지를 원하게 되었다. 그가 누릴 자격도 없고 상황을 더욱 엉망진창으로 만드는 것들을. 윌리엄이 파다바노가로부터 멀어지기로 했을 때 실은 실비로부터 멀어진다는 뜻이었다. 그녀가 병실에 들어올 때마다 그의 심장이 빨리 뛰었다. 그는 실비에게서 멀어져야 한다는 사실을 알았다. 퇴원하는 날 실비가 손을 잡아달라고 하지 않았다면 더 쉽게 멀어질 수 있었을 것이다. 윌리엄은 평생 자신을 다잡으려고 애썼기 때문이다. 부모님의 기분을 상하지 않게 하려고 벽장에 들어가 기침을 하던 어린 소년이 있었다. 항상 약간 늦게 미소를 짓거나 하이파이브를 받아주던 불안한 대학생. 손에 공이 들려 있어야만 편안했던 농구선수. 계획과 일정, 심지어 생각까지 건네주는 에너지 넘치는 여자에게 선택받아 마음이 놓였던 청년. 그는 전부 시키는 대로 했지만, 그 말을 따르다가 결국 더이상 한 명의 사람이라고 할 수도 없을 만큼 자신과 너무 멀어져버렸다.

윌리엄은 병원에 입원한 동안 외로운 아이였던 자신을, 그리고 부상 때문에 어쩔 수 없이 농구코트를 떠난 뒤 희망을 잃은 청년이었던 자신을 마음껏 동정했다. 윌리엄은 병원에서 자기 목소리를 찾았고, 약 덕분에 이제 아침에 눈을 뜨자마자 어떻게 하루를 버텨낼 수 있을까 생각하지 않게 되었다. 이제 윌리엄이 추구하는 목표—그리고 아마 주치의의 목표도—는 충분히 건강하고, 충분히 잘 지내고, 충분히 행복하게 사는 것이었다. 그러나 실비가 그의 손에 자기 손을 얹었을 때 윌리엄은 존재하는지도 몰랐던 감각을 느꼈다. 그녀의 손을 잡았을 때 온전함을 느꼈다. 그 충격과 기쁨이 그의 안에서 파문을 일으켰다. 지금 윌리엄은 이런 대화를 하게 만드는 실비가 여기 없기를 바랐지만 동시에 그녀의 손을 잡고 싶었다. 실비와 닿을 때 느끼는 그 감정을 원했다. 간절히 바랐다.

실비가 말했다. "오늘밤에 날 거의 보지도 않고 말도 걸지 않았죠, 그리고 며칠 전에 내가 왔을 때는 집에 없는 척했어요."

윌리엄이 고개를 끄덕였다. 실비가 문을 두드렸을 때 그는 불도 켜지 않고 아무 소리도 내지 않았다. "나 좀 내버려둬." 그가 말했다. "당신은 데이트도 하면서 즐겁게 지내야 해. 난 망가진 남자야. 당신은 당신 삶을 살아야지."

실비는 그의 말을 잠자코 들었다. 세실리아는 호기심어린 표정으로 그를 보았지만 실비는 생각에 빠진 표정으로 그를 보았다. "하지만 그러면 당신의 주문을 깨뜨리게 되잖아요." 그녀가 말했다. "거짓말도 비밀도 없이 살려면 집에 없는 척하지 말아야죠."

윌리엄은 이 말을 받아들였다. 실비의 말은 틀리지 않았다. 그는 실수를 저지르고 있었고, 그래서 실비가 가주기를 바랐다. 윌리엄은 조용히 조심하며 혼자 살아야 했다.

"차라리 당신이 문을 열고 왜 내가 돌아가길 바라는지 말해주면 좋겠어요." 실비의 호흡이 불규칙해졌다. 그 소리를 듣자 윌리엄은 벌컥 열리는 창문이 떠올랐다. 그녀가 말했다. "난 당신이 자신을 숨기지 않았으면 좋겠어요. 그리고 나도 나 자신을 숨기고 싶지 않아요."

당신은 자신을 숨기지 않아. 윌리엄은 생각했다. 내가 아는 그 누구보다도 당신에게서 너무나 많은 것이 보여. 이것은 그 추운 밤 벤치에서 시작되었지만, 그는 이제야 그녀 마음속의 고통이 보였다. 그녀 역시 결핍으로 가득차 있었다. 윌리엄은 아직도 문 근처에 서 있었다. 실비는 빨간 소파 앞에, 작은 거실 한가운데 있었다. 윌리엄은 바로 지금 부모님은 무엇을 하고 있을까 잠깐 생각했다. 난로에 불을 지핀 거실에서 술잔을 들고 조용히 앉아 있는 모습을 상상했다. 두 사람의 얼굴은 나이와 불행 때문에 시들었다.

"아무 말도 안 할 거예요?" 실비가 말했다.

윌리엄은 도저히 말을 할 수 없을 것 같아서 그녀를 보며 미안하다는 표정을 지으려고 애썼다. 마음속에서 소용돌이치는 감정과 언어를 잡아내 말로 바꾸어 입 밖으로 꺼낼 수가 없었다.

실비가 고개를 저었다, 좌절한 것이 분명했다. "당신한테 할말이 있어요. 당신 때문에 알게 된 거예요. 어렸을 때 내 꿈은 위대한 사랑을 찾는 거였어요, 브론테 소설에나 나오는 그런 사랑 말이에요. 아니면 톨스토이의 소설이나."

윌리엄은 앨범을 넘기듯 그 모습을 그려보았다. 그는 지친 부모님의 모습에서 고개를 돌려 하이넥 드레스를 입고 러시아의 기차역에 서 있는 실비를 보았다.

"십대 때 언니랑 동생들은 나한테 데이트를 하라고, 도서관에서 키스나 하는 건 그만두라고 했어요. 하지만 난 여자친구가 되는 것에는 관심이 없었어요, 아내가 되고 싶지도 않았고요. 위대한 사랑을 찾지 못하면 그저 그런 관계에 정착하느니 혼자 살 거라고 생각했어요. 행복한 척하는 건 견딜 수가 없어요." 실비는 젖은 손을 말리려는 사람처럼 양손을 흔들었다. "하지만 깨달은 게 있어요. 내가 낭만적이라서, 대단한 삶을 살 운명이라서 그런 꿈을 꾸는 거라고 늘 생각했지만 사실은 그렇지 않았어요. 진짜 인생이 두려워서 그런 꿈을 꾸었고, 너무 엄청난 꿈이라서 이루어질 거라고 생각하지 않았어요. 난 그런 사랑을 직접 본 적이 없었어요. 우리 부모님은 서로 사랑했지만 슬프게도 불행했어요. 우리 동네에 사는 다른 부부들도 다 그랬고요. 당신은 그런 사랑을 정말로 본 적 있어요?"

윌리엄이 고개를 저었다. 그는 두려워서, 혼자서는 성인이 될 수 없을 것 같아서 결혼했다. 그는 파트너라기보다 부모 같은 존재로서 줄리아가 필요했다. 부끄럽지만 사실이었다.

"아빠 말고는 날 정말로 이해해줄 남자를 찾지 못할 거라 생각했어요. 내가 세상을 어떻게 보는지, 책을 읽는 것이 나에게 어떤 의미인지, 내가 모든 것을 얼마나 의아하게 여기는지 아는 남자 말이에요. 나의 가장 좋은 모습을 알아봐주고, 내가 그런 사람이 될 수 있다고 믿게 해주는 사람." 실비는 눈물을 참는 것처럼 눈을 여러 번 깜빡였다. 양손은 주먹을 쥔 채 옆으로 내리고 있었다. "그런 사랑은 동화라고 생각했어요. 그런 남자는 존재하지 않는 줄 알았어요. 그래서 난 꿈이 있다고 만족하면서 언니와 동생들 곁에 안전하게 머물 수 있었죠."

실비가 그를 한참 바라보았고, 윌리엄은 자신이 큰 곤경에 처했음을 알았다. 그는 멀어지기는커녕 오히려 불속에 서 있었다. "난 당신이 전부 보여." 그가 말했지만 목소리는 나직했다.

"알아요. 당신 책을 읽었을 때 그것이 가능하다는 걸 알았어요. 그리고 당신 손을 잡았을 때도." 실비가 말을 멈추었다.

윌리엄은 에멀라인의 말을 떠올렸다. 난 사랑에 빠졌어요.

"이러면 안 돼, 실비." 윌리엄은 불길 한가운데에서 확실히 해두려고 단호하게 말했다. 난 당신 언니랑 결혼했었어. 그는 생각했다. 캠퍼스에서 줄리아 파다바노를 처음 만났을 때 그냥 지나쳤으면 좋았을 걸 싶었다. 윌리엄은 그때에도 자신이 뭔가 잘못되었음을 알았다. 다만 그것이 무엇인지, 뭘 해야 하는지 몰랐을 뿐이었다. 열여덟 살의 줄리아는 등대처럼 그를 보며 얼굴을 빛냈고, 윌리엄은 그녀의 빛을 이용해 자기 앞의 길을 밝혔다. "내가 시카고를 떠나도 돼." 그가 말했다. 하지만 이 말을 하면서도 파다바노가 사람들을, 대학 캠퍼스를, 어래시를, 농구팀을 떠나면 자신은 너무 작은 조각으로 부서져 다시 맞출 수도 없으리란 사실을 알았다. "들어봐." 윌리엄이 이제 절박하게 말했다. "다른 남자가 분명 있을 거야. 다른 남자를 찾아. 계속 찾아봐."

"다른 남자는 없어요." 실비가 말했다. "당신뿐이에요."

"난 자격이 없어." 이 모든 것을 누릴 자격이 없다는 뜻이었다. 이 순간, 그의 앞에 선 여자, 거실을 가로질러와 그의 손을 붙잡는 그녀의 손. 온기가 밀려들었다.

"음, 난 자격이 있어요." 실비가 말했다. 그리고 몸을 내밀어 그에게 키스했다.

실비
1983년 12월—1984년 8월

퇴원하는 날 윌리엄의 손을 잡고 그를 사랑한다는 사실을 스스로 인정했을 때 실비는 그 깨달음을 혼자 간직할 생각이었다. 그와의 연락을 줄일 생각이었다. 도서관에서 초과근무를 하고 바쁘게 지낼 만한 새로운 취미—정확히 무엇일지는 실비도 몰랐다—도 만들 생각이었다. 그러면 마음속의 감정도 산소가 부족해서 사라지리라고 생각했다. 하지만 그 계획은 통하지 않았다. 아무것도 통하지 않았다. 감정은 커져만 가는 것 같았다. 도서관에서 책을 꽂을 때면 손이 떨렸다. 책도 읽을 수 없었다. 그녀가 상상력을 펼치면 어느새 소설 속 세계가 아니라 윌리엄의 방에 들어가 있었기 때문이다. 그녀의 눈이 그의 눈과 마주쳤고, 실비와 윌리엄은 말없이 중요한 모든 것을 서로에게 전했다. 몸을 피곤하게 만들어서라도 잠을 이루려고 퇴근 후에 한참 동안 산책을 했지만 매일 밤 침대에 누우면 눈에 보이지 않는 솔기가 팽팽하게 당겨져서 터질 것만 같았다.

크리스마스 날, 윌리엄이 실비가 서 있는 곳만 빼고 그녀의 아파트를 샅샅이 살폈을 때, 그의 시선이 정확하게 그녀 주변만 도려내듯이 피해서 자신이 또다시 유령처럼 느껴졌을 때, 실비는 눈을 맞으며 그를 쫓아갔다. 그녀는 화가 났고, 그의 기숙사로 찾아가 자기를 보게 만들 계획을—버스를 타고 가는 짧은 시간에 떠올린 계획이었지만—세웠다. 그녀의 의도는 그것이 전부였다. 하지만 그의 곁에 있으니, 꿈에 자꾸 출몰하는 그의 다정하고 슬픈 얼굴과 파란 눈을 바라보니 더 많은 것을 원하게 되었다. 실비는 평화를 원했다. 더는 폭발할 것만 같은 기분으로 침대에 눕고 싶지 않았다. 그녀는 마음속에 족쇄를 채워 가둬둔 말을 하고 싶었다. 실비는 전부 다 원했다. 두 사람이 각자의 욕망을 억누르기 위해 세운 벽이, 그 벽 너머에 존재하는 어마어마한 아름다움이 느껴졌기 때문이다.

밖에는 눈이 내리고 두 사람이 윌리엄의 작은 거실 한가운데에서 마침내 입을 맞추었을 때, 실비의 마음을 짓누르던 압박이 사라졌다. 몸이 가벼워졌고, 그녀는 새로운 기쁨과 의미를 경험했다. 이게 우리가 사는 이유구나. 실비는 생각했다. 그녀와 윌리엄은 서로 끌어안은 채 이야기를 나누었다. 실비는 윌리엄의 가슴에 대고, 윌리엄은 그녀의 머리카락에 대고 말했다. 두 사람은 문장 사이사이에, 때로는 단어 사이사이에 키스를 나누었다. 실비가 양손으로 그의 어깨를 어루만지고 머리카락 사이로 손을 넣었다. 그녀는 너무나 오랫동안 그를 만지고 싶었으므로 그 기쁨에 온몸이 아플 지경이었고, 두 사람의 몸이 가까이 있으니 대화에 집중하기가 힘들었다. 실비는 전부 다 한꺼번에 원했다. 찰리가 죽은 이후 그녀는 외로웠고 부서졌다. 줄리아와 윌리엄의 아파트에서 나온 이후 언니에게 계속 거짓말을 했다. 벤치에 같이 앉았던 밤이 윌리엄과 실비를 서로에게 열어주었고, 실비는 그렇게 연결된 느낌으로부터 달아나려 애썼지만 그 노력이 목을 졸랐다. 그녀는 그의 품에서 거의 일 년 만에 처음으로 심호흡을 할 수 있었다.

두 사람 모두 문장을 끝맺지 못해도 신경쓰지 않았고, 서로의 기분을 상하게 할까봐 걱정하지도 않았다. 그저 서로의 감정을 나누었는데, 사실 둘 다 어느 정도는 이미 알고 있는 감정이었다. 실비는 벤치에서 윌리엄에게 자신을 들켰다고 느꼈을 때, 그리고 각주에서 그를 보았을 때 어떤 기분이었는지 말했고, 윌리엄은 실비와 함께 있으면 편안하다고, 평생 한 번도 느껴보지 못한 온전함을 느낀다고 말했다. "아무한테도 말하면 안 돼요." 실비가 속삭이자 윌리엄도 동의했다. 실비는 두 사람 사이에 비밀이 없으니 윌리엄의 주문을 깨뜨리는 것은 아니라고 스스로에게 말했다. 그들의 사랑과 솔직함은 이 방에만 머물러야 했다. 하지만 지금까지 실비 안에만 갇혀 있었기 때문에 이 방이 거대하게 느껴졌다.

실비는 자신과 윌리엄이 둘의 관계에 꼬리표를 붙이지 않은 채 그림자 속에서 끌어안고 있는 동안 아버지가 흐뭇하게 미소 짓는 모습을 상상했다. 실비는 크리스마스 다음날 그의 작은 기숙사 방을 다시 찾았고, 그후 거의 매일 밤 찾아왔다. 그녀는 윌리엄과 함께 있으면 자신을 마음껏 펼칠 수 있었다. 실비는 어렸을 때 가족과 함께한 삶에 대해 쓴 글을 그에게 보여주었다. 또 식료품점 뒤에서 찰리와 나누었던 대화도 말해주었다. 실비는 윌리엄이 자신을 오해하거나 이상하게 여길지도 모른다는 걱정 없이 머릿속에 떠오르는 것을 무엇이든 말하고 보여줄 수 있어서 기뻤다. 어느 도서관 이용자—코카콜라병 같은 안경을 쓴 노인—가 매일 오후 사서들에게 건네는 어이없는 농담도 들려주었는데, 그중 몇 개는 너무 웃겨서 둘 다 눈물이 고일 때까지 웃었다. 실비는 윌리엄과 함께면 아무래도 좋았다. 실없고, 슬프고, 기분좋고, 온몸의 모든 세포가 만족스러웠다.

“어쨌든 나는 우리 관계가 관계로 느껴지지 않아.” 어느 날 저녁에 실비가 말했다. 윌리엄은 작은 텔레비전으로 불스의 경기를 보고 있었다. 그녀는 윌리엄 옆에 앉아 소설을 읽다 말다 했다. 경기가 느슨해졌고, 문은 이중으로 잠겨 있었다. 누가 문을 두드릴 경우 실비가 화장실에 숨을 시간을 벌기 위해서였다. 그녀는 일주일에 며칠은 윌리엄의 방에서 잤지만 그가 곤란해지지 않도록 아주 조용히 머물고 새벽이 되기 전에 나가야 했다.

“그럼 어떻게 느껴지는데?” 윌리엄이 화면에서 시선을 떼지 않고 말했다.

“모든 벽이 무너진 것 같아. 우리는 지붕이나 문이 필요하지 않은 느낌이야. 그런 건 전혀 상관없어.”

“그럼 우리는 바깥에 있는 거네.” 윌리엄이 고개를 돌려 실비를 보며 미소 지었다. 첫 키스 이후부터 짓게 된 새로운 미소였다. 윌리엄은 원래 거의 웃지 않았고, 웃는다 해도 공손한 미소만 지었다. 웃어야 한다는 것을 알고 얼굴을 적당한 힘으로 당겨서 만드는 미소였다. 실비는 윌리엄이 평생 이 새로운 웃음을 짓게 해주고 싶었다. 윌리엄의 얼굴은 살아 있고 고마워하고 행복해하는 듯 보였다. 실비는 윌리엄이 그녀와 함께 있을 때 행복하다는 것을, 고마워한다는 것을 알았다. 밤이면 그가 실비의 살갗에 대고 행복을 속삭였다.

윌리엄 역시 두 사람의 관계를 영원히 비밀로 지키고 싶어했는데, 그에게 영원히란 실비가 정신을 차리고 그와 헤어질 때까지라는 뜻이었다. 윌리엄은 이것이 자신의 주문에 어긋난다고 여기지 않았다. 이 비밀은 사실 지연작전일 뿐이었다. 두 사람이 힘을 그러모아 서로를 떠나기 전까지 잠시 훔친 기쁨의 순간일 뿐이었다. 윌리엄이 거의 매일 "난 자격이 없어"라고 말하자 결국 실비가 제발 그 말 좀 그만하라고 했다. 하지만 윌리엄도 어쩔 도리가 없었기에 지금 또다시 그 말을 했다.

실비가 말했다. "나는 행복과 온전함을 누릴 자격이 있고?"

"물론이지."

"그러면 날 위해 이렇게 해줘."

"당신을 위해 당신을 사랑하라고?" 윌리엄이 일어나서 텔레비전을 껐다. 텔레비전 위에 얼마 전 세실리아가 가져다준 그림이 걸려 있었다. 윌리엄은 세실리아가 허둥거리며 이 그림을 보여주었다고 실비에게 말했다. "난 항상 초상화를 그려요." 세실리아가 말했다. "하지만 도전을 좋아하죠. 이게 뭔지 나도 잘 모르겠지만 엄밀히 봐도 뭔가 그럴듯해요." 실비는 이 그림이 아름답다고 생각했다. 동생이 그린 줄 몰랐다면 짐작도 못했을 것이다. 풍경과 빛에 대한 탐구, 비가 섞인 그림이었다. 실비는 반고흐가 별을 그린 것처럼 비를 그리고 싶다던 세실리아의 말을 기억했다. 캔버스에는 흐릿한 빛이 뒤섞인 비가 세차게 내리고 있었다. 눈길을 끄는 빛이었다.

"난 무슨 일이 있어도 당신을 사랑할 거야." 윌리엄이 말했다. "하지만 다른 누구에게도 상처를 주고 싶지 않아. 특히 당신에게는 절대 상처를 줄 수 없어, 실비. 난 혼자여야 해. 당신 가족이 뭐라고 하겠어? 줄리아는 또 어쩌고?" 그가 줄리아의 이름을 말하며 얼굴을 찌푸렸다. "당신이 쓴 추억 말이야. 대부분 당신과 줄리아의 이야기야."

"음, 맞아. 우리 네 자매의 이야기야."

윌리엄이 슬프게 고개를 저었다. 실비는 그의 생각을 들을 수 있었다. 거짓말도 비밀도 안 돼. 윌리엄이 말했다. "그 글을 읽으면 당신이 언니를 얼마나 그리워하는지 알겠어."

실비는 짜증이 나서 책을 덮고 잠옷과 칫솔을 가방에 다시 넣은 뒤 밖으로 나왔다. 캠퍼스를 가로질러 버스정류장으로 가는 동안 차가운 공기가 뜨거운 뺨을 식혔다. 윌리엄의 말에 과민 반응한 자신에게 짜증이 났다. 집에 도착하면 그에게 전화하기로 마음먹었다. 물론 윌리엄의 말이 옳았다. 실비에게 이것은 줄리아에 대한 문제였다. 윌리엄은 두 사람의 궤도에 다른 사람을 끌어들이거나 심지어 알리지도 않고 헤어질 수 있도록 둘의 관계를 비밀에 부치려고 했다. 실비는 언니 때문에 둘의 사랑을 비밀에 부치고 싶었다. 그녀는 자신이 윌리엄과 사랑에 빠졌다는 사실을 줄리아가 알면 어떻게 될지 상상해보려다가 고개를 세차게 저어 그 가슴 아픈 광경을 떨쳐야 했다. 줄리아는 실비를 미워할 것이다. 실비는 언니를 배신했다. 유일한 해결책은 아무에게도 알리지 않는 것이었다.

3월이었고, 줄리아와 앨리스가 떠난 지 거의 오 개월이 지났다. 쿠퍼 교수의 프로젝트가 연장되었고, 줄리아는 가족 중 누구와도 상의

하지 않고 뉴욕에 남기로 결정했다. "얼마 동안이나?" 세실리아가 통화하면서 물었다. "두고 봐야지." 줄리아가 말했다. "나도 너희가 보고 싶지만 앨리스랑 난 여기서 잘 지내고 있어." 실비는 귀향이 연기되었다는 소식에 한숨 놓았다. 그녀와 줄리아는 한 달에 두 번, 앨리스가 잠자리에 든 뒤에 통화했다. 두 사람은 번갈아서 비싼 장거리전화를 걸었다. 실비도 줄리아도 헤어질 때 흘렀던 긴장감을 언급하지 않았다. 둘 다 그런 일이 없었던 척했다. 줄리아는 항상 긴 하루 일을 마치고 피곤했지만 뉴욕에 대해, 같이 일하는 명석한 사람들에 대해, 뉴욕 여자들이 입는 옷에 대해 흥분하며 이야기해주었다. 그녀는 반짝반짝 빛나고, 활기가 넘쳐 반들반들하고, 아주 오랜만에 생생하게 살아 있는 것 같았다. "네 얘기 좀 해봐." 줄리아는 새로운 소식을 다 이야기하고 나서 이렇게 말했다. "보고 싶다. 전부 다 말해줘." 그러면 실비는 부수적인 부분—도서관에서 하는 일, 자기 집 싱크대에서 물이 샌 일, 마지막으로 이지를 봐주었던 때—에 대해서만 이야기하고 중요한 부분은 생략했다.

"행복하게 지내는 것 같구나." 언젠가 통화를 마칠 때 줄리아가 말했다.

"언니도 그래."

"둘 다 행복해서 다행이야." 언니가 말했다.

캠퍼스의 묵직한 나뭇가지 아래에서 실비는 언니가 지금의 자신을 보며 고개를 젓는 모습을 상상했다. 영원히 이렇게 지낼 수는 없어. 상상 속의 줄리아가 말했다. 넌 선택을 해야 해. 실비에게 언니는 동생들과 달리 항상 자신의 일부였다. 파다바노가의 장녀와 차녀는 어렸을 때에도 하나로 엮여 있었다. 어쩌면 그렇기 때문에—어쩌면 두 사람 사이에 경계가 없고 줄리아가 정말로 자신의 일부임을 실비가 알았기 때문에—언니가 시카고를 떠난 뒤에도 실비는 줄리아와 함께 다녔다. 줄리아는 실비 옆에서 거리를 걷고, 식당에서 맞은편에 앉고, 화장실에서 나란히 서서 거울을 같이 들여다보았다. 실비는 이렇게 언니가 같이 다니는 것이 고마웠다. 최근에 대화를 나누다가 줄리아 이야기가 나오자 에멀라인이 말했다. "언니는 줄리아가 진짜 보고 싶겠다." 실비가 말했다. "그렇긴 한데, 너무 보고 싶지는 않아." 이 말은 사실이었지만, 아마도 줄리아 외에는 누구도 이해할 수 없을 터였다.

켄트가 제일 먼저 알아차렸다. 4월 초에 켄트와 니콜—그에 버금가는 미소를 가진 명랑한 여자친구—이 윌리엄을 만나러 왔다. 켄트는 친구를 보자마자 무슨 일이 생겼음을 알았다. 윌리엄은 두 사람의 약혼 소식을 물어보려 애쓰면서 켄트가 사랑하는 할머니로부터 물려받은 니콜의 반지에 감탄했지만 켄트는 그를 빤히 보면서 말했다. "무슨 일인지 말해. 완전 달라졌는데."

"안 달라졌어." 윌리엄이 말했다. "몸 상태가 아주 약간 나아졌을 뿐이야, 아마도. 이제 대략 5킬로미터는 달릴 수 있어."

켄트가 고개를 저었다.

"여자가 생겼을지도 몰라." 니콜이 윌리엄을 자기 병원에 찾아온 환자처럼 꼼꼼히 살피며 말했다.

불가능한 일이었으므로 켄트가 다시 고개를 저으려 하다가, 니콜의 말에 윌리엄의 표정이 살짝 변하는 것을 보고 동작을 딱 멈췄다. 그가 친구를 빤히 쳐다보았다. “여자? 누군데?” 켄트는 윌리엄의 작은 삶 속에 누가 있는지 다 알았다. 노스웨스턴 농구팀 사람들도, 병원에서 만난 사람들도 전부 알았다.

윌리엄은 친구가 가능성을 샅샅이 따지는 모습을 지켜보다가 나직한 목소리로 말했다. “실비야.”

잠시 정적이 흐르고 켄트가 건네받은 조각들을 맞춰보았다. 호숫가에서의 소동, 병원까지 구급차를 타고 따라간 일, 윌리엄의 침대맡에 앉아 있던 실비. “그런 거였군!” 켄트가 말하고 윌리엄을 와락 끌어안자 니콜이 즐거워하며 웃었다.

“조심해. 그러다 윌리엄 다치겠어, 켄트.” 니콜이 말했다. 켄트가 윌리엄보다 적어도 20킬로그램은 더 나갔기 때문이다.

켄트가 도서관에 있는 실비에게 전화를 걸어 당장 오라고 불렀다. 그는 실비도 꽉 끌어안았고, 실비는 켄트가 얼마나 안도했는지 포옹에서 느낄 수 있었다. “정말 잘됐어.” 켄트가 말했다. “눈치챘어야 했는데. 나 자신이 약간 실망스러운걸.” 그가 두 사람을 보았다. “하지만 복잡해질 수밖에 없겠네.”

실비는 처음 만난 아름다운 니콜 앞에서 난처한 기분이 들었다. 그녀가 실비를 언니의 남편과 사랑에 빠진 끔찍한 사람이라고 생각하지 않을까 싶었다. 모르는 사람의 생각이 궁금해진 것은 처음이었고, 실비는 니콜의 시선 앞에서 벌거벗겨진 기분, 부족한 사람이 된 기분이었다. 그녀는 윌리엄이 이 소식을 알리고서 거의 정신이 나갔음을 알 수 있었다. 그는 멍한 표정으로 빨간 소파에 앉아 있었다. 실비가 그의 손을 꽉 잡아 자신이 여기 있다고 일깨워주었다. 그가 자기 안의 물속에 가라앉지 않도록.

"오래가지 않을 거야. 곧 헤어질 거야." 윌리엄이 말했다. "실비를 위해서."

켄트가 실비를 보자 그녀가 고개를 저었다.

"하지만 이건 비밀로 해야 해요." 그녀가 말했다. 실비는 머릿속으로 따져본 다음 켄트와 니콜이 아는 것은 괜찮다고 생각했다. 그들은 쌍둥이나 줄리아와 연락하지 않았다. 그리고 밀워키에 살았다. 두 사람이 알게 됐다는 것은 윌리엄과 실비의 사랑이 살고 있는 작은 기숙사 방이 조금 더 커진다는 뜻일 뿐이었다. 실비는 잘된 일인지도 모른다고 생각했다. 어쩌면 그녀와 윌리엄이 켄트 커플과 함께 저녁을 먹으러 갈 수도, 평범한 연인처럼 더블데이트를 할 수도 있을지 몰랐다. 실비와 윌리엄은 둘의 비밀이 통제를 벗어나지 않은 채 아주 약간 퍼지는 것은 감당할 수 있었다. 이제 윌리엄은 가장 친한 친구에게 이야기해도 괜찮았다.

켄트가 두 사람 앞에서 서성였다. "둘이 서로 사랑해?"

두 사람이 고개를 끄덕였다. 윌리엄은 머뭇거리며, 실비는 힘차게.

"잘됐네. 잘된 일이야. 하지만 비밀을 밝혀야 해. 당장. 건강에 좋지 않아, 윌리엄, 네 건강이 최우선이야. 너도 규칙을 알잖아."

실비가 양손으로 눈을 가렸다. 그녀는 떼를 쓰기 직전의 세 살짜리 애가 된 것처럼 짜증이 나고 당황해서 얼굴이 빨개졌다. 켄트는 윌리엄에게 관심을 집중하면서 테이블로 치자면 그가 부서지기 쉬운 다리임을 실비에게 상기시켰다. 윌리엄이 약해지면 모든 것이 바닥으로 추락한다는 사실을 일깨웠다.

"의사 선생님께 말씀드렸어?" 켄트가 친구의 얼굴을 찬찬히 살폈다. "아니라고? 그건 좋지 않아. 모두에게 말해야 해. 그게 중요해." 켄트의 표정이 윌리엄이 계속 살아가려면 중요해라고 말했다. "사랑을 감출 순 없어." 켄트가 말하자 실비는 여전히 손으로 얼굴을 가린 채 생각했다. 정말 그럴까?

두 사람의 사랑은 어디에 있을까? 숨길 수 있을까? 실비는 윌리엄이 그녀를 바라볼 때 금이 간 벽 틈새로 흘러나오는 빛처럼 그의 얼굴에서 새어나오는 사랑을 보았다. 윌리엄에 대한 실비의 사랑은 그녀의 손 또는 얼굴이나 다름없이 그녀의 일부였다. 실비는 절대 윌리엄을 사랑하겠다고 선택하지 않았을 것이다. 언니의 남편을 마음에 담겠다고 절대 선택하지 않았을 것이다. 하지만 사랑은 실비와 윌리엄이 서로에게 준 감정이 아니었다. 그들 자체가 사랑이었다. 실비는 윌리엄을 떠나면 자신은 끝날 것 같았다. 그녀는 더이상 실비가 아닐 것이다. 껍데기만 남아서 아무 의미도 없는 나날을 헤쳐나갈 것이다.

켄트가 말했다. "분명히 말하지만 두 사람은 헤어지거나 모두에게 말해야 해." 그가 실비를 보았다. "그 두 가지가 유일한 선택지야."

실비의 마음속에서 안개가 걷혔다. 그녀는 윌리엄이 죽지 않고 살아가려면 그의 방식에 따라야 한다는 것을 알았다. 그가 스스로에게 거짓말하고 다른 사람들에게 거짓말하면 단단한 발판을 잃게 된다. 실비가 공범이 될 수는 없었다. 첫 키스를 나눈 후 이 비밀은 일시적이어야 한다고 했던 윌리엄의 말이 옳았다. 그리고 첫 키스를 나눈 후 실비는 예전으로 돌아가 윌리엄 없이 살 수 없음을 깨달았다. 윌리엄은 그녀가 들이마셔야 하는 산소가 되었다. 실비는 단지 이 진실들을 하나로 연결시키지 못했을 뿐이다. 지금까지는.

켄트는 여전히 서성이고 있었다. "넌 의사 선생님한테 말해, 윌리엄. 나는 어래시한테 말할게. 걱정하지 마, 아무렇지도 않게 말을 꺼낼게. 어래시는 정말 기뻐할 거야, 실비를 좋아하니까. 그러면 네가 평소에 같이 지내는 사람들은 해결돼. 실비." 켄트가 그녀를 보며 어디까지 따라왔는지 살폈다. 그는 실비가 이해했음을 깨닫고 고개를 끄덕였다. "넌 그 외의 모두에게 말해야 해."

실비가 고개를 끄덕이고 말했다. "알겠습니다, 주장."

실비는 한자리에서 쌍둥이에게 말했다. 햇살이 좋은 5월 오후에 두 사람을 자신의 아파트로 불렀다. 열린 창문으로 불어들어오는 바람에서 봄 내음이 났다.

세실리아는 작업복—붓과 헝겊을 넣을 주머니가 많이 달린 올리브색 멜빵바지—을 입고 있었다. 요즘 그녀는 거의 종일 루미스 스트리트의 벽화를 그렸다. 낮 동안 그림을 그린 다음 새벽 두시에 다시 나가서—이지는 에멀라인과 함께였으므로 안전했다—졸릴 때까지 작업했다. 지역예술위원회가 처음으로 의뢰한 벽화 작업으로 아무거나 원하는 것을 그려도 된다고 했다. 실비는 매일 도서관 출퇴근길에 세실리아에게 들렀다. 세실리아는 작업중인 그림에 대해 이야기하는 것을 좋아하지 않았기 때문에 실비는 그냥 바라보기만 했다. 어떤 여자의 얼굴과 어깨 윤곽이 제일 먼저 나타났다. 지난주에 여자가 점점 채워지면서 실비는 왠지 친숙한 느낌이 들기 시작했다. 벽화 속 여자는 자신감이 넘치고 강렬해 보였다. 실비는 세실리아 본인이 아닐까, 어쩌면 에멀라인이나 줄리아가 아닐까 생각했다. 오늘은 동생이 자기를 그리고 있을지도 모른다는 걱정이 살짝 들었다. 세실리아가 실비의 진정한 모습을 벽에 드러내고 있을지도 몰랐다. 벽에 그려진 여자가 실비라면 그녀의 사랑과 활짝 펼쳐진 돛을 모두가 보게 된다. 실비가 더이상 미루지 않고 전화를 걸어 동생들을 집으로 부른 것도 그 가능성 때문이었다. 세실리아의 붓으로 폭로되는 것은 받아들일 수 없었다. 실비 스스로 알려야 했다.

"무슨 일이 생긴 건 우리도 눈치챘어." 에멀라인이 말했다. "요즘 언니 태도가 이상했잖아." 그녀는 어린이집에서 바로 오는 길이었다. 즉, 젤리와 플레이도 때문에 약간 끈적끈적해 보였다.

"언니도 동성애자야?" 세실리아가 미소를 지으며 말했다. 그녀는 실비의 작은 부엌 식탁에 에멀라인과 나란히 앉아 있었다.

실비가 고개를 저었다. 차라리 그게 내가 할말이면 좋겠어. 그녀는 생각했다. "물 마실래? 아니면"—그녀는 찬장에 뭐가 있는지 애써 떠올렸다—"크래커는 어때?"

"얼른 말해버려." 세실리아가 말했다. "에미는 오늘 저녁에 수업이 있고 체초네 부인이 이지를 봐주고 있어서 나도 빨리 가야 해."

실비는 물속으로 잠수하는 사람처럼 숨을 모아 깊이 들이마시고 자기 마음속에 들어 있던 이야기를 털어놓았다. 호숫가에서 윌리엄의 손을 잡았던 것부터 시작해 그와 함께 있으면 살아 있는 느낌이 든다고, 그와 함께면 완전한 원이 된다고, 함께하면 엉망진창이지만 온전한 자신이 된다고 설명했다. "우리가 손을 잡으면……" 실비는 입을 뗐지만 윌리엄에게 얘기할 때 그랬던 것처럼 지금도 문장을 끝맺지 못했다. 때때로 말은 창문을 향해 던진 돌멩이일 뿐이고 그녀가 전하려는 것은 창문 자체였다.

이야기를 끝냈을 때 두 동생은 아무 말도 하지 않았다. 바깥에서 자동차 소리가 희미하게 들려왔다. 끼익 하는 버스의 브레이크 소리도.

"아, 실비." 세실리아는 잠이 부족해서, 또 혼자서 자기 세계를 지탱하느라 피곤해 보였다. 이지가 싫어라는 말을 깨쳐서 아침에 일어나자마자 요람에서 싫어라고 외쳤다.

에멀라인은 실비의 시선을 피했다. "아무 남자나 골라, 그럼 언니를 위해 기뻐해줄게." 그녀가 말했다. "아무나 다른 남자면 돼."

"알아." 실비가 말했다. 동생들이 기뻐하기를 바라지는 않았지만 두 사람의 슬픔이 만져질 듯했고, 그 슬픔이 묵직한 담요처럼 그녀를 짓눌렀다. "나도 그럴 수만 있으면 그렇게 할 거야."

에멀라인이 눈빛으로 호소했다. 실비는 줄리아와 에멀라인과 함께 식탁 앞에 앉아서 로즈에게 가지 말라고 애원했던 때를 떠올렸다. 지금 원치 않는 소식을 전하는 사람은 실비였다. 자매들이 말리려는 사람이 바로 그녀였다.

"줄리아는 너무 많은 일을 겪었어." 에멀라인이 말했다. "그냥 친구로 지내면 안 돼?"

"넌 조시랑 그냥 친구로 지낼 수 있니?"

에멀라인이 입을 꾹 다물고 고개를 저었다. 실비는 자신도 에멀라인도 위험한 선택을 했다는 생각이 들었다. 실비는 윌리엄이 없는 삶을 상상할 수 없어서, 그리고 윌리엄은 비밀을 품고는 살 수가 없어서 지금 여기 앉아 동생들의 마음에 상처를 주고 있었다. 에멀라인은 조시를 만나기 전까지 자신의 성 정체성을 틀어막았다. 스스로에게도 인정하지 않았다. "난 조시한테 사랑한다고 말해야만 했어." 에멀라인은 이렇게 말했었다. "그 말을 해서 죽는 한이 있어도 말이야. 말하고 나면 죽을지도 모른다고 생각했어." 실비도 비슷했다. 지금 이 순간이 삶 그리고 죽음의 문제 같았다. 그녀는 깨지듯 열렸지만, 그래도 깨진다는 것은 변함없었다.

"줄리아가 그리워서 언니랑 함께하는 게 아닌지 어떻게 알아?" 세실리아가 말하며 실비를 지켜보았다. 그녀는 항상 진실을 원했다. "줄리아랑 닮았잖아. 실비, 이건 건강하지 못한 관계야. 안 그래? 줄리아의 결혼생활이랑 한 침대에 드는 거나 마찬가지야."

실비는 대꾸할 말이 없었다. 실비 역시 처음 옷을 벗었을 때 줄리아보다 가슴이 작고 엉덩이가 밋밋해서 윌리엄이 실망하지 않았을까 생각했다. 줄리아가 더 좋은 연인이었을까? 실비는 대답을 듣고 싶지 않아서 묻지 않았다.

동생들한테 방어적인 기분이 들지 않아 실비는 놀랐다. 말싸움을 벌이고 싶지는 않았다. 실비는 세실리아가 몇 블록 떨어진 3층 건물 벽에 그리는 여자를, 테두리 안쪽이 여러 가지 색과 세세한 묘사로 서서히 채워지는 그림을 생각했다. 실비는 자기 색깔을 채우는 중이었다. 자신의 색을 발견해서 보여주고 있었다. 피부에서 열기가 뿜어나오듯 동생들이 발산하는 슬픔을 느낄 수 있었다. 실비는 이야기가 순탄하게 흘러가지 않을 것을 알았다. 세실리아와 에멀라인이 윌리엄을 오빠처럼 사랑하는 것도 알았다. 두 사람은 9학년 때부터 윌리엄을 알았다. 하지만 이것은 받아들이기 힘든 소식이었고, 그들은 윌리엄을 생각하고 있지 않았다. 각자 시카고의 세 자매와 뉴욕의 줄리아 사이를 잇는 반짝이는 다리를 생각하고 있었다. 에멀라인은 신문에 실린 필슨의 아파트 광고를 오려서 줄리아에게 보냈다. 세실리아는 앨리스와 이지가 함께 있는 그림을 계속 그렸다. 카메라로 캔버스를 찍어 줄리아에게 보낸 다음 어느 그림이 갖고 싶은지 물었다. 줄리아는 아직 고르지 않았다.

"하지만 언니가 이러면." 에멀라인이 말을 꺼냈다가 역시 물속에 잠수하는 것처럼 잠시 입을 다물었다. "줄리아랑 앨리스는 절대 고향에 돌아오지 못해."

태양이 구름인지 건물 뒤로 내려가면서 세 자매는 그림자에 휩싸였다. 반짝이는 다리는 발밑으로 부서져내려 먼지가 되었다. 실비는 어린 시절의 꿈에 대해 생각했다. 줄리아는 실비가 위대한 사랑이라며 인용하는 소설이 전부 비극이라고 불평했다. 순진했던 실비는 비극 부분만 피하면 된다고 말했다. 비극과 로맨스가 하나로 엮인 것은 아니라고 했다. 하지만 실비가 틀렸다.

"알아." 실비가 말했다. "정말 미안해."

에멀라인과 세실리아는 그 소식을 들은 뒤로 실비와 거리를 두었다. 실비도 알았다. 두 사람은 마음에 상처를 입고 약해졌으며, 실비와 떨어져 지낼 시간이 필요했다. 실비는 두 사람에게 필요한 시간이 영원일까봐 걱정했지만 그런 끔찍한 생각은 치워버렸다. 실비도 상처입고 약해진 기분이었다. 실비는 세실리아가 루미스에서 작업중인 벽화를 계속 보러 갔지만 동생이 없는 시간에 맞췄다. 벽에 그려진 여자는 매일 조금씩 더 모습을 드러냈다. 세실리아가 눈을 완성하자 실비는 마침내 누구인지 알아보았다. 파다바노 자매 중 하나가 아니었다. 로즈가 세실리아에게 참회의 의미로 들고 다니게 했던 아시시의 성녀 클라라였다. 하지만 세실리아는—성녀 클라라를 그리고 또 그림으로써—그녀를 자신의 부적으로 만들었다.

벽에 그려진 여자는 강해 보였다. 어떻게 살면 안 되는지에 대한 경고 같지 않았다. 사실 벽에서 빛나는 그녀는 그 정반대의 예시 같았다. 실비는 성녀 클라라를 유심히 관찰하다가 어렸을 때 로즈가 성공한 여성의 본보기로 성녀들의 이야기를 해주었다는 기억이 떠올랐다. 그러다 네 자매가 성장하자—섹스와 결혼과 임신이 문제로 떠오르자—성녀를 경고와 처벌의 상징으로 이용하기 시작했다. 성녀 클라라는 3층 건물의 벽 하나를 전부 차지했다. 그녀는 가족과 사회의 기대를 저버리고 십대의 나이에 신부가 되기를 거부했으며, 자기 삶을 시작하기도 전에 포기하기를 거부했다. 성녀 클라라는 용감함의 화신이었고, 그녀를 그리는 세실리아도 확실히 용감했다. 실비는 어쩌면 파다바노가의 자매 모두가 용감한 것이 아닐까 생각해보았다. 세실리아는 열일곱 살에 가출이나 다름없는 행동을 했지만 지금은 점점 더 많은 사람이 찾는 화가이자 비혼모였다. 에멀라인은 이제 조시와 사귀며 그 사실을 숨기지 않았다. 체초네 부인은 눈앞에서 에멀라인과 조시가 손을 잡았을 때 심장마비를 일으킬 뻔했고, 에멀라인은 심려를 끼쳐서 죄송하다고 사과했지만—세실리아는 그 자리에서 웃음을 터뜨렸다—자신의 사랑에 대해서는 사과하지 않았다. 줄리아는 남편을 구해야 할 상황이 되자 아내라면 남편을 우선해야 한다는 수백 년 동안 이어져온 여성혐

오적인 생각을 거부하고 자신을 구했다. 그리고 실비는 너무나 비현실적이어서 그냥 지나갈 줄 알았던 꿈을 실현하도록 스스로에게 허락한 자신도 어쩌면 용감하다고 생각했다.

실비는 자신이 결혼하지 않고 자매들과 같이 안전하게 살 것이라고 생각했다. 어쨌든 실비의 마음은 항상 자매들의 것이었다. 네 자매는 거의 평생 하나의 심장으로 박동했다. 실비는 벽화를 보면서 용감함은 상실과 맺어져 있는 걸까 생각했다. 상상도 할 수 없는 일을 하면 그 대가를 치러야 했다. 줄리아는 아직 실비의 실상을 모르지만 곧 알게 될 것이다. 세실리아가 자기들이 알리겠다고, 두 사람 중 하나가 뉴욕으로 가서 줄리아를 직접 만나 말하겠다고 했다. 실비는 그 말을 듣고 안심했다. 실비는 고통을 주는 것밖에 할 수 없겠지만 쌍둥이는 줄리아를 지키려고 애쓰며 다정하게 이야기할 것이다.

실비는 줄리아에게 전화할 때마다 이번이 마지막 통화일지도 모른다고 생각했다. 세실리아나 에멀라인이 언제 뉴욕에 가는지는 몰랐다. 두 사람의 계획을 전혀 몰랐다. 실비는 앨리스의 어린이집이 어떤지, 아기가 처음으로 한 말이 무엇인지—엄마—들려주는 줄리아의 목소리에 귀를 기울였다. 줄리아는 회의가 끝난 뒤 쿠퍼 교수가 그녀의 의견을 물었다고, 그녀의 생각을 중요하게 여긴다고 말했다. 실비는 통화를 더 오래 하려고 질문을 던졌다. 언니의 목소리를, 언니의 사랑이 어떤 소리를 내는지를 머릿속에 각인하려고 애썼다. 어린 실비는 자기 삶과 언니를 갈라놓는 일이 있을 수도 있다고는 전혀 믿지 않았을 것이다. 이제 곧 도끼가 떨어질 것을 알면서도 그것을 멈출 방도가 전혀 없는 이 상황이 너무나 심한 고문처럼 느껴졌다. 사랑해. 실비가 전화선을 통해 생각을 전했다. 미안해.

생활사감은 매일 기숙사에서 자야 했기 때문에 윌리엄이 필슨으로 오는 대신 항상 실비가 노스웨스턴으로 갔다. 실비는 쌍둥이의 침묵을 견디고 줄리아에게 소식이 전해지기를 기다리면서 줄곧 현실 세계에서 사는 기분이었지만, 윌리엄은 대학이라는 비눗방울 속에서 지낼 수 있었다. 그녀는 윌리엄이 비눗방울 속에 있어서 다행이라고 생각했다. 자신도 자기만의 비눗방울이 있으면 좋겠다 싶었다. 처음에는 공포에 질렸던 윌리엄이 이제 누그러졌기 때문에 실비는 크게 안도했다. 켄트가 두 사람의 관계를 알고 나서 몇 주 동안 윌리엄은 목소리가 나오는지 확신할 수 없다는 듯이 계속 목을 가다듬었다. 하지만 시간이 흘러도 그의 예상과 달리 하늘이 무너져내리지 않았다. 그는 담당 의사에게 실비를 사랑한다고 말했고, 그동안 윌리엄에게 타인과 진정한 관계를 맺으라고 설득해왔던 의사는 이 소식을 대체로 긍정적인 의미로 받아들였다. 켄트가 어래시에게 이야기하자 그는—예상대로—기뻐했다. 켄트에게 이야기를 듣고 나서 윌리엄을 처음 보았을 때 어래시는 이 분 내내 그의 등을 두드렸다. 세실리아와 에멀라인은 이제 윌리엄을 찾아가지 않았지만 원래 정기적으로 왔던 것은 아니었고, 그는 쌍둥이가 있을 때보다 없을 때가 더 편했다.

심호흡을 하면서 도서관까지 걸어가고, 하루에 몇 번씩 보도에 서서 성녀 클라라와 묵상을 하고, 원룸아파트에서 혼자 스크램블드에그를 먹는 사람은 실비였다. 그녀는 자기가 만든 정적 속에 살면서 그 속으로 점점 가라앉는 자신을 느꼈다. 선택을 후회하지는 않았다. 가끔 윌리엄과 함께일 때 얼굴이 아팠는데, 생각해보니 몇 시간이나 계속 미소를 지어서였다. 밤이면 윌리엄의 따뜻한 살갗에 딱 달라붙어서 잤고, 새벽 네시에 문득 잠이 깨면 어린 시절의 추억을 썼다.

삼 개월 동안 이런 정적 속에 지내던 8월 어느 날 오후, 실비가 도서관 안쪽 서고에서 신간을 카트에 실어 나오자 에멀라인이 그 옆에 와서 섰다. 에멀라인은 아무 말도 없이 실비를 끌어안았다. 그녀가 실비의 어깨에 머리를 기대자 두 사람의 곱슬머리가 겹쳤다. 실비는 에멀라인에게 손을 뻗어 닿는 부분만, 고개 숙인 에멀라인의 정수리와 손만 겨우 잡았다. 두 자매는 몇 분 동안 도서관 뒤쪽 구석에 그렇게 서 있었다. 두 사람이 몸을 떼자 이 순간이 새로운 시작 같았다. 가슴 아프고 멍하고 자유로웠던 곳에서부터 새롭게 출발하는 것이다.

줄리아
1984년 10월—1988년 9월

에멀라인은 앨리스가 십팔 개월 때, 줄리아와 앨리스가 뉴욕에서 산 지 일 년이 지났을 때 찾아왔다. 줄리아에게 이사는 강렬한 경험이었다. 앨리스와 함께 뉴욕행 비행기에 오른 순간부터—처음 타보는 비행기였고 아기와 단둘이었다—매일이 도전적이고 새로웠다. 꼭 나쁜 의미만은 아니었다. 새로움은 안도였다. 줄리아는 새롭고 달라질 필요가 있었기 때문에 고향을 급히 떠났다. 하지만 맨해튼은 줄리아가 예상하지 못한 음량과 규모로 다가왔다. 도시는 소음이 고동치고 어디서나 사람들이 바쁘게 움직였다. 줄리아는 어느새 방향이 맞는지도 모르면서 사람들에게 뒤처지지 않으려고 빠르게 걷고 있었다.

그녀는 쿠퍼 교수와 일을 시작했고—만나는 모든 사람과 모든 업무가 익숙하지 않았다—아기와 같이 당분간 지낼 집을 꾸리려고 애썼다. "육 개월이야." 줄리아는 앨리스를 재우면서 노래하듯 말했다. "육 개월은 이렇게 지낼 수 있어." 줄리아와 앨리스는 로즈의 플로리다 친구가 비워둔 아파트에서 임시로 지냈다. 줄리아가 집세를 내는 대신 해야 할 일은 레이븐 부인의 엄청나게 많은 화분에 물을 주는 것밖에 없었다. 그녀는 매일 물뿌리개를 들고 아파트 한쪽 끝에서 반대쪽 끝까지 물을 준 다음 침대에 쓰러져 잠들었다. 줄리아는 혼자서 삶을 꾸려본 적이 없었고, 이렇게 할일이 많은 생활은 더더욱 처음이었다. 항상 동생들이나 어머니, 윌리엄의 도움을 받았었다. 이제 줄리아는 한 팔에 유아차, 한 팔에 아기를 안고 지하철역 계단을 올랐다. 항상 땀을 흘리면서 단정한 모습을 유지하려고 애쓰는 기분이었다. 모든 것이 줄리아의 책임이었다. 어린이집에 보낸 앨리스의 기저귀가 충분한지 확인하고, 공과금을 내고, 부엌에 아기가 먹을 음식과 우유가 있는지 보고, 빨래도 해야 했다. 앨리스는 빨랫감을 너무 많이 만들었다. 하지만 줄리아는 자신의 관심을 모두 요구하면서 예전의 삶을 떠올릴 여지를 주지 않는 맨해튼 생활이 무척 고마웠다.

크리스마스에 로즈가 줄리아와 앨리스에게 비행기표를 사주며 플로리다로 초대하자 줄리아는 잠시 쉴 수 있었다. 로즈의 딸들 중에서 마이애미에 간 사람은 줄리아가 처음이었다. 로즈는 티 나게 자랑스러워하며 딸과 손녀를 친구들에게 보여주었다. 줄리아가 결혼생활을 지키려고 애쓰지 않겠다고 말했을 때 로즈는 실망을 거침없이 드러냈지만 이제는 줄리아의 새로운 삶에 흥분했다. "우리 딸은 맨해튼 중심지에서 아주 대단한 비즈니스 컨설턴트와 일해. 남편은 항상 줄리아가 머리도 좋고 투지가 넘친다고 했었지. 아기도 너무 예쁘지 않아?" 줄리아는 어머니가 큰딸과 자기 남편 이야기를 재구성하는 것을 듣고 깜짝 놀랐다. 줄리아는 이제 실패자가 아니었고, 찰리의 의견은 존중할 만한 것이 되었다. 하지만 엄마에게 인정받으니 기분좋았고, 로즈의 크리스마스트리 옆에서 팔 개월 된 앨리스의 선물들을 뜯어보면서 행복했다. 줄리아와 로즈는 크리스마스 오후에 실비의 집으로 전화를 걸어서 나머지 가족 모두에게 즐거운 크리스마스를 보내라고 인사했다. 이지가 전화를 받더니 몇 분 동안 무척 진지하게 알아들을 수 없는 말을 했고, 플로리다와 시카고에 모인 가족 모두 그 소리를 들으며 웃었다.

봄에 통신회사와 함께 진행하는 프로젝트가 연장되자 쿠퍼 교수가 줄리아에게 시카고로 돌아가고 싶은지 물었다. "난 자네와 일하는 게 아주 좋아." 그가 말했다. "다른 의뢰인들도 받을 예정이라 당분간은 여기서 지낼 거야. 하지만 자네는 시카고에 가족이 있었지. 돌아가고 싶다고 해도 괜찮아, 정말로 다 이해해."

이 소식을 듣고 줄리아는 숨을 깊이 들이마셨다. 의뢰인이 쿠퍼 교수의 일솜씨를 무척 좋아하고 프로젝트가 아직 끝나지 않은 상황이라 전혀 예상하지 못한 소식은 아니었지만, 줄리아는 뉴욕으로 이사한 후 줄곧 육 개월이라는 일정 안에서 살았다. 힘들 때는 동생들이 너무나 보고 싶었고, 두 번 생각할 필요도 없이 길을 찾을 수 있는 도시에서 살던 때가 너무 그리웠다. 또 앨리스에게도 사촌과 같이 놀고 이모들의 사랑을 듬뿍 받을 기회를 주고 싶었다. "하룻밤만 생각해봐도 될까요?" 줄리아가 묻자 쿠퍼 교수는 당연히 된다고 대답했다.

줄리아는 그날 저녁 사무실에서 어린이집까지 서른 블록을 걸어갔고 거의 도착했을 때쯤 답을 정했다. 맨해튼에서 줄리아는 자기 잠재력을 실현하는 길을 걷는 기분이었다. 그녀는 딸이 태어나면서 모습을 드러낸 명석하고 강력한 바로 그 여자였다. 시카고의 자신을 그려보면 걱정에 짓눌린 모습이었다. 시카고에서 줄리아는 아내였다. 그곳에서 그녀는 남편을 잘못 이해했다. 그곳에서 나쁜 결정을 내렸다. 그리고 전남편이 사는 도시로 돌아간다고 생각하면 복잡한 기분이 들었다. 윌리엄은 법적으로 앨리스를 포기했고, 줄리아와 앨리스의 공식 문서에서 워터스라는 성은 사라졌다. 하지만 시카고에서 윌리엄이 아기가 노는 놀이터로 찾아와 지켜보면? 줄리아와 앨리스가 거리에서 우연히 그와 마주치면? 그가 마음을 바꾸면?

줄리아는 앨리스가 이해할 만한 나이가 되었을 때 이 모든 것을 어떻게 설명해줄지 여전히 오리무중이었다. 아직 알아낼 시간이 있었으므로 심각하게 생각하지 않으려 했다. 어쨌든, 앨리스한테 뭐라고 말할 수 있을까? 엄밀히 말해서 너한테 아빠가 있지만 아빠는 널 포기했단다? 아빠는 자기 인생에 널 원하지 않았단다? 아빠는 너무 아파서 부모가 될 수 없었단다? 복잡한 이유 중 하나는 윌리엄의 결정이 고맙기는 했지만 줄리아도 이해하지 못한다는 사실이었다. 앨리스는 눈매가 시원하고 잘 웃고 뺨이 통통한 한 살짜리 아기였다. 길을 가던 모르는 사람들도 앨리스를 보면 광대가 되었다. 웃긴 표정을 짓고, 혀를 내밀고, 아기를 깔깔 웃기려고 애썼다. 줄리아는 앨리스가 세상에서 제일 멋진 아이라고, 이지는 아까운 2등이라고 생각했다. 누구든 어떻게 앨리스를 자기 인생에 원하지 않을 수가 있을까? 이 혼란스러운 의문과 윌리엄의 혼란스러운 선택을 생각하면 줄리아는 자기 결혼생활의 끝이 얼마나 늪 같았는지 떠올랐다. 줄리아는 뉴욕에서의 자신이 좋고 여기 더 오래 머물고 싶다는 사실이 중요하다고 결론을 내렸다.

물론 그 결정이 씁쓸한 것은 동생들 때문이었다. 줄리아는 하루에 적어도 한 번은 택시에 타거나 길을 건너는 실비를 봤다고 생각했고, 그녀가 사는 아파트에는 세실리아와 웃음소리가 똑같은 여자가 있었다. 줄리아는 동생들과 통화할 때마다 놀러오라고 했다. "아니. 집으로 돌아와." 세실리아는 이렇게 대답했다. 뉴욕에 놀러간다는 생각 자체를 거부하는 사람은 세실리아뿐이었다. 그녀는 고집스럽게 시카고에 뿌리를 내린 것 같았는데, 다른 면에서는 너무나 독립적이었기에 놀라웠다. 실비는 놀러올 생각이 있는 듯했지만 시기에 대해서는 항상 애매하게 굴었다. 그리고 에멀라인은 사소한 것들을 걱정했다. 여행 비용, 비행기에 대한 두려움, 제대로 된 신발이 없는 것. "거기 가면 사람들이 날 비웃을 거야." 그녀가 말했다. "맨해튼 사람들은 전부 너무 멋쟁이야."

하지만 뉴욕에 남기로 결정한 줄리아는 매일 아침 잠에서 깰 때마다 신이 났다. 그녀와 앨리스는 부엌에서 밤마다 춤을 추기 시작했다. 아기는 아주 열심히 엉덩이를 흔들며 자기 몫을 했다. 레이븐 부인이 마이애미에서 돌아올 예정었지만 알고 보니 이 어퍼이스트사이드 아파트 자치회 회장이었고, 줄리아가 같은 건물에 침실 두 개짜리 사랑스러운 아파트를 빌리도록 도와주었다. 줄리아는 자기 집이 생겨서 너무 좋았고, 끝이 정해지지 않은 이 새로운 일정 안에서 하루하루를 만들어가는 것이 너무 좋았다. 그녀는 앨리스를 어린이집에 데려다준 다음 시내버스를 타고 42번가로 가서 창문에 웅장한 그랜드센트럴 터미널이 비치는 유리벽 건물로 들어갔다. 도시가 내려다보이는 고층 사무실에서 줄리아는 쿠퍼 교수와 함께 회의에 참석했다.

10월에 에멀라인이 두려움을 극복하고 놀러오겠다고 말했을 때 줄리아는 무척 흥분했다. 너무 신나서 에멀라인이 올 때까지 잠도 잘 이루지 못했다. 줄리아는 뉴욕에서 친구를 사귈 시간이 없었지만 사귀는 방법도 몰랐다. 동생들이 항상 제일 친한 친구였다. 시카고에서는 그녀의 삶에 다른 사람이 전혀 필요하지 않았다. 줄리아와 실비와 쌍둥이는 서로의 모든 모습, 모든 나이, 모든 기분을 알았다. 줄리아는 모르는 사람과 친밀한 우정을 쌓는 방법을 이해하지 못했다. 가끔 앨리스의 어린이집에서 스타일이 멋지고 줄리아처럼 정규직으로 일하는 듯한 엄마를 보고 다가가볼까 생각도 했다. 하지만 그녀와 전혀 모르는 타인 사이의 심연은 대양처럼 넓었고, 줄리아는 그것을 건너는 방법을 몰랐다. 누군가에게 이름을 묻는 것으로 우정이 시작될 수 있을까? 서로를 진정으로 알려면 당연히 같이 살아야 할 텐데, 그건 말이 안 됐다.

줄리아는 에멀라인과 한시도 떨어지지 않으려고 일주일간 휴가를 냈다. 두 자매는 긴 산책을 했는데 줄리아가 에멀라인의 손을 잡고 이끌었다. 에멀라인이 주변에서 달리는 자동차가 아니라 높은 빌딩을 자꾸 올려다보았기 때문이다. 두 사람은 메트로폴리탄미술관—영화랑 책에서만 봤던 곳—에서 하루를 보냈는데, 전시실을 이리저리 돌아다니며 영화 속에 들어온 척했다. 둘은 매일 밤 늦은 시간까지 이야기를 나누었다. 줄리아는 이 친밀함에, 편안하고 실없는 대화에 너무나 굶주렸다. 그동안 그녀는 외로웠다. 두 사람은—어머니가 아직도 그들이 주변을 맴도는 태양인 것처럼—로즈에 대해 이야기했다. 플로리다에 둥지를 틀고 앉아서 딸들에게 얼마나 도도하게 구는지 말이다. 에멀라인은 물론 아이를 무척 잘 다루었고, 바닥에 앉아서 앨리스와 몇 시간이나 놀았다.

"넌 세상에서 제일 멋진 앨리스야." 에멀라인이 아기에게 말했다. 둘이 바닥에서 블록을 가지고 노는 모습을 줄리아는 안락의자에 앉아 지켜보았다.

"에미머." 앨리스가 아주 집중하며 말했다. 에멀라인 이모라고 말하려는 것이었다.

"정말 잘했어!" 에멀라인이 박수를 쳤다.

앨리스가 이를 전부 드러내며 방긋 웃었다. 아기는 뺨이 포동포동하고 머리카락은 곧은 금발이었다. 파란 눈은 틀림없이 아빠에게서 물려받은 것이었다.

"윌리엄을 정말 많이 닮았다." 에멀라인이 말했다. "하지만 눈은 우리 아빠처럼 반짝거려. 그리고 머리카락은 분명 크면서 곱슬곱슬해질 거야. 옛날 사진을 보면 나도 어렸을 땐 머리카락이 더 곧더라고. 그리고 어린이집에서 한쪽 부모를 닮았다가 다른 부모와 비슷하게 변하는 애들을 정말 많이 봤어."

"적어도 조금은 날 닮으면 좋겠어." 줄리아가 말했다. 두 자매는 같이 감탄하며 앨리스를 보았다. "하지만 그의 어두운 면만 닮지 않으면 돼, 진심이야." 줄리아가 남몰래 가지고 있던 두려움을 입 밖에 냈다. "생긴 건 어떻든 상관없어."

에멀라인이 깜짝 놀라서 눈을 깜빡였지만 "당연하지, 언니 말이 맞아"라고 말했다.

아침이면 줄리아가 에멀라인의 머리를 뒤로 묶어주었고, 두 사람은 거울에 비친 비슷한 두 얼굴을 같이 바라보았다. 네가 필요해. 줄리아는 생각했다. 너란 여기 있는 동생만을 의미하지 않았지만, 너무나 필요했기 때문에 까다롭게 따질 순 없었다. 줄리아는 언제, 어떻게 다시 만날지 모르는 채로 에멀라인을 보낼 수 없었다. 에멀라인이 뉴욕에 온 첫날이 마무리될 때쯤 줄리아는 에멀라인에게 조시와 함께 자기가 사는 뉴욕으로 오라고 설득하기 시작했다. 동생을 여기로 이주시키면 완벽한 해결책이 될 것이다. 에멀라인과 조시 정도의 경력을 가진 교사라면 맨해튼의 어린이집들도 환영할 것이고, 여기서는 동성애자라 해도 아무도 신경쓰지 않았다. 줄리아는 뉴욕으로 이사한 다음에야 쿠퍼 교수가 삼십 년째 한 남자와 같이 살고 있다는 사실을 알게 되었다. 쿠퍼 교수의 남자친구 도니는 사랑스러웠다. 그는 맞춤 양복을 멋지게 입고 다녔고, 줄리아가 아파트에 깔 러그를 고를 때—알고 보니 러그 시장은 은근히 무척 비싸고 혼란스러운 곳이었다—도와주었다.

"난 시카고가 아닌 다른 곳에서 사는 건 상상도 할 수 없어." 줄리아가 말을 꺼내자 에멀라인이 말했다. 하지만 그녀는 뉴욕에 무척 감탄했고, 앨리스를 품에 안고 너무나 행복해했기 때문에 줄리아는 몇 달이면 설득할 수 있다고 자신했다. 그녀는 여동생이 이 건물의 아파트를 빌릴 수 있을지 레이븐 부인과 이야기해볼 생각이었다. 줄리아는 앨리스가 두 아파트를 오가는 모습을, 집처럼 편안한 공간이 두 군데가 되는 상황을 그려보았다. 그리고 매일 저녁 와인을 한잔 마시며 에멀라인과 신나는 직장 생활에 대해 이야기할 생각을 하면 너무 신나서 몸이 떨렸다. 시카고를 떠난 이후 빨대로 공기를 겨우겨우 마시다가 갑자기 산소를 흠뻑 들이마시는 기분이었다. 에멀라인이 있으니 줄리아는 사소한 일에도 웃었고, 앨리스 역시 작은 머리를 젖히고 웃는 모습에 즐거웠다. 줄리아는 생각했다. 난 동생들이랑 있을 때 더 나아.

"실비는 어때?" 줄리아가 물었다. 에멀라인이 뉴욕에서 머무는 마지막 날이었다. 앨리스는 레이븐 부인 집에 있었으므로 단둘이서 몇 시간을 보낼 수 있었다. 두 사람은 부엌에서 커피를 마시고 있었다. 에멀라인은 줄리아에게 세실리아의 그림에 대해, 그녀가 요즘 만나는 이탈리아인 재즈 음악가에 대해 전부 말했다. 그리고 얼마 전에 두 살짜리 이지가 세실리아의 작업실에서 발견한 강력접착제로 부엌에서 찾아낸 야채 통조림과 콩 통조림을 모조리 붙여 고층 빌딩을 만들었다는 이야기도 들려줬다. 하지만 실비 이야기는 거의 하지 않았다.

"내가 조시를 사랑하는 것을 심란하게 여기지 않는 사람은 언니뿐이야." 에멀라인이 말했다. "실비랑 세실리아는 아닌 척했지만 사실 처음에는 충격을 받았거든. 그러니까, 난 이해한다고. 나도 놀랐는걸. 그리고 엄마는 미친듯이 화를 내실 거라고 예상했고, 실제로 그랬지. 하지만 언니는 날 위해서 기뻐하는 것 같았어."

"당연히 기쁘지. 조시도 데려오지 그랬어, 만나고 싶은데."

"난 조시를 사랑하고 싶지 않았어." 에멀라인이 말하며 자기 커피잔을 빤히 보았다. "난 우리가 사랑하는 사람을 고르는 게 아니라는 사실을 받아들이기 힘들었어. 누구를 사랑하느냐에 따라 모든 것이 바뀌니까."

에멀라인이 뉴욕에서 지내는 동안 두 사람은 조시 이야기를 많이 나누었다. 에멀라인과 조시가 같이 살기로 하자 로즈가 멀리서 성질을 부렸기 때문이다. 줄리아는 동생을 바라보며 차오르는 애정을 느꼈다.

에멀라인이 말했다. "우리가 사랑하는 사람을 선택할 수 없다는 데 동의해?"

"아마도. 근데 왜?"

"나도 처음에는 화가 났다는 걸 알았으면 좋겠어. 어쩌면 지금도 그래. 하지만……" 에멀라인이 눈을 감았다. "실비랑 윌리엄이 서로 사랑해."

줄리아가 믿을 수 없어서, 그 말을 받아들일 수 없어서 고개를 저었다. 그녀는 에멀라인의 말이 자신에게 다시 돌아올까봐 가장 가까이 있는 의자에 앉았다.

"세실리아는 실비한테 엄청 화가 났었어. 나도 그랬고. 언니가 떠난 후 평화로워졌었거든. 다들 잘 지냈어. 언니는 멀리 있었지만 돌아올 거였고. 하지만 난 이제 이해해. 어떻게 내가 이해해주지 않을 수 있겠어? 줄리아, 두 사람은 선택의 여지가 없었어."

이 말이 준 충격으로 줄리아의 마음속에 공간이 생겼고, 실비가 왠지 모르지만 윌리엄을 찾아서 구해야 한다는 것을 알았다는 사실이 떠올랐다. 줄리아는 실비의 어색한 작별인사를 기억해냈다. 줄리아가 뉴욕으로 이사한 후 두 사람은 통화할 때 서로 일주일 동안의 일정을 공유하며 대부분 사실과 계획에 대해서만 이야기했다. 특히 실비는 자기 감정이나 생각을 절대 말하지 않았다. 예전에 실비와 줄리아는 밤마다 침대에 나란히 누워서 감정이나 생각만 이야기했었는데. 줄리아는 무슨 일이 일어나고 있음을 알았어야 했다. 어쩌면 알고 있었지만 애써 시선을 피하며 그런 생각이 수면 위로 떠오르게 놔두지 않았을지도 모른다. 윌리엄의 우울증에 대해서도 마찬가지였다. 남편이 자살을 시도했다고 줄리아에게 말해준 사람도, 나중에 남편이 그녀를 보고 싶어하지 않는다고, 이제 결혼생활을 계속하거나 아빠 노릇을 하고 싶어 하지 않는다고 말해준 사람도 실비였다. 줄리아는 그 모든 소식을 실비가 전한 것이 얼마나 이상한지 이제야 깨달았다. 전화로라도 윌리엄이 직접 말했어야 했다. 하지만 그의 목소리는 실비를 통해 전해졌다. 줄리아는 거울 속 자기 얼굴을 찬찬히 살필 때마다 생각했다. 실비도 여기 주근깨가 있지만 더 옅지. 실비는 나보다 머리카락이 더 차분해. 줄리아는 자기 자신을 생각하는 것처럼 자연스럽게 실비를 생각했다, 실비는 줄리아의 일부였다. 그리고 윌리엄은 밤에 줄리아 옆에 누웠다. 줄리아가 알몸을 보인 남자는 윌리엄밖에 없었다. 줄리아와 가장 가까웠던 두 사람이 서로를 선택했다.

줄리아는 자리에서 일어나 싱크대로 걸어갔다. 가슴이 조여들었다, 막힌 파이프라도 뚫으려는 것처럼 지나치게 세게 조였다. 줄리아가 과호흡이 와서 큰 소리로 헐떡거리자 에멀라인이 등을 문질러주었다. 자매들은 몸이 안 좋으면 항상 서로를 이렇게 문질러주었다.

"서로 사랑한다고?" 드디어 말을 할 수 있게 되자 줄리아가 말했다. 사랑이라는 말이 목에 걸렸다.

에멀라인이 줄리아의 어깨뼈에 뺨을 댔다. 그녀가 고개를 끄덕이자 줄리아의 피부에 그 움직임이 느껴졌다. 줄리아는 도서관 데스크 뒤에 서 있는 실비를 떠올리며 생각했다. 네가 어떻게 이럴 수 있니? 나라면 너에게 절대 이런 짓을 하지 않을 거야.

"미안해, 줄리아." 에멀라인이 속삭였다.

"뉴욕으로 이사 와서 정말 다행이야." 줄리아가 말했다. "내가 한 일 중 가장 현명한 일이었어."

줄리아는 부엌 조리대를 양손으로 짚은 채 에멀라인이 뉴욕에 온 것은 이 소식을 전하기 위해서였음을 깨달았다. 지난 몇 주 동안 줄리아가 전화할 때마다 실비가 집에 없었지만 그냥 외출했나보다, 바쁜가보다 생각했다. 하지만 실비는 에멀라인이 뉴욕에 오는 것을 알았기 때문에 전화를 받지 않은 것이었다. 그리고 에멀라인은 절대 뉴욕으로 이사하지 않을 것이다. 순전히 줄리아의 상상이었다. 그녀는 멍청했다. 그때부터 에멀라인이 시카고로 돌아갈 때까지 줄리아는 동생의 얼굴을 똑바로 볼 수 없었다.

그후 몇 주 동안 줄리아가 매일 아침 아기방에 들어가서 앨리스를 요람에서 들어올릴 때마다 아기는 희망에 찬 목소리로 "에미머?"라고 말했고, 줄리아는 고개를 저었다. 그녀는 딸을 실망시키기가 너무 싫어서 또다시 바보같이 군 자신에게 화가 났다. 자신은 독립적이고 야심 찰 때 최고라는 사실을 잊었다. 에멀라인이 와서 지내는 동안 줄리아는 자기 행복을 다른 사람의 손에 맡기기 시작했고, 그것은 시카고에 살던 줄리아의 잔재였다. 줄리아는 이제 그 사람이 되고 싶지 않았다. 시카고에서 줄리아는 종이 사슬처럼 연결된 파다바노 자매 중 하나였다. 네 사람은 절대 독립적으로 움직이지 않았고, 한 사람에게 문제가 생기면 모두의 문제가 되었다. 실비가 끔찍한 짓을 저질러놓고 제일 다정한 동생 에멀라인을 보내 줄리아에게 그 충격적인 사실을 알린 것이 그 일례였다. 줄리아는 이제 그렇게 살 수 없었다. 그녀 혼자서 앨리스를 행복하게 해줄 것이다, 앨리스를 절대 실망시키지 않을 것이다.

밤에 아기가 잠들고 나면 줄리아는 침대에 누워서 벽을 빤히 바라보았다. 속이 텅 빈 것 같았다. 그녀는 실비가 위대한 사랑을 기다리느라 도서관에서 남자애들과 키스만 하면서 남자친구를 사귈 생각은 전혀 하지 않았던 일이 기억났다. 줄리아는 실비의 꿈이 귀엽지만 비현실적이라고, 관계는 타협임을 실비도 언젠가 깨달으리라고 생각했다. 어떻게 실비의 위대한 사랑이 언니의 남편일 수가 있을까? 운명적이지도, 낭만적이지도 않았다. 잔인한 선택 같았다. 실비는 언니를 배신하는 선택을 했고, 쌍둥이는 그래도 괜찮다고 생각하는 것 같았다. 에멀라인은 길거리에 떠도는 가십처럼 그 소식을 전하려고 비행기표를 사서 동부까지 왔다.

어느 늦은 밤, 화가 난 줄리아가 로즈에게 전화를 걸었다. "이 모든 일에 대해 어떻게 생각하세요?" 그녀가 말했다. "어떻게 실비가……" 줄리아는 문장을 끝맺을 수 없었다.

"믿을 수가 없구나." 로즈가 말했다. "내 딸들이 하나는 레즈비언에, 하나는 이혼녀에, 실비는 뭐라고 불러야 할지도 모르겠네. 아, 결혼도 안 하고 십대에 출산한 딸을 빼먹었잖아." 그녀가 크게 웃었다. "내가 그때 필슨을 떠나서 정말 다행이지 뭐니! 그 동네에 우리 가족에 관한 소문이 얼마나 많이 떠도는지, 아주 끔찍해."

"엄마는 이게 괜찮다는 거예요?" 줄리아가 물었다. 그녀는 사실 이렇게 말하고 싶었다. 실비와 윌리엄이 한 짓은 너무 잔인해요. 나 너무 힘들어요. 도와줘요, 엄마.

"아니, 나야 안 괜찮지만 누가 내 생각을 신경이나 쓰니?" 로즈가 한숨을 쉬었다. "줄리아, 네가 피해자 같겠지만 사실 병원에 가보지도 않고 시카고를 떠났으니 네 동생을 윌리엄 앞에 들이민 거나 마찬가지야. 이제는 실비가 윌리엄을 만나면서 너를 시카고에서 밀어내는구나." 그녀가 헛기침을 했다. "실비가 윌리엄과 사랑에 빠지다니 정말 말도 안 되는 얘기지, 당연히. 여기서 제일 친한 친구들한테도 말을 못 하겠어, 드라마에나 나오는 얘기잖니! 두 딸이 같은 남자를 선택하다니. 그렇다고 윌리엄이 케네디 같은 남자도 아니고. 아니면…… 아니면 케리 그랜트라거나, 세상에나."

난 피해자예요. 줄리아는 생각했다. 동생들은 나도 버리고 앨리스도 버렸어요. 영원히. 실비와 윌리엄이 두 사람의 삶을 하나로 엮으면서 이제 줄리아는 전남편뿐 아니라 제일 가까운 동생과도 멀어져야 했다. 줄리아는 잠을 잘 이루지 못했고, 어쩌다 잠이 들면 여덟아홉 살쯤 된 앨리스가 아빠를 만나도 되는지 물어보다가 결국 만남이 이루어지는 악몽을 계속 꾸었다. 꿈속에서 실비는 근사한 집 문 앞에 윌리엄과 나란히 서 있고, 양팔을 활짝 벌린 그녀를 향해 꼬마 앨리스가 달려갔다. 그 장면이 너무나 생생해서 마치 기억 같았다, 줄리아는 토할 것만 같았다. 그 장면은 줄리아가 버리고 도망쳐온 삶을 비틀어놓은 것으로, 실비가 줄리아의 자리를 차지하고 있었다. 제발요. 꿈속에서 앨리스가 말했다. 나 아빠랑 실비 이모한테 가서 살면 안 돼요? 엄마랑 아빠가 있는 평범한 가족이잖아요. 나는 두 사람이랑 살고 싶어요.

자신이 이렇게 말하는 소리가 들렸다. "앨리스한테 윌리엄이 죽었다고 말할 거예요."

"뭐라고?" 로즈가 말하다가 숨을 캑캑거렸다. "도대체 무슨 소리냐?"

"그 방법밖에 없어요. 윌리엄은 앨리스와 관련되기를 원하지 않는데, 난 그대로 말하고 싶지 않아요. 앨리스는 자기 잘못이라고 생각할 텐데, 그건 전혀 아니잖아요. 앨리스는 완벽해요. 나한테 윌리엄은 죽은 거나 마찬가지예요. 우린 절대 시카고로 돌아가지 않을 거예요. 이렇게 해야 모든 게 더 깔끔해져요." 전에도 이런 생각이 떠올랐었지만 너무 극단적인 방법 같았다. 하지만 이제 그렇지 않았다. 그래야 말이 됐다. 줄리아와 앨리스는 맨해튼에 꾸린 둘만의 작은 가정 안에서 안전할 것이다. 두 번 다시 그 누구도 두 사람을 해치지 못할 것이다.

"윌리엄이랑 실비는 아마 헤어질 거야. 실비는 네 아빠랑 비슷해서 뭐든 끝까지 해내질 못하잖니. 너는 당분간 뉴욕에서 너대로 살아, 상황이 어떻게 정리되는지 두고 보자."

줄리아가 보기에 로즈는 윌리엄이 부모로서의 권리를 포기했다는 사실을 받아들이지 못했다. 아기를 포기하는 부모라니, 로즈의 머리로는 이해할 수 없었다. "난 그런 건 들어본 적도 없다." 로즈는 말했었고, 그것으로 끝이었다.

"물론 지금 당장 앨리스한테 말하겠다는 건 아니에요." 줄리아가 말했다. "아직 두 살도 안 됐으니까."

"그래." 로즈가 말했다, 한숨 돌린 목소리였다. "시간이 지나면 너도 마음이 가라앉겠지. 다 가라앉을 거야. 사랑한다, 줄리아."

줄리아는 이 말을 듣고 엄마가 자신을 불쌍히 여긴다는 사실을 깨달았다. 엄마가 사랑한다고 직접적으로 말하는 경우는 정말 드물었다. "저도 사랑해요." 줄리아가 말했고, 두 사람은 전화를 끊었다.

그후 몇 주가 지나면서 줄리아는 일을 대하는 방식을 바꾸었다. 그동안은 쿠퍼 교수가 뉴욕 프로젝트에 자신을 써준 것이 고마워서 그저 그를 도우려고만 노력했다. 그가 주주 인터뷰에서 수집한 자료를 정리하고 새로운 사업 공정을 논의하는 중요 회의에서 메모를 했다. 또 커피 심부름도 하고 복사기 앞에서 많은 시간을 보냈다. 줄리아는 쿠퍼 교수가 자신을 고용한 것을 후회하지 않도록 할 수 있는 모든 일을 했다.

하지만 이제 줄리아는 자신이 꿈꾸었던 미래를 떠올렸다. 그 미래에서 줄리아는 스틸레토힐과 비싼 정장 차림으로 최고 책임자의 책상 뒤에 앉아 있었다. 그 꿈을 이룰 수 있을지 알 수 없었지만 가능할지도 몰랐다. 실비가 윌리엄과 만나는 것도 불가능한 일이었지만 어쨌든 일어났다. 분명 인생은 줄리아가 생각했던 것보다 더 유동적이었다.

줄리아는 승진하고 싶었다. 돈을 더 많이 벌어서 자신과 앨리스의 삶을 최대한 안정적으로—무적으로—만들고 싶었다. 에멀라인이 다녀가고 한 달 뒤에 쿠퍼 교수가 줄리아에게 어떤 회의에 참석해서 메모를 해달라고 요청했다. 그녀는 요청대로 메모를 했지만 회의 도중에 끼어들어서 몇 가지 아이디어도 냈다. 줄리아는 자신의 뛰어난 아이디어에 남자들이—그런 회의에는 전부 남자밖에 없었다—깜짝 놀라 고개를 돌리는 모습을 즐겁게 지켜보았다. 육 개월 뒤, 줄리아는 쿠퍼 교수에게 규모가 비교적 작은 신규 의뢰인과의 첫 회의를 자신이 맡아도 되겠냐고 물었고, 교수는 그렇게 하라고 했다. 그녀는 몇 주 동안 회의 준비를 했고—경쟁사와 합병한 다음 직원을 두 배로 늘리려는 전자 회사의 모든 것을 파악했다—합병사를 재구성하는 아주 멋진 계획을 제안했기 때문에 의뢰인은 줄리아에게 모든 과정을 맡아달라고 했다. 의뢰인의 요청이 들어오자 쿠퍼 교수가 샴페인을 따서 줄리아를 위해 건배했다. "정말 자랑스럽군." 줄리아는 잠깐 실례한다고 말한 뒤 화장실에 들어가 울었다. 행복의 눈물이었다. 어디에 있든 찰리 역시 그녀를 자랑스러워하는 것을 느낄 수 있었다. 우리 로켓. 찰리가 경탄하는 목소리로 말했다.

줄리아는 남자들이 그녀에게 신호를 보내고 있음을 처음으로 깨달았다. 지금까지는 그냥 알아차리지 못했을 뿐이었다. 아침에 사무실 엘리베이터에서 항상 줄리아 옆에 서는, 수염을 기른 잘생긴 남자가 있었다. 그녀가 그의 커프스링크를 칭찬하자 그가 줄리아에게 술을 한잔하자고 했다. 줄리아는 데이트를 위해 치장하면서—향수를 뿌리고 출근할 때보다 더 진한 아이섀도를 바르고 굴곡이 잘 드러나는 옷을 골랐다—소리 내어 웃었다. 앨리스가 태어난 이후 처음으로 자신에게 몸이 있다는 사실을 기억해낸 기분이었다. 양손으로 엉덩이를 쓸어내리자 더 나은 미래에 흥분한 것처럼 온몸이 간질거렸다.

줄리아는 앞으로 모든 데이트 상대에게 하게 될 말을 그 남자에게 했다. 그녀는 남자친구나 남편을 찾고 있지 않다고, 그리고 절대 그녀의 집으로 데려가지 않을 거라고 말이다. 줄리아는 그냥 즐기고 싶었다. 그녀는 수염 기른 남자와 루프톱 바에서 장밋빛 석양을 즐기며 마티니를 마시고 길거리에서 우체통에 딱 달라붙어 키스했다. 다음 주말에 두번째 데이트를 했다. 남자가 줄리아를 양키스 경기에 데려갔고, 그의 집으로 간 두 사람은 침실까지 가지도 못하고 부엌 바닥에서 섹스를 했다. 줄리아는 즐거웠고, 자기 인생을 최적화한 기분이 들었다. 그녀는 멋진 직업과 완벽한 딸이 있었고, 자기 방식대로의 성생활을 즐겼다. 에멀라인이 다녀가고 이 년 후, 쿠퍼 교수가 비즈니스 컨설팅

회사 뉴욕지부를 줄리아에게 맡긴다고 발표했다. 그와 도니가 시카고와 뉴욕을 오가겠지만, 뉴욕 사무실은 줄리아가 운영할 터였다.

줄리아는 엄마와 쌍둥이 동생에게 엽서를 보내 이 좋은 소식을 알렸다. 그녀는 가족들에게 보내려고 뉴욕의 다양한 풍경이 담긴 엽서를 모으기 시작했다. 줄리아는 전화 통화보다 엽서가 좋았다. 엽서는 내용을 적는 칸이 작아서 자신과 앨리스에게 있었던 중요한 일 한두 가지에 포옹과 키스를 보내며라고 덧붙여 써서 부쳤다. 엽서를 싫어하는 로즈는 자기 엄마랑 그런 식으로 연락하는 사람은 사이코패스밖에 없을 거라고 불평했다. 줄리아는 로즈의 마음을 달래려고 몇 주에 한 번씩 앨리스의 사진도 같이 보냈다. 세실리아와 에멀라인은 엽서 경쟁에 자기들이 사는 도시도 끼워넣으려는 듯이 답장으로 시카고 엽서를 보냈고, 세실리아와 줄리아는 가끔 이지와 앨리스의 사진을 주고받았다. 줄리아와 실비는 어떤 방법으로도 연락하지 않았다.

줄리아는 딸과 함께 있을 때 아파트 로비의 잠금장치가 달린 회색 우편함에서 알록달록한 엽서를 발견하면 앨리스에게 절대 보이지 않으려고 조심했다. 엽서를 얼른 가방에 넣었고, 읽고 나면 길거리 쓰레기통에 버렸다. 조카의 사진도 버렸다. 줄리아는 버스와 택시가 휙 지나가고 사람들이 붐비는 보도에 혼자 서서 대부분의 엽서를 읽었다. 에멀라인과 조시, 세실리아가 함께 새로운 집으로 이사했다는 소식도 그렇게 알게 되었다. 실비와 윌리엄이 로자노 도서관 안쪽 서고에서 작은 결혼식을 올렸다는 소식도 그렇게 들었다.

윌리엄
1984년 10월—1988년 9월

에멀라인이 지치고 창백한 모습으로 뉴욕에서 돌아오자 윌리엄은 자신뿐만 아니라 실비와 쌍둥이에게도 조심했다. 그는 엄연한 진실의 한복판에서 사는 것에 감사했다. 켄트가 옳았다. 윌리엄은 다른 방식으로는 살 수 없었다. 그와 실비가 철저히 비밀을 지키며 두 사람의 사랑을 그의 작은 방에만 가둬두었던 몇 달 동안 윌리엄은 마음이 점점 혼란스러워졌고, 하루하루를 헤쳐나가기 위해 생각을 조심스럽게 조작해야 했다. 결혼생활의 마지막 몇 달과 비슷하지는 않았다. 실비 덕분에 그는 행복으로 말랑말랑해졌다. 두 사람은 작은 기숙사 방에서 모든 것을 서로 나누었다. 하지만 방안에서의 삶과 바깥에서의 삶이 빚는 마찰 때문에 윌리엄은 레코드판 위에서 끌려다니는 레코드 바늘이 된 기분이었다.

윌리엄의 정신과의사—윌리엄에게 축구가 농구보다 훌륭한 스포츠인 이유를 즐겨 말하는 머리가 벗어진 푸에르토리코인이었다—는 매번 진료를 끝낼 때마다 이렇게 말했다. "밖으로 나가서 운동 좀 하고, 약 드시고, 다른 사람들을 보살피세요." 거짓말도 비밀도 안 된다라는 말은 할 필요도 없었다. 그것은 윌리엄의 삶의 기반이자 당연한 조건이었다. 그는 집으로 걸어 돌아오는 길에 건강한 사람도 주문을 이용해서 삶을 꾸려나갈까 종종 생각했다. 윌리엄은 마음이 무감각해지거나 몇 시간 동안 아무 말도 하지 않았을 때면 정신과의사의 말을 다시 떠올리며 지령 중 하나를 수행했다.

윌리엄은 노스웨스턴 대학의 트랙을 몇 킬로미터씩 달리고 무릎 재활 운동을 하고 약을 먹었다. 그는 이제 노스웨스턴 농구팀의 막내 어시스턴트 코치로 정식 직원이 되었고, 부상 선수를 보살피는 일에 집중했다. 윌리엄은 발목 부상이 자꾸 재발하는 학생을 위해 성공적인 재활 운동을 개발했고, 그가 고마워하자—선수 경력이 끝날까봐 걱정했었다—충만한 기분, 쓸모 있는 사람이 된 기분이 들었다. 전에는 한 번도 느껴보지 못한 기분이었다. 남을 돕는 효과는 축적되는 것 같았다. 더 많은 학생을 도울수록 가슴이 더 든든해지는 기분이었다. 에멀라인이 뉴욕에서 돌아오자 윌리엄은 쌍둥이에게 연락했다. 실비가 동생들에게 윌리엄을 사랑한다고 이야기한 이후로 그는 두 사람에게 아예 연락하지 않았다. 쌍둥이는 당분간 실비와 거리를 두어야 했고, 윌리엄은 두 사람이 그와도 거리를 두고 싶어하는 것을 이해했다. 하지만 이제 그는 자신과 에멀라인, 세실리아가 확고한 관계가 되지 않으면 실비가 줄리아 없는 새로운 삶을 견디지 못하리라 생각했다.

"우린 윌리엄한테 화난 게 아니에요." 그가 쌍둥이에게 같이 아침식사를 하자고 청해서 만났을 때 에멀라인이 말했다. 윌리엄은 실비에겐 말하지 않았다. 말하면 실비도 같이 와서 누구의 기분도 상하지 않도록 애쓸 게 뻔한데, 윌리엄은 이번만큼은 자신이 그녀를 보살피고 싶었다.

그는 아기 의자에 앉아 있는 이지를 위해 팬케이크를 자르는 세실리아를 보았다. "맞아요." 세실리아가 말했다. "윌리엄이 일부러 뭘 어떻게 한 건 아니잖아요. 이제 나도 알아요. 그리고"—그녀가 잠시 뜸을 들였다—"실비가 이러는 건 처음 봐요. 그래서 그걸 포착하려고 요즘은 언니를 계속 그려요."

"실비가 행복하다는 건 아니에요." 에멀라인이 말했다. "줄리아 때문에 마음 아플 거 다 아니까. 하지만 실비는 아름다워요. 이제 온전한 실비가 됐어요."

윌리엄은 쌍둥이가 말로 표현하든 안 하든 두 사람의 분노를 어느 정도 견뎌야 할 것이라고 예상했지만, 두 사람은 그를 전혀 탓하지 않는 것 같았다. 윌리엄은 영문을 몰라서 고개를 저었지만 곧 예전에 침실에서 나왔다가 소파에서 끌어안고 자는 줄리아와 실비를 발견했던 밤들이 떠올랐다. 그리고 에멀라인이 임신하거나 곤경에 처하지도 않았는데 세실리아와 함께 집을 나와 체초네 부인의 집 바닥에서 잤던 것도. 윌리엄이 이 드라마—결혼생활의 끝, 그의 입원, 실비와의 관계—의 주인공이었지만 네 자매는 자기들의 마음을 자기들 사이에서만 간직했다. 윌리엄은 항상 아무 상관이 없었고, 예전에는 그래서 슬펐지만 이제는 자유로운 기분이었다. 그는 불완전한 자신의 진짜 모습 그대로 자기 삶을 자유롭게 살 수 있었고, 실비와 쌍둥이는 그런 그를 받아들였다. 윌리엄은 전 부인에 대한 죄책감 때문에 가슴이 아팠다. 그는 줄리아와 앨리스를 포기했지만 결국 줄리아가 가장 사랑하는 여자들에게 둘러싸였다. 불공평해 보였지만 윌리엄은 그런 생각을 하지 않으려고 애쓸 것이다. 의사의 지시에 따라 주변 사람들을 보살피려고 노력할 것이다.

"우리한테 뭔가 속죄해야 할 것 같은 기분이 들면 집수리를 도와줘요." 세실리아가 말했다. "할일이 아주 많아요." 세실리아는 얼마 전 그녀의 작품을 좋아하는 화상에게서 필슨의 무너져가는 집을 아주 저렴하게 샀다. 들어가 살 만한 상태가 되면 세실리아와 에멀라인, 조시, 이지가 다 같이 살 예정이었다.

"영광이지." 윌리엄이 말했다. 짐짓 쾌활한 척했지만 진심이었다. 회오리바람을 겪은 끝에 실비와 매일 밤 같이 잠자리에 들고 에멀라인과 세실리아의 삶에 기꺼이 받아들여지다니 깜짝 놀랄 정도로 운이 좋은 느낌이었다. 윌리엄은 호수로 걸어들어간 바로 그날 밤, 찰리가 어느 집 문 앞에 서서 윌리엄을 보며 미소 짓는 모습을 보았던 기억이 떠올랐다. 윌리엄은 쌍둥이가 마음을 연 것을 장인이 자랑스럽게 여기리라 생각했다. 찰리는 세실리아가 그림을 그려서, 에멀라인이 사랑하는 사람을 사랑하도록 스스로를 허락해서 기뻤을 것이다. 윌리엄은 찰리가 자신과 실비를 어떻게 생각할지 몰랐지만—둘의 사랑이 큰딸에게 충격을 주었으니 아마 그렇게 좋아하지는 않았을 것이다—찰리는 딸들이 온전하고 강렬하게 살기를 바랐고, 실비가 바로 그렇게 살고 있었다.

윌리엄은 사 개월 동안 평일 저녁과 주말을 바쳐서 세실리아가 새로 산 집 2층의 단열재를 교체하고, 부엌 타일을 새로 붙이고, 욕조와 변기를 바꿨다. 새집은 파다바노 자매들이 자란 에이틴스 플레이스의 집에서 아주 가깝고 구조도 비슷했다. 실비는 매번 윌리엄과 함께 세실리아의 집으로 가서 동생들과 같이 벽에 페인트를 칠하거나 두 사람이 짐을 푸는 동안 이지를 돌보았다. 윌리엄은 타일을 붙이거나 녹슨 파이프에서 낡은 너트를 풀면서 여자들의 빠른 목소리와 작은 웃음소리를 듣는 것이 좋았다. 이지는 가끔 윌리엄이 있는 방 문간에 나타나서 아무 공구나 건네주었다. 결국 그의 발치에는 렌치와 드라이버, 망치, 볼트 절단기가 쌓였고, 아이가 다른 곳으로 가면 윌리엄이 공구상자에 도로 넣었다.

윌리엄은 세실리아의 집에서 할일이 없는 날 저녁이면 도서관으로 가서 실비를 만나 저녁을 같이 먹었다. 두 사람이 특히 좋아하는 멕시코 식당이 있었는데, 거기서 마르가리타 한 잔을 나눠 마시고 타코를 먹었다. 두 사람의 관계가 비밀일 때에는 말을 조심했었다. 그들은 책과 농구, 실비가 쓰는 추억에 대해 이야기를 나누었다. 그 외에 허용된 주제는 그날 그들이 한 일, 이야기를 나눈 상대, 그리고 다른 사람에게서 들은 재미있는 이야기였다. 두 사람은 과거 이야기를, 그리고 현재 이후의 이야기를 피했다. 하지만 두 사람이 사귄 지 십일 개월이 지나고 줄리아까지 사실을 알게 된 늦가을 즈음 윌리엄과 실비는 함께하는 미래를 감히 상상해보았다. 이런 대화를 나눌 때면 서로 수줍게 미소를 지었다. 윌리엄은 아직도 자신은 실비를 가질 자격이 없다고, 자신이 어떤 기분이고 어떤 생각을 하든 온전하게 사랑받는 것은 과분하다고 생각했지만 실비는 식탁 맞은편에 앉아서 그를 보며 얼굴을 빛냈고, 윌리엄은 그녀의 빛 속에서 자기 계획이 더욱 구체화되고 명확해지는 것을 깨달았다.

윌리엄은 물리치료사가 되고 싶다고 인정했다. 노스웨스턴 농구팀에서 선수들의 생리와 동기부여를 더욱 깊이 이해하고 싶었다. 왜 어떤 선수는 다른 선수보다 관절이 더 탄력적일까? 어떻게 하면 부상을 예방할 수 있을까? 윌리엄은 슛이 빗나갔을 때 선수마다 반응이 다르다는 사실을 알아차렸다. 어떤 선수는 풀이 죽어서 슛을 두려워했다. 또 어떤 선수는 화를 내며 계속 득점을 했다. 몇몇—희귀한 선수들—은 모든 것을 까먹는 금붕어였고, 코치는 모든 선수에게 그렇게 되라고 말했다. 그런 선수는 슛을 넣고도 까먹고 슛이 빗나가도 까먹었다. 그 순간만을 살았다. 윌리엄은 노스웨스턴 체육관에서 선수라는 인간을 구성하는 모든 씨실과 날실을 이해해 선수들이 코트에 남을 뿐만 아니라 성공하도록 돕고 싶었다.

어래시는 윌리엄이 노스웨스턴 운동생리학 대학원 프로그램에 지원하는 것을 도와주었다. 이 년짜리 석사과정에 들어가면 팀에서 계속 일하며 야간 수업을 들을 수 있었다. 윌리엄은 심리학 대학원 수업 청강도 허락받았고, 대학에서 일했기 때문에 수업료가 사실상 무료나 다름없었다. 윌리엄이 도와줘서 고맙다고 몇 번이나 인사하자 결국 어래시는 짜증을 내며 그만하라고 했다. 그러나 지난번에 그렇게 크게 실패했는데 대학원에 다시 다닐 생각을 하니 너무 불안해서 혼자서는 도저히 못했을 것 같았다. 어느 토요일 오후에 윌리엄의 최종 지원서를 같이 검토하다가 어래시가 말했다. "윌리엄, 네가 잘못된 인생을 살 때 어떤 사람이었는지 그만 생각해. 지금 이게 너에게 맞는 삶이야. 넌 선수들이 뭐가 잘못됐는지 알아보는 재능이 있어. 게다가 정말 좋아하는 일을 하면 실패하지 않는 법이야." 윌리엄은 말없이 이 말에 대해 생각했다. "무슨 말인지 모르겠어?" 어래시가 화를 내며 말했다. 윌리엄이 대꾸하려 했지만 어래시가 말을 잘랐다. "사실 네가 이해했는지 아닌지는 중요하지 않아. 그게 사실이니까."

한번은 저녁식사를 할 때 실비가 말했다. "난 우리가 같이 살면 좋겠어." 그녀는 거의 일 년 동안 윌리엄의 기숙사에 몰래 드나들면서 학생들에게 들키지 않으려고 새벽 다섯시에 알람을 맞추었다.

윌리엄이 고개를 끄덕이고 그 가능성을 처음으로 조심스럽게 생각해보았다. 매일 밤 실비가 있는 집으로 돌아오고, 냉장고와 벽장과 침대를 같이 쓰는 즐거움. 그의 집에서 실비와 함께 더없이 편안하게 지내는 평화로움. 그보다 멋진 일은 생각도 나지 않았다. 윌리엄은 다음 학기부터 생활사감을 그만두겠다고 학교에 통보했고, 크리스마스 직전에 기숙사 특별실에서 나와 실비의 원룸으로 들어갔다.

그가 실비의 작은 벽장에 자기 셔츠를 정리해 넣는 동안 그와 실비는 마냥 행복해서 서로에게 계속 미소를 지었다. 윌리엄은 시카고에 온 이래 노스웨스턴 캠퍼스 밖에서 사는 것이 처음이었고, 필슨을 자기 동네로 만드는 즐거움을 만끽했다. 그는 마음에 드는 커피숍, 이발소, 매달 정신과의사가 처방해준 약을 받을 약국을 정했다. 알람을 맞추지도 않고 숨길 것도 없이 밤새 실비 옆에서 자니 거의 퇴폐적인 느낌이 들 지경이었다. 윌리엄은 배관과 목공을 독학했듯이 책을 보며 요리를 독학해서 저녁식사를 만들었다. 수업이 없는 저녁이면 윌리엄은 공부를 하고 실비는 옆에서 책을 읽었다. 그는 교과서에서 시선을 돌려 실비를 보았지만 그녀가 그의 시선을 알아차리는지, 책에서 고개를 드는지 신경쓰지 않았다. 가끔 윌리엄이 그녀를 끌어당겨 품에 안거나 실비가 그의 무릎에 앉았고, 두 사람은 팔다리가 얽힌 채 서로의 옷을 벗겼다. 모든 움직임이 부드럽고 다정하고 경건했다.

켄트와 니콜이 시카고에 오면 두 커플은 외식을 했는데 주로 멕시코 식당에 갔다. 니콜은 형제자매가 여섯 명이었기 때문에 실비와 소란스럽고 사랑이 넘치는 집에서 자란 이야기를 나누었다. 켄트와 니콜은 병원에서 근무하며 목격한 충격적인 일을 이야기해서 사서인 실비와 어시스턴트 코치인 윌리엄을 질색하게 만들고는 즐거워했다. 잘린 다리가 든 양동이를 들고 한 발로 응급실에 콩콩 뛰어들어온 남자, 강력 접착제로 서로의 몸을 붙여버린 두 대학생, 어떤 남자의 몸 어딘가에 들어가 있던 장난감 공룡. 실비는 도서관에서 대출이 가장 많이 되는 책 제목을 읊어주었는데, 켄트가 시간의 흐름에 따라 그 목록이 어떻게 변하는지 혹은 변하지 않는지 관심이 있었기 때문이다. 그들은 계속 바뀌는 니콜과 켄트의 결혼식 계획에 대해 논의했다. 언젠가는 강에 배를 띄우고 결혼식을 올리겠다고 해놓고 다음번에는 디트로이트에 있는 켄트 부모님 집의 작은 뒤뜰에서, 아니면 시카고 고층건물의 창문이 많은 파티장에서 하겠다고 했다. "그냥 파리로 도망칠까봐." 어느 날 밤 니콜이 말했고, 켄트가 그녀의 뺨에 키스했다. 켄트와 니콜은 이런저런 계획을 세우면서 즐기는 것이 분명했지만 돈을 저축하느라 결혼식을 계속 미루었다. 두 사람 모두 어마어마한 대출을 받아가며 의대에 다니고 있었다.

"너희 둘은?" 켄트가 말했다. "결혼할 거잖아." 그는 질문이 아니라 사실을 진술하듯 말했다.

윌리엄과 실비는 결혼 이야기를 한 적이 없었다. 윌리엄은 결혼이라는 말에 겁이 나는지 가만히 기다려보았지만 마음속에 아무 변화도 없었다. 그는 칸막이 자리에서 실비 옆에 서로 허벅지를 맞댄 채 앉아 있었다.

"난 원래 결혼식을 별로 안 좋아했고, 이미 결혼한 기분이야." 실비가 말했다. "아니 결혼한 것 이상이지, 그런 게 있다면 말이지만. 그리고"—실비가 주저했다—"옳지 않은 것 같아."

윌리엄이 고개를 끄덕였다. 그는 실비가 종종 그러듯 줄리아를 생각하고 있다는 걸 알았다. 그녀는 한밤중에 언니에 대해 썼다. 그녀가 종이에 옮기는 모든 추억에서 줄리아가 스포트라이트를 받았다. 실비는 언제나처럼 언니를 좋아했고, 줄리아에게 더이상 상처를 주지 않을 수 있다면 무엇이든 할 터였다.

맞은편에서 켄트가 두 사람을 유심히 보았다. 저녁식사 전에 켄트가 윌리엄을 데리러 노스웨스턴 체육관으로 갔을 때 두 친구는 옛날을 추억하며 공을 던졌다. 두 사람은 대학 시절 내내 일했던 지하 2층 세탁실을 니콜에게 보여주었다. 세리카는 이미 퇴근해서 니콜은 그녀를 만나지 못했다. 날씨가 좋으면 윌리엄은 가끔 캠퍼스 벤치에 세리카와 같이 앉아서 점심을 먹었다. 그녀는 자기 아이들에 대해 이야기했고, 그는 자신이 겪은 일을 전부 털어놓았다. 세리카는 윌리엄을 향해 고개를 돌리고 주의깊게 귀를 기울였다. 세실리아와 마찬가지로 세리카도 분명 이렇게 오랜 시간이 지난 뒤 그를 알게 된 것을 고맙게 여겼다. 윌리엄은 세리카와의 우정 같은 진짜 우정을 놓친 어린 자신이 다시 한번 안쓰러웠다. 예전의 그는 모든 대화를 최대한 빨리 끝내려고 애썼기 때문에 세리카는 그가 겨우 버티고 있음을 알 기회가 없었다. 이제 윌리엄은 자신이 어떻게 망가졌는지 그녀에게 전부 말했고, 세리카는 남편이 실직했다고, 둘째아들은 그녀가 들어본 중에서 가장 아름다운 목소리로 노래한다고 말했다.

"관계를 공식화하지 않음으로써 사랑을 숨기려는 거야?" 켄트가 실비에게 말했다. 그는 아직도 윌리엄의 정신 건강 감시자를 자처했다.

실비가 마르가리타를 한 모금 마셨다. "그건 아닌 것 같아. 우리는 그런 꼬리표나 증명서가 필요 없을 뿐이야. 그리고 누군가에게 상처 줄지도 모르는 일은 이제 하고 싶지 않아."

"내 말 오해하지 마." 니콜이 말했다. "하지만 두 사람이 만나기 시작했을 때 윌리엄과 줄리아는 이미 헤어진 상태였다는 사실을 잊은 것 같아. 그러니까 엄밀히 말해서 넌 아무 잘못도 하지 않았어. 넌 솔직함을 택했고, 그건 용감한 일이야. 넌 상심하고 괴로워하기보다 행복해지는 쪽을 선택했어." 그녀가 잠시 말을 멈추고 엄정한 시선으로 두 사람을 보았다. "너희 둘은 정말 사랑스러워, 서로를 환하게 밝혀주는 게 말이야. 아마 너희는 절대 안 싸우겠지. 켄트랑 나는 늘 싸워." 니콜이 말하며 미소를 지었다. "우리는 티격태격하지만 너희는 늘 서로에게 다정한 것 같아."

윌리엄은 그런 생각을 해본 적이 없었지만 실제로 그와 실비는 한번도 싸운 적이 없을뿐더러 싸움 비슷한 것도 한 적이 없었다. 매일 아침 두 사람은 아침을, 실비가 만든 토스트와 달걀을 같이 먹었다. 그런 다음 각자 출근하고 하루가 끝나면 서로를 보며 감사하게 생각했다. 쓰레기를 버리는 날에는 실비가 윌리엄에게 사람들이 어떤 보물을 길가에 내놓는지 보여주었다. 윌리엄은 쓰지도 않은 새 토스터나 이지의 발에 맞는 스니커즈를 발견했을 때 흥분하는 실비가 사랑스러웠다. 두 사람이 싸울 일이 도대체 뭐가 있을까? 누가 쓰레기를 버리는지 때문에? 식료품점에서 각자가 돈을 얼마나 쓰는지 때문에?

"꼭 결혼해야 해." 켄트가 말했다. "여기까지 오느라 얼마나 많은 일을 겪었는지 생각하면…… 축하받을 자격이 있어."

"뭐든 실비가 원하는 대로 할 거야." 윌리엄이 말했다.

"이렇게 하자." 실비가 미소를 지으며 말했다. "너희가 결혼한 다음에 할게."

"조심해." 윌리엄이 말했다. 그는 이미 씨익 웃고 있는 친구를 흘끔거렸다. "켄트는 경쟁의식이 강하거든. 아마 내일 아침에 당장 법원으로 달려갈걸. 그게 이기는 거라고 생각하니까."

일요일이면 보통 실비는 책을 읽고 윌리엄은 수업에 대비해 예습을 했다. 가끔 그는 에멀라인과 함께 공부했는데, 에멀라인은 졸업까지 아직 일 년이 남아 있었다. "학위를 꼭 따고 싶어." 에멀라인은 낮 동안 계속 일하고 밤에는 수업을 듣느라 녹초가 되면 이렇게 말하곤 했다. "어린이집에서 일하기 위해서도 중요하지만 난 사실 엄마를 위해 공부하는 거야. 엄마는 이제 나랑 말도 안 하지만 말이야." 그러면 자매들이 에멀라인을 꼭 안아주었다. 두 사람은 에멀라인의 마음을 완벽하게 이해했고 어떤 말도 도움이 될 수 없음을 알았다. 에멀라인이 대학을 졸업하면 3단 초콜릿케이크—에멀라인이 가장 좋아하는 케이크—를 굽고 색종이 조각을 뿌려줄 생각이었다.

일요일 오후 윌리엄과 실비는 느지막이 산책을 하러 나갔다. 두 사람은 어떤 길을 택하든 반드시 세실리아의 벽화 앞을 지나갔다. 필슨은 1960년대부터 색색의 벽화로 유명했지만 몇 년 전부터 지역예술위원회가 낡은 벽화를 지우고 화가들을 고용해 새 벽화를 그리게 했다. 거의 모든 모퉁이마다 3층 높이의 마틴 루서 킹 주니어나 프리다 칼로, 그림으로 장식한 성경 인용구가 있었다. 세실리아가 새 벽화를 완성할 때마다 실비와 윌리엄은 제막식에 참석했다. 보통 사람들이 보도에 서 있고 건물 꼭대기에서 천을 땅으로 떨어뜨렸다. 다음날 지역신문에 벽화 사진이 실렸다. 세실리아는 주제가 자유일 경우 여자 얼굴을 그렸다. 그림의 여자들—벽 한구석에서 눈에 띄지 않을 때도 있고 3층짜리 벽 전체를 차지할 때도 있었다—은 강렬하고 아름다웠다. 실비는 제막식 때마다 윌리엄이 늘 똑같은 말을 해서 웃음을 터뜨렸다. "저 사람, 당신이랑 당신 자매들 같아." 실비는 고개를 젓히고 벽화 속 여자의 얼굴을 살펴보곤 했다. "전부 다 우리랑 닮을 수는 없어, 윌리엄. 우린 저 15세기 성녀랑 하나도 안 비슷해." 윌리엄은 생각이 달랐기 때문에 어깨를 으쓱했다. 그는 이 동네 곳곳의 벽에서 아래를 내려다보는 파다바노가의 네 자매를 보며 대학 시절에 농구 경기를 보러 와서는 나란히 서서 그를 빤히 바라보던 자매들을 떠올렸다.

윌리엄은 더 효율적으로 일할 수 있는 방법을 파악하기 시작했다. 그는 이제 더 나은 지식을 바탕으로 선수들의 생리를 이해하고, 부상과 약점을 정확히 진단할 수 있었다. 윌리엄은 한 시즌에 각 선수를 세 번—시즌 초, 중간, 마지막—인터뷰하는 프로그램을 개발했다. 그는 선수의 부상 이력과 선수가 확신에 차 있는지 허둥거리는지 파악하는 질문지를 만들었다. 선수들이 물속에 빠지지 않도록 그들이 딛고 선 얼음판의 어느 부분이 가장 약한지 알고 싶었다. 윌리엄은 이렇게 수집한 정보를 코치들과 공유했고, 모두 각 학생에게 그들의 인생에서 지금 이 순간 꼭 필요한 것을 주려고 노력했다. 코치진은 선수의 신체적 약점을 강화시키면서 정신력도 강화시키려고 애썼다.

"난 선수들이 졸업한 뒤에 잘해주는 법은 알았어." 첫 시즌을 마쳤을 때 어래시가 말했다. "계속 관리하면서 도와주는 거지. 하지만 넌 우리 팀에 친절이라는 인프라를 구축해줬어." 그 결과는 긍정적이었고 거의 즉각적으로 나타났다. 몇 년 동안이나 좋은 성적을 내지 못했던 노스웨스턴 농구팀이 빅텐 콘퍼런스의 주요 팀으로 떠올랐고—다들 대단한 전진이라고 생각했다—밤이 되면 윌리엄은 자기 삶에 무척 감사하는 마음으로 실비 곁에 누울 수 있었다.

"나는 친절이라는 인프라를 더 많이 구축하고 싶어." 어래시가 윌리엄에게 말했고, 몇 주 뒤 로자노 도서관에서 멀지 않은 스루프 공원에서 한 달에 한 번 무료 농구 클리닉을 열기 시작했다. 어래시는 윌리엄을 비롯한 노스웨스턴 농구팀 어시스턴트 코치들도 불렀다. 시카고 취약 지역 고등학교 코치들은 제일 뛰어난 선수, 가장 열심히 하는 선수, 가장 똑똑한 선수가 고급 코칭을 받을 수 있도록 클리닉에 보냈다. 어래시는 금언을 수집해서 아이들에게 내가 문을 만들어야만 기회가 문을 두드린다 같은 구절을 그의 앞에서 암송하게 했다. 어래시와 윌리엄은 부상을 부르는 나쁜 습관—바람직하지 않은 슛 자세, 불안정한 착지—이 없는지 살폈다. 코치진은 십대 선수들에게 발목 강화 운동을 가르치고 자기 전에 십오 분 동안 요가를 하라고 했다.

윌리엄은 가끔 공에 굶주리고 어래시의 칭찬에 굶주린 아이들이 코트에서 달리는 모습을 보면서 그 나이 때의 자신을 떠올렸다. 키가 크고 말도 안 되게 말랐던 그는 가톨릭 학교 체육관에서 코트를 달리며 누구의 칭찬도 기대하지 않았다. 부모님이 경기를 관람하러 오기를 기대하지도 않았고, 자신에게 패스가 오리라 기대하지도 않았지만 어쩌다 공이 손에 들어오면 무척 마음이 놓였다. 어느 날 밤 실비가 그에게 더없이 다정한 목소리로 물었다. "앨리스를 포기하겠다는 결정을 다시 생각해보고 싶어?" 윌리엄은 고개를 저었다. 연약한 나이의 그 소년들을 바라보면 몸이 다 아플 지경이었지만 그는 아버지가 아니었기에 그래도 견딜 수 있었다. 그는 온몸의 세포 하나하나를 다해서 실비에게 관심을 집중했다. 그가 사랑하는 대상이 어린 시절을 지나 어른이 되는 길을 찾아가는 모습을 지켜본다고 생각하면 너무나 무서웠다. 그 자신도 성인이 되기 위한 통과의례를 거치면서 겨우 살아남았다.

줄리아가 떠나고 거의 오 년이 지났을 때 켄트와 니콜의 결혼식을 고작 며칠 앞두고 두 사람이 빌린 결혼식장이 물에 잠겼다. 그러자 에멀라인과 세실리아가 자기들 집의 넓은 뒤뜰을 빌려주겠다고 했다. 켄트와 니콜은 결혼까지 너무 오래 기다렸기 때문에 다들 두 사람의 결혼식이 특별하기를 바랐다. 파다바노 자매들, 켄트와 윌리엄의 옛날 팀 동료들, 켄트와 니콜의 친척들이 짧은 시간 안에 뒤뜰을 아름답게 꾸미기 위해 청바지와 티셔츠 차림으로 찾아왔다. 윌리엄, 거스, 워싱턴이 도서관에서 빌린 책을 보면서 격자구조물을 만들고 이지와 실비가 거기에 꽃을 감았다. 세실리아는 하객이 앉을 접이식 의자에 왕진 가방을 작게 그려넣고 집 뒷면에 페인트를 새로 칠했다. 결혼식이 시작될 때쯤에는 다들 지쳤지만 켄트가 격자구조물 아래에서 행복의 눈물을 터뜨리자 결혼식에 참석한 하객들도 모두 같이 울었다.

그날 밤 잠자리에 들었을 때 실비가 말했다. "결혼식 도중에 기억난 게 있어. 당신한테 한 번도 말 안 한 거야."

윌리엄은 이미 그녀를 보고 있었다. 방금 막 사랑을 나눈 그들은 마주보고 누워 있었다. 자정이 지났고, 둘 다 약간 취했다. 실비와 윌리엄은 이렇게 늦게까지 깨어 있을 때가 거의 없었고, 취할 만큼 마실 때도 거의 없었다. 잠은 윌리엄의 건강에 무척 중요했고 술을 많이 마시면 약효가 떨어지기 때문에 두 사람은 조심하며 살았다. 그래서 윌리엄과 실비 모두 부모님 말씀을 어기는 아이들처럼 약간 장난스러운 기분이 들었다.

"우리가 당신을 응급실에 데려간 날 말이야, 내가 구급차 기사랑 간호사한테 당신 아내라고 말했어. 사실 당신이 의식불명인 동안 병원 사람들 모두 우리가 결혼한 사이인 줄 알았어."

"열흘 동안 당신이 내 아내였네." 윌리엄이 재미있어하며 말했다.

"거기서 마음에 드는 부분은…… 그게 진짜였다는 거야." 실비가 말했다. "나는 당신 아내가 되고 싶었어. 나 스스로도 인정하지 못했을 뿐이야. 타당한 이유가 있어서, 그러니까 의사의 이야기를 들어야 했기 때문에 당신 아내라고 말했지만 그건 사실이었어."

아무도 몰랐지만 심오하게도 첫 키스를 하기도 전에 결혼했다고 생각하자 두 사람 모두 즐거웠고, 윌리엄이 어둠 속에서 그녀를 더 가까이 끌어당겼다.

두 사람은 한 달 뒤 로자노 도서관 안쪽 서고에서 정식으로 결혼식을 올렸다. 실비가 그곳에서 식을 올리길 원해서 윌리엄은 그저 찬성했다. 실비는 도서관에 있을 때 가장 안전하고 온전한 기분이 들었고, 윌리엄도 그 사실을 알았다. 도서관은 자매들과 상관없이 실비에게만 속한 곳이었다. 윌리엄은 실비에게 줄 은반지와 결혼식 때 입을 새 정장을 샀다. 실비는 단순한 회색 칵테일드레스를 입고 윌리엄이 좋아하는 스타일로 머리를 풀어내렸다. 투병중인 일레인 도서관장이 휠체어를 타고 결혼식에 참석했고, 에멀라인과 조시, 이지, 세실리아, 켄트, 니콜이 하객으로 참석했다. 어래시가 주례를 맡았다. 짧은 결혼식 동안 윌리엄은 심장이 두근거리고 웃음을 멈출 수가 없었다.

식이 끝나고 일레인 관장을 제외한 모두가 멕시코 식당으로 저녁식사를 하러 갔다. 식당에 처음 도착했을 때 예약에 혼동이 생겨서 의자가 하나 더 놓여 있었다. 윌리엄은 파다바노 자매 모두가 빈 의자에 앉은 줄리아를 상상하고 있음을 알았다. 그들의 얼굴에 괴로움의 흔적이 스쳤다. 하지만 웨이터가 의자를 치우고 켄트가 농담을 하자 모두가 웃었다. 식사가 끝날 때쯤 세실리아가 일어나서 건배사를 했다. "사랑을 위하여." 테이블에 둘러앉은 사람들은 그 말을 따라 하며 그 말의 뜻을—사랑의 아름다움, 그리고 대가를—음미했다.

앨리스
1988년 10월—1995년 3월

앨리스가 다섯 살 때 줄리아가 말했다. "이제 너도 사실을 알아야 할 나이가 된 것 같아. 작년에 아빠가 교통사고로 돌아가셨어."

앨리스는 남은 평생 이 순간을 아주 세세하게 기억하게 된다. 그들은 이스트 86번가의 아파트에서 네모난 식탁 앞에 앉아 있었다. 앨리스는 땋은 머리였다. 머리를 풀고 다니면 깔끔하게 간수하지 못한다고 엄마가 말했기 때문이다. 또 제일 좋아하는 겨자색 코듀로이 치마를 입고 시리얼을 먹는 중이었다. 줄리아는 건강에 좋다는 이유로 치리오스를 샀지만 앨리스는 늘 설탕을 한 숟가락 넣어 먹었다.

앨리스가 숟가락을 내려놓고 말했다. "오." 손이 간질간질해서 다리 밑에 깔고 앉았다. 엄마는 슬퍼 보이지 않았다.

"로즈 할머니도 알아요?"

엄마가 눈을 치켜떴다. 그녀는 정장—그날은 가슴주머니에 작은 금빛 체인이 달린 연보라색 정장이었다—차림이었고 월요일부터 금요일까지만 하는 방식으로 화장을 했다. 앨리스의 엄마는 무척 아름다웠다, 다들 그렇게 말했다. 할머니의 친구이자 같은 층에 사는 레이븐 부인은 줄리아의 이름을 부르듯이 그녀를 대단한 미인이라고 불렀다. 앨리스는 또한 엄마가 자신의 아름다움에 회의적이라는 사실도 알았다. 줄리아는 항상 머리카락 때문에 속상해했고, 거울 앞을 지날 때마다 손을 올려 가다듬으려고 애썼다. "넌 이런 곱슬머리가 아니라서 다행인 줄 알아, 앨리스." 줄리아는 일주일에 적어도 세 번은 이렇게 말했다. 앨리스의 머리카락은 길고 곧았고, 색이 옅었지만 금발도 갈색 머리도 아니었다. 앨리스 생각에 자기 머리카락은 엄마의 머리카락보다 지루했다. 엄마의 머리카락은 자기 나름의 하루 계획이 있는 것처럼 움직였다. 줄리아는 회사에 출근할 때면 머리 때문에 난처한 일이 없도록 위로 올렸다.

"로즈 할머니도 당연히 아시지." 줄리아가 커피를 한 모금 마셨다. 그녀는 아침을 안 먹는 대신 점심을 먹기 전까지 커피를 세 잔 마셨다. "하지만 통화할 때 그 얘기는 하지 마. 이야기하고 싶지 않으실 거야. 할머니가 역정이 나면 어떠신지 너도 알잖니."

앨리스는 이 말을 듣고 혼란스러웠지만 고개를 끄덕였다. 앨리스는 로즈 할머니가 역정을 잘 낸다고 생각하지 않았다, 특히 무섭거나 피해야 할 정도로는 아니었다. 앨리스와 엄마는 일 년에 한 번 플로리다의 콘도로 로즈 할머니를 만나러 갔다. 할머니는 목소리를 높이고 팔을 휘저으면서 앨리스가 모르는 어른들의 이야기를 해주었지만 즐거워 보였다. 흥분하는 것은 이를 닦거나 작은 발코니에 앉아 있는 것과 마찬가지로 로즈 할머니가 보내는 하루의 일부였다. 앨리스는 할머니가 격앙되면 항상 위안을 느꼈다. 안전한 기분이 들었다. 누군가가 앨리스에게 못되게 굴면 로즈 할머니가 본때를 보여줄 테니 말이다.

앨리스는 엄마가 자신을 유심히 보는 것을 깨닫고 의자에 똑바로 앉았다.

"넌 아빠를 전혀 몰랐지." 줄리아가 말했다. "하지만 너한테 비밀로 하고 싶지 않았어. 우린 아무렇지도 않아, 그렇지? 항상 너랑 나 둘이었잖아, 우리 아기. 다른 사람은 필요 없어."

앨리스가 다시 고개를 끄덕였다. 매일 밤 줄리아가 불을 끄기 전에 앨리스를 끌어안고 마지막으로 하는 말이었다. "언제까지나 너랑 나랑 단둘이야, 아가."

앨리스가 시리얼을 다 먹은 다음 두 사람은 모퉁이를 돌아서 앨리스의 학교까지 같이 걸어갔고, 엄마는 거기에서 다시 회사까지 걸어갔다. 아빠가 죽었다는 소식이 종일 앨리스의 마음속에서 소용돌이쳤다. 왜인지 말할 수는 없었지만 중요하다는 느낌이 들었다. 어떤 면에서는 엄마가 한 문장의 말로 앨리스에게 아버지를 주었다가 빼앗은 것 같았다. 그전까지 앨리스는 아버지가 있다는 사실을 어렴풋이 알았지만, 아무도 아버지 이야기를 꺼내지 않았다. 엄마가 아버지는 가족을 원하지 않았다고 말한 적이 있었는데, 그게 지금까지 앨리스가 알았던 전부였다. 어쩌면 앨리스는 아버지에 대한 소식을 무의식적으로 내내 기다려왔는지도 몰랐다. 마음속의 의문이 대답을 받은 것 같았다. 다섯 살인 앨리스는 의문이 많지 않았고, 그래서 이날이 중요해졌다.

학교 운동장에서 앨리스가 제일 친한 친구인 캐리에게 말했다. "우리 아빠가 죽었어."

깜짝 놀란 친구의 입이 벌어졌다. 캐리는 자주 놀랐기 때문에 이런 표정을 자주 지었다. 앨리스는 캐리와 함께 자라면서 친구가 놀라지 않은 일을 마음속으로 기억했다. 그 목록이 훨씬 짧았기 때문이다.

"너한테 아빠가 있는지 몰랐어." 캐리가 말했다.

"시카고에 살았어."

"시카고." 캐리가 그 자체도 놀랍다는 듯이 도시 이름을 말했다. "몰랐어. 아빠 만난 적 없어?"

"아기 때 말고는 없어."

"안아줄까?"

앨리스가 고개를 끄덕였고, 앨리스와 캐리는 종이 울릴 때까지 끌어안고 있다가 유치원 교실로 들어갔다.

그때 이후 앨리스는 아버지라는 존재에게 관심이 생겼다. 아버지가 어머니와 어떻게 다른지, 아이에게 아버지가 정말 필요한지 궁금했다. 아이들을 학교에 데려다주고 데리러 오는 사람은 대부분 어머니나 보모였지만 가끔 아버지도 있었고, 그러면 앨리스는 그를 유심히 관찰했다. 몇몇은 텔레비전에 나오는 아버지들처럼 깔끔한 정장 차림에 서류가방을 들었다. 가끔 어떤 아빠가 아이를 찾은 다음 안아서 한 바퀴 빙 돌렸는데, 앨리스는 누군가의 어머니가 그렇게 하는 모습은 본 적이 없었다. 어느 날 오후에 앨리스는 정글짐 옆에서 어떤 아빠가 아들과 몸으로 장난치는 것을 보았다. 확실히 줄리아는 절대 그런 장난을 치지 않았다. 앨리스가 개인적으로 아는 아빠는 캐리의 아빠밖에 없었지만,

그는 앨리스의 이름도 잘 기억하지 못했다. 그는 자기 딸 외에 모든 아이를 '얘야'라고 불렀다. 두꺼운 안경을 쓰고 플란넬 셔츠를 입었고, 보통 집으로 놀러온 꼬마 여자애들이 너무 작아서 시야에 들어오지 않는다는 듯 신경쓰지 않았다. 캐리의 아빠가 아침식사를 담당하고—그는 아주 진지한 표정으로 팬케이크를 뒤집었다—쓰레기도 내놓았지만, 앨리스가 아는 한 그의 구체적인 역할은 그 두 가지가 전부였다.

앨리스는 개인적으로 아버지의 필요성을 느끼지 못했다. 앨리스의 삶은 평화롭고 행복했다. 줄리아가 매일 아침 방에 들어와 "좋은 아침이야, 우리 딸" 하고 속삭이며 앨리스를 깨웠고, 저녁이면 부엌의 작은 텔레비전으로 퀴즈쇼 〈제퍼디!〉를 보면서 같이 식사 준비를 했다. 앨리스는 조리대 앞에 스툴을 놓고 올라서서 자기 담당인 샐러드를 만들었다. 줄리아는 하이힐과 정장 재킷을 벗고 귀걸이를 뺀 다음 부엌에 들어왔는데, 이 말랑말랑해진 엄마—단추와 뾰족한 것을 전부 빼버린 엄마—를 보면 앨리스는 실없이 굴게 되었다. 퀴즈쇼 문제가 대부분 너무 어려워서 앨리스는 이해도 못했지만, 자신감 넘치는 목소리로 말도 안 되는 답을 말하면 줄리아가 허리를 구부리고 웃었다. 금요일은 항상 '여자들만의 밤'이라 모녀는 길모퉁이에 있는 비디오대여점 블록버스터에서 어떤 영화를 빌릴지 일주일 내내 의논했다. 두 사람은 복슬복슬한 로브를 입고 매니큐어를 칠하면서 영화를 봤다. 줄리아가 토요일 밤에 데이트를 하러 나가면 레이븐 부인과 앨리스는 중국 음식을 시키고 둘이 제일 좋아하는 보드게임 '슈츠 앤드 래더스'를 했다. 일요일이면 대체로 줄리아와 앨리스는 센트럴파크로 산책을 나가 제일 좋아하는 가판대에서 거대한 프레첼을 샀다. 가판대 주인인 나이지리아인 보우는 줄리아가 머스터드를 듬뿍 뿌려야 좋아한다는 것을 기억했다. 두 사람은 요일마다 정해진 리듬과 일과가 있었고, 앨리스는 그것이 전부 마음에 들었다.

앨리스가 3학년일 때 어느 금요일에 앨리스의 담임인 나이 많은 솔즈베리 선생님이—그녀의 교수법에서는 얼굴을 찌푸리는 것이 필수라는 듯이 종일 아이들을 보며 얼굴을 찌푸렸다—앨리스에게 마지막 종이 울린 다음 교실에 남으라고 했다. 솔즈베리 선생님이 교실에서 나가더니 앨리스의 엄마와 함께 돌아왔다. 우아한 업무용 정장과 하이힐 차림의 줄리아는 교실에 어울리지 않았고 작은 책상들 사이에서 불편해 보였다. 줄리아와 솔즈베리 선생님도 어울리지 않는 한 쌍의 어른 같았다. 솔즈베리 선생님은 일주일에 한 번 미용실에 가서 희끗희끗하고 거대한 곱슬머리를 말았다. 선생님의 머리는 절대 찌그러지지 않는 파도 같았다. 컬 가운데 동그란 부분이 비어 있고 전혀 흔들리지도 않았다.

선생님이 말했다. "파다바노 부인, 왜 오시라고 했는지 궁금하시겠죠."

"괜찮으면 파다바노 씨라고 불러주세요." 줄리아가 말했다. "부인 말고요."

앨리스는 엄마가 한마디 더 할까 궁금해서 고개를 갸웃했다. 얼마 전에 참견하기 좋아하는 어떤 엄마가 대답을 피할 수 없는 상황을 만들자 줄리아가 이혼녀라고 말하는 것을 앨리스도 들었다. 앨리스의 엄마는 분명 그 단어를 별로 좋아하지 않았다. 보통은 싱글 마더라고 말했다. 줄리아는 앨리스에게 "내 인생에서 가장 중요한 부분이 네 엄마라는 사실이어서 그렇게 말하는 거야"라고 했다.

"파다바노 씨, 혹시 오늘 앨리스가 아이들 앞에서 발표한 과제에 대해 아시나요?"

"아니요…… 숙제는 되도록 알아서 하게 둬요." 줄리아가 말했다. "도움이 필요할 때만 저한테 말하죠."

앨리스는 자신의 작은 책상 앞에 앉아 있었다. 앨리스가 리놀륨 바닥에 발을 비비면서 말했다. "엄마한테 과제에 대해 말 안 했어요. 학교 끝나고 도서관에 가서 썼어요."

"그럴 것 같았어." 선생님이 건조한 목소리로 말했다. "파다바노 씨, 저는 이 학교에서 삼십이 년째 아이들을 가르치고 있지만 이런 발표는 처음 봤어요. 원하는 주제를 직접 선택해서—그러면 과제에 몰입하게 되죠—아주 기본적인 조사를 한 다음 반 친구들에게 발표하는 거였어요. 앨리스는 자동차 사고에 대해 발표했어요. 자동차 사고로 죽은 온갖 유명인에 대해 이야기해주었죠, 제인 맨스필드가 자동차 사고에서 어떻게 머리가 잘렸는지 자세하게—"

"세상에." 줄리아가 중얼거렸다.

"앨리스는 매년 자동차 사고로 몇 명이 죽는지 반 친구들에게 알려주었어요. 자동차에 타는 것이 곧 죽을 위험을 무릅쓰는 일인 양 말했죠. 그런 다음 부서진 자동차 사진을 보여주는 것으로 발표를 끝냈어요."

줄리아가 눈을 크게 뜨고 딸을 보았다.

"몇몇 아이들은 울음을 터뜨렸어요, 파다바노 씨. 이번 주말에 성난 학부모의 전화가 쇄도할 거라고 장담할 수 있어요."

"정말 죄송합니다." 줄리아가 말했다. "제가 앨리스를 잘 타이를게요."

"이제부터 앨리스가 발표할 때는 반드시 제가 미리 확인할 거예요."

"물론이죠. 다시는 이런 일이 없도록 할게요." 줄리아가 앨리스의 손을 잡고 교실을 나섰다. 학교 밖으로 나가자 줄리아가 걸음을 멈추었다. "도대체 왜 그랬니?" 그녀의 얼굴이 창백했다. "왜 그랬어?"

어깨를 으쓱하는 것은 질문에 대한 적절한 대답이 아니라고 줄리아가 말했었지만 앨리스는 어깨를 으쓱했다. 줄리아는 앨리스가 어렸을 때부터 "말로 해"라고 했다.

"잠깐만." 줄리아가 말했다. "그래서 작년에 계속 택시를 안 타려고 한 거니? 차가 무서워서?"

"일하는 중간에 나오시게 해서 죄송해요." 앨리스가 말했다. 앨리스는 보통 늦게까지 남아서 방과후수업을 듣거나 학교 도서관에서 책을 읽었다. 요일에 따라서 줄리아나 베이비시터가 앨리스를 데리러 왔다. "내가 잘못했어요, 죄송해요." 앨리스는 엄마에게 불편을 끼치고 싶지 않았다. 줄리아를 곤란하게 만들지 않는 자신이 자랑스러웠다. 성적도 좋았고, 줄리아의 일을 덜어주려고 현장학습 신청서에 자기가 서명할 때도 많았다. 앨리스는 학교에 다니는 것이 자기 일이라 여겼고, 그것을 망친 자신에게 실망했다.

무슨 생각이 떠오른 것처럼 줄리아의 표정이 변했다. "혹시 이거…… 혹시 이거 네 아빠 때문이니?"

앨리스가 다시 어깨를 으쓱했지만 이번에는 지친 듯한 동작이었다.

"그 사고를 당하지 않았으면 아직 살아 있을 거잖아요."

잠시 후 줄리아가 말했다. "그렇구나."

"애들이 울 줄은 몰랐어요, 엄마. 관심이 있을 줄 알았어요. 난 아이들한테 자동차가 아주 위험하다고 알려주고 싶었어요."

"성공한 것 같구나, 앨리스."

그날 저녁에 두 사람은 평소와 달리 여자들만의 밤을 보내지 않았다. 줄리아가 두통으로 누워 쉬어야 했다. 앨리스는 팝콘에 버터를 듬뿍 넣어서 먹고 리모컨으로 채널을 이리저리 돌렸다. 그런 다음 엄마의 방문이 닫혀 있어서 자는 줄 알고 혼자 알아서 자러 갔다.

하지만 삼십 분 뒤에 엄마가 앨리스의 방문을 열었다. "안 자니?" 그녀가 문간에서 속삭였다. 줄리아는 잠옷을 입고 머리를 풀었다.

"네." 앨리스가 말했다. "잠들 때까지 적어도 십구 분은 걸려요." 앨리스는 궁금해서 잠들 때까지 걸리는 시간을 재보았다. 머리에 떠오르는 생각이 전부 다 정리되어야만 앨리스의 몸이 잠을 허락했다.

"궁금한 게 있는데…… 괜찮니?" 줄리아가 말했다. "자동차 사고 때문에 슬프니? 아니면"—줄리아가 잠시 뜸을 들였다—"다른 일 때문에라도 말이야. 슬프면 엄마한테 말해줘."

엄마의 목소리에 근심이 가득해서 앨리스는 생각했다. 슬퍼해야 하나? 그런 다음 엄마의 질문을 곰곰이 짚어보았다. "아니요." 앨리스가 마음속으로 정리하고 나서 말했다. "안 슬퍼요."

"잘됐네." 엄마가 평소와 같은 목소리로 말했다. "잘됐어. 이제 그만 자, 알았지? 사랑해, 우리 아가." 그런 다음 문이 닫히고 줄리아가 돌아갔다.

앨리스는 중학교에 입학한 뒤 키가 갑자기 쑥쑥 컸다. 앨리스와 그녀의 몸이 같은 길을 가다가 어느 날 갑자기 몸만 다른 방향을 향해 전속력으로 달리고 앨리스는 영문을 모른 채 남겨진 것 같았다. 앨리스는 항상 배가 고팠고, 줄리아는 앨리스가 끼니 사이에 허기를 채울 수 있도록 그래놀라 바를 상자째로 사서 쌓아두어야 했다. 앨리스는 주위에 앉은 아이들이 웃음을 터뜨릴 정도로 배에서 꼬르륵 소리가 크게 나서 너무 부끄러웠다. 허벅지와 등 아래쪽이 찌르듯이 아팠지만 소아과에서는 평범한 성장통이라고 진단했고, 앨리스는 믿기 어려워서 어떻게 이게 평범할 수 있지?라고 생각했다. 바닥에 누워서 다리를 벽에 올려야만 그나마 좀 편했기에 학교에서 돌아오면 대부분 그 자세로 있었다. 무섭게도 등과 위팔에 밝은 빨간색 줄—튼살—이 생겼고, 의사는 색이 옅어지긴 하겠지만 완전히 사라지지는 않을 거라고 말했다.

이미 6학년 중반쯤부터 앨리스는 163센티미터인 엄마 키를 넘어섰다. 앨리스는 엄마보다 커지자 새로운 슬픔을 느꼈다. 앨리스의 몸이 껑충껑충 뛰어가며 앨리스를 어린 시절과 엄마로부터 멀어지게 했다. 앨리스는 금방 엄마보다 2센티미터 더 컸다가 곧 7센티미터 더 커졌다. 어느새 부엌 꼭대기 선반의 물건에 손이 닿았다. 앨리스는 엄마의 정수리를 내려다보면서 엄마가 한 여자일 뿐임을 처음으로 이해했다. 줄리아는 다른 사람보다 특별하거나 강하지 않았고, 이제는 앨리스를 구해야 할 상황이 와도 구할 수 없음이 분명해졌다. 집에 불이 나면 엄마가 앨리스를 안고 뛰는 것이 아니라 앨리스가 엄마를 안고 뛰어야 할 것이다. 이러한 현실 때문에 앨리스는 겁에 질려 평생 처음으로 잠을 설쳤다. 어떻게 해야 할지 알 수 없었다.

앨리스의 키가 자꾸 크자 엄마도 당황한 것 같았다. 줄리아는 앨리스가 의자에서 일어나거나 방에 들어오면 종종 깜짝 놀란 표정을 지었다. 두 사람 모두 무슨 일이 벌어지는 거지?라는 표정이었다. 둘 사이의 균형이 깨졌다. 이제 줄리아는 중학생 딸을 올려다보며 말해야 했고, 앨리스는 엄마를 내려다보며 내가 엄마를 믿어도 될까요?라고 생각했다.

바로 이즈음 앨리스는 아파트 바깥이 아니라 안을 조사하기 시작했다. 엄마에게도 흠이 있다는 새로운 인식—모든 사람은 흠이 있기 때문이다—이 생긴 앨리스는 줄리아에게 어떤 문제가 있는지 구체적으로 알아야만 했다. 그래야 혹시 필요할 경우 앨리스가 해결할 수 있었다. 어쩌면 그렇기 때문에 아이에게 두 명의 부모와 형제자매가 필요한지도 모른다는 생각이 들었다. 형제자매는 부모님의 저조한 기분이나 과민 반응이 자기 잘못인지 아닌지 서로 확인할 수 있기 때문에 도움이 되었다. 그리고 부모님이 두 명인 집에서는 한 부모의 취약함이 드러나도 아이가 다른 부모에게 기댈 수 있었다. 앨리스의 집에는 그런 대체 시스템이 없었다. 줄리아에게 무슨 일이 생기면 앨리스는 혼자가 될 것이다. 앨리스는 엄마가 건강검진을 받았는지 꼭 확인하고 심장 건강에 좋은 저녁식사를 제안했다. 이 말에 줄리아가 깔깔 웃었지만 곧 딸의 말이 농담이 아님을 깨닫고 웃음을 그쳤다.

어느 날 줄리아가 슈퍼마켓에 간 사이 앨리스는 엄마의 벽장과 서랍장을 뒤졌다. 죄책감은 없었다. 앨리스의 생각에는 죽느냐 사느냐의 문제가 달린 중요한 조사였다. 줄리아에게 남모르는 문제가 있다면 앨리스가 알아야 했다. 앨리스는 옷, 액세서리, 화장품처럼 익히 예상했던 물건을 살폈다. 그런 다음 줄리아의 침대 옆 탁자를 뒤지다가 흥미로운 것을 발견했다. 사진이 몇 장 든 봉투였다.

전부 최소 십오 년은 된 것으로 줄리아와 자매들의 사진이었다. 네 자매가 어깨동무를 하고 찍은 사진이 한 장 있었다. 줄리아와 실비는 십대 후반 같았다. 앨리스는 플로리다에 갈 때마다 할머니의 앨범을 차분히 보면서 외웠기 때문에 네 자매를 알아볼 수 있었다. 사진 속 자매들은 한 치의 틈도 없이 붙어 있었다. 서로의 몸이 자기 몸처럼 편안한 듯 딱 달라붙었다. 실비는 줄리아의 어깨에 머리를 기댔고, 에멀라인과 세실리아는 카메라를 향해 똑같은 미소를 지었다. 네 자매는 같은 사람의 네 가지 버전처럼 아주 비슷해 보였다. 앨리스는 이렇게 행복해 보이는 엄마를 본 적이 없었다.

조금 더 나이든 실비가 아기를 안고 소파에 앉아 있는 사진도 있었는데, 이 아기가 자신일까 궁금했다. 하지만 실비에게 아이가 있을지도 몰랐다. 앨리스는 아는 것이 하나도 없었다. 마지막 사진은 파티에서 찍은 것이 분명했다. 서른 명쯤 되는 사람들이 카메라를 보고 있었다. 찰리 할아버지도 있었는데, 양팔을 벌리고 딸들을 보며 얼굴을 빛냈다. 로즈는 고개를 젓는 중이었는지 얼굴이 약간 흐릿했다. 사진 속의 어린 줄리아는 청바지를 입고 머리를 풀어내렸다. 자매들은 손을 뻗으면 닿을 정도로 가까이 서 있었다. 누가 농담이라도 했는지 사진 속 사람들은 깜짝 놀라서 깔깔 웃고 있었다. 앨리스는 자신을 닮은 남자를 찾아서 사진을 훑어보았다. 아버지의 사진을 본 적은 없지만 머리색과 파란 눈을 아빠에게서 물려받았다는 것은 알았다. 하지만 사진 속 사람들은 전부 파다바노가 사람으로 보였다.

앨리스는 사진을 다시 봉투에 넣어 서랍에 돌려놓은 다음 침대 옆 바닥에 그대로 앉아 있었다. 사진을 발견하자 앨리스가 찾아야 할 무언가가, 또는 이 경우에는 기억해야 할 무언가가 있다는 느낌이 뚜렷해졌다. 지금까지 앨리스는 다른 도시에 이모들이 살고 있다는 사실에 대해 거의 생각하지 않았다. 로즈 할머니는 앨리스에게 네 자매의 어린 시절과 찰리 할아버지, 에이틴스 플레이스의 집에 대해 이야기해주었지만 엄마는 앨리스와 함께 뉴욕으로 이사 오면서 자기 인생이 시작된 것처럼 굴었다. 왜 몇 안 되는 옛 시절의 사진을 벽에 걸지 않고 숨겨놓았을까? 가족이 많을수록 앨리스는 더 안전할 것이다. 앨리스는 가족이 있지만 연락이 끊겼다는 이 실제적인 증거 때문에 마음속에 어렴풋한 공포가 생겼고, 다리가 아파서 꾹 눌러야 했다.

그날 밤 엄마와 함께 저녁식사를 준비하면서 앨리스가 말했다. "왜 동생들이랑 연락하지 않아요?"

줄리아는 미트로프 재료를 이미 다 꺼냈는데도 냉장고 문을 열고 안을 들여다봤다. 잠시 침묵이 흘렀고, 키가 큰 앨리스는 엄마가 침묵을 무기로 쓰고 있음을 처음으로 깨달았다. 앨리스가 이런 질문을 하지 않게 만들기 위해서였다. 어린 시절에도 엄마가 이야기하고 싶지 않은 화제를 앨리스가 꺼낼 때면 이 묵직한 침묵의 주머니가 곳곳에 떨어졌다. 앨리스의 아버지, 아버지의 죽음, 줄리아의 어린 시절, 어머니의 자매들.

줄리아가 말했다. "에멀라인이랑 세실리아와 가끔 연락하지만 서로 사는 곳이 멀잖아. 다들 바쁘기도 하고. 어릴 때는 형제자매가 같은 집에서 사니까 친하지만, 크면 각자 자기 길을 가기 마련이야."

예전의 앨리스는 엄마가 주는 힌트를 알아차리고 화제를 바꾸었다. 하지만 이제 침묵 뒤에 무엇이 있는지 알아야 했다. 그것 때문에, 스스로 처리해야 할 정보를 알아내기 위해 엄마의 서랍을 뒤졌던 것이다.

"다른 세 명은—실비랑 에멜라인이랑 세실리아 이모—아직 친해요?"

줄리아가 무표정한 얼굴로 앨리스를 보았다. "몰라. 같은 도시에 사니까 아마도 그렇겠지." 그녀가 잠시 뜸을 들이다가 다시 입을 열었다. "난 자립적인 어른이야, 앨리스. 여자는 그런 경우가 드물지. 그래서 난 그 사실이 자랑스러워. 내가 널 똑바로 키웠다면 너 역시 아무도 필요하지 않을 거야."

앨리스는 엄마가 작은 무인도에 서 있고 자신은 손을 흔들면 보일 만큼 떨어진 또다른 섬에 서 있는 광경을 그려보았다.

줄리아가 말했다. "왜 지금 그런 걸 묻니?"

앨리스는 이렇게 말하고 싶었다. 몇 장 안 되는 가족사진을 전부 봉투에 넣어서 서랍에 두는 것도 이상하고, 우리가 만나는 가족이 로즈 할머니뿐인 것도 이상하고, 명절을 우리 둘이서만 혹은 레이븐 부인의 친척들이랑 보내는 것도 이상해서요. 그리고 엄마는 자매가 셋이나 있으니 나도 방을 같이 쓰면서 밤에 어둠 속에서 이야기를 나눌 자매가 있으면 좋겠어서요.

"우리 정말 잘 지내고 있잖아." 줄리아가 말했다. "아니니?"

"맞아요." 엄마가 대답을 바라는 것이 분명해서, 그리고 그것이 사실이어서 앨리스는 이렇게 말했다. 그러고는 생각했다. 지금은 그렇죠. 하지만 뭔가가 잘못되면요?

다음번에 줄리아가 볼일이 있어 아파트를 비웠을 때 앨리스는 로즈 할머니에게 전화를 걸었다. 앨리스가 말했다. "엄마가 이모들이랑 싸웠어요?"

앨리스는 이 질문에 할머니가 깜짝 놀라겠지만, 대답할 가능성도 높다고 생각했다. 엄마가 뉴욕에 오기 전 삶의 흔적이 로즈 할머니의 콘도 곳곳에 있었다. 소파 위쪽에 로즈의 딸들 사진 액자가 네 개나 걸려 있고 부엌 식탁 위로는 시카고 집에 있던 성녀의 초상화들—엄마는 항상 그 그림들을 보며 눈을 굴렸다—이 걸려 있었다. 그리고 로즈는 말이 많았다. 로즈와 대화를 나눌 때는 침묵의 주머니가 없었다.

"당연히 싸웠지. 자매들은 다 싸우잖니. 가족이란 그런 거야."

"엄마랑 나는 절대 안 싸워요." 앨리스가 말했다. "나랑 할머니도 안 싸우잖아요."

"음, 그렇긴 하지." 로즈가 말했다. "세대가 내려갈수록 나아지나보다. 하지만 네 엄마랑 이모들 사이에 있었던 일은 그애들의 문제야. 나한테 얘기할 거 같니? 내가 엄마인데."

"그냥 내가 이모들이랑 한 번도 얘기해본 적이 없다는 게 이상해서요. 에멀라인 이모가 우리집에 왔었던 건 알지만 너무 어렸을 때라 기억도 안 나요. 내 친구 캐리는 이모랑 삼촌을 맨날 만나는데. 난 꼭"—앨리스가 망설였다—"뭔가 빠진 것 같아요. 엄마는 하기 싫은 이야기는 절대 안 해요."

"그래, 그건 항상 변함없는 사실이지." 로즈가 말했다. "그래도 난 줄리아의 허락도 없이 너한테 얘기해서 문제에 휘말리진 않을 거다."

"난 아버지 성도 몰라요. 말해주시면 안 돼요?"

"네 엄마한테 물어봐라." 로즈는 이렇게 말하고 전화를 끊었다.

앨리스는 레이븐 부인에게서 엄마에 대한 정보를 캐내려고 시도했지만 노부인은 화를 냈다. "네 엄마는 똑똑하고 대단한 미인인데다 자기 사업체를 운영하느라 지금까지 뼈빠지게 일했다." 레이븐 부인이 말했다. "단연코 넌 세상에서 제일 운좋은 딸이야." 앨리스는 한숨을 쉬며 화제를 바꾸었다. 줄리아는 언젠가 여름방학에 레이븐 부인의 말썽쟁이 조카를 인턴으로 채용해주었고, 또 크리스마스마다 부인에게 근사한 가게에서 산 비싼 가방을 선물했다. 이것이 앨리스가 접근할 수 있는 마지막 길이라면, 이제 막혀버렸다. 앨리스는 마지막 수단으로 이모 중 한 명에게 편지를 써볼까 생각했지만 주소도 모르고 뭐라고 써야 할지도 몰랐다. 안녕하세요, 저는 당신의 조카입니다. 어떻게 지내세요? 이렇게 쓰면 되나? 엄마 말이 맞을지도 몰랐다, 자매들도 어른이 되어 같은 집에 살지 않으면 서로 멀어질 수 있다. 앨리스가 어떻게 알겠는가? 어쩌면 네 자매는 이제 서로를 생각하지 않을지도 몰랐다.

앨리스는 더이상 엄마에게 묻지 않기로 했다. 아무 소용 없는 짓 같았고, 질문을 하면 줄리아가 동요했기 때문에 더는 위험을 무릅쓸 수 없었다. 스트레스는 고혈압을 일으킬 수 있고, 고혈압은 심장마비나 뇌졸중을 일으킬 수 있었다. 줄리아의 건강을 최우선으로 생각해야 했다. 앨리스는 스스로에게 말했다. 질문을 그만두면 성장이 멈출 거야. 그녀는 키가 급속도로 크기 시작한 뒤로 자신과 이런 내기를 하곤 했다. 손톱을 물어뜯지 않으면 성장이 멈출 거야. 사탕을 안 먹으면. 수업 시간에 선생님이 바라는 대로 손을 들면. 하지만 이러한 타협은 전부 실패했고, 이번 거래도 마찬가지였다. 앨리스는 엄마의 과거에 대해 침묵했지만 키는 계속 크기만 했다.

실비
1989년 9월—2003년 12월

세실리아는 윌리엄의 주문을 육아 방침으로 삼았다. 거짓말도 비밀도 안 돼. 이지가 질문을 하면 그게 무엇이든 솔직하게 대답했다. 어느 날 저녁, 실비와 에멀라인이 세실리아와 함께 부엌에 있는데 여섯 살 난 이지가 아기는 어떻게 생기는지 물었다.

실비는 일주일에 며칠, 윌리엄이 야간 연습 때문에 늦게 올 때 동생들과 같이 식사를 했다. 그녀와 윌리엄은 거의 육 년 동안 함께했고 일 년 전에 결혼했다. 얼마 전 쌍둥이가 사는 곳에서 멀지 않은 방 두 개짜리 아파트로 이사했고, 윌리엄은 곧 시카고 불스로 옮길 예정이었다. 시카고 불스는 윌리엄을 위해 물리치료뿐 아니라 선수 개발까지 담당하는 새로운 직책을 만들었다. 불스 팀은 낙관적이고 직원을 확대하려는 열의가 넘쳤다. 아직 챔피언십을 따지는 못했지만 마이클 조던이 있었으므로 트로피는 당연한 결과일 듯했다. 윌리엄의 업무 조건에는 팀과 함께 원정을 가지 않는다고 명시되어 있었다. 그는 시카고에 기반을 두고 특별 프로그램을 통해 젊은 선수들이 도움을 필요로 하는 부분을 해결하기 위해 애쓸 것이다. 불스가 아무리 좋은 조건을 제시하더라도 윌리엄은 아마 어래시와 노스웨스턴 대학에 대한 의리 때문에 잔류를 택했겠지만, 어래시는 은퇴를 앞두고 있고 수석 코치도 떠나기로 했기 때문에 실비가 윌리엄 역시 앞으로 나아가야 한다고 설득했다. "우린 계속 성장해야 해." 그녀가 말했다. "아니면 살 수 없어." 실비가 일부러 죽는다는 단어를 피해서 말했기 때문에 윌리엄은 그녀를 보며 미소 지었다. 실비는 윌리엄이 그 단어를 떠올리지도 않게 하려고 애썼다.

"남자랑 여자가 섹스를 하면 아기가 생겨." 세실리아가 말했다.

이지가 고개를 끄덕이자 집중한 얼굴을 감싼 진갈색 곱슬머리가 흔들렸다. "그럼 섹스는 뭐야?"

세실리아가 스케치북에 다양한 체위를 그리자 에멀라인과 실비의 얼굴이 새빨개졌다. 이지가 열심히 보더니 말했다. "에미 이모랑 조시 이모는 어떻게 해?"

"아, 세상에." 에멀라인이 말하더니, 세실리아가 그 역시 그림을 그리며 설명하자 부엌을 나갔다. 실비는 한쪽 구석에서 어쩔 줄 몰라 그저 웃었다. 갑자기 앨리스가 보고 싶었다, 늘 예상치 못한 순간 모퉁이에서 기다리고 있다가 덮치는 감정이었다. 실비는 바로 지금 이 부엌에, 이 말도 안 되는 광경에 앨리스도 있어야 한다고 생각했다. 앨리스는 여기에, 자기 사촌 옆에 앉아 있어야 했다. 실비는 항상 줄리아와 함께였지만, 자기 엄마와 함께 가족을 떠나버린 아기가 그리워서 마음이 아팠다.

줄리아를 잃으면서 부가적으로 따라온, 예상치 못한 슬픔이었다. 실비는 언니가 뉴욕에서 아주 잘 지내고 있음을 잘 알았다. 뉴욕으로 간 첫해에, 즉 새로운 자아와 새로운 인생을 쌓아나가던 때에 줄리아는 실비와 통화할 때마다 활기차고 흥분한 목소리였다. 줄리아는 로켓이 되어 아버지가 보았던 가능성을 실현했고, 무엇도 그녀를 막지 못했다. 하지만 앨리스는 아기 때 모습밖에 몰랐다. 실비는 앨리스를 사랑하지만 그 아이를 전혀 모르는 참 이상한 위치였고, 앨리스가 가족과 함께 필슨에 있어야 한다는 느낌을 떨칠 수 없었다. 실비는 도서관에서 이지와 체스를 두는 앨리스를, 서로를 향해 숙인 금발 머리와 갈색 머리를 상상했다. 그리고 자신이 앨리스의 손을 잡고 거리를 걷는 모습을 반복 재생 영상처럼 계속 그려보았다. 어쨌거나 절반은 윌리엄, 절반은 줄리아였으므로 앨리스는 실비의 심장이었다.

그러나 실비는 줄리아의 마음을 아프게 했고, 그러므로 앨리스에 대한 권리가 없었다. 윌리엄은 딸을 법적으로 포기했을 뿐 아니라 머리에서 앨리스에 대한 생각 자체를 들어냈다. 실비가 윌리엄을 조심스럽게 관찰했지만, 수술하듯 정확하게 도려냈는지 그가 딸의 존재를 생각한다는 신호를 한 번도 보지 못했다. 세실리아의 집에 앨리스의 그림이 여러 점 걸려 있었지만 윌리엄은 복도를 걸어가면서 그림에 시선을 주지 않았다. 너무나 익숙한 장애물 코스라 윌리엄 본인은 인식도 못하는 듯했다. 윌리엄은 실비와 함께 쌍둥이의 집에서 저녁식사를 할 때면 이지에게 학교에서 무슨 역사를 배우는지 물어보곤 했다. 하지만 자신의 역사는, 그리고 이지가 태어나고 곧이어 앨리스가 태어났다는 사실은 잊은 듯했다. 그는 한때 자신의 세상에 꼬마 여자아이가 한 명이 아니라 두 명이었다는 사실을 잊었다. 실비는 윌리엄이 듣는 데에서는 절대 앨리스를 언급하지 않았다. 두 사람이 윌리엄의 자살 시도에서 멀어질수록 실비는 그의 꾸준함과 만족스러워 보이는 모습에 감사했다. 실비는 이번 삶에 뿌리내리는 윌리엄을 지켜보았고, 자기 안의 깨진 틈을 사랑과 의미 있는 일로 채우는 그를 지켜보았다. 실비는 윌리엄이 딸에게서 멀어지기로 한 선택을 받아들였다. 매일 그의 전부를 받아들였고, 윌리엄 역시 그녀를 위해 그렇게 했다.

이지가 열 살이던 1993년에 에멀라인과 조시는 세실리아의 옆집을 샀다. 경영학 학위를 가진 고동색 머리카락의 따스한 여자 조시는 돈 굴리는 재주가 있었다. 그녀는 에멀라인을 만났던 어린이집을 협상해서 샀다. 그 직후 지역의 또다른 어린이집도 샀다. 쌍둥이는 두 집을 같이 쓰기로 했다. 어쨌거나 두 사람은 평생 같이 살았다. 두 집을 나누는 울타리를 없앤 뒤 가족이 다 같이 새집을 치우고 꾸미면서 여름을 보냈다. 몇 년 동안 규칙적으로 살았던 실비는 일상이 깨지고 가족이 여가 시간에 다시 모여 일하는 것이 즐거웠다.

이제 실비는 로자노 도서관 관장이었으므로 근무시간을 직접 정할 수 있었다. 그녀는 도서관 운영을 즐기는 자신에게 살짝 놀랐다. 도서관장직에 따르는 의사결정은 만족스러웠고, 크고 작은 일에 최종적인 발언권을 가진 역할이 마음에 들었다. 이제 실비는 자주 오는 이용자만이 아니라 그 부모와 자식까지 다 알았다. 파다바노가의 옆옆집에서 자란 프랭크 체초네는 매일 아침 도서관 정면 유리창 앞 책상에서 신문을 읽었다. 그는 성인이 된 이후 거의 내내 중독과 싸워왔고, 실비는 매일 아침 그와 인사를 나누면서 둘 다 마음의 평화를 얻는다고 생각했다. 실비로서는 기쁘게도 이지가 거의 실비만큼 도서관을 좋아해서 학교가 끝나고 종종 찾아왔다. 데스크 뒤에 앉아 조카가 체스를 두거나 책 읽는 모습을 지켜보는 것만큼 행복한 일은 없었다.

이지와 실비는 여름이 시작되고 처음 몇 주 동안 한 방을 짙은 파란색으로 칠했다. "엄마한테 남자친구가 있을 때는 내가 이 방에서 잘래요." 이지가 실비에게 말했다.

"좋은 생각이네." 실비가 말했다. "나도 어렸을 때 혼자 들어가서 책을 읽을 수 있는 내 방이 있었으면 좋았을 텐데."

"그때 이야기 좀 해주세요." 이지는 말을 배우고부터 종종 이렇게 말했다. 엄마와 이모들의 어린 시절 이야기를 아주 좋아했다.

이지는 아무것도 숨기지 않는다는 엄마의 철칙 때문에 거의 모든 이야기를 알았다. 하지만 그들이 방을 밤하늘색으로 칠하며 보낸 더운 여름 저녁에 실비는 시간 순서에 따라 이야기를 해주었다. 실비는 사다리 꼭대기에 서서 천장 모서리 부근을 칠하며 최대한 자세하게 기억해내려 애썼다. 어린 시절 이야기부터 시작했는데, 무슨 이유에선지 이지가 제일 좋아하는, 아무도 본 적 없는 수수께끼의 동물이 로즈의 텃밭을 망가뜨린 이야기도 물론 포함되었다. 그 동물은 식재료를 못 쓰게 만들고, 토마토를 반으로 가르고, 텃밭에 있는 모든 식물의 이파리와 줄기를 갉아먹었다. 분노한 로즈는 가족들을 보초로 세웠다. 과일과 채소, 허브 한가운데 야외 의자를 놓고 번갈아가며 앉아서 스물네 시간 내내 텃밭을 지켜야 했다. 야간 보초는 로즈와 찰리가 나누어서 담당했지만 찰리가 계속 딴짓을 했기 때문에 결국 로즈가 항상 떠맡았다. 찰리는 울타리를 사이에 두고 이웃 사람과 잡담을 나누거나 야외 의자에 앉은 채 잠들었다. 자매들이 아침식사를 하러 내려와보면 뒤창 밖으로 엄마가 보였다. 머리는 산발에다 손에 야구방망이를 들고 주변 땅을 노려보고 있었다. "잡으면 어떻게 할 거예요?" 실비가 묻자 로즈가 차분하게 말했다. "죽여야지." 현명하게도 동물은 모습을 드러내지 않았지만—설치류인지 조류인지 유령인지 결국 알아내지 못했다—가족들이 지켜본 덕분에 텃밭 파괴행위는 멈추었다. 결국 로즈는 승리를 선언하고 다시 밤잠을 잤다.

얼마 후 실비의 이야기가 세실리아의 임신, 줄리아의 임신, 찰리의 죽음으로 이어졌다. 실비는 어쩌다 로즈가 이지와 이지의 엄마를 포기했는지, 어쩌다 윌리엄 이모부가 입원하고 또 두 이모와 결혼하게 되었는지 이야기해주었고, 이지에게 만난 적 없는 또래 사촌이 있다는 이야기도 해주었다. 실비가 이야기를 하는 동안 에멀라인이 램프나 책을 들고 방을 들락거리면서 놀랍다는 듯이 고개를 저었다. "세상에." 그녀가 소리 죽여 말했다. 몇 번인가는 이야기를 들어보라며 조시도 불렀다. "내가 이미 해준 이야기도 있어." 에멀라인이 말했다. "하지만 실비는 이야기를 정말 잘한다니까."

"찰리를 만났으면 좋았을 텐데." 한번은 조시가 이야기를 한참 듣다가 말했다. "아주 좋은 분 같아."

실비는 소리 내서 말로 하니 이야기도 등장하는 사람들도 정말 놀랍게 느껴진다고 생각했다. 그녀와 쌍둥이는 과거 일에 대해 거의 이야기하지 않았다. 어쨌거나 직접 겪은 일이기도 하고, 줄리아를 잃으면서 침묵하게 되었다. 그러나 조시가 그 이야기를 궁금해하고, 이지가 자신이 작은 역할을 맡은 드라마쯤 된다고 생각하는 이야기를 즐기는 것을 보니 그 시절에 섞여 있던 아픈 슬픔이 사라졌다. 실비가 가족사를 소리 내서 이야기할 때 들리는 것이라곤 사랑밖에 없었다.

이지가 몇 번이나 고개를 저으며 말했다. "어른들은 바보예요. 내 목표는 자라서도 바보가 되지 않는 거예요."

"아주 좋은 목표네." 실비가 말하며 이지가 가슴 아픈 일을 겪지 않고 인생을 살아갈 수 있으면 정말 멋지겠다고 생각했다. 그것이 가능할까? 그러다 문득 뭔가 떠올라서 말했다. "이지, 사실 내가 우리 가족 이야기를 글로 쓰고 있어. 몇 년 전부터. 뒤죽박죽이긴 한데, 읽어볼래?"

이지가 실비를 빤히 보았다. 이지도 파다바노가 특유의 곱슬머리였는데, 색이 더 짙고 빽빽했다. 얼굴은 동그랗고 표정은 진지했다. 이지는 엄마의 가족에 대해서는 궁금한 것이 많았지만 생물학적 아버지에 대해서는 별로 관심이 없었다. 왜 그런지 물어보면 이미 자신을 키우는 어른이 충분하고도 남으니 고맙지만 사양하겠다고, 게다가 엄마가 자기 인생에 그 남자를 원하지 않는다면 자신도 원하지 않는다고 말했다.

"장난해요?" 이지가 말했다. "그게 내 꿈인데!"

실비는 예상치 못했던 조카의 열의에 깜짝 놀라서 웃었다. 다음날 오후에 300쪽 정도 되는 글을 복사가게에서 제본해 조카에게 주었다. 이지가 먼저 읽은 다음 세실리아와 에멀라인에게 주었다.

"정말 좋다. 책으로 내도 되겠어." 세실리아가 말했을 때 실비가 그냥 자기 자신과 가족을 위해 쓸 뿐이라고 얘기하자 세실리아는 고개를 끄덕였다. 그녀도 종종 팔 생각이 없는 작품을 그렸기 때문에 이해가 갔다. 조시는 원고를 두 번 이상 읽었다. 외동딸인 그녀는 이제 이지만큼이나 파다바노 가족사에 푹 빠졌다.

그해 여름에 파다바노 자매들은 구석구석 이야기로 가득찬 어수선한 집을 고치면서 어느새 가족사를 더 많이 기억해냈다. 세 사람은 벽장을 정리하거나 부엌에서 솥과 프라이팬을 치우면서 추억을 나누었다. 가끔 실비나 에멀라인, 세실리아가 저녁식사를 하면서 무슨 이야기를 꺼내면 이지나 조시가 자기들도 그때 그 자리에 있었던 것처럼 세세한 내용이나 대화를 덧붙였다.

어느 날 밤 거실 바닥에 앉아 피자를 먹을 때 에멀라인이 말했다. "옛날이야기를 전부 들으니까 예전의 내가 기억나는 것도 같아. 대부분 언니랑 줄리아 언니가 겪은 일이지만"—에멀라인이 자매들을 보며 고개를 끄덕였다—"그때 내가 어떤 느낌이었는지 떠올라."

실비와 세실리아가 계속 이야기하라는 뜻으로 미소를 지었다. 에멀라인은 자기 이야기를 거의 하지 않았다. 늘 주변 사람들에게 초점을 맞추었다. 에멀라인은 거의 매일 오후 어린이집에서 아이를 데려왔고, 아이들은 부모님이 데리러 올 때까지 에멀라인의 무릎에서 시간을 보냈다. 그녀는 아직도 집에 있는 것을 제일 좋아했기에 조시와 소파에 앉아 있는 저녁 시간이 가장 행복했다. 더 넓어진 슈퍼듀플렉스—이지가 두 집에 붙인 이름이었다—가 에멀라인에게 딱 맞았다. 이제 더 많은 방과 더 많은 공간, 사랑하는 사람들이 전부 집에 있었다.

"어떤 느낌이었는데요?" 이지가 에멀라인에게 물었다. 이지와 윌리엄은 소파에서 피자를 먹으며 체스를 두고 있었다. 이지가 제일 좋아하는 게임을 같이 해주는 어른은 윌리엄밖에 없었다. 이지는 지는 것을 정말 싫어했지만 이모부와 게임을 할 때는 자신을 통제하려고 노력했고, 윌리엄은 체스를 좋아했다. 두 팀이 공간을 차지하기 위해 전략을 세우고 전쟁을 벌인다는 점에서 농구가 떠올랐다.

"내가 얼마나 엄마가 되고 싶었는지 생각났어." 에멀라인이 말했다. "그게 내가 원하는 전부였는데."

윌리엄이 머뭇거리다가 거실에서 나가려고 막 몸을 일으켰다. 실비는 윌리엄이 너무 개인적인 대화라고 생각한다는 것을 알았다. 그는 자매들이 어느 정도 거리를 둘 수 있도록, 원한다면 비밀을 가질 수 있도록 항상 조심했다.

하지만 에멀라인이 윌리엄을 보며 고개를 젓자 그가 다시 자리에 앉았다. "조시랑 어젯밤에 이야기를 나눴어." 그녀의 얼굴이 밝아졌다. "신생아 위탁양육을 신청할 거야. 위탁가정이 많이 필요하고 사랑이 필요한 아기들도 많으니까."

조시가 에멀라인의 어깨를 꽉 잡았다. "정확히 말하자면 마약중독자나 십대가 낳은 아기를 우리가 이삼 개월 동안 보살피는 거야. 그런 다음 위탁보호기관에서 아기를 생물학적 엄마에게 돌려보내거나 영구적인 입양 가정을 찾아주는 거지. 연구에 따르면"—조시는 연구를 아주 좋아했기 때문에 얼굴이 밝아졌다—"생후 삼 개월까지 아기가 울 때마다 안아주거나 미소를 지어주면 장기적으로 건강하고 행복하게 살 가능성이 오십 퍼센트 정도나 증가한대."

"대단하다." 실비가 말했다. "에미, 정말 좋은 생각이야."

세실리아가 동생과 조시를 보며 얼굴을 빛냈다. "당연히 해야지! 이지가 어렸을 때 좋아했던 아기그네를 꺼내야겠다."

"흠흠." 이지가 어두워진 낯빛으로 말했다. "신생아는 엄청 많이 운다던데요."

"절대로 아기 봐달라고 안 할게." 에멀라인이 말했다. "그리고 밤에 우리 방에서 재울 거니까 아무 소리도 안 들릴 거야."

"그럼 찬성이에요."

위탁양육 신청은 빠르게 진행되었다. 에멀라인과 조시는 거절당할까봐 걱정했지만—슈퍼마켓에서 가끔 사람들이 두 사람을 이상한 표정으로 보았고, 두 사람이 동성애자라는 이유로 어린이집 등록을 취소한 부모도 있었다—위탁보호기관은 일이 너무 많았으므로 에멀라인과 조시처럼 뛰어난 이력과 배경을 가진 지원자가 생겨서 무척 좋아했다. 여름이 끝날 때쯤 에멀라인은 아기띠로 남자 아기를 업고서 완전히 새로 단장한 집을 돌아다녔다.

실비는 나중에 그해 여름을 돌아보며 가족들이 각자 스스로를 완전히 받아들인 때였다고 생각하게 된다. 특이한 구조를 가진 공동의 집 슈퍼듀플렉스는 파다바노가의—또는 남아 있는 파다바노가 사람들의—특이한 구성을 반영했다. 실비와 쌍둥이와 윌리엄은 자신들의 규모와 모양에 맞는 삶, 자기들에게 적합한 삶을 구축했다. 두 집은 식재료와 꽃이 공존하는 뒤뜰과 텃밭을 같이 썼다. 세실리아는 채광이 마음에 든다며 에멀라인과 조시의 집 다락방을 두번째 작업실로 삼았다. 에멀라인이 세실리아의 집에 건조실을 만들어서 두 집 사람들 모두 텃밭에서 딴 허브와 꽃을 그곳에서 말렸다. 요람뿐 아니라 아기그네와 젖병이 양쪽 집에 다 있었다. 윌리엄은 에멀라인의 세탁실에 공구상자를 보관했고, 그와 실비는 두 집의 열쇠를 다 가지고 있었다. 같이 야외에서 식사한 다음 설거지를 나눠서 하다보니 두 집의 조리도구와 접시도 뒤섞였다. 이지는 각 집에 방이 하나씩 있어서 마음대로 옮겨다녔다. 에멀라인의 집에 있는 방의 침대 조명이 더 좋았기 때문에 재미있는 책을 한창 읽을 때는 거기에서 지냈다. 엄마에게 남자친구가 없을 때는 세실리아의 집에서 잤다.

이지는 윌리엄의 도움을 받아 남는 방에 작업실을 만들고 나란히 선 양쪽 집이 전화기 없이 연락할 수 있는 스피커도 달았다. 세실리아와 에멀라인 모두 처음에는 우습다고 생각했지만 곧 이 스피커를 매일 쓰게 되었다. 에미, 내가 좋아하는 빗 어디에 뒀어? 조시, 집에 왔니? 나 샌드위치 좀 만들어줄래? 이지, 거기서 뭘 하길래 이렇게 시끄럽니?

켄트는 전문의 실습을 마친 후 니콜과 함께 시카고로 와서 시카고 불스의 스포츠닥터로 일하게 되었다. 두 부부는 적어도 한 달에 한 번은 멕시코 식당에서 만나 저녁을 같이 먹었고, 가끔 거스 부부와 워싱턴 부부도 참석했다. 쌍둥이를 제외하고 실비와 윌리엄이 어울리는 사람은 그들밖에 없었다. 하지만 켄트와 니콜이 난임으로 판명 나자 니콜은 외출을 삼가게 되었고, 외식 모임 횟수가 줄어들었다. 윌리엄과 실비는 친구들이 가여웠지만 집에서 보내는 시간이 많아진 게 싫지는 않았다. 두 사람 다 모르는 사람을 대하는 데에 서툴렀다. 새로 알게 된 사람이 실비나 윌리엄에게 어떻게 만났느냐고 물으면 진실이 너무 자극적이었기에 애매하게 대답했다. 실비는 어떤 이야기든 여러 번 할수록 부정확해진다고 어딘가에서 읽은 적이 있었다. 인간은 쉽게 과장한다. 지루하다 싶은 부분은 점점 빼고 재미있는 부분을 점점 더 첨가한다. 이야기를 반복하다보면 세부적인 내용과 시간 순서가 바뀐다. 그러다보면 이야기는 진실보다 신화에 가까워진다. 실비는 자신과 윌리엄이 자기들의 이야기를 얼마나 잘 안 하는지 생각하자 기분이 좋아졌다. 둘의 사랑 이야기는 다른 사람과 나누지 않음으로써 온전하게 남았다.

"언니랑 윌리엄은 서로 너무 다정해." 어느 날 오후, 바깥에서 볼일을 볼 때 에멀라인이 말했다. "난 항상 조시한테 아이를 맡기거나 양말 좀 치우라는 말밖에 안 하는 것 같아."

실비가 미소를 지었다. "음, 우린 애가 없고 너희처럼 기차역만큼 정신없는 집에 살지 않잖아."

"그렇긴 하지." 에멀라인이 한숨을 쉬었다. 하지만 그녀는 우는 아기, 부모님이 아직 데려가지 않은 아이, 반쯤 빈 페인트통, 걸핏하면 바이브레이터를 들고 들어와서 이게 뭐예요?라고 묻는 아이로 정신없는 집에서 사는 것이 좋았고, 두 사람 모두 그 사실을 알았다.

실비는 동생의 말이 옳다는 것도 알았다. 실비와 윌리엄은 대다수의 부부보다 서로에게 다정했다. 실비는 아침식사 전과 잠자리에 들기 전에 윌리엄이 약을 먹는지 지켜보았고, 당황했을 때 실비를 찾는 그의 눈을 바라보았다. 그녀는 윌리엄이 손을 내밀 때 같이 손을 내밀었다. 윌리엄은 매일 아침 실비의 도시락을 싸주었고, 실비는 두 사람이 눈에 띄지 않는 곳에서 조용히 살 수 있는 여건을 조성했다. 그에게는 그런 삶이 가장 도움이 되었기 때문이다. 윌리엄은 거의 매일 밤 잠들기 전에 "난 정말 운이 좋아"라고 속삭였고, 실비는 그도 그녀도 운이 좋다고 생각했다. 실비는 이 남자와 함께하는 삶을 하마터면 놓칠 뻔했으므로 함께하는 날이 점점 쌓여가도 늘 그 순간에 감사했다.

앨리스
1997년 9월—2002년 2월

앨리스는 9학년에 올라갈 때 키가 185센티미터였다. 만나는 사람마다 깜짝 놀랐다. 앨리스가 스포츠를 못한다고 아무리 설명해도 배구부와 농구부 코치가 자기 팀에 들어오라며 복도에서 앨리스를 쫓아다녔다. 그리고 앨리스의 큰 키가 아버지를 다시 끌어들였다. 레이븐 부인부터 우체부, 교장선생님까지 다들 와, 아빠가 정말 키가 크신가보구나? 같은 말을 꼭 했다.

줄리아와 앨리스는 이제 전혀 비슷하지 않았다. 앨리스가 어릴 때는 눈 모양이 엄마와 약간 비슷했지만 이제 달라졌다. 옷 취향이 다른 것도 한몫했다. 줄리아는 주중에 스커트 정장과 실크 블라우스를 입고 주말에는 딱 달라붙는 까만 바지와 축 늘어지는 웃옷을 입었다. 반대로 앨리스는 스니커즈가 많고 색색의 운동복을 입었다. 마르고 키가 커서 맞는 옷과 신발을 찾기 힘들었다. 하지만 스니커즈는 남녀 공통이라 선택지가 더 많았다. 어느 날 아침에 엄마가 알쏭달쏭한 표정으로 앨리스를 보더니 말했다. "전혀 여성스러워 보이지 않네." 앨리스가 웃으며 말했다. "엄마, 지금은 1997년이에요. 여성스러워 보일 필요 없어요."

앨리스는 아빠를 닮았다는 사실이 좋았다. 한 명은 죽었지만, 그래도 부모님이 둘인 기분을 느낄 수 있었다. 앨리스의 아버지가—또는 어쨌거나 그의 유전자가—그녀와 함께 걸어다녔고, 그래서 더 강해진 기분이 들었다. 앨리스는 힘이 필요했다. 고등학교에 들어가자 키가 너무 커서 이제 아무리 움츠려도—중학교 때 통달한 기술이었다—'평범해' 보이지 않았다. 몸을 아무리 구부려도 같은 학교의 작은 여자애들이랑 비슷해 보이지 않았다. 앨리스와 캐리는 항상 같이 다녔는데, 캐리는 152센티미터에서 성장이 멈췄기 때문에 앨리스의 키가 더욱 돋보였다. 앨리스는 엄마나 캐리와 포옹할 때 늘 어색하게 무릎을 굽혀야 했다. 또 보폭이 커서 항상 누구보다 빨리 걸었다. 사람들과 이야기할 때는 늘 내려다봐야 했기 때문에 하루가 끝날 때면 종종 목이 아팠다. 앨리스는 성장기를 함께 보낸 아이들에게 자주 기린이나 유쾌한 초록 거인*이라고 불렸다. 여자 수학 선생님은 분명 친절한 의도로 이렇게 말했다. "어머, 남자애들 마음을 편하게 해주려면 항상 플랫슈즈를 신어야겠다." 길거리의 남자들은 앨리스를 지나칠 때 그녀의 키가 자신의 남성성을 위협한다는 듯이 허리를 쭉 펴고 가슴을 내밀었다.

---

* 옥수수캔으로 유명한 브랜드인 그린 자이언트의 마스코트.

9학년 초에 앨리스는 자기 외모를 부끄러워하며 시간 낭비하는 짓을 그만두기로 했다. 앨리스가 부끄러워하든 자신감 넘치든 결과는 똑같았다. 키가 아주 컸으니 어쨌거나 사람들은 키를 언급하며 앨리스를 놀릴 터였다. 앨리스는 사람들과 어울리지 못했다. 키 때문에 거의 말 그대로 다른 사람들과 멀어졌다. 이것은 앨리스가 외톨이라는 뜻이었지만 대안이 없었기 때문에 그녀는 자기 현실을 받아들이기로 했다. 앨리스는 학교 복도에서 허리를 펴고 걸었고, 왜소한 남자애가 학교 천장을 높여야겠다고 농담하면 억지로 미소를 지었다. 앨리스는 고등학교 첫 댄스파티에 하이힐을 신고 갔는데, 다른 무엇보다도 굽 높은 신발을 신을 수 있음을 스스로에게 증명하기 위해서였다. "너 정말 용감하다." 학교 체육관으로 걸어들어갈 때 캐리가 말하자 앨리스는 고개를 저었다. "용기가 아니야. 어차피 내가 뭘 신든 다들 쳐다보잖아." 하지만 농구부 주장이 춤을 청했을 때는 앨리스도 깜짝 놀랐다. 그는 수줍음이 많고 말을 더듬었지만 춤을 출 때 앨리스의 눈을 똑바로 바라보았고, 그래서 신이 났다. 같은 주에 그가 앨리스에게 데이트를 청하자 그녀는 다시 한번 놀랐다. 하지만 놀라면서 앨리스의 마음속에 어떤 공간이 생겼고, 안 돼라고 속삭이는 작은 목소리—앨리스였을까, 엄마였을까?—가 들렸다. 앨리스는 또래 아이들로부터 자신을 격리하고 그 상태를 유지하려 했다. 그래야 더 안전한 느낌이 들었다.

"고맙지만 사양할게." 앨리스가 최대한 상냥한 목소리로 말하고 걸어갔다. 안도감이 솟구쳤다. 키 큰 남자애가 앨리스에게 한 번도 생각해보지 못한 질문을 했고, 그녀의 입에서 진실이 나왔다. 앨리스는 엄마처럼 되고 싶었다. 독립적이고 싶었다. 앨리스는 누구에게도, 심지어 캐리에게도 말하지 않았지만 그날이 끝나기 전에 그녀가 인기 많은 선배를 거절했다는 이야기가 학교 전체에 퍼졌다.

이상하게도 그후 몇 주 동안 다른 아이들이 태양을 바라보는 꽃처럼 앨리스를 향해 고개를 돌렸다. 대부분 어떤 면에서든 수줍음이 많거나 다른 애들과 어울리지 못하는 아이들이었다. 앞머리 너머로, 또는 교과서 너머로 앨리스 쪽을 흘끔거렸다. 일부러 앨리스가 사물함에 갈 때에 맞춰서 자기들도 사물함 앞으로 갔다. 복도에서는 앨리스와 보조를 맞췄다. 그 아이들은 앨리스가 용감하다고 생각했고, 그래서 그들 역시 용감해졌다. 아이들은 스스로 더 나은 사람이라고 느끼기를 원했고, 앨리스와 함께 있으면 실제로 그런 느낌이 들었다. 앨리스는 난 용감하지 않아라고 말하고 싶었다. 그 아이들은 앨리스처럼 종종 놀림을 당했는데—뚱뚱하거나 멍청하거나 못생겼다는 말을 들었다—앨리스는 그애들이 착각하게 만들고 싶지 않았다. 하지만 그 아이들의 기분을 해치지 않으면서 자기 생각을 설명할 방법이 떠오르지 않아 그저 말없이 그애들 곁에 있었다.

"도대체 무슨 상황인 거야?" 캐리가 휘둥그레진 눈으로 물었다. 캐리는 중학교 시절 내내 키를 가지고 앨리스를 놀리는 아이들에게 꺼지라고 말했고, 고등학교에서도 시작부터 그렇게 할 태세를 취했다. 앨리스가 어깨를 으쓱했다. 그녀는 진실이 무엇인지—앨리스는 부끄러워하기를 거부하면서 같은 반 아이들에게 그래도 괜찮다고 말한 셈이었다—짐작했지만 그중 무엇도 말로 표현할 수 없었다. 하지만 아무도 앨리스에게 데이트 신청을 하지 않았고, 그래서 다행이었다.

앨리스는 이제 집 밖에서 지내는 시간이 더 많아져서인지 과거에 대한 엄마의 침묵과 벽에 사진을 걸지 않은 것을 받아들일 수 있었다. 이제 두 사람으로 이루어진 가족의 왜소함이 예전과 달리 썩 위태롭게 느껴지지 않았다. 앨리스와 줄리아는 여전히 거의 저녁마다 같이 식사를 준비하고 금요일에 앨리스가 캐리의 집에 자러 가지 않으면 복슬복슬한 로브를 입고 영화를 봤다. 두 사람은 우스운 목소리를 내고 〈제퍼디!〉의 답을 먼저 말하려고 다투면서 서로를 웃게 만들었다. 그러나 앨리스는 자신의 몸이—우스꽝스럽고 어색한 키와 곧은 밀짚색 머리카락이—엄마가 언급을 피하는 과거의 구현체라는 사실 또한 만족스러웠다. 앨리스는 엄마가 시카고에 살던 시절에 대해 자세히는커녕 대략적으로도 여전히 모르지만 이제 알아야 한다는 생각이 들지 않았다. 앨리스는 자라서 자신이 되었고, 스스로를 구해야 할 때가 오면 그렇게 할 힘이 있다고 자신할 만큼 나이를 먹었다.

고등학교를 마칠 때쯤 앨리스는 자기 삶을 어떻게 꾸려야 할지 알아냈다. 이제 학교에서 복도를 걸어갈 때 동물원의 동물이 된 듯한 느낌이 덜했다. 앨리스는 거의 주말마다 캐리의 집에서 잤다. 두 친구는 한밤중에 각자 제일 좋아하는 영화 대사를 읊고, 레코드에서 나오는 노래를 따라 부르고, 머릿속에 떠오르는 생각은 뭐든 말했다. 엄마와 할머니 사이가 나빠졌기 때문에 앨리스는 일 년에 한 번 줄리아 없이 혼자서 플로리다로 할머니를 만나러 갔다. 앨리스는 이제 엄마가 자기 인생에서 동생들과 고향은 물론이고 자기 어머니까지 거의 내쳤음을 잘 알았고, 그래서 엄마가 두 사람 주변에 그어놓은 선을 밟지 않으려고 조심했다. 앨리스는 엄마를 사랑했고 줄리아를 잃을지도 모른다는 생각은 꿈에도 하지 않았지만, 그녀가 아는 정보는 다른 말을 하고 있었다. 앨리스는 가끔 자신이 줄리아가 있는 방으로 들어가거나 우뚝 섰을 때 엄마의 얼굴에 스치는 표정을 알아볼 수밖에 없었다. 그럴 때면 줄리아가 동요하면서 다른 삶을 드러내는 틈이 생겼고, 앨리스는 그 틈으로 들어갈 수는 없지만 가끔 그 문을 흔드는 존재라는 것이 기뻤다.

앨리스가 보스턴 대학에 입학할 때 줄리아가 학교까지 태워다주었다. 줄리아는 차를 운전하면서 딸에게 이런저런 이야기를 건넸다. 앨리스는 엄마가 어떤 기분인지 항상 안다고 생각했지만, 그날 줄리아는 들떴다는 신호 같기도 하고 수리가 필요한 엔진의 경고 같기도 한 불꽃을 튀겼다.

"난 네가 대학 생활을 즐기면 좋겠어." 줄리아가 말했다.

"당연하죠." 앨리스가 말했다. 손에 땀이 나서—초조하면 그랬다—반바지에 닦았다.

"고등학생 때는 충분히 즐기지 못했잖아. 난 네가 행복하면 좋겠어." 줄리아는 딸을 보며 진지하게 하는 이야기라는 표정을 지었다.

"즐겼어요." 앨리스가 말했다. 정말이었다. 캐리의 방에서 밤늦게까지 음악을 듣고 엄마와 영화를 보면서 즐겼다. 앨리스는 고등학교 2학년 때부터 커피를 마시기 시작했고, 아침마다 따뜻한 머그잔을 손으로 감싸쥐며 전율을 느꼈다. 그것도 즐기는 거 아닌가? 대학에 가면서 생긴 걱정 중에는 식당에서 마시는 커피가 집에서 만든 커피만큼 맛있지 않으면 어쩌나 하는 것도 있었다. 앨리스는 사실 대학 생활에 대한 걱정이 많았다. 수많은 또래 아이들과 기숙사에서 함께 지내는 것이 마음에 들지 않았다. 또래 아이들은 시끄러운데다 지저분했고, 앨리스 혼자서 보낼 시간이 전혀 없을 것이었다. 다행히도 캐리가 역시 보스턴에 있는 에머슨 대학에 들어갔다. 제일 친한 친구가 가까이 있다고 생각하니 무척 마음이 놓였다.

"아, 차가 왜 이렇게 많아." 줄리아가 말했다. 그들은 동해안을 따라 난 큰 도로인 95번 주간고속도로를 타고 뉴욕에서 보스턴으로 가는 중이었다. 오토바이, 거대한 화물차, 자동차가 빈 공간을 찾아 춤을 추듯 움직였다. 줄리아가 말했다. "데이트도 하고 파티도 가고 밤도 새고, 뭐 그래야지."

"엄마는 대학 때 그렇게 했어요?" 앨리스가 물었다.

줄리아는 이 질문을 곰곰이 생각하는 것 같았다. "난 상황이 달랐어. 돈이 없어 집에서 통학해야 했고, 그래서 캠퍼스 생활을 제대로 못 즐겼지. 하지만 넌 하고 싶은 대로 해도 돼, 앨리스. 마리화나도 피워도 돼. 아니면, 요즘 애들이 뭐라고 하더라, 하룻밤 즐긴다고 하나?"

"세상에, 엄마."

레이븐 부인은 앨리스를 우리 꼬맹이라고 부르다가—앨리스의 키가 더 커지자—우리 애늙은이라고 불렀다. 앨리스는 상관없었다. 어른스럽다는 뜻 같아서 이 별명이 약간 자랑스러웠다. 그것이 앨리스가 남자애들과의 데이트에 관심이 없는 이유 중 하나였다. 앨리스는 달랐다, 마음은 나이가 많았다. 그리고 혼자서 최선을 다했다. 남자애랑 노닥거리고, 키스하고, 섹스한다고 생각하면 무서웠다. 앞으로 대학에서 보낼 사 년이 두려운 이유는 앨리스가 애늙은이라서이기도 했다.

앨리스가 한숨을 쉬었다. 엄마는 앨리스가 슬픈 것 같으면 겁을 먹었고, 그래서 항상 행복을 향해 딸을 떠밀려고 애썼다. 앨리스는 엄마가 있는 방에 들어갈 때 미소 짓는 법을 배웠다. 앨리스가 미소를 지으면 줄리아는 바로 기분이 풀어졌다. 하지만 그것은 힘든 일이었다. 앨리스는 원치 않게 눈물 어린 목소리로 말했다. "최선을 다할게요. 그럼 됐죠, 엄마?"

흥분이 피시식 꺼지고 줄리아가 고개를 끄덕였다. 도착할 때까지 둘 다 조용했다. 보스턴 대학 캠퍼스에 도착하자 엄마가 2층 기숙사 방으로 짐 옮기는 것을 도와주었다. 앨리스의 룸메이트—글로리아라는 루이지애나 출신 여자애—가 아직 안 왔기 때문에 앨리스는 이층 침대의 1층, 그리고 창문에 더 가까운 책상을 골랐다. 엄마가 작별인사로 포옹하자 앨리스는 가만히 있었지만 마주 끌어안을 수는 없었다. 그러면 마음속에서 무언가가 깨져 울음을 터뜨릴 것만 같았다. 앨리스는 절대로 울지 않았는데—통제력을 잃는다는 뜻이었으므로 그것 역시 피했다—이제 와서 울 수는 없었다.

대학에서 보내는 첫 달은 스트레스가 무척 많았다. 앨리스는 혼자 있을 시간이 없어서 힘들까봐 걱정했는데, 실제로 그랬다. 큰 소리로 멋지게 깔깔 웃는 룸메이트가 좋았지만, 글로리아는 늘 가십거리만 이야기했다. "야구모자 쓴 남자애가 금발 여자애 꾀는 거 봤어?" "저 둘은 서로 진짜 싫어하나봐." 앨리스는 동의한다는 듯 애매하게 고개를 끄덕였지만 가십 내용에 대해 이러쿵저러쿵하기에는 너무 이른 것 같았다. 휴가를 가자마자 집을 사는 것과 같았다. 하지만 우린 그애들을 모르잖아. 난 널 몰라. 우린 다 모르는 사람들이야. 앨리스는 생각했다.

앨리스는 큰 키 때문에 배경에 녹아들 수 없었다. 수업에 가려고 캠퍼스를 가로지를 때면 사람들의 시선이 느껴졌다. 여자애들은 앨리스를 보고 깜짝 놀라는 것 같았지만 대개 아무 말도 하지 않았다. 어떤 애들은 불쌍하기도 하지라는 생각을 그대로 드러내며 안됐다는 표정을 지었다. 앨리스는 그애들이 키가 작아서 다행이라고 생각하며 자신은 여성스럽고 필요하면 숨을 수 있다는 사실에 감사기도를 중얼거린다는 걸 알았다. 남자애들은 앨리스에게 농구선수나 배구선수냐고 물었다. 앨리스가 둘 다 아니라고 하면 무척 놀랐다. "래리 버드가 너희 아버지야?" 어떤 남자애가 앨리스에게 물었다. 앨리스는 농담이라고 생각했지만 진심임을 곧 깨달았다. 어떤 남자애들은 앨리스가 진짜 운동선수거나 운동선수의 혈연이 아니고선 그런 키가 가능할 리 없다고 여겼다. 그래서 우체통에 들어가지 않는 우편물처럼 앨리스의 키가 그 아이들을 괴롭혔다. 하지만 앨리스를 보고 빙긋 웃는 남자애들—고등학교 때 복도에서 앨리스와 보조를 맞추던 남자애들의 약간 더 나이 많은 버전—도 있었다.

"헉, 우와." 오리엔테이션에서 만난 론이라는 남자애가 앨리스에게 말했다. "멋지다." 론의 미소는 전염성이 너무 강해서 앨리스도 같이 웃지 않을 수가 없었다. 론은 앨리스와 친구가 되었고, 어느 날 밤에 무척 취해서 처음 만났을 때 자기가 왜 그랬는지 앨리스에게 애써 설명하려 했다. "완전 거인인데 그 키에 어울리게 아주 당당하더라고. 넌 절대 안 꿀려, 앨리스."

"사실은 안 그래." 앨리스가 말했다. "사람들은 내 키를 용기로 착각하더라. 그런 지 좀 됐어."

론은 이 말에 대해 곰곰이 생각해보는 것 같았다. "좋아." 론이 말했다. "말이 되네. 어쩌면 내가 너한테서 보는 건 꿀리지 않을 잠재력인지도 몰라."

앨리스가 미소 지었다. "그런 일은 없을 거야." 그녀가 말했다. "하지만 고마워."

10월의 어느 토요일 오후에 캐리가 찾아와서 그녀와 앨리스, 론, 글로리아가 함께 드넓은 보스턴 대학 캠퍼스를 산책한 다음 앨리스와 글로리아의 방에서 놀았다. 문을 열어둔 터라 지나가는 학생들이 보였다. 다른 방에서 누가 제임스 테일러를 틀어서 감상적인 목소리가 허공에 떠다녔다.

"너 마음에 든다." 글로리아가 캐리에게 말했다. "내 친구한테 멋진 친구가 있어서 다행이야. 앨리스는 너무 얌전해서 슬슬 걱정됐거든. 난 앨리스한테 우리 학교의 키 큰 남자애들을 소개해주려고 노력중이야. 앨리스는 미인인데다 눈에 띄잖아."

"아, 제발 좀." 앨리스가 눈을 굴렸다.

"나도 너 마음에 들어." 캐리는 구석에 놓인 빈백에 다리를 꼬고 앉아서 아주 짧게 자른 머리카락 아래 얼굴을 빛냈다. "앨리스는 늦게 피는 편이야, 그뿐이야. 결국 해내기는 하는데 아주 오래 걸려." 캐리가 앨리스에게 솔직하게 말할 거야라고 경고하는 표정을 지었다. "이제 엄마랑 떨어졌으니까 더 충실하게 살면 좋겠어."

"야." 앨리스가 깜짝 놀라 말했다.

"그게 문제였어?" 글로리아가 말했다. "자식을 꽉 쥐고 사는 엄마에 관해서라면 나도 알 만큼 알지. 불쌍해라."

"앨리스는 아주 잘하고 있어." 론이 말했다. 그는 원래 격려를 잘했다. 그저 제일 느린 주자를 응원하려고 대학 육상경기를 보러 갈 정도였다. "너랑 나랑 같이 남자를 찾으면 되겠다." 그가 앨리스에게 말했다. "아니면 나 혼자 찾을 테니 넌 옆에만 있어줘. 넌 하던 대로 해, 앨리스."

앨리스는 론의 친절과 오랜 친구와 새로 사귄 친구의 관심에 마음 한편이 따뜻해졌다. 하지만 한편으로는 불편하기도 했다. 오늘 오후에 정확히 앨리스가 대학 생활에 대해 두려워했던 일이 벌어졌다. 일정이 없는 시간이 너무 많고 또래들과 할일 없이 보내는 시간도 너무 많아 완벽하게 멀쩡한 삶을 드라마처럼 만드는 일 말이다. "분명히 말하지만 내가 사는 방식은 엄마랑 아무 관계도 없어. 난 엄마를 사랑해."

캐리가 앨리스의 파란 눈을 마주보았다. "엄마를 사랑하지 않는다고는 안 했는데."

앨리스가 이런 이야기는 끝이라는 뜻으로 얼굴을 찌푸렸다. 캐리는 앨리스가 엄마에 대해 과민하다는 사실을 알았기에 보통 자기 생각을 말하지 않았다. 하지만 고등학교 때는 앨리스에게 엄마를 모델로 삼지 말라고 했었다. "나도 너희 엄마 정말 좋아." 그 당시에 캐리가 말했다. "하지만 너희 엄마처럼 옷도 머리 모양도 매일 신경쓰는 사람이 속으로는 불행해. 너희 엄마는 혼란스러운 건 전부 숨기려 하시는데 난 네가 그러지 않았으면 좋겠어."

2월 중순의 어느 화요일 오후, 앨리스가 수업을 끝내고 방으로 돌아와보니 엄마가 있었다. 줄리아는 앨리스의 책상 앞에 서 있었다. 정장 차림에 머리는 멋지게 말아올렸다.

앨리스가 문간에 우뚝 섰다. 엄마는 학기초에 앨리스를 데려다준 후 캠퍼스로 찾아온 적이 없었고—주말이나 연휴 때 앨리스가 집으로 갔다—미리 알리지 않거나 계획도 없이 어딘가에 불쑥 나타나는 법이 없었다. "엄마?" 앨리스가 말했다. "여기서 뭐해요?"

줄리아는 딸을 보지 않았다. 벽을 향해 몸을 더욱 숙였다. "이 사진들 말이야." 그녀가 긴장된 목소리로 말했다. "어디서 났니?"

앨리스는 가슴이 철렁했다. 그녀는 방으로 걸어들어가 문을 닫고 겨울 코트를 벗었다. 책상 앞 벽은 세실리아 파다바노의 벽화 사진으로 뒤덮여 있었다. 미술아키비스트*가 꿈인 론이 앨리스가 각종 예술잡지에 실린 사진을 모으는 것을 도와주었다. 몇몇은 우편으로 주문해야 했는데, 몇 달러짜리 수표를 보내 세실리아의 작품을 거의 다 다루는 듯한 이름 없는 시카고 미술잡지를 샀다. 론이 미술학과 장비를 이용해 작은 사진을 크게 만들어주었다. 아직 진행중인 프로젝트였다. 앨리스는 지금 세실리아가 시카고의 학교에 그린 벽화가 실린 잡지가 오기를 기다리는 중이었다.

"엄마 동생 그림이에요." 앨리스가 말했다. 그녀는 몇 년 전부터 줄리아의 가족 이야기를 꺼내지 않았다. 앨리스가 고등학생 때 두 사람은 다른 친척이 없는 것처럼 지냈다. 앨리스는 플로리다에 로즈 할머니를 만나러 갔지만 돌아와서 엄마에게 그 이야기를 거의 하지 않았다. 줄리아가 그들 사이의 문을 너무나 여러 번 닫았기 때문에 앨리스

* 미술과 관련된 기록을 보관·연구하는 미술아카이브를 체계적으로 관리하고 운영하는 전문 인력.

가 아예 잠가버렸다.

손녀가 와서 지낼 때 세실리아 이모가 화가라고 말해준 사람은 로즈였다. 앨리스는 고등학생 때 이모의 그림을 찾으려고 애썼지만 어디에서 찾아야 할지 전혀 몰랐다. 세실리아의 작품은 미술관에도, 미술사 책에도 없었다. 앨리스는 또 뉴욕 집에 사는 동안은 무엇을 찾든 엄마에게 숨겨야 한다는 사실도 알았다. 그래서 대학에 가면, 자기 물건과 취미를 엄마의 시야에서 숨길 수 있을 때가 되면 다시 찾아보기로 결심했다. 세실리아의 작품을 찾아서 붙여놓을 수 있다는 것은 앨리스가 대학 생활이 기대할 만하다고 자신을 설득할 때 썼던 당근 중 하나였고, 효과가 있었다. 책상 앞 벽은 앨리스가 제일 좋아하는 곳이었다. 글로리아가 파티에 가면 앨리스는 방에 남아서 책을 읽거나 눈앞의 벽을 멍하니 바라보았다. 더 많은 사진을 구해서 붙일수록 더 만족스러웠다.

"실력이 아주 좋아졌네." 줄리아가 중얼거렸다. 이제 최대한 가까이에서 보려고 책상에 몸을 붙이고 있었다.

"봤어요?" 앨리스는 가슴속에서 뛰는 심장이 느껴졌다. "벽화에 엄마랑 내가 있어요."

줄리아는 딸을 보며 읽기 어려운 표정을 짓더니—믿을 수 없다는 표정과 두려움도 섞여 있었다—그림들로 주의를 돌렸다.

벽화 대부분은, 따라서 앨리스의 벽 대부분은 여성의 초상이었다. 벽돌벽에 밝은색으로 얼굴을 크게 그린 그림. 똑같은 여자의 얼굴이 건물 몇 채와 육교 아래쪽에 그려져 있었다. 대부분의 그림에서 여자는 눈을 뜨고 있었지만 한 벽화에서는 감고 있었다. 그녀의 얼굴은 뭔가 고풍스러운 느낌이 있었다. 다른 시대의 사람 같았다. 모든 벽화가 개인의 초상은 아니었다. 론이 확대해준 어떤 벽화에는 아이들이, 대략 스무 명쯤 되는 아이들이 그려져 있었다. 설명에 따르면 시카고 어느 놀이터의 벽화였다. 아이들은 웃고 있었다. 방금 무척 좋은 소식을 들은 것 같았다. 뒷줄에 머리색이 금발과 갈색의 중간쯤 되는, 앨리스가 분명한 백인 소녀가 있었는데 열 살쯤 되어 보였다.

"네가 어렸을 때 내가 세실리아한테 사진을 보냈어." 줄리아가 이 방에 있는 사람에게 하는 말이 아닌 것처럼 이번에도 웅얼거리듯 말했다.

"저기 엄마도 있어요." 앨리스가 손가락으로 가리키며 말했다. 밝은 파랑으로 칠한 벽에 어떤 여자의 얼굴 윤곽이 그려진 벽화 사진이었다. 맹렬한 곱슬머리가 주변 공간을 채운 채 턱을 높이 들고 있었다. 이 그림은 다른 초상화들과 달랐다, 표현에 더 인색했다. 의문의 여지없이 줄리아였지만 그녀를 잘 아는 사람만 알아볼 수 있었다.

방에 정적이 감돌았다. 글로리아는 생물실험실에 갔는데 저녁식사 때나 돼야 돌아올 터였다. 줄리아는 창백해 보였다, 엄마의 손을 잡으면 축축할 거라고 앨리스는 생각했다. "기절할 것 같으면 좀 앉아요." 앨리스가 말했다.

"기절 안 해."

"그냥 그림이 마음에 들어요." 앨리스가 말했다. "연락하거나 그런 건 아니에요. 걱정 안 해도 돼요."

줄리아가 벽에서 시선을 떼고 딸을 보았다. 창백한 얼굴 때문에 립스틱이 더 밝아 보였다. 무슨 말을 할 듯한 표정이었지만 하지 않았다.

고개만 끄덕일 뿐이었다.

모녀는 추위 속에서 말없이 길을 걸어 근처 이탈리아 식당으로 갔다. 두 사람이 자리에 앉자 주변이 와글거렸고, 줄리아가 되살아나기 시작했다. 자신이 누구인지, 왜 여기 왔는지 생각난 것 같았다. "보스턴 의뢰인의 일을 맡았어." 그녀가 말했다. "오늘 만나고 오는 길이야." 줄리아가 딸을 보며 미소를 지었다. "물론 이 일을 받으면 보스턴에 와서 널 만날 이유가 생긴다는 점도 결정에 한몫했지. 뉴욕에서는 외롭거든."

앨리스도 엄마가 그리웠다. 하지만 그녀는 엄마와 한 식탁에 앉아 있는 바로 지금 외로웠다. 이제 곧 엄마는 전공을 정했는지—아직 안 정했다—남자친구는 생겼는지—안 생겼다—재미있게 지내는지 물을 것이다. 하지만 앨리스는 자신의 일부와 줄리아의 일부가 여전히 사진으로 뒤덮인 벽 앞에 서서 다른 도시에 사는 여자, 줄리아의 다른 삶에 속해 있던 여자가 그린 자신들의 얼굴을 바라보고 있다는 것도 알았다.

앨리스는 중학생 시절에 엄마보다 키가 커지면서 줄리아가 완벽한 슈퍼히어로가 아님을, 인간 여자임을, 그러므로 자유분방한 머리카락과 어울리는 흠도 있고 과거도 있음을 깨달았던 때를 떠올렸다. 앨리스는 엄마가 자기 머리카락과 과거를 다잡으려고, 매일 그것들을 싸매고 통제하려고 애쓰는 모습을 지켜보았다. 앨리스는 기숙사 방으로 돌아가 사진으로 뒤덮인 벽 앞에 혼자 서 있었으면 하고 바라며 생각했다. 엄마는 나한테도 그렇게 했지.

실비
2008년 9월

실비는 도서관을 일찍 나섰다. 보조 사서에게 두통이 있다고 말했다. 그녀는 평소와 마찬가지로 세실리아의 벽화들을 지나치면서 집으로 걸어왔다. 9월 말 오후의 필슨은 유난히 다채로웠고, 실비는 동생의 그림에 둘러싸여서 기뻤다. 실비는 쌍둥이의 집에 갈 때마다 초상화를 새로 걸거나 뗐는지 보려고 복도를 전부 돌았다. 그러면 자기 인생의 여자들을 전부 볼 수 있었다. 자매들, 조카들, 어머니, 그리고 자신. 오늘 실비가 집에 일찍 가고 싶은 이유 중에는 거실에 걸려 있는 세실리아의 그림을 보고 싶은 마음도 있었다. 윌리엄이 퇴원한 직후 세실리아가 그려준 풍경화였다.

실비는 열쇠로 문을 열고 조용한 아파트로 들어갔다. 윌리엄은 몇 시간 뒤에나 돌아온다. 어깨에서 힘이 빠졌다. 집은 평화롭고 두 사람의 취향에 딱 맞게 꾸며져 있었다. 실비와 윌리엄은 여기서 손님을 접대하는 경우가 거의 없었다. 다 같이 모이는 저녁식사는 슈퍼듀플렉스에서 했고, 켄트는 음식에 관심이 많아서 늘 평소 가보고 싶었던 식당에서 만나자고 했다. 아파트는 실비와 윌리엄이 자기들의 사랑을 표내지 않거나 다른 사람에게 관심을 기울일 필요가 없는 곳이었다. 두 사람은 같은 공간에 있는 것을 좋아했기 때문에 윌리엄이 소리를 끄고 농구 경기를 보면 실비는 그 옆에서 책을 읽었다. 실비는 요리할 때 남편이 좋아하는 음식을 만들었다. 파스타와 스튜는 뭐든 좋아했다. 윌리엄이 요리할 때에는 보통 실비가 제일 좋아하는 병아리콩이 들어가는 음식을 만들었다.

실비는 소파 뒤에 기대어 바람과 비와 빛을 그린 그림을 찬찬히 살펴보았다. 그녀의 눈에는 이 풍경이 항상 희망처럼 보였고, 지금 실비는 희망이 필요했다. 반복되는 묘한 두통 때문에 지난주에 진료를 받았다. 실비는 통증이 찾아오면 그것을 볼 수 있었다. 보랏빛이었고, 오른쪽 관자놀이 근처에서 동심원을 그리며 퍼졌다. 실비가 종이에 두통을 그려서 의사에게 보여주자 그가 그녀를 전문의에게 보냈다. 전문의는 몇 가지 검사를 했다. MRI 기계에 누운 실비는 MRI 기사가 무척 좋아했기 때문에 정말 미동도 하지 않는 자신의 능력이 묘하게 자랑스러웠다. 실비는 윌리엄이나 쌍둥이에게 두통에 대해 이야기하지 않았고, 진료를 받는다는 말도 하지 않았다. 알고 보면 아무것도 아닐 거라고, 어쩌면 완경이 다가오는 증상일 거라고 생각했다. 어쨌든 실비도 이제 마흔일곱이니까.

말투가 빠르고 딱딱 끊어지는 전문의—아마 환자가 너무 많고 시간이 너무 적어서일 것이다—가 실비의 뇌에 종양이 있다고 말했다. 실비는 예의바르게 고개를 끄덕이는 것으로 대답을 대신했다. 그는 종양의 위치와 크기에 대해 설명했다. 말기라는 말도 했다. 실비는 다시 고개를 끄덕이고 설명을 좀더 들은 다음 진료실을 나왔다. 병원은 노스웨스턴 근처였고, 실비는 집까지 걸어가기로 했다. 방향은 신경쓰지 않았다. 귀소본능을 가진 비둘기처럼 자기 몸이 알아서 필슨으로 갈 것을 알았다.

실비는 걸어가면서 자신이 뇌종양 진단에 놀라지 않았음을 깨달았다. 마음속으로 너무 빨리 받아들였기 때문에 어떤 면에서는 이렇게 될 줄 알고 있었다는 생각이 들었다. 전문의가 불치라는 말을 썼을 때 실비는 생각했다. 당연해, 그래야지. 실비가 어렸을 때 집에 문제가 생길 때마다—전기가 나가거나, 세탁기에 물이 넘치거나, 냉장고가 고장날 때마다—어머니는 제일 먼저 "벌받는 거야"라고 말했다. 실비는 이십오 년 전에 했던 선택 때문에 벌을 받고 있었다. 아버지의 장례식 이후 자신을 가톨릭신자라고 생각하지 않았지만 가톨릭에서 말하는 인과응보가 뼛속까지 새겨져 있음을 깨달았다. 그래도 무의식적으로 그런 믿음이 있었음을 깨달았을 때는 깜짝 놀랐다. 실비는 자신이 어린 시절과 가톨릭 신앙이 심어준 죄책감과 눈에는 눈, 이에는 이라는 개념을 극복하고 변했다고 생각했다. 그러나 어쩌면 어린 시절에 세인트프로코피어스 성당 신자석에서 인과응보라는 사고방식에 물들었는지도 몰랐다. 실비가 언니를 배신했으므로 이제 몸이 그녀를 배신했다.

그냥 충격을 받아서 그런 걸지도 몰라. 실비는 생각했다. 눈앞에 걸린 그림의 위력이 점점 약해졌다. 빛이, 캔버스에 그려진 희망이 퇴색하고 있었다. 그림을 너무 오래 보고 있어서 그런 것이었다. 같은 단어를 쉰 번 말하면 그 의미가 사라지듯이 이 그림의 의미가 사라졌다. 실비는 희망이 아직 그림 속에 있음을 알았다. 더이상 보이지 않을 뿐이었다.

실비는 아직 윌리엄에게 말하지 않았다. 오늘밤에 말할 것이다. 실비는 남편이 이 일을 영영 모르면 좋겠다고 생각했다. 윌리엄이 지켜보지 않는 곳에서 그냥 아프다가 죽을 수 있기를 바랐다. 윌리엄은 실비를 볼 때 그가 사랑에 빠졌던 이십대 여성을 보았다. 그의 시선을 온전히 받으면 스러져가는 것이 가능하면서도 불가능해 보였다. 그랬으면 좋겠다고? 실비는 생각했지만 곧 제동을 걸었다. 그랬으면 좋겠다는 위험한 길이었다. 실비는 현실에 머물러야 했다.

실비 자신은 걱정되지 않았다. 이제 실비는 자기 이야기가 어떻게 끝날지—두뇌의 이상세포군으로 인해 죽을 것이다—아는 독특한 위치에 있었지만 남편이 걱정됐다. 그녀가 죽은 뒤 그가 어떻게 살지, 살기는 할지가 큰 걱정이었다. 윌리엄은 청년 시절보다 훨씬 더 건강하고 훨씬 더 강했지만 두 사람 모두 그의 탄탄한 기반이 항우울제, 일상적인 정신 건강 점검, 둘의 사랑이라는 세 개의 지지물 위에 세워져 있음을 알았다. 이 등식에서 3분의 1이 사라지면 윌리엄은 무너질까? 만약 무너져도 그를 구해줄 실비는 없다. 전문의 진료실에서 나온 실비는 윌리엄에 대해 곰곰이 생각하면서 자신이 죽어도 그가 괜찮을 방법이 없을까 생각했다. 동시에 나머지 부분은, 실비의 머리와 몸은 놀라운 방향을 향했다. 바로 줄리아였다. 진단을 받고 나자 실비의 몸이 언니를 갈망했다. 그 갈망이 너무나 커서 숨이 막혔다. 실비는 줄리아가 계획을 이야기할 때 그 특유의 목소리가 그리웠다. 두 사람이 끌어안을 때 딱 맞는 느낌과 언니의 냄새가 그리웠다. 실비는 어린 시절 같이 쓰던 방에 불을 끄고 누워 있던 때가 그리웠고, 줄리아가 모든 가족의 인생을 정리해주고 자신은 귀를 기울이던 때가 그리웠다. 실비가 그림을 보며 빛을 찾으려고 애쓰는 동안 이 갈망이 실비의 온몸을 감쌌다. 실비는 종양이 언니를 아프게 한 벌인 동시에 두 사람이 헤어져서 생긴 것이 아닐까 생각했다. 어쩌면 실비의 몸은 시카고와 뉴욕 사이의 거리를 결국 견디지 못했을지도 모른다.

그날 밤 부엌에서 실비는 의사에게 들은 이야기를 윌리엄에게 전했다. 지치고 사랑스러운 그의 얼굴이 이 소식에 부서지는 모습을 도저히 볼 수 없어 눈을 감고 싶었지만 억지로 지켜보았다. 윌리엄이 쓰러지면 그녀가 잡아주어야 했다.

"확실해?" 그가 말했다.

"응."

몇 분 뒤 윌리엄이 말했다. "뭐가 필요해? 내가 뭘 해줄까?"

실비는 아무 말도 하지 않았지만 갈망은 여전히 존재했고, 윌리엄은 늘 실비의 전부를 보았다. 전부를 사랑했다.

그가 말했다. "줄리아가 필요하구나." 그의 입에서 줄리아의 이름이 나오자 이상하게 들렸다. 두 사람은 줄리아 이야기를 한 번도 하지 않았다.

실비가 고개를 저었다. "불가능해. 난 언니한테 아무것도 요구하지 않을 거야."

윌리엄이 충격과 슬픔 때문에 흐리멍덩해진 눈으로 아내를 찬찬히 살폈다. 그는 자신이 겪은 일 때문에 불가능을 믿지 않았다. 돕기 위한 노력을 믿었다. 직장에서 하는 일도 그것—젊은 선수들이 건강하고 온전하도록 돕는 것—이었고, 그는 실비와의 결혼생활을 믿었다. 실비는 무엇을 할 수 있을지 생각해내려 애쓰는 윌리엄을 지켜보았고, 그의 뒤에서 태양이 하늘 아래로 가라앉았다.

윌리엄
2008년 9월

윌리엄은 불스 훈련장에 도착해서 경비원에게, 그리고 안내데스크의 청년에게 고개를 끄덕였다. 가슴속에서 숨이 차올랐다. 어젯밤에 실비에게 들은 얘기 때문에 숨쉬기가 힘들었다. 윌리엄은 그 소식을 몸으로만 느꼈다. 그 소식이 폐로 들어왔다가 나갔다. 윌리엄은 그 소식을 온전히 받아들이기 전에 여기에 와야 했다. 공이 바닥에 부딪히는 소리가 울리는 농구코트로 향했다. 동굴 같은 농구코트 가장자리를 빙 돌아 켄트가 있을 진료실로 갔다. 과연 켄트는 진료실에서 신인 선수의 무릎에 테이프를 감아주고 있었다.

신인 선수가 윌리엄을 먼저 알아보고 선수들이 다리를 절거나 멍이 들거나 아무튼 부상을 당했을 때 그의 앞에서 짓는 표정을 지었다. 부상을 입은 선수가 윌리엄을 보고 게처럼 허둥지둥 도망치려 하는 것은 드문 일이 아니었다.

"별거 아니에요, 윌." 신인 선수가 말했다. "켄트는 제가 첫 게임을 뛸 수 있다고 장담했어요. 맞죠, 선생님?"

윌리엄이 손을 저었다. "어제 준비운동하는 거 봤어. 괜찮을 거야. 넌 아주 튼튼한 다리를 가졌어."

신인 선수가 눈에 띄게 안도하며 진료대에 다시 쓰러졌다.

켄트가 테이프를 손에 쥔 채 웃자 드레드록 머리가 흔들렸다.

"코치님은 다 꿰뚫어보잖아요." 신인 선수가 누운 채 말했다. "다들 알아요. 코치님이 부상을 예측한다는 얘기 다 들었어요. 유명하시잖아요, 그……" 그가 맞는 단어를 찾느라 잠시 뜸을 들였다. "천리안이라고요. 아무튼 남자 마녀 같은 거 있잖아요."

갑자기 피곤해진 윌리엄이 다른 진료대에 기댔다. "마법사."

"아니에요." 신인 선수가 천장을 향해 말했다. "그거 말고요. 아무튼 우리가 괜찮지 않을 때 꿰뚫어보잖아요."

윌리엄은 웃을 힘이 남지 않았지만, 만약 남았다면 지금 썼을 것이다. 신인 선수의 말이 맞았다. 윌리엄의 일은 선수가 괜찮지 않을 때 알아보는 것이었다.

"윌리엄이 보는 건 대부분 고칠 수 있어." 켄트가 말했다. 그가 마지막 테이프를 무릎에 가로로 단단히 붙이고 자기 작품을 샅샅이 살폈다. "너희 같은 겁쟁이들은 꼬맹이처럼 숨길 게 아니라 윌리엄한테 좀 봐달라고 빌어야 해. 이제 가도 돼."

"전 아주 튼튼한 다리를 가졌어요." 신인 선수가 말했다. "그래서 좋아요." 그가 건강한 다리로 진료대에서 풀쩍 내려오더니 스니커즈를 신고 진료실을 나갔다.

켄트가 허리를 폈다. 그는 예전에 파워포워드였지만 지금은 풋볼선수에 더 가까워 보였다. 웨이트리프팅과 음식에 대한 열정이 합쳐져 대학을 졸업한 뒤 옆으로 상당히 넓어졌다. 그와 니콜은 일 년 전에 이혼했고, 켄트는 최근에야 에너지 넘치는 추진력과 넉넉한 웃음을 되찾기 시작했다. 켄트는 훈련장을 드나드는 길에 종종 코트를 가로지르며 선수에게서 공을 빼앗으려고 했다. 그는 쉰 살이 거의 다 되었고 그의 환자는 최전성기의 엘리트 선수들이었는데도 말이다. 선수들은 윌리엄을 피해 도망쳤지만 켄트 주변에는 모여들고 싶어했다.

검정 테 안경 너머로 친구를 유심히 보던 켄트의 얼굴이 진지해졌다. 그가 살짝 고갯짓을 했다. 말하라는 신호였다.

"실비가 MRI 스캔 보여줬어?"

켄트의 어깨가 축 처졌다. "실비가 말했구나."

윌리엄이 잠시 눈을 감았다. 그는 켄트에게 의료 파일을 건네는 실비를 그려보았다. 실비도 윌리엄도 응급 상황이 생기면 제일 먼저 켄트를 떠올렸다. 실비는 켄트가 날 구할 수 있을지도 몰라라고 생각했을 것이다. 윌리엄이 말했다. "너한테 먼저 말했을지 모른다고, 네 의견을 들었을 거라고 생각했어."

"실비는 노스웨스턴 최고의 전문의한테 진료를 받았어. 내가 전화를 몇 통 돌려서 어떤 사람인지 확인했거든. 다른 의사한테도 알아봤는데 진단은 정확해."

진료실의 공기가 음울하게 느껴졌지만 어쩌면 음울해진 것은 윌리엄뿐인지도 몰랐다. "치료를 대부분 안 받겠다고 했대. 육 개월쯤 남았대.”

켄트가 공기의 저항에 맞서 움직이는 것처럼 힘겹게 한 번 고개를 끄덕였다. “그럴 거라고 생각했어.”

“넌 어떻게 생각해?”

“나도 실비 입장이라면 그렇게 할 거야. 용감한 선택이야. 병만큼이나 힘든 치료거든.”

켄트의 팔이 움찔거리는 것을 보고 윌리엄이 말했다. “안아줄 필요 없어.”

“알아.”

윌리엄이 손목시계를 보았지만 몇시인지는 상관없었다. 여기서 필요한 것은 다 얻었다. 확인. 켄트가 그렇다고 했으니 실비의 뇌종양은 사실이었다. 윌리엄이 진료실을 나섰다. “할일이 좀 있어.” 그가 말했다. “오후에 돌아올 수도 있지만 못 올지도 몰라.”

“네가 이겨내도록 도와줄게.” 켄트가 윌리엄을 쫓아왔다. “널 혼자 내버려두지 않을 거야. 네가 먹는 약도 믿을 만하고, 힘들겠지만 견딜 수 있을 거야.”

“생각 좀 해야겠어.” 윌리엄은 말했지만 이미 건물 정문을 열고 나와 보도에 혼자 서 있었다. 뒤에서 친구가 따라오고 싶지만 참는 것이 느껴졌다.

윌리엄은 필슨 쪽으로 걸어갔다. 피부가 아팠다. 머리카락이 아팠다. 이제 그를 거의 괴롭히지 않는 무릎이 아팠다. 그는 켄트에게서 실비가 의사의 말을 오해했다거나 그녀가 아직 모르는 치료법이 있다는 말을 듣고 싶었다. 그가 근육의 기억에 따라 발길 닿는 대로 걸어가자 스루프 공원이 나왔다. 어래시가 여전히 여기서 매주 클리닉을 열었기 때문에 윌리엄은 야외 농구코트를 속속들이 알았다. 그가 벤치 밑에서 낡은 농구공을 찾아내 드리블을 하기 시작했다. 공이 바닥을 때리는 소리를 들으니 차분해졌다. 그 소리 덕분에 꼬인 심장박동이 풀리고 더욱 똑바로 생각할 수 있었다. 윌리엄은 실비의 변화를—움직일 때 살짝 머뭇거리는 것을—몇 달 전에 알아차렸지만 나이가 들어서 그런 거라고 생각했다. 아주 미세하게 느려진 근육, 관절, 힘줄의 움직임. 우리도 이제 절반은 살았으니까. 윌리엄은 생각했다. 실비가 아니었다면 그는 여기까지, 절반까지 절대 오지 못했을 것이다.

그가 시멘트 바닥에 공을 튀겼다. 어젯밤에 그의 아내는 아무것도 숨기지 않는 아름다운 얼굴로 그를 보았다. 실비가 바로 그의 도시, 그의 하늘이었다. 이십오 년 전, 그녀가 그에게 삶을 주었다. 윌리엄은 자격이 없었다. 둘이 사귀기 시작하고 처음 몇 년 동안 윌리엄은 스스로에게 말했다. 네가 떠나야 해. 실비랑 헤어져야 해. 하지만 차마 그럴 수 없었다. 윌리엄은 파다바노가의 분열이 자기 잘못임을 늘 알았다. 그 후 이어진 실비와 줄리아 사이의 침묵은 그의 잘못이었다. 줄리아가 뉴욕에 가서 사는 것도 그의 잘못이었다. 실비는 아니라고 했지만, 그녀는 너무 착했다. 윌리엄을 사랑했기에 그게 사실이라고 스스로를 설득했다. 윌리엄은 실비와 함께하는 삶을 사랑했기에 이렇게 오랫동안 그 거짓말을 계속 방치했다. 윌리엄은 실비를 사랑했고, 그에게 가능한 만큼 행복했다. 그는 무엇도 바뀌기를 바라지 않았다. 겁쟁이였다.

이젠 안 돼. 윌리엄은 생각했다. 그는 중요한 것을 전부 잃을 참이었다. 하지만 우선 실비가 온전하다고, 사랑받는다고 느낄 수 있도록 가능한 모든 일을 할 수는 있었다.

윌리엄은 어젯밤에 아내의 얼굴을 보면서 무엇을 해야 할지 깨달았다. 답은 하나밖에 없었다. 그는 땀이 나고 온몸에 열이 날 때까지 드리블을 한 다음 주머니에서 핸드폰을 꺼내 첫번째 아내에게 전화를 걸었다.

줄리아
2008년 9월

줄리아는 책상 앞에 앉아서 조수가 프레젠테이션 자료를 가져오길 기다리며 앨리스를 생각하고 있었다. 그녀는 딸이 성인이고 자기 삶이 있다는 것을—앨리스는 스물다섯 살이고 이제 줄리아와 같이 살지 않았다—이성적으로는 알았지만 머릿속의 패턴이 예전에 맞춰져 있었고, 적어도 한 시간에 한 번은 딸을 걱정하도록 프로그램되어 있었다. 어쩌면 걱정이라는 말은 틀렸을지도 몰랐다. 줄리아는 절대 맞추지 못하는 루빅큐브를 생각하듯 습관적으로 딸을 생각했다. 그녀는 딸을 누구보다 잘 알았지만 앨리스에게는 폐쇄적인 부분이 있었고, 줄리아는 그것이 자기 잘못일까봐 두려웠다. 딸은 이십대치고는 너무 단순하고 너무 능률적인 삶을 살았다. 너무 늦게 들어오지도 않고 너무 취하지도 않았다. 줄리아가 아는 한 남자 때문에, 아니 무슨 일 때문에든 운

적이 없었다. 가장 걱정스러운 것은 앨리스가 남자친구를 한 번도 사귄 적이 없다는 사실이었다. 줄리아는 두려워서 직접적으로 묻지 않았지만 딸이 처녀일 가능성이 아주 높다고 생각했다. 딸의 인생에 이런 것—사랑, 접촉, 관계—이 빠져서 줄리아는 당황스러웠다. 예쁜 딸이 왜 친밀한 관계를 피할까? 앨리스의 키에 겁먹는 남자도 있지만 모두가 그렇지는 않았다. 줄리아는 자신의 조건에 동의하는 남자만 침대에 들였고, 몇 년 전부터 데이트를 단념했지만 괜찮은 남자를 찾기 힘든 적은 없었다. 딸이 일부러 그런 것을 피하는 게 틀림없었다. 줄리아는 그 이유를 알고 싶었지만 앨리스는 사생활에 대한 언급을 능숙하게 피했다. 한번은 줄리아가 딸의 경고를 무시하고 몰아붙이자 앨리스가 말했다. "왜 내가 엄마 생각대로 살아야 해요? 엄마도 남자가 필요 없었잖아요, 나도 마찬가지예요."

앨리스는 대학에 다닐 때 대부분의 과목이 똑같이 흥미로워서 전공 선택을 미루었다. 줄리아는 그 점이 신기했다. 딸은 똑똑했지만 한 가지 커리어에 집중하지 않았다. "대학원은 어때?" 줄리아가 제안했다. "너 과학 잘하잖아, 의과대학에 가면 학비는 내가 내줄게." 앨리스는 딴생각에 잠긴 표정으로 고개를 저으며 "고맙지만 됐어요"라고 말했다. 앨리스는 대학을 졸업한 뒤 몇몇 출판사에서 프리랜서 편집자로 일했다. 하루에 열 시간씩 문장을 샅샅이 살피면서 겨우 먹고살 정도의 돈을 받을까 말까 한 일이었다. 앨리스는 어렸을 때 책을 그다지 열심히 읽지 않았지만—텔레비전을 더 좋아했다—줄리아는 지금의 앨리스를 보면 항상 책에 온 관심을 집중했던 실비가 떠올랐다. 하지만 실비는 독서를 정말로 좋아했다. 무엇이 앨리스의 시선을 책에 잡아두는지 불분명했다. 넌 정말 뭘 할 거니? 줄리아는 생각했다. 정말 어떤 사람이 될 거니? 모든 것을 철저히 통제하면서 무슨 일에도 타격을 입지 않는 지금의 모습이 딸의 최종 모습일 리는 없다, 안 그런가? 줄리아는 앨리스가 우울해질까봐 걱정했지만—항상 그것이 걱정이었다—너무 안정적이고 너무 한결같아서 그럴 리는 없어 보였다. 줄리아가 괜찮냐고 물으면 앨리스는 항상 그렇다고 말했다.

전화기 불빛이 깜빡이자 줄리아는 이런 생각에서 한숨 돌릴 수 있어서 기뻤다. 그녀가 수화기를 들고 오래전에 터득한 전문가답고 자신감 넘치는 목소리로 말했다. "줄리아 파다바노입니다."

"안녕, 줄리아." 잠시 정적이 흘렀다. "윌리엄이야."

줄리아는 그의 목소리를 들었지만 소리가 울렸다. 그녀는 과거를 수도관처럼 막아버렸기에 밸브가 끼익 열리는 소리는 시끄러웠다. 줄리아는 할말이 전혀 생각나지 않아 그의 이름을 다시 말했다. "윌리엄이라고?"

줄리아는 윌리엄을 한 번도 생각하지 않았다. 생각할 이유가 어디 있겠는가? 줄리아의 일은 앨리스를 생각하는 것이었고, 그래서 원고 위로 몸을 숙이고 오류를 찾는 키 크고 젊은 여자를 그려보았다. 바로 그 순간 젖 때문에 가슴이 퉁퉁 불은 채 노스웨스턴 아파트에 서 있던 기억이 떠올랐다. 그때 그 거실의 따뜻한 바람이 시간과 거리를 넘어 불어온 것처럼 줄리아는 얼굴이 빨개졌다.

그녀가 목을 가다듬었다. "왜 전화했어?"

"실비 때문에." 그가 말했다.

실비. 줄리아는 생각했다. 주변을 둘러봤지만 아무도 그녀를 보고 있지 않았다. 줄리아의 과거가 전화선을 타고 찾아와 그녀의 심장을 움켜쥐고 밖으로 꺼냈지만 사무실의 누구도 그 사실을 모르는 것 같았다.

"실비가 죽어가고 있어, 줄리아. 지금은 괜찮지만 일 년도 안 남았대."

줄리아는 윌리엄의 말을 흘려들었다. 뜨거운 석탄 같은 말이라 너무 가까이 다가갈 수 없었다. 줄리아는 불쑥 이렇게 말하고 싶었다. 난 내 일을 사랑하고, 내 분야에서 세계 최고야. 작년에는 30만 달러를 벌었어. 그녀는 성공을 거두었고 따라서 그런 소식에 신경쓰기에는 너무 바쁜 사람이라고, 어쩌면 너무 중요한 사람이라고 알려주고 싶었다. 하지만 그렇게 말할 수는 없었다. 줄리아는 다른 사람에게 온 전화를 잘못 받은 아이처럼 수화기를 얌전히 내려놓고 싶었다.

"아니야." 줄리아가 말했다.

"실비가 원하는 건 당신뿐이야, 줄리아. 당신이 필요해."

줄리아가 아래를 내려다보았다. 그녀는 청회색 정장을 입고 있었다. 스타킹 올이 살짝 나가는 바람에 더 번지지 않도록 투명 매니큐어를 발라두었다. 줄리아는 이해하려고 애썼다. 윌리엄이 그녀에게 오랫동안 쓰지 않은 언어로 말하라고 요구하는 기분이었다. "실비가 나한테 전화하라고 당신한테 부탁했어?"

윌리엄은 말이 없었다. 줄리아는 이것이 윌리엄이 말하는 방식이었음을 기억해냈다. 주저하고 망설이고, 자신이 제대로 말하고 있는지 결코 확신하지 못했다. 줄리아는 윌리엄과 실비가 아직 부부일 거라고 생각했는데, 단지 두 사람이 이혼했다면 그 소식이 어떻게든 들려왔을 것이기 때문이었다. 줄리아는 과거든 현재든 시카고에서의 삶에 대해 전혀 생각하지 않았다.

마침내 윌리엄이 말했다. "아니. 실비는 내가 전화하는 거 몰라."

"일정이 꽉 차 있어." 줄리아가 말했다. "난 회사를 운영해. 어디에도 갈 시간이 없어." 그녀가 허공에 손을 들고 흔들자 유리벽 너머의 젊은 조수가 의자에서 벌떡 일어나 메모장과 펜을 들고 그녀를 향해 다가왔다. 줄리아는 물론 그녀에게 할말이 없었다. 줄리아는 조수도 내보내고, 윌리엄의 전화도 끊을 것이다. 두 사람 다 막다른 골목, 텅 빈 벽이었다. 그런데 줄리아가 당황해서 조수를 부르고 만 것이다.

"줄리아?" 윌리엄이 말했다.

줄리아는 기다렸고, 전화선을 타고 두 사람 사이에서 세월이 고동쳤다.

"난 당신과 실비처럼 서로 사랑하는 두 사람을 본 적이 없어." 윌리엄이 목을 가다듬었다. "그때는 내 어린 시절 때문에, 그런 관계를 본 적이 없었기 때문에 그런 줄 알았지만 그게 아니었어. 지금까지도 당신과 실비 같은 사람은 본 적이 없어."

줄리아의 안에서 무언가가 무너지기 시작했다. 빙하의 거대한 일부가 떨어져나와 얼음처럼 차가운 바다로 가라앉는 끔찍한 광경 같았다. 윌리엄은 실비가 살날이 얼마 남지 않았다고 말했다. 줄리아에게 자기 몸처럼 익숙했던 동생. 이십 년 넘게 동생이 아니었던 동생. 줄리아가 기침을 했다. 기침에서 이상한 소리가 났다. 눈물이 밖으로 나오지는 않았지만 그녀의 마음이 울음을 터뜨린 것 같았다. 피부 밑에서 그녀의 생태계가 변하고 있었다.

"제발 집으로 돌아와." 윌리엄이 말했다.

줄리아는 목소리를 통제하는 방법을 알았다. 그녀는 수십 년 동안 회의실이나 데이트에서 남자들을 상대하며 자신이 원하는 성과를 이끌어냈다. 목표를 정하고 그것을 향해 나아가는 일에는 그녀가 전문가였다. 줄리아는 목소리가 자신만만하고 또렷하게 나와서 기뻤다. 그녀가 말했다. "윌리엄, 미안하지만 그건 안 돼."

전화를 끊으면서 줄리아는 손이 떨리고 있음을 알아차렸다. 아무 문제도 없어. 그녀가 생각했다. 난 이걸 처리할 수 있어. 자리에서 일어난 줄리아는 집중력을 발휘해 화장실로 우아하게 걸어갔다. 사무실을 가로지르며 아무 직원이나 두 명을 골라서 미소를 지었다. 화장실에 들어간 줄리아는 얼굴에 찬물을 끼얹고 나서 생각했다. 일정을 지켜, 파다바노. 다음 일정이 뭐지? 다른 건 생각하지 마. 어차피 실비가 아픈 것은 그녀와 상관없는 일이었다. 방금 전 통화는 현재 줄리아의 삶을 조금도 바꾸지 못했다. 동생은 이제 줄리아의 세계에 속하지 않았다.

화장실에서 나온 줄리아는 제일 똑똑한 직원—줄리아가 자기 상사라는 것을 못마땅하게 생각하는 MIT 졸업생—과 현재 작업중인 프로젝트에 대해 이야기했다. 하지만 그의 목소리에 집중하기가 힘들었다. 집중력이 심장박동처럼—집중, 집중, 집중 못함—오락가락했다. 줄리아는 미안하지만 중요한 통화를 해야 한다고 말하고 물러났다. 자리로 돌아온 그녀는 자신이 맨발임을 깨달았다. 책상 밑에 얌전하게 놓인 하이힐을 물끄러미 바라보았다. 윌리엄과 통화할 때 벗은 것이 분명했지만 기억이 없었다. MIT 졸업생은 줄리아가 신발도 신지 않고 사무실 한가운데에 서 있었던 것을 알아차렸을까? 줄리아는 직장에서 절대 신발을 벗지 않는다는 혼자만의 규칙이 있었고 야근할 때도 예외가 아니었지만 이제 그 규칙이 깨졌다.

정신을 차리려면 잠시 멍한 순간이 필요했기에 줄리아는 뭔가를 찾는 사람처럼 서랍을 열었다 닫았다 했다. 핸드폰이 울려서 화면을 보니 앨리스였다. 두려움이 딸꾹질처럼 몰려왔다. 방금 자기 아빠랑 통화한 것을 딸이 알아차렸을까? 윌리엄과 앨리스가 연달아 전화하는 것은 불가능한 일이어야 했다. 윌리엄은 죽었다, 시카고는 죽었다. 실비는…… 줄리아는 이 문장을 마무리할 수 없었다. "안녕, 앨리스." 줄리아가 말했다. 평소와 같은 목소리를 내기 위해 모든 노력과 집중력을 쏟아부었다.

"오늘밤 예정대로 해요?" 앨리스가 말했다. "난 어느 쪽이든 상관없어요. 새로운 일감이 들어왔으니까 일해도 되고."

모녀는 일주일에 한 번 영화나 텔레비전 쇼를 같이 봤다. 일이 끝난 다음 앨리스가 줄리아의 아파트로 와서 앨리스가 아주 어렸을 때부터 늘 그랬던 것처럼 저녁식사를 주문한 다음 소파에 다리를 꼬고 앉았다. 두 사람 모두 그 시간에서 위안을 얻었다. 물론 줄리아는 딸이 열 살짜리 애가 아니므로 여기 안에서 엄마랑 같이 시간을 보낼 것이 아니라 저기 바깥에서 자기 인생을 살아야 한다는 것을 알기에 불편하기도 했다.

"너무 바빠. 다른 날이 좋겠어." 줄리아가 말했다. 그녀는 테이블에서 떨어지는 접시처럼 오늘 일정이 점점 멀어지는 것을 느꼈다. 줄리아는 아직도 맨발이었다. 왠지 마음 한구석이 하이힐을 다시 신는 것을 거부했다. 그러고는 평소의 줄리아—윌리엄의 전화를 받기 전 줄리아—라면 대화를 계속 이어나갔을 테니 이렇게 말했다. "새로운 일감은 뭐니?"

"아, 소설을 편집하고 있어요. 나빈한테 소설은 별로라고 말했지만—논픽션이 더 좋거든요—나한텐 픽션이 딱이래요."

"무슨 내용이야?"

"『작은 아씨들』을 현대적으로 다시 쓴 거예요. 어렸을 때 『작은 아씨들』 읽었어요?"

"『작은 아씨들』?" 축축하고 따끔따끔한 모래가 몸을 가득 채우는 느낌이 들었다. 줄리아가 가까스로 그렇다는 뜻의 소리를 냈다. 그녀는 에이틴스 플레이스의 작은 방에서 불을 끈 채 실비의 옆 침대에 누워 있었던 기억이 났다. 동생의 목소리를 들으며 잠든 적이 수없이 많았다. 두 사람은 침대에 누워서 누가 조 마치에 더 어울리느냐를 두고 항상 같은 논쟁을 반복했다. "나는 조처럼 기운이 넘치고 결단력이 있잖아." 줄리아가 말했다. "하지만 난 작가가 될 건데." 실비가 말했다. "내가 우리 이야기를 쓸 수도 있지."

"조는 뉴욕에서 페미니즘 출판사를 운영해요." 앨리스가 말했다. "메그는 역시 사랑하는 사람이랑 결혼하고, 에이미는 사고뭉치고, 로리는 네 자매가 전부 사랑에 빠지는 여자로 나와요."

줄리아가 말했다. "거기서도 베스는 죽니?"

"베스는 죽어요." 앨리스가 말했다. "아주 슬프게도."

그러자 에이틴스 플레이스에서 각자의 침대에 누워 있던 두 여자아이가 조용해졌다. 줄리아 내면의 아이는 어둠 속에서 눈을 크게 뜨고 자신이 정말로 조임을 깨달았다. 실비가 베스였기 때문이다.

실비
2008년 10월

실비는 책을 한 권 집어들어서 다른 곳에 내려놓았다. 그러고 나서 다음날 십대 아이들이 책장에 꽂을 수 있도록 책이 실린 카트 세 대를 벽에 딱 붙여놓았다. 한 카트의 맨 위칸을 흘깃 보니 신간이 가득했다. 새 책의 밝게 빛나는 표지를 보면 실비는 늘 약간 슬퍼졌다. 작가와 출판사는 전부 자기 책이 세상을 휩쓸길 바라지만 그런 일은 거의 일어나지 않는다. 실비는 열세 살 때부터 이 도서관에서 일했고, 책장에 꽂혔다가 사라지는 책을 수십만 권이나 보았다.

그녀는 수많은 책이 끝없이 나왔다가 사라지는 광경을 목격했기에 결국 책을 내려는 노력을 미루게 된 것 같았다. 실비가 쓰고 있는 글은 그녀에게 너무 소중해서 상업 시장에 내놓을 수가 없었다. 또 출판을 하려면 이야기가 끝나야 하는데 아직 끝내지 못했다. 그녀는 이지에게 원고를 제본해서 준 후에도 계속 글을 쓰거나 고쳤고, 쌍둥이가 이야기해준 몇 가지 추억도 넣었다. 실비는 이야기와 시기에 따라서 글의 호흡도 달라진다는 것이 흥미로웠다. 세실리아의 임신, 줄리아의 임신, 로즈의 분노에 대해 쓸 때에는 토네이도 속으로 걸어가는 기분이었다. 하지만 어린 시절의 기억은 전부 파란 하늘에 떠 있는 복슬복슬한 구름처럼 따로따로였다. 각각의 이야기가 서로를 건드리지 않았다. 미사중에 소설을 읽는다고 콜 신부님이 실비를 모든 신자 앞에서 일으켜세웠을 때, 세실리아가 그림을 마무리한다며 문을 잠그고 한 시간 동안 아무도 집에 들어오지 못하게 했을 때, 렌트한 차가 고장나서 길가에 세운 채 로즈가 어린 시절에 부르던 노래를 딸들에게 가르쳐주며 시간을 보냈을 때가 전부 따로였다. 하지만 파다바노 자매들이 어른이 될 무렵 일어난 일들은 서로 겹쳤다. 실비는 그 당시 이야기를 쓰면서 사랑하는 이지가 세상에 나온 날 찰리가 떠난 것을 진정으로 이해하게 되었다. 앨리스가 태어난 날에는 로즈가 시카고를 떠났다.

실비는 자신의 죽음이 무엇을 불러올지 궁금하지 않을 수 없었다. 어떤 일이 연달아 일어날까? 가족 중에 임신한 사람은 없었다. 자매들은 이제 나이가 너무 많았고, 이지는 멋진 남자친구가 있었지만 엄마가 될 기미는 전혀 없었다. 이지의 남자친구는 그녀가 체스 두는 모습을 좋아했고, 이지가 하는 개인교습 사업의 회계를 관리했다. 세실리아가 남자친구보다는 조수 같다며 이지를 놀렸다. "난 그게 좋아요." 이지가 어깨를 으쓱하며 말했다. "섹스도 아주 좋고." 앨리스가 임신했을지도 몰라. 실비는 생각했다가 자신을 질책하며 고개를 저었다. 실비는 앨리스의 삶에 대해 아무것도 몰랐다. 실비가 상관할 일이 아닐뿐

더러 실비의 삶이나 죽음과 아무 관련도 없었다.

실비는 뇌종양 판정을 받은 뒤에 『풀잎』을 다시 읽었다. 죽음에 대한 휘트먼의 긍정적인 태도를 받아들이고 싶었다. 죽음 이후 오는 것에 대해 시인 휘트먼처럼 열린 마음을 갖고 싶었다. 실비는 두려움으로 몸이 떨릴 때마다 죽는다는 것은 그 누구의 생각과도 다르다, 더 운이 좋다라는 구절을 혼자 되풀이했다. 그녀는 찰리의 목소리로 이 구절을 들었고, 그러면 식료품점 뒤 텃밭으로 돌아갔다. 그날 아버지는 죽음과 가까웠고 이제는 실비 차례였다. 찰리가 딸에게 한 말은 어쩌면 그 자신이 믿어야 했던 것이었을지도 모른다. 모든 것이 아름답다고, 즉, 자신의 삶—로즈를 실망시켰고, 이제 거의 끝에 다다랐지만—에도 아름다움이 있다고. 정말 그랬다, 그의 삶에도 아름다움이 있었고, 모든 것에 아름다움이 있었다. 진단을 받은 이후 실비는 어디에서나—책이 완벽하게 진열된 서가에서, 에멀라인이 품속의 아기를 보며 짓는 미소에서, 익숙한 윌리엄의 얼굴 주름에서—아름다움을 보았다. 그녀는 어느새 도서관 바닥에 줄무늬처럼 어른거리는 빛을 바라보며 그 사랑스러움에 감탄하고 있었다.

실비는 처음 의사를 찾아가게 만든 그 독특한 두통이 느껴질 때 말고는 자기 병에 대해 생각하지 않았다. 그녀는 일기를 쓰듯이 두통과 동심원을 계속 그렸다. 두통이 너무나 고유하고 독특했기 때문에 기록하고 싶었다. 실비가 부탁하면 윌리엄은 그림을 봐주고 통증을 느낄 때 가끔 어렴풋한 음악이 들린다는 이야기도 들어주겠지만 그건 너무 잔인한 짓이었다. 실비는 윌리엄의 고통을 늘리는 것이 아니라 그를 돕고 싶었다. 실비는 어떻게 하면 자신이 죽은 뒤에도 윌리엄을 살게 할 수 있을까—더 나아가 살고 싶게 만들 수 있을까—매일 생각했다.

실비는 필슨뿐 아니라 불스 훈련장에서도 멀리 떨어진 카페에서 켄트를 만나 차트와 MRI를 보여주며 말했다. "내가 죽고 나면 당신이 윌리엄을 다시 구해야 할지도 몰라. 어떤 식으로든. 미안해."

이혼 후 몸이 불어난 켄트가 말했다. "걱정하지 마, 실비. 내가 알아서 할 수 있어."

실비는 윌리엄이 원고를 계속 썼으면 좋았겠다고, 그러면 그를 삶에 꿰매어 붙여두는 데 도움이 되었을지도 모른다고 생각했다. 하지만 두 사람이 사귀기 시작하고 육 개월쯤 지났을 때 그는 글쓰기를 그만두었다. "이제 그건 필요 없어." 윌리엄이 말했고, 실비도 이해했다. 그즈음 윌리엄은 노스웨스턴 농구팀에서 일했으므로 마음속의 침묵을 사랑과 우정으로, 약으로, 그리고 매일 농구코트 바닥을 때리는 천둥 같은 농구공 소리로 채울 수 있었다. 어차피 윌리엄의 글은 책이 아니었다. 그의 내면의 싸움이었다. 그가 사랑하는 스포츠에 대해 쓰는 문장 하나하나가 내면의 어둠을 밝히기 위해 켜는 성냥이었다. 윌리엄은 실비와 함께 살면서 이제 그럴 필요가 없어졌다.

동료가 부르는 소리에 실비가 뒤를 돌아보았다. 남편이 도서관 카펫을 가로질러 그녀를 향해 걸어오고 있었다. 윌리엄은 아내에게 미소를 지었지만 억지로 만든 미소, 오래전 그녀가 그를 처음 만났을 때 지었던 미소였다. 그는 원하는 표정을 만들기 위해 지렛대와 도르래가 필요한 상태로 돌아갔다. 실비는 윌리엄의 생각을 짐작할 수 있었다. 실비가 걱정하지 않도록 나는 괜찮다고 생각하게 만들어야 해.

지금은 그를 걱정할 여유가 없었다. 에멀라인과 세실리아에게 뇌종양 진단을 받았다고 같이 이야기하기 위해 윌리엄이 실비를 데리러 온 참이었다. 실비는 올 필요 없다고 말했지만 윌리엄이 고집을 피웠다. 이 주 전 실비가 병에 걸렸다고 말한 이후 남편의 얼굴이 딱딱하게 굳었다. 윌리엄의 내면에서 무언가가 새로운 방향을 향했고, 그는 말과 행동을 새로운 경로에 맞추려고 노력했다. 실비는 그 경로가 자신과 관련이 있다는 것은 알았지만 자세한 내용은 몰랐다. 이제 실비는 자기 마음속 깊은 곳에—욕조처럼—배수구가 있음을 알았고, 그 배수구로 에너지가 점점 빠져나갔다. 실비는 더이상 모든 것을 이해하려고 노력할 수 없었다. 단념해야 했다. 실비는 죽음이란 하나씩 차례로 단념하는 연습이 아닐까 생각했다.

실비와 윌리엄은 손을 잡고 슈퍼듀플렉스까지 몇 블록을 걸어갔다. 10월 중순이라 나뭇잎 색이 변하고 있었다. 두 사람이 오래된 오크나무를 지날 때 실비는 생각했다. 정말 멋진 나무야. 자동차 지붕에 앉아 있는 홍관조에게도 인사했다. 흐린 날이었지만 하늘 왼쪽 구석에 파란 삼각형이 보였다. 윌리엄과 실비는 이야기를 나누지 않았다. 그럴 필요가 없었다.

에멀라인의 집에서 세실리아와 에멀라인이 걱정으로 얼굴을 찌푸린 채 두 사람을 맞이하러 나왔다. 실비가 두 사람에게 집에서 기다리라고, 의논할 일이 있다고 말했던 것이다. 네 사람은 부엌에 서 있었고—조시는 일하는 중이고 이지는 집에 없었다—실비가 해야 할 말을 했다. 예전에 동생들을 모아놓고 두 사람이 듣고 싶어하지 않았던 말을 했던 때가 생각났다. 그날 연달아 일어난 일은 풍선을 놓듯이 다 같이 줄리아를 놓아야 했던 것이었다. 실비는 에멀라인과 세실리아가 자신을 용서해준 것이 아직도 고마웠고, 다시 두 사람의 마음을 아프게 해서 정말 미안했다. 이지가 없어서 다행이었다. 이제 이지는 원룸아파트를 따로 얻었지만 평생 그랬던 것처럼 여전히 이 집 저 집을 돌아다니며 지냈다. 이지에게까지 말해야 했다면 너무 힘들었을 것이다. 실비는 천천히, 자신이 견딜 수 있는 속도로 알려야 했다. 로즈에게도 말해야 한다는 건 알았지만 아직은 엄마의 반응을 견딜 수 없었다. 몇 달 안에, 몸이 더 안 좋아지면 엄마에게 직접 전화하거나 동생들에게 부탁할 것이다.

실비가 겨우 말을 마쳤을 때 쌍둥이들의 반응은 그녀의 예상과 달랐다. 세실리아는 울고 에멀라인은 화를 냈다.

"절대 아니야." 에멀라인이 목소리를 높이며 말했다. "절대로. 이건 옳지 않아!"

윌리엄이 에멀라인을 보며 말했다. "이 상황에 옳은 건 없어."

세실리아가 말했다. "켄트한테 확인해봤어?"

실비가 고개를 끄덕였다. 이들 모두가 켄트를 얼마나 깊이 신뢰하는지 놀라울 정도였다. 그는 스포츠닥터였지만—종양학자는 확실히 아니고 심지어 일반 개업의도 아니었다—다들 열이 심하면 켄트에게 전화하고 찢어진 손등 사진을 문자메시지로 보내서 봉합을 해야 할지 의견을 구했다. 의사라는 사실은 분명했으므로 실비와 가족, 그리고 켄트의 수많은 친구 모두가 그에게 상처를 보여주거나 증상을 말하면서 네가 날 고쳐줄 수 있어?라고 묻는 표정을 지었다.

에멀라인이 부엌을 서성였다. 세실리아가 뺨을 닦았지만 또다시 눈물이 흘렀다.

"나였어야 해." 에멀라인이 딱딱한 목소리로 말했다.

실비와 세실리아가 에멀라인을 보았다. "왜?" 세실리아가 말했다.

"우리 중에 내가 베스여야 해. 언니가 아니라. 난 항상 내가 제일 먼저 죽을 거라 생각했어." 그녀의 목소리가 차분해졌다. "베스랑 나는 성격도 똑같잖아." 에멀라인이 말했다. "조용하고 늘 집에만 있는 사람은 나잖아."

실비가 깜짝 놀라서 동생을 빤히 보았다. 에멀라인은 자기 인생 이야기를 이미 써둔 것 같았는데, 실비가 방금 그 결말을 지웠다. 에멀라인은 어렸을 때부터 그렇게 생각한 것이 분명했다. 그녀는 항상 어머니처럼 돌보면서 언니들을 지켰고, 그것은 혼자 고통을 짊어졌다는 뜻이었다. 에멀라인은 총알이 날아오면 자신이 나서서 맞고 싶었다. 그렇게 하겠다고 계획을 세워놓았기에 다른 결과가 생길 수 있다는 사실에 질색했다.

"오, 에미." 실비가 말했다. "미안해."

윌리엄이 머뭇거리며 말했다. "베스는 소설 주인공 아니야?"

"정말 끔찍해." 세실리아가 말했다.

"우린 못 견딜 거야." 에멀라인이 말했다.

실비는 피가 묵직해지기라도 한 것처럼 엄청난 피로감에 휩싸였다. 줄리아가 이사 갔을 때도 우린 그렇게 생각했지. 하지만 우린 언니의 부재에 익숙해졌어. 그러니까 너희도 내 부재에 익숙해질 거야. 그녀가 생각했다.

그날 밤 실비는 침대에 앉아 무릎 위에 책을 펼쳤다. 너무 졸려서 읽을 수 없었지만 책이 가까이 있으면 마음이 편했다. 동생들에게 이야기할 때 예상보다 많이 힘들었기에 끝나서 마음이 놓였다. 윌리엄이 옆에 누워 있었다. 그는 책도 없이 잠자리에 들었다. 윌리엄은 집중이 안 되거나 읽고 싶은 마음이 없으면 굳이 읽는 척하지 않았다. 실비는 남편의 그런 점에 항상 감탄했다. 그녀는 늘 책을 가지고 다녔다. 물론 읽기 위해서였지만 다른 사람의 관심을 피하고 싶을 때 유용한 방패로 쓰기 위해서이기도 했다. 그녀는 얼굴 앞에 책을 펴든 채로 생각하거나 그냥 책 뒤로 숨었다. 윌리엄의 경우 정말로 읽고 싶을 때에만 책을 들었다.

"당신 자매들은 자기들끼리 통하는 이야기가 정말 많아, 역사가 아주 깊어." 윌리엄이 말했다. "난 아무래도 익숙해지지가 않아."

실비가 그의 얼굴을 찬찬히 살폈다. 그의 얼굴에서 새로운 것이 보였다. 자신의 역사에서 아주 오래된 조각에 대해 곰곰이 생각하는 것 같았다. 그만이 아는 이야기. 실비가 말했다. "당신 누나 생각해?"

윌리엄이 아주 작게 웃었다. "어떻게 알았어? 누나를 생각하지 않은 지가……" 그가 말을 멈추었다가 다시 이었다. "아주 오래됐네."

난 그냥 알아, 실비가 생각했다. 그녀는 얼마 전부터 소리 내서 말하는 대신 생각을 하기 시작했다. 두 가지가 똑같다는 듯이, 둘 다 똑같은 무게를 가지고 똑같은 거리를 가로지른다는 듯이.

하지만 윌리엄이 그녀의 마음을 들은 것 같았다. 그가 고개를 끄덕였다. "고등학교에서 다리가 부러졌을 때를 떠올리고 있었어. 어렸을 때 캐럴라인을 생각한 건 그때뿐인 것 같아. 농구를 할 수 없었고, 그래서 캐럴라인처럼 죽고 싶었지. 하지만 내 생각에…… 내 생각엔 캐럴라인과 함께하고 싶어서였던 것도 같아. 난 캐럴라인이 없는 우리집에 사는 게 싫었어. 꼭 그렇게 생각한 건 아니지만 캐럴라인이 그리웠어." 그가 잠시 뜸을 들였다. "한 번도 본 적이 없는데 캐럴라인이 그리워. 이상하지 않아?"

실비가 그의 손에 자기 손을 포갰다. 오늘 에멀라인과 세실리아가 실비 없는 삶을 생각할 수밖에 없었을 때 두 사람의 얼굴에 날것의 고통이 떠올랐고, 실비와 윌리엄 모두 그 고통을 보았다. 파다바노 네 자매 중 하나가 어렸을 때 죽었다면 남은 세 명은 정말로 그 사람을 평생 그리워했으리라는—그리고 그 사람은 늘 사라진 한 조각이었으리라는—생각이 들었다.

"내 생각엔 말이 되는 것 같아." 실비가 말하며 윌리엄의 손을 더욱 꼭 잡았다. 수십 년 전 구급차에서 그의 얼음장 같은 손을 잡았던 기억이 떠올랐다. 무엇도 두 사람을 떼어놓지 못하도록 지금도 꼭 잡고 싶었다.

윌리엄
2008년 10월

윌리엄이 줄리아에게 전화를 건 뒤로 삼 주, 또 사 주가 지났다. 10월 말이었다. 줄리아가 오지 않을 수도 있을까? 줄리아는 윌리엄이 아는 가장 완고하고 고집 센 사람이었고, 물론 그의 전 부인이 그가 부탁했다는 이유만으로 시카고에 나타나지는 않을 것이다. 그래도 윌리엄은 매일 아침 오늘이 그날일지도 몰라라고 생각하며 잠에서 깼다. 윌리엄은 줄리아에게 전화했다는 말을 아무에게도—켄트에게도—하지 않았다. 실비가 매일 저녁 도서관에서 돌아오면 윌리엄은 무슨 일이 있었나 싶어 아내의 얼굴을 살살이 살폈다. 실비는 자신이 아프다고 줄리아나 로즈에게 말하지 않겠다는 약속을 세실리아와 에멀라인에게 받아냈고, 그녀가 아는 한 언니와 통하는 길은 전부 막혀 있었다.

매일 저녁 실비의 표정은 똑같았다. 약간 피곤하고, 그를 봐서 행복한 것 같았다. 윌리엄은 실비에게 줄리아가 필요하다고 생각하면서도 마음 한구석으로는 안심했다. 전 부인이, 어쩌면 딸까지도 같이 그의 도시와 삶에 들어올지 모른다는 생각을 윌리엄은 도저히 받아들일 수가 없었다. 그는 굳이 받아들이려 애쓰지 않았지만—그가 풀어놓은—가능성이 주변 시야에 남아 있었다. 마치 줄리아와 앨리스가 지평선 저 끝에 서 있는 것 같았다.

윌리엄은 앨리스에 대해 전혀 생각하지 않았기 때문에 지금까지 버틸 수 있었다. 자신의 역사에서 그 부분을 성공적으로 봉인했다. 그는 스스로에게 딸을 허락하지 않았고, 따라서 머릿속에서는 그에게 딸이 없었다. 노력이 필요 없었던 것은 아니었다. 세실리아의 집에는 그가 피해야 할 앨리스의 그림들이 있었고, 이지는 열 살 때쯤 윌리엄이 자기 딸에 대해 말하게 하려고 애썼다. 그는 항상 이지를 좋아했다. 이지는 소소한 잡담을 견디지 못했고, 윌리엄은 잡담에 소질이 없었다. 하지만 어린 시절에 이지는 괴로울 만큼 직설적일 때가 있었는데 주변의 모든 어른이 어떤 식으로든 한 번씩 쏘였다. "조시는 항상 필요한 것보다 많이 먹어요." 한번은 이지가 조시에게 말했다. 조시는 포크로 초콜릿무스 파이를 찍은 채로 얼굴 전체가 새빨개졌다.

"왜 뉴욕으로 차를 몰고 가서 앨리스를 만나지 않아요?" 그 당시 이지가 말했다. "앨리스가 어떻게 지내는지 안 궁금해요? 이모부가 없어서 앨리스가 안 괜찮으면 어떡해요?"

윌리엄은 억지로 가만히 앉아 있으려고, 대답을 하려고 애썼다. 이지가 어른이었다면 그는 자리를 피했을 것이다. 그가 말했다. "넌 아빠가 없어도 괜찮잖아."

이지가 이 말에 대해 곰곰이 생각했다. "네. 하지만 나한텐 이모부랑 가족들이 있잖아요. 앨리스한테는 누가 있어요?"

"앨리스에게는 엄마가 있어." 항상 이것이 윌리엄에게는 가장 중요한 결론이었다.

다른 사람—켄트, 실비, 쌍둥이—은 모두 줄리아나 앨리스에 대해 할말이 있으면 윌리엄이 없는 자리에서 해야 한다는 사실을 이해했다. 윌리엄은 자신이 불을 붙인 폭탄이 터지거나 터지지 않기를 기다리는 이 새로운 상황이 피곤했다. 그는 일상—선수들의 경기를 지켜보고 켄트와 점심을 먹고 실비와 저녁을 먹었다—을 차분히 꾸려나가며 기다렸다. 윌리엄은 이제 편안해지려고 애쓰지 않았다. 그는 자기 삶에서 비밀과 거짓말을 뿌리 뽑고 자신이 생각할 수 있는 방법으로 실비를 보살피는 장기 프로젝트를 실행중이었다.

어느 날 아침 실비가 도서관으로 출근한 다음 윌리엄은 침실 벽장을 열고 중간 크기의 마분지상자를 꺼냈다. 상자 안에 든 것은 딱 하나였다. 그는 상자에서 캐럴라인의 사진 액자를 꺼내 이 년 전 부모님이 돌아가시고 이 사진을 우편으로 받은 이후 처음으로 들여다보았다. 실비가 뇌종양 진단을 받았다고 동생들에게 이야기한 날 밤에 윌리엄의 누나가 그의 마음속에 깜짝 손님처럼 찾아왔다. 실비가 아픈 이후로 삶이 깜짝 놀랄 만한 자그마한 일들로 어질러진 것 같았다. 어린 시절에 읽은 소설 주인공을 들먹이며 소리치는 에멀라인. 전 부인에게 전화를 거는 윌리엄. 그의 마음속에 새롭게 자리를 차지한 누나. 일단 모습을 드러낸 캐럴라인은 그대로 머물렀다. 너무나 먼 과거에서 온 작은 빨강 머리 아이가 그의 일상을 함께했다. 윌리엄은 그 아이의 얼굴을 보고 싶었다.

윌리엄의 어머니가 간질환으로 먼저 돌아가셨다는 듯했다. 아버지는 몇 달 뒤에 사무실에서 급성 심장마비를 일으켰다. 두 사람은 유산을 자기들이 다니던 성당 앞으로 남겼다. 변호사가 윌리엄에게 전화해 두 사람의 죽음을 알리며 보스턴으로 돌아와 집을 정리하고 사적인 물건의 처분을 결정하겠냐고 물었다. "무슨 물건 말입니까?" 무엇이 있을지 정말 상상이 가지 않아서 윌리엄이 물었다. "사진 앨범이요." 변호사가 말했다. "그리고 도자기 그릇이나 장신구 같은 것?" 윌리엄은 업체를 고용해 집을 정리하고 모든 물건을 팔거나 기증했다. 부모님의 집 거실 작은 탁자에 있던 빨강 머리 여자애의 사진 액자는 예외였다. 액자가 배송되자 실비는—사진을 보고 윌리엄의 누나를 만난 것처럼 기뻐했다—벽에 걸어두자고 했지만 윌리엄은 침실 벽장에 넣어두었다.

윌리엄이 손가락으로 누나의 얼굴을 가볍게 쓸었다. 병원에 있을 때 실비에게 캐럴라인 이야기를 했던 기억이 났지만, 그런 다음 캐럴라인을 다시 자기 안에 봉해버렸다. 부모님이 캐럴라인 대신 차라리 윌리엄이 죽기를 바랐으리라는 사실을 윌리엄은 항상 알고 있었다. 그가 자란 집에서는 분명 어린 여자애를 잃은 것이 상상 가능한 최악의 고통이었다. 윌리엄의 부모님은 캐럴라인을 잃으면서 망가졌고, 윌리엄은 폐허가 된 두 사람과 같이 살면서 누나가 약간 무서워지기도 했다. 지금 캐럴라인의 사진을 손에 든 윌리엄은 폐허와 같은 상황에서 스스로를 보호하기 위해 자신이 누나와 딸에게서 등을 돌렸음을 깨달았다. 그는 어린 여자애를 잃을 일이 없는 여건을 만들었다. 아이러니하게도 그것을 위해 자기 삶에서 두 아이를 잘라내야 했다.

마음속에서 진실이 제자리를 잡는 것이 느껴지면서 손에 땀이 나기 시작했다. 그의 어머니와 아버지는 어마어마한 고통의 무게에 짓눌려 닫혀버렸다. 두 사람은 살아가는 시늉을 하기로 했고, 그것은 진짜 사는 것과 무척 달랐다. 윌리엄은 실비가 아니었다면 자신도 병원에서 퇴원한 뒤 같은 선택을 했으리라 생각했다. 실비가 윌리엄에게 마음이 가는 대로 그녀를 사랑하라고 고집을 피우지 않았다면 전부 다 자기 안에 가둔 채 시곗바늘처럼 째깍째깍 세월을 보냈을 것이다. 그러나 그의 부모님은 구해줄 사람이 없었고, 아들을 볼 때마다 딸을 잃었다는 사실이 떠올랐다. 두 사람은 윌리엄에게서 등을 돌렸다. 윌리엄은 자신도 캐럴라인과 앨리스에게서 똑같이 등을 돌렸음을 이제야 깨달았다. 그는 정말이지 자기 부모님보다 나을 것이 없었다. 세 사람 모두 사랑과 시간을 받아 마땅한 사람들에게 그것을 주지 않았다. 윌리엄은 공원에서 농구공을 튀기는 외로운 소년을 떠올리면서, 아마도 처음으로 부모님의 관심을 마땅히 받았어야 한다고 생각했다. 그 순간 윌리엄은 부모님을 용서했다.

누나가 자신의 힘을 까맣게 모른 채 액자 속에서 빛나는 얼굴로 그를 보았다. 신이 나고 즐길 준비가 된 것 같아 보였다. 누나가 살아 있었다면 윌리엄의 인생은 어땠을까? 상실 때문에 침묵에 빠지지 않은 집에서 누나와 함께 자랐다면?

부모님이 돌아가셨으므로 이 사진은 캐럴라인이 존재했다는 유일한 증거였고, 그는 그녀가 살아 있었다는 사실을 아는 유일한 사람이었다. 윌리엄은 사진 액자를 들고 아파트를 나섰다. 지그재그를 그리며 몇 블록을 지나 어느새 슈퍼듀플렉스에 도착했다. 그는 예전에 이지가 붙인 이름으로 이 집을 부를 때마다 재밌어서 고개를 절레절레 저었다. 당시에는 우습다고 생각했지만 그 별명이 입에 붙었다. 세실리아는 옆집에 있거나 도시 어딘가에서 사다리에 올라가 그림을 그리고 있을지도 몰랐지만, 그래도 윌리엄은 그녀의 집 현관문을 두드렸다. 실비가 아프다고 말한 이후 윌리엄은 에멀라인이나 세실리아를 보지 못했다.

다행히도 세실리아가 문을 열었다. 청바지를 입고 작업할 때 쓰는 노란색 반다나로 머리를 넘긴 모습이었다. 창백해 보였지만 그래도 여전히 세실리아였다. 윌리엄은 평소엔 온화한 에멀라인이 분노를 터뜨리고 평소엔 거친 세실리아가 우는 모습을 보고 실비를 잃는다는 생각 때문에 두 사람이 못 알아볼 정도로 바뀐 것이 아닐까 걱정했음을 이제야 깨달았다. 목소리를 높이는 에멀라인을 그날 처음 보았다. 물론 세실리아가 겉모습만 그대로이고 속은 완전히 변했을지도 모르지만—윌리엄은 그랬다—익숙한 얼굴을 보자 그래도 마음이 놓였다. 윌리엄은 아내의 동생들을 사랑했다. 세월이 흐르면서 차차 깨달은 사실이었다. 윌리엄의 행동으로 인해 가족이 뿔뿔이 흩어졌는데도 쌍둥이는 그를 다시 받아주었다. 그 관대한 행동—세실리아와 에멀라인이 그에게 개인적으로 얻을 것은 하나도 없었다—이 윌리엄은 아직도 놀라웠다.

“윌리엄.” 세실리아가 놀란 목소리로 말했다. “무슨 일이에요? 실비가……?”

“실비는 괜찮아.” 윌리엄이 말했다. “실비 때문에 온 게 아니야.” 그가 사진 액자를 내밀었다. “이 아이를 그려주면 좋겠어. 캐럴라인이야.” 그가 목을 가다듬었다. 숨이 다시 가빠졌다. 폐에 무언가가 가득

찬 느낌이었다. "부탁해." 그가 말했다.

세실리아가 사진을 내려다보았다. "당신 누나군요." 그녀가 놀란 목소리로 말하더니 사진을 샅샅이 살폈다. "윌리엄, 캐럴라인은 정말 아름다웠네요."

윌리엄은 세실리아 앞에 가만히 서 있으면 울음을 터뜨릴까봐 겁이 났다. 그는 세실리아에게 아름다운 누나를 맡기고 싶었다. 그녀를 모사해달라고, 어쩌면 거대한 캔버스에 그려달라고. 그러면 캐럴라인은 그와 상관없이 계속 존재하게 된다. 윌리엄은 이 오랜 세월 동안 캐럴라인을 자기 안에 고립시키는 몹쓸 짓을 했다. 그가 캐럴라인을 보고 마음을 열면 그녀가 부모님에게 상처를 입혔듯이 그에게도 상처를 줄까봐 두려웠다. 하지만 말도 안 되는 생각이었다. 사진 속 아이는 더 나은 대접을 받을 자격이 있었다. "해줄래?" 윌리엄이 말했다.

"물론이죠." 세실리아가 떨어뜨릴까봐 걱정된다는 듯 양손으로 액자를 잡았다.

윌리엄은 고개를 끄덕이고—말을 할 수가 없었다—걸음을 뗐다.

"나한테 부탁해줘서 고마워요." 뒤에서 세실리아가 외쳤다.

그날은 오후에 어래시의 클리닉이 열리는 날이었다. 윌리엄은 실비의 병을 알고 나서 몇 주 쉬었지만 이제 돌아가야 했다. 한 블록 떨어진 곳까지 가자 켄트와 어래시, 농구코트에서 뛰어다니는 아이들이 보였다. 이지도 어린 여자 선수와 이야기를 나누고 있었다. 이지는 여기 있는 아이들 중 여럿을 고등학교 내내 가르쳤다. 어래시는 은퇴한 다음 이 클리닉을 통해, 또는 여러 공립고등학교 팀에 직접 가서 가르치며 어린 선수들을 도왔다. "우리가 한 아이를 도우면……" 클리닉을 시작할 때 어래시는 윌리엄과 다른 선수들에게 같이 하자고 설득하며 말했었다. 한 아이를 돕는 것은 많은 의미가 될 수 있었으므로 다들 고개를 끄덕였다.

"윌리엄!" 어래시가 그를 알아보고 인사했다. 농구코트 중간에서 켄트가 윌리엄을 보고 반가운 표정으로 손을 흔들었다. 농구공이 콘크리트 바닥에 탁탁 튀었고, 윌리엄은 그 소리에 집중하려 했다. 공원 골대에는 네트가 없었지만 윌리엄은 공이 들어갈 때마다 네트를 통과하는 소리를 상상할 수 있었다. 그는 더 가까워지고 나서야 평소보다 사람이 많다는 사실을 깨달았다. 늘 오는 어른들이 있고 이미 농구코트 저 끝에서 슛을 쏘면서 준비운동을 하는 아이들도 물론 있었다. 그러나 워싱턴도 보이고 거스도 보였다. 두 사람 다 현실 세계의 직업—그와 켄트는 농구와 관련 없는 직업을 그렇게 불렀다—이 있었다. 워싱턴은 시 정부에서 일하는 통계학자고 거스는 고등학교 영어 교사였다. 클리닉에 온 것은 두 사람 모두 처음이었다.

"다들 안녕." 윌리엄이 경계하는 목소리로 말했다.

"다시 나와서 기쁘군." 어래시가 말했고, 그의 주변에 있던 남자들—켄트, 워싱턴, 거스—이 진심임을 보여주려는 듯이 동시에 고개를 끄덕였다. 이지는 윌리엄을 못 본 척 어린 선수와 계속 대화를 나누었다. 윌리엄은 조카가 살짝 고마웠다. 당연히 이모의 소식을 들었을 텐데 사람들 앞에서 그에게 다가와 이것저것 묻지 않았기 때문이다.

윌리엄이 관람석에 가서 앉았다. 그는 오늘 십대 아이들을 가르치지 않을 것이다. 그저 클리닉을 지지하는 기둥 역할로 여기 왔다. 윌리엄은 클리닉의 어른 중에서 가장 덜 쾌활해서 그가 있으면 아이들이 예의바르게 행동했다.

워싱턴과 거스가 그의 양옆에 앉았다. "만나서 반가워, 친구." 워싱턴이 말했다. "불스는 올해 전망을 어떻게 보고 있어?"

"푸를 본다니 정말 신나." 거스가 말했다. 푸는 드래프트에서 제일 먼저 지명된 데릭 로즈의 별명이었다. "진짜로 제2의 조던이 될지도 몰라." 구 년 전 마이클 조던이 불스를 떠난 이후 시카고 주민들이 간절히 바라던 바였다. 그래서 시카고 불스에 새로 들어오는 신입 선수들은 어깨가 어마어마하게 무거웠다.

윌리엄이 양옆의 친구들을 흘끔거렸다. "켄트가 실비 이야기를 해서 왔구나."

두 사람의 얼굴에 근심이 어렸다. 그들은 윌리엄을 보지 않고 코트에서 이리저리 몰려다니는 아이들을 보았다. 워싱턴이 말했다. "켄트는 똑똑해. 네가 우리를 모질게 곁에서 쫓아내지 못할 걸 안 거지."

윌리엄에게 에너지가 있었으면 친구의 약삭빠른 행동에 미소를 지었을 것이다. 그의 추론이 맞았다. 켄트는 윌리엄과 너무나 밀접하고 생활의 일부였기 때문에 윌리엄은 그의 감정을 고려할 필요가 없었다. 하지만 다른 친구들의 경우는 달랐다. 그들이 스물네 시간이나 윌리엄을 찾아 도시를 헤매다가 그를 구한 뒤로 윌리엄은 항상 그들에게 빚이 있다고 느꼈다. 윌리엄은 퇴원한 다음부터 친구들의 부탁을 들어주겠다고 고집을 부렸다. 그는 워싱턴의 이사를 두 번이나 도와주고 시즌마다 거스의 고등학교 농구팀에 가서 강연을 해주었다. 또다른 팀원 두 명은 일 년 사이에 어쩌다가 한밤중에 충수염 수술을 받게 되었는데, 둘 다 윌리엄에게 연락해서 병원에 데려다달라고 부탁했다. 윌리엄은 양옆의 커다란 두 남자에게 고마움만을 느끼도록 프로그램되었다.

“아무 말 안 해도 돼, 윌리엄.” 거스가 말했다. “우린 여기 앉아서 애들 경기나 볼 거야. 다음주에도 올 거고. 하고 싶은 말이 있으면 얼마든지 해도 되고.”

“제기랄.” 윌리엄이 말하고 도망칠 길을 찾아서 공원 가장자리를 둘러보았지만 없다는 것을 이미 알고 있었다.

“맞아.” 워싱턴이 말하며 그의 무릎을 두드렸다.

실비
2008년 10월

에멀라인과 세실리아에게 뇌종양임을 알리고 열흘 뒤 실비는 점심시간 중에 아이스크림을 사러 도서관을 나섰다. 새로 생긴 습관이었다. 예전에는 아이스크림과 도넛은 어린애나 먹는 거라고 꽤 굳게 믿었지만 음식에 대한 죄책감과 규칙을 모두 걷어내고 나자 놀랍게도 그 두 가지가 제일 좋아하는 음식임을 깨달았다. 이제 실비는 매일 아침 비싸고 맛있는 냄새가 나는 빵집에 가서 도넛을 사고, 점심에는 아이스크림을 사먹었다. 아이스크림가게는 도서관에서 세 블록 떨어져 있었는데 실비에게는 너무나 익숙한 길이라 보도, 도로, 가게라기보다는 기억 같았다. 그녀가 이곳 연석에 세실리아와 같이 앉아 있을 때 동생이 이지를 가졌음을 알게 되었다. 모퉁이의 빨래방은 예전에 로즈가 물물교환을 하던 정육점이었다. 로즈는 텃밭에서 그리스 호박을 키워

고기와 바꿨다. 실비는 자신의 첫 아파트를 지나치면서 고개를 뒤로 젖히고 창문을 올려다보았다. 그녀는 그 아파트를 정말 좋아했고, 그곳에서 처음으로 한 남자 앞에서 알몸이 되었다. 바로 길 건너 버스정류장에 어니의 전기회사 광고가 있었기 때문에 그 기억을 떠올리니 재미있었다. 광고판 속에서 이제 몸무게가 불고 수염을 기른 어니가 카메라를 보며 미소를 지었다. 어니는 아내와 네 아들과 함께 근처에 살고 있었다. 시간의 흐름, 그리고 어떤 순간은 잊지 못할 추억으로 만들고 어떤 순간은 온데간데없이 흩어지게 만드는 그 세세한 부분들이 실비와—소용돌이치는 그녀의 삶과—함께 걸어다녔다.

실비는 도서관으로 들어가다가 안내데스크 앞에 서 있는 에멀라인의 뒷모습을 보고 이런이라고 생각했다. 실비는 피곤했고, 지금은 동생과 이야기하는 것이 그저 힘들었다. 실비가 마음을 다잡고 에멀라인을 향해 걸어갔다. 그녀는 아프다는 사실을 알린 후 동생을 직접 만난 적이 없었고—문자메시지를 보내거나 전화 통화만 했다—에멀라인이 충분한 시간을 갖고 평소와 같은 평정심을 되찾았기만을 바랐다. 그러나 가까이 다가갈수록 이상한 느낌이 차올랐다. 에멀라인은 이런 실크 윗옷을 입지 않았고 머리 모양도 약간 이상했다.

여자가 돌아섰고, 실비는 온몸이 찌릿거렸다.

줄리아였다.

두 자매가 서로를 바라보았다. 실비는 다리가 살짝 후들거렸다. 너무나 오랫동안 언니를 상상했기 때문에 거울 속에 비친 자신이 걸어나온 것 같았다.

"정말 언니야?" 그녀가 말했다.

마흔여덟 살의 줄리아는 제왕 같았다. 갈기 같은 머리카락—실비와 비슷했지만 더 풍성해서 더욱 높이 부풀었다—이 얼굴 주변에서 일렁거렸다. 줄리아는 옷차림이 우아했지만 실비는 도서관 출근 복장인 컨버스 스니커즈에 카디건 차림이었다. 그녀가 마지막으로 줄리아와 같은 공간에 있었을 때—지금 실비가 언니와 같은 공간에 있는 것이 맞는다면—언니는 청바지와 낡은 티셔츠 차림이었다. 그들은 이사용 포장 상자들 가운데 서 있었고, 발치에는 아기가 있었고, 줄리아는 동생이 자신에게 숨기는 비밀이 있음을 안다고 말했다. 줄리아는 실비에게 이혼 서류를 주었고, 실비는 줄리아를 두 번 다시 보지 못했다.

"나 맞을걸." 줄리아가 확신이 없다는 듯 말했다.

"언니를 두 번 다시 못 볼 줄 알았어." 실비가 말했다. "쌍둥이가 얘기했어?" 두 사람은 말하지 않겠다고 약속했지만 생각이 바뀐 것이 분명했다. 분명 에멀라인이 말했을 거야. 실비는 생각했다.

줄리아가 고개를 저었다. "윌리엄이 연락했어."

"윌리엄이?" 실비가 믿을 수 없다는 듯 말했다. 하지만 목소리가 가냘팠고, 실비는 대답을 들을 수가 없었다. 몸속에서 찌릿거리는 느낌이 더 커졌다. 실비는 어렸을 때 친구들이 학교에서 안 좋은 일이 있었거나 좋아하는 남자애한테 무시당해서 기분이 상했을 때 엄마를 보자마자 눈물을 터뜨리는 것을 신기하게 바라보았다. 그런 애들에게는 엄마가 안전한 곳이었고, 따라서 엄마가 곁에 있으면 자기감정을 아주 작은 부분까지 세세하게 느꼈다. 실비에게는 항상 줄리아가 그런 사람이었다. 로즈는 너무 변덕스러웠고, 실비가 너무 어릴 때부터 서로 기질이 맞지 않는 것 같았다. 그래서 실비는 항상 엄마를 지나쳐 방으로 들어가 줄리아의 품에 뛰어들었다. 실비가 눈물로 줄리아의 교복을 적시며 모든 것을 털어놓으면 줄리아가 그녀를 꼭 안아주었다. 그런 적이 너무나 많았다. 실비가 자기감정 때문에 혼란스러울 때면 언니의 존재가 명쾌함을 주었다.

실비는 지금까지 괜찮았고, 이성적이었고, 차분했다. 하지만 이제 자신이 곧 죽는다는 사실을 처음으로 이해했다. 실비는 사랑하는 모든 것을 잃을 것이다. 사랑하는 모두를. 언니가 여기에 왔고—그 자체가 불가능한 일이었다—그래서 실비는 모든 감정을 느꼈다.

실비가 눈을 감고 있는데 어떤 남자의 목소리가 들렸다. "줄리아 파다바노 아닌가요?"

"네?" 줄리아가 상대방이 누구인지 전혀 모른다는 사실을 분명히 알려주는 목소리로 말했다.

"그럴 줄 알았어요. 같은 동네에 살았었는데. 세실리아가 임신했을 때 내가 재활원에 있어서 걔가 내 방에서 지냈어요."

"아." 줄리아가 말했다. 실비는 눈을 뜨고 언니가 십대의 프랭크 체초네를 떠올리는 모습을 지켜보았다. 프랭크는 토요일 오후면 야구 유니폼을 입고 강인하고 멋진 모습으로 동네를 돌아다녔고, 그가 야구를 그만둔 뒤 로즈가 그의 야구 장비를 장착하고 텃밭에서 일했다. 줄리아가 말했다. "정말 놀랍네요."

"당신은 항상 자기가 뭘 하는지 아는 것처럼 힘차게 돌아다녔죠." 프랭크가 말했다. "꿀이 어디 있는지 아는 꿀벌처럼. 그리고 키 큰 남자친구가 있었잖아요."

아, 세상에. 실비는 생각했다. 키 큰 남자친구. 그녀는 프랭크가 저런 말을 해서 지금 막 도착한 줄리아가 가버리지는 않기를 바랐다. 줄리아가 나이들어 보이는 남자를 보며 씩 웃어서 실비는 깜짝 놀랐다. 그 모습을 보고 자기 얼굴도 미소 짓는 것을 느꼈다. 그녀는 언니가 피곤해 보인다는 사실을 처음으로 알아차렸다. 눈 밑에 다크서클이 생겼다.

"뭐가 그렇게 재미있어요?" 프랭크가 눈을 가늘게 뜨고 말했다.

"아무것도 아니야." 실비가 그에게 말했다. "정말 아무것도 아니야." 그런 다음 줄리아에게 낮은 목소리로 말했다. "어디 다른 데 가서 얘기할까?"

"아빠가 제일 좋아하셨던 술집." 줄리아가 말했다.

두 여자는 아무 말 없이 보도를 걸었다. 둘이 함께라니, 두 사람 다 믿을 수가 없었다. 실비는 이십 년 넘게 떠나 있다가 돌아온 언니가 이 동네를 보면서 어떤 마음이 들까 궁금했다. 또 어쩌다가 윌리엄이 그녀의 말을 거스르면서까지 용기를 내서 그에게 전혀 좋을 것 없는 전화를 하게 되었는지도 궁금했다. 두 사람은 루이스 씨의 꽃집을 지나쳤다. 전면 유리 앞에 장미가 너무 많아서 나이든 루이스 씨는 두 자매를 알아보기는커녕 보지도 못했을 것이다. 꽃향기가 무척 짙었다.

실비는 세실리아의 벽화가 이 동네 어디어디에 있는지 표시된 마음속 지도가 있었다. 골목길에서 그중 하나를 곁눈으로 보았다. 옆에 선 줄리아는 눈빛이 멍하고 당황한 표정이었고, 벽화를 못 본 것 같았다. 아시시의 성녀 클라라였다. 실비는 이 벽화를 너무 자주 봤기 때문에—세실리아가 그림을 완성한 이후 거의 매일 보았다—성녀 클라라가 진짜 같았다. 갑자기 나타난, 꿈에서 걸어나온 듯한 바로 옆의 언니보다 더 진짜 같았다. 성녀 클라라는 오랜 친구 같았고, 실비는 줄리아를 가리키며 그녀에게 누가 왔는지 봐요!라고 말하고 싶은 충동을 느꼈다. 하지만 그러지 않았다. 실비는 계속 걸어가면서 이 순간이 정말일까 생각했고, 거대한 여성은 어린 시절에 식탁 옆 벽에서 그랬던 것처럼 두 자매를 내려다보았다.

줄리아
2008년 10월

줄리아는 불안정한 기분으로 동생과 나란히 걸었다. 자신이 눈에 보이는 모든 것의 일부 같은 묘한 기분이 들었다. 뉴욕에서 줄리아는 보도 위를 걸었지만 여기서는 꽃가루처럼 콘크리트 바닥에 흩뿌려졌다. 철물점. 작고 초라한 슈퍼마켓. 루이스 씨의 꽃가게. 하늘을 배경으로 펼쳐진 익숙한 건물들. 쇼핑카트를 밀면서 지나가는, 어머니와 비슷해 보이는 노부인들. 줄리아는 필슨에 사는 소녀였던, 젊은 여성이었던 자신이 떠올랐다. 그녀는 성공을 향해 너무나 서둘렀고, 성공하려면 야심 찬 남편과 대출 없이 완전히 소유한 집이 있어야 한다고 생각했다. 늘 자신이 모든 것을 맡고 싶었기 때문에 서둘러 어른이 되려고 했다. 어렸을 때 동생들을 키 순서대로 세워 집안에서 졸졸 따라다니게 하며 얼마나 즐거웠는지 기억났다.

줄리아는 얼핏 눈에 들어온 세실리아의 벽화를 알아보았다. 아시시의 성녀 클라라를 그린 그림이었다. 앨리스의 기숙사 벽에서 이 그림을 처음 보았다. 거대한 여성이 그녀를 빤히 보자 줄리아는 걸음을 빨리했다. 누구라도 그녀의 영혼을 들여다보는 것은 싫었다. 그 안에 뭐가 들어 있는지 몰랐고, 모든 면에서 어수선한 기분이었다. 그녀는 실비를 아이리시 바에 데리고 갔다. 말도 안 되게 어려 보이는 바텐더를 빼면 아무것도 변하지 않았다. 찰리에게 술을 내놓던 바텐더들은 은퇴하거나 세상을 떠났다. 줄리아는 스카치위스키, 실비는 다이어트콜라를 주문하고 칸막이 좌석에 앉았다.

"약 때문에 술을 못 마셔." 실비가 미안하다는 듯이 말했다. 나이는 더 들어 보였지만 그래도 여전히 실비였다. 점점이 흩어진 주근깨, 초록빛이 살짝 더해진 갈색 눈. 줄리아의 마음속에서 바위가 움직이는 느낌이 들었다. 실비를 보니 거울을 보는 것 같았지만, 자기 자신 같지는 않았다. 줄리아의 또다른 부분, 이십오 년 동안 숨겼던 부분이었다.

"여기 올 계획은 아니었어." 줄리아가 말했다. "윌리엄한테 안 오겠다고 했어."

"언니가 날 미워하는 줄 알았어." 실비가 말했다. "난 절대 언니를 귀찮게 하지 않았을 거야. 윌리엄이 전화해서 내가 미안하다고 말해야 할 것 같은 기분이야."

"아니." 줄리아가 말했다. "윌리엄이랑 결혼해서 미안하다고 해야지."

실비가 잠시 얼어붙었다가 말했다. "맞아. 너무 미안해. 나도 어쩔 수 없었어."

줄리아는 찰리가 제일 좋아했던 술을 길게 한 모금 마셨다. 그녀는 술을 썩 즐기지 않았고, 마실 때는 보통 화이트와인을 골랐다. 스카치 위스키는 색색의 맛이 났다. 빨간색과 주황색과 금색과 흰색. 줄리아는 평생 많은 선택을 했다. 그녀가 믿는 것이 있다면 바로 선택이었다. 목표를 정하고, 그것을 이루기 위해 죽어라 노력하는 것. 줄리아는 수십 년 전에 실비도 어쩔 수 없었다는 에멀라인의 말을 받아들이지 않았고, 지금도 마찬가지였다. 하지만 화가 나지도 않았다. 자기 마음을 알 수 없었다.

윌리엄의 전화를 받은 후 줄리아는 잠을 이루지 못했다. 밤마다 겨우 한두 시간 눈을 붙일 뿐이었다. 출근길에 택시기사에게 두 번이나 틀린 주소를 댔다. 또 윌리엄의 전화를 끊은 순간부터 자기 그림자가 생각을 갖게 된 것 같은 이상한 느낌이 들었다. 그림자가 도망치려는 듯 멀어지는 것을 몇 번인가 알아차렸다. 일주일 동안 잠을 제대로 못 잤더니 피카소의 그림이 된 기분이었다. 눈이 짝짝이고 어깨의 높이도 달랐다. 줄리아는 자신답게 행동하려고 최선을 다했지만 너무 피곤해서 자신이 어떤 사람이었는지 잊었다. 어떻게 행동해야 하는지 잊었고, 그래서 병가를 냈다. 앨리스에게 문자메시지를 보냈지만 목소리가 제대로 나올지 확신할 수 없어 통화는 하지 않았다.

"오늘 아침에 출근하기가 싫었어." 줄리아가 말했다. "그래서 택시를 타고 공항으로 가달라고 했지. 핸드백 하나밖에 안 가지고 왔어. 새벽 세시에 그런 생각이 들더라, 윌리엄이 바라던 대로 널 만나면 평소의 나로 돌아갈 거라고."

실비가 말이 된다는 듯이 고개를 끄덕였다.

"비행기로 두 시간밖에 안 걸려." 줄리아가 말했다. "그리고 제발 내 말이 이치에 맞는다는 듯이 굴지 마. 안 맞는 거 아니까."

"아, 그러지 마." 실비가 말하자 줄리아는 자신이 알던 실비를, 그녀에게 거침없이 얘기하던 동생을, 죄책감을 덮어쓰지 않은 실비를 잠시나마 보았다. "이치에 맞는 게 뭔데? 난 이제 곧 죽어, 세상에."

줄리아는 실비의 기분이 안 좋기 때문에 자기도 기분이 안 좋은 것일지도 모른다는 생각이 들었다. 시카고에서 동생이 죽어가기 때문에 뉴욕에서 그녀가 무너졌다는 것이 가능한 일일까? 두 사람을 연결하는 보이지 않는 실이, 볼 수 없기에 자를 수도 없는 실이 있다는 것이? 줄리아는 지금 너무 혼란스럽고 피곤하고 자기 몸에서 빠져나온 듯한 느낌이었기에 실비에게 "좀 어때?"라고 물으면서 꼭 자기 자신에게 묻는 기분이었다.

실비가 양손을 펴고 내려다보았다. "괜찮다고 생각했어, 언니를 볼 때까지는. 가끔 머리가 아파. 어떨 때는 일곱시에 자." 그녀가 몸을 숙였다. "줄리아, 정말 여기 있는 거야? 내가 약 때문에 환영을 보는 걸지도 몰라. 오래전부터 언니가 내 옆에 있다고 상상했는데, 지금 이건 훨씬 더 진짜 같아."

술집이 낮게 웅웅거렸다. 평일 오후였으므로 지금 여기 있는 사람들은 전문 술꾼이었다. 아무도 귀찮게 굴거나 시끄럽게 떠들지 않았다. 대부분 나이가 많았고, 몇몇은 아마 찰리를 알 터였다. 모두 피곤해 보였다. 산다는 행위에 지쳤다. 중년이지만 더 젊어 보이는 실비는 그 무엇에도 지칠 기회가 없으리란 사실을 저 사람들은 몰랐다.

"네가 환영을 보는 거면 좋겠다." 줄리아가 말했다. "내가 여기 있다니 말도 안 돼."

실비가 무엇이 진짜고 무엇이 아닌지 평가하듯 주변을 둘러보았다. "이 환영이 마음에 들어. 이렇게 멋진 일은 정말 오랜만이야."

줄리아가 한숨을 쉬었다. "윌리엄이랑 쌍둥이한테 나를 만났다고 얘기하면 현실이 될 거야."

"그렇지." 실비는 이 말에 대해 곰곰이 생각하는 듯했다. "하지만 난 보통 꿈이나 환영은 얘기하지 않아. 한동안 이건 나 혼자 간직할래. 앨리스한테 여기 왔었다고 말할 거야?"

"세상에, 아니." 실비는 줄리아가 앨리스에게 무슨 거짓말을 했는지 몰랐고, 줄리아는 설명하고 싶지 않았다. 동생과 마주앉아 있으니 앨리스에게 윌리엄이 죽었다고 말한 이유 중에 앨리스가 줄리아를 버리고 시카고에서 살겠다고 할까봐, 실비를 자기 엄마보다 사랑할까봐도 있었다는 기억이 떠올랐다. 어리석은 걱정이었다. 줄리아는 이제야 깨달았다. 하지만 지금보다 어린 줄리아는 그럴 수 있다고 생각했다. 그녀는 항상 실비를 누구보다도 사랑했기 때문이다. 줄리아는 지금 나무 탁자 건너편에 앉아 있는 실비를 사랑했다. 그녀는 오래전에 실비와 이어지는 문을 닫고서 삼중으로 잠갔고, 윌리엄의 전화를 받을 때까지는 괜찮았다. 하지만 이제 동생과 한자리에 있으니 실비가 얼마나 그리웠는지 깨달았다.

줄리아는 이것이 환영이 아니라고 생각했지만 아무도 그녀가 시카고에 온 줄 모르는 것도 사실이었다. 달력에 적혀 있지도 않았으므로 이 순간은 줄리아의 진짜 삶 바깥에 붙은 따개비 같은 것으로 존재할 수 있었다. 줄리아는 여기에 존재하지만 동시에 존재하지 않는, 양자역학에서 말하는 불확정한 상태였다. "있잖아." 줄리아가 말했다. "네가 옛날 일에 대해 미안하게 생각한다니 다행이야. 하지만 네가 병원으로 윌리엄을 찾아가면서 오히려 나한테 좋은 일을 해준 걸지도 몰라. 의사가 왜 나한테 전화를 한 번밖에 안 했을까 이상했는데, 네가 병원에 있어서 그런 거였어. 네가 내 말대로 윌리엄을 혼자 내버려뒀으면 결국 내가 윌리엄을 도와야 했을 거야. 엄마가 그렇게 만들었을 거야. 그게 아니어도 누군가는 무슨 서류에 서명을 해야 했겠지. 그런데 네가 나섰고, 그래서 내가 떠날 수 있었어. 그건 고마워."

실비가 줄리아를 보자 동생의 얼굴에서 헤어져 지낸 세월이 보였다. 이제 줄리아는 실비를 완벽하게 읽지 못했다. 동생이 지금 무슨 생각을 하는지 몰랐다. 줄리아는 마지막으로 실비를 보았을 때 자신이 얼마나 미칠 것 같았는지 기억했다. 남편이 그녀를 떠났고, 그런 다음 자살을 시도했고, 또다시 그녀를 떠났고, 줄리아는 동생들과도 고향과도 멀리 떨어진 곳의 일자리를 받아들였다. 그 몇 주의 시간이 줄리아의 발밑에서 러그를 잡아빼듯이 그녀의 삶을 잡아뺐다. 줄리아는 주변 상황을 통제하지 못하는 그런 일을 두 번 다시 겪지 않으려고 온 힘을 다했고, 최근까지는 성공했다.

"뉴욕 이야기 좀 해줘." 실비가 말했다. "앨리스 얘기도 듣고 싶어."

"앨리스." 줄리아가 잠시 말을 멈췄다.

동생이 탁자 건너편에서 줄리아를 보며 얼굴을 빛냈다. 실비가 아기 앨리스를 안고 있었던 기억이 떠올랐다. 줄리아의 침대 옆 서랍에 두 사람의 사진이 들어 있었다. 이제 줄리아는 실비의 얼굴에서 자신이 간과했던 진실을 보았다. 실비는 진심으로 앨리스를 사랑했다. 이유는 모르겠지만 줄리아는 시카고를 떠나면서 두 사람을 갈라놓았다는 생각을 하지 못했다. 앨리스가 실비를 사랑할까봐 걱정했지만, 앞으로 일어날 위험으로서였을 뿐 이미 일어난 일이라고는 생각하지 않았다. 하지만 실비는 지금 얼굴을 빛내며 예전에 만날 때마다 사랑해라고 속삭였던 아기의 소식을 듣고 싶어했다.

"아주 잘 지내." 줄리아가 말했다. "음, 아주는 아닐지도 모르지만, 어쨌든 나쁘지 않아. 우등으로 대학을 졸업했어, 대단한 일이지. 편집자로 그럭저럭 괜찮은 일을 하고 있어. 또 뭐가 있지. 달리기도 해, 아침마다 프로스펙트 공원을 달려." 줄리아는 실비의 미심쩍은 시선을 느끼고 어둠 속에서 동생 옆에 누워 있던 때를 떠올렸다. 그 방에서 두 사람은 오로지 진실만을 말했다. 다른 사람들에게는 말을 꼬아서 했을지언정 서로에게는 그러지 않았다. 줄리아가 말했다. "하지만 내가 앨리스를 망쳤을까봐 걱정이야." 그녀는 딸의 미소가 얼마나 조심스러운지, 대수롭지 않다는 듯한 태도를 얼마나 신중하게 꾸며내는지, 앨리스의 삶이 얼마나 단조로운지 동생에게 이야기했다. 줄리아는 로즈가 최근에 앨리스에 대해 뭐라고 했는지 말해주었다. 마분지상자에서 나가지 않으려는 고양이처럼 산다고 말이다.

이 말에 실비가 웃었다. "아직 애기네." 그녀가 말했다. "우리가 스물다섯 살 때 얼마나 어렸는지 기억나? 잘못된 게 있으면 언니가 고쳐줄 시간은 많아."

고친다고. 줄리아는 생각했다. 그녀가 고칠 수 있을까? 동생이 같이 있으니 줄리아는 그 가능성을 생각해볼 만큼 용감해진 기분이 들었다. 그러기 위해서 무엇이 필요한지 알았다. 죽을지 살지도 모른 채 절벽에서 뛰어내려야 할 것이다.

"우리 서로 손도 닿지 않았네." 실비가 말했다. "언니랑 나 말이야. 알고 있었어? 우리 포옹도 안 했어. 이게 현실이 아니라면 말이 되지. 유령은 포옹을 안 하잖아, 서로 통과해버리니까. 유령은 서로 같이 있는 것만 즐기지."

줄리아가 동생의 기발한 생각에 미소를 지었다. 실비는 줄리아의 일부였고, 떨어져 지내는 동안 줄리아는 이런 기발한 생각이 그리웠다. 그녀의 일부인 실비는 소설에서 걸어나오고, 재미로 남자애들과 구십 초 동안 키스하고, 제3의 문이니 유령이니 하는 이야기를 쇼핑 목록을 만들듯이 쉽게 말하는 아이였다. 어쩌면 줄리아와 실비는 정말로 유령이나 환영일지도 몰랐다, 어쩌면 그런 건 중요하지 않을지도 몰랐다. 줄리아는 아주 오랜만에 기분이 나아졌음을—더 행복하고 더 느긋해졌음을—깨달았다. 지금 그녀는 다른 도시에 있어야 했다. 하지만 사반세기 전에 자기 삶에서 지워버린 실비와 함께 있었다. 즐거움이 유리잔 안에서 피어오르는 거품처럼 퐁퐁 솟아나는 느낌이었다. 줄리아는 진짜 자신으로부터, 진짜 삶으로부터 몇 시간의 자유를 얻었다. 잠시 후 공항으로 떠날 때 그녀와 실비 모두—입 밖에 내지는 않았지만—줄리아가 또 오리란 사실을 알았다. 두 사람은 아무도 모르게 함께할 수 있는 빈틈을 찾아냈다. 즉, 이 시간이 아무것도 아니면서 동시에 전부라는 뜻이었다.

앨리스
2008년 11월

앨리스는 줄리아가 좋아하는 그리스 식당에서 엄마를 기다렸다. 늦어도 상관없었다. 일하는 동안에 앨리스는 자기 머릿속에서, 자신이 편집하는 원고 안에서—한 줄 한 줄 세세한 내용에 의문을 제기하며—살았기 때문에 일을 끝내고 나면 처음에는 어색한 정적과 질문, 화제 전환이 필요한 대화가 힘들게 느껴졌다. 앨리스는 자기 일이 조용하고 세밀해서 좋았다. 앨리스는 책을 받아서 모든 사실과 시간의 흐름이 완벽하게 맞는지 확인하고, 고치고, 검증했다. 원고를 하나 끝내고 나면 이 책이 인간에게 가능한 수준에서는 아주 정확하다는 사실을 알았고, 그녀에게 일을 준 사람은 고마워했다.

웨이터가 물을 계속 채워주었다. 그렇게까지 채워주니 마시는 것이 예의인 듯해서 앨리스는 물을 계속 마셨다.

"실례인 줄은 알지만요." 웨이터가 물병을 들고 다시 와서 말했다. "혹시 리버티 소속 선수이신가요?"

"아뇨, 전 출판사에서 일해요." 앨리스가 말했다.

웨이터가 얼굴을 붉혔다. "죄송합니다. 저는 그냥……"

"괜찮아요." 앨리스는 기분이 괜찮을 때면 사람들이 그녀의 큰 키를 불편하게 여기는 것이 재미있었다. 앨리스의 키는 자신감이 부족한 사람(대개 남자였다)이 누구인지 즉시 드러냈다. 어떤 남자가 앨리스의 키에 대해 머저리같이 굴면 그가 머저리라는 뜻이었다. 앨리스는 이 웨이터가 반드시 머저리라고 생각하지는 않았지만, 키 큰 여자가 선택할 수 있는 직업을 하나밖에 떠올리지 못하는 것이 좋게 보이지는 않았다. 입을 다물고 있지 못한다는 점도 그렇고.

앨리스는 엄마의 에너지가 들어오는 것을 느꼈고 향수 냄새도 맡았다. 고개를 들어 입구를 보았다. "안녕, 엄마." 앨리스가 말했다. 시원한 공기가 앨리스의 목뒤에 닿았다. 11월 초였고, 뉴욕은 겨울로 넘어갈까 말까 고심중이었다. 앨리스는 드물게도 몇 주 동안 엄마를 만나지 못했다. 줄리아가 일 때문에 바빴다. "향수를 너무 많이 뿌렸어요." 앨리스가 콧등에 주름을 만들었다.

"그러니?" 줄리아가 맞은편에 앉자마자 메뉴를 보았다. 그래봤자 늘 똑같이 그리스식 샐러드와 화이트와인 한 잔을 시키지만 말이다. "깜빡하고 사무실에서 나올 때 한번 더 뿌렸나봐."

앨리스는 어머니를 샅샅이 살피다가 립스틱도 못 보던 색임을 깨달았다. 줄리아는 보통 딸을 만나기 전에 사무실 복장을 벗어던졌는데 오늘은 두 배로 꾸민 것 같았다. 머리는 평소처럼 올렸지만 곱슬머리한 가닥이 삐져나왔다. 앨리스가 말썽쟁이 곱슬머리를 보는데 엄마가 말했다. "너한테 몇 가지 할말이 있어."

"몇 가지요?" 앨리스가 미소를 지었다. 새로운 의뢰인이 생겼다거나 직원을 더 고용했다거나 예술 작품을 샀다는 이야기인가보다 짐작했다. 엄마는 가끔 재미있다고 생각해서 거래 내역을 앨리스에게 보여주었는데, 딸이 엄마의 차곡차곡 쌓이는 부나 직업적 명성에 아무 흥미도 없다는 사실을 알아차리지 못했다. 앨리스가 첫번째 편집 일을 받았을 때 로즈가 말했다. "네 엄마를 미치게 만들려고 그런 일을 택한 거 다 알아. 네 생각대로 될 거다." 로즈가 말하는 그런 일이란 보수가 적고, 올라갈 사다리도 없고, 이길 방법도 없는 일이었다. 그 말을 듣고 앨리스가 웃으며 말했다. "어느 정도는 맞아요, 할머니." 하지만 앨리스는 또한 자기 일을 좋아했고, 사내 정치 같은 것이 없다는 점도 마음에 들었다. 그해 가을에 주식시장이 붕괴했고, 앨리스는 엄마가 그토록 소중하게 여기는 사다리들이 사실은 썩은 나무로 만들어졌구나 생각했다. 앨리스의 친구들은 모두 대학 학위가 있는데도 재정적으로 고군분투했다. 캐리는 문예지에 시를 여섯 편 발표했고 바텐더로 일하면서 시집을 준비중이었다. 론은 원룸아파트에서 형제 세 명과 같이 살고 석사학위까지 땄지만 예술도서관에서 최저임금을 받으며 인턴으로 일했다.

"내 동생 실비가 곧 죽는대." 줄리아가 말했다.

앨리스는 재빨리 현재에 다시 집중했다. "죽는다고요?" 그녀는 몇 년 전 엄마의 침대 옆 탁자에서 발견했던 사진들을 떠올렸다. 곱슬머리 네 자매. "마음이 아프네요." 그녀가 말했다. "실비가 엄마랑 나이 차가 제일 적은 이모였죠?"

"내가 널 가졌을 때 가끔 소파에서 실비랑 같이 잤어. 어렸을 때는 방을 같이 썼지. 아주 친했어."

앨리스는 또다른 소녀와 방을 같이 쓰는 어린 시절의 엄마를 상상해 보려 애썼다. 방금 구십 초 동안 줄리아가 자신의 어린 시절에 대해 한 이야기가 지금까지 들은 것보다 더 많았다. 앨리스는 빈방에 가구가 줄줄이 들어올 때처럼 반신반의했다. 그녀가 말했다. "동생을 만나러 시카고에 갈 거예요?"

줄리아가 눈물을 참는 것처럼, 또는 웃음을 참는 것처럼 이상한 표정을 지었다. "아니." 그녀가 머리를 살짝 넘기며 말했다. "실비는 네 아버지랑 부부야."

실비는 네 아버지랑 부부야. 앨리스는 머릿속으로 이 문장을 훑어보았지만 편집자라면 고쳐야 할 오류가 너무 많았다. 오류의 무게로 구조가 휘었다. 그래서 시제를 한번 바꿔보았다. "실비가 아버지랑 부부였다고요?"

줄리아가 고개를 저었다.

앨리스의 마음속이 동굴처럼 울렸다. "말이 안 되잖아요, 엄마."

"나한테 전화해서 실비가 아프다고 알려준 사람이 네 아버지야."

"하지만 아버지는 죽었잖아요."

"네가 아직 아기였을 때 네 아버지가 양육권을 포기했기 때문에 너한테 그렇게 말했던 거야. 네 아버지는 정신 건강에 문제가 있었거든, 아빠 노릇을 못할 것 같았나봐. 하지만 네가 거부당했다고 여기거나 너 때문이라고 생각하는 건 싫었어, 그건 사실이 아니니까."

“잠깐 기다려요.”

줄리아는 기다렸다.

앨리스는 명쾌함을 원했다. 자신이 듣고 있는 말의 구조를 확실히 이해하고 싶었다. “아버지가 나를 포기했고, 그래서 나한테 아버지가 죽었다고 말했다는 거예요?”

줄리아의 관자놀이에서 핏줄이 불거졌다. “그렇게 말하는 게 가장 간단할 거 같았어. 그게 사실 같기도 했고. 네 아버지 이름은 윌리엄 워터스고, 시카고에 살고 있어.”

앨리스가 고개를 저었다. 장기들이 몸속을 돌아다니는 것처럼 심장 고동이 귓가에서 들렸다. 앨리스는 그뒤에 어머니가 무슨 말을 했는지, 아니 말을 하긴 했는지 알 수 없었다. 지나가던 웨이터에게 반사적으로 미소를 지었지만 몸에 창이 박힌 기분이었다. 앨리스는 무언가를 놓쳤다. 어렸을 때 원했던 모든 것을—아주 심하게—놓쳤다. 앨리스는 엄마를 대체할 사람이 필요했다. 향수를 과하게 뿌리고 화장을 과하게 하고 와서 말도 안 되는 소리를 하는 엄마를 눈을 굴리며 함께 바라볼 형제나 자매가 필요했다. 엄마 말 듣지 마. 제정신이 아니야. 넌 괜찮아. 전부 다 사실이 아니야라고 말해줄 사람이 필요했다.

“실례할게요.” 앨리스는 엄마가 아니라 식탁보와 웨이터—만약 그가 듣고 있다면—에게 말했다. 그런 다음 의자를 뒤로 밀고 후들거리는 다리로 식당을 가로질러 밖으로 나왔다. 앨리스는 어둑한 밤공기 속에 서 있었다. 눈앞에 브로드웨이가 있고, 택시와 버스가 꾸준히 부르릉거렸다. 건물 창문에 밤하늘과 대비되는 노란 불이 밝혀져 있었다. 앨리스의 귓가에서 아직도 심장박동 소리가 들렸다.

앨리스가 백팩에서 핸드폰을 꺼내 연락처를 빠르게 훑어내리다가 통화 버튼을 눌렀다.

벨이 세 번 울리더니 로즈가 말했다. "여보세요?"

"할머니."

"앨리스!" 로즈는 기쁜 것 같았다. 앨리스는 로즈가 외롭다는 사실을 알았기 때문에 보통 한 달에 몇 번 전화를 걸었다.

"엄마가 방금 그러는데 아버지가 살아 있대요."

전화기 너머로 충격에 휩싸인 침묵이 흘렀다. "다행이구나." 로즈가 마침내 말했다.

"정말이에요?" 앨리스가 말했다.

"글쎄." 로즈가 말했다. "그러니까 내 말은, 최근에 이야기를 나눈 적은 없지만 그래, 아마 그럴 거다. 아니면 소식이 들려왔을 테니까." 로즈가 잠시 뜸을 들였다. "도대체 왜 이제 와서 너한테 그런 얘길 한다니?"

"실비 이모가 아프대요." 앨리스가 다른 사람에게 우편물을 건네듯 말했다. 그녀는 지금 여기가 캐리와 같이 사는 집, 한쪽 벽에 세실리아의 벽화 사진들이 붙어 있는 집이면 좋겠다고 생각했다. 그 사진들 앞에 서서 강인한 여자들을 하나하나 바라보고 싶었다. 핸드폰에서 할머니가 작은 소리를 내고 건물을 철거하는 쇠공처럼 앨리스를 후려친 엄마가 저 뒤 어딘가에 있는 이 길거리에 서 있고 싶지 않았다.

앨리스는 아직 어렸을 때 엄마를 위해 시카고와 엄마의 과거에 대해 묻는 것을 그만두었다. 엄마가 숨기기로 한 장소와 사람들이 자기 인생의 일부가 되는 일은 없으리라는 사실을 받아들였다. 십대 후반 즈음 인터넷 검색이 쉬워진 시대가 되자 엄마의 자매들을 찾아볼까도 생각했지만—세실리아의 작품을 찾아볼 때만 빼고—즉시 단념했다. 엄마는 앨리스가 찾아보기를 바라지 않을 것이고, 이제 앨리스는 안전하다고 느끼기 위해 더 많은 가족이 필요하지 않았으므로 정보를 찾지 않았다.

그러나 앨리스가 바보였다. 엄마가 뭔가 숨기고 있다는 사실은 늘 알았고, 중학교 때 줄리아의 서랍을 뒤진 이유도 그래서였다. 하지만 그 비밀은 줄리아의 것이며 자신과는 상관없다고 생각했다. 앨리스의 일은 사실을 확인하는 것이었다. 증거를 찾고 출처를 확인하는 방법을 알았다. 그러나 줄리아는 어린 앨리스에게 사실을 거의 알려주지 않았고, 검증하기 위해 찾아볼 출처도 없었다. 줄리아의 말은 검증되지 않았고, 앨리스는 이제야 그 사실을 깨달았다. 자신에게 넘겨진 정보가 빈약했음을, 그것을 사실로 받아들인 것이 자신의 잘못이었음을 이제야 알았다.

어쩌면 다른 사람들—로즈, 캐리, 론—의 도움을 받아서 사실을 밝힐 수도 있었겠지만 어린 앨리스가 너무 크게 자랐기 때문에 아무도 그녀를 도울 생각을 하지 못했고, 앨리스는 도움을 청하지 않는 자신이 자랑스러웠다. 캐리는 키가 152센티미터밖에 안 되고 귀엽기 때문에 아무 문제가 없어도 누구나—남자든 여자든—도와주려고 안달이었다. 하지만 앨리스는 도움이 필요 없을 거라고 사람들은 생각했다. 어쨌든 그녀는 높은 선반에도 손이 닿고 자기 짐도 문제없이 들 수 있으니까. 누군가가 도우려고 하면 오히려 앨리스가 그들의 감춰진 동기를 의심했다.

"아직 안 끊었니?" 로즈가 물었다.

"네." 갑자기 길거리의 소음이 커졌다, 소음의 토네이도였다. 수많은 데시벨이 한꺼번에 몰려들었다. 구급차 두 대가 서로 다른 방향으로 달리며 앨리스를 지나쳤다. 택시기사들이 경적을 울렸다. 소음으로 공기가 진동했고, 앨리스와 로즈는 말하거나 듣기 위해 잠시 기다려야 했다. 도시가 우리에게 말하고 있어. 캐리가 여기 있었다면 이렇게 말했을 것이다.

로즈가 말했다. "그동안 네 엄마랑 이모들이 일을 아주 엉망으로 만들어놨어. 아니라고 해봐야 소용없지."

"왜 사실대로 말해주지 않았어요, 할머니?"

로즈가 헛기침을 했다. "너한테 거짓말을 하는 건 정신 나간 짓이라고 네 엄마한테 말 안 했을 것 같니? 그 바람에 네 엄마가 이 년 동안 나하고 말을 안 했어. 그 빌어먹을 엽서를 보내기 시작했지."

"아니요." 앨리스가 말했다. 그녀는 고등학교 때 가정 과목을 들었는데, 대체로 자수를 배우는 시간이었다. 앨리스는 자수를 정말 못해서 선생님이 앨리스의 책상 위로 몸을 숙이고 시나몬 냄새를 풍기면서 작은 가위로 앨리스가 놓은 수를 한 땀 한 땀 자르곤 했다. 앨리스는 지금 누군가—아마도 엄마—가 그녀의 마음속에서 자수를 한 땀 한 땀 자르는 기분이었다. "그걸 묻는 게 아니에요. 내가 엄마랑 같이 살 때 그 얘기를 하고 싶지 않으셨던 건 이해할 수 있어요. 하지만 난 스물다섯 살이에요. 지난가을에 제가 플로리다에 갔을 때 사실을 말해줄 수도 있었잖아요. 언제든지 말해줄 수 있었잖아요."

할머니가 부엌 의자에 앉아서 부스럭거리며 먹구름처럼 분노를 모으는 소리가 들렸다. "네가 화낼 대상은 내가 아닌 것 같은데." 로즈가 말했다. "윌리엄이 너한테 말할 수도 있었지, 안 그러니? 윌리엄은 네 아버지잖아, 그러니까 윌리엄이 널 찾아갔으면 네 엄마가 너한테 한 말은 중요하지 않았을 거다."

앨리스는 이 말에 대해 생각해보았다. "그러네요." 그녀가 말했다. "타임라인을 알아야겠어요."

"타임라인? 그게 뭐니?"

앨리스가 고개를 저었다. 뒤에서 식당 문이 열렸다 닫히는 소리가 들리더니 가까이에서 엄마의 에너지가 다시 느껴졌다. 앨리스는 스스로를 보호하려는 듯이 어깨가 움츠러드는 느낌이 들었다. 그녀는 할머니에게 타임라인이 뭔지 설명하지 않을 것이다, 이야기의 시간 순서가 명확하지 않으면 아무것도 이치에 맞지 않는다는 말을 하지 않을 것이다. 엄마가 지금 바로 옆에 서 있었기 때문에 앨리스는 소리를 지를 뻔했다. 마음속에서 작은 가위가 사각사각 움직였다.

"우리 가족은 도대체 뭐가 잘못된 거예요?" 앨리스가 말했다.

"타당한 질문이구나." 로즈가 말했다.

줄리아는 가방을 구명구처럼 꼭 끌어안고 있었다. 얼굴에 불안함이 어른거렸다. 앨리스는 그런 엄마를 보며 생각했다. 엄마한테 화를 낼 수도 있어요. 소리를 지를 수도 있어요. 하지만 그러지 않을 거예요. 엄마는 내가 내 일을 알아서 하도록 키웠으니까, 진짜 알아서 할 거예요.

윌리엄
2008년 11월

세실리아가 윌리엄에게 주소를 알려주며 가보라고 했다. 문자메시지에 이렇게 적혀 있었다. 이건 첫번째일 뿐이에요. 더 많이 그릴 거예요. 하지만 이걸 봐주면 좋겠어요.

그는 몇 분 일찍 퇴근해서 여러 동네를 지나쳐 걸었다. 11월로 접어드는 주였고, 윌리엄은 시원한 기온과 최대한 빨리 걸을 수 있는 기회가 반가웠다. 그는 시카고 시 정부가 백 년 동안 방치했을 뿐 아니라 제대로 대우해주지도 않은 지역 노스론데일에 도착했다. 윌리엄은 무너져내리는 집들을 둘러보면서 자살을 시도하기 전날 밤 이 지역을 지났음을 기억했다. 당시에는 자신이 어디 있는지도 몰랐지만—그때는 노스웨스턴 근처밖에 몰랐다—찰리를 보았다. 어느 집 문 앞에 장인이 나타났던 기억에 윌리엄은 미소를 지었다. 찰리는 살아 있을 때 실패자 취급을 받았지만, 세상을 떠나고 거의 삼십 년이 지나도록 그를 향한 딸들의 사랑이 여전히 너무나 깊었으므로 윌리엄이 본 가장 성공한 사람이라고 할 수 있었다. 이렇게 오랜 시간이 지난 지금도 도서관에서 사람들이 실비에게 다가와 그녀의 아버지가 어떤 친절을 베풀었는지 이야기하곤 했다. 실비와 세실리아, 에멀라인이 이지에게 할아버지 이야기를 어찌나 많이 해주었는지, 지금의 윌리엄과 비슷한 나이에 세상을 떠난 제지공장 노동자 찰리에 대한 퀴즈대회가 있다면 이지가 우승할 수도 있을 정도였다. 실비가 가족에 대해 쓴 회고록은 그녀의 초석과도 같은 두 사람인 아버지나 언니에게 초점이 맞춰져 있었다.

세실리아가 보낸 주소는 놀이터였다. 낡은 농구코트, 그네 한 쌍, 상태가 엉망인 정글짐이 있었다. 십대 아이 몇 명이 코트에서 삼대삼농구를 하는 중이었다. 그중 한 명이 윌리엄을 보고 외쳤다. "아, 코치님! 여기서 뭐하세요?"

윌리엄이 팔을 흔들어 인사하고—어래시의 클리닉에 다니는 아이였다—어깨를 으쓱했다. 계절도 그렇고 시간대가 이렇다보니 직사각형 놀이터가 북적거리지는 않았지만 아이들이 몇 명씩 몰려다니고 여자애들이 정글짐 꼭대기에 앉아 있었다. 윌리엄은 놀이터 한가운데로 갔지만 무엇을 찾아야 할지 몰라 한 바퀴 돌다가 그것을 보았다. 뒷벽에 그려진 거대한 벽화였다. 윌리엄은 벽화 쪽으로 걸어가서 그림이 잘 보이는 벤치에 앉았다. 벽화 아래쪽 구석에 장식체로 CP라고 적혀 있었다. 세실리아가 그림에 넣는 서명이었다. 윌리엄이 앉은 벤치 주변을 뛰어다니던 남자아이 몇 명이 숨이 막힐 정도로 웃더니 곧 다른 쪽으로 빠르게 달려갔다.

벽화에는 학교 기념사진처럼 대략 스무 명쯤 되는 아이들이 서 있었다. 사진사가 농담이라도 한 것처럼 아이들이 다 같이 환하게 웃고 있었다. 윌리엄은 뒷줄 아이들의 얼굴을 훑어보았다. 어렸을 때 사진을 찍으면 항상 뒷줄에 서야 했기 때문에 생긴 버릇이었다. 뒷줄 끝에 머리색이 금발과 갈색의 중간쯤 되는 백인 여자애가 수줍은 미소를 짓고 있었다. 윌리엄은 잠시 숨을 멈추었다. 여자아이의 얼굴은 열 살 때 그의 얼굴과 똑같았다. 그의 딸이 아닐 수가 없었다. 앨리스였다. 그는 방금 본 것을 온전히 받아들일 수가 없어서 글을 뱉어내는 타자기처럼 눈을 계속 움직였다. 가운뎃줄을 보니 환한 얼굴의 아이들이 주루룩 서 있었다. 어래시의 클리닉에 다니는 아이들의 어릴 적 모습처럼 보였는데, 대다수가 이 동네에 살았으니 진짜 그 아이들일지도 몰랐다. 앞줄 맨 끝에 빨강 머리 여자애가 있었다. 다른 아이들보다 훨씬 환한 모습이었는데, 아마 최근에 그렸기 때문일 것이다. 세실리아는 다른 아이들과 자연스럽게 섞이도록 신경썼고, 캐럴라인만 튀지 않도록 나머지 부분도 일부 윤곽선을 다시 그렸다. 하지만 그래도 신이 나서 웃고 있는 빨강 머리 캐럴라인이 가장 생생해 보였고, 당장이라도 벽에서 튀어나와 그네로 달려갈 것만 같았다.

윌리엄은 한참 동안 벤치에 앉아 있었다. 그는 자신을 속여서 딸의 모습을 보게 만든 세실리아에게 화가 났지만 분노는 치솟을 때만큼이나 금방 가라앉았다. 그는 앨리스와 캐럴라인을 보았다. 움찔거리지 않고, 자기 시선으로 두 아이의 빛과 아름다움을 꺼뜨릴까봐 두려워하지도 않고 바라보았다. 딸에게 온전한 관심을 기울인 것은 처음이었다. 부모가 아이를 형성한다, 윌리엄은 그 사실을 누구보다 잘 알았다.

그는 부재와 침묵으로 앨리스를 구할 생각이었지만 바로 그 부재로, 그 침묵으로 앨리스를 형성했음을 이제야 깨달았다. 이 깨달음에 큰 충격을 받아 "미안해"라고 소리 내서 말했다. 그의 가정이 틀렸다. 윌리엄은 자신이 또 뭘 틀렸을까 생각했다.

윌리엄은 이 벽화를 다시, 수없이 보러 오리란 사실을 이미 알았다. 세실리아는 보통 개인 초상화를 그렸으므로 캐럴라인을 단독으로 그릴 줄 알았는데, 잃어버린 누나를 잃어버린 딸과 같은 곳에 그려줘서 고마웠다. 이 벽이 서 있는 한 두 아이는 윌리엄이 가장 우울할 때 헤맸던 동네에 나란히 존재할 것이다. 윌리엄이 바로 이 동네에서 찰리를 본 것도 우연으로 느껴지지 않았다. 실비가 쓴 이야기 중에 에멀라인이 어렸을 때 나무에 올라갔다가 아버지가 트랙터빔 같은 사랑을 비출 때까지 내려오지 않았다는 일화가 있었다. 찰리가 만약 다시 나타난다면 가족을 계속 사랑하기 위해 이 지역을 선택할 것이다. 그는 이 놀이터에서 딸의 그림을 보고 감탄하면서, 두 아이에게 시를 읽어주고 애정으로 두 사람을 비추면서 수많은 나날을 보낼 것이다.

윌리엄은 그림 속에서 아이들이 서로를 지켜주고 죽은 사람이 시카고를 돌아다닌다고 믿는 자신이 놀라워서 고개를 저었다. 젊었을 때는 거의 아무것도 믿지 않았는데, 이제 자신도 모르게 바뀌었다. 또 자신이 무엇을 누릴 자격이 있거나 없는지 걱정하곤 했지만 주변의 그 누구도 그런 식으로 생각하지 않는 것 같았기에 이제 그도 그렇게 생각하지 않았다. 윌리엄이 처제에게 고마워라고 메시지를 보내자 세실리아가 <3이라고 답장을 보냈다. 윌리엄은 무슨 뜻인지 몰라 핸드폰을 보며 얼굴을 찌푸리다가 세실리아가 하트를 보냈음을 깨달았다.

실비
2008년 11월

실비와 줄리아는 허름한 식당과 타코 전문점을 지나서 계속 걸었다. 줄리아의 두번째 방문이었고, 처음 왔던 날로부터 열흘밖에 지나지 않았다. 줄리아가 한숨을 쉬며 말했다. "저질렀어."

실비는 언니가 여전히 피곤해 보이지만 더 차분해진 것도 눈치챘다. 피부 아래 묶여 있던 매듭이 풀린 것 같았다. "신난다." 그녀가 말했다.

"그럼." 줄리아가 건조한 목소리로 말했다. "아주 신나지. 앨리스랑 내 상황을 바로잡으려고 그런 거야. 하지만 바로잡으려면 먼저 모든 것을 망쳐야 했지. 그래서 앨리스가 나한테 화가 났어. 너무 화가 나서 날 절대 용서하지 않을 거야."

실비가 말했다. "언니가 사랑하는 거 앨리스도 알아."

"무엇보다도 사랑하지."

"그러면 아마 잘될 거야."

줄리아가 언짢은 표정을 지었다. "난 아마라는 말이 늘 싫었어." 그녀는 도로표지판을 확인하는 것처럼 위를 올려다보더니 말했다. "앨리스가 어렸을 때는 모든 게 내 통제하에 있었어. 정말이야. 전부 다. 좋았지. 하지만 난 앨리스가 자라는 것에 대비가 안 돼 있었어. 이유는 모르겠지만."

실비가 걸음을 멈추었다. 두 사람은 어렸을 때 자주 다녔던 낡은 영화관 앞에서 길을 건넜다. 〈윌리 웡카와 초콜릿 공장〉 〈스타워즈〉, 아버지가 사랑했던 버스터 키턴의 영화들을 봤던 곳이었다. "언니, 우리 영화 보자." 실비가 말했다.

줄리아가 눈을 가늘게 뜨고 차양에 적힌 영화 제목을 훑어보았다. "영화관에 가본 지 몇 년은 됐어." 그녀가 말했다. "늘 시간이 없었거든."

곧 시작하는 영화는 두 사람 다 들어본 적 없는 제목이었지만 어쨌든 표를 두 장 샀다. 그런 다음 버터까지 추가한 거대한 팝콘과 라지 사이즈 탄산음료 두 컵을 샀다. 플러시 천으로 된 좌석에 자리를 잡자 실비는 팝콘을 내려다보며 무슨 맛이 날까 생각했다. 음식과 음료수가 그녀의 입안에서 맛이 바뀌고 있었다. 설탕을 입힌 도넛이 쓸 때도 있었다. 그날 아침에 마신 커피는 단것을 전혀 넣지 않았는데도 메이플 시럽을 잔뜩 넣은 맛이 났다. 조심스럽게 팝콘 하나를 입에 넣은 실비는 평생 먹었던 맛이 나자 안도했다. 짭짤하고 바삭했다. 줄리아랑 함께라서 그렇다고, 둘 다 각자의 진짜 삶 바깥에서 보내는 시간이라서 그렇다고 결론을 내렸다. 최근 들어 두통이 잦아지고 심해졌지만 줄리아가 옆에 있을 때는 두통이 없었다. 그러니 언니가 잠시 미뢰를 정상으로 되돌렸다는 것도 말이 됐다.

실비는 윌리엄에게 줄리아를 다시 만났다고 말해야 한다는 것을 알았고, 곧 할 생각이었다. 하지만 줄리아가 오면 실비와 윌리엄의 사랑이 그의 기숙사 방에 갇혀 있던 시절, 켄트에게 들키기 전 시절이 생각났다. 당시 실비와 윌리엄은 자신들의 행동이 비밀이라기보다는 복잡할 수밖에 없는 진짜 삶이 끼어들기 전까지 지연시키는 것뿐이라고—잠시 훔친 소중한 순간이라고—서로를 안심시켰다. 그 내밀한 몇 주 동안 실비와 윌리엄은 서로를 찾아냈다는 기쁨과 두 사람의 사랑 분자가 가득한 공기를 들이마셨다. 언니와 함께 있는 지금 실비는 그 모든 감정을, 이 마법 같은 연금술을 느꼈다. 어쨌거나 실비는 살면서 위대한 사랑을 두 번 겪었다. 첫번째는 언니였고 그다음은 윌리엄이었다. 실비는 지금 자기 안에서 중요한 일이 벌어지고 있음을 느꼈다. 그녀는 자기 삶과 마음을 하나로 꿰매어 잇는 중이었고, 두 가지 모두 자기 앞에 두고 싶었다. 아름다운 온전함이었다.

다음주에. 실비는 생각했다. 다음주에 말해야지. 그녀는 이렇게 미루는 것도, 그 까닭도 남편의 주문에 따르면 엄밀히 말해서 거짓말이자 비밀이라는 것을 알았지만, 그것은 산 사람을 위한 주문이라고 스스로에게 말했다. 실비는 곧 죽을 것이고, 이는 지금은 줄리아 옆에 앉아 있다가 밤에는 윌리엄의 품에 안겨도 괜찮다는 뜻이었다.

영화는 자동차경주에 관한 것이었고 십대를 대상으로 만든 것이 분명했다. 실비는 자동차가 뒤집히려고 할 때마다 웃었지만 주변 관객들은 헉 소리를 냈다. 그녀는 어떤 자극에든 자신이 원하는 대로 반응할 수 있음을 깨달았다. 슬픈 일이 생긴다고 울 필요는 없었다. 자동차 열

대가 첩첩이 쌓이는 클라이맥스 장면에서 실비는 손을 뻗어 줄리아의 손을 잡았다. 그들은 지금까지 서로 닿지 않았다. 그것이 실제가 아닌 척하며 두 사람이 서로를 만나는 이 경계 공간의 조건인 것 같아서 둘 다 닿지 않으려고 애썼다. 그것이 바로 두 사람이 지금 플레이중인 이상한 볼링 레인의 완충장치였다. 하지만 실비는 시간이 점점 줄어들었기 때문에 이제 조건과 규칙에 관심이 없었다. 자신이 만든 규칙이라 해도.

줄리아가 잠시 뻣뻣하게 굳었다가 긴장을 푸는 것이 느껴졌다. 줄리아는 손을 빼지 않았고, 영화관의 어둠 속에서 두 자매는 나이가 없었다. 그들은 열 살이고, 열세 살이고, 사십대였다. 줄리아는 자신의 운명을 스스로 정할 수 있다고 자신만만해했고, 실비는 책과 도서관에 오는 남자애들에게 자신을 열었다. 너무나 많은 순간이 켜켜이 쌓여 있었고, 두 사람이 서로에게 등을 돌렸던, 좋았거나 나빴던 오랜 세월도 있었다.

실비가 생각했다. 이것 때문이라면 죽어도 좋아.

턱선이 날카롭고 놀랄 만큼 눈이 파란 등장인물이 깔끔한 8자를 그리며 차를 몰아 사고를 피했다. 십대 관객들이 함성을 질렀고, 실비는 미소를 지었고, 줄리아가 실비의 손을 잡았다. 실비는 이제 막 읽기 시작한 소설—몇 년 동안이나 미뤄두었던 고전인데 이제 더이상 미룰 시간이 없었다—을 생각했다. 주인공이 책을 읽다가 잠이 드는데, 잠에서 깼을 때 여전히 머리가 멍한 상태로 자신이 바로 읽고 있던 이야기 자체라고, 말 혹은 두 왕의 경쟁 혹은 알프스의 오두막이라고 생각하는 소설이었다. 실비는 이 아이디어가 마음에 들었고, 그 문장을 읽은 뒤부터 자신을 다시 상상해왔다. 그녀는 줄리아의 자유분방한 머리카락이었고, 예전에 남편이 실려 나왔던 호수였고, 그다음에 어떻게 되든 그녀는 사랑이었다.

실비는 뇌종양 진단을 받은 후로 세실리아와 에멀라인이 이 주에 한 번 슈퍼듀플렉스에 필요한 어마어마한 양의 화장지, 종이 타월, 지퍼백, 아기 이유식, 탄산수를 사러 대형 할인점에 갈 때 따라가기 시작했다. 세실리아는 이제 자가용—레몬처럼 노란 세단—이 있었기 때문에 이웃집 차를 빌릴 필요가 없었다. 실비는 물론 대형 할인점에서 살 것이 없었다. 그녀와 윌리엄 단둘이 사는 집에는 무엇이든 어마어마한 양이 필요하지 않았다. 그러나 실비는 동생들과 자동차를 타는 것이 좋았다. 세 사람이 줄리아의 아파트에서 차를 타고 집으로 돌아가면서 이야기를 나누던 젊은 시절이 떠올랐다. 실비는 창밖으로 바쁘게 지나가는 그녀의 도시를 지켜보았다. 쌍둥이가 쇼핑을 하는 동안 그녀는 차에서 책을 읽었고, 돌아올 때는 종이 제품들과 나란히 뒷자리에 앉았다. 동생들에게 줄리아를 만났다고 말하지 않았지만 죄책감은 없었다. 두 사람은 실비가 죽고 나서 줄리아와 함께할 시간이 아주 많을 것이다. 또 둘만 빼놓았다고 화낼 것 같지도 않았다. 어쨌든, 크게 화내지는 않을 것이다. 에멀라인과 세실리아는 실비에게 무엇이 필요했는지 이해할 것이고, 마음이 가는 대로 해서 다행이라고 기뻐할 것이다.

할인점에서 집으로 돌아가는 길에 세실리아는 항상 앨리스와 캐럴라인의 초상이 그려진 놀이터를 지나쳤다. 세 자매가 차에 탄 채로 세단의 속도가 느려졌고, 셋은 창밖으로 벽화를 바라보았다. 실비는 이 벽화가 정말 좋았고, 윌리엄이 세실리아에게 자기 누나를 그려서 존재하게 해달라고 부탁한 것이 정말 좋았다. 어느 늦은 오후 필슨으로 돌아갈 때 실비는 세실리아에게 그 길로 가지 말자고 말할 뻔했다. 두통이 시작될 것 같아서 집에 가고 싶었다. 그러나 실비는 아무 말도 하지 않았고, 세실리아는 노스론데일로 가서 평소와 같은 지점에서 속도를 늦추었다. 실비는 창밖을 보려고 고개를 돌렸다가 숨을 크게 들이마셨다. 윌리엄이 놀이터에 있었다. 키가 크고 머리색이 옅은 남편이 벽화 앞 벤치에 앉아 있었다. 뒤통수와 어깨밖에 안 보였지만 틀림없이 그였다.

"저 사람……?" 에멀라인이 말했다.

실비가 고개를 끄덕였다. 세실리아도 그를 알아보았고, 차가 조금씩 움직이다가 멈추었다. 세 자매는 캐럴라인과 앨리스를 바라보는 윌리엄을 지켜보았다. 그는 벤치에 꼼짝도 않고 앉아 있었고, 실비는 약간 처진 어깨를 보고 그가 지금 차분한 상태임을 알았다.

요즘 행복이 실비를 찾아오면 그녀의 온몸을 지배했다. 지금 실비는 동생들과 같이 앉아서 이 광경을 보는 기쁨에 얼굴이 빨개졌다. 실비는 윌리엄에게 들키고 싶지 않아 일이 분 뒤 세실리아에게 그만 가자고 말했다. 하지만 병을 알게 된 후 실비의 마음속을 떠나지 않았던 아주 작은 걱정이 처음으로 사그라지기 시작했다. 실비는 곧 윌리엄을 떠나겠지만 그에게는 이 공원이, 이 벤치가, 이 그림이 있었다. 그가 여기 있다는 것은 이제 자신이 떠나보낸 아이들에게서 시선을 돌리지 않겠다는 뜻이었다. 윌리엄은 두 아이를 생각하고 있었고, 그것은 오랫동안 닫혀 있던 그의 마음속 문이 열릴지도 모른다는 뜻이었으며,

아내가 없어도 그가 괜찮으리라는 뜻이었다. 그는 발판을 얻는 것이다, 단지 잃기만 하는 것이 아니라.

앨리스
2008년 11월

일하는 동안 앨리스의 핸드폰이 주머니 속에서 몇 시간마다 울렸다. 엄마가 보낸 문자메시지였다. 그리스 식당에서 만난 이후로 줄리아가 문자메시지를 적어도 스무 통은 보냈다. 앨리스는 무슨 내용이든 문자메시지를 보면 피곤했다. 하지만 엄마가 자제력을 점점 잃고 있다는 일종의 기록으로 문자메시지가 쌓이는 것은 좋았다. 처음에는 일관성 없는 사과와 해명이었다.

미안해, 하지만 나도 이유가 있었어.

잠깐만 만나서 얘기하면 안 되니?

사랑해 사랑해 사랑해. 너한테 말하지 않는 게 우리 두 사람 모두에게 최선이라고 생각했어.

아빠가 살아 있다는 걸 알면 네가 아빠한테 갈까봐 두려웠어. 네가 아빠를 만나러 시카고에 가면 아빠와 실비랑 살겠다고 할 줄 알았어. 두 사람은 너한테 엄마와 아빠가 있는 평범한 가정을 줬을 테니까. 말도 안 되는 소리라는 건 알지만, 그때 난 약간 제정신이 아니었어.

묻고 싶은 게 있겠지, 대답하도록 노력해볼게. 네 목소리가 듣고 싶어.

앨리스는 물론 묻고 싶은 것이 있었지만 엄마나 할머니에게서 답을 찾지 않을 생각이었다. 엄마는 지금까지 내내 침묵으로 앨리스를 조종했다. 막혀버린 대화, 빗나간 질문. 줄리아는 앨리스가 필요한 사실을 하나도 알지 못한 채 추측하고 전략을 짜게 만들었다. 두 사람 모두—로즈는 어쩌면 말하지 않음으로써—앨리스에게 거짓말을 했고, 따라서 믿을 만한 정보원이 아니었다.

그날 밤 앨리스는 엄마를 남겨두고 그리스 식당을 나와 어퍼웨스트사이드에서 캐리와 같이 쓰는 브루클린 아파트까지 걸어갔다. 침실 하나짜리 아파트였고, 거실에 소파베드가 있었다. 원칙은 두 사람이 침실을 일주일씩 번갈아 쓰는 것이었다. 캐리가 데이트 상대의 집에서 자고 오거나 하면 규칙을 유연하게 적용했고, 한 사람이 소파베드를 펴지 못할 정도로 피곤할 때는 더블 침대에서 같이 잤다. 앨리스가 들어왔을 때 캐리는 이미 파자마를 입고 소파베드에서 일기를 쓰고 있었다. 캐리가 소파베드를 쓰는 주였다. 앨리스가 유치원에서 사귄 친구는 어릴 때 모습 그대로 어른이 되었다. 크고 파란 눈에 짧은 머리는 갈색이고 키가 작았다. 앨리스는 지난 몇 년간 키가 아주 많이 컸기 때문에 유치원 때와 전혀 달랐다.

캐리가 앨리스를 머리끝부터 발끝까지 살피더니 말했다. "어마어마한 일이 있었구나." 그녀가 자리에서 일어나 물을 끓이고 수건을 가져올 준비를 하려는 것처럼 물었다. "뭐가 필요해?"

앨리스는 문 앞에 서서 캐리에게 전부 다 말했다. 그런 다음 백팩과 코트를 바닥에 떨어뜨리고 앵클부츠를 벗은 뒤 소파베드에 웅크리고 누웠다. 앨리스가 무릎을 가슴 앞으로 모아 끌어안자 캐리가 등을 문질러주었다.

"너한테 아빠가 있구나." 캐리가 놀란 목소리로 말했다.

"말하자면? 법적으로는 아버지가 아니야. 날 원하지 않았대." 머리카락이 얼굴을 덮었기 때문에 앨리스는 옅은 색 커튼 같은 머리카락에 대고 말했다.

"이런 비밀을 이십오 년 동안 지킬 수 있는 사람은 너희 엄마밖에 없을 거야." 캐리는 처음 만나는 사람에게도 단 몇 분 만에 자기 이야기를 전부 다 털어놓곤 했으므로 줄리아의 평정심을 늘 이해하지 못했다. 두 사람이 십대였을 때 한번은 캐리가 앨리스의 집에 자러 갔다가 줄리아에게 언제 남자랑 처음 잤냐고 물었다. 앨리스와 캐리는 줄리아의 안에서 무슨 일인가 벌어지면서 얼굴이 옅은 자주색으로 바뀌는 것을 보았고, 줄리아는 일 때문에 전화해야 할 데가 있다면서—금요일 저녁 아홉시였다—밖으로 나갔다.

"비밀을 평생 지킬 수도 있었을 거야." 앨리스가 캐리를 보았다. "사실을 말해서 나한테 상처를 주려고 했던 것 같아. 표정이…… 모르겠어, 약간 신나 보였어."

"그 사실을 알면 네가 어떻게 할까 싶어서?" 캐리가 말했다.

앨리스가 고개를 끄덕였다. 눈 뒤쪽을 압박하는 눈물이 느껴졌다. "나는 누구에게도 상처 주지 않으려고 하는데 엄마는 내가 사는 방식에 왜 그렇게 짜증을 내는지 모르겠어."

"오, 앨리스." 캐리가 말했다.

"난 단순하게 사는 게 좋아." 앨리스는 작은 가위로 잘린 마음속의 실을 전부 느낄 수 있었다. "난…… 너무 많은 것을 느끼고 싶지 않아."

"알아." 캐리가 잠시 침묵하다가 말했다. "난 항상 너랑 너희 엄마에 대해서는 최대한 아무 말도 안 했어. 너도 알지."

앨리스는 고개를 끄덕이면서 무슨 말이 나올까 벌써부터 체념했다. "말해." 그녀가 말했다. "하고 싶은 말 다 해."

캐리의 표정이 바뀌었다. 캐리는 이 허락을, 이 기회를 진지하게 받아들였다. "좋아, 내 생각에는 이렇게 된 것 같아. 제삼자인 내 입장에서 보자면 넌 아마도 엄마한테서 아빠가 죽었다는 이야기를 들은 순간부터 마음의 문을 닫았어. 넌 아직도 그 얘기—알고 보니 거짓말이었지만—를 듣기 전에 사랑했던 사람들만 진심으로 사랑해. 네가 스스로 사랑하도록 허락한 유일한 사람들이지. 나, 네 엄마랑 할머니. 어렸을 때는 네가 가끔 마음을 열 뻔했던 것도 같아. 너 중학교 때 머리카락이 삐죽삐죽한 남자애한테 반했던 거 기억나? 하지만 그러다가 마음의 문을 완전히 닫았지. 넌 정말 마음씨가 곱지만 그 마음을 쓰지 않

아. 너희 엄마 책임이야. 너희 엄마가 널 아주 특수한 기술을 가진 해병대원이나 뭐 그런 사람으로 키운 것 같아. 네 평생에 터무니없는 거짓말을 했으니까 너희 엄마는 내가 생각했던 것보다 책임이 더 커. 이제 그걸 깨닫고 자기 실수를 되돌리려고 하시는 게 분명해."

"날 되돌릴 필요는 없어." 앨리스는 카펫의 접힌 자국 같은 자신의 완고함이 느껴졌지만 상관하지 않았다. "차라리 엄마가 말하지 않았더라면 좋았을 거야."

캐리가 몸을 숙여 앨리스의 뺨에 키스했다. 몇 년 동안이나 억눌러 온 말을 하고 나니 램프를 깨끗하게 닦은 것처럼 표정이 더 밝아졌다. "하지만 이미 말하셨고, 어떻게 보면 흥분되는 일이기도 하잖아, 안 그래? 너희 아빠가 살아 계시대. 아빠를 만나러 가서 왜 그랬냐고 물어볼 수도 있어. 어쨌든 넌 아빠 유전자를 다 물려받았잖아. 이제 그 키 큰 남자를 만날 수 있다고."

"만날지 말지 생각하기 전에 타임라인을 먼저 파악해야 해." 앨리스가 말했다. "시카고에서 무슨 일이 있었는지 알아내야 해. 아무것도 모르겠어, 캐리."

캐리가 앨리스를 흘끔거렸다. 그녀는 앨리스가 어떤 식으로 움직이는지 알았다. 두 친구는 많은 면에서 정반대였지만 둘 다 삶의 방식을 신중하게 결정했고, 개자식은 참지 않았고, 항상 서로의 뒤를 봐주었다. "내가 어떻게 도와줄까?" 그녀가 말했다.

"내가 구글에서 아빠를 검색하는 동안 옆에 있어줘." 앨리스가 말했다. "그리고 내가 모든 걸 정리할 시간을 줘. 서두를 필요는 없어."

두 사람은 새벽 네시까지 잠도 안 자고 소파베드에 앉아 있었다. 귓속이 계속 웅웅거리는 앨리스에게는 힘든 일이었다. 컴퓨터 화면에 뜬 문장을 읽기도 힘들고 이미지도 너무 많았다. 앨리스의 아버지는 시카고 불스의 수석 물리치료사였고, 따라서 인터넷에 사진이 무척 많았다. 선수들과 대화중인 사진이 몇 장 있었는데, 아마도 부상에 대해 이야기하는 듯했다. 똑같은 폴로셔츠를 입은 약 서른 명의 남자와 함께 직원 명단에도 사진이 있었다. 그보다 예전 사진, 노스웨스턴 대학 시절 사진은 한 장뿐이었다. 대학 농구팀 단체 사진이었는데, 그는 저지 셔츠에 평범한 바지 차림으로 목발을 짚고 줄 맨 끝에 서 있었다.

"이 사진 진짜 귀엽다." 캐리가 말했다. 그 이후 사진에서는 나이가 더 들어 보일 뿐 아니라 해변의 바위처럼 지쳐 보였다. 캐리가 더 가까이 다가와서 자세히 보았다. "1982년 사진이네. 네가 태어나기 전해야."

앨리스가 고개를 끄덕였다. 그녀는 식당에서 물만 몇 리터 마셨을 뿐이지만 약간 취한 기분이었다. 그러다가 앨리스와 캐리는 잠들었고, 다음날은 토요일이라 알람이 울리지 않아서 오전 늦게야 일어났다. 앨리스는 머리가 아팠지만 짐을 내려놓은 것처럼 마음이 놓이기도 했다. 아침식사를 하다가 문득 자신이 엄마를 생각해서 지금껏 질문을 억누르고 대답을 찾는 것을 회피해왔다는 생각이 들었다. 이제 더이상 그럴 필요가 없었다. 앨리스는 원하면 누구에게 무엇이든 물어볼 수 있었다. 그러자 어찌나 웃음이 나던지 뺨이 아플 정도였다. 캐리가 시리얼을 먹다 말고 고개를 들어 같이 미소를 지었다.

앨리스는 이게 무슨 뜻일까 생각했다. 자신이 묻고 싶은 질문은 무엇이었을까? 뭘 알고 싶었을까? 무슨 말을 하고 싶었을까? 앨리스는 이러한 가능성을 생각해본 적이 없었다. 눈을 덮고 있던 눈가리개가 벗겨진 것 같았다. 사방 어디를 보아도 지평선이 끝없이 펼쳐져 있었다. 누가 문을 두드렸다. 론이었다.

"캐리가 알려줬어." 론이 이미 시작된 회의에 뒤늦게 참석하는 사람처럼 식탁 앞에 앉았다. "앨리스, 이거 진짜 말 된다. 널 보면 늘 뭔가를 기다리는 것 같았어. 땅에 귀를 대고 그걸 놓칠까봐 꼼짝도 안 하는 것 같았지. 난 네가 어떤 남자를 기다리는 줄 알았는데, 이게 훨씬 더 멋지네."

"그러니까 말이야." 캐리가 말했다.

"박사를 딸 뻔한 내 실력을 써먹어야겠다. 알다시피 내 검색 실력은 세계적인 수준이거든. 이 사람들에 대한 정보를 모조리 찾을 수 있게 우리가 도와줄게."

앨리스가 반박하려 했지만 론이 커다란 손을 흔들었다. "도와줄 기회가 생겨서 우리가 얼마나 기쁜지 알아? 넌 절대로 도움을 안 받으려고 하잖아. 항상 괜찮다 그러고. 앨리스 파다바노, 네 안에는 드라마 퀸이 없지만 이건 빌어먹을 드라마야."

"난 드라마 싫어해." 앨리스가 접시에 대고 말했다.

"우리도 알아. 하지만 널 도울 기회가 생기다니 너무 행복해서 울 것만 같아."

"난 울고 있어." 캐리가 말했고, 정말로 울고 있었다.

"힘든 건 알아." 론이 말했다. "하지만 우리가 널 보살피게 해줘, 알았지?"

앨리스가 손으로 얼굴을 가리고 웃었다. 그녀의 마음속 실이 전부 끊어졌고, 이제 저항할 방법은 없었다. 친구들의 사랑이 그녀의 피부를 뚫고 몸속으로 밀려드는 걸 느끼며 앨리스도 울었다.

"이 식탁 말이야." 문득 기억이 떠올라 앨리스가 말했다. "나 어릴 때 우리집 식탁이었어. 다섯 살 때 이 식탁 앞에 앉아서 아빠가 죽었다는 말을 들었어."

"우와." 캐리가 말했다.

"역사는 어디에나 있다니까." 론이 말했다. "진짜 너무 좋아."

학술도서관에서 일하는 론이 일주일 뒤에 윌리엄 워터스와 파다바노가의 세 자매에 관한 전기 자료와 사진이 담긴 폴더를 앨리스에게 주었다. 그가 화질이 좋고 덜 흐릿한 아버지의 사진들을 찾았는데 앨리스와 놀랄 만큼 비슷했다. 마른 체형, 큰 키, 똑같이 옅은 색 머리카락, 똑같은 눈. 윌리엄과 줄리아의 결혼식 기사도 있었다. 기사에서는 줄리아를 미래의 주부로, 윌리엄을 장차 역사학 교수가 될 대학원생으로 소개했다. 결혼식 날 찍은 클로즈업 사진이 실려 있었다. 반짝이는 흰색 드레스를 입은 줄리아는 아름다웠다. 윌리엄은 근사한 정장 차림이었고, 얼굴을 빛내며 웃는 줄리아 옆에서 순종적인 미소를 지었다. 앨리스는 사진을 자세히 살펴보다가 엄마가 너무 행복해 보여서 놀랐다. 십육 개월 후 결혼생활에서, 그리고 시카고에서 그녀를 쫓아낸 불행이 무엇인지 몰라도 그 징후는 보이지 않았다.

윌리엄의 대학 학위, 역사학 대학원 일 년 재학, 운동생리학 석사학위 취득, 직업 경력에 대한 정보가 있었다. 두 번의 입원 경험도 자세히 설명되어 있었는데, 대학생 때 무릎 수술로 한 번, 1983년—앨리스가 아기였을 때—에 정신병원에 한 번 입원했다. 아마도 그의 정신질환 때문에 그와 엄마가 이혼하고 그가 앨리스를 포기한 것 같았다. 앨리스와 엄마는 윌리엄 워터스가 아직 병원에 있을 때 뉴욕시로 이사 왔다.

앨리스가 폴더를 넘겨 보고 있는데 엄마에게 문자메시지가 왔다. 문학에서 어떤 사람이 그림자를 잃어버린다는 게 무슨 뜻인지 알려줄래? 내 기억에는 피터 팬이 웬디의 그림자를 훔쳤던 것 같은데.

앨리스가 캐리에게 문자를 보여주었다. 캐리가 말했다. "너희 엄마 머릿속에서 아주 재미있는 일이 벌어지고 있나봐. 답장 보낼 거야?"

"아니. 이거 봐. 나보다 먼저 태어난 사촌이 있어, 나랑 한 살 차이도 안 나. 이저벨라. 세실리아 이모의 딸이야. 나를 뺀 모든 파다바노가 사람들이랑 비슷하게 생겼어."

그들은 식탁 앞에 앉아 있었다. 앨리스가 맛있게 할 줄 아는 거의 유일한 요리인 스파게티를 조금 전에 먹었다. 스파게티는 앨리스가 제일 자주 만드는 요리이기도 했다. 캐리가 제일 자주 만드는 요리는 눈에 보이는 건 뭐든지 넣은 샐러드였고, 결과는 그때그때 달랐다.

"그 슬픈 소설 편집은 끝났어?"

"『작은 아씨들』? 응."

"그럼 시카고에 가야겠다." 캐리가 말했다. "일은 며칠 쉴 수 있잖아. 정보는 전부 그 폴더에 있고."

"정보가 더 있을지도 몰라." 앨리스가 말했다. 몸이 의자에 뿌리를 내린 것처럼 무겁게 느껴졌다. 주의를 돌릴 만한 것을 찾아서 방을 둘러보았지만 아무것도 없었다. 물려받은 가구, 설거지할 그릇이 가득한 싱크대밖에 보이지 않았다. 그녀가 말했다. "캐리, 아버지는 날 만나고 싶지 않을 거야. 나랑 어떤 관계도 맺고 싶어하지 않았으니까."

캐리가 커다란 눈으로 그녀를 보았다.

"울지 마." 앨리스가 경고했다.

"안 울어. 들어봐. 그건 아주 오래전에, 너희 아버지가 끔찍한 심리 상태일 때 내린 결정이야. 지금은 전혀 다를지도 몰라. 지난 이십오 년 동안 널 포기한 걸 후회하며 지냈을 거야. 아니면 너희 엄마가 너한테 살짝 거짓말을 했을지도 모르고. 제길, 너희 엄마가 아빠한테 돈을 주면서 너한테 접근하지 말라고 했을지도 몰라. 론이 뒤지는 옛날 신문에서는 그런 답을 찾을 수가 없어. 네가 거기 가서 아버지한테 물어봐야 해."

가자. 앨리스는 생각했다. 그녀는 지금까지 여행을 거의 하지 않았다. 보스턴까지 네 시간을 운전해서 가는 것은 익숙했다. 그리고 로즈 할머니를 만나러 플로리다에도 갔다. 하지만 앨리스는 유학을 선택하지 않았을뿐더러 사람들이 왜 뉴욕시를 떠나는지 절대 이해하지 못했다. 여기가 그녀의 집이었고, 그 어느 곳도 경쟁 상대가 안 됐다.

"넌 성인이야." 캐리가 말했다. "스물다섯 살이고. 넌 아빠가 필요하지 않아. 그냥 만나서 뭐가 어떻게 된 건지 물어보기만 하면 돼. 그래야 너도 네 인생을 살아갈 수 있어."

앨리스는 친구의 말에 귀를 기울이면서 이해하려고 애썼지만, 시카고에 가서 아버지를 만나는 것과 자기 인생을 계속 살아가는 것이 서로 충돌했다. 앨리스는 지금 자기 인생을 살고 있었다. 시카고행 비행기를 타는 것만으로도 앨리스가 어린 시절 이후 만들어온 안전하고 신중하고 차분한 젊은 여성은 폭발하고 말 것이다.

윌리엄
2008년 11월

윌리엄이 듣지 않아도 아는 몇 가지가 있었다. 켄트는 윌리엄의 정신과 주치의에게 전화해 약물치료에 빈틈이 없는지, 상담할 때 윌리엄을 더욱 유심히 지켜보았는지 분명히 확인했을 것이다. 윌리엄도 켄트의 걱정을 느낄 수 있었다. 두 사람이 처음 만난 이후로 정도는 달랐지만 줄곧 사라지지 않은 걱정이었다. 이혼 절차를 밟으면서 니콜이 켄트와 함께 살던 타운하우스에서 나갔을 때 윌리엄은 결혼생활을 하던 켄트가 갑자기 혼자가 돼서 외로울까봐 며칠 동안 손님방에서 지냈다. 그때 그는 친구를 도울 기회가 생겨서 감사했다. 켄트가 슬퍼해서 미안하다고 하자 윌리엄은 지금까지 늘 자신만 걱정을 샀는데 반대가 되어서 안심이라고 말했다. 이혼 절차가 끝나고 켄트는 삶에 대한 사랑과 열정을 되찾았지만 이 거구의 의사는 여전히 약간 지쳐 있었고, 윌리엄도 그것을 느꼈다. 윌리엄은 친구가 다시 자신의 우울증을 보살펴야 하는 것이 싫었다.

윌리엄은 줄리아가 자기 때문에 시카고에 오지 않는 것도 알았다. 그가 실비의 삶에 들어갔기 때문에 줄리아는 꼼짝도 하지 않으려 했다. 실비는 언니의 헌신적인 보살핌을 받을 자격이 있는데도 말이다. 마지막으로 윌리엄은 지난 몇 주 동안 실비의 체중이 줄었음을 알았다. 그녀는 아무 말도 하지 않았지만 점점 작아졌고, 항상 몸이 차가웠다.

이제 윌리엄은 매일 저녁식사를 준비하면서 점점 줄어드는 실비의 식욕을 돋우려고 노력했다. 실비가 병아리콩을 좋아했기 때문에 그는 병아리콩에 소금을 잔뜩 치고 구워서 식사에 곁들여 냈다. 냉동실에 초콜릿칩 민트 아이스크림을 쟁여놓았고, 매일 아침 갓 구운 도넛을 사러 나가는 것이 윌리엄의 첫 일과였다. 그가 그래놀라 바를 권하거나 병아리콩이 담긴 그릇을 실비 쪽으로 밀면 그녀는 미소를 지었다. 실비는 그가 뭘 하는지 다 알았다. 어쨌거나 그녀는 늘 알았다.

어느 날 밤 저녁식사를 할 때 실비가 말했다. "미안해. 요즘 내가 말이 별로 없었지."

"괜찮아." 그가 말했다. "당신 피곤하잖아."

"그보다는……" 실비가 표현할 말을 찾는 듯 잠시 뜸을 들였다. "내 안에 모든 것이 너무 많아…… 그게 내 관심을 독차지하고 있어. 마크 트웨인이 했던 말 알지? 모든 일이 한꺼번에 일어나지 않도록 시간이 존재한다고. 내 삶에서 일어났던 모든 일이 지금 내 마음속에서 일어나고 있는 것 같아. 지루할 틈이 없어. 난 모든 사람을, 모든 것을 생각하는 중이야. 난 지금 당신과 함께 있고, 당신도 이 속에서 나와 함께야." 실비가 자기 머리를 가리켰다. "아빠도 여기 계셔. 아빠랑 나는 식료품점 뒤에 있지."

윌리엄이 실비의 말을 이해해서라기보다 귀를 기울이고 있다는 뜻으로 고개를 끄덕였다. 그는 아마 이해하지 못할 터였다. "그래서 좋아?"

실비가 이 말에 대해 곰곰이 생각한 다음 고개를 끄덕였다. "좋아."

윌리엄이 저녁식사한 그릇을 식기세척기에 넣은 뒤 두 사람은 곧장 잠자리에 들었다. 실비가 잠을 충분히 자야 했기에 이제 두 사람은 저녁에 한두 시간 동안 소파에서 책을 읽고 농구 경기 보는 것을 그만두었다. 그날 밤 두 사람은 사랑을 나눈 다음 알몸으로 잤다. 젊었을 때 이후로 처음이었다. 두 사람은 습관과 정해진 일과를 차근차근 없앴다. 꼭 마룻널을 떼어내고 그 밑에서 기쁨을 발견하는 기분이었다.

잠들기 전에 실비가 말했다. "아, 하고 싶은 말이 있었어." 그녀가 팔꿈치를 괴고 상체를 일으켰다. "난 내가 자랑스러워."

실비의 목소리에 담긴 놀라움에, 그리고 예상치 못한 말이었기에 윌리엄이 웃었다.

그녀가 미소를 지었다. "그냥, 난 그럴 줄 몰랐거든. 당신과 함께하게 되었을 때 나는 영원히 나 자신을 약간 미워할 줄 알았어. 내가 좋은 사람이었다면 당신을 멀리했을 테니까. 불행하게 지냈을 테니까. 하지만 내가 이 선택을 했을 때……" 실비가 잠시 말을 멈추었다. 윌리엄은 실비가 점점 더 자주 말을 멈춘다는 사실을 깨달았다. 제일 높은 가지에 달린 열매처럼 말에 닿는 것이 더 힘들어진 것 같았다.

"설명하기 힘들지만, 우리 사랑이 너무 넓고 깊어서 나는 눈에 보이는 모든 것과 모든 사람을 사랑하게 됐어. 나까지 포함해서." 실비가 더욱 활짝 미소를 지었다. "바보같이 들리겠지만, 난 나 자신이 자랑스러워. 아마 용감하게 살아서 그런가봐."

윌리엄은 잠시 아무 말도 할 수 없어서 고개만 끄덕였다. "자랑스러워해야지." 그가 말했다.

실비가 미소를 띤 채 눈을 감았다. 그녀는 곧 잠들었고, 윌리엄은 캄캄한 침실에서 오랫동안 잠들지 못한 채 누워 있었다. 그는 아내의 숨소리에 귀를 기울였다. 나는 나 자신이 자랑스러운가? 그런 생각은 해보지 않았다. 어쩌면 몇 번쯤, 아주 잠깐 그런 느낌이 들었을지도 모른다. 힘들어하는 선수를 진정으로 도왔을 때, 아무도 보지 못한 문제를 발견하고 해결책을 찾았을 때. 그는 자기 내면을 탐색해보다가 줄리아에게 전화한 자신이 자랑스럽다는 사실을 깨닫고 깜짝 놀랐다.

그는 기숙사 방에서 실비에게 했던 첫 키스를, 처음 몇 달 동안 그 방에만 머물렀던 두 사람의 사랑을 기억했다. 어떤 면에서 윌리엄은 늘 그들의 사랑을 담고만 있었다, 손에 쥐고 있었다. 그러면 더 안전한 느낌이 들었다. 실비의 사랑이 어디 있는지 알면 잃을 일이 없었다. 아내는 정말 용감했지만—줄리아를 잃고 쌍둥이에게 상처를 준 사람은 그녀였다—윌리엄은 그 무엇도 무릅쓰지 않았다. 그는 무엇을 잃을까봐 두려워하는 영원한 겁쟁이였다.

하지만 실비가 병들면서 일어날 수 있는 최악의 일이 이미 일어나버렸다. 그는 실비를 보호하기 위해 자신을 열어야 했다. 윌리엄은 첫 아내에게 도움을 청했다. 그는 단지—두 사람을 갈라놓은 사반세기를 넘어—그런 요청을 함으로써 줄리아에게 자신을 드러냈을 뿐 아니라 그들이 함께였을 때 자신이 얼마나 망가진 사람이었는지 생각하지 않을 수 없게 되었다. 윌리엄은 항상 열린 마음이 위험과 동의어라고, 자신이 이뤄낸 새로운 삶을 꽉 잡지 않으면 날아가버릴 거라고 생각했다. 그러나 경계를 낮추자 삶이 더욱 커졌다. 숨겨왔던 사진이 벽화가 되었다. 앨리스와 캐럴라인이 팔 하나 뻗으면 닿을 거리에 서 있었다. 그의 장인은 거리와 시간을 넘어 자기 애정을 빛낼 방법을 찾았다. 그리고 한때 윌리엄이 놓아버렸던 실비의 사랑은 기하급수적으로 커지는 힘을 가지고 있음을 보여주었다. 실비의 사랑은 점점 커져서 그의 주변을 채웠고, 그의 삶 전체가 되었다.

앨리스
2008년 11월

제일 싼 시카고행 비행기가 오전 여섯시 출발이라 론이 그날 아침에 형의 자동차를 빌려서 캐리와 함께 앨리스를 공항까지 데려다주었다. 두 사람이 데려다주지 않았다면 앨리스 혼자서는 못 갔을 것이다. 아버지가 있다는 이야기를 듣고 엄마와 말을 안 한 지 이 주가 지나자 기분이 이상하고 팔다리가 무거웠다. 친구들이 등을 떠밀어줘야 했다. 캐리가 시카고에 같이 가겠다고 했지만 앨리스는 혼자 가야 한다는 사실을 알았다.

앨리스는 작별의 포옹을 거부했다. "내일 돌아올 거야." 그녀가 말했다.

"언제든지 표를 바꿔서 더 있다가 와도 돼." 캐리가 말했다.

"거기 가서 그 사람들한테 뭘 놓쳤는지 보여줘." 론이 말했다. "그 사람들은 네 가족이야. 필요하면 겁내지 말고 그냥 꺼지라고 해. 하지만 미소 짓는 것도 겁내지 말고."

앨리스가 회색 백팩을 메고 공항을 가로질렀다. 그녀는 승무원의 지시에 따라 비행기에 올랐고, 도착할 때까지 계속 눈을 감고 있었다. 음료수를 권할 뿐이라 해도 누가 말을 시키는 것을 견딜 수 없었다. 앨리스는 팔걸이를 꽉 잡고 비행기가 흔들릴 때마다, 자신이 차지하는 공간과 공기가 조금이라도 움직일 때마다 날카롭게 의식했다.

대성당 같은 유리 천장을 갖춘 거대하고 미로 같은 오헤어 공항에 도착한 앨리스는 줄을 서서 택시를 기다렸고, 기사에게 시카고 시내 불스 훈련장 주소를 댔다. 택시가 강을 건너 높은 건물이 우거진 도심으로 들어가자 앨리스는 관심 있게 보려고 애썼다. 고가 열차가 택시 위에서 덜컹거리며 달렸다. 길을 걷는 사람은 뉴욕보다 적은 것 같았다. 그녀는 벽화가, 심지어 세실리아의 벽화가 보이면 좋겠다고 생각했지만 이 지역은 벽이 텅 비어 있었다.

앨리스는 생각했다. 여기가 엄마가 자란 곳이구나. 내가 아버지를 만날 곳이고. 혼자임이 몸으로 느껴지는 기분이었다. 며칠 동안 누구와도 닿지 않은 것처럼 피부가 따끔거렸다. 앨리스는 엄마의 목소리가 거의 기억나지 않는다는 사실에 당황했다. 여기 있으니 영구적으로, 아주 의미심장하게 줄리아를 떠나온 느낌이 들었다. 앨리스는 그리스 식당에서 만났던 그날 밤 이후 처음으로 엄마에게 문자메시지를 보냈다. 그림자는 빛의 차단이나 사람의 반쪽을 나타내요. 등장인물이 그림자를 잃어버린다는 건 자신의 일부를 잃어버려서 되찾으려고 노력해야 한다는 뜻이에요.

택시가 멈췄다. 앨리스는 돈을 내고 차에서 내렸다. 가만히 서 있거나 스스로에게 생각할 시간을 주면 안 된다는 것을 알았다. 앨리스는 눈앞의 유리문을 열고 널찍한 로비로 걸어들어갔다. 멀리서 농구공을 튀기는 소리가 들리고 키가 엄청나게 큰 남자들이 무릎을 높이 세운 채 구석 소파에 앉아 있었다. 나이 많은 남자가 목에 호루라기를 걸고 그녀를 지나쳤다. 210센티미터는 되어 보였다. 앨리스는 사람들이 자기 키를 흥미롭게 여기지 않는 곳에 있음을 깨닫고 기분이 묘해졌다. 이 건물에는 거인이 득시글거렸다.

그녀가 안내데스크로 걸어갔다. 컴퓨터 화면을 보던 젊은 남자가 고개를 들었다. 앨리스를 보고 눈을 깜빡이더니 "어떻게 도와……"라고 말하다가 멈췄다. "우리 물리치료사 코치님이랑 똑같이 생겼네요."

"윌리엄 워터스 말인가요?" 앨리스가 말했다.

그가 고개를 끄덕였다. "신기하네요."

"그분을 뵐 수 있을까요?"

"아직 안 오신 것 같은데요. 하지만 금방 오실 거예요. 앉아서 기다리겠어요?"

앨리스가 고개를 끄덕이고 로비를 가로질러 소파가 여럿 놓인 쪽으로 갔다. 자리에 앉으면서 체구가 큰 사람들을 위해 만들어진 것이라 소파가 유난히 높다는 사실을 깨달았다. 앨리스는 침착하고 편안해 보이려고, 정문이 열릴 때마다—자주 열렸다—깜짝 놀란 표정을 짓지 않으려고 최선을 다했다. 십오 분 뒤에 앨리스는 캐리에게 문자메시지를 보냈다. 나 얼마나 기다려야 해?

답장이 왔다. 한참.

삼십 분 뒤에 안내데스크 청년이 다가와서 말했다. "너무 오래 기다리게 해서 죄송해요. 윌리엄 코치님은 보통 시간 맞춰 오시거든요. 여기서 기다리고 있다고 음성메시지를 남겨놨어요. 곧 오실 거예요."

앨리스가 고맙다는 뜻으로 고개를 끄덕였고, 남자가 멀어지자 음성메시지에 그가 자신을 어떻게 설명했을까 생각했다. 코치님이랑 똑같이 생긴 키 큰 여자가 왔어요? 아니면, 코치님이 원하지 않았던 따님이 찾아왔어요?

한 시간이 지나고 배가 꼬르륵거렸다. 점심시간이 거의 다 되었고, 앨리스는 새벽이 되기도 전에 일어났지만 긴장돼서 아무것도 먹지 못했다. 직원들이 그녀에게 동정어린 시선을 보냈다. 앨리스는 생각했다. 난 바보야. 내가 여기 온 걸 알고 안 오는 게 분명해. 다들 날 불쌍하게 보고 있어.

그녀는 캐리에게 문자메시지를 보냈다. 십 분만 더 기다리다 갈 거야.

친구에게 바로 답장이 왔다. 그 건물에서 나가도 되지만 시카고를 떠나면 안 돼. 거기서 스물네 시간은 보내기로 했잖아. 비행기표 내일 거야. 아무 이모한테나 전화해. 누구든 만나.

앨리스는 생각해보았다. 그녀는 무엇보다도 공항으로 돌아가고 싶었다. 편안하고 안락한 삶으로 돌아가고 싶었다. 용감하게 여기까지 왔지만 생각대로 일이 풀리지 않았다. 하지만 앨리스가 다섯 살 때 아빠를 잃은 뒤부터 마음을 닫았다는 캐리의 말이 맞는 것 같았다. 앨리스는 엄마의 머리카락에 꽁꽁 묶여 있었다. 어렸을 때 아침에 오렌지 주스를 마시면서 엄마의 통제도 같이 마셨다. 앨리스는 스물다섯 살인데 사랑에 빠진 적도 없고 섹스 경험도 없었다. 대학 파티에서 술 취한 남자애가 그녀에게 키스한 적은 있지만 그녀가 먼저 키스한 적은 한 번도 없었다. 앨리스는 지금의 안전한 삶이 좋았지만, 하다못해 할 수 있다는 걸 증명하기 위해서라도 마음의 창문을 열어야 했다.

"죄송합니다." 청년이 다시 그녀 앞에 섰다. "동료인 켄트 선생님한테도 연락해봤는데, 같이 계실 때가 많거든요. 켄트 선생님 전화도 음성사서함으로 넘어가네요. 여기서 계속 기다리니까 죄송해서요. 전화번호를 남겨두고 볼일을 보는 게 어떨까요? 윌리엄 코치님이 오시면 연락드릴게요."

앨리스는 남자가 준 메모장에 핸드폰 번호를 적은 뒤 고맙다고 인사했다. 그녀는 창피하지 않은 것처럼, 이제부터 뭘 할지 아는 것처럼 고개를 높이 들고 건물을 나섰다. 바깥의 깨끗한 공기 속으로 나오니 뭘 해야 할지 떠올랐다. 그녀의 침실 벽에 붙어 있을 뿐 아니라 꿈에도 나오는 그림을 그린 세실리아 이모에게 전화하는 것이다. 론이 세실리아의 번호를—사실은 모두의 전화번호를—찾아주었다.

앨리스는 벨이 울리는 동안 생각했다. 아무도 안 받으면 공항으로 가야지. 여자 목소리가 "여보세요?"라고 말하자 앨리스는 가슴이 철렁했다.

"세실리아 파다바노 씨인가요?" 그녀가 말했다.

"아뇨, 이지예요. 병원인가요? 메시지를 남기겠어요? 전 세실리아 파다바노의 딸이에요."

"뭐라고요?" 앨리스가 말했다. "아뇨, 병원은 아니에요. 나는…… 음…… 내 이름은 앨리스예요. 앨리스 파다바노. 당신이 내 사촌 같은데요?"

그러자 전화 양쪽에서 침묵이 흘렀다. 앨리스는 수영장 깊은 쪽 끝에서 가라앉듯이 정적 속으로 가라앉았고, 바닥에 닿기는 할지, 언제쯤 닿을지 전혀 몰랐다. "세상에." 마침내 이지가 말했다. "앨리스! 어디야? 시카고야?"

앨리스가 고개를 끄덕이다가 말로 해야 한다는 사실을 깨달았다. "응."

"당장 여기로 와." 이지가 말했다. "우린 네가 필요해. 집으로 와줘."

줄리아
2008년 11월

줄리아는 사무실에서 그 전화를 받았다. 여섯시가 넘어서 직원 대부분이 일을 마치고 퇴근했다. 직원들은 지난 몇 달 동안 줄리아가 일에 집중하지 못하는 것을 알아차렸다. 그들은 줄리아가 멍한 틈을 이용해 점심을 오래 먹고 업무 시간도 줄였다. 나 다 알아. 줄리아는 직원들에게 이렇게 말하고 싶었지만 그다음에 뭐라고 해야 할지 몰라 아무 말도 하지 않았다. 그녀는 계속 꾀를 부리면서 보통 자기 아파트에서 혼자 하루를 보냈다. 이제 자기 행동이나 생각이 완벽하게 이치에 맞기를 기대하지 않았다. 줄리아는 매일 어깨 너머를 흘끔거리며 과연 진짜 줄리아가 실망으로 표정이 어두워진 채 자신을 따라잡을지 궁금해했다. 그 줄리아는 이런 성공을 위해 너무나 열심히 일했고, 이 줄리아는 그럴 가치가 있었는지 의심했다.

전화가 울려서 발신자를 보니 시카고 번호였다. 실비의 핸드폰 번호는 아니었지만 실비가 도서관이나 집에서 거는 걸지도 몰랐다. 연락이 온 적은 없었다. 줄리아는 두번째로 시카고에 갈 때 공항으로 가는 길에 실비에게 문자메시지를 보냈고, 두 사람이 같이 있지 않을 때 했던 연락은 그 정도가 전부였다. 그러나 줄리아가 가벼운 마음으로, 요즘 자신이 견딜 수 있는 줄리아는 지금 이 버전—실비와 함께하는 줄리아—이라고 생각하면서 전화를 받자 동생의 목소리가 들렸다.

"여보세요?" 줄리아가 말했다.

"나 세실리아야." 목소리가 말했고, 줄리아는 잠시 혼란스러웠다. 세실리아는 실비와 목소리가 비슷하고 물론 마찬가지로 그녀의 동생이었지만, 줄리아는 오랫동안 쌍둥이와 연락을 하지 않았다.

"아." 줄리아가 놀라움을 감추지 못한 목소리로 말했다. "안녕. 어떻게—"

세실리아가 말을 끊었다. "할말이 있어." 그녀가 말했다. "실비가 아팠어. 뇌종양이었어."

"알아." 이 말을 할 때 줄리아의 목구멍이 조여들었다.

"어떻게 알아? 실비가 말했어?"

"왜 그런 식으로 말하니?" 줄리아는 과거형으로라는 말을 하고 싶지 않았다. 그녀는 실비가 그날 아침에 갑자기 죽었다는 세실리아의 말을 잠자코 들었다. 윌리엄이 이십 분쯤 집을 비운 사이에 실비가 부엌에 갔다가 쓰러졌다. 집으로 돌아온 윌리엄이 바닥에 쓰러진 실비를 발견했다.

"표정이 어땠냐고 물어봤어." 세실리아가 말했다. "실비가 겁에 질렸었는지 알아야 했거든. 윌리엄이 그러는데 실비는 옆으로 누워 있었고 잠든 듯한 표정이었대."

줄리아는 자신이 전화기를 귀에 바짝 대고 있음을 깨달았다. 수화기를 놓치지 않도록 집중해야 했다. 바로 이 책상 앞에서 윌리엄과 했던 통화가 지금 이 통화와 겹쳐 있는 듯해서 폐소공포증이 생길 것만 같았다. 실비가 아파. 실비가 죽었어.

"너무 빨랐어." 세실리아가 언니의 생각을 들은 것처럼 말했다. "시간이 더 있을 줄 알았는데. 병세가 심해지면 언니한테 전화해서 돌아오라고 말하려 했어. 엄마한테도 말이야." 세실리아가 잠시 말을 멈췄다. "언니한테 전화하기 바로 전에 엄마한테도 연락했어."

"엄마." 줄리아가 다가오는 태풍에 이름을 붙이듯 말했다. 이제 로즈는 시카고로 돌아갈 것이다. 실비의 죽음이 로즈를 플로리다에서 불러낼 것이다. 다들 자신이 그전에 알았던 모든 것에서 벗어날 것이다.

세실리아가 한숨을 쉬었다. "에미는 내가 이걸 극복하려면 계속 물어봐야 한대. 어쩌면 그 말이 맞을지도 몰라. 그런데 병원에서 의사 선생님이랑도 얘기했는데, 종양이 실비 뇌의 뭔가를 압박해서—이름을 말해줬는데 뭐라고 했었는지 기억이 안 나—몇 초 만에 숨을 거뒀을 거래. 무슨 일이 벌어지는지 몰랐을 거래."

줄리아가 억지로 말했다. "그거 다행이네."

그녀는 실비를 마지막으로 보았던 일주일 전을 생각했다. 두 사람은 손을 잡고 영화를 보았다. 두 사람의 몸이 닿은 것은 처음이었고, 그렇게 닿으면서 생긴 에너지와 두 사람 사이에 놓인 그 오랜 세월과 각자의 자아, 그 모든 사랑 때문에 줄리아는 눈물이 고였다. 그녀가 있어야 하는 곳이 아니지만 정확히 자신이 속한 곳에서 오후를 보내며, 딸과는 연락도 안 한 채 동생의 손을 잡고 있는 것이 버겁게 느껴졌다. 실비는 며칠밖에 안 남았다는 걸 알았을까? 그래서 줄리아의 손을 잡고 줄리아가 공항으로 돌아갈 시간이 되자 끌어안았을까? 줄리아는 그 포옹을, 자기 몸을 누르는 동생의 몸을 아직도 느낄 수 있었다.

"앨리스가 여기 있어서 다행이야." 세실리아가 말했다. "이런 타이밍이라니 믿을 수가 없지만, 앨리스가 우리랑 같이 있다니 선물 같아."

"앨리스라고?" 줄리아는 잘못 들었나 싶었다. "앨리스가 시카고에 있어?"

"오늘 오후에 왔어. 언니, 앨리스랑 이지는 만나자마자 서로 무척 좋아해. 정말 믿을 수가 없어, 아기 때 같이 있었던 걸 기억이라도 하는 것 같아." 세실리아가 잠시 뜸을 들이다가 다시 말했다. "내 말 듣고 있어?"

"듣고 있어."

"언니도 당장 돌아와, 우리랑 같이 있자."

줄리아는 택시를 타고 집으로 가서 작은 가방에 옷을 몇 벌 챙겼다. 그런 다음 지난번에 찾아갔을 때 실비가 헤어지면서 건네준 꾸러미를 마지막으로 넣었다. 줄리아는 영화가 끝나고 바로 오헤어 공항으로 갈 생각이었지만 실비가 줄 것이 있다며 도서관에 먼저 들르자고 했다. "다음에 줘." 줄리아가 말했다. 실비가 이 말을 생각해보는 듯하더니 고개를 저으며 말했다. "지금 줘야 해." 줄리아는 꾸러미를 가방 깊숙이 넣고 다시 공항으로 갔다. 라과디아 공항으로 가는 길은 익숙했고, 지난번에 두 번 그곳에 갈 때는 자유로운 느낌이 들었다. 줄리아는 스스로를 지난 역사와 정체성으로부터 해방시켜 동생의 곁으로 날아갔다. 그때마다 줄리아는 자기 자신을 향해 가는 기분이었다. 이제 뉴욕에서 시카고로 가는 하늘 위에서 줄리아는 동생 세 명이 모두 자신의 일부라는 사실을 깨달았다. 네 사람은 같이 자랐고, 오랫동안 하나의 심장으로 뛰었다. 줄리아는 실비와 다시 만나면서 더욱 살아 있고 더욱 온전해진 기분이었다.

줄리아는 뉴욕에 사는 동안 자신이 아버지의 로켓이 되었다고 생각했지만, 시카고의 술집에서 실비 맞은편에 앉아 딸을 어떻게 도울 수 있을까 생각할 때 더욱 아버지의 로켓이 된 것 같았다. 동생의 시선을 받으며 줄리아는 뉴욕에 처음 도착했을 때와 같은 느낌을 받았다. 가능성이 부글거리고 그녀를 둘러싼 안전막이 흥분과 두려움으로 흔들렸다. 그녀는 뉴욕에서 로켓을 만든 다음 반짝반짝 빛나도록 닦았지만 쏘아올리지 않고 땅에 그대로 놔둔 것이 분명했다. 줄리아가 로켓이 되려면 동생들과 함께여야 했다. 그리고 딸을 놓아주어야 했다.

줄리아는 승무원에게서 술을 한 잔 받아들고 자신의 고향에 있는 앨리스를 상상하려 애썼다. 퍼즐을 다 맞췄는데 어디에도 맞지 않는 한 조각이 남은 것처럼 당황스러웠다. 앨리스의 이미지가 줄리아의 마음 속 시카고 지도 위를 맴돌았다. 딸이 엉뚱한 곳에 있어서가 아니라 줄리아가 오래전에 자신의 아기를 그곳에서 빼내고 모든 출입구를 봉했기 때문이다. 하지만 앨리스가 자기 아버지에 대한 진실을 알았다는 사실에 줄리아는 강렬한 안도감을 느꼈다. 실비는 줄리아가 비록 늦긴 했지만 솔직하게 말한 것을 인정해줬을 것이다. 동생의 인정을 받았다는 생각이 낚싯바늘처럼 줄리아의 마음을 낚아채자 줄리아는 그 고통 때문에 눈을 감아야 했다. 이제부터 줄리아가 하는 모든 선택을 실비는 알지 못하리라.

비행기는 열한시에 오헤어 공항에 착륙했고, 줄리아는 공항 호텔에서 자기로 했다. 쌍둥이가 기다리는 건 알지만 몇 시간만이라도 시카고라는 도시와 자신의 과거, 실비의 죽음 바깥에 있어야 한다고 몸이 요구하는 것 같았다. 그녀는 세실리아에게 아침에 가겠다고 문자메시지를 보낸 다음 자신을 끌어안은 채 잠들었다. 꿈에 그녀는 필슨의 거리에서 몇 걸음 앞서가는 실비를 따라잡으려고 애썼다. 아침이 되자 줄리아는 택시를 타고 어마어마한 양의 커피를 마시며 시카고로 들어갔다. 실비가 쌍둥이의 연결된 두 집에 대해 이야기했었다. 이제 보니 실비는 줄리아가 공개적으로 고향에 돌아왔을 때를 대비해주려고 했다는 생각이 들었다. 줄리아가 필슨에 다시 익숙해지도록 세실리아의 벽화를 보여주고, 이지에 대해 이야기해주고, 실비와 쌍둥이와 조카가 울타리를 없애고 집을 같이 써야 할 정도로 서로의 일상에 녹아들었다고 설명해주었다. 실비는 본인은 없지만 다른 이들은 모두 있을 때를 위해 줄리아를 준비시켰다.

줄리아는 쌍둥이가 자신에게 복잡한 감정을 가지고 있음을 알았다. 두 사람은 줄리아가 연락을 제한해서 여러 해 동안 힘들어했다. 세실리아와 에멀라인은 실비와 윌리엄이 사랑에 빠졌을 때 처음에는 줄리아를 무척 동정했다. 그러나 시간이 지나면 줄리아가 마음을 풀기를 바라고 또 그러리라 예상한 게 분명했지만 줄리아는 그러지 않았다. 에멀라인이랑 나는 아무 잘못도 안 했어. 언젠가 세실리아가 엽서에 썼다. 우리한테 앨리스를 보여줘. 언니도 우리를 만나줘. 어딘가로 같이 휴가를 가든지 여행을 가든지, 시카고나 뉴욕과 아무 관계 없는 걸 하자. 줄리아는 길 모퉁이에 서서 엽서를 읽었다. 항상 시끄러운 도시였지만 그녀가 서 있는 거리는 이상하게 조용했다. 줄리아는 세실리아의 제안을, 이 통로를 생각해보다가 아니라고 고개를 저었던 기억이 났다. 줄리아는 과거와—사실은 자신의 심장과—이어지는 밸브를 잠갔다. 반쯤 열린 밸브는 고장난 밸브일 뿐이었다.

줄리아는 오늘 윌리엄도 만날 것이다. 그가 그녀에게 쪽지와 수표를 주고 두 사람의 아파트에서 걸어나간 이후 처음이었다. 그게 전생의 일처럼 느껴졌고, 줄리아는 이제 다른 사람이었다. 지금은 윌리엄을 생각하면 몇 달 전에 그가 걸었던 전화도 결혼생활의 끝도 떠오르지 않았다. 농구 연습을 마치고 체육관에서 나오던 젊고 건강하고 잘생긴 그가 떠올랐다. 추위 속에서 그의 외투 깃을 잡아당기며 키스해달라고 했던 기억이 났다. 두 사람의 젊음이, 각자가 어떤 사람이고 진정으로 무엇을 원하는지 몰랐던 무지가 생각났다.

줄리아는 에멀라인의 현관문을 두드리면서 손이 떨렸다. 그 너머에 실비가 없다는 것을 알았기 때문이다. 아버지의 추도식에서 젊은 제지공장 직원이 말했었다. 돌아가셨다니 그럴 리가 없어요. 그 남자의 말이 옳았다, 그것은 불가능한 상실이었다. 실비 역시 불가능한 상실이었다. 하지만 정말 불가능한 것은 그 사람을 두고 떠나는 것일지도 몰랐다. 어떤 사람에 대한 사랑이 너무 커서 당신의 일부나 마찬가지일 때 그 사람의 부재는 당신의 DNA, 당신의 뼈, 당신 피부의 일부가 된다. 찰리와 실비의 죽음은 이제 줄리아를 구성하는 일부였다. 상실감이 그녀 안에서 강물처럼 흘렀다. 이렇게 오랫동안 떠나서 동생과 함께하는 시간을 포기하다니 줄리아는 바보였다. 줄리아는 실비의 삶의 시작과 끝을 겪었지만 그것으로는 충분하지 않았다.

문이 열리고 에멀라인과 세실리아가 모습을 드러냈다. 여동생들은 이제 사십대 중반으로 눈가에 가는 주름이 생겼다. 줄리아는 두 사람을 보자 숨이 막혔다. 그녀는 최선을 다하려고 애썼다. 하지만 지난 이십오 년 동안 혼자서 최선을 다했고, 당연히—이제야 깨달았다—절대 성공할 수 없었다. 줄리아가 시카고를 떠난다고 말했을 때 에멀라인이 말했었다. 언니한테는 우리가 필요해. 언니는 깨닫지 못할지도 모르지만, 진짜 필요해. 지금 우리는 서로가 필요해.

줄리아는 자기도 모르게 인사말처럼 이렇게 말했다. "미안해."

"아, 언니." 에멀라인이 말했다.

줄리아가 두 여자를 한꺼번에 끌어안고 그들의 머리카락에 얼굴을 묻었다. 자매들은 서로 끌어안은 채 세 사람으로 이루어진 구조물 안에서 숨을 쉬며 그저 잠시라도 새로운 안정을 찾으려 했다.

윌리엄
2008년 11월

병원에서 집으로 돌아올 때 켄트가 따라왔지만 윌리엄은 토를 달지 않았다. 윌리엄이 무슨 말을 해도 친구는 그를 혼자 내버려두지 않았을 것이다. 윌리엄이 병원 대기실 의자에 앉아 실비를 살릴 수 있는지가 아니라—살릴 수 없었으므로—무슨 일이 있었는지 의사에게 들으려고 기다릴 때 에멀라인이 그의 손을 잡았다. 아내가 아닌 사람이 그의 손을 잡은 것은 아주 오랜만이었고, 그녀의 이 제스처 때문에 윌리엄은 실비가 정말 죽었음을 깨달았다. 세실리아는 거의 종일 서서 어떤 간호사나 의사가 실수로 그녀 쪽을 흘깃 보기만 하면 정보를 얻어내려 애썼다. 켄트도 서성거렸다. 윌리엄 옆에서 에멀라인이 극적이지 않게, 창피하지 않게 울었다. 형광등 불빛 아래에서 눈물 때문에 뺨이 반짝거렸다. 에멀라인이 말했다. "윌리엄, 뭘 좀 먹으면 좋겠는데, 먹고 싶지 않겠죠."

"먹고 싶지 않아."

그날 밤, 열쇠로 아파트의 문을 열자니 마음이 아팠다. 문이 하품하듯 열리고 그의 행복의 풍경이 펼쳐졌다. 윌리엄은 열한 시간 전에 도넛 한 상자를 들고 이 문으로 걸어들어오면서 집을 나선 지 삼십 분도 안 됐지만 실비가 보고 싶어서 혼자 미소를 지었다. 지금은 켄트가 그의 옆에 서 있었고, 윌리엄은 부엌 근처에도 가지 않았다. 침실에도 들어가려 하지 않았다. 윌리엄은 켄트에게 옷을 갈아입지 않고 그냥 소파에서 자겠다고 했고, 친구는 고개를 끄덕였다. 켄트가 그에게 물 한 잔을 가져다주고 약을 건넸다. "이걸 먹으면 잠을 좀 잘 수 있을 거야." 그가 말했고, 윌리엄이 알약을 삼켰다.

다음날 윌리엄은 잠에서 깨어 휘청거리며 바닥에 발을 내렸다. 그러고는 일어나 앉았다. 고작 그만큼 움직이는 데에도 모든 에너지가 필요했다. 윌리엄은 세실리아가 그린 풍경화 쪽을 보았지만 눈에 들어오지 않았다. 그는 끔찍한 맛이 나는 공기를 들이마시고 내쉬었다. 실비 없이는 하루도 살고 싶지 않았지만, 그럼에도 불구하고 그는 여기에 있었다.

켄트가 "약 어디 있어?"라고 묻자 윌리엄이 대답했다. 그런 다음 켄트가 그의 손에 놓아준 하루 치 약을 먹었다.

"결정할 문제들이 있어." 켄트가 말했다. "장례식과 관련해서. 이제 쌍둥이의 집으로 갈 거야." 그는 머뭇거렸다. "어젯밤에 직장에서 메시지가 몇 개 왔어. 내 말 듣고 있어?" 켄트가 부드럽게 물었다.

윌리엄이 그를 보았다.

"어제 앨리스가 훈련장에 왔었나봐. 널 만나려고."

"앨리스?" 윌리엄이 말했다.

"우리가 병원에 있을 때 시카고에 도착했나봐. 어제 세실리아 집에서 잤대. 윌리엄, 잘된 일인지 아닌지 난 모르겠어."

켄트가 솔직하게 말했기 때문에 윌리엄은 고개를 끄덕였다. 의사가 불확실하게 말하는 일은 드물었다. "난 앨리스를 전혀 몰라." 윌리엄이 말하며 벽화 속 딸의 모습을 그려보았다. 수줍게 웃는 열 살짜리 소녀. "아는 게 하나도 없어." 그는 앨리스가 미리 공부하지 못한 시험이라고, 애초에 필요한 답안도 책도 구할 수가 없었다고 설명하는 기분이었다.

하지만 또 이런 생각도 했다. 실비는 앨리스를 원했어. 윌리엄은 실비가 아기 앨리스를 사랑했음을 알았다. 그녀는 평생 줄리아 그리고 조카를 그리워하며 살았다. 이제 앨리스가 왔지만 앨리스를 원했던 사람은 여기 없었다. 윌리엄은 몸서리를 쳤다. "상관없어." 그가 말하고 일어섰다.

"상관있다고 생각해." 켄트가 말했다. 핸드폰을 내려다보더니 약간 재미있다는 듯이 덧붙였다. "에멀라인이 그러는데 앨리스 키가 185센티미터래. 이제 네가 떨어뜨리거나 다치게 할 수 있는 아기가 아니야, 윌리엄. 다 큰 여자야."

반짝이는 거대한 램프를 떠올린 윌리엄은 빛 때문에 눈이 부셔 눈을 가늘게 떴다. 그는 흐릿한 어둠 속에 서 있었다. 하지만 그 내면의 무언가는 빛으로부터 등을 돌리지 않았다. 도망치는 것은 끝났다.

두 사람은 슈퍼듀플렉스로 가는 길에 커피숍에 들러 거스와 워싱턴을 만났다. 그들은 윌리엄의 등을 두드릴 뿐 인사 외에는 아무 말도 하지 않았다. 그들이 쌍둥이의 집에 거의 다 왔을 때 어래시가 근처에서 택시를 세우고 내렸다. 11월의 온화한 날이었다. 남자들은 모두 외투를 입었지만 지퍼를 잠그지 않았다. 윌리엄은 기온도 머리 위의 화창한 하늘도 의식하지 못했다. 그는 고개를 끄덕여 친구들에게 알은척했다. 윌리엄이 더이상 부부의 일원이 아니게 된 날, 팀의 일원이 될 수 있도록 켄트가 부른 것이 분명했다. 긴 다리로 보도를 성큼성큼 걸어가는 친구들을 보며 윌리엄은 켄트가 그들을 불러서 실비가 아주 좋아하겠다고 생각했다.

켄트가 세실리아의 집 문을 열고 다 같이 들어갔다. 안에는 세실리아밖에 없었는데, 윌리엄은 그를 위한 책략을 전부 예리하게 느낄 수 있었으므로 이 역시 의도적임을 깨달았다. 이곳은 작전본부이고 지금은 그가 한숨 돌릴 시간이었다. 세실리아는 로즈가 시카고행 비행기를 탔고 오후에 도착한다고 알려주었다. 앨리스와 줄리아는 에멀라인, 조시, 이지와 함께 옆집에 있었다.

윌리엄은 고개를 끄덕였다. 고맙지만 됐어라고 말하고 떠날 수는 없었기 때문이다. 실비가 원하지 않을 것이다. 그는 친구들과 세실리아를 따라 뒷문으로 나가서 뒤뜰을 가로질러 에멀라인의 집 뒷문으로 들어갔다. 커피와 베이비파우더 냄새가 났다. 그들이 복도에서 세실리아가 그린 초상화에 둘러싸여 있을 때 초인종이 울렸고, 그래서 남자들이 거실과 부엌으로 들어가는 참에 여자들이 모두 움직였다. 아기가 울었고, 십대 남자애가 옆에 베이글이라고 적힌 커다란 종이봉투를 들고 문 앞에 서 있었으며, 에멀라인이 현금을 꺼내려고 가방을 뒤졌다.

윌리엄의 시야 끝에 키가 아주 큰 금발의 젊은 여자가 들어왔고, 방 반대편에는 전 부인이 있었다. 그는 자신도 모르게 줄리아를 향해 걸어갔다. 아마도 그녀에게 뭐라고 해야 할지 알아서, 그녀가 그의 괴로움에 작은 역할을 해서였을 것이다. 윌리엄이 말했다. "얘기 좀 할 수 있을까?"

줄리아는 깜짝 놀란 것 같았지만 고개를 끄덕였고, 두 사람은 부엌으로 자리를 옮겼다. 줄리아와 이렇게 가까이 서 있으니 이상했다. 그는 이십오 년 동안 줄리아를 보지 못했고, 익숙한 모습이었지만 그가 결혼한 기억 속의 여자와는 비슷하지 않았다. 얼굴이 변했을 가능성이 있을까? 딱딱하기보다는 단단해졌다. 그는 젊은 시절의 상냥한 그녀를 알았다. 자매 중 곱슬이 가장 심했지만 머리를 풀었는데도 자유분방한 느낌이 없었다. 윌리엄은 자신이 줄리아를 보고 있는 것은 아직 딸을 볼 준비가 되지 않았기 때문이기도 하다는 사실을 알았다. 실비가 그의 인생에서 완전히 물러가자 앨리스가 왔다. 거의 견딜 수 없을 정도로 뒤섞였다.

윌리엄이 말했다. "왜 안 왔어? 실비한테 당신이 필요하다고 말했잖아."

"왔었어." 줄리아가 말했다. "실비랑 두 번 만났어."

그는 이 말을 이해하려고 애썼다. 실비가 줄리아를 만났다고? 안도감이 그를 덮치듯이 가슴을 짓눌렀다. 윌리엄이 제일 가까운 부엌 의자에 앉았다. 눈 뒤쪽에서도 압박이 느껴졌다. 예상하지 못했던 일이지만, 사실 그는 그 무엇도 예상하지 못했다. 그는 아내가 죽어가고 있다는 걸 알았지만, 정말 죽으리라곤 예상하지 못했다.

"물 좀 줄까?" 줄리아가 말했다.

어느새 윌리엄의 손에 물잔이 들려 있었다. 이제 모두가 그를 보고 있었다. 이것은 사적인 대화가 아니었다. 아마도 앨리스를 제외하고 여기 있는 사람 모두 슬픔으로 지치고 숨이 막힐 것이다. 잡담을 나누는 척도 할 수가 없었다. 귀를 기울이며 윌리엄이 괜찮기만을 바랄 뿐이었다. 윌리엄이 괜찮다면 무엇이든 가능할 테니까.

"실비가 우리 만남을 비밀로 하길 원했어." 줄리아가 말했다. "분명 결국은 당신한테 말했을 거야. 하지만 우리가 아무도 모르게 만날 수 있다는 사실이 즐거운 것 같았어. 얼마 전에는 같이 영화를 봤어. 나는 비행기를 타고 와서 몇 시간 있다가 돌아갔어. 에멀라인이랑 세실리아도 오늘 아침에야 알았어."

오래전에 윌리엄은 원고에 이렇게 적었다. 그녀가 아니라 나였어야 했다. 당시에는 누나를 염두에 두었지만, 실비를 살릴 수만 있다면 어제, 아니 지금 이 순간이라도 기꺼이 죽을 수 있었다. 억눌린 갈망이 그를 채웠다. 윌리엄이 죽었다면, 어쩌면 실비는 아직 여기 있을지도 모른다. 아니면, 어쩌면 실비가 어디 있든 윌리엄이 그녀와 함께할 수 있을지도 모른다. 윌리엄은 다시 손을 동그랗게 말고 아내에 대한 사랑을 꽉 쥐고 싶었다, 자신을 향한 그녀의 사랑을 꽉 쥐고 싶었다.

하지만 불가능했다. 너무 늦었다. 그는 몇 주 전에 손을 펴고 모든 것을 놓았다. 길들지 않은 곱슬머리를 가진 아내의 세 자매 모두가 걱정으로 이마를 찡그린 채 지금 그의 주변에 있었다. 윌리엄은 실비가 줄리아와 시간을 보냈음을 알게 되었다. 두 자매는 화해했다. 두 사람은 과거에만이 아니라 실비의 마지막 나날에도 서로 사랑했다. 그들은 어긋난 것을 바로잡았고, 그것은 그의 아내가 온전함을 찾았다는 뜻이었다. 실비는 필요한 것을 얻었고, 그래서 윌리엄은 다시 숨을 쉴 수 있었다.

앨리스
2008년 11월

앨리스는 이모의 집에서 우주비행사가 된 기분이었다. 이곳 공기를 마실 수 없어서 투박한 우주복에 헬멧을 쓰고 넘어지지 않도록 조심해서 걸어야 하는 기분이었다. 안전한 일상이 벗겨졌고, 앨리스는 어떻게 행동하고 생각하고 느껴야 하는지 전혀 알 수 없었다. 이모들이 계속 그녀를 끌어안았다. 에멀라인과 세실리아는 엄마와 비슷하면서도 달랐다. 에멀라인은 줄리아처럼 앨리스의 뺨에 입을 맞추었고, 세실리아의 목소리는 엄마와 거의 똑같았다. 이지는 앨리스가 와서 너무 신난 것으로 보아 평생 사촌을 기다려온 게 분명했다. 사촌은 말이 많았고, 앨리스는 이지가 실비 이모 때문에 괴로워서 슬픔을 가라앉히려고 평소보다 말을 더 많이 하는 것이 아닐까 생각했다. 이지는 앨리스에게 가족 이야기를 해주며 앨리스도 그 일부라는 듯이 미래에 대해 이야기했다. 이모들 역시 앨리스의 존재가 당연하다는 듯이, 앨리스가 심부름을 갔다가 엄청나게 늦었지만 결국 집에 돌아온 것처럼 말했다.

앨리스와 이지는 같은 방에 놓인 싱글 침대를 하나씩 차지하고 잤다. "이런 일이 있었으니 우리는 혼자 있으면 안 돼." 이지가 말했다. 무슨 일이 있었는데? 앨리스는 말하고 싶었다. 무슨 일이 있었는지 목록으로, 그녀가 이해하려고 노력할 수 있는 형태로 듣고 싶었다. 앨리스는 아버지를 만나러 시카고에 왔는데 바로 그날 아버지의 아내가 죽었다. 앨리스의 엄마와 로즈 할머니가 지금 여기로 오는 중이고 앨리스는 이제 막 만난, 슬픔에 빠진 사람들에게 둘러싸여 있었다. 앨리스는 나란히 선 두 집을 모두가 같이 쓰는 세상에서 사촌과 나란히 잤고, 여기 사는 사람 모두 앨리스의 친척이었다. 에멀라인의 집에는 아주 작은 아기가 있었는데 임시로 여기서 지내는 것 같았기에 그 역시 신기했다. 아기는 가끔 울음을 터뜨렸고, 앨리스는 자기도 울음을 터뜨릴 수 있으면 좋겠다고 생각했다. 그녀는 화장실에 들어갈 때만 혼자였다. 어떤 방에든 들어갈 때마다 거기 있던 사람들이 조금 전에 봤는데도 그녀를 보고 반가워했다.

앨리스는 그날 아침 누구보다도 일찍 일어나 복도를 걸었다. 사방에 걸려 있는 세실리아의 그림을 보고 싶어서였다. 어디를 돌아보든 여자의 얼굴을 그린 높이 15센티미터짜리 초상화가 바닥널과 천장 사이의 공간을 채우고 있었다. 앨리스는 십대의 줄리아를 그린 초상화 앞에 몇 분 동안 서 있었다. 엄마가 캔버스에 그려진 저 모습처럼 젊고 숨김없었다니 믿기 힘들었다. 앨리스가 인쇄된 세실리아의 그림에서 보았던, 시카고 건물 옆면에도 그려져 있었던 강렬해 보이는 옛날 여인도 있었다. 이지가 앨리스에게 아시시의 성녀 클라라라고 말해주었는데, 파다바노 자매들에게 중요한 사람이라고 했다. "진짜 어디에서도 안 꿀릴 사람 같지, 안 그래?" 이지가 말했다.

세실리아는 까만 머리를 뒤로 묶은 젊고 아름다운 로즈도 그렸다. 로즈 할머니 외에는 아무도 만난 적 없는 엄격해 보이는 외증조할머니도 벽에 있었다. 세실리아는 로즈가 가지고 있던 유일한 부모님 사진을 보고 그녀를 그렸다. 벽은 파다바노가의 여자들, 그리고 힘과 어리석음이 모두 두드러졌던 성녀들로 장식되어 있었다. 빨강 머리 여자아이의 그림도 있었는데, 어렸을 때 죽은 윌리엄의 누나라고 이지가 말해주었다. 고모구나. 앨리스는 생각했다. 세 살에 죽은 고모가 있다는 것 역시 말이 되었기 때문이다. 벽에 남자는 한 명밖에 없었다. 분명 모두의 사랑을 받은 할아버지이자 앨리스가 어렸을 때 로즈와 줄리아에게 무척 많이 들었던 유일한 가족 찰리였다. 초상화 속 찰리는 안락의자에 앉아 환한 미소를 짓고 있었다. 아기 앨리스와 이지의 초상화도 있고, 더 자랐을 때 각각 그린 초상화도 있었다. 앨리스는 거의 모든 벽에서 각기 다른 나이의 자기 초상화를 발견하고 감동했다. 앨리스는 이 두 집이 존재하는지 알기도 전에 이미 여기 들어왔던 것이다. 어쩌면 그래서 사촌과 이모들이 그렇게 친숙하게 맞아주었는지도 몰랐다. 앨리스 본인조차 자신을 안다고 확신할 수 없는데 그들은 가족이라는 이유만으로 앨리스를 아는 것 같았다.

줄리아가 오자 앨리스는 엄마를 포옹하며 인사했지만, 그뒤로 두 사람은 거리를 두었다. 앨리스는 아직 준비가 되지 않았고, 줄리아가 억지로 말을 시키지 않아서 고마웠다. 어쨌든 두 사람의 관심을 원하는 사람이 너무나 많았기 때문에 둘 다 감정적인 동생이나 이모, 조카, 사촌을 흘끔거리며 이 혼란스러운 상황에서 적절한 말을 생각해내려 애쓰느라 바빴다. 앨리스는 엄마를 보며 생각했다. 게다가 난 엄마가 아니라 아버지 때문에 왔어요. 엄마가 나에게 의문을 주었고, 난 대답이 필요해요.

앨리스는 아버지가 곧 올 것을 알았기에 현관문을 계속 흘끔거렸다. 앨리스는 준비가 되어 있고 싶었다, 최대한 침착하고 싶었다. 독립적이거나 심지어 무관심한 인상을 주고 싶었다. 난 당신이 필요 없었고 지금도 필요 없어요라고 몸으로 말하는 것이다. 그러나 아버지는 뒷문으로 들어왔고, 그와 동시에 현관 초인종이 울리고 조시가 안고 있던 아기가 엉엉 울기 시작했다. 방에서 공기가 증발하는 듯했고, 앨리스는 숨을 쉴 수 없었다. 머릿속에서 맹렬한 소리가 들렸다. 날 보지 마세요. 앨리스는 생각했다. 고맙게도 아버지가 앨리스를 보지 않았기 때문에 그를 살펴볼 기회가 생겼다. 윌리엄 워터스는 거대한 남자 몇 명과 함께 왔는데, 전부 심각한 표정이었다. 앨리스의 아버지는 딱 봐도 못되거나 아이를 싫어해서 자식을 쉽게 버린 사람처럼 보이지는 않았다. 무방비하고 슬픈 표정이었다. 얼굴과 눈이 앨리스와 똑같았다. 오래전부터 짐작했던 대로 앨리스가 거울을 들여다볼 때면 아버지가 그녀를 마주보고 있었던 것이다.

앨리스는 아버지가 엄마를 향해 걸어가는 것을 보았다. 윌리엄은 이제 5미터쯤 떨어진 곳에서 줄리아와 이야기하고 있었다. 앨리스를 포기한 남자, 그리고 스물네 시간 전까지 앨리스의 유일한 가족이었던 여자.

전날 늦은 밤에 앨리스가 "윌리엄이 왜 내 아버지가 되고 싶지 않았는지 알아?"라고 묻자 옆 침대에 누운 이지가 잠시 말이 없다 이렇게 대답했다. "우울증 때문에 널 망칠까봐 걱정했던 것 같아."

이지가 앨리스에게 다가와서 속삭였다. "너 괜찮아?"

앨리스는 거짓말을 하고 싶지 않아 사촌에게 얼굴을 찌푸려 보였다. 그녀는 자신이 괜찮은지 아닌지 알 수 없었다. 아무것도 알 수 없었다. 앨리스는 오래전에 자신을 가두었다. 남자에게 좋아한다고 말해본 적도, 자동차를 너무 빨리 몬 적도, 자기가 한 말을 잊어버릴 정도로 취한 적도 없었다. 그런데 이제 그녀는 시카고 어딘가의 벽화와 이 집 벽에 걸린 초상화 속에 존재했고, 또 같은 방 저편에 있는 남자에게서도 자신이 보였다. 앨리스는 자기 몸 바깥에 존재했지만—그녀는 이곳 여기저기에 흩어져 있었다—그래서 왠지 덜 연약한 기분이 들었다. 앨리스는 이 가족 안에 그려져 있고 아버지의 얼굴에도 있었다. 그녀는 스스로 가능하다고 생각했던 것보다 더 풍부했다.

윌리엄이 의자에 앉자 같은 공간에 있던 모든 사람이 그가 무너지지 않도록 지탱하기 위해 설계된 외부 구조물이라도 되는 것처럼 앨리스의 아버지에게 곧장 다가갔다. 거대한 남자들이 강한 힘을 그에게 기꺼이 주겠다는 듯 그를 향해 몸을 숙였다. 그 순간 앨리스는 뒤로 물러났다. 여기 있는 모두가 저 사람을 사랑해. 앨리스는 깜짝 놀라며 생각했다. 너무나도 사랑해. 그녀는 지금까지 아버지의 삶이 자기 삶보다 더 작으리라 생각했음을 깨달았다. 어쨌거나 아버지는 그녀를 포기했으니까. 그것은 후퇴, 삶에 대한 거절 같았다. 하지만 다른 사람들로부터 등을 돌린 자는 이런 반응을 일으키지 못한다. 앨리스는 사랑과 슬픔이 이토록 많은 공간, 감정이 이토록 많은 공간에 들어와본 적이 없었다.

앨리스는 뒷걸음치다가 벽에 닿았고, 시선을 돌려 창밖의 필슨 거리를 내다보았다. 아버지의 괴로움은 사적인 것이었고, 앨리스는 여기 이 사람들만큼 아버지를 잘 알지 못했다. 앨리스는 고속도로 사고 현장을 보듯이 멍하니 바라보고 싶지 않았다. 또 자신이 너무나 똑같이 생긴 이 남자의 균형추라는 이상한 느낌이 들었다. 둘 다 머리도 피부도 색이 옅고 키가 큰데다 말랐고, 천성적으로 침울했다. 앨리스가 앞으로 나서서 그를 지긋이 바라보면 윌리엄 워터스는 의자에서 일어나지 못할 것 같았다. 그녀는 아버지를 무력하게 만들 것이고, 두 사람의 에너지가 섞여서 결국 너무 무거워진 윌리엄은 움직이지 못할 것이다. 앨리스는 아버지에게 기회를 주기 위해 거리를 두어야 했다. 두 사람을 잇는 시소 끝에 가만히 있어야 했다. 시간이 지나고 윌리엄이 자리에서 일어나 방을 나갔다. 아직까지도 외투를 벗지 않은 그는 뒷문으로 향했다.

앨리스는 벽에 기대어 가만히 서 있는 것만으로 힘을 다 쓴 기분이었다. 언덕을 달려 오르기라도 한 것처럼 가슴속에서 심장이 뛰었다. 나한테 무슨 일이 벌어지는 거지? 그녀가 생각했다.

드레드록 머리에 안경을 쓴 남자가 걸어와 말했다. "난 네 아빠의 제일 친한 친구야. 켄트라고 해. 만나서 영광이구나, 앨리스."

앨리스는 그와 악수했다. 모든 정보가 새로웠다. 아버지에게 제일 친한 친구가, 그만의 캐리가 있었다.

"네가 어렸을 때 안아준 적이 있어." 그가 말하더니 그 말을 지우려는 것처럼 고개를 저었다. "회오리바람 속으로 걸어들어온 기분이겠구나."

앨리스는 이 거대한 남자의 품에 안긴 아기를 그려보았다. 그녀는 갓난아기 때 여기에 살았음을, 기억이 생기기 전 잠깐 동안 이 세상의 일부였음을 이해하게 되었다. 앨리스는 아무 기억도 없었지만 사람들이 그녀를 기억했다. "실비가 널 정말 사랑했어." 에멀라인이 앨리스에게 말했었다. "네가 돌아와서 정말 행복했을 거야."

켄트가 말했다. "나이 많은 사람이 죽으면 아무리 대단한 사람이라도 어느 정도는 준비가 되어 있고, 그를 사랑하는 주변 사람들도 마찬가지야. 하지만 실비 이모 같은 사람이—때가 되기도 전에—죽으면 뿌리가 뽑히고 땅이 갈라지지. 주변 모든 사람이 쓰러질 위험에 처하는 거야."

앨리스는 이 말에 대해 곰곰이 생각해보았다. 그녀의 세상은 항상 너무나 작았고, 지금 이 방을 채운 사람들보다 훨씬 적은 수로 이루어져 있었다. 앨리스와 엄마 단둘로, 두 사람의 뿌리가 서로 얽힌 채 땅속 깊이 박혀 있었다. 하지만 앨리스는 이모들, 거리를 두고 있는 엄마, 자신을 맞이하려 문을 활짝 열자마자 사랑하게 된 짙은 갈색 머리의 사촌을 둘러보면서 자신의 뿌리에 무슨 일이 생기고 있음을 깨달았다. 그녀가 서 있는 땅 밑에서 무슨 일인가 벌어지고 있었다.

"네 아빠는 시간이 조금 더 필요해." 켄트가 말했다. "부탁이니까 아빠를 떠나지 마."

앨리스는 마지막 말을 듣고 깜짝 놀랐다. 어쨌든 윌리엄은 그녀를 떠났다. 한 번도 만난 적 없는 사람을, 앨리스가 아직 아기였을 때 그녀와 관련되기를 원하지 않는다고 법적으로 선언한 사람을 앨리스가 떠나는 것이 가능한가? 하지만 앨리스 앞에 선 커다란 남자는 그 자신의 땅이 파헤쳐진 듯한 모습이었다. 그는 피곤하고 다정해 보였다. 그래서 앨리스는 얼마 동안이나 떠나지 않아야 하는지, 떠나지 않는다는 것이 무슨 뜻인지도 모른 채 말했다. "떠나지 않을게요."

시계의 규칙적인 움직임에 매이지 않은 듯한 긴 하루였다. 시간이 거품처럼 부풀어올라서 북적거리는 방들을 떠다녔다. 처음에는 베이글, 그다음에는 피자와 쿠키가 나왔다. 가끔 장례식 계획에 대해 논의했지만 윌리엄이 아직 밖에 있고 아무도 그를 귀찮게 하고 싶어하지 않았기 때문에 최종 결정이 내려진 것은 하나도 없었다. "실비는 가톨릭 추도식과 장례식을 원하지 않을 거야." 세실리아가 말하자 두 자매도 동의한다는 뜻으로 고개를 끄덕였다.

오후 중반쯤 검정 원피스 차림의 로즈가 극적인 슬픔을 드러내며 도착했다. 전날 밤에 이지는 사반세기 전에 두 사람의 할머니가 어떤 전투를 치렀는지 읊어주었다. "우리 엄마가 날 갖자 할머니는 엄마랑 말을 하지 않았고, 지금까지도 내 존재를 인정하지 않으시고, 에멀라인 이모한테는 동성애자라는 이유로 화가 났어." 이지가 손가락을 꼽으며 말했다. "그리고 실비 이모한테는 너희 아빠랑 결혼해서 화가 났어. 내 생각에 너희 엄마한테는 이혼해서 한동안 화가 났던 것 같은데 그건 용서하셨어."

로즈가 도착하기 직전에 세실리아가 말했다. "엄마는 우리가 내내 행복한 가족이었던 척하실 거야, 우리가 맞춰드리자."

세실리아의 말이 맞았다. 로즈는 집안으로 미끄러지듯 들어와 딸들을 바로 지난주에 만난 것처럼 한 명 한 명 끌어안았다. 이지가 한 발 나서자 할머니와 손녀가 서로를 바라보았다. 몇 세기에 걸친 같은 혈통의 사나운 여자들이 떠오르는 순간이었다. 그때 이지가 "먼길 오시느라 힘드셨죠, 배 안 고프세요?"라고 말했고, 로즈가 마음이 놓인 듯 미소를 지었다. 로즈는 이지가 준 쿠키를 먹더니 몇 년 동안 먹은 쿠키 중에 제일 맛있다고 했다. 그런 다음 조시의 머리색을 칭찬하고 에멀라인에게 그녀가 위탁양육하는 아기 얼굴이 잘생겼다고 말했다. 로즈는 코트를 다시 걸치고 밖으로 나가서 윌리엄과 몇 분 정도 이야기를 나누고 들어오더니 왕좌에 앉듯이 식탁 앞에 자리를 잡았다. 로즈는 어떻게 자식을 앞세울 수가 있느냐고 큰 소리로 한탄했다.

윌리엄의 친구들이 번갈아 뒤뜰로 나가서 그와 함께 걸었다. 그들이 창문 앞을 지날 때 앨리스는 아버지의 어깨를, 옅은 색 머리카락을 흘끔거렸다. 하늘이 깜빡이며 날이 저물기 시작하자 거대한 서브 샌드위치와 포테이토칩이 나왔다. 이지와 앨리스가 모퉁이 가게로 심부름을 가서 종이 접시를 더 사왔다. 부엌에서 커피가 끓고 식탁에는 마시고 싶은 사람을 위해 술이 준비되었다.

"너희 엄마는 로즈 할머니한테 화가 풀렸어?" 두 사람이 모퉁이 가게로 걸어갈 때 앨리스가 이지에게 물었다.

"열일곱 살 때 로즈 할머니한테 쫓겨나자마자 바로 용서했대." 이지가 말했다. "엄마 말로는 할머니를 계속 사랑하고 싶어서 용서한 거래. 에미 이모는 지금까지 엄마가 한 행동 중에서 그게 제일 인상적이었대. 넌 아빠를 용서할 거야?"

앨리스는 다시 한번 깜짝 놀랐다. 윌리엄 워터스를 용서한다는 생각은 떠오른 적도 없었다. 엄마를 용서할 수 있을지만 생각했다. 영화를 보면서 어떤 인물이 악당인지 아닌지 결론을 내리기 전에 더 많은 정보를 기다릴 때처럼 아버지에 대한 감정적인 반응이 일시 정지된 느낌이었다. 어깨를 으쓱하는 것은 대답이 아니었지만 앨리스는 이지를 보며 어깨를 으쓱했다.

두 사람이 집으로 다시 들어가는데 문 뒤쪽 어딘가 보이지 않는 곳에서 로즈가 줄리아에게 말하는 소리가 들렸다. 두 사람 모두 걸음을 멈추고 귀를 기울였다.

"내가 몇 년 동안 신경을 끄고 지낸 게 너희한테는 오히려 더 잘된 일 같구나." 로즈가 말했다. "나는 플로리다로 떠났고 너희는 잘 컸어. 각자 자기 인생을 잘 꾸렸지. 조시는 좋은 여자야. 걔들이 애를 왜 빌렸는지 난 모르겠지만 해로울 것 없는 취미겠지. 그리고 이지를 보면 내가 생각나, 아주 멋진 애야." 로즈는 몇 년 동안이나 침묵을 지키다가 드디어 입을 열 수 있어서 안심한 듯 숨도 돌리지 않고 말했다. "에멀라인이랑 세실리아 텃밭 봤니? 아주 나쁘진 않아, 겨울 채소에 대해서는 아무것도 모르는 게 분명하지만. 공간을 낭비하고 있어, 그리고 감자는 약간 애매해 보이더라마는 내일 아침에 확인해보면 알겠지."

앨리스는 엄마의 반응을 볼 수 없었지만 줄리아가 눈을 굴리고 있으리라 생각했다. 그래도 비판적이거나 냉정한 말은 하지 않았다. 오래전에 세실리아가 첫발을 뗐고, 결국 오늘—물론 줄리아와 앨리스를 포함해서—버림받았던 모든 사람이 있는 모습 그대로 받아들여졌다.

"로즈 할머니는 정말 놀라워." 이지가 속삭이며 씩 웃었다. "이 모든 게 정말 놀라워."

"그래?" 앨리스가 미심쩍은 목소리로 말하자 사촌이 웃었다.

"농담도 하네." 이지가 기뻐하며 말했다. "긴장이 풀렸구나! 여기

온 뒤로 계속 뻣뻣하게 굳어 있는 것 같더니." 두 사람은 집안으로 들어가서 문을 닫았다. 줄리아가 두 사람에게 다가오더니 앨리스가 여기 온 뒤 몇 번 봤던 행동을 했다. 이지를 끌어안고 조카의 뺨에 입을 맞췄던 것이다. 다른 사람들이 아기 앨리스를 그리워하는 동안 줄리아는 이 아기를 그리워했다. 앨리스는 엄마가 자신에게 다가오지 않고 참을 수 있는 것은 사랑을 퍼부을 다른 아이가 있기 때문이라고 생각했다.

세 자매 모두 이지와 앨리스 가까이에 있었다. 에멀라인은 아기를 안고 달래는 중이었고, 눈 밑이 시커메진 세실리아는 냅킨을 한 뭉치 들고 있었으며, 줄리아는 이제 텅 빈 손을 옆으로 내린 채 불편한 표정을 짓고 있었다.

"그 말이 사실이니?" 로즈가 말했다. "장례식을 세인트프로코피어스 성당에서 안 한다는 게?"

에멀라인이 부드러운 목소리로 말했다. "실비가 원하지 않았어요, 엄마."

로즈는 딸이 가만히 서서 가볍게 몸을 흔들며 아기를 달래는 모습을 지켜보았다. 로즈가 못마땅함을 숨기려고, 아무 말도 하지 않으려고 애쓰는 것을 다들 알 수 있었다. 이 여자들이 모두 가까이 있으니 앨리스는 다시 우주비행사가 된 기분이었다. 이모들, 할머니, 엄마, 사촌. 앨리스는 온몸이 찌릿거리고 숨쉬기가 힘들었다.

로즈가 말했다. "적어도 실비는 이제 찰리와 같이 있겠구나."

남은 세 딸이 그녀를, 그리고 그 가능한 진실을 향해 고개를 돌렸다. 잠깐이었지만 세 사람은 어린 소녀 같았고, 앨리스는 그들의 얼굴에서 희망을 보았다. 세 사람은 아빠와 함께 있는 실비를 그려보고 있었다.

앨리스는 문득 자신은 아버지를 보려고 집을 떠나왔는데 실비는 자기 집을—삶을—떠나서 자기 아버지와 다시 만날 가능성을 열었다는 생각이 들었다. 이 유사성에 대해 더 깊이 생각하는 것은 앨리스에게 벅찬 일이었지만, 신체적인 감각처럼 뒤뜰에 있는 윌리엄의 존재가 느껴졌다.

"아빠가 실비를 보면 뭐라고 하실지 알지." 줄리아가 조용한 목소리로 말했다.

에멀라인과 이지가 고개를 끄덕였고, 세실리아가 말했다. "안녕, 예쁜아."

얇게 썬 서브 샌드위치와 포테이토칩, 와인으로 저녁식사를 한 후에 줄리아가 앨리스의 팔에 손을 얹었다. 앨리스는 더이상 엄마에게 화가 나지 않았다. 이제 마음속에 화를 담아둘 공간이 없었다. 게다가 자신이 이모들의 집에서 우주비행사가 된 기분이라면 엄마도 그럴 것 같았다. 둘 다 연결된 두 집을 힘겹게 돌아다녔다. 줄리아가 지금까지 앨리스에게 무엇을 빼앗았든 자기 자신에게서도 똑같이 빼앗은 셈이었기 때문이다. 모녀는 같은 곳에서 여기로 왔고, 사랑이라는 끈으로 단단히 묶여 있었다. 앨리스에게 새로 생긴 시카고의 가족이 낯선 것은 그들이 너무나 방대해 보이는 사랑을 서로 나누었기 때문이다. 그러려면 서로를 설득하고 서로의 삶을 겹쳐야 했다. 그 힘이 지금 여기 있는 자와 없는 자, 산 자와 죽은 자를 모두 끌어당기는 듯했다. 이모들의 집 벽은 바로 이 복도를 걸어다니는 여자들의 초상화로 뒤덮여 있었다. 앨리스는 그것이 놀라웠다.

"마지막으로 실비를 만났을 때 말이야." 줄리아가 말했다. "자기가 죽고 나면 너한테 뭘 주라고 했어. 난 실비에게 시간이 더 있을 줄 알고 받지 않으려고 했지만……" 엄마가 고개를 가볍게 저었다. "사람들이 없는 저쪽으로 가자."

두 여자는 부엌을 가로질렀다. 사람들을 피하기가 힘들었다. 오후가 지나면서 더 많은 사람이 왔다. 이지의 남자친구—통통하고 주근깨가 있는 청년—가 바쁘게 돌아다니면서 이모들을 위해 갖가지 허드렛일을 했다. 파다바노 자매들과 같은 동네에서 자란 프랭크라는 반백의 남자가 구석 안락의자에 앉아 있었다. 실비와 오랫동안 같이 일했던 사서들이 부엌의 커피 코너에 모여 있었다. 거인 같은 남자들이 더 왔는데, 그 수가 어찌나 많은지 마흔여덟 살의 윌리엄이 여러 농구팀에 소속된 것이 분명해 보였다. 몇몇은 근육질의 청년이고 몇몇은 어깨가 굽은 중년 선수였다. 켄트는 그들을 모두 아는 듯했고, 누가 올 때마다 끌어안고 인사를 하며 돌아다녔다. 아주 다양한 사람들이 모였고, 새로운 음식이 차려지자 이지가 방 한가운데에서 모두의 주의를 끌며 음식이 나왔다고 알려주었다.

줄리아가 사람들을 살펴보는 딸을 보고 말했다. "말도 안 돼, 내가 떠나면서 시카고의 삶도 멈췄을 줄 알았는데. 돌아오면 그때랑 똑같을 줄 알았어. 하지만 아니네. 훨씬 더 커졌어."

"시끄럽기도 하고요." 실제로 시끄러웠기 때문에 앨리스가 말했다. 시간이 흐르면서 앨리스는 다들 실비의 죽음에 슬퍼하면서도 약간 안심하는 기미가 있음을 알아차렸다. 실비를 사랑한 사람들은 그녀가 이제 고통을 겪지 않아서 다행이라고 여겼다. 실비가 아픔 없이 죽어서,

처참하게 쇠약해지는 마지막을 보지 않아도 돼서 감사하게 생각했다. 이 자리에 있는 모든 이가 실비를 사랑한 것이 행복해서, 그리고 같이 모인 것 자체가 행복해서 가끔 웃었다. 슬픔이 너무 커서 안도감을 전혀 느끼지 못하는 사람은 윌리엄밖에 없는 듯했다. 그는 한 번인가 두 번 안으로 들어왔지만 항상 딸과 멀리 떨어져 있었고, 금방 뒤뜰로 다시 나갔다. 앨리스는 그에게 어쩌면 탁 트인 야외가 필요한지도 모른다고 생각했다. 친구들이 계속 밖으로 나가서 텃밭 옆이나 뒤쪽 울타리 근처에서 윌리엄과 함께 시간을 보냈다. 작은 석조 분수 옆에 벤치가 있었는데, 윌리엄은 가끔 거기 앉아서 양손에 머리를 묻었다.

줄리아가 줄로 묶인 꾸러미를 내밀었다. 직사각형이고 단단해 보였다. "실비가 우리 가족에 대해 쓴 책이야. 난 안 읽었는데, 실비 말로는 우리의 어린 시절과 네 할아버지, 그리고 할아버지가 돌아가신 후 일어난 모든 일에 대한 이야기래. 아주 오랫동안 썼다고, 엉망진창이라고 했어." 줄리아가 손에 든 것을 내려다보았다. "실비가 이건 네 거라고, 하고 싶은 대로 해도 된다고 전해달랬어. 편집을 하든, 출판을 하든, 버리든 말이야. 어떻게 해도 자기는 상관없다고, 하지만 네가 가졌으면 좋겠다고 했어."

앨리스가 꾸러미를 받았다. 원고의 익숙한 무게가 느껴지자 기분이 좋았다. 이 선물에 대한 기대감에 약간 어지러웠다. "내가 편집자인 거 실비 이모도 알았어요?"

"내가 말했어. 너에 대해 모두 얘기해줬어. 전부 다 듣고 싶어했거든."

앨리스는 고개를 끄덕였다. 이보다 더 완벽한 선물은 생각도 할 수 없었다. 앨리스가 놓친 모든 이야기와 사람들에 대해 이 원고가 가르쳐줄 것이다. 그녀의 역사가 이 기록에 담겨 있었다. 게다가 보너스로 실비는 조카에게 이 시끄럽고 애정이 넘치는 세계를 피해서 숨을 핑계를, 어쨌거나 잠시 휴식을 취할 핑계를 주었다. 앨리스는 당분간 시카고에서 지내기로 결심했다. 정확히 언제 결심했는지는 잘 모르겠지만 소란스러웠던 지난 스물네 시간 중 언젠가였다. 얼마나 있을지는 아직 몰랐다. 에멀라인과 세실리아는 영원히 가지 말라고, 두 집 중에서 아무 방이나 마음대로 고르라고 했다. 앨리스는 지금까지 휴가를 내고 일을 쉰 적이 한 번도 없었지만 이제 휴가를 가질 생각이었다. 조용한 방을 찾아서 읽을 것이다.

이지가 앨리스에게 파다바노 자매들의 어린 시절 이야기를 조금 해주었는데, 지금 앨리스의 손에 들려 있는 이야기는 뭔가 신화 같기도 하고 서사시 같기도 했다. 앨리스는 이 이야기 속에서 결국 자신을 발견하리라고 생각하니 묘하게 신이 났다. 부모님의 만남과 헤어짐. 앨리스의 출생. 아직 적히지 않은 부분에서는 앨리스가 또 무엇을 할까? 어디에서 살게 될까? 누구를, 무엇을 사랑하게 될까?

줄리아가 사람들이 붐비는 방을 보다가 자기 딸을 다시 보았다. "내가 이런 말을 하다니 믿을 수 없지만"—그녀가 잠시 뜸을 들였다—"네 아빠한테 가서 얘기 좀 해봐."

앨리스는 여기 온 후로 계속 놀랐지만 이번만큼은 놀라지 않았다. 들으리라 예상했던 말 같았다. 앨리스는 필요하다면 중요한 것을 움켜쥐고 더 높은 곳으로 달려갈 수 있도록 늘 가진 것을 최소화하고자 했다. 그러나 시카고에서—사실은 그리스 식당에서 식사한 이후에—찾은 모든 것을 두 팔에 안을 방법은 전혀 없었다. 파다바노가는 앨리스에게 더 큰 사랑을 보여주었다. 그 사랑은 광대했고, 모든 것처럼 느껴졌다. 신비롭게도 아버지와 연결된 듯한 느낌이 아까 아버지에게 거리가 필요하다고 알려주었던 것처럼 이제 뒤뜰에 있는 조용한 남자가 그녀를 감당할 수 있을 거라고 가르쳐주었다. 윌리엄 워터스는 준비가 되었고, 뜻밖에도 앨리스 역시 준비가 되었다.

앨리스는 원고를 바로 옆 탁자에 내려놓고 엄마를 끌어안았다. 줄리아는 앨리스가 어렸을 때 꼭 끌어안으며 딸을 얼마나 사랑하는지 알려주었던 것처럼 지금도 그녀를 꼭 껴안았다. 앨리스가 미소를 지으며 줄리아의 정수리에 머리를 꾹 누르자 그녀의 곧은 머리카락이 엄마의 곱슬곱슬한 머리카락과 섞였다. 아까 이지가 용서에 대해 이야기했었는데, 그 순간 앨리스는 용서에 푹 젖은 기분이었다. 그녀는 스스로를 가둔 자신을 용서했고, 딸을 보호하기 위해 용감한 선택을 한 부모님을 용서했다. 앨리스는 조금 전에 받은 원고에서 읽게 될 모든 잘못을 용서했다. 그날 오후에 에멀라인은 앨리스가 로즈의 극적인 눈물을 지켜보는 걸 알아차리고 조카의 귀에 속삭였다. "슬픔은 사랑이야." 지금 앨리스는 생각했다. 용서도 사랑이야. 엄마와 딸은 삶이 요란하게 울리는 집의 조용한 복도에서 서로를 끌어안았다.

두 사람이 떨어졌을 때 앨리스가 말했다. "겁이 나요."

"나도 그래." 줄리아는 이렇게 말하면서도 제일 가까운 의자에 놓인 외투를 들어서 딸에게 주었다. 앨리스가 외투를 입고 천천히 밖으로 걸어나갔다.

윌리엄
2008년 11월

윌리엄은 뒤뜰을 뱅뱅 돌았다. 슬픔 때문에 미열이 났다. 그 슬픔을 땀처럼 모공 밖으로 내보내려면 풀밭을 서성이는 것이 제일 좋은 방법 같았다. 슬픔의 시작은 그가 겪은 우울증과 하나도 비슷하지 않았다. 우울증은 단절과 폐쇄, 위험한 고요를 뜻했다. 그러나 지금 윌리엄의 감정은 마구 휘둘리는 수도 호스처럼 그의 안에서 요란하게 움직였다. 하지만 앨리스가 여기 있으므로 그는 최대한 빨리 이 호스를 붙잡아야 했다. 앨리스가 용감하게 그를 찾아왔다. 그러므로 윌리엄은 그녀가 실수했다고 생각하지 않도록 자신을 다잡아야 했다. 어떤 실수든 모든 실수는 그의 것이었다.

윌리엄의 심장이 앨리스가 여기 있어라는 말과 함께 고동쳤다.

실비가 떠난 뒤 앨리스가 시카고에 왔다. 당연했다. 실비는 연달아 일어나는 일에 대해, 찰리가 죽은 날 이지가 태어난 일에 대해 이야기했다. 실비가 신비로운 힘을 발휘해 윌리엄의 심장이 부서진 날 그에게 딸을 데려다준 것이 분명했다. 아내가 또다시 그를 살리려 하고 있었다.

윌리엄이 충분히 마음을 가라앉혔을 때, 충분히 준비가 되었을 때 막 해가 졌다. 그는 집으로 걸어가다가 우뚝 멈췄다. 문이 열리고 앨리스가 나타났던 것이다.

"널 찾으러 가는 길이었어." 그가 말했다.

"아." 앨리스가 말했다. 앨리스의 얼굴은 창백하고 초조하고 뭔가를 묻는 듯했다. "그러셨어요?"

윌리엄이 고개를 끄덕였다. 손바닥과 목덜미에 시원한 바람이 느껴졌다. 그가 파다바노 자매들을 처음 만났을 때 넷은 무척 비슷했다. 머리카락, 갈색 눈, 똑같은 몸짓. 네 자매는 같은 사람의 각기 다른 버전 같았다. 그들은 전체의 일부였다. 지금 윌리엄 앞에 서 있는 젊은 여성은 그들과 전혀 비슷하지 않았다. 그녀는 윌리엄과 비슷했다. 그의 눈과 살짝 다른 눈이 윌리엄을 보았다. 윌리엄은 다른 사람의 얼굴에서 자신을 본 적이 한 번도 없었다. 그가 가지고 있는지도 몰랐던 의문에 해답을 찾은 기분이었다.

"무슨 말을 하려고 했는데요?" 앨리스가 물었다.

그에 대한 답은 너무나 간단했기에 윌리엄은 미소를 지을 뻔했다. "안녕?" 그가 말했다. "안녕이라고 말하려 했어."

앨리스의 얼굴에서 긴장이 풀렸다. 두 사람 사이의 공기도 긴장이 풀렸다. 둘 다 상대방이 공격적으로 느껴지지는 않았다. 아무튼 지금 당장은 아니었다. 앨리스는 줄리아보다 진중하고 내성적으로 보이고 얼굴과 눈빛이 차분했다. 윌리엄은 아기 때 앨리스를, 앨리스가 주변 세상을 얼마나 친밀하게, 심지어 얼마나 낙천적으로 바라봤는지를 기억했다. 자신이 얼마나 많은 시간을 놓쳤는지, 그때와 지금 사이에 얼마나 큰 간극이 있는지 깨달았다. 삶은 도착과 출발로 이루어져 있을까? 그는 결혼해서 파다바노가에 들어갔다가 첫번째 결혼생활과 딸을 떠났다. 실비가 윌리엄의 병실로, 그리고 그의 마음속으로 걸어들어왔다가 이제 가버렸다. 바로 그날, 어른이 된 앨리스가 그의 삶에 들어왔다.

앨리스가 말했다. "몇 주 전까지만 해도 돌아가신 줄 알고 있었어요."

"엄마가 그렇게 말했니?" 하지만 그것도 맞는 말 같아서 윌리엄은 고개를 끄덕였다. 이 아이에 관한 한 그는 죽었었다, 아니 죽임을 당했었다. 하지만 지금 그는 살아 있고, 그래서 가슴이 아팠다. "할말이 아주 많아." 그가 말했다. "내가 오래전에 했던 선택에 대해 설명해야 해."

"그럴 필요 없어요. 지금 당장은 안 하셔도 돼요." 앨리스가 말했다. "아내분 일은 저도 마음이 아파요. 오늘 모든 이야기를 다 할 필요는 없어요."

두 사람이 마주보았고, 윌리엄이 말했다. "우리에겐 시간이 있지." 그는 이제 도망치지 않는다고 앨리스에게 알려주고 싶었다. 윌리엄은 놀이터 벤치에 앉아 시간을 보내면서 딸을 받아들였지만, 사실 그것은 그가 마침내 자신을 받아들였다는 뜻이었다. 윌리엄이 자기 자신으로부터 가장 구하고 싶었던 사람이 바로 앨리스였다. 그때 앨리스는 아이였다. 그는 아이였을 때 상처를 받았고, 그로 인한 괴로움은 윌리엄 자신이 제어할 수 없는 촉수를 가진 것 같았다. 윌리엄은 딸을 지키기 위해서라면 무엇이든 했을 것이다. 앨리스가 갓난아기였을 때 그는 딸이 숨을 쉬는지 확인하려고 요람 위로 몸을 숙이며 수많은 밤을 보냈다. 부모로서의 권리를 포기하는 서류에 서명했다. 호수로 걸어들어갔다. 앨리스가 너무 소중해서 멀리해야 한다고 생각했기 때문이다. 이제 두 사람은 마주보며 서 있었고, 앨리스가 소중하다는 사실만이 남았다.

윌리엄이 "벤치에 가서 앉자"라고 말했을 수도, 혹은 입 밖에 내서 말하지는 않았을지도 몰랐다. 발밑이 불안정한 기분이었다. 윌리엄이 앞장섰고, 두 사람은 길쭉한 등을 집 쪽으로 향한 채 석조 벤치에 앉았다. 윌리엄의 가슴속에서 지금까지 그의 삶이 북처럼 울렸다. 실비는 전부 사랑과 관련되어 있다고 말했을 것이다. 그는 사랑을 억눌렀고, 자신은 사랑을 누릴 자격이 없다고 생각했고, 그러다가 스스로에게 사랑을 허락했다. 윌리엄은 옆에 앉은 아이를 사랑한다는 사실을 깨닫고 깜짝 놀랐다. 그는 앨리스가 태어난 날부터 딸을 사랑했다. 따스함이 몸속을 돌아다니는 것이 느껴졌다.

"뒤는 돌아보지 말고." 그가 말했다. "몇 명이나 우리를 몰래 훔쳐보고 있을 것 같니?"

앨리스가 웃자 밤공기 속으로 그 소리가 퍼져나갔다. 앨리스의 웃음은 윌리엄과도, 줄리아와도, 그 누구와도 달랐다. 사랑스러운 웃음소리였다. "엄마는 확실히 보고 있겠죠." 앨리스가 말했다. "아마 창문에 얼굴을 딱 붙이고 있을 거예요."

"에멀라인이랑 세실리아도 우리를 보고 있어. 이지도. 켄트는 물론이고." 윌리엄은 뒤뜰 저 너머 액자 같은 창문 안에 있는, 앨리스와 윌리엄을 사랑하는 사람들의 초상을 머릿속에 그려보았다. 그들의 걱정과 관심이 느껴졌다. 희망도 느껴졌다. 삶은 한없이 슬픈 순간에도—바다가 극적으로 치솟으며 그들이 탄 배를 높이 끌어올리는 것처럼—그들 모두를 놀라게 했다. 이런 일이 벌어질 수 있다면, 윌리엄과 앨리스가 밤하늘 아래 나란히 앉아 이야기를 나눌 수 있다면, 진실로 무슨 일이든 벌어질 수 있었다. 줄리아가 다시 동생들과 연락하며 지낼 수 있었다. 로즈가 오랜 서운함을 내려놓고 가벼운 마음으로 나아갈 수 있었다. 켄트가 새로운 사랑을 찾을 수 있었다.

앨리스가 말했다. "대학에 들어가서 모르는 사람들이랑 산다는 느낌을 떨칠 때까지 한참 걸렸어요."

그녀가 잠시 말을 멈추자 윌리엄은 기다렸다. 그는 머리 위에서 별이 빛나기 시작하고 발밑에서 휘트먼이 무덤의 깎지 않은 아름다운 머리카락이라고 불렀던 것이 고불거리는 지금, 차가운 석조 벤치에 앉아서 기다리는 것이 아무렇지도 않았다. 지금 실비가 어떤 창문을 통해서 보고 있든 아내의 기쁨을, 그리고 찰리의 기쁨까지 느낄 수 있었다. 당신이 자랑스러워하도록 해줄게. 그는 생각했다. 약속해.

앨리스가 고개를 젓자 옅은 색 머리카락이 얼굴 주변에서 흔들렸다. "어제 여기 왔을 때 다들 날 아는 것처럼 굴었어요." 앨리스가 윌리엄을 보았다. "난 당신을 모르지만 왠지 안다는 느낌이 들어요. 하지만 이상해요…… 내가 누군지 정말 모르겠다는 느낌도 들거든요."

에멀라인의 집에서 웃음소리가 흘러나왔다. 집안에 있는 사람들은 이제 취해서 건배를 하고 실비가 얼마나 멋진 사람이었는지 이야기하고 있었다. 파다바노 자매들은 차례차례 창문에서 떨어져 어린 시절 이야기를 나눌 것이다. 본인들도 어쩔 수 없을 것이다. 자매들은 실비가 지루한 수업을 듣는 대신 공원에서 책을 읽느라 고등학교에서 여러 과목을 낙제할 뻔했다고 모두에게 말할 것이다. 손님들은 로자노 도서관 관장이 십대 때 남자애들이랑 서가에서 키스했다는 이야기를 듣고 웃으리라. 자매 중 하나는 실비가 어렸을 때 시를 외워서 아빠를 기쁘게 해드리려고 혼자 중얼거리면서—자매들은 실비가 주문을 외운다고 했었다—집안을 돌아다녔다고 설명하리라.

윌리엄은 앞으로 이런 이야기들을 계속 듣기를 고대했다. 그의 아내는 잊히거나 제쳐지지 않을 것이다. 파다바노 가족은 찰리가 여전히 자기들 삶의 일부인 것처럼, 자기들의 일부인 것처럼 그의 이야기를 했고, 그래서 찰리는 정말로 그들의 일부가 되었다. 도서관에서 멀지 않은 건물 측면에 실비의 벽화가 있고 쌍둥이의 집에도 실비의 초상화가 가득했다. 세실리아는 키와 자세가 비슷해서 멀리서 보면 실비 같았다. 에멀라인은 생각에 잠긴 눈빛이 실비와 비슷했다. 줄리아는 실비를 담고 있었다. 파다바노가의 장녀와 차녀는 어렸을 때 장미 덩굴처럼 서로 얽혔다.

윌리엄이 말했다. "오랫동안 실비는 나보다 날 더 잘 알았어. 난 가끔"—이번에는 그가 잠시 말을 멈추었다—"우리에게 또다른 눈이 필요하다고 생각해. 우리는 주변에 사람이 필요해."

앨리스가 밤하늘을 관찰하듯이, 자기 마음속에 있는 것들을 정리하려면 다른 시점이 필요하다는 듯이 고개를 들었다. 윌리엄은 오래전에 쓰던 원고 각주에 여러 가지 의문을 적었다. 난 뭘 하고 있지? 내가 왜 이려고 있지? 난 누구지? 그는 이제 딸의 마음 깊은 곳에 있는 그러한 의문을 느낄 수 있었다. 윌리엄과 달리 앨리스는 망가지지 않았다. 줄리아가 그렇게 되도록 두지 않았다. 하지만 앨리스는 새로운 영토로 조심스레 발을 내디디며 얼음판이 자기 무게를 견딜 수 있을까 생각하는 중이었다.

"너 혼자서도 할 수 있다는 거 알아." 윌리엄이 말했다. "하지만 네가 허락해준다면 내가 돕고 싶어."

감사의 말

1995년 대니 샤피로의 뉴욕 대학 워크숍에서 나는 헬렌 엘리스, 해나 틴티와 우연히도 나란히 앉았다. 우리는 놀랄 만큼 서로 달랐지만 서로에게서 무언가를 알아보았고, 수업이 끝난 뒤 헬렌이 계속 만나자고 제안했다. 헬렌과 해나는 여전히 나의 첫 독자이며, 나는 글을 쓸 때 머릿속에서 두 사람의 목소리를 듣는다. 내가 이런 작가이고 이 책이 이런 책인 것은 두 사람 때문이다.

나는 줄리 베어러와 북 그룹을 저작권 대리인으로 둔 것도, 휘트니 프릭과 다이얼 프레스에서 책을 출판하게 된 것도 자랑스럽고 기쁘다. 수전 카밀은 『디어 에드워드』에 참여했었는데, 지금도 우리 곁에서 이 책에 참여해준 기분이 든다. 이 소설의 초고를 읽고 통찰력 있는 메모를 전해준 로즈 폭스, 클리오 세러핌, 니콜 커닝햄에게 깊은 감사를 전한다. 날카롭고 사려 깊은 편집자 로런 노벡과 캐시 로드에게도 감사를 전한다. 다이얼 프레스/랜덤하우스 팀, 특히 앤디 워드, 아비데 바시라드, 마리아 브래클, 캐리 닐, 데비 에로프, 매디슨 데틀린저, 도나 쳉에게 감사드린다. 매우 운좋게도 캐스피언 데니스, 제니 마이어, 미셸 위너가 내 작품을 맡아주었고, 영국 출판을 담당해준 이저벨 월과 바이킹 펭귄에도 감사를 전한다.

나는 어렸을 때 우리집에서 자는 것만큼 자주 친구 리아의 집에서 잤고, 리아의 부모님 루이스와 세실리아는 나에게 두번째 부모님이나 다름없었다. 내가 리아의 집에 가는 것을 좋아한 이유는 많았지만, 그중 하나는 그 집을 자기 집처럼 드나드는 세실리아의 수많은 자매(토니, 설레스트, 로즈메리, 캐럴라인, 크리스틴) 때문이었다. 자매 모두 키가 작고 대부분 곱슬머리에 얼굴이 서로 닮아서 전체의 각기 다른 버전처럼 보일 정도였다. 그들이 파다바노 자매에 대한 영감을 주었고, 또 주로 리아 옆에 붙어 있던 수줍음 많은 소녀를 늘 친절하게 대해주었던 것에도 감사를 드린다.

내가 어렸을 때 에드 삼촌이 시카고에서 엽서를 보내주었는데, 인사말은 늘 똑같이 "안녕, 예쁜아"였다. 삼촌은 내가 어떻게 생겼는지 사실 잘 몰랐는데—우리는 만나는 일이 드물었다—그래서 나는 그 인사말이 좋았다. 삼촌은 나의 내면이 아름답다고 생각한다는 느낌이 들었고 (내향적이고 책을 좋아하는 아이로서) 나의 가장 중요한 부분은 내면이었기에 에드 삼촌이 고마웠다. 이 책의 제목도, 시카고 필슨이 배경인 것도 에드 삼촌 때문이다. 어린 시절에는 우리 마음속에 마법의 땅이 생기는데, 벽화가 많은 삼촌 동네가 내 마법의 땅이었다.

도서관과 서점에서 일하는 사람들은 최고다. 노스웨스턴 대학 도서관 매코믹 특별 장서 및 문서고의 사서 콜터 캠벨과 케티 허긴스는 1980년대 노스웨스턴 대학의 프로그램과 수업에 대한 나의 질문에 답해주었다. 그들의 도움에 감사한다. 필슨 커뮤니티 북스의 캐서린 솔하임은 파다바노 가족이 살았을 만한 거리를 정할 때 도움을 주었고, 필슨에 대한 그녀의 지식은 정말 소중했다. 멋진 로자노 도서관은 소설에서와 마찬가지로 필슨 한가운데에 위치하고 있다. 실제 도서관은 1989년에 문을 열었다. 나는 창작의 자유를 이용해 소설 속 도서관이 그 몇 년 전부터 존재한 것으로 설정했다. 어쨌든 내가 도서관에, 그리고 우리 사회에 있어 모든 공공도서관의 깊은 중요성에 도움이 되었기를 바란다.

키가 아주 큰 여자애로 자라는 것이 어떤 경험인지 내 질문에 대답해준 친구 JJ 론싱어 러더퍼드에게 감사를 전한다. JJ는 적극적이고 재미있으며, 최대한 키가 크면 얼마나 좋은지 아주 잘 보여준다. 나는 또한 역사학과에서 박사학위를 따는 방법에 대해 친절하게 답해준 도미닉 벤들에게도 감사를 전하고 싶다. 여러 해 전에 케빈 콘티가 십대 때 자기 어머니가 갓난아기를 위탁양육했다고 말해주었는데, 나는 그 이야기가 너무 흥미로웠기 때문에 지금까지 내 소설에 한 번도 나오지 않아 오히려 놀랐다.

나는 이 책을 쓰면서 농구 역사에 대한 수많은 책을 읽고 셀 수 없을 정도로 많은 농구 팟캐스트를 들었다. 남편과 두 아들과 함께 우리집 소파에 앉아 골든 스테이트 워리어 경기를 보는 것보다 행복한 일은 없다. 나는 즐겁게 경기를 뛰는 스티븐 커리, 특유의 분위기를 가진 클레이 톰프슨, 감탄밖에 나오지 않을 정도로 강렬한 드레이먼드 그린, 인간 포고스틱처럼 코트를 뛰어다니는 게리 페이턴 2세에게 감사를 전하고 싶다.

너무나도 바쁜 파브리스 고티에—'멍들고 아픈 NBA 선수들의 날아다니는 접골사'—는 친절하게도 엘리트 선수의 신체 보호와 강화 방법에 대한 인터뷰에 응해주었고, 그가 내준 시간은 너무나도 큰 도움이 되었다.

우리 아기들은 이제 나보다 키가 크다. 나를 웃게 만들어주고, 안아주고, 최고의 응원단이 되어주는 맬러키와 헨드릭스에게 고맙다고 말하고 싶다. 나는 두 사람의 어머니인 것에 감사한다.

댄 와일드는 나의 마지막 독자이며, 항상 내 작품을 더 낫게 만들어준다. 나는 내 두뇌와는 너무나도 다른 그의 두뇌와 그의 넓디넓은 마음을 사랑한다.

옮긴이의 말

2023년에 발표된 『헬로 뷰티풀』은 앤 나폴리타노의 네번째 소설로, 오프라 윈프리 북클럽의 백번째 책으로 선정되었으며 내밀한 감정의 세심하고 정확한 묘사로 좋은 평가를 받았다. 이 소설은 주인공 윌리엄 워터스가 일생에 걸쳐 상처를 치유하는 이야기로도, 루이자 메이 올콧이 쓴 『작은 아씨들』의 현대적인 변용으로도 읽을 수 있지만 어떻게 읽더라도 가장 핵심적인 주제는 '가족'일 것이다.

윌리엄 워터스의 가족은 처음부터 폐허였다. 윌리엄이 태어나고 엿새 만에 세 살 위 누나 캐럴라인이 세상을 떠나면서 그의 부모님은 돌이킬 수 없게 망가진다. 부모님에게는 "아이가 하나밖에 없었는데, 그게 자신은〔윌리엄은〕 아니"었던 것이다. 아무도 봐주지 않고 말 걸어주지 않던 어린 시절, 윌리엄은 숨막히는 정적을 깨뜨리기 위해서 농구코트에서 공을 튀긴다. 농구를 할 때만큼은 학교 선생님이나 동네 아이들이 알아봐주었고, 농구코트 위에서는 무엇을 해야 할지 알았다. 고등학교 2학년 때 무릎 부상으로 경기를 뛰지 못하게 되자 자신의 존재가 지워질 것만 같은 공포를 느끼면서 농구가 더욱 절실해진다. 윌리엄은 부단한 노력으로 농구 실력을 쌓아 고향 보스턴에서 멀리 떨어진 시카고의 노스웨스턴 대학에 진학하면서 차갑고 숨막히는 가정에서 벗어난다.

시카고에서 윌리엄은 끈끈한 동지애로 엮인 농구팀과 둘도 없는 친구 켄트를 만날 뿐 아니라 역사 수업을 같이 듣는 줄리아 파다바노를 만나 결혼하면서 북적북적한 파다바노가의 일원이 된다. 애정이 결핍된 가정에서 태어났지만 자신의 힘으로 그곳을 벗어나서 농구팀과 파다바노가라는 애정과 배려가 넘치는 대안적인 가족을 만든 셈이다. 파다바노가의 부모님과 네 자매는 윌리엄을 가족으로 기꺼이 맞이하고 그가 한 번도 겪어본 적 없는 관심과 애정을 아낌없이 베푼다. 그러나 윌리엄과 줄리아가 꾸린 가정은 그가 스스로 원하는 것을 좇기보다 줄리아가 원하는 남편이 되기 위해 무리하게 노력하는 관계 위에 세워졌기 때문에 결국 균열이 생기고 만다.

반대로 파다바노가의 경우 워터스가와 달리 처음에는 애정으로 똘똘 뭉친 완전한 가족이었다. 비록 아버지 찰리의 경제적인 무능력 때문에 어머니 로즈는 평생 불만을 안고 살았지만 여전히 남편을 사랑했고, 한 세트처럼 생긴 것마저 비슷한 네 자매는 서로 멀리 떨어져 사는 것은 상상도 못할 만큼 친밀했다. 그러나 아이를 가진 막내 세실리아가 미혼모로 살겠다고 선언하면서 로즈에게 쫓겨나고, 찰리가 세실리아와 손녀를 만나러 병원에 갔다가 심장마비로 세상을 떠나면서 파다바노가의 해체가 시작된다. 모든 것에 염증을 느낀 로즈는 딸들을 두고 플로리다로 떠나고, 줄리아는 윌리엄과 이혼한 다음 육 개월 뒤에 돌아올 생각으로 자매들을 뒤로하고 뉴욕으로 떠난다. 그러나 파다바노가의 둘째 실비와 윌리엄이 서로에게 끌리는 마음을 인정하면서 줄리아는 동생들과 인연을 끊다시피 한다.

이렇듯 계속해서 변화하는 가족의 초상을 통해 앤 나폴리타노는 가족 사이에 겹겹이 쌓인 사랑과 상처, 배신뿐만 아니라 상처를 극복하고 서로를 치유하는 힘까지 예리하게 그려낸다. 둘도 없이 사이좋은 자매가 한 남자를 사랑한다는 설정은 일견 통속적이고 자극적으로 느껴질 수도 있지만 섬세한 필치로 각 인물의 내면을 가슴 아플 정도로 정확하게 그려내기 때문에 오히려 신선하게 느껴진다. 이 세밀함과 신선함은 번갈아가며 바뀌는 시점이라는 장치 덕분이기도 하다. 나폴리타노는 윌리엄과 줄리아, 실비의 시점을 오가며 1960년부터 2008년까지 주인공들의 이야기를 들려준다. 시간의 흐름대로 이야기를 풀어나가면서 시점을 계속 바꾸기 때문에 언제 누구의 마음을 보여줄지 정하는 것이 무척 까다로운 문제였을 텐데, 각기 다른 천조각들을 이어 아름다운 퀼트를 만들듯이 시점을 더없이 적절하게 바꿔가며 이야기를 무척 능숙하고 효과적으로 엮어낸다.

이 소설을 이야기할 때 빼놓을 수 없는 또하나는 바로 월트 휘트먼의 세계이다. 제사題詞에서부터 등장하여 찰리와 실비를 통해 계속 언급되는 월트 휘트먼의 시와 그의 시집 『풀잎』은 이 소설의 외연을 넓힌다. 초월주의의 대표적 인물로 손꼽히는 휘트먼은 “나이든 어미들의 하얀 머리에서 비롯"된 풀잎, 즉 죽은 생명체 위에서 자라는 새로운 생명체라는 은유를 통해 삶과 죽음의 순환을 노래한다. 자연에서 죽음과 삶이 계속 겹쳐지며 순환하듯이 이 소설에서도 찰리의 죽음과 손녀의 탄생, 소중한 이의 죽음과 끊어졌던 관계의 회복이 유기적으로 맞물린다. 휘트먼의 시와 찰리가 실비에게 했던 말은 우리가 "내 모자와 신발 사이에 갇히지 않"는 존재, 육체라는 테두리를 넘어 세상과 연결된 존재임을 일깨워준다. 따라서 상처를 주고, 치유하고, 서로 부족한 부분을 채워 온전하게 만들어주는 유기적인 관계는 월트 휘트먼을 통해 가족에서 인류로 확장된다.

줄거리만 보면 롤러코스터처럼 오르락내리락하는 극적인 이야기 같지만 사실 이 책을 번역하면서 가장 인상적이었던 것은 처음부터 끝까지 잔잔하게 깔려 있는 명징한 슬픔과 차분한 서술이었다. 부모님에게 거부당한 경험 때문에 늘 조심스럽기만한 윌리엄, 추진력과 결단력이 뛰어나지만 문제를 슬쩍 가려만 놓은 채 회피하는 줄리아, 누구에게나 친절하고 선하지만 가장으로서 책임을 다하지 못했던 찰리, 딸들을 누구보다 사랑하지만 상대방을 이해하기보다 독선적인 태도를 고수하는 로즈 등등 이 소설에 등장하는 모든 인물은 결함을 가지고 있기에 슬프고 불완전하다. 결국 불완전한 인간이 살아나가는 방법은 서로를 지탱하는 버팀목이 되어주는 것이다. 그런 의미에서 실비의 사랑에 감싸인 채 무균실처럼 폐쇄된 세상을 만들어 그 속에서 살아가던 윌리엄의 변화가 가장 가슴을 울린다. 그는 중년을 지난 나이에 인생에서 가장 슬픈 일을 겪으면서 절망하기보다 오히려 그동안 회피하던 것들을 똑바로 바라보기 시작하고, 마침내 역시 세상을 조심스럽게만 대하는 앨리스에게 “우리에게 또다른 눈이 필요하다”고, 혼자서도 할 수 있겠지만 그래도 돕고 싶다고 말하며 먼저 다가간다. 외롭고 슬픈 사람들이 각자의 테두리를 넘어 서로 치유하고 성장시키는 이 작품을 통해서 우리도 그들의 불완전함을 이해하고 애틋한 관계에 공감하며 위로와 지혜를 얻을 수 있으리라 생각한다.

2024년 8월

허진

헬로 뷰티풀

1판 1쇄 2024년 8월 27일
1판 2쇄 2024년 8월 30일

지은이 앤 나폴리타노
옮긴이 허진

펴낸곳 복복서가㈜
출판등록 2019년 11월 12일 제2019-000101호
주소 03720 서울특별시 서대문구 연희로 28길 3
홈페이지 www.bokbokseoga.co.kr
전자우편 edit@bokbokseoga.com
마케팅 문의 031) 955-2689

ISBN 979-11-91114-56-0 03840